方廣大莊嚴經

唐中天竺國沙門地婆訶羅奉　詔譯

清刻龍藏佛說法變相圖

方廣大莊嚴經卷第七

唐中天竺國沙門地婆訶羅奉　詔譯

頻婆娑羅王勸受俗利品第十六

爾時佛告諸比丘車匿奉菩薩教安慰大王及摩訶波闍波提耶輸陀羅諸釋種等令離憂惱為欲饒益諸衆生故剃除鬚髮向獵師邊以憍奢耶衣貿易袈裟清淨法服於是詣鞞留梵志苦行女人所時彼女人奉請菩薩明日設齋既受請已次往波頭摩梵志苦行女人所時彼女人亦請菩薩明日設齋既受請已復往利婆陀梵行仙人所時彼仙人亦請菩薩明日設齋既受請已復往光明調伏二仙人所其仙亦請菩薩明日設齋諸比丘菩薩次第至毗舍離城城傍有仙名阿羅邏與三百弟子俱常為弟子說無所有處定時

彼仙人遥見菩薩心生希有告諸弟子汝等應觀是勝上人諸弟子等白仙人言我見是人形貌端正昔所未有爲從何來比丘我於爾時問阿羅邏言汝所證法可得聞乎今欲修行願爲我說仙言瞿曇我所證法甚深微妙若能學者當爲宣說令得修習若有清信善男子受我教者皆得成就無所有處微妙之定諸比丘我聞仙人所說作是念言我今自有精進念定樂欲信慧獨在一處常勤修習心無放逸必證彼仙所得之法於是精勤修習心不猒倦經於少時皆已得證既得定已往仙人所作如是言大仙汝惟證此更有餘法仙言瞿曇我惟得此更無餘法菩薩報言如是之法我已現證仙言以我所證汝亦能證我之與汝宜應共住教授弟子諸比丘是時仙人甚相尊重即以最上微妙供具供養於我諸學徒中以我一人爲其等侶比丘我時思惟仙人所說非能盡苦何法能爲離苦之因即於彼時出毗舍離城漸次遊行往摩伽陀國王舍大城入靈鷲山獨住一處常爲無量百千諸天之所守護晨旦著衣執持應器從温泉門入王舍城次第乞食行步詳雅諸根寂然觀前五肘心無散亂城中諸人見菩薩來心生希有咸作是言此是何人爲是山神爲是梵王爲是帝釋爲是四天王耶

爾時世尊而說偈言

菩薩清淨身　光明無有量　威儀悉具足
心靜極調柔　處在靈鷲山　自守出家法
於彼晨朝時　著衣持鉢已　調伏身心故
入城而乞食　身如融金聚　相好以莊嚴

路傍若男女　觀者無猒足　城中居民輩
見是勝人來　皆生希有心　奔馳競瞻仰
斯人甚奇特　今從何所來　有諸婇女等
咸昇妙樓閣　於彼牕牖閒　窺望不暫捨
街衢盡充滿　闤闠悉空虚　棄捨所作業
俱來候菩薩　有人遽往告　頻婆娑羅王
今有梵天來　入城而乞食　復有作是言
或是天帝釋　夜摩兜率天　化樂他化主
四天及日月　或是羅睺等　鞞留質多羅
薄離諸天衆　復有白王言　此是靈山神
大王應當知　王今獲大利　時王聞此語
心生大喜悅　自陟高樓上　遥觀菩薩身
相好甚端嚴　譬如眞金聚　王因勑左右
奉獻菩薩食　幷遣尋所住　隨逐而觀之
使者隨菩薩　見往靈鷲山　歸來白大王
具陳所見事　王聞是事已　益增希有心
於彼晨朝時　嚴駕躬親謁　遥觀巖石中
光相極清淨　威容甚嚴好　不動若須彌
屏除諸侍從　徒步而前進　頂禮菩薩足
種種慰問已　而白菩薩言　大士從何來
鄉邑在何處　父母爲是誰　爲是婆羅門
爲是刹帝利　或是諸仙聖　仁者如實說
菩薩答王言　我父輸檀王　居住雪山下
城名迦毗羅　人民甚安樂　爲求無上道
是故今出家　王重稽首言　仁今盛少年
容顏甚端正　應受五欲樂　何爲乃行乞
我當捨此國　與汝共理之　今者幸相見
中心甚欣喜　願得作親友　共莅於王位
何爲樂獨處　空山林野中　菩薩於是時
以柔輭音句　徐答大王言　我今甚不戀

世間諸榮位　欲求寂滅故　捨之而出家
況乃於王國　而復生貪羨　譬如娑竭龍
大海爲宫室　豈復於牛跡　而生愛著心
大王應當知　五欲無邊過　能令墮地獄
餓鬼及畜生　智者當遠之　棄捨如涕唾
欲如果熟已　將墜自不久　又如空中雲
須臾而變滅　如風駛飄鼓　無時而暫停
若著五欲者　即失解脱樂　誰有智慧士
而求大苦因　若人未得欲　貪火極熾然
若已得之者　釋復無猒足　得已愛别離
便生大苦惱　天上微妙樂　人中殊勝果
假使世間人　盡受二種報　心亦未知足
得此更求餘　譬如熱乏人　渴逼飲鹹水
五欲亦如是　希求無息時　常在生死中
輪轉恒無際　若有智慧者　心淨攝諸根
證無漏聖道　爾乃名知足　王今應觀身
無常不堅固　九孔恒流溢　衆苦作機關
我雖受五欲　而不生貪著　爲求寂滅樂
是故今出家　頻婆娑羅言　善哉大導師
我本臣事汝　汝是帝王子　能棄五欲榮
我今勸俗利　必獲無量罪　惟願大慈悲
哀愍捨我過　當於此境界　證得佛菩提
願使不我遺　我當獲大利　於是從座起
頂禮菩薩足　百千衆圍遶　還返於自宫
菩薩調伏心　爲世間依止　隨益而去住
當往尼連河

苦行品第十七

佛告諸比丘王舍城邊有一仙人摩羅之子名烏特迦與七百弟子俱常説非想非非想定爾時菩薩見彼仙人於大會中多聞聰慧

衆所宗仰作是思惟我若不至其所同其苦行云何能顯彼所修行諸定過失我今方便令彼自知其所修習非爲究竟又欲開顯我之定慧利益一切令彼衆會生希有心發是念已至仙人所作如是言仁者誰爲汝師汝所修行復是何法仙人答言我本無師自然而悟菩薩告言我今故來求汝所證願爲演說我當行之仙言隨意所欲當爲宣說爾時菩薩受彼教已於一靜處專精修學由昔慣習定慧因緣即得世間百千三昧隨彼諸定所有差別種種行相皆現在前是時菩薩復從定起謂仙人言過此定已更有何法仙言此最爲勝更無餘法菩薩作是思惟我有信進念定慧速能證得彼仙之法其所得者非爲正路非猒離法非沙門法非菩提法非涅槃法佛告諸比丘菩薩爲欲令彼諸仙捨其邪道說如上事時五跋陀羅先於彼所修行梵行竊相議言我等久學尚未能測彼定淺深云何太子於少時間已能證得大仙之法嫌未究竟更求勝者由斯義故必當證獲無上菩提彼得道時我等五人亦應有分作是念已即捨仙人還從菩薩爾時菩薩出王舍城與五跋陀羅次第遊歷向尼連河次伽耶山於山頂上在一樹下敷草而坐作是思惟世間若沙門若婆羅門放逸身心住於貪欲隨於熱惱雖行苦行去道甚遠譬如有人爲求火故便取濕木置之水中鑽燧索火是人有能求得火不若人住貪欲等雖行苦行不能證得出世勝智亦復如是復作是念世間若沙門若婆羅門制御於身不行貪欲於境

界中心猶愛著雖修苦行去道尚遠譬如有人爲求火故猶取濕木置之陸地鑽燧索火是人有能求得火不若復有人起貪愛等心未寂靜雖行苦行不能證得出世勝智亦復如是復作是念世間若沙門若婆羅門攝衛身心離於貪欲除諸熱惱最上寂靜修行苦行即能證得出世勝智譬如有人爲求火故取彼燥木置於乾地而鑽燧之當知是人定求得火若復有人不處貪欲身心寂靜勤修苦行即能證得出世勝智亦復如是佛告諸比丘菩薩出伽耶山已次第巡行至優樓頻螺池側東面而視見足連河其水清冷湍洄皎潔涯岸平正林木扶踈種種華果鮮榮可愛河邊村邑處處豐饒棟宇相接人民殷盛爾時菩薩漸至一處寂靜閑曠無有丘墟非近非遠不高不下即作是念今止此地易可安神往古已來修聖行者多於此住復作是念我今出於五濁惡世見彼下劣衆生諸外道等著我見者修諸苦行無明所覆虛妄推求自苦身心用求解脫所謂或有執器巡乞而行食之或有惟一掬食以濟一日或不乞食任彼來施或有不受來請須自往乞以求解脫或有恒食草木根莖枝葉華果蓮藕獸糞糠汁米泔油滓或有不食沙糖酥油石蜜醇酒甜醋種種美味以求解脫或有乞一家食若二若三乃至七家或有一日一食二日一食乃至半月一月一度而食以求解脫或有所食漸頓多少隨月增減或有日食一撮乃至七撮或有日食一麥一麻一米或有惟飲淨水以求解脫或有名稱神所自餓而死

謂隨已意生天人中或有紡績鵂鶹毛羽以爲衣服或著樹皮或著牛羊皮革糞掃毯毼或著一衣乃至七衣或黑或赤以爲衣服或復露形或手提三杖或貫髑髏以求解脱或一日一浴一日二浴乃至七浴或常不浴或有塗灰或有塗墨或坌糞土或帶萎華或五熱炙身以煙熏鼻自墜高巖常翹一足仰觀日月或卧編椽棘刺灰糞瓦石板杵之上以求解脱或作唵聲婆娑聲蘇陀聲娑婆訶聲受持呪術諷誦韋陀以求解脱或依諸梵王帝釋摩醯首羅突伽那羅延拘摩羅迦旃延摩致履伽八婆蘇二阿水那毗沙門婆樓那阿履致旃陀羅乾闥婆阿脩羅迦樓羅摩睺羅伽夜叉步多鳩槃荼諸天鬼神以求解脱或有歸依地水火風空山川河池溪壑大海林樹蔓草塚墓四衢養牛之處及鄽肆間或事刀劒輪矟一切兵器以求解脱是諸外道怖生死故勤求出離修習苦行都無利益非歸依處而作歸依非吉祥事生吉祥想佛告諸比丘菩薩爾時復作是念我今爲欲摧伏外道現希有事令諸天人生清淨心又欲令彼壞因緣者知業果報又欲示現功德智慧有大威神分析諸定差別之相又欲示現有大勇猛精進之力便於是處結跏趺坐身口意業靜然不動初攝心時專精一境制出入息熱氣徧體腋下流汗額上津出譬如雨滴忍受斯苦不生疲極便起勇猛精進之心佛告諸比丘菩薩爾時制出入息於兩耳中發大音響譬如引風吹鼓鞴囊受是苦事不生疲惓諸比丘我於爾時耳鼻口中斷出入息

内風衝頂發大音聲譬如壯士揮彼利刀上破腦骨受是苦事不生疲極退轉之心佛告諸比丘菩薩爾時諸出入息一切皆止内風强盛於兩肋間旋迴宛轉發大聲響譬如屠人以刀解牛受是苦事都無懈倦佛告諸比丘菩薩爾時内風動故遍身熱惱譬如有人力弱受制於大火聚舉身被炙受斯苦極更增勇猛精進之心作是念言我今住彼不動三昧身口意業皆得正受入第四禪遠離喜樂遣於分別無有飄動猶如虚空遍於一切無能變異此定名爲阿娑婆那菩薩爾時修如是等最極苦行諸比丘菩薩復作是念世間若沙門婆羅門以斷食法而爲苦者我今復欲降伏彼故日食一麥比丘當知我昔惟食一麥之時身體羸瘦如阿斯樹肉盡筋現如壞屋椽脊骨連露如節竹節眼目䀹陷如井底星頭頂銷枯如曝乾瓠所坐之地如馬蹄跡皮膚皺赦如割句形舉手拂塵身毛燋落以手摩腹乃觸脊梁又食一米乃至一麻身體羸瘦過前十倍色如聚墨又若死灰四方聚落人來見者咸歎恨言釋種太子寧自苦爲端正美色今何所在佛告諸比丘菩薩六年苦行之時於四威儀曾不失壞盛夏暑熱不就清涼隆冬嚴寒不求厚煖蚊䖟唼體亦不拂除結跏趺坐身心不動亦不頻申亦不涕唾放牧童豎常來覩見戲以草莛而刺我鼻或刺我口或刺我耳我於爾時身心不動常爲天龍鬼神之所供養能令十二洛叉天人住三乘路爾時世尊欲重宣此義而說偈言

菩薩於往昔　捨位出家已　爲利衆生故
思惟諸方便　我出濁惡世　生此閻浮提
多諸邪見人　破法行異道　愚者求解脫
自苦其身心　雖怖生死因　恒迷出離果
或有赴火聚　自墜於高巖　五熱以炙身
塗灰而自毀　日常一掬食　劣以濟身命
乞食於他門　主喜而方受　顏色少懷恪
終朝而不食　或時聞杵臼　及以狗吠聲
即止不行乞　乃喚亦不受　酥油及美味
乳酪沙糖等　一切皆不御　惟食麤惡食
糠汁及油滓　獸糞并藕根　草木諸華葉
以求於解脫　或有服淨水　或日食一麻
或止進一米　或有自餓死　以求於解脫
或有著皮革　糞掃及鳥羽　樹皮毛氎等
種種弊衣服　或有著一衣　乃至著七衣
或有常露形　以求於解脫　坐卧編椽上
棘刺灰土中　板杵瓦石閒　以求於解脫
或常舉兩手　或有翹一足　散髮及髭髻
逐日而迴轉　以求於解脫　或常禮日月
河海及山川　高原諸樹林　以求於解脫
此諸外道等　勤修無利苦　執著虛妄業
堅受未嘗捨　如是邪見人　死當墮惡趣
我爲如是等　昔於六年中　示現摧伏彼
勤修大苦行　有諸無智人　見外道邪苦
竊以爲真法　便生隨喜心　亦爲成熟彼
勤行大苦行　乃擇空閑地　跏趺坐三昧
當是節食時　日食一麻米　履寒不就煖
處熱不求涼　亦不逐蚊蝱　亦不避風雨
童牧來觀看　戲以草莛刺　通於耳鼻口
以草木瓦石　打擲於我身　亦不能致損

一切皆忍受 身亦不低昂 亦不生疲極
涕唾便利等 諸穢皆已絶 惟餘皮骨在
血肉盡乾枯 形體極羸瘦 如阿斯迦樹
住阿那婆定 身心寂不動 亦不味禪樂
而起大悲心 普爲諸衆生 修行如是定
以修此定故 速疾得成佛 滅除外道衆
摧伏諸異學 亦以迦葉等 不信有菩提
如是大菩提 無量劫難得 爲是諸人等
入阿那婆定 當坐此定時 有十二洛叉
諸天人衆等 住於三乘路 諸天龍神等
恒於日夜中 供養菩薩身 各自發弘誓
願住那婆定 利益諸衆生 其心如虛空

往尼連河品第十八

佛告諸比丘爾時菩薩六年苦行魔王波旬常隨菩薩伺求其過而不能得生猒倦心悒然而退爾時世尊以偈頌曰

菩薩之所居 林野甚清淨 東望尼連水
西據頻螺池 初起精進心 來求寂靜地
見彼極閑曠 止此除煩惱 時魔王波旬
到於菩薩所 詐以柔輭語 而向菩薩言
世間諸衆生 皆悉愛壽命 汝今體枯竭
千死無一全 當修事火法 必獲大果報
無宜徒捨命 爲人所憐愍 心性本難伏
煩惱不可斷 菩提誰能證 自苦欲何爲
菩薩告波旬 而作如是言 昏醉貪瞋癡
與汝爲眷屬 將汝至於此 共汝壞善根
我不求世福 勿以此相擾 我今無死畏
以死爲邊際 志願求解脱 決無退轉心
雖有諸痛惱 我心恒寂靜 住斯堅固定
精進樂欲等 我寧守智死 不以無智生

譬如義勇人　寧爲決勝沒　非如怯弱者
求活爲人制　是故我於今　當摧汝軍衆
第一貪欲軍　第二憂愁軍　第三飢渴軍
第四愛染軍　第五惛睡軍　第六恐怖軍
第七疑悔軍　第八忿覆軍　第九悲惱軍
及自讃毀他　邪稱供養等　如是諸軍衆
是汝之眷屬　能摧伏天人　我今恒住彼
正念正知等　銷滅汝波旬　如水漬坏器
菩薩作是言　魔王便退屈

佛告諸比丘菩薩作是思惟過現未來所有沙門若婆羅門修苦行時逼迫身心受痛惱者應知是等但自苦已都無利益復作是念我今行此最極之苦而不能證出世勝智即知苦行非菩提因亦非知苦斷集證滅修道必有餘法當得斷除生老病死復作是念我昔於父王園中閻浮樹下修得初禪我於爾時身心悅樂如是乃至證得四禪思惟往昔曾證得者是菩提因必能除滅生老病死菩薩復作是念我今將此羸瘦之身不堪受道若我即以神力及智慧力令身平復向菩提場豈不能辦如是之事即非哀愍一切衆生又非諸佛證菩提法是故我今應受美食令身有力方能往詣菩提之場時有諸天心常愛樂修苦行者已知菩薩欲食美食白菩薩言尊者莫受美食我今方便以神通力令尊氣力平復如本與食無異菩薩思惟我實不食已經多時四輩人民亦皆知我修行苦行若我因彼天神之力而不食者便成妄語時五跋陀羅既聞菩薩欲受美食咸作是念沙門瞿曇如是苦行尚不能得出世勝智況復

今者欲食美食受樂而住是無智人退失禪定便捨菩薩詣波羅柰仙人墮處鹿野苑中佛告諸比丘菩薩苦行已來優樓頻螺聚落主名曰斯那鉢底有十童女昔與五跋陀羅常以麻麥供養菩薩爾時諸女既知菩薩捨致苦行即作種種飲食奉獻未經多日色相光悅於是衆人復相謂言沙門瞿曇形貌威嚴有大福德十童女中其最小者名曰善生昔於菩薩苦行之時恒以飲食供養八百梵志願因供養梵志之福資益菩薩令速成就阿耨多羅三藐三菩提佛告諸比丘菩薩復作是念六年勤苦衣服弊壞於尸陀林下見有故破糞掃之衣將欲取之於時地神告虛空神作如是言奇哉奇哉釋種太子捨輪王位拾是所棄糞掃之衣虛空之神聞此語已告三十三天如是展轉於一念中乃至博聞阿迦尼吒天爾時菩薩手持故衣作如是言何處有水洗浣是衣時有一天於菩薩前以手指地便成一池爾時菩薩復更思惟何處有石可以洗是糞掃之衣時釋提桓因即以方石安處池中菩薩見石持用浣衣爾時帝釋白菩薩言我當爲尊洗此故衣惟願聽許然菩薩欲使將來諸比丘衆不令他人洗浣故衣即便自洗不與帝釋浣衣已訖入池澡浴是時魔王波旬變其池岸極令高峻池邊有樹名阿斯那是時樹神按樹令低菩薩攀枝得上河岸於彼樹下自納故衣時淨居天子名無垢光將沙門應量袈裟供養菩薩爾時菩薩受袈裟已於晨朝時著僧伽梨入村乞食其聚落神於昨夜中告善生言汝常爲

彼清淨之人設大施會彼人今者捨苦行已現食美食汝先發願彼人受我食已速得阿耨多羅三藐三菩提今正是時速宜營辦時善生女聞神語已即取千頭牸牛而𤛓其乳七度煎煑惟取其上極精純者置新器內用香粇米煑以爲糜當煑之時於乳糜上現千輻輪波頭摩等吉祥之相時善生女見此相已即自思惟是何瑞應時有仙人語善生言如此乳糜若有食者必當得成無上菩提是時善生煑乳糜已灑掃所居極令清淨安置妙座種種施設告優多羅女言汝宜往請梵志皆來優多羅女既奉命已向東而行唯見菩薩不覩梵志南西北行但覩菩薩不見梵志亦復如是由淨居天隱梵志身令優多羅女永不得見優多羅女歸白善生言我所去處惟見沙門瞿曇不復見有諸餘梵志善生女言此爲最勝我故爲彼辦是乳糜汝宜速往爲我延請優多羅女至菩薩所頭面禮足作如是言善生使我來請聖者菩薩聞已往詣其所坐殊勝座時善生女即以金鉢盛滿乳糜持以奉獻菩薩受已作是思惟食此乳糜必定得成阿耨多羅三藐三菩提復告善生我若食已如是金鉢當付與誰善生女言願以此鉢奉上尊者隨意所用爾時菩薩擎彼乳糜出優樓頻螺聚落往尼連河置鉢岸上剃除鬚髮入河而浴佛告諸比丘菩薩澡浴之時百千諸天散天香華遍滿河中菩薩浴竟競收此水將還天宮所剃鬚髮善生得已起塔供養菩薩既出河岸作是思惟當以何座食此美味河中龍妃即持賢座從地涌

出敷置淨處請菩薩坐菩薩坐已食彼乳糜身體相好平復如本即以金鉢擲致河中是時龍王生大歡喜收取金鉢宮中供養時釋提桓因即變其形爲金翅鳥從彼龍王奪取金鉢將還本宮起塔供養爾時菩薩從座而起龍妃還持所獻賢座歸於本宮起塔供養諸比丘由菩薩福慧力故食乳糜已三十二相八十種好圓光一尋轉增赫弈爾時世尊欲重宣此義而說偈言

六年苦行時　身體極羸瘦　不以天神力
往彼菩提場　爲愍衆生故　還依諸佛法
須食於美食　方證大菩提　有女於往昔
行善名善生　爲佛六年苦　廣施八百衆
夜半聞天語　晨朝聲乳牛　練彼千牛乳
作糜持奉獻　菩薩著衣已　巡行至其舍
受彼乳糜取　往詣尼連河　菩薩無量劫
廣修諸善行　身心俱寂靜　進止極調柔
至彼連河岸　天龍悉圍遶　菩薩入河浴
諸天散香華　將欲昇河岸　神來低寶樹
善女施金鉢　龍妃奉妙床　行步如師子
往詣菩提座

方廣大莊嚴經卷第七

音釋

闤闠 闤獲頑切闠胡對切闤闠市門也　莅 力置切臨也　駛 踈士切疾也　鑽燧 鑽作官切燧詳醉切鑽燧謂穿木取火也　湍洄 湍他端切急瀨也洄戶恢切泝流也　泔 占南切米汁也　滓 側氏切濁也　醇 常倫切醲也　撮 麤括切　紡績 紡撫兩切績則歷切　鵂鶹 鵂許鳩切鶹力鳩切怪鳥

也

氀毼 氀力朱切毼胡割切氀毼毛布也

鞴 步拜切鞴囊吹火器也

䁠 苦洽切目陷也

曝 步木切日乾也

瓠 胡故切瓠匏也

皺𧹞 皺側救切皺也𧹞乃板切面皺而赤也

莛 唐丁切草莖也

髽髻 髽莊花切髻寺詣切髽髻縮髮也

漬 疾智切浸也

𤛓 古候切取牛羊乳也

輻 方六切車輻也

乳糜 糜忙皮切乳糜酪粥也

方廣大莊嚴經卷第八

唐中天竺國沙門地婆訶羅奉　詔譯

詣菩提場品第十九

爾時佛告諸比丘菩薩澡浴身體復食乳糜氣力平全方欲往詣十六功德之地菩提樹下爲欲降伏彼魔怨故以大人相四面而行所謂徐徐安隱而行容止美好如虹蜺而行雅步閑詳如須彌山巍巍而行不忽遽行不遲慢行不沉重行不輕躁行不濁亂行離垢而行清淨而行無過失行無愚癡行無染著行如師子王行如龍王行如那羅延行不觸地行千輻輪相印文而行足指網縵甲如赤銅照地而行震動大地而行如山相擊出大音聲而行坑坎堆阜自然平正而行足下光明照罪衆生歸於善趣而行所踐之地皆生蓮華而行隨順過去諸佛就師子座而行心如金剛不可沮壞而行閉諸惡趣開諸善門而行安樂一切衆生而行銷滅魔力而行摧諸邪論而行除斷無明瞖障而行絕生死翅羽而行映蔽釋梵護世自在天王而行於三千大千世界惟我獨尊而行自證聖道不由他悟而行將證一切智而行念慧相應而行欲除生老病死而行方趣寂滅離垢不生無畏向涅槃城而行爾時菩薩正念向彼菩提之樹直視行時便有如是無量威儀時有風天雨天從尼連河至菩提樹周遍掃灑盡令嚴淨又雨無量殊勝香華遍覆其地於三千大千世界所有大小諸樹皆悉低枝向菩提樹三千大千世界須彌山等大小諸山皆悉低峯向菩提樹欲界諸天子等各散種種微

妙香華一一妙華縱廣一拘盧舍以爲華臺復現廣路脩遠無際於路左右七寶欄楯皆悉嚴好其量高下如七多羅樹衆寶旛蓋處處莊嚴復化七寶多羅之樹一一樹間絡以金繩於其繩上皆懸珍鐸明珠瑠璃間廁其中其樹兩間有七寶池於彼池内金沙遍布香水盈滿優鉢羅華拘物頭華波頭摩華芬陀利華如是等華充滿池中其池四邊七寶階道周帀莊嚴於其階道則有迦陵頻伽鳧鴈鴛鴦命命諸鳥出和雅音有八萬四千天諸婇女以衆香水灑於前路復有八萬四千天諸婇女散衆天華一一樹下復有衆寶妙臺是諸臺上各有八萬四千天諸婇女皆捧寶器盛妙栴檀沉水之香復有五千天諸婇女奏天妓樂歌舞頌歎出和雅音佛告諸比丘菩薩詣菩提樹時其身普放無量光明又遍震動無邊剎土復有無量百千諸天奏天妓樂於虛空中雨衆天華又雨無量百千天妙衣服復有無量象馬牛等圍遶菩薩發聲哮吼其音和暢又有無量鸚鵡舍利拘枳羅鳥迦陵頻伽鳧鴈鴛鴦孔雀翡翠共命諸鳥翺翔圍遶出和雅音菩薩往菩提場時有如是等無量希有吉祥之相佛告諸比丘菩薩將欲坐菩提座其夜三千大千世界主大梵天王告諸梵衆作如是言仁者當知菩薩摩訶薩被精進甲智慧堅固心不劬勞成就一切菩薩之行通達一切波羅蜜門於一切菩薩地得大自在獲諸菩薩清淨意樂一切衆生諸根利鈍皆悉了知住於如來祕密之藏超諸魔境一切善法皆能自覺不由他人而

得覺悟爲諸如來大神通力之所護念當爲衆生説解脱道亦爲衆生作大商主摧伏一切諸魔軍衆於三千大千世界之中惟佛獨尊爲大醫王調和法藥救衆生苦爲大法王以智慧明照於十方建大法幢不爲世間八法所染猶如蓮華不著於水能積無量眞實法寶猶如大海藴諸奇珍怨親平等如須彌山安住不動心意清淨如摩尼珠離諸垢穢於三千大千世界得大自在菩薩摩訶薩以如是等無量功德詣菩提場爲欲降伏衆魔怨故成阿耨多羅三藐三菩提故欲圓滿十力四無所畏十八不共佛法故轉正法輪故爲欲震大師子吼故施大法雨令諸衆生得滿足故令諸衆生得清淨法眼故令諸外道息諍論故欲使本願得圓滿故於一切法得自在故仁者汝等應當發心往詣親近供養即説偈言

無量百千劫　具慈悲喜捨　禪定智慧通
於今證涅槃　若欲遠三惡　及離於八難
受天妙樂報　乃至得涅槃　應持上供具
供養於菩薩　六年修苦行　欲詣菩提場
三千世界主　釋梵及日月　一切無與等
見者咸歡悦　降伏諸魔軍　必當成正覺
身相三十二　最勝自莊嚴　梵音甚清徹
心淨離諸過　或有人樂欲　上生於梵世
或有人樂欲　證得聲聞果　或有人樂欲
得成辟支佛　或有人樂欲　當獲無上果
如是諸人等　應供養導師

佛告諸比丘時大梵天王爲供養菩薩故以神通力令三千大千世界皆悉清淨除諸砂

鹵瓦礫荆棘地平如掌無有丘墟以金銀瑠璃硨磲碼碯珊瑚琥珀真珠等寶而嚴飾之又遍三千大千世界生諸瑞草青緑右旋柔輭可愛如迦隣陀衣又諸巨海變爲平地亦不燒彼魚鼈黿鼉水性之屬所有十方刹土梵王帝釋護世四王咸見此間三千大千世界如是嚴淨各於本土皆悉莊嚴遥申供養又十方無邊刹土一切菩薩爲供養故以超過人天殊勝供具各於本國而申供養皆見無邊世界如一佛土諸須彌山鐵圍山間幽㝠之處日月威光所不能及咸見菩薩光明普照有十六天子守護此菩提之場是諸天子皆證無生法忍及得阿惟越致其名曰轉進天子無勝天子施與天子愛敬天子勇力天子善住天子持地天子作光天子無垢天子法自在天子法幢天子所行吉祥天子無障礙天子大莊嚴天子清淨戒香天子蓮華光明天子如是等天子各化四方八十由旬廣設無量寶莊嚴具其地四邊皆有七重寶路一一寶路皆悉行列寶多羅樹一一樹間金繩交絡垂諸寶鈴覆以寶網閻浮檀金以爲蓮華遍滿於地一一華上各以七寶而嚴飾之復燒種種上妙天香十方世界人天之中所有妙樹悉於中現又十方世界一切水陸勝妙香華悉於中現又十方世界諸佛菩薩各於本土現無量資糧廣博嚴飾福德智慧菩提道場如是種種事業皆悉現於此道場中佛告諸比丘十六天子見如是等神通瑞相種種莊嚴踊躍歡喜天龍夜叉乾闥婆阿脩羅迦樓羅緊那羅摩睺羅伽等見此道

場歎未曾有各想自宫猶如塚墓皆有無量讚述功德復有四護菩提樹神一名毗留薄瞿二名蘇摩那三名烏殊鉢底四名帝殊各以神力變菩提樹高廣嚴好各長八十多羅之樹根莖枝葉華果茂盛端正可愛莊嚴無比見者歡喜逾於帝釋歡喜園中波利質多羅樹拘鞞羅樹菩薩所坐成菩提處則三千大千世界之中心也此樹下地純以金剛所成不可沮壞佛告諸比丘菩薩欲往菩提樹時放大光明遍照無邊無量世界地獄衆生皆得離苦餓鬼衆生皆得飽滿畜生衆生慈心相向諸根不具衆生皆得具足病苦衆生皆得痊愈怖畏衆生皆得安樂獄囚衆生皆得釋然貧窮衆生皆得財寶煩惱衆生皆得解脫飢渴衆生皆得飲食懷孕衆生皆得免難羸瘦衆生皆得充健而於此時無一衆生爲貪恚癡之所逼惱人天不死亦不受胎是時一切衆生更相慈愍生利益心如父如母如姊如妹如兄如弟爾時世尊欲重宣此義而說偈言

地獄痛苦逼　一切皆休息　畜生相食噉
各各起慈心　八難皆閉塞　三惡悉空靜
光明所照處　咸受微妙樂　眼耳鼻舌等
諸根不完具　皆悉得具足　煩惱所擾者
便得大安樂　狂亂得正念　貧賤得富貴
病苦得痊除　禁囚得解脫　一切無忿競
展轉起慈心　如父母愛子　菩薩光明網
遍滿於十方　普照恒沙界　映蔽無邊土
鐵圍大鐵圍　及餘諸山等　皆悉不復現
變爲一佛刹　以衆寶所成　嚴飾甚微妙

由光照燭故　一切如觀掌　如是等莊嚴
爲供養菩薩　護菩提場神　有十六天子
面八十由旬　現種種嚴飾　菩薩大威力
面八十由旬　亦現無邊刹　各各皆嚴淨
天龍八部衆　覩如是事已　還自思本宮
而生塚墓想　咸起奇特心　頌歎諸功德
善哉福難思　乃感如斯果　匪惟身語意
起如是莊嚴　以本願力故　一切皆成就
隨諸衆生業　皆悉得滿足　四護菩提神
嚴飾菩提樹　勝過歡喜園　帝釋殊妙林
此神所嚴飾　端正甚可愛　一切天人等
稱讚無窮已

佛告諸比丘菩薩清淨光明普照世界滅除一切衆生煩惱遇斯光者皆生欣喜此光又照迦利龍王宮時彼龍王遇斯光明於龍衆中而說偈言

過去三佛皆已現　智慧光明眞金色
於是還覩無垢光　由斯定有佛興世
其光清淨逾日月　非螢非燭星電等
亦非梵釋阿脩羅　一切威光所能及
我以先業行不善　所處宮殿常昏暗
恒雨熱沙以燒身　自念長時受斯苦
忽遇光明如日照　身心清涼遍歡喜
億劫修行衆行者　今時定坐菩提場
我與汝等諸親眷　衣服香華幷妓樂
及以種種莊嚴具　供養利益世間者

佛告諸比丘龍王爾時與其眷屬歡喜踊躍瞻顧四方乃見菩薩身相巍巍如須彌山梵釋四王龍神八部皆悉圍遶心大歡喜頭面禮足恭敬尊重即以種種香華衣服瓔珞作

衆妓樂供養菩薩合掌曲躬以偈讚曰

面淨似滿月　世間大導師　我昔值諸佛
瑞相皆如是　今尊破魔已　行當證菩提
曾於過去劫　廣修內外施　持戒及忍辱
精進禪智慧　方便大慈悲　願力喜捨等
以是諸功德　當得成佛道　一切諸叢林
低枝禮佛樹　有千吉祥瓶　圍遶在虛空
衆鳥吐和音　翱翔競隨逐　身光眞金色
遍照於十方　惡趣停苦惱　世間蒙快樂
尊今於三界　定爲大導師　梵王及帝釋
欲色諸天子　咸捨微妙樂　皆來申供養
尊今於世間　必爲大醫王　凡是所遊踐
蓮華隨步起　尊今於世間　必爲應供者
導師坐道場　無量拘胝數　一切魔軍衆
皆當自摧伏　日月可墮落　須彌可崩壞

若未得菩提　終不可移動　願我與眷屬
得捨此龍身　功德自莊嚴　當往菩提座
說是偈已其龍王妃名曰金光與無量龍女
恭敬圍遶將衆寶蓋衣服瓔珞人天妙華復
持寶器盛衆名香奏諸妓樂說是妙偈讚菩
薩曰

能斷貪瞋癡　世間諸過患　度生死海者
故我今頂禮　尊爲大醫王　善拔煩惱箭
衆生未調伏　而當調伏之　衆生處世間
恒爲煩惱覆　尊當以慧日　照之令得除
世間無依怙　今當得依怙　而於虛空中
雨種種衣食　諸天龍神等　皆生歡喜心
辯才大導師　願速坐道場　降伏衆魔怨
當成無上道　似昔諸如來　所證菩提法
無量劫修習　利益諸羣生　願速坐道場

證無上菩提

佛告諸比丘菩薩爾時作是思惟古昔諸佛坐於何座證阿耨多羅三藐三菩提作是念時即知過去諸佛皆坐淨草而成正覺是時淨居天子知菩薩心白菩薩言如是如是過去諸佛欲證菩提皆坐淨草爾時菩薩復自思惟誰能與我如是淨草時釋提桓因即變其身爲刈草人在菩薩右不近不遠持草而立其草青紺如孔雀尾柔軟可愛如迦尸迦衣宛轉右旋香氣芬馥爾時菩薩既見化人執斯妙草漸向其所徐而問之汝名字誰其人答曰我名吉祥菩薩思惟我今欲求自身吉祥復欲令他而得吉祥人名吉祥於我前立我今定證阿耨多羅三藐三菩提爾時菩薩欲從化人而求淨草出是語時梵聲微妙所謂眞實聲周正聲清亮聲和潤聲流美聲善導聲不謇聲不澁聲不破聲柔軟聲悅雅聲分析聲順耳聲合意聲如迦陵頻伽聲如命命鳥聲如殷雷聲如海波聲如山崩聲如天讃聲如梵天聲如師子聲如龍王聲如象王聲不急疾聲不遲緩聲解脱之聲無染著聲依義之聲應時之聲宣說八千萬億法門之聲順一切諸佛法聲菩薩以此美妙之聲語化人言仁者汝能與我淨草以不於是頌曰

吉祥汝今時　宜速施淨草　我當坐是草
降伏彼魔軍　若證寂滅法　即得無上道
我爲菩提故　無量劫修行　施戒精進忍
禪定智慧力　解脱與意樂　福德及神通
緣彼諸行故　今得圓滿果　若施我淨草

獲無量福德　因施淨草故　必當成導師
吉祥聞此言　心生大歡喜　手持淨妙草
住於菩薩前　即以歡喜心　而白菩薩言
若以施草故　能獲大菩提　幸先授菩提
然後受淨草　菩薩報吉祥　非唯施淨草
即獲大菩提　應修無量德　方蒙諸佛記
吉祥汝應知　菩提不妄授　菩提可妄授
我當以菩提　授一切衆生　吉祥汝應知
我證菩提已　分布諸世間　汝當於我所
聽受甘露法　菩薩受淨草　往詣菩提場
舉足欲行時　其地大振動　諸天龍神等
皆生歡喜心　恭敬合掌言　菩薩於今者
必降伏衆魔　定獲甘露法　證於無上道

佛告諸比丘菩薩向菩提場時無量菩薩并諸天衆各各莊飾菩提之樹其菩提樹有八萬四千一一皆願菩薩坐其樹下得阿耨多羅三藐三菩提其菩提樹或有高顯殊特百千由旬純華所成或有菩提樹高顯殊特二億由旬純香所成或有菩提樹高顯殊特百千由旬純以栴檀所成或有菩提樹高顯殊特五億由旬純以繒綵所成或有菩提樹高顯殊特十億由旬純以珠寶所成或有菩提樹高顯殊特百億由旬純以七寶所成如是八萬四千菩提之樹一一樹下各隨色類敷師子座或有師子之座以華莊嚴或有師子之座以香莊嚴或有師子之座以栴檀莊嚴或有師子之座以珠寶莊嚴或有師子之座以雜寶莊嚴佛告諸比丘爾時菩薩示現取草周遍敷設如師子王具足勢力精進堅固無諸過失貴盛自在智慧覺悟有大名稱降

伏衆魔摧諸外道具足如是種種功德將證菩提而面向東於淨草上結跏趺坐端身正念發大誓言

我今若不證　無上大菩提　寧可碎是身
終不起此座

爾時菩薩昇菩提座即證方廣神通遊戲大嚴之定得是定已現身各各坐彼師子之座一一身上皆具衆妙相好莊嚴其餘菩薩幷諸天人各各皆謂菩薩獨坐其座又由定力能令地獄餓鬼畜生閻羅王界及諸人天皆見菩薩坐菩提座

嚴菩提場品第二十

佛告諸比丘爾時菩薩坐菩提場六欲諸天恐有障難即於東面恭敬而住如是南西北方四維上下皆有無量諸天恭敬而住是時菩薩放大光明其光名為開發菩薩智周遍照曜盡虛空界一切十方諸佛刹土爾時東方世界有國名離垢其佛號曰離垢光明彼有菩薩摩訶薩名遊戲莊嚴遇斯光已與無央數菩薩圍遶而來詣菩提場為供養故住菩薩前爾時菩薩以神通力變現十方盡虛空界一切佛刹成一清淨瑠璃道場一切佛刹五道衆生展轉指示各相謂言此是何人神通遊戲莊嚴威德色相乃爾是時菩薩於一一衆生前現化菩薩而說頌曰

能斷諸垢濁　貪瞋癡習氣　身照十方刹
映蔽衆光明　福智及三昧　積劫轉增長
一切諸莊嚴　最勝牟尼力

爾時南方世界有國名寶莊嚴其佛號曰光明彼有菩薩摩訶薩名現寶蓋遇斯光已與

無央數菩薩圍遶而來詣菩提場爲供養故住菩薩前爾時菩薩以神通力持一寶蓋周遍覆此菩提之場大梵天王釋提桓因護世四王更相謂言以何果報而現如此寶莊嚴蓋於寶蓋中出妙頌曰

在昔億千劫　供養三世佛　慈心行捨施
故得相莊嚴　成就那延力　導師感是報
利益於一切　端坐菩提場

爾時西方世界有國名詹波其佛號曰開敷華王智慧神通彼有菩薩摩訶薩名曰寶網遇斯光已與無央數菩薩圍遶而來詣菩提場爲供養故住菩薩前爾時菩薩以神通力取一勝妙寶網彌覆菩提道場十方諸來天衆龍神八部更相謂言以何因緣感斯寶網於寶網中出妙頌曰

能爲衆寶因　衆寶所依處　三界皆歸趣
名聞遍十方　欲證大菩提　住於清淨法
精進力成佛　能感如斯供

爾時北方世界有國名曰轉其佛號曰掩蔽日月光彼有菩薩摩訶薩名莊嚴王遇斯光已與無央數菩薩圍遶而來詣菩提場爲供養故住菩薩前爾時菩薩以神通力令十方無邊刹土功德莊嚴之臺皆現於此菩提道場諸來衆會心生奇特一切人天更相謂言以何因緣感此殊勝莊嚴妙臺於妙臺中出妙頌曰

由昔無邊劫　福智資糧滿　身口意清淨
慙媿及慈悲　無上能仁尊　衆善無不具
今坐菩提座　故獲如斯福

爾時東南方世界有國名德王佛號功德光

明王彼有菩薩摩訶薩名功德慧遇斯光已與無央數菩薩圍遶而來詣菩提場爲供養故住菩薩前爾時菩薩以神通力化作無量功德莊嚴衆寶樓觀諸來天龍夜叉等衆見未曾有生竒特心更相謂言以何因緣而有斯瑞於樓觀中而說頌曰

衆德之所生　具足功德者　能成就功德
天龍咸恭敬　德海詣道場　功德香普熏
令坐菩提座　感如斯供養

爾時西南方有國名出寶其佛號寶幢彼有菩薩摩訶薩名出衆寶遇斯光已與無央數菩薩圍遶而來詣菩提場爲供養故住菩薩前爾時菩薩以神通力化作無量阿僧祇衆寶圓光其中諸天見未曾有生竒特心更相謂言以何威力而現如是衆寶圓光其圓光中出妙頌曰

以衆寶宮殿　華果與園林　頭目髓腦等
身肉及手足　如是種種施　積習諸功德
令現證菩提　感如斯供養

爾時西北方世界有國名雲其佛號曰雲王彼有菩薩摩訶薩名雲雷震聲遇斯光已與無央數菩薩圍遶而來詣菩提場爲供養故住菩薩前爾時菩薩以神通力化作沉水香雲及栴檀香雲遍布菩提道場諸天衆會皆生歡喜竒特之心共相謂言以何因緣有斯瑞應其香雲中出妙頌曰

法雲覆一切　普雨於法雨　滅衆生煩惱
令得於涅槃　神通定根力　功德爲莊嚴
證甘露菩提　故獲如斯供

爾時東北方世界有國名金網其佛號寶蓋

光明彼有菩薩摩訶薩名金網莊嚴遇斯光已與無央數菩薩圍遶而來詣菩提場爲供養故住菩薩前爾時菩薩以神通力於彼諸來菩薩供養其中化出無量無邊大菩薩衆皆有殊勝三十二相莊嚴其身執持華鬘曲躬稽首一一菩薩以偈頌曰

由昔無邊劫　深信極尊敬　以微妙音聲
讃歎諸如來　今坐菩提座　是故我頂禮
願以讃歎業　當得無上果

爾時下方世界有國名普觀其佛號曰普見彼有菩薩摩訶薩名曰寶藏遇斯光已與無央數菩薩圍遶而來詣菩提場爲供養故住菩薩前爾時菩薩以神通力於一一菩薩前化出廣大妙金蓮華而於華中皆有婇女出現半身端正姝妙咸以寶莊嚴具嚴飾其身手執種種金珠瓔珞曲躬稽首而諸人天更相謂言以何因縁感得如是微妙婇女是諸婇女以偈頌曰

由昔無邊劫　頂禮諸如來　辟支及聲聞
父母并尊者　質直無過患　具一切功德
皆應恭敬禮　清淨戒圓滿

爾時上方世界有國名殊勝功德其佛號曰德王彼有菩薩摩訶薩名虛空藏遇斯光已與無央數菩薩圍遶來詣菩提道場爲供養故住菩薩前爾時菩薩以神通力於虛空中普雨十方世界諸佛刹土昔所不見昔所未聞衆寶華鬘塗香末香燒香繒綵衣服幢旛寶蓋摩尼衆寶金銀瑠璃硨磲碼碯象馬車乘輦輿兵衆華樹果樹童男童女爾時梵釋護世天龍夜叉乾闥婆阿脩羅緊那羅摩睺

羅伽人非人等一切羣生皆悉得見生歡喜心無有驚怖爾時世尊欲宣此義而說偈言

利益一切世間者　欲證無上菩提時
十方無量諸菩薩　皆悉如雲而集會
彼諸菩薩所來事　我今以喻而略說
無量菩薩從空來　猶如密雲震吼聲
各各執持寶瓔珞　明珠垂懸甚嚴飾
無量菩薩從空來　首飾寶冠垂辮髮
擎捧如華妙臺觀　而至菩提道場所
無量菩薩從空來　猶如師子振吼聲
說空無相及無願　而至菩提道場所
無量菩薩從空來　猶如牛王哮吼聲
雨未曾有微妙華　而至菩提道場所
無量菩薩從空來　美聲猶如孔雀王
身光出現千種相　而至菩提道場所
無量菩薩從空來　光明猶如淨滿月
以妙音聲而讚歎　菩薩無量諸功德
無量菩薩從空來　光明照耀猶如日
映蔽一切魔宮殿　而至菩提道場所
無量菩薩從空來　身色美豔如虹蜺
福慧資糧悉圓滿　而至菩提道場所
無量菩薩從空來　手出摩尼衆寶網
幷散曼陀蘇曼陀　婆利師華詹波華
及持如是等華鬘　而至菩提道場所
無量菩薩從空來　以神通力振大地
而諸衆生不驚怖　一切靡不歡喜者
無量菩薩從空來　手接須彌大山王
如持華鬘不爲重　而至菩提道場所
無量菩薩從空來　頂戴四大香水海
遍灑大地皆嚴淨　而至菩提道場所

無量菩薩從空來　各持殊勝衆寶蓋
令諸菩薩皆覩見　而至菩提道場所
無量菩薩從空來　現爲梵王住寂定
一一毛孔演妙法　說大慈悲及喜捨
無量菩薩從空來　示爲帝釋微妙形
一切天人共圍遶　而至菩提道場所
無量菩薩從空來　示爲護世之形像
一切天人共圍遶　各各散以天華香
以緊那羅乾闥婆　美妙音聲讚菩薩
無量菩薩從空來　各持芬香妙華樹
枝葉華果遍莊嚴　而至菩提道場所
其樹華臺有菩薩　於彼華中出半身
悉皆具相三十二　各各執持諸妙華
拘物頭華波頭摩　優鉢羅華芬陀利
無量菩薩從空來　手持清淨蓮華沼

其身廣大如須彌　變爲淨妙諸華鬘
遍覆三千大千界　而至菩提道場所
無量菩薩從空來　各於眼中現劫燒
而復於此示成劫　遍身一一支節中
演出無邊諸佛法　所有衆生皆得聞
聞者悉斷諸貪欲　而至菩提道場所
無量菩薩從空來　其身端正甚可愛
以衆寶具而莊嚴　其聲猶如緊那羅
一切天人脩羅等　見聞皆悉無猒足
無量菩薩從空來　其身堅固如金剛
振動大地至水際　而至菩提道場所
無量菩薩從空來　光明照耀如日月
滅除衆生煩惱苦　而至菩提道場所
無量菩薩從空來　其身皆是衆寶成
遍於無邊佛刹土　普雨雜寶妙華香

一切衆生悉歡喜　而至菩提道場所
無量菩薩從空來　各能總持四種藏
其身一一毛孔中　演說無數諸經典
具足辯才大智慧　覺悟昏醉諸羣生
無量菩薩從空來　執持天鼓如須彌
擊出美妙大音聲　遍滿拘胝億佛剎
普告一切諸人天　娑婆世界雨甘露

方廣大莊嚴經卷第八

音釋

砂鹵（鹵郎古切砂鹵确薄之地也）鼈（并列切）黿鼉（黿愚袁切鼉徒何切）澀（所立切不滑也）惔（徒覽切恬憺也）

方廣大莊嚴經卷第九

唐中天竺國沙門地婆訶羅奉　詔譯

降魔品第二十一

爾時佛告諸比丘言比丘當知菩薩坐菩提座已作是思惟我於今者當成正覺魔王波旬居欲界中最尊最勝應召來此而降伏之復有欲界諸天及魔波旬所有眷屬久積善業當得見我師子遊戲發阿耨多羅三藐三菩提心作是念已放眉間白毫相光其光名爲降伏魔怨遍照三千大千世界傍耀魔宫魔王波旬於光明中聞如是偈

世有最勝清淨人　經歷多時修行滿
是彼釋種捨王位　今現坐於菩提場
汝身稱有大勇猛　當往樹下共相校
其人已達於彼岸　既自能度當度他
應滅三惡悉無餘　令彼人天轉充滿
若使得證菩提已　不久空虛汝境界
愚癡黒暗瞋恚伴　悉當銷散盡無餘
彼定廣開甘露門　汝等今者爲何計

佛告諸比丘時魔波旬聞是偈已復於夢中見三十二不祥之相一者見其宫殿悉皆黒暗二者見其宫中沙礫塵土處處飛揚三者見其宫殿破壞而生荆棘糞穢盈滿四者自見驚怖不安東西馳走五者自見寶冠墮落頭髮解散六者見其園中樹木無有華果七者自見頭破腦流於地八者見其自心熱惱九者見其園中樹木枝葉枯落十者見其池井皆竭十一者見其宫中鶡鵲舍利迦陵頻伽共命諸鳥羽翮摧殘十二者見其宫中鍾鼓琴瑟簫笛箜篌種種樂器悉皆斷壞委擲

於地十三者見其親族憂惱舉手拍頭悵然而立十四者自見其身墜墮牀下損傷頭面十五者見其諸子有威力者詣菩提場頂禮菩薩十六者見其諸女悲哭懊惱十七者自見其身衣服垢膩十八者自見其身羸瘦憔悴頭坌塵土十九者見其樓閣牕牖悉皆崩摧二十者見其軍將鬼神夜叉羅刹鳩槃茶等悉皆刎首狼藉委地二十一者見其珠寶瓔珞爲火所燒二十二者見欲界四天大王釋提桓因乃至他化自在諸天向菩薩前住立瞻仰二十三者見其自身對敵鬬戰拔刃不出二十四者見其自身可惡復出惡聲二十五者見其左右及巳眷屬皆悉背逆捨之而去二十六者見吉祥瓶皆悉破壞二十七者見那羅天唱不祥音二十八者見歡喜神稱不歡喜二十九者見虛空中黑暗煙霧處處彌滿三十者見護宮神舉聲大哭三十一者見自在之處咸不自在三十二者自見其宮震動不安佛告諸比丘魔王波旬從夢寤巳徧體戰慄心懷恐懼召其大臣而語之曰我聞空中聲言釋種太子出家學道苦行六年坐菩提座當成正覺其道若成必空我境汝等軍衆宜往其所而摧伏之即說偈言

汝當率領大兵衆　菩提樹下制沙門
諸君如能愛敬我　與彼戰鬬速令去
彼志方空我境界　使爲緣覺及聲聞
若不滅之令永斷　世間成佛無休巳

爾時魔王主兵大臣諫於波旬而說頌曰

大王所領四天主　及以八部諸龍神
欲色諸天隨梵釋　皆悉頂禮歸依彼

王之諸子勝智者　勇力世間無等倫
王軍滿八十由旬　夜叉羅刹并諸鬼
雖復近王居左右　恒常敬彼無過人
皆悉合掌生尊重　私以香華而奉獻
我覩如斯事相已　定知菩薩勝王軍
王之兵衆所居處　鵂鶹野干爲怪響
菩提樹下甚清淨　善禽瑞獸迭和音
如是吉相彼定強　我觀菩薩誰能勝
又王軍衆所住處　常雨沙礫及埃塵
菩提樹下聖所居　天雨香華悉盈積
王軍所處地高下　砂礫瓦石皆充滿
菩提樹下坦然平　復以七寶而嚴飾
若見如斯前相已　有智之者定須還
如是莊嚴悉周遍　菩薩必當成正覺
大王若不從臣諫　如夢所見終不虛

大王不可犯仙人　宜且收兵還本處
古昔有王觸仙故　呪禁一國悉成灰
過去有王名淨德　違忤羅闍大仙意
令彼彌年遭亢旱　叢林稼穡咸不登
王豈不聞韋陀論　三十二相必成佛
眉間光明白毫相　普照十方諸佛國
況復如王此軍衆　彼豈不能降伏之
無見頂相過極天　諸天畢竟無能覩
行當成彼微妙果　世間未聞令得聞
須彌及以諸山等　皆悉稽首菩提樹
施戒忍進禪定慧　歷劫以來修習成
而能獨坐破王軍　皆是熏修善根力
佛告諸比丘是時波旬聞彼大臣如是偈已
其心悶亂復召千子其五百子清白之部在
魔王右歸依菩薩其五百子冥黒之部在魔

王左賛助魔王於是波旬告語諸子汝等宜應一心籌量以何方計能摧伏彼右面魔子名曰導師於波旬前而說偈言

睡龍醉象師子王　三獸暴猛猶難觸
況復有斯禪定力　誰能犯彼大牟尼

左面魔子名曰惡慧亦向波旬而說偈言

我若視人人心破　我今看樹樹亦摧
怒目所向無全者　如值伺命終難活

右面魔子名曰美音復向波旬而說偈言

人是不堅何足破　樹稱危脆任能摧
縱汝瞋目須彌崩　何能舉眼瞻菩薩
設使善浮過大海　復能一氣吸滄溟
如是之事自可爲　無能懷惡觀菩薩

左面魔子名曰百臂復向波旬而說偈言

我今一身有百臂　一一皆能放百箭
大王但去不假憂　如此沙門何足害

右面魔子名曰妙覺復向波旬而說偈言

縱汝一毛成一臂　一一皆能放百箭
汝自以此爲殊勝　豈損菩薩之一毛
牟尼定力出世慈　毒火兵刃無能害
執持刀仗圖爲惡　散在空中盡成華
雖復天人阿脩羅　夜叉羅刹有大力
終爲忍辱之所制　能令威勢成羸劣

左面魔子名曰嚴威復向波旬而說偈言

我今能入比丘身　爲火焚燒盡令滅
譬如山火焚枯木　一切叢林悉無餘

右面魔子名曰善目復向波旬而說偈言

世界須彌可燒盡　金剛之慧實難焚
山移海竭大地銷　日月從空皆墮落
利益衆生坐道樹　未證菩提終不移

左面魔子名曰慠慢復向波旬而説偈言
我今住此以手摩　日月宮殿盡令碎
又能吸彼四大海　於中所有皆空竭
當擲沙門於海外　大王勿以此爲憂
不假兵衆降伏之　我獨能令彼銷滅
今當摧折菩提樹　并取沙門擲十方
右面魔子名曰有信復向波旬而説偈言
假使力碎三千界　如是大力滿恒沙
不動菩薩之一毛　何足能傷智慧者
左面魔子名曰可怖復向波旬而説偈言
如此沙門不足畏　彼無朋黨而獨居
今當恐之走十方　大王兵強何以怖
右面魔子名一縁慧復向波旬而説偈言
日月師子寧有兵　輪王威勢不假衆
一切菩薩無軍旅　一身一念破魔軍

左面魔子名曰求惡復向波旬而説偈言
惟願大王莫愁惱　我今不持諸器仗
以鼻卷取彼沙門　於是撲之令碎滅
右面魔子名功德莊嚴復向波旬而説偈言
其人身力甚堅固　如那羅延不可懷
況持忍辱而爲鎧　勤行精進以爲力
以三解脱爲所乘　復以智慧爲調御
菩薩由斯福德力　必能摧伏我魔軍
左面魔子名曰不退復向波旬而説偈言
譬如激矢自不歸　山火從風定難止
霹靂金剛必無返　未摧釋子終不還
右面魔子名曰樂法復向波旬而説偈言
激矢中石不復前　列火遇水必銷滅
霹靂至地竟何去　若見菩薩當自歸
大王乍可畫虛空　或使衆生心作一

或能將繩繫日月　如此之事皆可爲
惟有菩薩坐菩提　大王不可而傾動
左面魔子名不寂靜復向波旬而說偈言
我眼有毒若使看　須彌崩倒渤澥竭
當知沙門及道樹　纔視之時盡成灰
右面魔子名一切利成復向波旬而說偈言
假使以彼三千界　其中盡成於猛毒
功德之藏若視之　能令衆毒爲無毒
諸毒豈復過三毒　三毒無累其身心
菩薩本自同虚空　大王慎勿輕而往
左面魔子名曰憘著復向波旬而說偈言
莊飾萬億諸天女　鼓奏百千妙絃歌
誘之將入自在宮　恣欲令其永貪著
大王由是得自在　惟願勿以此爲憂
右面魔子名曰法慧復向波旬而說偈言
彼所樂者非非法　惟有解脱及諸禪
爲衆生故樂行慈　於爾五欲無貪著
左面魔子名獅吒羅復向波旬而說偈言
大王不聞諸子言　其聲哮吼皆雄裂
并有勇健迅捷力　疾往於彼滅沙門
右面魔子名師子吼復向波旬而說偈言
野干羣鳴大澤中　秖爲未聞師子吼
若使一聞師子吼　自當奔馳走十方
如是一切無智魔　未聞人中師子吼
徒自競辯無休止　若使聞已皆銷滅
左面魔子名曰惡思復向波旬而說偈言
豈可不見吾軍衆　我有惡思能速成
若非世間無智者　何不速起而奔走
右面魔子名曰善思復向波旬而說偈言
彼非無知乏勢力　汝自凡愚闕勝能

汝今未悉彼善權　彼當以智降伏汝
我等魔子恒沙衆　如是雄勇遍三千
不動菩薩之一毛　豈獨惡思能致損
無能於彼生惡念　應當尊重起淨心
是即三界爲法王　汝宜退還勿戰鬬

佛告諸比丘魔王爾時又命諸女作如是言汝等諸女可共往彼菩提樹下誘此釋子壞其淨行於是魔女詣菩提樹在菩薩前綺言妖姿三十二種媚惑菩薩一者揚眉不語二者褰裳前進三者低顏含笑四者更相戲弄五者如有戀慕六者互相瞻視七者掩斂脣口八者媚眼斜眄九者嫈嫇細視十者更相謁拜十一以衣覆頭十二遞相拈掐十三側耳佯聽十四迎前躞蹀十五露現髀脛十六或現胷臆十七念憶昔時恩愛戲笑眠寢之事而示欲相十八或如對鏡自矜姿態十九動轉遺光二十乍喜乍悲二十一或起或坐二十二或時作氣似不可干二十三塗香芬烈二十四手執瓔珞二十五或覆藏項領二十六示如幽閑二十七前却而行瞻顧菩薩二十八開目閉目如有所察二十九迴步直往佯如不見三十嗟歎欲事三十一美目諦視三十二顧步流眄有如是等媚惑因緣復以歌詠言詞嬈固菩薩而說頌曰

初春和暖好時節　衆草林木盡敷榮
丈夫爲樂宜及時　一棄盛年難可再
仁雖端正美顏色　世間五欲亦難求
對斯勝境可歡娛　何爲樂彼菩提法
我等諸女受天報　其身微妙咸可觀
如是天身不可求　仁今果報宜應受

諸仙見我猶生染　況復人能無染心
修彼禪定竟何爲　菩提之法甚懸遠
爾時菩薩聞彼妖惑之言心生哀愍即以妙
偈化其魔女
我觀五欲多過患　由是煩惱失神通
譬如火坑及毒器　衆生赴之而不覺
我久已離諸煩惱　自心覺已方覺他
世間五欲燒衆生　猶如猛火焚乾草
亦如燄幻無有實　亦如泡沫不久停
如彼嬰孩戲糞中　如彼愚人觸蛇首
一切皆無有實法　是身虛妄從業生
四大五蘊假合成　筋骨相纏而暫有
智者誰應耽著此　凡夫迷故生欲心
如是諸幻我已知　是故於中不貪著
欲求畢竟自在樂　今當於此證菩提
我已解脫於世間　如空中風難可繫
爾時菩薩身如融金面如滿月深心寂定如須彌山安處不動猶如明珠無有瑕疵如日初出照於天下猶如蓮華不染淤泥心無所著亦無增損是時魔女復以柔輭言詞白菩薩言仁者道德尊重天人所敬應有給侍天遣我來供養仁者我等年少色如優鉢羅華願得晨夜與寢親昵左右菩薩報言汝昔有福今得天身不念無常造斯幻惑形體雖好而心不端譬如畫瓶盛諸穢毒行當自壞何足可矜汝爲不善自忘其本當墮三惡道中欲脫甚難汝等故來亂人善事革囊盛糞非清淨物而來何爲去吾不喜其諸魔女媚惑菩薩既不能得即以建尼迦華及詹波華散菩薩上右遶三帀作禮而去歸魔王所告魔

王言大王我等昔來未曾見有如是之士於欲界中覩我姿容而心不動我爲媚惑能竭人意譬如旱苗見日燋枯亦如春酥置於日下自然銷融今此丈夫何緣乃爾惟願大王莫與此人共爲嫌隙即說偈言

其身猶如蓮華藏　其面猶如清淨月
其光猶如猛火焰　其色猶如紫金山
百千生中修正行　所有誓願皆成就
自度生死能度他　救濟衆生無懈倦
善哉願王莫瞋彼　天上人間最尊勝
眼目清淨如蓮華　凞怡微笑無貪著
須彌崩壞日月落　其人不可而傾動

佛告諸比丘是時白部魔子導師啓其父言菩薩清淨超過三界神通道力無有能當諸天龍神咸共稱讚必非大王所能摧屈不煩造惡自招禍患於是波旬告其子言咄汝愚小智慧淺劣未曾見我神通道力導師復言大王我實無知智慧淺劣不願大王與彼釋子共爲怨對也所以者何若有衆生以惡心來欲害於彼不以爲恨復有衆生以善心來供養於彼不以爲欣處此二間心生平等大王假使有人能畫虛空作衆色像未足爲難手捧須彌而以遊行亦未爲難假使有人浮度大海亦未爲難繫四方風亦未爲難欲令一切衆生同作一心亦未爲難欲害菩薩甚爲難也是時魔王波旬不受子諫詣菩提樹告菩薩言汝應速起離於此處必定當得轉輪聖王王四天下爲大地主汝可不憶往昔諸仙記汝當作轉輪聖王汝若起受轉輪王位作自在主威德無上如法理國統領一切

令此曠野甚可怖畏獨無伴侶恐害汝身速當還宮恣受五欲菩提難得徒自勞形作是語已黙然而住爾時菩薩語波旬言汝今不應作如此說我意不樂五欲之事故捨四方及以七寶波旬譬如有人既吐食已豈復更能取而食之我今已捨如是果報必定證得無上菩提盡於生老病死之患波旬我今已坐金剛之座當證菩提汝宜速去於是波旬瞋目發憤向菩薩言汝今何故獨坐於此豈不見我夜叉軍衆即拔利劒來就菩薩作如是言我當以劒斬截於汝速疾起去勿復安坐爾時菩薩語波旬言假使世間一切衆生盡如汝身悉持刀仗來害於我我終不起離於此座波旬寧以四大海水及此大地移於餘處日月星辰從空隕墜須彌山王可令傾倒而我是身終不可移時魔波旬聞是語已惡心轉熾發憤瞋吼其聲如雷語諸夜叉汝等速宜擎諸山石將諸弓弩刀劒輪槊干戈斧鉞矛穳鉤戟種種器仗喚諸毒龍擬放黑雲雷電霹靂是時夜叉大將統率自部夜叉羅刹毗舍遮鬼鳩槃茶等變化其形作種種像復嚴四兵象馬車步或似阿脩羅迦樓羅摩睺羅伽無量百千萬億種類一身能現多身或畜頭人身或人頭畜身或復無頭有身或有半面或有半身或有二頭一身或有一身三頭或復一身多頭或復無面有頭或復有面無頭或復無面而有三頭或復多頭而無有面或復多面而無有頭或復無眼或惟一眼二眼三眼乃至多眼或復無耳或惟一耳二耳三耳乃至多耳或復無手或惟一手

二手三手乃至多手或復無足或惟一足二足三足乃至多足或有全身惟現骸骨或頭現髑髏身肉肥滿或惟頭有肉身是骸骨或身體長大羸瘦無肚或復纖長其腹横大或長脚大膝牙爪鋒利或大面傍出或頭在胷前或脣垂至地或上褰覆面或身出黑煙或口吐猛燄或血肉枯竭皮骨相連或身出膿血更相飲吮或自截支節繚亂委擲或眼目角睞或口面喎斜或舌形廣大或縮如礓石或持人頭或執死人手足骨肉肝膽腸胃而噉食之或執毒蛇而食或以蛇纏頸或手擎髑髏或著髑髏之鬘或復面色全赤全白全青全黄或有半黄半青半白半赤或作煙熏之色或作死灰之色或復身毛如針或毛出火燄或張目閉目或口吐白沫或於身上現百千面一一面狀甚可怖畏或從眼耳鼻口出諸黑蛇而噉食之或飲融銅或吞鐵丸或刖手足肘膝而行或身放煙燄象頭戴山或被髮露形或衣青黄赤白之服或著師子虎狼蛇豹之皮或頭上火然瞋目奮怒交横衝擊遍滿虛空及在地上形狀變異不可勝載是諸天鬼或布黑雲雷電霹靂或雨沙土瓦石或擎大山或放猛火或吐毒蛇或有怒爪或有揮劒或有彎弓或有舞槊或有揮鉞或搖動脣頷或有張口欲噬或哭或笑或飛或走或隱或顯哮吼叫呼惡聲震裂如是兵衆無量無邊百千萬億塴塞塡咽菩提樹邊煙燄鬱蒸狂風衝怒震動山嶽蕩覆河海天地掩色星辰無光魔軍集時其夜正半是時無量淨居天衆作如是言菩薩今者證大菩提

復有天言魔衆熾盛由此或能損害菩薩爾時菩薩報彼天言我今不久當破魔軍悉令退散猶如猛風吹微細華於是端坐正念不動觀諸魔軍如童子戲魔益忿怒轉增戰力菩薩慈悲令舉石者不能勝舉其勝舉者又不墮落揮刀擲劒停在空中或有墮地悉皆碎折惡龍吐毒變成香風沙礫瓦石雨雹亂下皆悉化爲拘物頭華所有彎弓射菩薩者其箭著弦皆不得發或有發者停住空中於其鏃上皆生蓮華火勢猛熾化爲五色拘物頭華爾時波旬猶故瞋忿毒心不止拔劒前趍語菩薩言汝釋比丘若安此坐不速起者吾自殺汝於是東西馳走欲近菩薩不能前進是時魔王長子前抱其父作如是言大王今者會自不能殺彼沙門徒生惡念必招罪咎魔不受諫向菩薩走是時淨居天子在虛空中語波旬言汝不自量欲害菩薩終不能得猶如猛風不能傾動須彌山王即向波旬而說偈言

地水火風性　可違堅濕煖　菩薩志牢固
終無退轉時　在昔發弘誓　永離諸煩惱
於彼生死病　當作大醫王　人多墮邪路
方開正見眼　衆生處黑暗　將然智慧燈
欲濟生死海　能爲作船栰　此是大聖主
方開解脫門　忍辱爲柯幹　信進爲華葉
生諸大法果　而汝不應毀　汝今有癡縛
彼已得解脫　當破汝煩惱　勿爲障礙因
莫復於此人　而生于惡念　無量劫習法
今者皆圓滿　還如昔諸佛　於此證菩提

佛告諸比丘爾時菩提樹神以十六種言詞

毀呰魔王淨居諸天以無量妙音讚歎菩薩是時魔王瞋猶不解作如是言今此比丘得度彼岸當教無量無邊衆生遠離我境更勵魔衆驅逼菩薩而不能得爾時菩薩語魔王言魔王波旬汝當諦聽我今於此斷汝怨讎滅汝惡業除汝嫉妬成就阿耨多羅三藐三菩提汝宜迴心生大歡喜復告波旬汝以微善今獲天報我於往昔無量劫來修習聖行今者當得阿耨多羅三藐三菩提時魔波旬語菩薩言我昔修善汝所能知汝之累德誰信汝者爾時菩薩徐舉右手以指大地而說偈言

諸物依何得生長　大地能爲平等因
此應與我作證明　汝今當觀如實說

爾時地神形體微妙以種種眞珠瓔珞莊嚴其身於菩薩前從地涌出曲躬恭敬捧七寶缾盛滿香華以用供養白菩薩言我爲證明菩薩往昔於無量劫修習聖道今得成佛然我此地金剛之齋餘方悉轉此地不動作是語時三千大千世界六種震動出大音聲有十八相爾時魔衆皆悉退散潰亂失據顛倒狼藉縱横而走先時所變雜類之體不能復形魔王是時神氣挫恧無復威勢聞大地聲心生惶怖悶絶頓躃時有地神即以冷水灑魔王上而告之言汝魔波旬速疾起去此處當有種種兵仗欲來害汝爾時魔王長子於菩薩前頭面禮足作如是言大聖願聽我父發露懺悔凡愚淺劣猶如嬰兒無有智慧將諸魔衆恐怖大聖我先諮諫不受我語今乞大聖恕亮我父惟願大聖速證阿耨多羅三

藐三菩提爾時大梵天王釋提桓因無數天子填塞虛空咸見菩薩破魔軍衆皆大歡喜作天妓樂雨天曼陀羅華摩訶曼陀羅華曼殊沙華摩訶曼殊沙華優鉢羅華拘物頭華波頭摩華芬陀利華以天栴檀細末之香散菩薩上各以偈頌稱讃菩薩是時魔王波旬與其眷屬退散而去還其自宮

成正覺品第二十二

佛告諸比丘爾時菩薩降伏魔怨滅其毒刺建立法幢初離欲惡有覺有觀離生喜樂入初禪内靜一心滅覺觀定生喜樂入第二禪離喜受聖人說住於捨有念有想身受樂入第三禪離憂喜捨苦樂念清淨入第四禪爾時菩薩住於正定其心清白光明無染離隨煩惱柔輭調和無有摇動至初夜分得智得明攝持一心獲天眼通菩薩即以天眼觀察一切衆生死此生彼好色惡色勝劣貴賤隨業而往皆悉了知是諸衆生緣身語意造諸惡業誹謗聖人邪見業故身壞命終便生惡趣菩薩復觀見諸衆生緣身語意造諸善業正見業故身壞命終便生天上於中夜分攝持一心證得憶念過去宿命智通觀過去自他所受生事皆悉了知一生二生乃至十生百生千生萬生億生百億生千億生乃至照過無量百千那由他拘胝數生乃至成劫壞劫無量無邊成劫壞劫皆悉憶知一一住處若名若姓若色相若飲食若苦樂若受生若死歿所有色相住處事業若自若他皆悉了知菩薩作是念言一切衆生住於生老病死險惡趣中不能覺悟云何令彼了知生老病

死苦蘊邊際作是思惟此老病死從何而有即時能知因生故有以有生故老病死有如是生者復因何有即時能知因有故有如是有者復因何有即時能知因取故有如是取者復因何有即時能知因愛故有如是愛者復因何有即時能知因受故有如是受者復因何有即時能知因觸故有如是觸者復因何有即時能知因六處有如是六處復因何有即時能知因名色有如是名色復因何有即時能知因識故有如是識者復因何有即時能知因行故有如是行者復因何有即時能知因無明有爾時菩薩既知無明因行行因識識因名色名色因六處六處因觸觸因受受因愛愛因取取因有有因生生因老死憂悲苦惱相因而生復更思惟因何無故老死無因何滅故老死滅即時能知無明滅故即行滅行滅故即識滅識滅故即名色滅名色滅故即六處滅六處滅故即觸滅觸滅故即受滅受滅故即愛滅愛滅故即取滅取滅故即有滅有滅故即生滅生滅故即老死滅老死滅故即憂悲苦惱滅復更思惟此是無明此無明因此無明滅此滅無明道更無有餘此是行此是行因此是行滅此是滅行道此是識此是識因此是識滅此是滅識道此是名色此是名色因此是名色滅此是滅名色道此是六處此是六處因此是六處滅此是滅六處道此是觸此是觸因此是觸滅此是滅觸道此是受此是受因此是受滅此是滅受道此是愛此是愛因此是愛滅此是滅愛道此是取此是取因此是取滅此是滅取

道此是有此是有因此是有滅此是滅有道此是生此是生因此是生滅此是滅生道此是老死此是老死因此是老死滅此是滅老死之道此是憂悲苦惱如是大苦蘊生乃至滅如是應知此是苦此是集此是苦集滅此是滅苦集道應如是知佛告諸比丘菩薩於後夜分明星出時佛世尊調御丈夫聖智所應知所應得所應悟所應見所應證彼一切一念相應慧證阿耨多羅三藐三菩提成等正覺具足三明諸比丘是時諸天衆中無量天子作如是言我等應散香華供養如來復有天子曾見先佛成正覺時即作是言汝等未可散華如來當現瑞相往昔諸佛成正覺時皆現瑞相諸比丘如來知彼天子思見瑞相上昇虛空高七多羅樹如佛所證以偈頌曰

煩惱悉已斷　諸漏皆空竭　更不復受生

是名盡苦際

爾時彼諸天子心生歡喜以微妙天華遍散佛上當於是時香華彌布積至于膝如來遠離無明黑暗及愛見網竭煩惱河拔除毒刺解諸纏縛摧壞魔幢建立勝旛能善安處諸衆生界記莂衆生觀察根性知其病本施甘露藥爲大醫王令諸衆生皆得度脫安置涅槃寂靜之樂住如來藏結解脫繒入智慧城同諸如來清淨法界佛告諸比丘一切如來見我成道皆悉讚言善哉善哉咸以寶蓋而覆於我其諸寶蓋合成一蓋遍覆十方三千大千世界於寶蓋中出妙光明其光明網遍照無量無邊世界彼世界中諸菩薩衆讚佛

功德而説偈言

如彼波頭摩　從地而涌出　開敷甚清淨
不爲淤泥染　起大慈悲心　如雲遍充滿
當雨大法雨　潤洽於衆生　能令諸善芽
一切皆增長　堪受教法者　成就解脱果

爾時諸天以偈頌曰

人中師子降衆魔　諸定現前證甘露
獲得三明及十力　威神振動遍十方
在昔諸來菩薩衆　爲愛法故供養佛
即從座起禮佛足　讚歎如來作是言
世尊得無疲勞耶　我等親見摧魔衆
善哉丈夫三界尊　當雨無邊大法雨
十方諸佛皆施蓋　復出迦陵微妙音
如我所得淨菩提　仁者所證亦如是

佛告諸比丘欲界諸天女等見於如來坐菩提座獲一切智大願滿足降伏魔怨建立勝幢爲大醫王善療衆病如師子王無諸怖畏清淨離垢得一切智具足三明超越四流持一法蓋覆護三界稱婆羅門遠離諸垢稱爲比丘除無明藏稱爲沙門離諸不善稱知足者斷煩惱故稱勇猛者能壞魔幢稱大力者猶如寶洲一切法寶充滿其中時諸天女即説偈言

於此菩提樹王下　降伏一切大魔軍
安住不動如須彌　身心堅固無驚畏
尊於多劫修布施　故得一切皆圓滿
尊於多劫修戒行　映蔽釋梵諸天衆
尊於多劫行忍辱　故得身相眞金色
尊於多劫勤精進　故得降伏諸魔怨
尊於多劫修禪定　故獲如斯勝供養

尊於歷劫習多聞　速證無上大菩提
尊能降伏於蘊魔　死魔煩惱及天魔
一切諸魔皆斷滅　是故今者無憂惱
天中之天爲最尊　三界人天所供養
由是有種福田者　所得之福無失壞
眉間毫相極光明　普照十方諸國土
掩蔽世間諸日月　一切衆生蒙饒益
如來身色甚端嚴　相好顏容極清淨
堪爲三界應供者　普利一切諸羣生
目淨遍觀於十方　普見衆生身業事
耳淨遍聞於一切　天人言音佛法聲
廣長舌相演妙音　求解脫者聞甘露
魔軍興害不驚懼　天人供養無喜慍
摧壞魔怨不加力　但以慈心降伏之
無染無著無諸過　身心安隱不傾動
今有無上天人師　一切衆生蒙善利
速聞正法當信受　願速如尊成正覺

佛告諸比丘如來於菩提樹下初成正覺現佛神通遊戲自在不可勝載若欲說者窮劫不盡爾時世尊略說偈言

普變一切地　平正猶如掌　涌出妙蓮華
一一皆千葉　無量諸天衆　各雨衆妙華
復於世尊前　合掌而瞻仰　世尊初成佛
作種種神通　須彌諸山王　草木叢林等
一切皆稽首　頂禮菩提座　此是佛世尊
現神通遊戲　身放百千種　光明照十方
逮三惡衆生　息苦獲安樂　是時八難處
無有一衆生　懷貪瞋癡等　一切諸煩惱
此是師子王　大神通遊戲　日月摩尼火
電等諸光明　由佛放光明　蔽之皆不現

諸天人世間　無能見佛頂　坐於師子座
作遊戲神通　佛以指按地　即時六種動
降伏魔軍衆　如制兜羅綿　魔王懷憂惱
以杖而畫地　此是佛世尊　遊戲大神通

方廣大莊嚴經卷第九

音釋

婺嫇（婺烏莖切嫇忙丁切婺嫇好貌）　掐（乞洽切爪刺也）　躞蹀（躞蘇協切蹀達協切躞蹀行貌）　髀（部禮切股也）　脛（胡定切腓腸也）　奩（力鹽切）　昵（尼質切近也）　鉞（王月切大斧也）　穳（子算切鋋也）　喎（口淮切口不正也）　縮（所六切斂也）　礓（居良切）　⿰土則（初力切遏遮也）　鏃（作木切矢鏑也）

方廣大莊嚴經卷第十

唐中天竺國沙門地婆訶羅奉 詔譯

讚歎品第二十三

爾時佛告諸比丘時淨居天子以天妙香華遍散佛上如佛世尊真實功德以偈讚曰

衆生煩惱暗　智慧能銷除　如來所以出
爲世光明者　降伏諸魔軍　功德皆圓滿
當雨大法雨　以善洽羣生　世間最勝人
智力無逾者　處世無染著　猶如淨蓮華
衆生在長夜　煩惱病纏縛　佛爲大醫王
療之令得愈　尊今出於世　八難咸空寂
一切人天等　遇佛蒙安樂　若有覩見此
人中勝丈夫　經於百劫中　不墮諸惡趣
若有得聞佛　微妙甚深法　速除煩惱患
苦蘊亦皆盡　當得殊勝果　解脫涅槃樂
於諸世間中　得爲應供者　若有勸供養
亦獲大福利　當得勝妙果　乃至於涅槃

佛告諸比丘淨居天子讚如來已合掌恭敬於一面立是時遍光天子復以種種微妙香華塗香末香燒香散華幢旛寶蓋供養如來圍遶三帀合掌向佛以偈讚曰

牟尼深智聲和美　獲得無上大菩提
於諸聲中最第一　是故我等今敬禮
於諸世間起慈故　爲作燈明作依止
能拔衆生諸毒箭　復爲世間大醫王
尊昔值遇然燈佛　發大慈心潤一切
尊如世間淨蓮華　不爲三界淤泥染
其心堅固無能沮　高廣難動如須彌
又如金剛不可壞　亦如合秋淨滿月

佛告諸比丘遍光天子讚如來已合掌恭敬

於一面立是時梵衆天子以無量摩尼莊嚴寶網覆菩提道場供養世尊頂禮佛足右遶三帀以偈讚曰

世尊能持明智光　及持三十二勝相
念慧功德皆圓滿　離諸結使諸過惡
清淨無垢斷三毒　是故我等今敬禮
名稱普聞證三明　施諸衆生三解脫
清諸濁穢心調伏　起大慈悲利世間
三業寂靜出於世　蠲除二疑無染著
爲諸世間行苦行　以四聖諦化衆生
勤修善行超諸行　自得度已當度彼
魔王將諸魔衆來　尊以慈悲悉降伏
已得甘露菩提道　是故我等咸歸命

佛告諸比丘梵衆天子如是種種讚歎佛已退住一面是時右面魔王子清白之部至世尊所以衆妙寶蓋奉上如來以偈讚曰

我自見如來　端坐菩提座　魔軍極熾盛
超然不驚悸　而於一念頃　降伏悉無餘
既有如是德　我今稽首禮　一切皆圓滿
無上大牟尼　魔衆如恒沙　本不能傾動
尊爲菩提故　無量劫行檀　捨施妻子等
身肉及手足　一切皆無吝　故得勝莊嚴
尊發廣大願　得成無上道　當度諸羣生
定慧爲甲胄　淨法爲船栰　意樂圓滿已
方度諸衆生　我以歡喜心　讚佛諸功德
願我於來世　得成無上道　又以此功德
降伏衆魔怨　速證一切智

佛告諸比丘清白魔子說如是偈讚歎佛已頂禮如來恭敬圍遶却住一面是時復有他化自在天王與無數天子恭敬圍遶來至佛

所將妙閻浮檀金天華散如來上以偈讚曰
如來所說皆眞實　無有覆藏無雜亂
遠離癡冥及罪垢　證得甘露大菩提
光明遍照於十方　是故我今稽首禮
世尊慈悲於一切　善別諸根摧外道
智慧殊勝十力者　能顯衆生微妙行
身處虛空現神變　猶如履地無罣礙
見彼生死廣大愛　知惟妄苦而棄之
當隨天人諸意業　教化皆令得解脫
利益十方如日光　復於三界猶如眼
爲諸世間作依止　其心曾不生貪著
遊戲神通得自在　而於世間無與等
佛告諸比丘他化自在天王讚歎佛已與諸
天衆頂禮圍遶却住一面是時化樂天王與
諸天衆恭敬圍遶來至佛所以種種華鬘珍
寶繒綵供養如來以偈讚曰
如來智慧光　滅盡於三垢　煩惱皆已斷
吉祥悉成就　世間諸衆生　執著於邪慢
尊今攝取之　致於甘露道　是故出世間
天人所供養　能除煩惱病　說爲大醫王
日月摩尼火　帝釋梵王等　若於世尊前
其光悉不現　智慧所照燭　是處咸吉祥
一切皆希有　故我今頂禮　世尊知實義
亦知虛妄法　於此二法中　無非如實說
言詞甚微妙　心意極調柔　爲天人導師
故我今頂禮　尊有大智慧　覺悟諸羣生
三明八解脫　能除彼三毒　善識衆生根
堪受不堪受　各隨其意樂　故我今頂禮
佛告諸比丘化樂天王說是偈已與諸天衆
頂禮佛足却住一面是時兜率天王與諸天

衆恭敬圍遶來詣佛所以種種天妙衣服珠
網寶蓋以覆佛上說偈讚曰
往昔兜率宮　廣說清淨法　遺教今猶在
諸天咸戀慕　如是功德海　爲世作明燈
見者無猒足　故我今頂禮　尊於彼天沒
八難皆銷盡　而坐菩提場　世間獲安樂
佛爲衆生故　起大菩提心　今已降魔怨
得成無上道　請速度未度　轉于大法輪
佛告諸比丘兜率天王說是偈已頂禮佛足
退坐一面是時夜摩天王與諸天衆恭敬圍
遶來詣佛所以種種香華塗香末香幢旛寶
蓋供養於佛以偈讚曰
佛爲無上士　世間誰與等　戒定慧解脫
故我今頂禮　我觀諸天衆　於此菩提場
以妙寶臺閣　供養於尊者　無有餘人天
堪受如斯供　佛爲世間出　長時苦行已
降伏魔軍衆　得成無上道　滅除無明暗
智光照十方　與世爲法眼　利益於一切
設於無量劫　讚歎佛世尊　一毛孔功德
猶尚不能盡　名聞遍十方　故我今頂禮
佛告諸比丘夜摩天王讚歎佛已與諸天衆
恭敬圍遶頂禮佛足却住一面是時釋提桓
因與三十三天及諸天衆恭敬圍遶來詣佛
所以種種寶幢旛蓋香華衣服供養佛已頂
禮如來以偈讚曰
如來功德甚清淨　身心不動若須彌
智慧光明照十方　名稱普聞於一切
世尊往昔於多劫　供養無量諸如來
故得降魔成正覺　堪受人天勝供養
尊是多聞定慧者　開彼無上智法眼

我今歸依釋勝幢　一切世間大法主
尊爲菩提於多劫　廣行無量諸苦行
慈悲喜捨及方便　精進智慧大梵福
巳得如是等功德　今復具足十力果
我覩佛坐菩提時　魔王軍衆欲加害
諸天或有憂懼者　如來身心不驚動
世尊以手垂下時　魔衆於是皆退散
在昔諸佛成正覺　尊今得道亦如是
福智一切皆無異　是爲人天應供者

佛告諸比丘釋提桓因如是等偈讚佛巳頭面禮足却住一面是時四大天王與諸天婇女皆持詹波華婆利師等種種香華奏天妓樂來詣佛所供養佛巳說偈讚曰

如來美音聲　能悅一切意　善行精進戒
心淨常微笑　令衆生愛樂　故我今頂禮
以彼微妙言　除衆生煩惱　能與無量樂
離罪心清淨　獲得無漏智　世間無與比
平等而不動　猶如須彌山　示現於世間
如蓮華出水

佛告諸比丘四天王讚歎佛巳頂禮圍遶却住一面是時虛空諸天亦以種種香華寶蓋幢旛鈴網彌覆虛空又出半身各持種種寶珠瓔珞供養如來以偈讚曰

我常處虛空　善惡悉皆覩　惟有如來身
清淨無諸過　又見菩薩衆　持種種寶臺
遍於虛空中　其數無有量　又見菩薩衆
供養於如來　散彼微妙華　積滿大千界
又見菩薩衆　將無量供具　華鬘諸瓔珞
傘蓋及耳璫　華香極盈滿　悉皆無雜亂
如流歸大海　雲集遍虛空　如來受彼供

一切心平等

佛告諸比丘虚空天衆供養佛已頂禮圍遶却住一面是時地神供養佛故淨掃其地灑以香水散以名華遍菩提場皆悉清淨又以寶幔彌覆其上即以偈頌讃歎如來

如來坐是大千界　此爲堅固金剛座
假使身肉盡乾銷　未得菩提終不起
如來不以神通力　我此所居當碎裂
見此諸來菩薩衆　我等今者咸安隱
世尊此地經行故　三千世界並蒙光
佛光所至皆是塔　何況身居此成道
我所統領諸土地　並願世尊之所用
是諸佛子及聲聞　并所説法之功德
願令一切衆生等　皆登無上佛菩提

佛告諸比丘地神説此偈已頂禮佛足合掌恭敬却住一面

商人蒙記品第二十四

佛告諸比丘世尊初成正覺無量諸天皆悉稱讃如來功德爾時世尊觀菩提樹王目不暫捨禪悦爲食無餘食想不起于座經於七日欲界無量諸天子等捧十千寶瓶盛滿香水來詣佛所復有色界無量諸天子亦捧十千寶瓶盛滿香水來詣佛所澡浴如來并洗菩提之樹爾時如來澡浴竟復有無數天龍夜叉乾闥婆阿脩羅緊那羅摩睺羅伽等競取如來澡浴之水以自灑身皆發阿耨多羅三藐三菩提心時諸天子浴如來已俱還天宫所將餘水香氣不滅惟聞佛香不聞餘香心生歡喜得未曾有皆於阿耨多羅三藐三菩提得不退轉時有天子名曰普華從座而

起頂禮佛足白佛言世尊世尊住何三昧於七日中結跏趺坐身心不動諸比丘我於彼時告普華天子言如來以喜悅三昧爲食而住由此定力於七日中結跏趺坐是時普華天子即於佛前而說偈言

世尊足有千輻輪　猶如蓮華甚清淨
恒爲諸天寳冠接　是故我今稽首禮
爾時天子禮佛已　重說伽他而讚揚
爲欲除彼天人疑　歡喜合掌而前問
如來降生於釋氏　令彼釋種皆歡喜
能滅三毒一切疑　願解天人之所惑
何故十力成正覺　於七日中觀樹王
人中師子青蓮眸　觀樹跏趺而不動
一切諸佛皆如是　爲獨世尊觀樹王
面貌端嚴無二言　齒白齊密口香潔
請爲利益天人故　令生歡喜如實說
爾時如來告天子　汝所問者今略說
猶如世法登王位　亦於七日忌遷移
如是諸佛爲法王　順俗七日無移動
又如猛將制勝已　便即思惟所降衆
如是諸佛降衆魔　七日跏趺而不起
三毒煩惱及我慢　此等皆能損衆生
一切煩惱有漏因　我於是處皆除斷
無漏智火從斯起　焚燒三毒悉無餘
我於此處以智刀　決除生死堅牢網
正知蘊體皆不實　秖由無始妄惑生
我我所執二無明　并及邪見皆銷滅
諸障稠林四顛倒　善根智火咸燒盡
妄覺爲鬘從想生　獲得菩提悉捐棄
六十五種無明險　四十不善三十垢

十六放逸十八界　二十五有悉無餘
二十重塵皆遠離　二十八種世間怖
我於此處以精進　如是一切悉超過
證獲如來五百吼　并得百千圓滿法
九十八使諸隨眠　罪樹枝葉將根本
我以智慧而爲火　於此焚燒悉無餘
愛疑積集如瀑河　諸見之水常盈滿
我於此處以智日　威光曝之使空竭
邪僞諂曲慳嫉等　如是過患煩惱林
我今於此以智火　焚燒一切悉令滅
誹謗凡聖生諸罪　根本能令墮惡趣
我以智藥而投之　令彼吐盡無有餘
又我於此處　獲定慧衆德　憂悲苦惱衆
除盡無有餘　又我於此處　獲得眞實理
諸結我慢箭　拔之無有餘　又我於此處
以智慧利刀　斷截我我所　生死之根本
亦如彼帝釋　破壞脩羅衆　又我於此處
得清淨智眼　而諸衆生等　癡瞖之所覆
我以智慧藥　洗之令得除　又我於此處
以解脱冷水　於彼境界木　滅除貪火煙
又我於此處　以大精進風　除滅煩惱雲
及以分別電　又我於此處　獲得慈三昧
諸大功德藏　降伏衆魔軍　又我於此處
獲得無願定　諸大功德藏　斷一切煩惱
又我於此處　獲得於空定　諸大功德藏
斷一切分別　又我於此處　獲得無相定
諸大功德藏　滅除於戲論　又我於此處
獲得三解脱　神通智慧刀　決除生死網
又我永斷彼　無常作常想　於苦作樂想
無我作我想　我以精進力　度越生死海

觸壞諸愛網　猶如摩竭魚　我於此覺悟
一切貪瞋等　猶如大火聚　燒爇諸飛蛾
自我於長夜　無量無邊劫　劬勞生死中
流轉無休已　今者得止息　無憂亦無懼
我所覺悟者　外道不能覺　是甘露句義
能除憂惱等　我入無畏城　除諸蘊界處
愛等皆滅盡　不復受後身　我爲菩提故
於無量億劫　廣行衆善行　施身肉手足
功德皆圓滿　是故於此處　獲得勝甘露
無上大菩提　同諸佛如來　所證眞實法
隨諸衆生類　分別而演說　我今亦復然
得如是妙法　能於一剎那　證知諸世間
因緣和合生　空寂無所有　如乾闥婆城
如虛空陽燄　我所得法眼　普見無邊剎
猶如於掌中　視菴摩勒果　我所得三昧
一切皆通達　憶思無量劫　如從夢中寤
世間諸天人　爲顛倒想燒　我今於此處
如實而能了　我於無量劫　求無上菩提
修行於大慈　緣修慈心故　降伏於魔衆
我於無量劫　修行於大悲　緣修悲心故
滅除諸惱患　我於無量劫　修行於大喜
緣修喜心故　證於無上道　我於無量劫
求無上菩提　修行於大捨　緣修捨心故
證得甘露法　我適於魔前　發如是誓言
若不得佛道　終不解此坐　我以金剛智
滅除無明等　獲得十種力　今故解斯坐
未得今悉得　諸漏皆已盡　魔軍悉破散
今故解斯坐　五蓋門盡破　三愛芽悉除
是故於今者　方解跏趺坐　爾時勝丈夫
從金剛座起　復坐於寶座　受諸天澡浴

諸天以寶瓶　滿中盛香水　與佛天中天
澡浴身體已　於是諸天衆　并諸婇女等
擊奏天妓樂　以申於供養　汝諸天子等
應當如是知　我故七日中　不起於此座

佛告諸比丘如來何故初成正覺於七日中不起于座爲居此處斷除無始無終生老病死故於七日觀樹不起至第二七日周帀經行三千大千世界以爲邊際至第三七日觀菩提場目不暫捨亦爲居此斷除生死得阿耨多羅三藐三菩提至第四七日如來隨近經行以大海爲邊際爾時魔王至世尊所作如是言世尊無量劫來精勤苦行方得成佛大般涅槃今正是時唯願如來入於涅槃唯願善逝入於涅槃佛言波旬我本發願爲欲利益諸衆生故求大菩提經無量劫勤苦累德一切衆生於我法中未獲義利云何邀我入於涅槃又於世間三寶未具衆生未調未現神通未說妙法無量菩薩未發阿耨多羅三藐三菩提心云何令我入於涅槃爾時魔王聞是語已退坐一面以杖畫地作是念言此欲界中於今已去非我所有心生憂惱是時魔王三女見父愁苦白其父言

大王何所爲　心生極憂苦　今惱大王者
請說是何人　我當以欲牽　如繩制於象
令其生染著　將歸自在宮

爾時魔王說偈報其女言

世間離染人　貪境不能制　以彼超過欲
是故我憂惱

此諸魔女如來爲菩薩時已作妖姿擾亂菩薩種種幻惑無能得便女人貪染煩惱深重

於是三女更變其形一爲童女之形一爲少婦之形一爲中婦之形來至佛所爾時世尊以神通力令彼三女皆成老母於是三女還至父所而說偈言

王說離欲人　貪境不能染　我復爲變化
惑亂彼沙門　人有見我者　欲盛便嘔血
今現微妙質　不動於彼心　仍以大神通
化我爲老母　願王以威力　令得如本形

爾時魔王報諸女言我不見有若天若人能制佛者汝可自往懺悔前罪彼攝神力方令汝等復本形耳於是魔女至如來所而說偈言

我等無智慧　幻惑於如來　不知田非田
未識善不善　我今極生悔　冀得罪銷滅
唯願慈悲力　令復於本形

爾時如來以慈悲故即攝神通令彼魔女還復如本於第五七日往目真隣陀龍王所居之處是時寒風霖雨七日不霽龍王心念恐畏風雨上損如來出其自宮前詣佛所以身衛佛纏遶七帀以頭爲蓋蔽覆佛上四方復有無量龍王皆來護佛龍身委積如須彌山是諸龍等蒙佛威光身心安樂得未曾有過七日已風雨止息諸龍王等頂禮佛足右遶三帀還其本宮爾時世尊於第六七日往尼俱陀樹下近尼連河是處多諸外道彼外道衆皆來親覲慰問世尊七日風雨得無愁惱安樂住耶爾時世尊以偈答曰

寂靜而知足　思惟而證法　饒益諸衆生
慈悲於一切　遠離衆罪垢　不著於世間
永斷我慢心　是最爲安樂

爾時世尊於第七七日至多演林中在一樹下結跏趺坐觀察衆生爲生老病死之所逼迫高聲唱言

世間諸衆生　恒爲五欲燒　應常思捨愛

愛故便增感

佛告諸比丘時北天竺國兄弟二人爲衆商之主一名帝履富婆一名婆履智慧明達極閑世法姿性調柔善能將導興販貿易息利尤多以五百乘車載其珍寶還歸本國是諸商侶有二調牛一名善生一號名稱巧識前路能知安危示以優鉢羅華不勞杖棰餘牛不濟方乃用之行至乳林路甚平正牛足拒地輪轅摧折是時五百乘車躓於路傍二牛爲道亦不得進加諸杖棰亦不能前時諸商人心懷恐懼共相謂言二牛不行前塗必有可怖之事即遣馬騎執持器仗前路而巡彼使還已白商主言我行前路無諸險難何爲二牛亦不能前時護林神忽現其形語商人言汝諸商人勿懷恐懼汝於長夜流轉生死今得大利所以者何有佛世尊出現於世初成正覺住此林中不食已來四十九日汝等應將種種飲食而以上之時二調牛便向佛行而諸商人隨牛而徉行路不遠遥覩如來三十二相八十種好身光赫然如日初出既見佛已咸生希有恭敬之心皆作是言此爲梵王爲是帝釋爲是四天王爲是日月天爲是山神爲是河神世尊爾時微舉袈裟示彼商人商人見已即知如來是出家人心生歡喜各相謂言出家之法非時不食宜應辦諸美味酥蜜甘蔗乳糜之屬及時奉施諸商人

等營辦種種飲食美味至如來前右遶三帀却住一面作如是言世尊哀愍我故受是微供佛告諸比丘如來爾時將欲受彼商人之食作是思惟過去諸佛皆悉持鉢我今當以何器而受斯食作是念已時四天王各持金鉢奉上如來作如是言唯願世尊用我此鉢受商人食憐愍我故令於長夜獲大安樂爾時世尊告四天王言出家之法不合受汝如是金鉢乃至展轉奉七寶鉢皆悉不受是時北方毗沙門天王告餘天王言我念昔者有青身天將四石鉢來與我等復有一天名曰遍光來白我言愼勿用此石鉢宜應供養而作塔想何以故未來有佛出興於世名釋迦牟尼當以此鉢奉上彼佛爾時毗沙門天王語餘天王言欲施石鉢今正是時時四天王各還自宮與諸眷屬持彼石鉢盛滿天華以香塗之奏諸天樂供養石鉢來詣佛所各各以鉢奉上如來而白佛言世尊唯願如來哀受我等所獻石鉢受商人食令我長夜獲大安樂得成法器憐愍我故爾時世尊作是念言四大天王以淨信心而施我鉢然我不合受持四鉢若唯受一不受餘三而彼三王必生嫌恨是故我今總受四王所獻之鉢爾時世尊受北方毗沙門天王鉢而說偈言

汝奉善逝鉢　當得上乘器　我今受汝施
令汝具念慧

爾時世尊受提頭賴吒天王鉢而說偈言

以鉢施如來　念慧得增長　生生受快樂
速證佛菩提

爾時世尊受毗樓博叉天王鉢而說偈言

我以清淨心　受汝清淨鉢　令汝得清淨
人天所供養
爾時世尊受毗樓勒叉天王鉢而説偈言
如來戒無瑕　汝施無瑕鉢　汝心無瑕故
得報亦無瑕
爾時世尊受四天王鉢已如是次第相重安置右手按之合成一器四際分明如來爾時憶念過去而説偈言
我昔以華盛滿鉢　奉施無量諸如來
是故今者四天王　施我堅牢清淨鉢
佛告諸比丘時彼商衆驅大羣牛循路而行於晨朝時牧人犂乳凡所犂者化爲醍醐心生希有速將醍醐來白商主令所犂乳不知何故悉爲醍醐爲是吉祥爲是不祥我今未決商衆之中有婆羅門懷貪愛故云是不祥應作大施商主遠祖已生梵世是時現身作婆羅門於商衆中説是偈言
汝等徃昔發弘誓　如來若證菩提已
我當以食奉獻佛　受我食已轉法輪
今者如來成正覺　汝之所願亦滿足
世尊應受汝美食　當轉無上大法輪
汝今犂乳得醍醐　由此大仙之威力
好辰善宿吉祥兆　是故一切皆吉祥
梵天演説此偈已　還隱其形返天上
佛告諸比丘時諸商人聞此偈已皆大歡喜即取醍醐選上秔米煑以爲糜和好香蜜盛以栴檀之鉢詣多演林奉上如來白佛言世尊唯願哀愍受我此食爾時世尊受商人食已持彼栴檀之鉢擲致空中其鉢栴檀一分價直百千珍寶時有梵天名曰善梵接栴檀

鉢還於梵宮起塔供養其塔至今諸天香華供養不絕爾時世尊呪願商人而說偈言

汝等所向皆吉祥　一切財寶悉充滿
吉祥遍汝左右手　總汝身形是吉祥
所求財寶自然至　以吉祥鬘爲首飾
日月星宿諸天等　帝釋四王皆擁護
所去之處旣吉祥　迴還亦復獲安樂
以此施食之功德　當來得成無上道
名爲未度三噃佛　商人蒙記心歡喜

佛告諸比丘如來最初爲二商主及諸商人而授記莂時諸商人聞授記已得未曾有皆悉合掌作如是言我從今者歸依如來

大梵天王勸請品第二十五

佛告諸比丘如來初成正覺住多演林中獨坐一處入深禪定觀察世間作是思惟我證甚深微妙之法最極寂靜難見難悟非分別思量之所能解唯有諸佛乃能知之所謂超過五蘊入第一義無處無行體性清淨不取不捨不可了知非所顯示無爲無作遠離六境非心所計非言能說不可聽聞非可觀見無所罣礙離諸攀緣至究竟處空無所得寂靜涅槃若以此法爲人演說彼等皆悉不能了知唐捐其功無所利益是故我應默然而住爾時世尊而說偈言

我得甘露無爲法　甚深寂靜離塵垢
一切衆生無能了　是故靜處默然住
此法遠離於言說　猶如虛空無所染
思惟心意皆不行　若人能知甚希有
此法性離於文字　孰能悟入其義理
於多劫中供養佛　方能得聞生信解

不可說有說非有　非有非無亦復然
我昔無量劫修行　未得究竟無生忍
我於今者得究竟　常觀諸法無生滅
一切諸法本性空　然燈如來授我記
汝於來世成正覺　作佛名號釋迦文
雖於彼時已證法　今我所得方究竟
見諸衆生處生死　不知是法及非法
世間衆生有可度　故起大悲而度之
梵王若來勸請我　我當爲轉微妙法

佛告諸比丘如來說是偈已眉間白毫放大光明遍照三千大千世界爾時娑婆世界主螺髻梵王以佛威神即知如來默然之旨作是思惟我應往彼勸請如來轉于法輪告諸梵衆作如是言仁者世間衆生善法損減惡法增長何以故如來得阿耨多羅三藐三菩提默然而住不轉法輪我等宜往勸請如來是時梵王與六十八拘胝梵衆來詣佛所頂禮佛足右遶三帀却住一面而白言世尊世間衆生今當損減何以故如來爲諸衆生求無上覺今得成佛默然而住不轉法輪以是之故衆生損減善哉世尊善哉善逝願爲衆生起哀愍心而轉法輪世尊多有衆生堪能悟入甚深之法惟願世尊轉于法輪爾時大梵天王以偈請曰

如來勝智最極圓滿　放大光明普照世界
當以慧日開於人華　何故棄之默然而止
佛以法財施諸衆生　於百千劫已曾攝受
世間親者寧捨衆生　惟願世尊吹大法螺
擊大法鼓然大法燈　雨大法雨建大法幢
將諸衆生超生死海　煩惱重病爲療除之

煩惱猛火令其止息　示無憂惱　涅槃之路
說真實法　開解脫門　令諸生盲　得淨法眼
斷除生老　病死之患　非天非人　亦非帝釋
而能斷除　生死煩惱　我及天衆　勸請如來
轉于法輪　以此勸請　所生功德　同於世尊
轉于法輪　度脫衆生

佛告諸比丘爾時世尊黙然而住大梵天王與諸天衆俱以天栴檀香末及沉水香末供養佛已忽然不現佛告諸比丘爾時如來爲令世間尊重法故爲令甚深妙法得開顯故入深禪定觀察世間作是念言我證甚深微妙之法最極寂靜難見難悟非分別思量之所能解惟有諸佛乃能知之所謂超過五蘊入第一義無處無行體性清淨不取不捨不可了知非所顯示無爲無作遠離六境非心所計非言能說不可聽聞非可觀見無所罣礙離諸攀緣至究竟處空無所得寂靜涅槃若以此法爲人演說彼等皆悉不能了知唐捐其功無所利益是故我應黙然而住爾時大梵天王以佛威神復知如來黙然之旨往詣釋提桓因所而語之言憍尸迦汝今應知世間衆生處在生死黑暗稠林善法損減惡法增長何以故如來棄之不轉法輪憍尸迦我等當共往詣佛所勸請如來何以故諸佛如來若不勸請皆悉黙然是故今者我與汝等往詣佛所勸請如來轉于法輪爲令世間敬重法故爾時大梵天王及釋提桓因四天王天三十三天夜摩天兜率陀天樂變化天他化自在天梵衆天梵輔天光音天廣果天遍淨天淨居天乃至阿迦尼吒天光明照曜

於夜分中至多演林頂禮佛已右遶三帀却住一面爾時釋提桓因合掌向佛即以偈頌而請如來轉于法輪

世尊降伏諸魔怨　其心清淨如滿月
願爲衆生從定起　以智慧光照世間

釋提桓因說是偈已如來爾時猶故默然螺髻梵王語釋提桓因言憍尸迦不應如是而爲勸請於是大梵天王即從座起偏袒右肩右膝著地合掌向佛以偈請曰

如來今以降魔怨　智慧光明照一切
世間根熟有堪度　惟願世尊從定起

爾時世尊告梵王言我證甚深微妙之法最極寂靜難見難悟非分別思惟之所能解唯有諸佛乃能知之所謂超過五蘊入第一義無處無行體性清淨不取不捨不可了知非所顯示無爲無作遠離六境非心所計非言能說不可聽聞非可觀見無所罣礙離諸攀緣至究竟處空無所得寂靜涅槃若以此法爲人演說彼等皆悉不能了知然我常思念是二偈頌

我證逆流道　甚深難可見　盲者莫能覩
故默而不說　世間諸衆生　著彼五塵境
不能解我法　是故今默然

爾時梵王帝釋及諸天衆聞如是偈心大憂惱即於是處忽然不現佛告諸比丘復於一時大梵天王觀摩伽陀國多諸外道等於地水火風空橫生計度封著邪見以爲正道而彼衆生有應度者而知世尊于今猶固默然復詣佛所頭面禮足圍遶三帀右膝著地合掌恭敬以偈請曰

摩伽陀國　多諸異道　因邪見故　種種籌量
唯願牟尼　爲開甘露　最清淨法　令其得聞
佛所證法　清淨離垢　到于彼岸　無增無減
於三界中　超然特尊　如須彌山　顯于大海
當於衆生　起哀愍心　而救濟之　云何棄捨
如來具足　一切功德　力無畏等　唯願拔濟
苦惱衆生　世間人天　爲煩惱病　之所逼迫
請佛慈悲　而救濟之　唯有如來　爲歸依處
自昔天人　隨逐如來　此等純善　悉求解脱
是若聞法　皆能領受　唯願如來　爲其敷演
故我今者　請大精進　開示妙法　令見正路
譬如大雲　雨於一切　如來法雨　亦復如是
潤洽一切　枯槁衆生　彼諸人等　邪見毒刺
生死稠林　無始流轉　未蒙拔濟　盲無慧目
將墮深坑　唯願導師　開於正道　施其甘露
佛難值遇　如優曇華　唯願度脱　無依止者
如來往昔　發弘誓願　自既度已　當度衆生
幸以法光　除諸冥暗　唯佛大慈　勿捨本願
如師子吼　如天雷震　爲衆生故　轉于法輪

爾時世尊以佛眼觀見諸衆生上中下根或邪定聚或正定聚或不定聚比丘譬如有人臨清淨池見彼池中所有草木或未出水或與水齊或已出水如是三種分明見之如來觀諸衆生上中下根亦復如是如來爾時作是思惟我若説法若不説法邪聚衆生畢竟不知復更思惟我若説法若不説法正聚衆生皆能了知復更思惟我若説法不定衆生即能了知我不説法即不了知諸比丘如來爾時觀不定聚衆生起大悲心作如是言我本欲爲此等衆生轉于法輪故出於世又爲

大梵天王請故即以偈頌告梵王言
我今爲汝請　當雨於甘露　一切諸世間
天人龍神等　若有淨信者　聽受如是法
爾時大梵天王聞是偈已歡喜踊躍得未曾有頂禮佛足遶無數帀即於佛前忽然不現諸比丘爾時地神告虚空神唱如是言如來今受梵王勸請欲轉法輪哀愍無量諸衆生故利益無量諸衆生故安樂無量諸衆生故增長天人損減惡趣故爲諸衆生得涅槃故當轉法輪地神作是語已於一念頃虚空神聞展轉傳至阿迦尼吒天諸比丘爾時有四護菩提樹天一名愛法二名光明三名樂法四名法行是四天子頂禮佛足而白佛言世尊當於何處轉于法輪爾時如來告彼天言我於波羅奈國仙人墮處鹿野苑中轉正法輪彼天子言世尊此波羅奈鹿野苑中文物尠少林泉非勝然有無量諸餘城邑土地豐饒人民殷盛園林池沼清淨可樂何故如來於鹿野苑中而轉法輪爾時世尊告諸天子言仁者不應作如是説所以者何我念往昔於此波羅奈城供養六十千億那由他諸佛如來以要言之九萬一千拘胝諸佛皆於是處轉正法輪一切甚深微妙之法皆從中出是故此地常爲天龍夜叉乾闥婆羅刹等之所守護以是義故如來於彼鹿野苑中而轉法輪

方廣大莊嚴經卷第十

音釋

療力嶠切治也　貿莫候切易財也　躓知義切跲也

方廣大莊嚴經卷第十一

唐中天竺國沙門地婆訶羅奉　詔譯

轉法輪品第二十六之一

爾時佛告諸比丘如來所作已辦棄捨重擔拔煩惱根淨諸塵垢摧滅外道降伏魔軍入佛甚深微妙之理已得知見成就十力四無所畏十八不共一切佛法無不具足五眼清淨觀察世間作是思惟誰應最初堪受我法根性淳熟易可調柔於所聞義速能開悟清淨離染薄貪瞋癡於我所說而無忽忘能令示教不生劬勞若有所聞永無退失作是念已觀彼外道羅摩之子聰明有智雖具煩惱三垢微薄若聞我法速能證知彼得非想非非想定常爲弟子演說修習今在何處以佛眼觀見其命終已經七日時有諸天頂禮我足而白我言世尊彼人命終經於七日如來爲菩薩時已能先知如來有大智力其人若不命終堪受正法復告諸比丘彼羅摩子不聞我法遂便命終若不命終我當最初爲其說法彼若聞已即能證知爾時世尊復作是念誰應最初堪受我法根性淳熟易可調柔於所聞法速能開悟清淨離染薄貪瞋癡於我所說而無忽忘能令示教不生劬勞若有所聞永無退失作是念已觀彼外道阿羅邏仙聰明有智雖具煩惱三垢微薄若聞我法速能證知今爲所在以佛眼觀見其命終已經三日又於是時虛空諸天作如是言彼仙命終經於三日如來爲菩薩時已能先知如來有大智力其人若不命終堪受正法復告諸比丘彼阿羅邏不聞我法遂便命終若不

命終我當最初爲其說法彼若聞已即能證知爾時世尊復作是念誰應最初堪受我法根性淳熟易可調柔於所聞法速能開悟清淨離染薄貪瞋癡於我所說而無忽忘能令示教不生劬勞若有所聞永無退失作是念已觀見五跋陀羅根性已熟易可調柔於所聞法必能開悟清淨離染三垢微薄於我所說而無忽忘能令示教不生劬勞若不於我得聞正法復當退失我昔苦行之時謹心事我我當最初爲彼五人轉正法輪彼能了知具足施戒善法圓滿解脫現前離諸障礙即以佛眼觀見五跋陀羅在波羅柰鹿野苑中

佛告諸比丘爾時如來作是念已從菩提樹向迦尸園波羅柰城震動三千大千世界是時伽耶城傍有一外道名阿字婆遥見世尊即前問訊在一面立而白佛言長老瞿曇諸根恬靜端正可愛身色晃曜如閻浮金及詹波華仁者修何梵行師爲是誰從誰出家進止威儀安隱乃爾今從何來復何所往爾時世尊以偈答曰

我本無有師　世無與我等　於法自能覺
證清淨無漏

阿字婆言瞿曇汝自謂是阿羅漢耶爾時世尊重以偈答

我爲世間　無上導師　當度一切　是眞羅漢

阿字婆言瞿曇汝自謂爲覺耶如來答言我於世間最爲殊勝滅除一切煩惱惡法我爲正覺阿字婆言長老瞿曇汝於今者爲何所往世尊答曰我今欲往波羅柰國鹿野苑中爲諸盲冥衆生作大光明而說偈言

我往波羅柰　於鹿野苑中　爲盲冥衆生
擊甘露法鼓　轉所未曾轉　無上勝法輪

時阿字婆辭佛南行如來北逝經伽耶城城中有龍名曰善見明日設齋奉請如來如來食訖往盧醢多婆蘇都村次復至多羅聚落次復經娑羅村如是遊歷皆爲長者居士奉獻飲食次第而行至恒河邊是時河水暴集平流彌岸世尊欲度問彼船人答言與我價直當相濟耳爾時世尊報船人言我無價直船人言若無價直終不相濟如來爾時飛騰虛空達于彼岸船人見佛現是神通乃自責言我無所識云何不度如是聖人心生憂惱悶絕躃地良久乃甦詣頻婆娑羅王具陳所見王聞是事即勑船人自今已往沙門求濟勿受價直諸比丘如來至波羅柰城於晨朝時著衣持鉢入城乞食還至本處飲食訖詣鹿野苑中時五跋陀羅遥見世尊共相謂言沙門瞿曇放逸貪著不能持戒欲斷煩惱尋復退墮便失禪定先修苦行尚無所能何況今日恣受美食安樂而住是懈怠人明非道器我等今者不須敬問敷置坐處汲水洗足施設飲食一切莫爲隨其自來不應爲起彼若欲坐當指卑座令其就坐唯阿若憍陳如不同衆心爾時世尊漸近五人所居之處是時五人皆自不安如鳥在籠爲火所逼比丘當知世間衆生無有覩佛得安坐者是時五人皆違本要不覺忽然俱起迎佛或有敷置坐具或有汲水洗足或有提履或有持衣皆言善來長老瞿曇請坐勝座爾時世尊坐彼座已五人於前禮拜問訊各在一面而白佛

言長老瞿曇面目端正諸根寂靜身相光明如閻浮金及詹波華瞿曇今者應證出世聖種智耶爾時世尊語五人言汝等不應稱喚如來爲長老也令汝長夜無所利益又語五人我已證得甘露之法我今能知向甘露道我即是佛具一切智寂靜無漏心得自在汝等須來當示汝法教授於汝汝應聽受如說修行即於現身得盡諸漏智慧明了解脱而住梵行成就所作皆辦不受後有又告五人汝昔嫌我俱作是言長老瞿曇躭著世樂不堅持戒欲斷煩惱便即退墮我適近汝各自不安是故當知不得稱呼如來爲長老也五跋陀羅俱白佛言世尊我今願得於佛法中而爲沙門佛言善來比丘鬚髮自落法服著身便成沙門鬚髮長短如剃經七日威儀整肅如百臘比丘即從座起頂禮佛足懺悔先罪即於如來爲大師想尊重瞻仰生歡喜心爾時世尊入池澡浴浴訖復於一處靜坐思惟過去諸佛當於何座而轉法輪作是念時忽於是處有千寶座從地涌出如來爾時從本座起恭敬圍遶初三高座至第四座結跏趺坐時五跋陀羅頂禮佛足坐於佛前諸比丘爾時世尊放大光明其光徧照三千大千世界於光明網中而說頌曰

從彼兜率宮　降生龍毗園　梵釋咸承捧
威猛如師子　十方行七步　曾無迷惑心
即以梵音詞　而作如是唱　我今於一切
爲最尊最勝　捨轉輪王位　當利益衆生
六年苦行已　即詣菩提座　降伏諸魔軍
疾成無上道　梵釋諸天衆　勸請轉法輪

哀愍諸世間　黙然而受請　以堅固願力
向於鹿苑中　仙人所墮處　演說無上法
此法無數劫　修習之所證　汝等樂聞者
速應來聽受　人天身難得　佛出世甚難
聞法起信心　斯人亦復難　汝不生八難
今獲人天身　值佛聞正法　而能有淨信
汝於百千劫　未曾聞正法　今者得值遇
宜應善修習

佛告諸比丘光明網中說如是偈覺悟三千大千世界一切人天等衆汝可速來令佛世尊轉于法輪諸天龍等聞是語已從其本宫來詣佛所爾時地神以神通力令此道場縱廣正等七百由旬種種莊嚴周徧清淨虛空天神復將種種幢旛寶蓋以爲嚴飾欲界色界諸天子等將八萬四千寶師子座置道場中各自請言世尊哀愍我故爲坐此座轉正法輪諸比丘爾時東西南北四維上下十方刹土無量拘胝諸菩薩衆宿植德本來至佛所頂禮佛足右遶三帀合掌恭敬勸請如來轉于法輪十方三千大千世界所有釋梵護世及餘無量諸天子衆皆悉頂禮佛足右遶三帀合掌向佛勸請如來轉于法輪是諸衆會咸作是言唯願世尊利益安樂愍念諸衆生故雨大法雨建大法幢吹大法螺擊大法鼓佛告諸比丘爾時會中有一菩薩名曰轉法持衆寶輪備有千輻莊嚴綺麗不可稱比放千光明又以華鬘寶鈴微妙繒綵無量寶具以爲嚴飾由是菩薩先願力故感此輪生供養如來過去諸佛皆有此輪然後轉法時彼菩薩持是輪寶奉獻如來而說偈言

尊憶過去時　然燈佛授記　當得成正覺
號名曰牟尼　我亦於彼時　發此弘誓願
導師得成佛　當奉此輪寶　一切人天等
及諸菩薩衆　其數無有量　皆爲轉法輪
各以巳神力　齋種種供具　寶臺華蓋等
窮刧説不盡　三千大千界　天人阿脩羅
諸龍神衆等　咸悉一心請
佛告諸比丘如來於初夜時默然而過於中
夜分安慰大衆令生歡喜至後夜巳喚五跋
陀羅而告之言汝等應知出家之人有二種
障何等爲二一者心著欲境而不能離是下
劣人無識凡愚非聖所行不應道理非解脱
因非離欲因非神通因非成佛因非涅槃因
二者不正思惟自苦其身而求出離過現未
來皆受苦報比丘汝等當捨如是二邊我今
爲汝説於中道汝應諦聽常勤修習何謂中
道正見正思惟正語正業正命正精進正念
正定如是八法名爲中道佛語諸比丘有四
聖諦何等爲四所謂苦諦苦集諦苦滅諦證
苦滅道諦比丘何等名爲苦聖諦所謂生苦
老苦病苦死苦愛别離苦怨憎會苦求不得
苦五盛蘊苦如是名爲苦聖諦何等名爲苦
集聖諦所謂愛取有喜與貪俱希求勝樂如
是名爲苦集聖諦何等名爲苦滅聖諦所謂
愛取有喜與貪俱希求勝樂盡此一切如是
名爲苦滅聖諦何等名爲證苦滅聖道諦即
八聖道所謂正見乃至正定此即名爲證苦
滅聖道諦復告比丘如是苦法我先不從他
聞由善隨順如理思惟生智生眼生明生遍
生慧生光比丘如是苦集法我先不從他聞

由善隨順如理思惟生智生眼生明生遍生慧生光比丘如是苦集滅法我先不從他聞由善隨順如理思惟生智生眼生明生遍生慧生光比丘如是苦滅證道我先不從他聞由善隨順如理思惟生智生眼生明生遍生慧生光復告比丘苦應知集應斷滅應證道應修如是四法我先不從他聞由善隨順如理思惟生智生眼生明生遍生慧生光復告比丘我已知苦已斷集已證滅已修道如是四法我先不從他聞由善隨順如理思惟生智生眼生明生遍生慧生光復告比丘我先未見四聖諦未得阿耨多羅三藐三菩提時正智未生我從證見四聖諦法輪已心得解脫慧得解脫不復退失而以正智得阿耨多羅三藐三菩提我生已盡梵行已立所作已辦不受後有爾時世尊出梵音聲如是梵音從無量功德之所成就無量劫來修習眞實不假於師自然而悟發是妙聲語憍陳如等言眼是無常苦空無我無人無衆生無壽命猶如腐草雜土爲牆危脆不實如眼耳鼻舌身意亦復如是憍陳如一切法從因緣生無有體性離常離斷猶如虛空雖無作者及以受者善惡之法而不敗忘憍陳如色是無常苦空無我受想行識亦復如是由愛爲水潤漬因緣衆苦增長若得聖道證見諸法體性皆空即能永滅如是衆苦憍陳如由彼分別不正思惟而生無明更無有餘爲無明因而此分別不至無明復由無明而生諸行而此無明不至諸行乃至行緣識識緣名色名色緣六處六處緣觸觸緣受受緣愛愛緣取取

緣有有緣生生緣老死憂悲苦惱如是等爲世間因更無有餘能爲其因雖生諸法而因不至法竟無我人衆生壽者捨於此身而至彼蘊如理思惟無所分別即滅無明由無明滅即行滅行滅即識滅識滅即名色滅名色滅即六處滅六處滅即觸滅觸滅即受滅受滅即愛滅愛滅即取滅取滅即有滅有滅即生滅生滅即老死憂悲苦惱滅若能如是於蘊界處了悟因緣爾時得成多陀阿伽度阿羅訶三藐三佛陀如是甚深微妙之法非諸異道所能了悟爾時世尊爲憍陳如三轉十二行法輪已憍陳如等皆悉了達諸法因緣漏盡意解成阿羅漢即於是時三寶出現婆伽婆爲佛寶三轉十二行法輪爲法寶五跋陀羅爲僧寶佛轉法輪時六十拘胝欲界諸天八十拘胝色界諸天八萬四千人皆悉遠塵離垢得法眼淨佛告諸比丘如來以妙梵之音轉于法輪其聲徧至十方佛土彼諸如來各聞三轉十二行妙梵之聲咸見世尊住波羅柰鹿野苑中而轉法輪是時十方諸佛皆悉默然而不說法彼土菩薩各從座起而白佛言世尊如來今者何故默然而不說法爾時彼佛告諸菩薩言汝等應知釋迦如來於無量劫勤苦累德勇猛精進行菩薩道超過無量菩薩之行於娑婆世界得阿耨多羅三藐三菩提利益一切起大慈悲轉于法輪其佛梵音徧至十方無邊刹土我今聞彼說法之聲是故默然諸菩薩衆聞佛語已皆發阿耨多羅三藐三菩提心作是誓言願我當來速成佛道以無漏法眼開悟衆生同於彼

佛爾時彌勒菩薩前白佛言世尊無量諸來大菩薩衆願聞如來轉于法輪所有功德唯願世尊略爲宣說法輪之性佛告彌勒及諸菩薩言善男子法輪甚深不可取故法輪難見離二邊故法輪難悟離作意及不作意故法輪難知不可以識識不可以智知故法輪不雜斷除二障方能證故法輪微妙離諸喻故法輪堅固以金剛智方能入故法輪難沮無本際故法輪無戲論離攀緣故法輪不盡無退失故法輪普徧如虛空故彌勒法輪顯示一切諸法本性寂靜不生不滅無有處所非分別非不分別到於實相升于彼岸空無相無願無作體性清淨離諸貪欲會於眞如同於法性等于實際不壞不斷無著無礙善入緣起超過二邊不在中間無能傾動契於諸佛無功用行不進不退不出不入而無所得不可言說性唯是一而入諸法是爲不二非可安立歸第一義入實相法法界平等超過數量言語路斷心行處滅不可譬喻平等如空不離斷常不壞緣起究竟寂滅無有變易降伏衆魔摧諸外道超過生死入佛境界聖智所行辟支所證菩薩所趣諸佛咨嗟一切如來同有如是無差別法彌勒所轉法輪體性如是若有如是轉法輪者乃名爲佛名正徧知名自然悟名法王名導師名大導師名商主名自在名法自在名轉法名法施主名大施主名善行名圓滿名意樂滿足名說者名作者名安慰者名安隱者名勇猛者名戰勝名作光名破暗名持燈名大醫王名療世間名拔毒刺名離障智名普觀見名普觀

察名普眼名普賢名普光名普門名端嚴名無所著如大地故名爲平等如須彌山王故名不動成就諸功德出過世間故名最尊達一切法故名無見頂出過世間煩惱黒暗故名明燈最極甚深難窮底故名大海一切菩提分法寶具足故名寶所無繫無著心解脫故名無染通達諸法故名不退轉利益衆生不擇處故名如風焚燒一切煩惱故名如火滌除一切分别煩惱故名如水平等法界無中無邊無礙神通慧所行故名如空除一切法障故名住無障智超過世間眼所行境故名徧一切法界身不染世間一切境界故名最勝人名無量智名演說世間師名制多名出世間名不染世法名世間勝名世間自在名世間大名世間依止名到世間彼岸名世間燈名世間上名世間尊名利益世間名隨順世間名一切世間了知名世間主名世間應供名大福田名最上名無等等名無比名常眞實名一切法平等住名得道名示道者名說道者名超過魔境名能摧伏魔名出生死獲得清涼名離無明黒暗名無疑惑名離煩惱名離希求名除諸見惑名解脫名清淨名離貪名離瞋名離癡名盡漏名心淨解脫名智淨解脫名宿命智名大龍名所作已辦名離重擔名逮得已利名遠離生死結縛名正智心善解脫名善到一切心自在彼岸名到施彼岸名到戒彼岸名到忍彼岸名到精進彼岸名到禪定彼岸名到智慧彼岸名願成就名住大慈名住大悲名住大喜名住大捨名精勤攝衆生名得無礙辯名與世間作

大依止名大智名念慧行覺成就名得正念正斷正神足通五根五力菩提分法奢摩他毗鉢舍那名度生死大海名住彼岸名住寂靜名得安隱處名得無畏處名摧伏煩惱魔名丈夫師子名離毛竪怖畏名無垢名知者名得三明名渡四河持制多故名刹利遠離一切罪垢故名婆羅門破壞無明藏故名比丘超過染著故名沙門盡諸漏故名清淨者持十力故名大力者修身語意故名婆伽婆是法王故名王中之王名轉勝法輪名利益衆生名不變壞說法名受一切智位名成就七菩提寶名得一切法寶境界名衆會瞻仰名能調伏未調伏者名善能與諸菩薩授記名得七淨財名成辦一切樂名隨一切意悉捨名與一切衆生安樂名持金剛勝智名普遍眼名見一切法無障礙名普智作大神通名演大法名一切世間無有厭足名光大清淨名一切世間親近者名知衆生器名大嚴名有學無學圍遶名普照名大幢王名徧光明名大光普照名無雜對諸問難名無分別名光明徧照名甚深難知難見難解般若波羅蜜光明場名大梵名寂靜威儀名成就一切勝行名持妙色名見無厭足名諸根寂靜名資粮圓滿名得調柔名得勝調柔寂靜名諸根調伏藏名如馴象王名如清淨池具足三十二相故名永斷一切習氣障具足隨好莊嚴身故名最上妙色無上丈夫調御士故名四無畏圓滿十八不共佛法故名天人師成就一切事故名身口意業無譏嫌成就一切相清淨智故名空住善能了悟諸緣起性

平等故名無相住於一切願求無染著故名無願住捨離一切境界故名無功用行眞如法界虛空相無相智境界故名如語不虛妄語不異語觀如幻陽焰所夢水月谷響鏡像故名捨阿蘭若舉足下足調伏衆生故名行步不空過斷除一切無明煩惱愛故名法城爲涅槃因故名見聞皆益超過欲界故名出淤泥超過色界故名摧魔幢超過無色界故名建智幢是法身智身故名出過一切世間無邊功德寶智華間發成就解脫果故名大樹難值故名優曇華隨心願求皆得圓滿故名摩尼珠王成就諸業行故名手足網縵於長夜梵行堅固護持不動故名足下有千輻輪衆相莊嚴於長夜如法供養衛護父母尊長及應供者無依怙者爲作依怙不殺命故名手足長於長夜誓不殺演說不殺功德勸諸衆生不殺救護諸衆生故名手足柔輭於長夜供養父母承事尊上應供之人以酥油潤身自手塗摩歡喜無懈名手足網縵於長夜善能布施愛語利益同事攝受衆生故名足下安平於長夜恒常增長勝上法故名身毛右旋及以上靡於長夜如來塔所自手修營供養灑掃聞如來法身毛爲豎心生希有復爲衆生演說正法諸聞法者心生希有故名蹲如伊尼鹿王於長夜聽聞正法受持讀誦如說修行爲他解說方便善知甚深句義於老病死苦惱衆生爲作依止演說妙法不生輕慢故名陰藏隱密於長夜恭敬沙門婆羅門布施衣服顯梵行德及顯十善自具慚愧及教他堅固修行等事故名臂臑長於長

夜不惱害衆生身語意業與慈相應故名身如尼拘陀樹於長夜飲食常自知量不多不少見病者施種種湯藥於下劣衆生常生慈愍修理壞塔及營新塔怖畏衆生施其無畏故名身體柔澤於長夜供養父母師長及應供者以酥油塗身適其溫清澡浴熏香布施上妙室宅衣服飲食卧具湯藥令得安隱以香水灑掃如來塔廟又以香華幢旛寶蓋莊嚴佛塔故名眞金色於長夜不惱害衆生常修慈忍勸諸衆生修行十善以金造如來形像及造塔廟或以金彩圖畫如來及以塔廟或生金末散佛形像及以塔廟或以幢旛寶蓋莊嚴佛塔及佛形像或以衣服飲食惠施衆生故名一一毛孔一一毛生皆悉光澤分明顯現於長夜常親近智者請問何法是罪何法非罪何法可修何法不可修何法爲上何法爲中何法爲下擇其善者而修行之及掃灑佛塔故名七處高於長夜父母及應供沙門婆羅門可遵崇者皆悉供養貧窮下賤有所希求皆隨彼意施與衣服飲食卧具湯藥又修園池林井給彼須者故名身上分如師子於長夜父母及應供處常能供養恭敬於貧窮下賤心不輕欺常生憐愍在如是等願力堅固不捨棄故名髁骨不現於長夜常省己過不訟彼短永離鬬諍身語意業恒常清淨故名兩肩平滿於長夜在沙門婆羅門生恭敬心迎來送去善解諸教得無所畏有鬬訟者教令不諍又教諸王臣佐及一切衆生令修忠孝修行善業增長佛法故名師子頷於長夜隨諸衆生所有樂欲一切施與善

言安慰皆令歡喜願力堅固名具四十齒於長夜不兩舌鬬諍有鬬諍處和其兩邊各令歡喜故名齒不踈缺於長夜常修善事遠離惡法常施衆生乳酪及淨衣服以白土爲泥掃拭佛塔以衆白華供養佛塔具如是等功德故名齒白齊密於長夜所出語言令諸衆生心生喜樂不求他過以平等心勸諸衆生演說正法故名於諸味中得最上味於長夜不惱衆生有病苦者隨其所應而療除之所求美味隨意與之心不生悋故名梵音聲於長夜不妄語不麤獷語不惡語常住慈悲喜捨四梵住處以柔輭音聲爲衆生說法皆生歡喜心故名眼青紺色於長夜在父母師長常生恭敬觀一切衆生猶如一子有來求者恒起慈悲勸諸衆生觀於佛像塔廟故名眼睫如牛王於長夜心不下劣意常廣大勸諸衆生修無上法遠離顰蹙恒常微笑親近善友先言慰喻故名舌廣大於長夜遠離一切語過恒常讚歎聲聞辟支菩薩如來及諸法師受持讀誦書寫經典爲人解說如法修行故名肉髻無能見頂於長夜頂禮父母諸尊沙門婆羅門以香油塗其足下及爲淨髮一切來者皆以華鬘繫其頂上故名眉間白毫右旋清淨光明於長夜恒常開門大施普請衆生隨意所與亦勸衆生行如是施親近善友恒不捨棄求法重師不憚艱劬心無懈怠於聲聞緣覺菩薩如來父母師長所以種種香油然燈及造妙好端正如來形像以妙寶莊嚴又以白寶安置眉間作如來相好勸諸衆生發菩提心令修無量諸善行故名得大

勢志名成就那羅延力名成就如來無畏願力名說法不錯亂名覺悟無言說名願力能令一切衆生隨類各解名無失念名無異想名如實了知諸衆生心名非擇滅捨名欲行三昧不斷名精進不退名念不退名智不退名解脫不退名解脫知見不退名從智出一切身語意業隨智慧行名過現未來智障無礙名得無礙解脫名善入衆生之行名如應說法名善能超過一切音聲相彼岸名善對答一切異類音聲名迦陵頻伽聲名天鼓聲名天樂聲名地大震動聲名大海王聲名大龍王聲名大雲聲名隨諸衆生類聲名無著無礙令諸衆會生歡喜心名梵釋天王之所供養名阿脩羅緊那羅摩睺羅伽歡喜心瞻仰目不暫捨名聲聞衆之所承事名菩薩衆之所恭敬讚歎名無希求說法名說一字一句皆不唐捐名說法以時彌勒我今略說如來功德若廣說者窮劫不盡爾時世尊欲重宣此義而說偈言

無處無戲論　無生亦無滅　體性空寂靜
轉如是法輪　不出亦不入　無因亦無相
一切法平等　轉如是法輪　如夢幻陽焰
水月及谷響　皆無有自性　轉如是法輪
入諸因緣法　不斷亦不常　遠離諸惡見
轉如是法輪　遠離於有無　非法非非法
本自不生滅　轉如是法輪　實際非實際
眞如非眞如　示諸法體性　轉如是法輪
眼耳鼻舌身　及意皆不實　體性空無思
轉如是法輪　以如是法輪　覺諸未覺者
一切法體性　我自已覺知　不從他覺悟

名曰自然人　得於法自在　故說爲法王
知理知非理　故名爲導師　隨應演說法
教化諸羣生　能到於彼岸　故名爲教主
爲諸迷路者　演說眞實法　度之於彼岸
故名無上師　以四攝及智　普攝諸世間
越生死稠林　故名爲商主　於法無罣礙
故名法自在　轉於正法輪　故名爲法王
名師名持法　名無上法主　亦名大德主
亦名戒願滿　亦名施無畏　亦名示涅槃
亦名能降伏　亦名能自解　亦名能悟心
智慧大光明　普照於一切　破無明黑暗
爲世作醫王　能除煩惱病　善拔諸毒箭
名無上導師　有三十二相　具八十種好
身分皆微妙　隨順於衆生　十力四無畏
十八不共法　大乘勝牟尼　具如是威德
無上正法輪　如來勝功德　若欲廣說者
窮劫不能盡　佛智無有邊　廣大如虛空

方廣大莊嚴經卷第十一

音釋

邏郎佐切　蹡薄益切倒也　輻方六切車輻也　鬘莫班切　脆此芮切物易斷也　馴詳倫切順從也　縵毋官切　怙胡古切恃也　蹲市兖切腓腸也　⿰月庸丑凶切直也　踝胡瓦切腿兩旁曰內外踝　獷古猛切惡也　紺古暗切　睫子葉切目旁毛也　顰蹙顰毗眞切蹙子六切顰蹙愁貌

方廣大莊嚴經卷第十二

唐中天竺國沙門地婆訶羅奉 詔譯

轉法輪品第二十六之二

爾時佛告諸比丘如來化五人竟作是念言優樓頻螺迦葉有大名稱與五百弟子俱國王奉事臣庶宗仰我當詣彼教以正法即往尋之迦葉見佛迎前問訊善安隱不爾時如來報迦葉言無病知足寂滅清信是爲安隱迦葉請佛日既將暮唯願沙門幸留於此隨意所處佛語迦葉欲寄石室止住一宿迦葉言吾不愛室中有毒龍恐相犯耳乃至三語迦葉報言任於中止爾時如來洗手足已前入石室敷座而坐龍便瞋怒身中出煙佛亦出煙龍大瞋怒身中出火佛亦出火二火俱熾焚燒石室迦葉夜起見室盡然驚怖歎惜此大沙門端正尊貴不取我語爲火所害遽令弟子人持一瓶汲水而救所有瓶水悉變爲火師徒益恐皆言龍火殺是沙門如來爾時以神通力制伏毒龍置於鉢中明旦持鉢盛龍而出迦葉大喜怪未曾有今此沙門乃復活耶器中何有見是毒龍佛告迦葉我以伏之令受禁戒迦葉甚慚顧謂弟子是大沙門雖有神力不如我得羅漢道也爾時如來移近迦葉所住之處在一樹下於夜分中四天大王皆來聽法光明甚盛如大火炬迦葉夜見謂佛事火明旦白佛言沙門法中亦事火耶佛言不也昨夜四王下來聽法是其光耳於後帝釋下來聽法其光轉盛迦葉明日復問沙門亦事火耶佛言不也此是帝釋來聽法耳於後梵王下來聽法其光益盛迦葉

明日復問沙門亦事火耶佛言不也此是梵王來聽法耳迦葉及五百弟子人事三火旦欲然火火終不著怪以問師師言此是沙門所爲故也俱來問佛我所事火然乃不著佛言欲使然耶當令得然火即然矣既然之後迦葉滅火復不可滅五百弟子相助滅之亦不能滅各自念言復是沙門所爲故也共往問佛火既得然今不可滅佛言欲使滅耶當令得滅火即滅矣迦葉白佛言唯願沙門恒住於此共修梵行我當勑家常使供養每以日時請佛俱行詣其家食佛言汝可先去當隨後至迦葉適去佛以神力上忉利天取彼天果東至弗婆提取菴摩勒果南至閻浮界取閻浮果西至拘耶尼取訶梨勒果北至鬱單越取自然粳米盛置鉢中飛空而還先迦葉至坐其牀上迦葉後到問佛沙門從何道來佛語迦葉汝去之後我往四方及上忉利取是名果及以美飯汝可食之時摩伽陀國國王大臣吏人官屬長者居士婆羅門等當就迦葉爲七日會迦葉念言彼大沙門威德巍巍相好無上衆人見者必當捨我而奉事之寧此沙門七日之中不來我所佛知其念隱而不現七日滿已迦葉念言節會已訖餘饌甚多彼大沙門今若來者我當飯之佛知其意忽然而至迦葉驚喜而問如來七日之中何爲見棄佛言汝先起念是以不現今汝相憶故復來耳爾時迦葉五百弟子將欲祀火俱共破薪各各舉斧皆不得下慷而告師師言是大沙門所爲故耳即往問佛我諸弟子向共破薪各各舉斧皆不得下佛言當下

應聲即下既下之後斧皆著薪而不可舉復來問佛佛言可去自當舉耳應時即舉尼連禪河湍流箭激佛以神力令水涌起過於人上佛行其下步步生塵迦葉遥望恐佛漂溺即與弟子乘船救佛見水涌起佛行其下步步生塵迦葉喚佛沙門欲上船不佛言甚善即於水中從船底入船無穿漏迦葉復言是大沙門神則神矣猶不如我羅漢道也佛語迦葉汝非羅漢何爲貢高自稱羅漢於是迦葉心驚毛戰慚懼稽首今此大聖乃知我心唯願大聖攝受於我在聖法中而爲沙門佛語迦葉汝既耆舊多有眷屬又爲國王臣民之所歸敬今欲學道其可自輕宜與弟子更熟詳議迦葉言善哉如聖所教然我内心非不自決且當還與弟子論耳迦葉還來集諸

弟子我已信解彼沙門法其所得道是爲眞正我今歸趣汝意云何弟子答言我等亦願隨從歸依是時迦葉與諸弟子釋其衣服取事火具悉棄水中俱詣佛所稽首佛足而白佛言我及弟子於聖法中願爲沙門佛言善來比丘鬚髮自落法服著身皆成沙門迦葉二弟一名難提二名伽耶各有二百五十弟子先住水邊見諸梵志衣帔什物事火之具隨水下流皆悉驚愕恐畏其兄及諸門徒爲人所害即與五百弟子泝流而上見兄師徒皆成沙門怪而問曰兄今者舊年百二十智慧深遠國内遵崇我意言兄已證羅漢今棄淨業斆彼沙門其道勝耶迦葉答言佛道最優其法無上我自昔來未曾見有神通道力與佛等者其法清淨當度無量能以三事教

化衆生一者道力神通變化二者智慧知他人心三者善知煩惱應病授藥二弟聞已心生恭敬顧謂弟子汝意云何五百弟子同聲發言願從師教即皆稽首求爲沙門佛言善來比丘鬚髮自落法服著身皆成沙門爾時如來與千比丘俱往波羅奈國在於林下爲諸弟子或時變現或時說法或復說戒覩佛威神莫不欣喜盡成羅漢爾時世尊從波羅奈國與優樓頻螺迦葉兄弟三人及千羅漢至摩伽陀國時頻婆娑羅王久聞菩薩得成佛道巨身丈六紫磨金色三十二相八十種好十號具足已得知見成就五眼證獲六通梵釋四王皆悉奉事今入我國心甚歡喜吾本共要成佛相度乃不忽遺從我所願即勑國內嚴淨道路王乘寶車大臣百官前後導從千乘萬騎出城迎佛爾時世尊近王舍城在遮越林於大樹下千比丘衆圍遶而坐王遥見佛如星中月如日初出旣如帝釋亦似梵王處於天宮儼若金山巍巍超絕王心歡喜下車步進去五威儀稽首禮佛自稱其號作如是言久服尊德欽渴積時如來即以梵音慰問王言大王四大常安隱不統理人務無乃勞耶王曰蒙祐幸得安隱爾時頻婆娑羅王及諸臣民咸覩迦葉於佛邊坐心自念言迦葉者舊衆仙之宗豈應棄道作佛弟子爲是佛師爲師佛乎佛知其意即以偈頌問迦葉言

汝常祀山川　歸依水火風　日月衆梵天
夙夜勤精進　事來幾何時　其心無懈廢
汝所奉神祇　寧有致福不

爾時迦葉以偈答曰

自念祠祀來　已經八十載　風水火梵天
山川及日月　夙夜常精進　祈心不懈廢
畢竟無所獲　值佛乃得安

說是偈已王及羣臣國中人民乃知迦葉爲佛弟子佛告迦葉汝起宜應現汝羅漢神通迦葉即時承佛教已涌在虛空身上出火身下出水或身上出水其身不濡或身下出火其身不灼飛行虛空七現七隱入地如水履水如地穿過須彌無所罣礙於佛前地西沒東現東沒西現南沒北現北沒南現既變化已還於佛前長跪叉手而白佛言我是弟子佛是我師王及臣民重明迦葉是佛弟子爾時世尊告頻婆娑羅王言大王色是無常苦空無我受想行識亦是無常苦空無我色如聚沫不可撮摩受如水泡不得久立行如芭蕉中無有堅想如所夢爲虛妄見識如幻化從顛倒起三界不實一切無常大王有此國來爲幾何時王言有此國來七百餘代所領之王盡識以不答曰知吾父耳佛言世間須臾唯道可恃應修來福無爲空過大王當知如人生時雖因父母而生其身不由父母招其果報善惡美醜先業所爲若造諸善命終之後生天人中十方佛前若造諸惡命終之後生於地獄餓鬼畜生一切諸法緣合即生緣散即滅大王當知無明緣行行緣識識緣名色名色緣六處六處緣觸觸緣受受緣愛愛緣取取緣有有緣生生緣老死憂悲苦惱大王無明滅故則行滅行滅故則識滅識滅故則名色滅名色滅故則六處滅六處滅故

則觸滅觸滅故則受滅受滅故則愛滅愛滅故則取滅取滅故則有滅有滅故則生滅生滅故則老死滅老死滅故則憂悲苦惱滅大王十二因緣盡坦然無跡猶如虛空分別本無逮得法忍說是法時八萬四千諸天及人遠塵離垢得法眼淨無央數衆發阿耨多羅三藐三菩提心爾時頻婆娑羅王得法眼淨欣然請佛願受五戒大臣百官國內人民皆悉歸佛亦受五戒既受戒已即從座起頂禮佛足而白佛言世尊乃能棄捨轉輪王位出家爲道我於昔日輒先奉請若得道時願前見度我於今者宿願成滿幸蒙佛恩得履道跡國務殷繁比更親奉王及羣臣遶佛三帀辭退而去王至宮已羣臣上賀古昔諸王悉不見佛唯獨大王得值如來王益欣喜復慰羣臣卿等夙福今幸遇佛出興於世因勑後宮妃嬪婇女及國內人民長修齋戒盡令奉法時摩伽陀國有一長者名迦蘭陀見佛入國未有精舍以好竹園奉上如來前白佛言世尊大慈憐愍一切如父如母能棄世榮今得成佛未有精舍我以竹園奉上如來佛時呪願而爲受之恒與聖衆遊處其內彼時摩伽陀國人民殷盛耽著俗樂喧呼歌舞不捨晝夜佛適入國化以法言齋戒修心皆捨俗樂佛有弟子名舍婆耆入城分衛威儀有序行步安詳路人見之無不欣悅時舍利弗見此沙門心自念言我學道久頗知法式未曾見有如是之人必有異聞威儀乃爾試往問之所事何道時舍利弗即問比丘汝師是誰願聞其志爾時比丘以偈答曰

吾師具相好　三界爲最尊　五陰十二緣
不住於空有　我今年尚少　學業猶未深
不可以言詞　說佛諸功德
說是偈已告舍利弗我所事師天上人中最
尊最勝積功累德不可稱載從兜率天降生
閻浮初生之時能於十方各行七步舉手唱
言天上天下唯我最尊唯我最勝三界苦惱
吾當度之釋梵四天咸來供事佛之功德不
可具述時舍利弗聞此語已如從暗中覩日
光明語比丘言善哉善哉吾少好學八歲從
師年甫十六靡不該綜自謂爲達今者得值
無上正覺眞爲我師汝所言佛今在何處比
丘答言今在迦蘭陀竹園精舍時舍利弗將
諸弟子至如來所稽首禮足前問訊已而白
佛言我處長夜恒履愚迷幸得值佛願開正
路得爲沙門成就禁戒佛言善來比丘鬚髮
自落法服著身便成沙門佛爲說法漏盡意
解得阿羅漢前白佛言世尊我與同學大目
揵連要得道時必相開示今欲往彼願承聖
旨佛言宜知是時時舍利弗入王舍城訪目
揵連還見目連與諸弟子遊行里巷爾時目
連覩舍利弗形狀變改逆而問之有何異見
容服乃爾答曰學無常師唯道所在求法積
年不遇大聖今者得值身心徧喜故來相求
願同法味目連答曰此非小事宜共籌量舍
利弗言我昔所行與汝從事汝所學者我悉
知已請無復言是時目連告舍利弗言仁者
智慧本逾於我今之所教豈相誤耶作是語
已隨舍利弗往詣佛所稽首佛足白言違遠
大聖沈沒煩惱今得親奉願爲沙門即捨澡

瓶鹿衣杖具佛言善來鬚髮自落法服著身便成沙門佛爲説法漏盡意解得阿羅漢時舍利弗目揵連及二百五十弟子皆得出家盡成羅漢

爾時輸檀王聞子得道已經六年中心欣喜欽渴彌積語優陀夷言汝今可往請佛還國問訊起居離別已來十有二載夙夜悲感不能自已得一相見還如更生優陀夷受王教已往詣佛所稽首佛足具述王意乃覩諸天梵釋咸來歸命而白佛言願爲沙門佛言善來鬚髮自落法服著身便成沙門得阿羅漢道爾時世尊作是思惟本與父王要誓成佛爾乃還國當度父母今得佛道不違本誓即語優陀夷比丘言汝宜先往顯示神足作十八變知吾道成弟子尚爾況佛威德優陀夷奉佛教已飛行而往還到本國於迦毗羅城上虚空中現十八變王及臣民莫不驚懼而優陀夷說是偈言

如來甚希有　難可得值遇　勤苦無量劫
哀愍諸衆生　本行菩薩道　今得願滿足
坐於菩提樹　降伏大魔怨　破壞生死因
銷滅諸煩惱　已得成正覺　演說無上法
我本奉王教　出國迎太子　說王愁念久
言詞甚可悲　佛顧本生地　尋當見親族
我時承佛命　將入迦毗羅　辭佛御神通
忽至大王所　變化若千種　譬如淨蓮華
父王見神變　心生大恐懼　借問爲所從
未曾覩是變　太子本棄國　求道度衆生
勤苦無量劫　今乃得成佛　王今勿驚懼
宜應悅豫心　我以度生死　爲王太子使

王時聞子問　淚落如雨星　我自十二年
愁念無窮已　忽聞吉祥至　如人死復甦
我子捨國位　成道名何等　我時答王言
太子經六年　勤苦得成道　號曰天中天
三界最第一　我子在家時　爲造諸時殿
刻雕陳績飾　今者何所居　我時答王言
佛得妙微法　所處無不安　常在於樹下
諸天來供養　我子在家時　坐卧敷綩綖
皆以綺飾成　柔軟而光澤　我時答王言
天帝貢衣服　龍妃獻寶牀　佛心無美惡
未嘗見喜慍　我子在家時　盛饌衆甘美
今所膳御者　施設何等食　我時答王言
持鉢從分衛　福衆無增減　呪願彼施人
世世令安隱　我子在家時　寢卧常使安
絃歌奏清音　爾乃從寐起　我時答王言
禪定非明暗　諸佛無睡眠　帝釋常服膺
梵王來勸助　我子在家時　澡浴以香湯
芬馥滿室中　今用何等香　我時答王言
八解三脫門　澡浴除諸垢　心寂無憂惱
猶如淨虛空　我子在家時　雜香以塗熏
清淨無塵穢　郁烈而香潔　我時答王言
戒定慧解脫　道德以爲香　十方八難處
普熏無不至　我子在家時　四種妙寶牀
重疊敷細縟　卧起而安悅　我時答王言
四禪爲牀座　等持心自在　不染煩惱泥
清淨如蓮華　我子在家時　兵衛甚嚴肅
出入常擁護　目不見諸惡　我時答王言
千二百羅漢　菩薩無央數　俱爲弟子衆
左右而恭侍　我子在家時　象馬牛羊車
周旋往四方　隨意而遊觀　我時答王言

五通爲驂駕　飛空無罣礙　同見一切心
遊踐超生死　我子在家時　旌旗列羽衛
人執諸兵仗　前後爲導從　我時答王言
四等爲防護　普濟衆厄難　恩慧仁愛敬
以此爲嚴衛　我子在家時　鐘鼓導前路
雜以衆妓樂　觀者每盈衢　我時答王言
道樹成正覺　度五跋陀羅　八萬四千天
皆已得法眼　九十六種道　摧伏而歸命
鳴於不死鼓　其音徹三千　啓授皆明悟
一切咸欣悅　我子王何國　提封爲廣狹
所化幾何人　悉當歸伏不　佛領三千界
化導諸羣生　十方不可數　靡不蒙饒益
我子在家時　聽政助吾化　勸導以禮節
奉順莫敢違　佛悟諸法空　捨於四顚倒
無不歸依者　寂靜無爲業　佛法無愛憎
一切皆通達　化及諸衆生　無不蒙饒益
假使有一人　其人無量首　一首無量舌
舌有無窮辯　如此恒沙人　以恒沙劫數
歎佛一功德　猶尚不能盡　況我如螢燭
何能演日光

時輸檀王聞此偈已歎言善哉阿斯陀仙言無虚妄問優陀夷佛欲來不優陀夷言却後七日如來當至王聞是語歡喜踴躍語諸大臣吾當迎佛導從儀式法轉輪王先勑所司平除道路香水灑地懸繒旛蓋種種嚴飾盡其所宜我當出城四十里外奉迎如來優陀夷言本承佛教來報大王今請向佛説王之意欽渴積年願覩如來并及萬姓咸希福祐王言善哉願速見佛時優陀夷還至佛所稽首佛足而白佛言世尊王及國人計日度時

願得見佛我已告王却後七日世尊當至爾時如來到七日已與諸弟子整持衣鉢威儀庠序向迦毗羅城梵釋四王聞佛還國皆來導從梵王侍右帝釋侍左四王諸天前後導從諸天龍神華香妓樂而以供養寶幢旛蓋羅列道側天雨香水以灑於地如來欲行先現瑞相十方世界三千國土六反震動一切枯樹還生華葉竭涸溪澗自然流泉王見瑞已勑諸釋種大臣百官嚴持旛蓋燒香散華作衆妓樂而以迎佛王遥見佛處於大衆如星中月如日初出如樹開華巨身丈六端嚴熾盛既見佛已悲喜交集稽首作禮而白佛言世尊離別多年今得相見大臣百官一切人民皆稽首禮隨佛入城爾時世尊足蹈門閫地爲大動天雨妙華樂器自鳴盲者得視聾者得聽躄者能行病者得愈瘂者能言狂者得正傴者得伸毒害自銷禽獸相和其聲清亮環珮相觸璀璨流響珍藏自然衆寶出現包匿異心皆共和合一切衆生無婬怒癡展轉相視如父如母如兄如弟如子如身地獄休息餓鬼飽滿畜生捨身當生人天父王覩佛巨身丈六紫磨金色如星中月亦如金山梵釋四王皆悉奉侍見諸比丘曾爲外道久修苦行形體羸劣親近侍從猶如黑烏在紫金山不能顯發如來之德便勑國内豪貴釋種顏貌端正選五百人度爲沙門侍佛左右如金翅鳥在須彌山如摩尼珠置水精器佛弟難陀亦爲沙門難陀所使名優波離前白佛言世尊人身難得佛法難遇諸尊貴者皆棄世榮我身卑賤何所貪樂惟佛慈悲願

見救度許爲沙門佛言善來比丘鬚髮自落法服著身便成沙門在比丘中隨例而坐難陀後至次第作禮到優波離即止不禮心自念言是我家僕不當設禮爾時世尊告難陀言佛法如海容納百川四流歸之皆同一味據戒前後不在貴賤四大合故假名爲身於中空寂本無吾我當思聖法勿生憍慢爾時難陀去自貢高執心卑下禮優波離於是大地爲之震動時佛入宮坐於殿上王及臣庶日日供養百種甘饌佛爲說法度無數衆耶輸陀羅攜羅睺羅年已七歲來至佛所稽首佛足瞻對問訊而白佛言久違侍奉曠廢供養諸釋眷屬皆有疑心太子去國十有二載何從懷孕生羅睺羅佛告父王及諸羣臣耶輸陀羅守節貞白無瑕疵也若不信者今當取證爾時世尊化諸比丘皆悉如佛相好光明等無差異時耶輸陀羅即以指環與羅睺羅而語之言是汝父者以此與之羅睺羅持取指環直前奉佛王及羣臣咸皆歡喜歎言善哉羅睺羅眞是佛子爾時世尊爲王說法即時得道羣臣萬姓後宮婇女咸奉戒法淨修梵行是時國內安靜萬邦來賀

囑累品第二十七

爾時世尊告淨居天難陀蘇難陀等言菩薩始從兜率下生閻浮乃至出家降伏魔怨轉于法輪汝等諸天皆悉賛助令復請我利益世間演說如斯大嚴經典菩薩所行如來境界自在神通遊戲之事汝等若能受持讀誦爲他說者我此法眼當得增廣若菩薩乘人聞說此經必大歡喜得未曾有發起堅固精

進之心求阿耨多羅三藐三菩提是故汝等福德無量不可稱計若有善男子善女人得聞是經合掌信受其人當獲八種功德何等爲八一者端正好色二者力勢強盛三者心悟通達四者遠得辯才五者獲諸禪定六者智慧明了七者出家殊勝八者眷屬強盛若有善男子善女人願樂欲聞如是等經與說法師敷置高座轉身當得八種坐處何等爲八一者長者坐處二者居士坐處三者輪王坐處四者護世坐處五者帝釋坐處六者梵王坐處七者菩薩得菩提時所坐之處八者如來轉正法輪所坐之處若有善男子善女人得聞是經稱揚讚美是人當得八種淨語何等爲八一者言行相應無違諍故二者所言伏衆可遵承故三者所言柔輭不麤獷故四者所言和美攝衆生故五者聲如迦陵頻伽悅樂衆生故六者聲如殷雷摧伏外道故七者得梵音聲超過世間故八者得佛音聲應衆生根故若有善男子善女人書寫此經流通四方其人當得八功德藏何等爲八一者念藏無忘失故二者慧藏善能分別諸法相故三者智藏能了諸經義故四者陀羅尼藏所聞皆能持故五者辯藏能發衆生歡喜心故六者得正法藏守護佛法故七者菩提心藏不斷三寶種故八者修行藏得無生法忍故若有善男子善女人讀誦此經受持句義不忘失者其人當得八種圓滿一者施圓滿無慳恡故二者戒圓滿得願具足故三者多聞圓滿得無著智故四者奢摩他圓滿一切三昧現前故五者毗鉢舍那圓滿具足三

明故六者福德圓滿具足三十二相八十種好淨佛土故七者妙智圓滿隨諸衆生所有意樂得具足故八者大悲圓滿成熟衆生無勞倦故若有善男子善女人發如是念云何當令一切衆生入此法門作是念已爲人演說以此善根當得八種廣大福德何等爲八一者轉輪聖王福德二者護世天王福德三者帝釋福德四者夜摩天王福德五者兜率天王福德六者化樂天王福德七者他化自在天王福德八者大梵天王乃至如來所有福德若有善男子善女人聞此經典信心不逆是人當得八種淨心何等爲八一者得大慈心與衆生樂故二者得大悲心拔衆生苦故三者得大喜心滅衆生憂惱故四者得大捨心滅衆生貪恚故五者得四禪心於欲界中心自在故六者得四定心於無色界心自在故七者得五神通往來佛土故八者能斷諸漏得首楞嚴三昧故若國土城邑聚落所在之處有此經卷當知其處離八種畏何等爲八一者離敵國畏二者離賊盜畏三者離惡獸畏四者離饑饉畏五者離諍訟畏六者離戰鬬畏七者離夜叉畏八者離一切怖畏汝等當知正使如來以戒定慧解脫解脫知見無礙辯才於一劫中日夜常說此經功德亦不能盡若比丘比丘尼優婆塞優婆夷受持讀誦書寫解說當知是人所得功德亦不可盡爾時世尊告彌勒菩薩摩訶薩及大迦葉長老阿難言我於無數百千億劫修習佛道令得成就阿耨多羅三藐三菩提爲欲利益諸衆生故演說此經如是等經付囑於汝

汝等受持廣宣流布爾時世尊重說偈言

我以佛眼觀　盡見諸衆生　假使諸衆生
皆如舍利弗　有人於億劫　以種種香華
衣服卧具等　供養如是等　所獲諸功德
不如一日夜　供一辟支佛　假使諸世間
皆如辟支佛　有人於億劫　以種種香華
衣服卧具等　供養如是衆　所獲諸功德
不如以淨心　一稱南無佛　假使諸世間
皆如佛世尊　有人於億劫　以種種香華
衣服卧具等　供養諸如來　所獲諸功德
不如有一人　能於日夜中　讀誦此經典
若人過無數　百千萬億劫　以種種香華
衣服卧具等　供養如前說　無數聲聞衆
一切辟支佛　及彼諸如來　所獲諸功德
不如有一人　受持此經典　乃至四句偈
分別爲他說　我所說諸經　是經爲最勝
一切諸如來　皆從此經出　是經所住處
即爲有如來　若有書寫持　處處廣流布
即能演一句　塵劫無窮盡　福慧自莊嚴
盈滿如大海　若聞是經者　應當常修習
功德無有量

佛說此經已彌勒菩薩摩訶薩大迦葉長老阿難淨居諸天摩醯首羅及諸天龍夜叉乾闥婆阿脩羅迦樓羅緊那羅摩睺羅伽人非人等皆大歡喜信受奉行

方廣大莊嚴經卷第十二

音釋

懅（其據切懅懼也）
遄（市緣切疾也）
激（吉歷切疾波也）
帔（披僞切帔帬也）
愕（五各切驚懼貌）
泝（蘇故切逆流而上也）
斆（胡孝切效也）
濡（汝朱切霑濕也）
沫（莫割切水沫也）
泡（披交切水漚也）
雕（都聊切刻鏤也）
繢（胡對切畫也）
綩綖（綩於阮切綖以然切綩綖坐褥也）
慍（紆問切含怒意）
芬馥（芬敷文切馥房六切芬馥香氣也）
絪縟（絪於真切縟如欲切絪縟）
驂（倉含切驂乘也謂御車馬也）
躄（彼戟切足不能行也）
攜（玄圭切提挈也）

普曜經

西晉三藏法師竺法護譯

清刻龍藏佛說法變相圖

普曜經卷第一

西晉三藏法師竺法護譯

論降神品第一

聞如是一時佛在舍衛國祇樹給孤獨園與大比丘衆萬二千菩薩三萬二千一切大聖神智已暢一生補處當成正覺損已布施持戒清和忍辱調意精進一心智慧善權所度無極解一切法如幻野馬影響芭蕉化夢月影悉無所有有利無利若譽若謗若苦若樂得名失稱已過世間諸所有法神通自娛逮致總持獨步三界猶如日光及諸菩薩備悉之願周旋五趣救濟危厄分別辯才定意無礙皆以由已咸成法忍悉得具足諸菩薩住住無所住度脫十方其名曰慈氏菩薩總豪王菩薩師子英菩薩吉義意菩薩寂意行菩

薩分別辯才菩薩逮無所畏菩薩進寂菩薩大哀菩薩如是上首菩薩三萬二千爾時世尊遊舍衛城國王大臣豪尊長者凡庶萬民咸共供養衣被飯食牀褥卧具病瘦醫藥一切所安其妙名稱普聞十方是爲如來至眞等正覺明行成爲善逝世間解無上士道法御天人師爲佛世尊敷演道義上中下善義達微妙所興清徹淨修梵行於時其夜淨居天子名寂然尊及神妙天歡樂天加歡天栴檀天大悅天憺然天尊寂律天及餘無數淨居天子威神巍巍各有光明普照祇樹往詣佛所稽首足下還住一面是諸天子前白佛言曾聞有經號名普曜大方等典分別菩薩衆德之本從兜術天降神母胎在於胎中娛樂開化顯示殊特復現出生皆爲一切立諸法行在宮婇女愛欲之間顯諸藝術現行學書計校書筭醫藥療治射御手博要誓擲象示現道力越諸羣生具足成就諸菩薩行往來周旋果實超殊名稱流布以菩薩力而自娛樂降伏魔場具足如來十力無畏頒宣諸佛無量經典敷演過去如來至眞所講說法往昔道義猶若世尊蓮華上佛法英佛錠光佛德英佛法造佛仙天佛諦英佛習金剛佛衆尊佛雪像佛樂清淨佛出家樂行佛華英佛勝顏佛善明佛善曜仙勳佛勝輪佛欣樂佛天華佛輪吉祥佛善首佛善喜佛住覺佛住施佛住諦法普稱佛是世善妙佛普辯稱佛寶稱佛威強佛梵神佛無畏善化佛善音佛自悅佛積德佛音雨佛妙顏佛壽神佛與人遊佛羨求佛降怨佛供養佛惟衛佛唯式

佛隨葉佛拘留秦佛拘那鋡牟尼佛迦葉佛如來至眞等正覺道決所化自昔迄今善哉世尊愍哀一切今亦頒宣如是法訓多所哀念多所安隱普護世間及十方人爲諸大乘唯分别之降伏一切外學衆邪攝化衆魔宣布菩薩諸所行義現諸菩薩行大乘者咸超精進將護正法三寶自在令不斷絶具足佛身盡現十方時佛默然可諸天子所啓白意欲令一切普蒙其恩時諸天子見佛默然聽啓白意欣然大悦稽首足下遶佛三帀以天心華供養散佛忽然不現還歸天上於是世尊明旦與諸菩薩及諸聲聞眷屬圍遶會迦梨講堂告諸比丘昨夜半時淨居天子及諸眷屬來禮我足叉手白言願爲一切重演普曜大方等典令諸羣生普蒙其恩吾時默然可其所啓時天子等歡喜踊躍忽然不現各還天上於是衆會聞此欣悦前白佛言唯天中天重發斯問爾時世尊告諸菩薩及諸聲聞諦聽諦聽善思念之當爲汝説無極訓誨一切如來所可宣暢普濟衆生何謂比丘普曜經典大方等法於斯菩薩住兜術天咸見奉敬逮得無餘阿惟顔住百千天人所共咨嗟名徹十方諸願普具曉了一切諸佛法藏清淨無垢聖智道眼意念定智往來周旋聖性堅强恥衆未度其念弘普亘然極遠布施戒忍精進一心智慧淵深大權方便所度無極大慈大哀喜護四等弘暢梵迹無極神通三達無礙示現聖慧永無闇蔽道業純淑意止意斷神足根力覺意道業寂然止觀普備一切諸佛道品達致本際功勲福祚不可限

量成就相好莊嚴其體在彼久長常得自在仁和無諍言行相應其心所懷口言無二斯意質直而無諛諂怨結他念常自謙損而不自大等心衆生未曾偏黨供養無數百千載佛爲衆重任恒忍災患覩見無量諸菩薩衆覩其根本梵釋四王大神妙天天龍鬼神閱叉揵陀羅見莫不悅咨受訓誨分别一切章句本末已逮無爲入於有爲隨時方便而開化之心念法器識解一切諸佛所宣無有憒亂而不迴還逮得總持深入法藏乘大法船遊十二海接度諸流三十有七道品之教合集法寶深奥智慧爲大導師越度四瀆諸願具足降伏魔怨善救外業諸異邪徑開化一切所住堅固雖在塵勞皆來歸命爲衆導首强若金剛行無蓋哀志性和安積精進力爲法優與善權方便在於衆中雄如師子定意之業不可限載猶如蓮華處汙無垢禁戒博聞而無放逸慈於十方無有害心如水清澄而無所著超世八法心如大寶所度無極福祚聖慧積功累德道藏鮮明佛之智慧恢闡法城消衆患難善開悟之以四神足度於彼岸志三脱門顯其寂觀清淨光耀一心脱門處在閑室如山曠野遊法叢樹行具足戒十力無畏未曾怯弱已度生死無復疑難衣毛不竪越於無數在外異學猶如師子遊於麋鹿捨諸放逸無吾我意設有所暢爲師子吼人中之雄解脱禪定智慧道場放大光明照諸暗冥悉蒙道明衆邪異學譬如螢火無益於世愚戇幽昧曜蔽塞心興大道力精進之業宣功德行威神巍巍除黑冥品具足清白

見莫不歡諸佛國土無所罣礙拔諸窮厄蕩滌垢穢脫門一心覺意清涼曉了聖明禪思清白以開化之其四部衆諸天人民行七覺意積累道寶齊心衆生應病與藥志不懷惡行十善業以是財富奉持具足不違法王所行殊勝而轉寶輪轉輪王種成就一切深遠難限一切法寶博聞無厭慧普無極爾時所興不可限量無能爲喻猶如江海所總持慧如地水火風其心平等堅強無動如須彌山消諸結著猶如日光以離諸垢心若虛空在大宮殿安處其中諸牀坐具二萬二千門戶軒窻講堂棚閣校飾嚴整堅衆幢蓋交露精舍布散衆華青蓮芙蓉諸玉女衆有億百千俱作妓樂及雜衆華不可稱限諸寶樹木次第行列其地清淨平正無邪香熏普流飛鳥鳧鴈哀鸞異類無數億衆遊戲浴池暢和雅音現在觀覩聞大法聲消除一切塵欲之難攝諸疲厭自大貢高其心歡悅思念恢弘由是成就大無極法演出訓誨八萬四千妓樂妙音是爲菩薩宿世積德自然宣出此微妙偈

積功累德行　宣布具足音　其心普思道
造智慧光明　備無量力勢　棄捐諸所有
分別決衆疑　諸天之本末　意清淨無垢
無雜衆瑕穢　棄捐于三毒　寂滅瞋恚恨
鮮潔消衆垢　其心如明珠　從往古以來
常好喜布施　音響從種姓　戒寂行調和
精進禪智慧　遵習億載法　音暢無數稱
宣說億載佛　愍傷於衆生　且觀今是時
曉了知終始　老死之塵垢　觀察其本行

天龍諸鬼神　樂百千億劫　聽之無厭倦
善智慧無懈　充飽救飢渴　鄉等雖所慕
樂法不好欲　性已無垢穢　愍傷天世人
億那術載天　聽法心不廢　若慕於歌頌
觀諸地獄難　其目淨無垢　見十方諸佛
已聞得此法　斯經世所尊　宿世種妙德
處兜術天宮　宜加大慈哀　愍悅雨天下
已越於欲界　及色界億載　咸共慕樂聖
無上吉祥佛　降伏衆魔業　消化諸異學
佛道如觀掌　且察今是時　世塵勞興盛
宜布諸法雲　精進雨甘露　消滅天人垢
尊醫曉諸種　授藥速療治　應示三脫門
速立無爲安　譬如師子吼　諸小蟲怖懅
暢佛師子吼　降伏外異學　手執明誓鎧
過伏精進力　總持近目前　勝降伏衆魔
四天王遥察　欲貢上尊鉢　億載天帝梵
始生往奉敬　觀覩尊音稱　寶種諸豪姓
見人尊所處　行菩薩之道　其來在三有
明寶在所勝　無垢如摩尼　興雲雨天下
諸妓樂之聲　演出若干音　勸助愍哀意
觀察今是時

於是佛告諸比丘于時菩薩省諸妓樂宣法音時出大宮殿有大講堂號演施法升彼講堂坐師子牀其諸天子學大乘業行等慈者亦復俱升此大講堂各從本位次第而坐捨玉女衆及諸天子咸從同學各來集會諸眷屬衆各六十六億咸共講議當使菩薩現生何種或有說言此維提種摩竭國土最爲興盛今菩薩者應在彼土降神母胎或有說言菩薩不應生彼國土所以者何維提種者母

姓真正其父不真種姓卒暴而不安詳無可貪樂其種鮮德福不具足土地國邑無好浴池苑園之觀既處邊境不宜生彼或有議言拘薩大國其種弘廣眷屬興盛菩薩應下降神彼國或有報言菩薩不應所以然者拘薩本從摩騰種來生彼國父母宗族皆不真正下劣小姓非是天師所可慕樂福祿鮮薄卑鄙之土性行不和無有琦珍殊異之寶餚饌之供可以奉聖園觀浴池亦復簡少既是邊域不宜屈尊或有說言和沙大國國王右姓人民熾盛五穀豐登菩薩應當降神彼國或復報言菩薩不應所以然者其彼國王雜合小姓非是高德土無威神受他節度來成此國父母不真不得自在以是之故不應生彼或復說言此維耶離無極大城人民滋茂安隱豐熟快樂無難軒窻門戶彫文棚閣嚴飾巍巍浴池園觀男女周旋遊戲其中人民居宅儼然整齊菩薩應下降神彼土或復報言不宜現彼所以然者彼土民衆喜諍不和無清淨行有外無内不修道法不別尊卑各自謂尊獨言隻步不能下意不順法教不服高德以是之故不可屈尊或復說言此鏺樹國種姓豪強事業無極行衆元首所習第一菩薩應下降神彼國或復報言是亦不應所以然者其土凶逆舉動虛妄志性麤獷剛強難化形笑輕人自大由己不修事業以是之故不應生彼其諸菩薩及諸天子各各共議觀察天下諸大國土諸王大姓豪尊重位皆觀察之悉不可意爾時會中有一天子名曰幢英行菩薩道逮不退轉暢達大乘告諸菩薩

及衆天子諸賢者等可共俱往問於菩薩何所種姓最後究竟一生補處應往降神處於胞胎僉共叉手詣菩薩所而前諮問唯願正士究竟菩薩一生補處所可降神種姓何類功勲云何菩薩報曰其國種姓有六十德一生補處乃應降神何謂六十一國土寛博種姓寂靜二衆所宗仰三不生雜姓四所生微妙五種姓眞正六應男女行七志操堅強八本末丈夫九遵習上業十其行堅要一作人憎怕二衆所羨樂三意行勇猛四所在尊豪五志行無極六女行清白七男子無限八所生無畏九無有慳嫉十二智慧明達一有藝多術二棄捐惡趣三飲食恣意四逮得自在五善友興盛六雖在蟲獸無所嬈害七種姓溫良八慕修道德九而無貪欲十三無有瞋恚一不懷愚冥二在樂無憊三相好弘普四所造篤信五好樂布施六出家堅固七力勢超異八所遊殊勝九人莫不敬十四諸天奉之一鬼神承事二餓鬼歸仰三無有怨結四名聞十方五種類第一六性行自在七其眷屬強八無亂伴黨九羣類無上十五孝順父母一敬沙門梵志二財業饒富三多寶穀藏四豐於七珍五象馬熾盛六獨步由巳七奴客僮使甚多無數八利義如意無能勝者九仁慈普覆是爲六十時諸菩薩及諸天子聞是六十種姓清淨欣然大悅乃知殊特前白菩薩何所種姓功勲巍巍具足如此菩薩報曰今此釋種熾盛五穀豐熟安隱平賦快樂無極人民滋茂植衆德本迦維羅衛衆人和順上下相承心念反復將護情態積三帑藏捨衆殃疊

棄衆邪見一切諸釋渴仰一乘奉敬尊長居士大臣眷屬和穆色像第一其白淨王性行仁賢夫人潔妙姿性温良仁慈博愛容色難倫心無傾移無有子姓厭於世俗不倦道訓猶天玉女覩莫不歡無女人態言語至誠初無麤獷除棄恚恨不傳彼此好樂布施禁戒無漏敬重夫主知時止足不懷異心常吉祥定髮紺青色顏貌煕怡言先意至仁和其性體行質直而無諛諂常懷慚愧性重不輕三垢薄鮮忍辱第一手足柔輭猶如蓮華護身口意強如金剛若玉女寶德本清淨前五百世爲菩薩母釋種飢虛宿夜望待應往降神受彼胞胎於是頌曰

清淨人意法　處法師子座　自然天園遶
此菩薩憺怕　普處講堂議　何種至賢良
菩薩應降神　父母淳眞正　普觀於天下
君子王大姓　咸共意思惟　釋種淨無瑕
白淨王最勝　帝主中殊特　熾盛豐無疵
恭恪常行法　一切皆歸仰　悉慕釋淳和
嚴講堂園觀　應降神迦維　咸成大勢力
象力三十二　學術度無極　沒身無所害
白淨捨自大　三千界第一　意樂似天帝
后名曰潔妙　端正天玉女　形體最清淨
諸天人覩之　正觀無厭倦　無瑕如琦珍
質直言柔輭　安隱無麤諍　面悅顏不變
行法懷慚愧　離慢不輕舉　所聽無諛諂
常慈好布施　淨邪行十善　身口意常諦
以度女人態　未曾有缺漏　不慕世俗榮
龍宮及世間　無倫可殊者　應宜懷大聖
宿本五百世　恒爲菩薩母　白淨應爲父

彼應降神德　善見勤修行　所奉常導法
恒與清白俱　三十二無欲　所在國進止
卧寐及經行　普照其處所　淨光滅衆罪
雖處天神人　無敢有欲心　見無威儀行
視之如母子　妙后發淨業　生長國王宮
既尊無所越　名稱咸普流　如王后應器
尊人燿最上　應往彼義土　我宜往降神
天下無餘人　能懷尊聖者　唯妙后應德
乃能堪任受　諸天咨大聖　菩薩清淨智
亦歎王后勲　應往生釋種

說法門品第二

佛告比丘揀選菩薩所降神土其兜術天有大天宮名曰高幢廣長二千五百六十里菩薩常坐爲諸天人敷演經典於時菩薩適升斯宮普告諸天有經典名療治衆疲終始之患最後究竟上大高座須宣正真令諸法會聽斯訓誨時諸菩薩及諸玉女咸曰當聽子時菩薩觀四方域化作高座如四天下現若干品諸好琦妙莊嚴文飾悅一切心其座嚴好過欲色界所有牀榻皆是菩薩宿德使然并師子座無央數寶而合莊校極妙天衣以敷其上無量香熏而以熏之燒諸雜香散衆名華百千明珠自然奮光嚴交露帳其交露帳出妙音聲斯大光明徧照十方竪諸幢蓋周帀垂布明珠繒綵百千玉女須臾皆集無數牀榻亦自然至億千功勲普亦現矣無數釋梵皆來稽首護衛菩薩從無數劫積累功德億百千載諸度無極功德所致十方諸佛皆遥念之菩薩適坐告諸天人及大會衆諸賢者等觀此東西南北四維上下十方世界

諸兜術天一生補處咸欲降神無數百千諸天大衆眷屬圍遶而侍從之皆令覩焉僉爲須宣法曜道門菩薩威神之所建立使諸天衆覩於十方遥稽首禮各以香華供養補處臨成佛者五體歸命稱揚大音讚言善哉菩薩之德不可思議令我等身一時目覩無量菩薩於時菩薩告諸天衆仁等善聽何故名曰法曜道門皆曰不及唯分别之法曜道門有百八事臨欲降神爲諸天說何謂百八至誠法門性行成就無所破壞妙善法門悅非時心欣樂法門成就篤信愛敬法門心自然淨護身法門淨於三事護口法門不毁四善護意法門棄嫉恚癡念佛法門見十方佛念法法門覩法清淨念衆法門輙入寂滅念施法門威神普至念戒法門具足所願念天法門令心清淨慈心法門化之立德悲心法門第一無害歡喜法門不毁他人其護法門穢厭愛欲非常法門能越欲色無色觀苦法門除斷所願觀無我法門無所倚著觀音法門消不眞正觀慚法門除滅内行觀恥法門寂消外行觀誠法門不欺天人觀實法門不親已身觀行法門導御法行觀三寶法門淨滅三塗觀了達法門不失德本觀作法門不輕他人觀解已法門不自毁身觀曉人法門不非他人分别法門奉行道法知時法門終不虛妄棄自大法門具足聖慧捨害法門不慢彼我棄結法門無有猶豫好樂法門不懷狐疑不淨法門棄貪欲想無諍法門斷鬬訟意無虛法門度無中傷法義法門決了諸義樂法法門逮法光明求聞法門靜觀諸法應正

法門奉行平等斷名色法門度諸罣礙猒寶法門成立慧解捨著法門不倚名稱暢陰法門別諸惡行身意法門其體宴靜念通法門拔諸痛癢心趣法門觀心如幻意止法門慧照衆冥意斷法門捨不善本神足法門身心輕便信根法門不願他人進根法門善擇慧明意根法門善造道業定意法門解心諸脫智慧法門現成明哲信力法門越魔威勢進力法門而不迴還意力法門未曾忘捨定力法門滅衆妄想智力法門周旋往來意覺法門解眞諦法覺意法門普曜諸法進覺法門積行佛道喜覺法門修平等行信覺法門所作已辦定覺意法門暢諸法行護覺法門度諸所生正見法門好樂入寂正念法門棄若干想正言法門曉了一切諸有音聲猶如呼響正治法門無報應罪正業法門息諸罣礙正便法門消衆欲意正意法門入無志念正定法門逮得三昧無有瞋恨道心法門不斷三寶教淨性法門不樂餘乘聖達法門微妙佛法心無結網應時法門普具諸法施度無極法門備成相好佛土清淨勸化慳嫉戒度無極法門悉度衆惡八難之處攝諸犯禁忍度無極法門捨衆諍訟瞋恚之心攝恚恨意進度無極法門養衆善德攝諸懈怠禪度無極法門興顯一切一心脫門定意神通攝諸亂意智度無極法門捨衆無明陰蔽窈冥邪見羅網攝諸惡智善權法門隨衆所好而現威儀普攝一切諸佛聖慧四恩法門攝諸衆生使成佛道正法由已四等法門慈悲喜護以斯四等攝諸偏黨化衆法門安已弘誓而

不懈倦護法法門蠲除一切衆生塵勞積德法門衆生戴仰聖品法門具足十力寂然法門成如來定其觀法門慧眼訓誨分別辯法門成就法眼導御法門具足佛眼總持法門奉行諸佛之所頒宣辯才法門所可敷演悦衆生心順忍法門順化諸法不起法忍法門輙得受決不退轉地法門備諸佛法從住至住法門至阿惟顔一切智業無餘法門處胎出家詣佛樹下唯諸仁等略説其要是爲百八法曜道門菩薩大士臨降神時爲諸天子講説此法説是法門品時八萬四千天子發無上正眞道心三十萬二千天子宿植德本尋時逮成無所從生法忍三十六億諸天子等遠塵離垢諸法眼淨兜術諸天咸皆欣然皆散天華積至于膝如是比丘于時菩薩爲大天衆勸助若茲咨嗟説偈

其有樂清淨　在天心思妙　皆宿造德本
故致此淨果　是故報前世　造行清淨品
無德歸惡趣　在苦痛不善　從我聞是法
莫起無恭敬　當棄此憍慢　致無量大安
罪福無有常　無恒不堅固　如夢幻野馬
空中電忽然　雖以慕五樂　猶渴飲鹹水
離塵度世聖　逮智能充飽　等諸欲妓樂
一切諸玉女　女人各異心　是時平等業
不用利養伴　友親諸眷屬　除餘造善業
不樂諸惡品　是故俱和合　各懷念慈心
奉行眞正法　善行息充飽　常思念諸佛
在法無放逸　樂戒博聞施　忍辱仁和安
曉了苦無我　專精觀察法　從因緣合成
轉常勝垢濁　覩見諸辯才　無極之神足

慧功勳自然　造戒聞無逸　修學無極解
博聞無馳騁　施調意智慧　衆生故行慈
常修行慇哀　能成衆善法　本要行爲本
言行常相應　勿從他人教　已寂然精進
不以作速得　無作亦不安　等意觀其本
生死甚勤苦　不以習離欲　捨邪能究竟
是故得閑靜　宣布順慈心　尊敬聽法會
滅欲燒塵勞　棄捐大貢高　執持無諛諂
以時進行道　至滅度無爲　消愚衆濁冥
智慧明化之　棄結塵生網　興發所應行
雖有衆法師　汝等修行義　不在於彼見
不違諸法訓　若得佛道時　轉法雨甘露
淨洗其心垢　浴受最法門

所現象形品第三

佛告比丘於時菩薩爲大天衆敷演經法勸助開化咸令悅豫問諸天子以何形貌降神母胎或有言曰儒童之形或曰釋梵之形或曰大天王之形或曰息意天王形或曰阿須輪揵陀羅迦留羅眞陀羅摩休勒形或曰大神妙天日月王形或曰金翅鳥形彼有梵天名曰強威本從仙道中來沒生天上於無上正眞道而不退轉報諸天子言吾察梵志典籍所載歎說菩薩應降母胎又問以何形往答曰象形第一六牙白象頭首微妙威神巍巍形像姝好梵典所載其爲然矣緣是顯示三十二相所以者何世有三獸一兎二馬三曰白象兎之度水趣自度耳馬雖差猛猶不知水之深淺也白象之度盡其源底聲聞緣覺其猶兎馬雖度生死不達法本菩薩大乘譬如白象解暢三界十二緣起了之本元救

護一切莫不蒙濟如是比丘於時菩薩處兜術天普觀天下意欲降體白淨王宮於是王宮先現八瑞一者草穢瓦石諸垢不淨悉為消除自然香潔生衆雜華香氣苾芬二者其雪山邊鳧鴈鴛鴦鷹鵠赤觜鸚鵡青雀哀鸞雜鳥來詣王宮住宮殿上軒窻門戶屏障櫳疏各各暢音柔輭妙雅三者白淨王宮後園遊觀流泉衆水冬時始春皆生雜華若干種實奇雅妙好四者陂水浴池諸觀屋宅悉自然生青蓮芙蓉大如車輪其葉百千五者其酥水器及麻油器石蜜器食之無減六者其王宮裏大鼓小鼓箜篌琴瑟箏笛簫笙不鼓自鳴演悲和音七者其王宮藏衆寶奇珍明珠七寶衣被瓔珞地中藏寶自然發出八者宮中光明普照內外蔽日月光二萬婇女歡

喜悅豫眷屬圍遶來詣王所見王安坐侍王之右坐交露帳和顏悅色咸共賀王善哉大王願聽妾言王得大願衆寶瑞應咸一時至當懷悅豫時節和適國土太平應八關齋當抱慈心不宜瞋喜敬身愛彼棄捐慳嫉愛欲邪見消雪自大衆患厭事無復諸亂莫不歡喜已入正真無懷恨者不聽十惡奉行衆善王慜我等建立至誠去諸麤意莫受讒言兩舌彼此慕樂戒禁將護宜適念行功福慕樂道義妾等亦當奉戒順命棄捐愚冥抱歡悅心常自將護妓樂圍遶永得安隱散華燒香已離諸欲不懷異心宿夜七日安和無難今我等心不在色聲香味細滑之法其心戀慕欲聞正音男女悉好猶若天人遊戲樂施不志王榮瓔珞之飾牀座綩綖諸好几筵心中

愳善皆共踊躍安隱無亂今者大王宜視衆民猶若一子時王聞言第一歡喜當如所願不違汝意輙如所誓於時其王施宮婇女如意所願皆爲莊嚴文飾清淨解散衆華燒其熏香懸繒幢蓋召二萬人悉使被鎧皆執兵仗侍衛左右諸眷屬俱作諸妓樂音聲悲和擁護王后諸宮婇女各共圍遶諸天玉女來洗浴之香熏衣服衆寶瓔珞僉然俱鼓百千妓樂其音悲和夫人適坐天女來侍以若千種衆雜天華金銀牀榻細軟綩綖以布其上明月珠寶諸天玉女各齎香瓶散華燒香

普曜經卷第一

音釋

錠徒徑切錠光即然燈佛也　鋡胡南切　迄許乞切至也　祚昨故切福祿也　憒古對切心亂也　恢枯回切大也　糜靡爲切　戇陟降切愚也　鳧逢夫切野鶩也　鸞落官切鳥名　鎧苦亥切甲也　囿尤救切苑有墻曰囿　琦渠羈切琦瑋也　棚步崩切棧閣也　鏺浦末切　憺怕憺徒濫切怕薄各切憺怕安靜也　嬈而沼切亂也　帑坦朗切金帑所藏也　舋許覲切隙也　榻吐盍切牀狹而長曰榻　鷹鷂鷹於陵切鷂弋照切　觜即委切鳥喙也　櫳盧東切檻也　讒士衘切譖毀也

普曜經卷第二

西晉三藏法師竺法護　譯

降神處胎品第四

於是四天王天帝釋焰天子兜術天子無慢天子善化天子魔子導師梵忍跡天梵滿天善梵天光淨天光音天大神妙天淨居天竟往天阿迦膩吒天及餘無數百千天人皆共集會轉相謂言今仁君等假使菩薩獨往降神處於母胎我等諸天不往侍從隨無反復不識恩養誰能堪任侍衛菩薩降神入胎不離其側如影隨形乃至成佛降伏魔軍而轉法輪和慈四等至大滅度以懷慈心歡喜悅心調和其心而奉事焉未曾遠離不違約誓

於是頌曰

今誰能堪任　追侍常悅心　誰得名稱力
自發長住侍　忉利天誰意　捨安不樂天
住在玉女眾　侍離垢月顏　諸微妙最樹
雖貪天室宅　屋宅化金色　當侍離垢威
心念若千品　不慕其諍訟　少欲如妙華
大男子所好　言寂兜術天　諸天求大威
所生常見敬　當樂無量稱　慕應化妙本
自在諸天宮　心喜皆奉行　當好是功勳
魔王懷毒心　越度一切尊　及愛此經法
自在度欲尊　亦度於欲界　亦及梵所居
修行四等心　在諸仙中上　遊諸天殊特
如轉輪聖王　室宅常安隱　侍離欲威尊
欲得國君安　大財無極富　眷屬無怨仇
往送可敬順　致財色豪位　名稱力功勳
見歎及仁君　往侍送梵音　欲得天人樂
及致三界安　處安及法安　當侍大仙安

若除婬怒癡　欲棄衆冥塵　寂然心憺怕
侍從調定意　學不學緣覺　常逮一切智
十力師子吼　當侍從江海　意勝閉惡趣
致安住甘露　得成八正道　侍從降五趣
其欲得見佛　欲聽大哀法　慕致衆福祚
往侍自在聖　盡生老死苦　欲解宛轉縛
清淨如虛空　侍清明眞人　欲致一切敬
相好殊異德　常欲濟彼已　當侍可愛敬
戒定及智慧　此及無量稱　究竟所生安
當侍彼大聖　欲達深難解　玄絕難逮義
欲得慧自解　當侍大醫王

爾時諸天聞歎此偈其四天王四萬人俱百千忉利天焰天兜術天無憍樂天化自在天各與百千諸天子俱六萬魔天前世積德修清淨行梵迦夷天六萬八千乃至阿迦膩吒天與無央數百千眷屬又有四方無數百千皆來集會是諸天子各各讚歎歌頌妙偈

聽我無限言　意審至三乘　棄欲樂安住
所慕此最淨　大聖度降神　衆奉可重敬
守德神仙護　微妙無害意　執樂鼓和音
歎德海功勳　歸命天人尊　聞菩薩上慧
散華供養聖　奉仁名華香　悅心天人尊
離欲安無患　意妙清淨華　善願演光明
迦夷散衆華　等供福清淨　處胎無垢著
覺悟老病死　悅心侍究竟　志懷奉供敬
天人獲善利　見舉足七步　釋梵咸稽首
香水洗淨意　屈意隨世俗　天宮處塵欲
普捨釋尊位　咸悅意侍之　取草坐道場
得佛降衆魔　梵勸轉法輪　僉共奉安住
三界作佛事　甘露億載衆　獲化衆清涼

皆棄渴名稱
於是欲行天人滕室覩見菩薩姿色殊妙心自念言今此真人清淨殊貌其妃如類耶尊人所厚咸皆羨之各執華香抱愛敬心志功福報願立神足適作是念即時尋沒天人宫殿在迦維羅衛大國觀中寂然莊飾其白淨王所可愛樂難及大殿後宫苑園其處巍巍行塗香熏清淨無垢光明福祚威神成就天人瓔珞一時併至尋從地起見王妙后舉身一指現在虛空各各相和而說偈言

天玉女遊行　觀菩薩妙顏　中心發是念
菩薩毋何類　手各執衆華　往聞生愛意
既受持華香　叉十指作禮　微妙氣雜香
投身自歸命　吾覩名稱尊　善見仁顏色
亦欲覩殊異　玉女色最悅　觀尊覩其形
天眼自覩身　是顏第一殊　至德生尊人
明珠著好器　是器天中天　手脚如甘露
來樂勝天人　觀像無厭足　其心益踊悅
威首照虛空　其明耀諸天　離垢衆雜香
身演暉如是　其色如紫金　威神耀諸天
如蜂王成蜜　演淨塗香熏　眼明如真金
光淨耀虛空　所沒至清淨　而等於有無
髀踵猶如象　其膝微平正　手脚平等淨
玉女歎決疑　如是多所覩　散華右遶之
歎名稱佛毋　還入其天宫

爾時四天王天帝焰天及無慢天天龍厭鬼及害人鬼阿須倫揵陀羅真陀羅摩休勒咸皆來至歸人中上而在前導衛護至尊將無惡物害意向之若世俗人勿造厄難詣其王后所居宇宅皆共清和眷屬圍遶遊行虛空

一切吉祥令無違嬈衆共宿衛諸天子知悉欲往侍悅心敬后執持華香叉手爲禮見淨尊人當降神故師子大哀欲來生故用道法故皆當勸助護一切故於是菩薩欲還神時東方極遠無數菩薩住兜術天皆共來至於斯國土供養菩薩南西北方四維上下十方無限諸佛世界無數菩薩一生補處住兜術宮皆來詣此供養菩薩其四天王八萬四千諸玉女衆忉利天焰天兜術天無憍樂天化自在天各將侍從八萬四千王女鼓樂絃歌來詣此土供養菩薩於是菩薩即坐首藏普德等集三昧定意一切現大棚閣幷諸菩薩億百千載諸天圍遶動兜術天適震動已從身放光具足廣普照此三千大千佛國靡不周徧耀幽冥處令覩大明日月之光所不逮及照於地獄餓鬼畜生八難中人蒙斯尊光普獲安隱所蒙光處令其衆生消婬怒癡不懷自大無有惱熱亦無貪嫉皆懷慈心相視如子如父如母如兄如弟天人妓樂不鼓自鳴百千億載音聲相和無數天人念善思善彼大天宮無能毀壞玉女百千各鼓琴箏在後侍從以妓樂音嗟歎菩薩前世積德所說偈曰

前世積功德　長夜求善本　布施得眞正
故今致奉敬　尊本無數劫　惠施愛男女
以斯施果報　雨天諸華香　割身肉秤之
用哀愍鳥故　由此布施果　餓鬼蒙食漿
尊本無數劫　護戒無所犯　由此禁果報
消盡惡道難　本無數億劫　志道行忍辱
忍行致此果　慈心愍天人　本無數億劫

上進無怯劣　以是精進果　身好如須彌
本無數億劫　禪思消衆塵　以是一心果
不樂衆塵欲　本無數億劫　行智斷貪欲
以是智慧果　光明最清淨　被鎧善伏塵
普愍念衆生　仁德度彼岸　禮清淨安住
光耀悉普照　皆除衆塵冥　爲三千目導
禮最勝現道　曉了神通飛　顯示覺究竟
化度以種類　稽首善船師　皆學清淨辭
示現歿終始　未曾捨俗法　於俗無所著
其見求博聞　弘利具無限　況復聽受法
得信愛樂者　兜術天忽冥　閻浮利日出
無思議億姟　樂道消衆塵　安隱快豐盛
無數諸天俱　玉女鼓音樂　王舍聞悲和
德威普慈茂　覩母最妙顏　子巍巍如此
三界最吉祥　不復失本誓　無有貪恚諍
恭敬普慈心　於人中威神　王國遂增益
成轉輪王種　迦維當豐茂　寶藏又豐滿
鬼閱叉厭鬼　諸天龍鬼神　住護人中尊
不久得解脫　護佛積功德　愛敬而奉事
悉用勸其道　速疾成導師

佛語諸比丘于時菩薩過冬盛寒至始春之初修舍星宿春末夏初樹木繁盛始初果茂不寒不暑時三界尊觀察十方適在時宜沸星應下菩薩便從兜術天上垂降威靈化作白象口有六牙諸根寂定頸首奮耀光色巍巍眼目晃昱現從日光降神于胎趣於右脅菩薩所以處於右者所行不左王后潔妙時晏然寐忽然即覺見白象王光色如此來處于胎其身安和從始至今未曾見聞身心安隱猶如遠禪致正受矣於時妙后衣毛爲豎

技拭衣服及塗香熏身心欣喜尋從座起與婇女俱前後圍遶從後宮出詣無憂樹即時安坐無憂樹下便遣侍女以此意旨啓白淨王曰大王自屈來覩所樂王聞踊躍即勑嚴駕羣臣翼從到無憂樹不得入門王自起想乘高象車思惟須臾輒說偈曰

念曾處象車　身重不如今　光明入吾室
問誰是何變

於時有天在虛空中化現半身爲白淨王說此偈言

德行三界尊　慈哀成福祚　菩薩遷兜術
大聖降妙后　當叉手禮足　至神入彼室
妙后覲其意　若干種微妙　今以用是故
而有是變應　示現於宮殿　未曾有虛妄
淨如雪山王　其明超日月　身形甚分明
大象強殊勝　堅固猶金剛　思念行殊特
而降神入胎　是故受我言　覩三界迷冥
億載天歎詠　不厭無瞋恕　心寂等安定

時夫人出爲王說偈

大王召梵志　曉了能解夢　爲我别此義
於國爲吉凶　大王受我言　梵志學經術
當使在我前　聽說所夢意　光踰日月明
形大好六牙　故勇入我胎　當聽此意故

時王請梵志問此意梵志爲王說偈言

梵志聞是言　歡喜無不吉　生子有相好
在家爲聖王　假愍世出家　成佛祐三界
甘露普濟俗　爲決所疑網　受梵志好教
心中無所畏　以服美飲食　其身永安隱

時白淨王心自念言當所屋宅安於妙后使無衆難時四天王詣白淨王而謂王曰大王

安隱令我等身當爲菩薩造立妙宅時天帝釋焰天兜術天無憍樂天化自在天往詣王所各上天宫王后處中兜術天王曰還持本宫奉上菩薩使處其中化自在天曰我有宫殿欲界最上光蔽諸天令如聚墨當令王后身處其中華香妓樂奇異之饌供養妙后如是比丘一切欲界天王俱來詣迦維羅衛貢上宫殿一心自歸供養菩薩時白淨王亦在其土與立宫殿嚴好如天於時菩薩承大淨定使其王后普見宫殿身處其中皆懷菩薩時諸天王所上宫殿各不相見各自念言今菩薩母在我宫殿不在餘所時佛即說偈言

住大淨三昧　所化不可議　普悅諸天意
先現瑞所應

佛語比丘於時菩薩坐於寶淨交露棚閣處妙后右脅所坐寶淨棚閣殊妙栴檀而香熏之其香徧熏三千世界巍巍奇異強如金剛輭如天衣香氣芬馥徹於十方其菩薩交露宫殿欲界諸天嚴淨宫殿常皆現在菩薩宫殿其處菩薩臨降神胎應時其夜下方水界六百六十萬由旬生大蓮華上徹梵天永無見者唯有梵天名音聞百萬諸佛土威神光耀普徧三千大千世界皆現目前獨見之耳又其梵天執金剛器百味食飲奉侍菩薩菩薩食之覩觀十方無能服食如是一滴之供堪任服消者獨有一生補處能消化耳又有宿世功福積德道慧所致諸尊天帝釋梵王咸來稽首歸命聽經於是菩薩舉一手指自然化現别異牀榻釋梵四王各從本位而坐其上已見坐定爲講說法開化其心咸皆悅

豫菩薩觀之欲得還歸下其右手使不復現
釋梵四王尋即知之菩薩遣證右遶菩薩便
即還宮以是之故菩薩處其右脅東西南北
四維上下十方無數百千菩薩咸來見之稽
首作禮欲得聽經菩薩見來演身光明化清
淨座即皆就牀各各啓問無極大乘廣爲分
別各不相見以是之故菩薩演寂光明照諸
天人其菩薩毋悉不知之亦無所礙唯覺巳
身輕便柔輭安隱無横無婬怒癡不想三毒
亦無寒熱及諸飢渴不汙聖體及餘手指無
有不可亦不遇惡色聲香味細滑之法不見
惡夢亦無惡露迦維羅衛及遠大國天龍鬼
神乾沓惒阿須倫迦留羅眞陀羅魔休勒男
女大小歡喜踊躍不懷異心若有諸病風寒
熱氣疾眼耳鼻口身心之疾脣齒咽痛塵勞
狂病顛疾金瘦瘢瘡諸菩薩毋毋舉右手而
摩其頭病皆除愈各還其家於時王后取草
作籌殊妙自然著於地上持與諸病即得安
隱無復所患時菩薩毋使衆疾患住其右邊
皆得安隱無復衆病各歸其家諸可來者觀
后右脅悉見菩薩降神毋胎鮮潔清淨猶如
明鏡照其面像歡喜踊躍皆蒙濟度菩薩在
胎自然天樂而相和鳴雨天香華常以時節
春秋冬夏自然降矣幢蓋旛綵展轉往來國
土安隱豐熟熾盛無有溝坑荊棘之穢有諸
旛蓋徧迦維羅衛城釋種諸姓及與萬民飲
食娛樂鼓舞歌戲好喜布施積功累德皆共
相樂周竟四月其白淨王淨修梵行棄捨國
事不加刑罰行法爲本不慕世榮於是菩薩
在胎十月開化訓誨三十六載諸天人民使

立聲聞及諸大乘於是頌曰

菩薩處母胎　牆壁屋宅地　自然金色光
天喜成法王　莊嚴大宮殿　見中跏趺坐
導師處名香　其香聞三千　大千下方出
大蓮華香潔　乃徹至梵天　取精授菩薩
菩薩能消服　餘人不能堪　無數劫熟精
服食身心淨　釋梵四天王　稽首供養佛
奉事聽正法　右遶皆遲歸　樂法菩薩來
妙光淨無礙　轉聽尊法樂　聞說皆歡喜
四方男女來　鬼嬈心迷亂　見王后心解
意安還歸家　得風寒熱毒　眼耳鼻口病
及若干疾患　后摩頭得安　若取一籌滯
與之病皆愈　無疾安歸家　處胎爲醫王
十方諸菩薩　目自見王后　如日月在空
覲菩薩眷屬　無婬怒癡患　無貪嫉恚想
其心常歡喜　無飢渴寒熱　天樂不鼓鳴
天雨淨華香　天人非人見　未曾懷害心
天人樂飲食　無數樂悲和　時雨豐賤樂
草藥華果茂　王宮雨七日　貧取食布施
安貧樂稽首　禮和衆如山　白淨王常悅
行法不領國　入靜問皇后　懷聖身安不

欲生時三十二瑞應品第五

佛語比丘滿十月已菩薩臨產之時先見瑞應三十有二一者後園樹木自然生果二者陸地生青蓮華大如車輪三者陸地枯樹皆生華葉四者天神牽七寶交露車至五者地中二萬寶藏自然發出六者名香好熏徧布遠近七者雪山中出五百白師子羅住城門無所嬈害八者五百白象子羅住殿前九者天爲四面細雨澤香十者其王宮中自然泉

水百味飲食給諸飢渴十一者諸龍玉女在虛空中現半身住十二者天萬玉女把孔雀拂現宮牆上十三者諸天玉女持萬口金瓶盛甘露住虛空中十四者天萬玉女手執萬瓶皆盛香水行住虛空十五者天萬玉女手執幢蓋而住侍焉十六者諸天玉女羅列而住鼓百千樂在於虛空自然相和十七者四瀆江河清澄不流十八者日月宮殿停住不進十九者沸宿下侍諸星衛從二十交露寶帳普覆王宮二十一明月神珠懸於殿堂光明晃昱二十二宮中燭火爲不復明二十三篋笥衣服被在架上二十四奇珍瓔珞一切寶藏自然爲現二十五毒蟲隱藏吉鳥翔鳴二十六地獄皆休毒痛不行二十七地爲大動丘墟皆平二十八四衢街巷平正散華二十九諸深坑塹悉皆爲平三十漁獵怨惡一時慈心三十一境內孕婦産者悉男聾盲瘖瘂癃殘百疾皆悉除愈三十二一切樹神半身人現低首禮侍是爲三十二當此之時壇場左右莫不雅奇歎未曾有於時王后臨生菩薩承道威神即於初夜起著服飾將諸侍女往詣王所聽我所言思入園觀從來久遠假使大王不以爲難不懷瞋妬乃敢往詣在彼寂然思惟法典其王答曰今懷聖人亦可行觀樹木華實皆以茂盛宜知是時既有宮殿好妙屋宅若干種樹衆果芬葩甚可喜樂無轉悔心后聞歡喜王勑嚴駕及諸侍從雲毋寶車婇女圍遶出時遊觀憐鞞樹下車馬人乘皆共同色光耀人目二百白象前後導從衆寶明珠垂珞諸象象皆六牙悉象中王

盡以紫金雜廁彖身微風吹之玎璫相和懸諸繒旛皆勇戰鬭時世安和無有爭心眷屬圍遶宿衛王后憐鞞樹下帝釋梵王四天王等皆共翊從諸天散華速行案行宮殿屋宅時還反意眷屬聞之輒即受教案行掃除王后當來國主當至還報嚴淨聞之歡喜尋入宮宅是我所喜意中所樂皆悉平正無有傾邪可坐禪思威光煒煒其香芬熏清淨甘美音聲柔輭若干奇寶瓔珞其身莊飾要妙見者皆歡諸音樂器笳簫鼓吹若干種品相和而鳴諸天玉女聞柔和應又見王后處一好車男女大小色像各同不異各御車乘法無殊特欲使王后不聞惡音彖馬乘步若干種兵各各嚴飾住於門外聞大洪音始出門時百千聲響皆稱萬歲其車嚴飾行止安詳天師子座作四寶樹枝葉華實皆悉茂盛鶩鴈孔雀暢悲和音竪旛幢蓋七寶交露車時諸天人住於虛空將御此車亦暢和音爾時王后坐師子牀六反震動三千國土諸天散華聖令日生爲在憐鞞樹下爲天中天其四天王挽王后車其天帝釋淨治道路又梵天王列在前導百千天人頭面稽首父王覩此心中欣然則自念言是必正眞天人之尊乃使四王天帝釋梵咸來供養果當成佛未見三界致是恭敬天龍尊神釋梵四王設遭破首亡失身命當供養聖終不捨去於時王后象馬寶車步人從者各八萬四千衆寶嚴飾兵仗嚴整雄傑勇猛左右重行前後圍遶六萬婇女前後導從白淨王親釋種長者有四萬人皆來侍從六萬四千國王內妓送菩薩母

天王女龍王妻揵陀羅眞陀羅魔休勒阿須倫諸妻室各八萬四千各各嚴飾衆寶瓔珞莊校其身鼓若干樂音聲各異咨嗟歌歎菩薩母德皆共侍從至憐鞞樹修治道路香汁灑地以散天華一切諸樹皆生華實木櫁栴檀香流十方是諸樹者諸天所化於時王后適上寶車天王女從樹木奮光名香好熏供養王后殊妙衆珠雜寶以成是樹莖節枝葉華實皆香若干幡綵嚴飾周徧其地平正廣長無穢生柔輭草自然布地猶如天衣承如往古諸佛之法又諸天人一時咸鼓百千妓樂侍從王后王后適至於此樹下菩薩威神樹躬屈枝自歸王后虛空諸天稽首爲禮日月光明清淨無垢諸天玉女咨嗟功勳至於樹下樹神歡喜何故有是感應令我等身堪任供養所住奉敬從無擇獄上至上界三十三天無懈廢者消生老死威光超絕除衆暗冥今聖人生如樹茂盛華實芬葩億萬諸天亦遥稽首震動大地至乎六反皆爲大明光明清淨百千妓樂亦皆俱作離欲諸天深大悦喜今日聖人普愍一切梵釋四王歡喜作禮其人中尊德超日月在於胎中演金色光光蔽日月諸天梵釋亦皆覆蔽其百千億諸佛國土消諸惡趣衆生普安無復苦患諸天百千咸共散華樂處金剛其精進力從下方界自然出生七寶蓮華爾時菩薩從右脅生忽然見身住寶蓮華隨行七步顯揚梵音無常訓教我當救度天上天下爲天人尊斷生死苦三界無上使一切衆無爲常安天帝釋梵忽然來下雜名香水洗浴菩薩九龍在上

而下香水洗浴聖尊洗浴竟已身心清淨所在遊居道超具足生於大姓如正眞寶奇相衆妙應轉法輪若轉輪王處在三界以一道蓋覆於十方其白淨王心中亘然踊躍無量於時五千青衣各各生子皆爲力士現大小等給使白王八百乳母亦各生子百千象生子白馬生駒形色如雪毛衣滑澤黃羊生羔子即有二萬交露寶車聖經行時亦傾稽首今當如行何所施作德過諸天然大變化不可限量生業廣大由是之故光明普耀五千玉女香華自熏各持油香詣菩薩母志大乘業諸天來賀將無勞倦五千玉女皆來侍衛各持華香賀菩薩母衣被屋宅猶若天上諸童子等請五百席詣菩薩母將無勞倦重以瓔珞莊嚴其身菩薩無畏必成佛道佛告比丘菩薩生時其母安隱無有瘡瘢亦無痛癢平復如故應時前後五千玉女齎天香熏及持油香奉菩薩母長跪問訊將無勞倦五千玉女奉天醫藥五千玉女齎寶瓔珞五千玉女齎天被服五千玉女齎天妓樂奉菩薩母各各問訊言將無勞倦今此天下五通仙人輕舉虛空忽然來現白淨王前佛言比丘菩薩生時夙夜七日妓樂衆供百種飲食憐鞞樹下奉菩薩母布施持戒忍辱精進興功立德時三萬二千梵志常齎無乏日日供給充飽所欲天帝梵王化作儒童端正姝好在梵志衆說吉祥偈

寂滅諸惡趣　使衆生普安　衆生以和安
一切皆無患　如光消衆冥　諸天光照穢
德徹諸光明　令蔽不復現　不見餘業時

亦復不聽聞　佛光適出現　爲世之大聖
不遇塵勞病　慈心愍衆生　梵天億百千
來供養無量　如樹華茂盛　安住於平地
衆人皆往歸　一切悉採取　猶如此世間
汙泥生蓮華　世護明如是　將養洽一切
譬如柔輭衣　熏以天名香　若有疾病人
當爲療醫王　假使有離欲　在色界和音
叉手爲作禮　則爲說衆祐　若諸天人民
覩天人柔輭　展轉相敬重　爲衆之導師
若如清淨水　普有所茂盛　以是正見故
所居常安隱
佛告比丘於時菩薩生七日後其母命終於
比丘意所趣云何七日命終菩薩咎也莫作
是觀所以者何本命應然菩薩察之臨母命
終因來下生懷菩薩時諸天供養至見生矣

以服天食不甘世養本福應然去來今佛皆
亦如是母七日終所以者何菩薩生時母根
身具無有缺漏應受忉利天上功祚服食上
忉利天適升彼天未生菩薩時諸天所送宮
殿屋宅所可住止講堂處所諸供王后五千
諸瓶所盛香水五千玉女各移牀座五千玉
女手持冠幘執澡香水在前灑地五萬梵天
各執寶瓶稱歎萬歲二萬諸龍寶瓔珞身二
萬白象珠寶珞身二萬車乘建立幢蓋寶交
露車在後侍從四萬步兵勇猛傑異菩薩後
行又虛空中無數億載天人忽然與立紫金
牆壁供養菩薩母其夜菩薩降神之時即夜
欲界所可莊嚴無極大殿二萬魔妻手執寶
縷來侍菩薩母又二萬人瓔珞嚴身應時彼
夜兩玉女間有一婇女非人玉女若覩面色

其欲興隆時菩薩德威神所致此迦維羅衛大城之中五百長者皆是釋種各各建立五百屋宅入羅衛城時爲菩薩開其城門身命自歸白菩薩言一切義吉唯屈入此諸天處所是清淨處普眼降此有大宫殿名護淨華菩薩應處諸大梵志豪姓釋種時白淨王隨時屈意入其舍宅用菩薩故入五百宅功勲和安修行正真五百車匿各各發言我等之身奉事供養新生太子或有說言太子聖明善制訓教端正殊妙年幼難及又令太子轉當長大誰能養育令長大乎皆和共議唯大愛道能育慈心推燥居濕飲食乳哺使長大耳大愛道者太子姨母清淨無失是能堪任常不遠離時白淨王與諸釋種和同共往詣大愛道說是意故太子母終爾是姨母乳哺令長時大愛道則然可之王會諸釋欲試問之今者太子當作國主若當出家欲決此疑衆釋啓曰竊聞雪山有仙梵志名阿夷頭耆舊多識明曉相法王大歡喜因嚴駕白象欲詣道人諸天龍神現無數變導從侍衛時阿夷頭覩諸神變知白淨王生聖太子威神光耀過天世人心懷欣豫欲往親覲於是世尊重爲衆會而說頌曰

仙梵阿夷頭　見天飛虚空　形貌紫金色
覩之大歡悅　天須倫金翅　爲真陀是佛
聞是句安悅　天眼觀十方　而名稱若干
德如山高峻　猶樹輭華實　所住三界尊
普地平若掌　如天悅不迷　如海王有寶
現法道如是　如滅惡無苦　若天遊虚空
聞天柔輭音　三界現寶瑞　阿夷觀天下

察迦夷白王　見生福相子　覲之歡悅往
住於王宮門　覩無數億衆　視青衣問曰
善哉王所在　欲前覲國主　門吏見仙老
歡悅入啓曰　王勑使令前　布座速迎之
阿夷聞悅喜　心中懷飢虛　問尊聖所在
年朽不數現　王告令就座　問何故自屈
見衆變故來　生子聞第一　身相三十二
欲見普吉義　吾身以故來　善來吾樂之
今適寂靜眠　且待須臾覺　見妙如月滿
於是阿夷心懷愕然以偈報王曰
從無央數劫　精進積德行　覺來已久遠
安得復睡眠　世世行布施　愍傷諸窮厄
所有無所悋　安得復睡眠　奉清淨禁戒
護法無所犯　欲愍濟一切　安得復睡眠
常忍辱仁和　其心不懷恨　執心若如地
安得復睡眠　精進如月初　目前不懈怠
遊見十方佛　安得復睡眠　一心常禪思
未曾有亂想　意定如大山　安得復睡眠
智慧無不達　聖明踰日光　無所不開解
安得復睡眠　常奉四等心　行慈悲喜護
如梵無放逸　安得復睡眠　導修四恩行
惠施及仁愛　利人復等利　安得復睡眠
奉三十七品　意止斷根力　神足覺八道
安得復睡眠　常行權方便　隨時而開化
往反度一切　安得復睡眠　其心常寂然
定意不放逸　入此深三昧　安得復睡眠
觀彼我本末　現見十方佛　解之悉本無
安得復睡眠　常行三脫門　空無相諸願
有無無所者　安得復睡眠　大慈無蓋哀
法船遊三界　度脫諸生死　安得復睡眠

道德如虛空　爲衆故自下　緣是化三乘
安得復睡眠　虛空尚可度　海水知幾滴
草木悉能計　安得復睡眠　願王聽我言
子德無可喻　慧過衆塵數　安得復睡眠
降神於母胎　所度不可量　非小節所達
安得復睡眠

於是菩薩從寐覺起大愛道白氎裹抱來詣王所王賜黃金白銀各一囊賜道人道人不受披氎相太子見三十二相軀體金色項有肉髻其髮紺青眉間白毫項出日光目睫紺色上下俱眴口四十齒齒白齊平方頰車廣長舌七合滿師子膺身方正脩臂指長足跟滿安平正內外握網縵掌手足輪千輻理陰馬藏鹿腨腸鉤鎖骨毛右旋一一孔一毛生皮毛細輭不受塵水胷有卍字阿夷見此乃增歎流淚悲不能言王及大愛道心懷惶懼拜手而問曰有不祥乎願告其意舉手答曰吉無不利敢賀大王得生此神人昨暮天地大動其正爲此如我相法曰王者生子而有三十二大人相者處國當爲轉輪聖王自然七寶千子主四天下治以正法若捨國出家爲自然佛度脫衆生傷我年已晚暮當就後世不覩佛興不聞其經故自悲耳王深知其能相爲起宮室作三時殿各自異處涼時居秋殿暑時居涼殿寒時居溫殿選五百妓女擇取端正不肥不瘦不長不短不白不黑才能巧妙容兼數技皆以白珠名寶瓔珞其身百人一番迭代宿衛其殿前列種甘果樹間浴池池中奇華異類之鳥數千百種嚴飾光明趣悅太子意不欲令學道宮牆牢固門開

閉聲聞四十里佛告比丘菩薩生已大神妙
天告諸淨居菩薩大士無數億載積功累德
淨其道場布施博聞禁戒清澈勤修正行大
慈大哀以是恱護一切衆生使立大安菩薩
精進堅强無傾被大弘誓於過去佛植衆德
本相有百福莊嚴聖體所作安和與衆超異
心意清明所御無垢以此淨行立成大慧無
極法幢諸有俗力自然爲伏三千大千導從
天人奉事建立大祠所導無礙唯重道德斷
生死原興顯大乘適生墮地在於王家緣是
衆生被蒙弘猷覺未覺者宜往稽首嗟歎功
德奉事供養爲餘天人不解法者貢高自大
不識至真顯示大道無極至業若千菩薩威
聖超絶咸來供養以聞見此增益國王土地
功勲靚說生時聖慧巍巍觀其真諦莫不發

意往到彼所逮度無極於是頌曰
生時德如海　大神妙說是　無數劫難聞
往奉人中尊　淨天具百千　明珠莊嚴身
悉備威儀往　自投歸至尊　諸天長夜護
住衆德淨門　莊嚴寶瓔珞　色好如月滿
光光不逮聖　聞不及一步　無敢越王界
三界無能當　身演清淨光　言和無能逮
戒深修善業　天人莫能倫　過名香衆熏
恭敬而奉養　未曾見太子　承事天中天
阿夷使白王　相師欲求現　威儀德神聖
王聞第一喜　門吏啓王入　人尊以聽之
手執華歡喜　神入聖屋宅　其王以見入
即起叉十指　紫金寶脚牀　請仁坐此榻
即坐四見達　王問所以來　生子身德具
行真故來見　聖明相好備　不知所歸趣

是故須牀座　唯示嚴相好　此衆圍遶來
寂樂上太子　奉敬天示之　出門歎未有
見妙勝導師　紫金覺聖威　即起覲顔貌
稽首離垢光　盡壽見歡喜　威德無見項
白毛天中跱　成佛降衆魔　嗟歎至真德
消除衆塵勞　寶師子來現　當刈生死垢
三世三垢熾　從想起毒垢　法雨療三千
甘露滅塵勞　慈鎧見哀熏　梵音聲柔輭
教告三千界　口宣大法響　壞外學邪徑
衆罪所見縛　因緣不聞空　法勇化小節
滅癡大樹煙　淨衆大聖教　見世智慧明
滅諸暗冥識　天人獲善利　及見淨真正
空惡與天路　人寶無所諍　迦維天雨華
奉禮右遶之　歎佛歎國土　升虛空還天

普曜經卷第二

音釋

阿迦膩吒梵語也此云色究竟膩女利切　媵羊諸切從嫁之女也　髀
踵髀部禮切股骨也踵之隴切足跟也　扠拭扠無粉切拭賞職切扠拭揩樸
也　脅虛業切腋下也　痍瘢庚弋支切瘡也瘢蒲官切瘡痕也　篋笥
篋詰叶切笥相吏切篋笥箱屬　墟丘於切大丘也　塹七豔切坑也　癃力中
切殘病也　壃場壃居良切場夷益切壃場邊境也　葩普巴切華貌　鞞
駢迷切　玎璫玎當經切璫都郎切玎璫玉聲也　翊余力切衛也　笳
居牙切胡笳也　鶩莫卜切野鳧也　樒音蜜香木也　睫即葉切與睫同目旁
毛也　眴輸閏切目動也　頰吉協切面旁也　跟古痕切足踵也　握乙角切持
也　腨市兗切腓腸也　鉤鎖鉤古侯切鎖蘇果切鉤鎖謂骨骼相連絡也
跱文里切立也　刈魚器切割也

普曜經卷第三

西晉三藏法師竺法護譯

入天寺品第六

佛告比丘菩薩適生當爾之時君子梵志長者二萬婦生二親歡悅皆奉菩薩給使左右時白淨王供給菩薩二萬婇女走使所當諸家親族二萬婇女貢上菩薩大臣百官復有婇女二萬奉上菩薩尊豪諸釋咸共集會來至王所前啓白言王當知之宜將太子至於天祠王然可之皆勑城內掃除街路四徼諸道諸曲里巷莫有不淨不吉之事瓦石溝坑不淨之地疾病盲聾勿有惡聲散華燒香選吉祥音懸繒幡蓋莊嚴門戸王還入後宮以告大愛道擁護太子將詣天祠太子在座即時微笑面目喜悅頒宣此言吾身和安何緣相將欲詣天祠太子沐浴重加大笑即時說偈言

初生動三千　釋梵須倫神　日月息天王
來稽頭面禮　何有天過是　將吾到其所
超天天中天　天無比況勝　隨俗來現此
現瑞人歡喜　若干種奉養　過聖天中天

佛告比丘於時嚴飾諸吉祥業長者梵志諸郡縣邑尊者居士妻息侍從大臣散王門吏令史親族知識散華燒香乘象馬車國王侍臣俱將太子往入天祠適入天寺因住祠上諸天形像無有想念日月諸天息意天王釋梵四王各捨本位尋時來下五體投地禮菩薩足諸天人民百千之衆默然歎吒稱揚鴻音歎未曾有歡喜踊躍天地大動天雨衆華百千妓樂不鼓自鳴諸天形像現其本身禮

菩薩足則在前住於是頌曰

須彌比芥子　過天龍王變　日月禮螢耶
慧德豈禮天　三千界自歸　芥子比須彌
牛跡比大海　上尊喻日月　若能禮其尊
功德不可計　各各得安隱　德豐無限量

菩薩入天祠時三萬二千天子見顯威德皆發無上正眞道意以是之故將菩薩行入於天寺時有梵志名曰火焰於是其父與五百眷屬圍遶執七寶蓋貢白淨王口說此言以供太子王即受之召五百釋子五百瓔珞手脚頭耳臂著瓔珞沸宿即時來詣王所而謂王言宜令太子沐浴澡洗乃著瓔珞而供養之王報之曰我爲太子亦作瓔珞太子著之七十七日吾乃應義過此夜已其日月初有一遊觀名離垢淨菩薩出觀其大愛道抱持來出八萬婇女來迎菩薩稽首爲禮諸釋一萬人奉迎菩薩五千梵志亦復奉迎其諸釋種作衆瓔珞奉菩薩者令菩薩著之適被在身即時暗冥菩薩威光令無有燿猶如聚墨在紫金邊有一長者名曰離垢服上好妙瑛住菩薩前時白淨王及諸釋種以偈讚曰

嚴三千世界　徧布清淨寶　皆爲紫磨金
不及此光明　雖爲紫磨金　不如一毛光
明燿消諸光　在聖邊如墨　以道德莊嚴
瓔珞掩無燿　日月明珠光　釋梵明不及
宿相好嚴身　寶瓔安能勝　莊嚴莫如佛
蔽嚴不及度　道嚴淨安明　適生嚴種姓
演光衆歡喜　長益其種族

現書品第七

佛告比丘爾時太子厥年七歲與顯無數百

千吉祥一萬童子一萬女子一萬車乘載若干種饌具足衆寶至迦夷國置四徼里諸街曲頭作衆妓樂在諸樹間莊飾棚閣軒窻門牖其諸婇女文飾瓔珞而處其上散華燒香八千婇女淨治道路奉迎菩薩諸天龍神及犍沓和在虛空中各各異形散華燒香垂珠旛婇一切衆釋前後導從白淨王俱行迎菩薩菩薩乘羊車將詣書師適入書堂欲見其師師各選友時見威神光耀不能堪任即躃墮地兜術天上有一天子名曰清淨即前牽手令從地起置於座上在大衆前說此偈言

現在釋中生　在俗學技術　計校及書數
無數劫已了　救衆生故現　博學示入師
度無數童子　惠衆入甘露　度世解四諦
了報應因緣　有成必滅盡　況今此書堂
於三世最明　天人第一尊　書堂化若干
無數劫學斯　衆生心多念　眞聖尊知本
是色其無念　立戒化貪形

爾時菩薩與諸釋童俱往菩薩手執金筆栴檀書隸衆寶明珠成其書牀侍者送之問師選友今師何書而相教乎其師答曰以梵佉留而相教耳無他異書菩薩答曰其異書者有六十四今師何言止有二種師問其六十四皆何所名乎太子答曰梵書一佉留書二弗迦羅書三安佉書四曼佉書五安求書六大秦書七護衆書八取書九半書十陀比羅書一久與書二疾堅書三夷狄塞書四施與書五康居書六最上書七陀羅書八佉沙書九秦書十二匈奴書一中間字書二維耆多書三富沙書四天書五龍鬼書六捷沓和書七

眞陀羅書八摩休勒書九阿須倫書十三迦留
羅書一鹿輪書二言善書三天腹書四風書
五降天書六北方天下書七拘耶尼天下書
八東方天下書九舉書十四下書一要書二堅
固書三陀呵書四得盡書五厭舉書六無與
書七轉數書八轉眼書九門勾書十五鄉上書
一次近書二乃至書三度親書四中御書五
悉滅音書六電世界書七馳父書八善寂地
書九觀空書十六一切藥書一善受書二攝取
書三皆響書四太子謂師是爲六十四書欲
以何書而相教乎時師選友歡然悅豫棄損
自大說此偈曰

難及眞淨尊　在世興悲哀　悉學一切典
現入書校中　咸宣諸書名　吾不知本末
皆達此衆書　故復示入學　不敢覩其頂
唯覩人禮拜　云何令大聖　宣諸書衆數
天中天過天　諸天中最上　至尊無等倫
在世不可喻　以是威神故　嚴淨用善權
誰能及清明　皆度諸世間

時一萬童子與菩薩俱在師所學見菩薩威
德建大聖慧分別書字而宣之曰其言無者
宣於無常苦空非我之音其言欲者出婬怒
癡諸貪求音其言究者出悉本末眞淨之音
所言行者出無數劫奉修道音其言不者出
不隨衆離名色之音其言亂者出除濁原生
死淵音其言施者出布施戒慧明正音其言
縛者出解刑獄考治行音其言燒者出焦燒
罪塵勞欲音其言信者出信精進定智慧音
其言殊者出超越聖無上道音其言如者出
於如來無所壞音其言寂者出觀寂然法憺

怕音其言没者出消瞋癡諍訟之音其言作者出罪福報從行受音其言智者出一切智慧無壞音其言魔者出降魔力及官屬音其言害者出棄自大邪見之音其言逝者出於正法無憒亂音其言止者出世俗力無畏之音其言生者出度衆苦老病死音其言意者出意堅強獨步三界音其言法者以法等御救濟周旋往反之音其言歎者出隨所願開化諸音其言難者出除八難罪殃之音其言所顛倒之音其言慧者出智慧聖無罣礙音盡者出於盡滅無所生音其言處者出消處其言是者出歸善惡殃福之音其言有者出諸所行三有之音其言棄者棄諸所趣吾我諂音其言已者出已所趣善惡業音其言我者出滅身垢愛欲之音其言妬者出諸嫉妬等善惡返稱平等音其言數者出諸所數調無明音其言處者出處不處有限無限音其言若者度若干想衆亂放逸寂希望音其言果者證諸果實無所住音其言除者出不貪已除五蓋音其言邪者出邪疾患除憂惱音其言慧者出布施戒博聞之慧無望想音爾時菩薩爲諸童子一一分别諸字本末演如是像法門諸音在於書堂漸開化訓誨三萬二千童子勸發無上正眞道意是故菩薩往詣書堂不從師受

坐樹下觀犂品第八

爾時太子年遂長大啓其父王與羣臣俱行至村落觀耕犂者見地新塲蟲隨土出烏鳥尋啄菩薩知之故復發問其犂人曰此何所設答曰種穀用稅國王菩薩歎吒乃以一夫

令民憂擾畏官鞭杖加罰之厄心懷恐懼怱怱不安人命甚短憂畏無量日月流邁出息不保就於後世天人終始三惡苦患不可稱載五趣生死輪轉無際沉沒不覺痛毒難喻入山成道乃度十方三界起滅危厄之患觀犂者已更入遊觀時菩薩遊獨行無侶經行其地見閻浮樹蔭好茂盛則在彼樹蔭涼下坐一心禪思三昧正受以爲第一時有外學五百神仙飛行虛空從南至北欲越叢樹不能得過定住不前遥見菩薩因共歎詠觀身功勳其德巍巍猶如須彌大金剛山如妙明珠安不可動像閻羅王鬼揵沓和耶今坐樹下心如虛空將是定坐爲何吉祥儻令我等失神足乎察見愍哀其大光耀明顯灼灼心自念言爲是神祇毗沙門天大財富者若是天子上天帝釋日月之明轉輪聖王也時虛空天即說頌曰

色勝息天王　若是離怨天　若無量金剛
是尊爲丈夫　殊過諸天神　其光如月滿
在世爲最上　是者不可限　此德不可量
爲天揵沓和　功勳明光光　增此億載行
常退速神足　將是世千眼　四方護天王
須倫梵中尊　而執衆吉祥　此者能堪任
能坐如是節　觀之無等倫

爾時五百仙人聞虛空天所可歎詠即下住地觀見菩薩禪思坐定身不傾動心不邪念即大歡喜察於菩薩功德巍巍不可限量其德高遠不可爲喻天人之尊未曾見聞宿命餘福今乃覩耳以爲欣慶即説頌曰

世與塵勞火　得道滅衆患　在世如須彌

是能成道法　得勝除衆厄　尊行難如海
得道染以慧　靡不得蒙度　解身之繫縛
以逮成道法　悉能度脫之　不見魔境界
時王羣臣及大衆人各各馳走欲見太子今爲所在遥見諸臣逐之隨後見閻浮樹下禪思定意於時日照樹曲覆菩薩身樹木一切曲躬向閻浮樹而稽首禮菩薩不移疾往啓王其光明相樹不可蔽曈日照樹傾覆太子身不能蔽相時王聞之往詣其樹即見菩薩威神吉祥巍巍無量時說偈言
如火在山頂　如月在衆星　現身樹下禪
威曜無不照　今復再稽首　禮導師之足
其初生之時　身自坐禪思　其身威神光
明徹普遍照　若見莫不悅　因是得濟度
於是太子啓王我適行來在近遊觀何以相追王問何故爾行答王諸臣欲除衆塵諸妄思想光明清淨執於相好坐禪三昧而不動揺降伏諸魔暗蔽悉除王曰善哉善哉其初生瑞應終不虛妄今皆現矣十方蒙度

王爲太子求妃品第九

佛告比丘時白淨王與其太子及諸釋種住於彼閒時諸力士釋種長者啓白淨王王欲知之是諸梵志未得究竟假使太子棄國捐王成爲如來乃得究竟設不出家爲轉輪王治以正法號曰法王然有七寶一曰金輪寶二曰紺色馬三曰白象四曰明月珠五曰玉女妻六曰主藏臣七曰主兵臣則有千子端正姝好勇猛傑異一人當千能伏怨敵若作佛者聖王種斷唯有散王各各稱名白淨王曰且當觀之何所玉女宜應太子妃五百諸

釋各自宣言我當求之應太子妃其白淨王謂諸釋等令太子妃甚爲難得不知何女而可其意皆共集會思議此事以語太子令當思惟却之七日菩薩心念吾不貪欲不宜處家棄兜術天來在此閒心無所慕寂三昧定以權方便而試當之勤親道場以無蓋哀而以勸之即說偈曰

王種與致敬　火生長蓮華　菩薩養有力
億載化甘露　不捨與道味　無畏得眞成
我心所慕樂　志無逸清淨　菩薩本在欲
善化悉見妻　不安樂愛欲　棄害學功勳

爾時菩薩使上工師立妙金像以書文字假使女人德義形體面類若斯吾乃可之不用凡庶如吾所說乃能應娉耳其色顏貌如紫磨金內外相應身口不違心淨如空安徐光光不以放逸希言屢中慈心無害奉敬道義沙門梵志布施持戒乃爲我求不嫉不厭志性仁賢不失時節質直無諂尊敬夫主不懷他意恒無放逸不在妊娠不卒懷子掮高自大事夫如婢不嗜酒不貪味不慕聲不愚冥消無明根知法住眞諦不輕舉無有邪術常懷慚恥不惡口不呪詛常奉行法身口意淨言行相應心如下使多修慈愍不弄頭首不存愚贛無有恚恨在衆猶安而不迷惑所作業善敬於親友視如世尊念彼如己流長名稱衆善普備常奉恭恪如是妻者爾乃可耳爾時白淨王聞菩薩言告占梵志入迦夷衛徧周諸家察好玉女誰有是德君子長者工師細民有如是比功勳備乎若可太子乃可迎耳所以者何太子不好種姓唯好德耳於

是頌曰

君子梵志種　工師若細民　其有是德者
乃可娉取耳　不喜好種姓　太子爲奇雅
有至誠功勲　心乃樂如是

爾時梵志聞是偈教周旋遍行迦維羅衛家家占之適入一家覩一玉女端正姝好如天玉女容色第一淨猶蓮華不長不短不白不黑不肥不瘦正得女容類玉女寶於時其女禮占梵志而問之曰梵志何求梵志答曰其白淨王生眞太子端正無比相三十二功德威神自手書偈形貌女相天人第一乃娉之耳於時彼女說此頌曰

梵志所宣偈　願意所見色　梵志欲知之
我悉有是德　應宜爲我夫　端正最難比
白太子此事　勿與不肖會

梵志聞之還詣王所宣之如是天王省之將無宜耶爲太子妃問曰誰女梵志報曰執杖釋種家生王自念言太子形貌與世超異面色清淨儻不可意使自擇之詣無憂堂皆集衆女使太子身自已察之菩薩自察悅者眼向時白淨王衆寶琦珍作好講堂皆名羅衛上好妙女會彼講堂佛語比丘於時菩薩往到講堂坐仁賢牀王遣使者菩薩所視顧眄悅者即來告我爾時菩薩會諸婇女時釋家女名曰俱夷與諸婇女到菩薩所却住一面諦視菩薩目未曾眴菩薩普察即時欣笑執持寶瑛以遺俱夷俱夷報曰吾不貪慕衆寶瓔珞當以功德自莊嚴身太子還室歎未曾有令此俱夷解世無常不貪世榮時王使者往詣王所啓是本末向者太子意娶釋女俱

夷王聞是語遣梵志往媒求此女爲太子妃執杖釋種言我等本姓有藝術者乃嫁與女太子有術明知射御手搏書數禮樂六藝備悉乃與女耳梵志即還具啓白王王自念言王以是法告於菩薩菩薩啓王且止用是求爲王曰何以言止將無藝術乎論其正法而言且止太子報言所可應者皆能爲耳王問菩薩藝術云何菩薩曰此間寧有奇異妙術與我等耶將來覩之王即時笑能現術乎菩薩曰能請會一切諸釋親族當共現術王勑侍者徧令國中撞鐘擊鼓却後七日太子現術諸有藝術皆來集會諸釋親族七日之中五百人會藝術勝者以執杖釋女而娉與之戲射手搏最第一者當得是女皆出城門於是調達手牽執象來入城門見諸釋集欲現其術即以右手牽象頭左手持象鼻撲地殺之于時賢難陀與諸等類共出城門見於大象當路而死問誰殺乎答曰調達害之即時牽移著于路側於時菩薩尋出城門見此死象因住問曰誰殺此象侍者答曰調達害之菩薩復問誰復移之著于路側答曰仁賢難陀答曰大佳是象身大如是臭爛普熏城内即以右手接擲置城外去壍極遠時諸天人無數百千稱揚洪音皆言快哉快哉虛空諸天而讚頌曰

手執大白象　以死身至重　擲棄於城外
離壍極大遠　此必爲至聖　平等離垢身
逮成一切智　以聖力常存

時五百釋宗族皆至城門在於寬處集會欲現技術時白淨王與諸大力宗族諸釋至現

術處時無數衆侍從菩薩欲觀其術藝斯釋宗族前見菩薩在於書堂嗟歎宣説六十四種書其師選友覩之甚怪謂未曾有天上世間無有是術諸鬼神龍阿須倫等無能逮及覩其藝術者此眞聖人也以度無極一一解字義理本末無一疑滯其聞見是德過釋梵日月諸天我等目覩道術如是誰能過者諸釋宗族報衆人曰菩薩雖入書堂悉知書數計校衆術其見者鮮今會大衆一時來集此中試勝能爲顯雅衆人覩見知爲誰勝乎

試藝品第十

爾時有大臣名曰焰光釋中大臣也計校筭術最爲第一所度無極王立此人汝且觀之何所太子爲最勝耶於時菩薩觀察諸釋及國王子有數百人一一擲戲不及菩薩菩薩報曰汝等且止我當擲之時一王子來共擲戲亦不能及至五百人皆不能逮時諸會者舉聲歎曰若抗一辭至未曾有況無數藝所言殊特言辭談論不可究竟焰光大臣雖能計校言談筭術亦不能及其迦維越樹木藥草衆水滴數一一可知摴蒱六博天文地理八方異術天崩地動一切諸術不比菩薩前知無窮却覩無極六通三達誰能載乎諸天人民虛空天神舉聲歎曰三界衆生心中所念諸可思想善惡禍福道俗衆事發意之頃悉知本末無一躓礙歌舞妓樂無事不博以忍辱慈道力仁和從百千劫所作輕便獨遊三世猶如日光周旋四域菩薩如是心無疑難虛空之中諸天復歎是大丈夫無極至聖汝等唯見在家所爲且聽我言發意之頃往

來十方無數億國皆來供養亦復奉禮十方導師雖現往來亦無周旋汝等意謂神足乃爾誰能覩知是無等倫獨行隻步以是之故咸皆奉敬菩薩最勝諸釋報言能解是者色欲皆淨一切本無於是菩薩一意悉見覩其本末時諸釋族種姓悉共集會欲試手搏調達在世常自貢高自謂爲可不肯折伏常與菩薩共諍威力一切來者覩之超異右遶稽首歸禮大聖調達及難陀故欲手搏於時菩薩安隱庠序慈念之故舉調達身在於虛空中三反挑旋菩薩大慈無所傷害徐著地上使身不痛卿等貢高不捨自大咸皆來集一時與我共行手摶諸有技藝悉來集會菩薩勢力適以手觸自然墮地時諸天人無數億千及虛空神宣揚洪音讚言善哉善哉菩薩超絶無能及者雨諸天華異口同音而重讚曰假使十方一切衆生皆爲力士一時伏之何況斯等菩薩忍辱如須彌山過於鐵圍無能動者若以手持十方諸山須臾碎之如塵如灰何況凡夫今顯此力不足爲奇是爲俗力未爲道力爲極最上第一降伏諸魔及與官屬必當逮成無上正真之道爲最正覺顯是功德菩薩最勝執杖釋種見於菩薩大德無量擲象手搏當世少雙爾時國王及諸釋種更欲試射時調達竪四十里准難陀准六十里菩薩百里時調達射中四十里鼓不能得過難陀六十里准亦不能越執杖釋種亦四十里皆不能過於時持弓授於菩薩菩薩引弓弓即折破菩薩又問於是城中寧有異弓任吾用不王即言有問在何所王曰昔吾

祖父名曰師子所執用弓奇異無雙身歿之後無能用者著於天寺時菩薩言使可持來持來授之執杖釋種一切諸釋無能張者以授菩薩菩薩在坐以手捺張拼弓之聲悉聞城內百千國人虛空天子舉聲嗟歎而說頌曰

不起于座上　即時張此弓　如是具諸願
必逮成天尊

於時菩薩執弓註箭即時放發中百里鼓而穿壞之箭沒地中涌泉自出箭便過去中鐵圍山三千大千剎土六反震動一切諸釋怪未曾有虛空諸天咸嗟歎言至未曾有如是妙術清淨至真諸菩薩中最為殊特於時執杖釋種以女俱夷送詣白淨王宮為菩薩妃隨世習俗現相娛樂婇女八萬四千俱夷為尊時妃俱夷無增減心卧常覺寤初不睡眠在於宴室寂寞思惟將無捨我耶婇女侍衞恒圍遶之於是頌曰

數千人侍身　思惟尊在不　以威德至誠
處中猶在火　常思護諸根　其意不樂餘
如日震光明　不用無數問

菩薩在宮婇女之間開化訓導八萬四千女發無上正真道意逮不退轉爾時兜術天有天子名應出家於無上正真道意而不退轉三萬二千天眷屬圍遶往詣菩薩所止宮殿住虛空中因說偈言

人師子見生　沒來忍名聞　隨俗在中宮
在世所教化　訓無數天人　雖在於世俗
今日正是時　應當出家去　衆縛未得解
不貪入見道　當究所應度　為盲冥現路

俗慕妻子財　榮祿諸所有　見尊學習之
必當得出家　棄四域七寶　娛樂尊豪位
以見出家業　遊行師子座　既知行安隱
不慕諸愛欲　生來以大久　得道爲天人
稽首爲歸命　猶如山河水　當出家爲佳
常興殊勝行　金色雖妙好　端正既第一
與光應捨國　宜益諸天人　不以樂五欲
可致於差特　聖慧能充滿　度世賢聖業
尊意所慕樂　白淨王宮中　漸捨如蓮華
思惟當棄去　塵勞火熾盛　應離諍刑獄
仁威爲無上　速立解脫道　仁了恵界久
觀衆生疾患　以法爲醫藥　建立泥洹安
爲消盲冥路　縛癡種邪網　疾化諸天人
施智慧道目　顯示無央數　天龍須倫神
已得成佛道　逮聞無上法　以濟禽獸王
其光照宮殿　降伏往稽首　及令四天王
普爲惟歸伏　當欲奉四鉢　成佛得所願
梵天行寂然　觀慈大愍哀　勸助人中尊
喜護於一切　轉無上法輪　以得至佛道
坐於佛樹下　觀察極名稱　當覩覺成道
及餘諸菩薩　宮中見造議　爲衆普告首
爲衆最後安　已宣柔輭音　念定光授決
至誠無虛妄　暢最勝音響

普曜經卷第三

音釋

徼（古弔切境也）瑛（於驚切玉寶之有光者）簏（盧谷切）邁（莫敗切往也）曀（於計切猶翳也）妊（汝鴆切）娠（失人切妊娠懷孕也）盼（匹莧切視也）摴（丑居切）蒱（蓬脯切摴蒱博戲也）躓（陟利切顛躓也）捺（乃曷切按也）拼（補耕切彈也）

普曜經卷第四

西晋三藏法師竺法護譯

四出觀品第十一

佛告比丘時諸天人勸發菩薩父白淨王寐夢覩見菩薩出家樂於寂然諸天圍遶又見剃頭身著袈裟時從夢覺即遣人問太子在宮不侍者答曰太子在耳時白淨王入太子宮令覲太子必當出家所以者何如我於今所見變應心自念言太子將無欲行遊觀當勑四衢嚴治道路學調妓樂普令清淨却後七日太子當出使道平正莫令不淨勿使見非諸不可意即時受教皆當如法嚴治已竟懸繒幢蓋兵衆圍遶導從前後於時菩薩出東城門菩薩威神之所建立於時諸天化作老人頭白齒落目冥耳聾短氣呻吟執杖僂步住於中路菩薩知之故復發問此爲何人頭白齒落羸瘦乃爾御者答曰是名老人諸根已盡形變色衰飲食不化氣力虛微命在西垂餘壽無幾故曰老矣菩薩即曰是則世法而有此難一切衆生皆有斯患人命速駛猶山水流夙夜逝疾難可再還老亦然矣不亦苦哉一心專精思惟正義御者答曰不獨此人遇苦患也天下皆爾俗之常法聖尊父母親里知識皆致此老咸同是業菩薩時曰不解句義愚人自大不覺老至自投塵埃便可迴還用是五樂不益於事目覩如幻空中之電還入宮中思惟經典慇念一方宜以法藥必療治之菩薩後日復欲出遊王勑外吏嚴治道路去諸不淨菩薩駕乘出南城門復於中路見疾病人水腹身羸卧于道側氣息

張口命將欲絶菩薩知之故復發問告御者曰此爲何人御者答曰此名病人已至死地命在須臾骨節欲解餘壽如髮菩薩即曰萬物無常有身皆苦生皆有此何得免之吾身不久亦當然矣不亦痛乎有身有苦無身乃樂即還入宮復於異日報王遊觀王勑外吏嚴治道路太子駕乘出西城門見一死人著于牀上家室圍遶舁之出城拔淚悲哭椎智呼嗟頭面塵垢淚下如雨何爲棄我獨逝而去菩薩知之而復問曰此爲何人御者答曰此者死人人生有死猶春有冬身死神逝室家别離人物一統無生不終菩薩答曰夫死痛矣精神劇矣生當有此老病死苦莫不熱中迫而就之不亦苦乎吾見死者形壞體化而神不滅是故聖人以身爲患而愚者保之

至死無厭吾不能復以死受生往來五道勞我精神便迴車還思度十方復於異日報王出遊出北城門見一沙門寂靜安徐淨修梵行諸根寂定目不妄視威儀禮節不失道法衣服整齊手執法器菩薩問之此爲何人御者答曰此名比丘已棄情欲心意寂然猶如大山不可傾動難汙如空屈伸低仰不失儀則心如蓮華悉無所著亦如明珠六通清徹無一蔽礙慈心一切欲度十方菩薩即言善哉唯是爲快是吾所樂心意寂靜自愍度彼善業快利成甘露果佛告比丘父王白淨觀菩薩行見聞如是不慕世榮心如虚空而心懷怖懅畏之出家宿夜將護高其牆壁深掘諸壍更立城門開閉之聲聞四十里立諸宿衛勇猛之士被鎧執杖於四城門皆勑衆兵

勿有遺漏将無太子捨吾出家於其宮裏亦宿衛之益衆妓人婇女娛樂令太子悦不懷憂慼又其菩薩宿積智德在胎中時威神吉祥夢中所見功勲大祚十方自然有蓋悉覆三界逮得安隱開化一切滅諸惡趣於四衢路有四色鳥變爲一色見諸不淨徑行其上而不汙足又有大水汎汎盈溢衆生欲度而不能越心懷恐怖即過度之見無數人皆被疾病無有醫藥即爲療治無央數病使無諸疾自見其身坐師子牀天人在上叉手稽首見在戰鬬降伏怨敵無數諸天在空中侍眞正聖人夢中見此清淨吉祥行正具足天人聞之心懷悦豫不久成道爲天人尊於是菩薩則作此念假使我身不見辭王而出家者便爲不應則時靜夜自出宮堂入王宮殿悉觀殿堂而無所礙光照遠近王覺見光即時遣人觀四城門将無出去何故大光明照遠近侍者來白天尚未曉日亦未出自然光明照諸牆壁樹木飛鳥鳧鴈孔雀鴛鴦相和而鳴方欲向明是光第一柔輭安隱清凉和雅牆壁樹木永無有影至德於是在彼思惟觀於四方坐見窻牖時有諸天人即起欲去不得自在顧省其父知之覺起立啓父王勿懷愁慼勿以遠慮諸天勸助令應出家唯忍過罪安已護國父王聞之悲泣垂淚而問之曰何所志願何時能還與吾要誓普施志願吾以年朽家國無嗣菩薩即時以柔輭辭而啓王言欲得四願假使聽我逮得自在得是願後不復出家何謂爲四一者欲得不老二者至竟無病三者不死四者不別神仙五道雖

住一劫不離於死假使父王與此四願不復出家王聞重悲此四願者古今無獲誰能蠲除此四難者子如師子勸助愍哀普度衆生具足如意所願者得於是菩薩自出宮殿一心住立無有覩見徃來周旋於時父王明旦即起朝會諸釋以是告之太子必出捨國學道當何施計諸釋荅曰當勤將護所以者何諸釋部黨衆多無極雖復力強何能獨出時白淨王勑五百釋勇多力者有方便計使五百兵普學諸術令大力士住守東城門宿衛菩薩一一釋者從五百兵一一車乘五百人從宿衛菩薩四門俱然諸四衢路里巷諸門亦復俱然父王已身與工百釋前後圍遶象馬車乘住已宮門晝夜不眠時大愛道自告侍從宿夜然燈燒香勿得眠寐令者離垢不樂在宮必欲出家悉共遮護勿得使去作諸妓樂令心樂之堅閉門戶勿令妄開嚴諸繒旛彫飾窻牖林樹果實悉令月覩假使欲去慕樂此供或能不出佛告比丘於是即時二十五鬼神將軍及般遮鬼將軍鬼子母五百子等悉共集會各各議言今日菩薩棄國捐家我等咸共侍從供養又四天王一時普告諸鬼神界今日菩薩棄國捐王汝等愍懃侍從供養其鬼神衆皆捉五兵勢力堅強猶如金剛不可毀壞精進勇猛將護衆生其身高大如須彌山將無惡物犯於至德釋梵焰天兜術天無慢天化自在天各勑官屬無數百千前後導從華香妓樂香汁灑地侍從菩薩釋梵天王侍在左右時有天子名曰寂意我當將護迦維越國一切男女大小勸安和之

又有天子名曰光音即自說言我身當化一切象馬車乘男女所暢音聲没使不聞令人心寂靜而無所念復有天子名曰清淨我在虚空立七寶路懸垂一切日月明珠照曜光光設繒旛蓋散華燒香嚴治途路侍從菩薩伊羅末龍王言我當化作三萬八千里交露之車使諸玉女皆坐其上作衆妓樂侍從菩薩而供養之天帝釋曰吾將眷屬菩薩前導法行菩薩曰吾當興起紫磨金雲雨栴檀香皆徧天下和鄰龍王摩難斯龍王散拘龍王阿耨達龍王難頭和難龍王各自說言亦當興起紫磨金雲當雨微妙栴檀名香如是比丘天龍鬼神揵沓和等心常懷願欲得聽省菩薩正道所思惟法慕樂安隱入於宫内思念過去諸佛所行愍傷衆生本行道時不捨四願以至純淑何謂爲四本學道時設成正覺逮一切智被弘誓鎧衆生困厄被衆惱患吾當濟脱生老病死三界之縛倚在世俗周旋衆難使至寂然令無恩愛是第一願衆生没在無明杳冥悉無所知愚癡暗眛生穢濁想當爲顯示如清淨眼内外無限是第二願衆生在世立自大幢當計吾我而意貪身尊已賤彼心存顛倒處諸邪見無常謂常不慕聖道墮於三業皆當開化令入正眞是第三願衆生没在生死之患輪轉無際滅智慧根迷惑五趣不能自濟當爲說法令得度脱是爲四願吾往古時立是四願令已得之不可違捨以故出家成就正覺度脱十方爾時法行天子淨居天子來入宫殿自現形像娱樂之形無常之變住於虚空時爲菩薩說此偈

言

天子在空歎　覺蓮華寂明　云何在五欲

大聖當捨家　受我所勸助　當觀於後宮

覩諸迷惑衆　如在死人間

出家品第十二

於時菩薩普觀眷屬視衆妓女皆如木人百節空中譬如芭蕉中無有實亂頭倚鼓委擔服琴更相荷枕臂脚垂地鼻涕目淚口中流涎琴瑟箏笛樂器縱横鵁鶄鴛鴦譬備之輩皆悉淳昏而卧菩薩徧觀顧視其妻具見形體髮爪腦髓骨齒髑髏皮膚肌肉筋脉肪血心肺脾腎肝膽腸胃屎尿涕唾外是革囊中有臭處無一可奇强熏以香飾以華綵猶假借當還亦不得久計百年之命卧消其半又多憂患其樂無幾淫泆敗德令人愚癡非彼諸佛緣覺眞人所稱譽也故曰貪婬致老瞋恚致病愚癡致死除此三者乃可得道一切所有皆如幻化三界無怙唯道可恃於是頌曰

見彼興慈愍　歎息發大哀　是世毒痛難

何因樂愛欲　懷憂憐愚冥　欲苦反謂安

捨貪樂智慧　不捨不得安

於是菩薩以斯法門察於後宮興發大哀而爲雨淚心甚愍之癡人有三十二察於衆生愚者迷惑爲此所害生於八難所見惡染猶如畫瓶毒滿其中愚者不解謂之甘露愚者惑中駃水漂蒙愚者樂之如飲毒水愚人處是如犬齩骨愚人墮此如人入煙愚人貪惡如墨塗衣愚人戹此如鳥墮網愚人見挽如屠扯畜愚人近此不見來難愚人沒此如老

牛溺泥愚人投此猶若破船没於大海愚人墮此如盲投谷愚不得限如淵無底愚人燋此劫燒天地愚人迷此如輪無際愚人宛轉如生盲入山愚人馳逸此若狗縛頭愚人消此冬燒草木愚人日損如月十五日後愚人伏此如諸小龍遭金翅鳥愚人遭此如摩竭魚吞於大舟愚人惱此如賈遇賊愚人摧此大樹被斫愚人憂此如遇毒蛇愚人樂此如蜜塗刀與小兒舐之遇人惑此火燒枯樹愚人遇此嬰兒弄屎愚人爲此轉如鉤橋象愚人盡德本如博失財功祚消化愚人見棄如放逸賈墮於婬鬼是爲三十二事觀於後宮察諸婇女不淨之想自罵已身坐身患害勿復貪身莫念是意入於空淨心無所著於是頌曰

從頭觀至足　察之無一淨　勿得貪其身
是爲罪福田　以故當遠身　淚涕唾惡露
由此莫戀之　行淨如蓮華　棄若干不淨
興平等調定　以知諸毛孔　如蟲不可慕
其身猶如象　骨髓肉血合　筋脉皮裹之
髮毛諸爪齒　有八十種蟲　夙夜食其體
若有明智者　終不計有身

佛告比丘菩薩觀身心思若斯諸欲界天住於虛空皆見菩薩所可思惟法行天子遥白菩薩言唯然大聖何以稽遲時已到矣於時菩薩察於後宮見其心意諸根無常知身不久猶如流水逝而不返欲人所行計有吾我何有吾我執取深奥無極道因乃爲第一觀正境界慕樂聖安計吾我者自謂尊貴心無所倚乃應行道法行天子又復白言不以是

行得成至佛現在行道所修甚難當察已身等之山谷是則究竟菩薩大士一生補處於時菩薩所作暢達其心堅住覺意已了思惟心悅感來奉事捨衆塵垢外無恭恪其順道訓念念安隱淡若淨水即從座起心中悅豫觀察前衆則以右掌披寶交露帳上講堂上又其十指念十方佛而遥禮之觀虛空中諸天百千皆來圍遶散華燒香雜香擣香衣服旛綵手執幢蓋諸供養具曲躬作禮見四天王鬼神羅刹揵沓和等諸龍王衆皆被鎧甲棄不吉祥淨諸惡行垂諸瓔珞稽首菩薩日月宮殿諸天子等住其左右各執華香旛綵幢蓋夜已向半爾時菩薩告車匿曰速起嚴被白馬今日人尊宜吉祥時應當出去車匿聞之心懷憂慼淚下如雨所行平等光明清淨猶若師子今若欲行願見告示面色端正如秋月滿顏貌和悅無有瑕短所覺清淨猶若蓮華音聲和雅明珠火光衆曜晃昱寶瓔珞身心如虛空如鹿中王行如鴈王獨步無難衆皆從之今欲若行於是菩薩復告車匿欲得白馬宿本所行當致上尊妻子恩愛財寶重業則是牢獄古今遠之身所不樂唯欲護戒奉行忍辱修精進力禪定智慧是心所樂從無央數億百千劫所可奉行志慕成道斷生死原正慧巍巍開化衆生從是以來不樂榮禄唯志大道於是車匿聞大聖言初生之時天帝釋梵上帝自下示現稽首即時決此王問云何阿夷答曰今是太子一相百福威神光明無能逮者若在家者爲轉輪王主四天下若不樂世棄捐國土作沙門者則成

佛道斷生老死以法教化無有放逸車匿白曰唯如聖教爾時寧聞五欲樂乎答曰不也從天尊意造無量行我生愚冥無所識知畜養鬚髮爲身作患增益罪蓋強忍勤苦菩薩告曰諸天世人皆持香華現在目前悉來集會立神足力以用侍吾車匿白曰今此園觀常生華實若干品鳥相和而鳴其浴池中青蓮芙蓉蓮華清淨街路平正諸寶樹木修治莊嚴八行交道寶交露帳夏月快樂遊戲其中奇巧異樂歌戲相娛悉奉禁戒所言至誠從太子生常順其意不越其教年既幼少面色光澤頭髮正黑能可人意唯當樂此生世如是何爲捨去於時菩薩復告車匿車匿且止是欲無常不可久保如是別離猶如川流逝而不返不可久保是狂惑業猶如空拳欺於嬰孩羸弱無固猶如泥坏不可恃怙如空中電須臾已滅又此境界無有真實愚冥之士以此爲安而見侵欺如水上泡適起便滅處在顛倒亦如聚沫幻化臥夢五樂無足猶海吞流渴飲鹹水增其疾患欲之無常唯智能覺愚人不解猶盲投谷車匿當知欲沒無擇餓鬼畜生由不善行失清白品增魔境界怨結鬪諍憂惱苦患與婬鬼會覺者捨逝明者遠之達者消之無智習之如雜毒食諸佛所毀知習聖教於是頌曰

捨如棄惡瘡　刈之如去糞　見斯故興欲
棄捨常快安

告車匿被馬品第十三

於時車匿白菩薩曰雖曉了是不貪世榮尚可顧意慕念瓔珞諸寶文飾濟脫自在不復

觀察名德遠照絲竹衣樹音聲和雅箜篌數千鼓衆妓樂好施危厄音如哀鸞降如真陀須曼青蓮及思夷華馨香甘美燒諸名香雜香塗香甚快微妙飲食餚饍酥蜜石蜜百味之供云何欲捨五樂之欲是吾所欲猶如天上常在永安爲釋尊位菩薩告曰從無數劫棄捨此事愛欲之本色聲香味細滑之法數數往反天上世間厭樂豪貴爲轉輪王千子七寶遊四天下榮位無常如夢所見處後中宫婇女之間以用不甘還上諸天及兜術宫不果吾志故捨彼來况此弊欲而貪之乎令自察之住在苦惱生死衆難不淨之中所行無度而有衆患生老病死酷毒恐怖積累功德每生自責建立法船布施持戒忍辱精進一心智慧心如金剛已成大舟矣以度生老病死四瀆之難愍念衆生迷於貪欲欲令永安不與欲貪使無罪害濟諸有漏將護一切衆邪異見令得悉度救諸下劣使住彼岸無生老病死時車匿益悲白菩薩言故當住此決了進退菩薩告曰聽我決了愍傷衆生欲度脱故其心堅住如須彌山而不可傾車匿又問正士云何菩薩答曰強如金剛所行清淨勤修顯耀假使大棒破壞我頂終不退還慕於世榮應時諸天在於其宫聞此言教舉聲歎曰善哉善哉而雨天華第一最上得勝得勝爲衆船師人中之尊心無所著亦無恐懼消除暗冥塵勞煙種無邪境界其心永安若堅牢船必度彼岸佛告比丘寂意天子耀淨天子虚空中住城中男女聞菩薩決疑如是悉共悅豫歎曰善哉皆自還去于時菩薩

見城中人皆悉眠寐察欲夜半即時起立沸星適現知時可出即勑車匿起被白馬犍陟菩薩適宣說此言即時四天王聞菩薩教尋時便至迦維羅衛大城中庭住供養菩薩提頭賴吒與無數億百千揵沓和皆被甲冑從東方來住東方界稽首菩薩鼓衆妓樂在於虛空毗留勒叉天王與無數億百千鳩丸皆被鎧甲從南方來住南方界稽首菩薩鼓衆妓樂在於虛空毗留羅叉天王與無數億百千龍俱各垂寶瓔從西方來住西方界稽首菩薩毗沙門天王與無數億百千閱叉手執焰光明珠威耀晃晃身被甲胄從北方來住北方界稽首菩薩天帝釋梵與無數億百千諸天手執華香雜香擣香華蓋幢旛來住虛空稽首菩薩於時車匿聞菩薩言流涕交面白菩薩曰唯賢聖子知時識宜今夜非時也菩薩告言今正是時所以是時吾從久遠長夜求願爲諸衆生顯示道路令可樂時當度衆生適得閑靜於是頌曰

天王住虛空　天帝釋亦然　焰天及兜術
無慢化自在　和輪那斯龍　海龍阿耨達
咸來欲供養　見佛時出故　色界諸天人
修寂常行禪　是等來供養　三界普自歸
開士十方來　等昔以造行　欲見勝出家
隨侍而奉事　無極大功勳　金剛掌住空
被鎧力精進　心堅動海水　日月諸天子
善住其左右　覩寂然出家　叉十指爲禮
勸喻諸天子　其大精進與　察衆苦惱法
當演清和音　諸吉皆諧偶　勤恭時以至
吾亦與尊俱　無礙必善住　沸星已出現

已化微妙體　力勢衆往前　皆欲共侍從
菩薩從座起則住空中猶若鴈王城中男女
皆疲極寐鳥鴈鴛鴦孔雀赤觜異類衆鳥亦
疲極寐不見衆色象馬騎步諸釋族姓兵仗
宿衛諸帥僚屬亦皆淳寐於時梵聲其音柔
輭響若哀鸞夜已至半重告車匿言善哉車
匿急被揵陟敬奉吾身勿復稽留車匿重悲
淚下如雨令人中尊爲欲所至門閉下鑰誰
當開者天帝念知即時開門車匿見之心歡
悦豫乍悲乍喜誰爲我伴當作何計當復如
行於時四神即捧馬足其四部兵勢力難當
嗚呼大王太子已去何以不覺明日俱夷當
復辛苦吉祥微妙令不現矣於時菩薩思其
本宿謂車匿言善哉車匿以被白馬箜篌樂
器俱時而作車匿觀空離垢諸天來無央數
諸菩薩衆而供養之察天帝釋自然開門觀
諸鬼神及阿須倫眞陀羅摩休勒自然門開
車匿聞諸天語即報天言令見菩薩衣毛爲
竪猶如師子體紫金色當持功勳等如江海
此諸天力禪思來久以見勸許即當出去是
其本願所興吉祥施安衆生成已道義於時
其地六反震動面如滿月從空座起道德名
稱解心清淨天帝毗沙門天王而在前導放
淨光明普照天地滅衆惡趣衆生安隱消諸
塵欲而雨衆華鼓億天樂諸天咨嗟前後道
從有天名最上淨在大聖前叉手自歸擧蓮
華目而啓談言哀度衆生甚爲巍巍本性明
冥悉以空虛吾無所樂多所哀念眷屬後宮
不復重聞吉祥之音其無量音今已逝矣不
覩天衆不察最勝不復聞香以消愛欲棄塵

勞山無復衆垢逮得究竟本無宮殿令無欲想奉行慈心離衆罪蓋無復殃釁懷抱精神一切具足不慕衆香今日光光身心平等妙如神仙言說本末在家聖王令弱者強顯眞名稱斷是王種而復亡失無極釋性消大福祚願令我尊在所至趣離垢無塵愍慈行哀觀見宮殿妙音已逝不復還入迦維羅衛無有放逸盡生死原不復坐起經行國中唯詣佛樹無老病死至甘露道於是菩薩旣出家去爲衆生故又無所行亦無所住不慕妹女爲得大勝是大福田爲功祚地常行慧藥無數億劫積累德行布施持戒博學廣聞菩薩慈行戒禁清淨行無所犯不迷愛欲忍辱仁和段段解身不以懷恨愍哀衆生精進無懈無數億劫積集道業祠祀百千恒修禪定心

意寂然消衆塵垢自伏其心慧無罣礙而無想念其心解脫濟脫億載行慈愍哀以度無極奉行清淨分別喜護是爲眞正天中之天應奉事之清淨無垢心如明珠擁護恐難天眼無極厄者受歸病者爲醫在諸國土爲大法王千眼中帝照諸迷惑身意休息與道威耀捨心怨結勇消諸塵在衆最勝無能逮者如師子步而無所畏如龍調心降雨以時導衆如牛以棄怨結如月盛滿光明遠照如日始出猶如大炬消滅衆冥喻如蓮華不著泥水德香微妙不動如山導衆瞋恨降伏身魔欲魔死魔天魔爲大導師迷失路者說八正道不久成佛斷生老病死度諸暗冥療衆惡瘡嗟歎正眞不可限量顏色光澤建立功勳所嗟歎德令我如佛於是菩薩稍進前行覩

五道神名曰奔識住五道頭帶劒執持弓箭見菩薩來釋弓投箭解劒退住尋時稽首菩薩足下白菩薩曰梵天之際天王見勑守五道路不知如之愚不敏達唯告意旨菩薩告曰雖主五道不知所歸無原所從來五戒爲人十善生天慳墮餓鬼觝突畜生十惡地獄無五趣行便歸人本不慕五趣無以五陰三毒六衰則是泥洹不處生死不住泥洹便不退轉受菩薩決無所從生靡所不生於諸所生悉無所生卿持俗刀五兵宿衛吾執智慧無極大劒斷五趣生死皆至本原無終無始永安無形奔識心解逮不退轉無限天神皆發道心於是菩薩勇猛捨家適出城門迦維羅衛一切羣衆知太子去各名共談而歡喜悅俱夷明日從寐起已遙聞衆言覺知已去聽大聲響即察求之不見菩薩宣大音響菩薩及馬車匿王心感絕自投於地舉聲稱怨嗚呼一子勸化宮中大小歡悅捨無數衆令爲所到永絕我望何所恃怙四域天下當何所依俱夷墮牀宛轉在地自搣頭髮斷身寶瓔何以痛哉是我導師依怙如天而棄我去用復活爲恩愛未久便復別離淚下如雨不能自勝嗟歎太子顏貌殊妙心淨無垢清如深淵內外明好莫不敬重訓教真正靡不吉祥咸共歸命今捨我去爲何所至未曾放逸不爲馳騁爲天地主執正真道釋其沐浴莊嚴天服遠逝暴露興立行業不見菩薩無不懷感國中樹木尋時虧落無諸華實諸清淨地悉生塵垢無復衆好仁尊所見衆音妓樂柔輭音響象馬車乘其虛空中莊嚴香瓶華

香妓樂繒綵幢蓋至德巳逝悉不復現柔輭至誠第一難遇俱夷歎息淚下交集人中之尊宿世積德悉達本末欲度衆生生老病死又彼大聖修百千德慧不可踰於時車匿夜送菩薩菩薩脫衣寶瓔琦珍以付車匿持是還國啓白父王及以舍妻吾身棄國不慕世榮不好天地唯道是本若成正覺復當來還宣是經典以法相度使心寂靜不慕世榮車匿聞之淚下如雨稽首作禮人中聖慧願以告我白馬跪地舐菩薩足車匿白言王及妃問將大功勳爲何所至當報云何菩薩答曰是卿所覩復何所問與車匿辭菩薩悅豫與恩愛別辯慧無量遂進前行逢兩獵師心自念言吾巳出家不與俗同脫身所服貿鹿皮衣著之而去車匿取衣及寶瓔珞牽白馬還至遊觀園園監見之悲喜交集不覩辯才寂然之故今此車匿取太子衣衆寶瓔珞及白馬還不當復憂其王聞之與諸羣臣眷屬圍遶行至園觀亦懷悲喜俱夷心望菩薩當還不覩行來心疑不信菩薩當去聞車匿言菩薩啓父及謝舍妻得佛道巳乃當相見王覩寶衣車匿白馬而獨來還不見太子自投躄地嗚呼阿子明曉經典衆奇異術無不博達今爲所至棄國萬民車匿說之我子菩薩爲何所遊誰爲開門其諸天人供養云何車匿白曰唯王聽之我在常處晏然卧寐城門巳閉於時菩薩以柔輭音告我言車匿疾被白馬城中萬民時皆眠寐悉不聞語我時悲泣被馬牽授天帝開門其四天王勑四神捧其馬足諸天百千天帝釋梵以侍送之嚴治道

路校飾虛空演大光明散華燒香諸天妓樂同時俱作涌在虛空諸天圍遶以侍送之去是極遠脫衣寶瓔及以白馬遣我還國啓王謝妃必成佛道乃還相見勿令愁憂於是俱夷聞車匿言益用悲哀抱白馬頸以哀歎曰太子乘汝出何以獨來還念前娛樂百種嗟歎懷感歎言嗚呼痛哉莫不離別勢力堅強顏貌殊妙在於衆中如月盛滿相好莊嚴威神巍巍須臾相仰便復別去聖無等倫云何相捨功勳難量名稱普至咸共奉敬堅住如山伏諸怨敵音聲柔軟猶如哀鸞過於梵天積功累德無能喻者遠近嗟歎聖衆神仙莫不悲戀生憐鞞樹爲第一上口演甘露音聞十方雖在衆欲無所染著猶如虛空所施清淨柔軟如乳白毫天中聖體滑澤淳和安隱手足柔軟嚴好巍巍爪如銅色以德嚴身莫不奉敬在於宮中妓樂盈音華香飲食不以爲悅心無增減嗚呼車匿無有仁慈將至所在而獨來還俱夷一口獨歎菩薩無數千言重歎菩薩導化一切云何獨去誰復將行出此國土何故與諸天俱我獨辛苦車匿無狀挑我兩目令孤盲冥車匿當知一切諸佛決報父母尚捨親近況我賤室婇女樂乎毒哉恩愛何一速疾不能久存須臾聞耳恍惚不現猶如聚沫恩想所縛墮衆見網雖依人間奄不知處本曾說是現行不真安須臾間苦多無量所願使果早成佛道王勸俱夷人生有終合會有離四時忽變天地日月皆不常存太子初生天地爲動隨行七步口自宣言天上世間我最爲尊當度三界生老病死令

至無爲天帝來下稽首供養四王接身置金几上九龍浴體未生之時豫現瑞應三十有二阿夷相之若在家者爲轉輪王捨家爲佛所知博達力勢無限三界特尊無不稽顙必當成佛度脫十方來還不久且自寬思勿復愁憂王雖說是心中隔塞悲哀難言於時車匿見王俱夷所說辛苦益悲流淚沾洽衣裳諫言善哉俱夷願聽我言勿得復悲我於中夜見一城中男女大小悉淳眠寐百福至聖與我談語欲使被馬適聞其言心中隔塞遙視尊妃極淳眠寐稱揚大音而舉聲呼速起速起聖尊欲去天接音聲令沒不聞舉脚踏地拍手撾鼓無聞聲者爾時虛空日月光光無數億千釋梵四天諸大尊神稽首爲禮叉手自歸供養至尊諸鬼神龍閱叉揵沓和魑魅害鬼其四天王神足勑鬼捧舉馬足散青蓮華芙蓉莖華清淨無垢聖百福相威光巍巍雨諸天華地六反震動華徧佛國但聞天言促開門促開門門自然開無數億天前後圍遶咸共供養不自覺身忽已過去世護所說兄弟妻子諸天部黨上及天王志好所趣令歸佛道不念衆惡默然不言以能咨歎菩薩大德揵陟有力施暢音聲天護輭響揵陟負載世之大聖速疾勿動無有恐怖惡趣之難世護乘汝一心懽喜捨畜生身不毀導師導師光明爲一切故汝必得度勿得展轉在危厄處百千億天宛轉足下見揵陟馬在於虛空乘負菩薩嚴治塗路極好無限作寶欄楯若干品事燒天名香揵陟本福悧利諸天圍旋太子在邊天樂自娛俱夷勿愁安心欣

然覩之不久人中之上當成佛道諸天圍遶於夜所造皆應道法今勿復悲百福威耀超絶羣衆察是歡喜不當懷憂夙夜七日歎其功勳不能究竟尊人出時諸天供進不可盡極妃今利義不可稱載曾奉事斯光顯至眞聖於是移成無極道念妃不久亦當復成人中之上王念菩薩不捨心懷適欲請還念阿夷相之在家爲轉輪聖王七寶自然主四天下千子勇猛若復出家學道必成正覺無上大聖以七覺意寶訓化十方三界愚冥窈諸不覺必不肯還當遣侍衛供養護之普召大臣諸明智衆卿等在家長子抱孫共相娛樂不念吾憂吾有一子奇相聖達無不超異居四天下一旦離別入名山谷絶無人處苦厄寒暑飢渴窮厄無能知者擇取卿等大臣子弟五人追而侍之若中來還滅汝五族即奉王教入山求侍之菩薩遂進深入名山五人追之不能及逮心自念言是爲逸人行不擇路何道之有也若欲還歸必滅我種不如住此五人所止甘果美泉悉具滋茂樹木豐盛悉無所乏菩薩捨國威聖無限心自念言欲作沙門志存寂靜威儀禮節遊行至山水邊定止天王知心飛天奉刀來帝釋受髮則成沙門肉髻在處不知菩薩嚴飾衣服第一顯現手執應器思惟無念入羅閱祇欲行分衛容色光光猶紫金耀巨身丈六相三十二萬民咸來觀之面像目視無厭所行周旋衆隨逐之往古以來未曾見聞如是聖達至眞神人光耀普照天人興念思其本末布施餚饍不知菩薩不慕居家若干品業衆人唯察人

中之尊與天下異往告洴沙王大王欣慶今獲善利梵天自下詣國分衛或復言曰是天帝釋或復説是焰天王或言兜術天無憍樂天化自在天王或復説是日月王維摩神主王聞是言歡喜無量即遣使者覩於菩薩何所至湊無供養者不得分衛即便出城使者追察坐山水邊威神吉祥如紫金山使者尋還啓洴沙曰坐山水邊時王聞之勑外嚴駕與諸羣臣詣山水邊遥見菩薩威神光光踰於日明尋便下車叅恪叉手稽首禮足覩菩薩形猶如須彌結跏趺坐加敬歸命遜辭下意而與言談王曰太子生多奇異形相炳著德踰乾坤當王四天下爲轉輪王四海顒顒與神寶至何棄天位自放山藪假令太子不樂本國願以鄙邦貢上處焉訓誨黎庶各使得所五樂自娱唯當納受不拒至懷菩薩答曰吾久達此一切無常棄天地位無可慕樂是故出家行作沙門覩諸幼少皆歸老耄顏色殞落面皺皮緩國土財寶一切如化情欲多難猶如雜毒墮入地獄餓鬼畜生智者所惡愚者所貪吾除貪欲如棄涕唾身如樹果不久則墮亦如浮雲須臾則滅微不覺之忽然已過有毁懷憂不得久安夫人樂欲以自燒身貪欲無厭若飲鹹水從致苦患愚人不解自以爲樂明智觀察欲如聚沫聖賢無漏唯樂法念充於智慧乃厭愛欲貪習俗者不見本際不了本淨王觀此身無有堅固所至到處常自迷惑不能分別身無吾我棄捐百千玉女心無所著不慕世榮第一思惟欲成佛道希有好德如好色者唯有聖達視色如

糞察道眞實雖有父母君子梵志長者居士及與妻息身有重疾不能分取令無苦患國土位高金銀七寶何益於已日照天下不益盲者吾觀三界一切無常樂少苦多身非我有世間猶寄難可久居吾見若茲是故出家而爲比丘不慕世榮迦維衛者邦土第一轉輪王處也風雨順時萬民滋茂最和安隱吾不慕樂捨家爲道王曰善哉我得善利乃見至聖吾志於俗不識至義國欲相請於無欲人假使得佛唯見愍念以爲法主當見度脫我遇十力宿有餘慶得觀大聖投身自歸禮菩薩足右遶三帀與羣臣俱嚴駕還國

普曜經卷第四

音釋

呻失人切呻吟歎聲也　僂力主切傴僂也　駛疎士切疾也　舁羊朱切對舉也　涎夕連切口液也　鵁鶄鵁古肴切鶄子盈切鵁鶄鳥名　髓息委切骨中脂也　髑髏髑徒谷切髏落侯切髑髏首骨也　肪敷房切脂也　肺芳吠切金藏也　腎時忍切水藏也　屎尿屎詩止切尿奴弔切　齩五巧切齧切　挽武遠切牽挽也　抴羊例切拖也　舐神紙切餂也　戻詩止切與屎同　檛陟瓜切箠也　坏普杯切燒陶器也　觝突觝都禮切觸也突陀没切揬也　摕摵莫結切手拔也　貿莫候切易也　撾陟瓜切擊也　洴眦名切　顒魚容切仰望也　耄莫報切老也

普曜經卷第五

西晋三藏法師竺法護譯

異學三部品第十四

於是菩薩遊在山間往至尼連水邊樂於閑居心意寂然慈念十方欲益天人佛告諸比丘菩薩遥見鬱頭藍弗爲諸弟子所見奉敬達知圖讖筭術天地災變爲衆最師菩薩心念今者此等自以已身計知筭術星宿災異爲衆人師所見奉事吾往其所問其所行能知殊勝爾乃降伏講有無法一心脫門三昧正定超其所學以權方便覩其本末目覩此等所當行者世俗定意然後爲說深奥之定無爲三昧乃歸大道於時菩薩思惟是已往詣其所問言賢者所事何師誰爲說法而學此業鬱頭藍弗答言吾無有師自然達之又問今所達者爲何所獲答曰獲有想無想定菩薩報曰寧可從人得學是定乎答曰善哉從志所樂時菩薩起在於屏處結跏趺坐菩薩適坐功德殊特聖慧無匹宿世所行卓然有異入諸定意一切正受獨步無侶靡不通達百千定意一切備矣猶如照鏡而得自在而無罣礙於時菩薩從三昧起重詣藍弗所復問寧更有定踰無想乎進至道耶得道不也答曰無也菩薩自念藍弗無信獨吾有信藍弗無精進念定意智慧吾有之思惟是已便捨之去詣迦羅無提所問之曰誰爲師主從何受法答曰無師自然暢之又問暢之何所獲乎答曰獲無用虛空三昧於時菩薩三昧正受最爲殊特即復說言此業善哉我所歸趣仁亦趣此俱共在斯與是衆人而爲眷

屬菩薩答曰今此業者不至滅度不離於欲不達無爲不至寂然無有沙門不至正覺非是泥洹於時菩薩與彼藍弗及此迦羅反覆相難知之不及便捨之去轉復前行見三梵志一曰優爲迦葉次曰那提迦葉幼曰竭夷迦葉兄弟三人有千弟子菩薩過候問何所事乎曰奉事水火及於日月上至梵天菩薩答曰是不眞正水不常滿火不久熱日出則移月滿則缺梵天無常雖久必終唯有無爲無終無始能無窮極所論適竟因捨之去還歸本處佛告比丘於時菩薩心自念言今吾處在五濁之世值下劣衆外學熾盛各墮異見九十六徑六十二疑貪身愛命蔽塞愚冥染慕情欲懷傷害心不受訓誨不向清淨志慕飲食樂戀土地常行非義不志微妙不樂惠施愛財貪嫉志不存此道品之義不在無礙馳騁情態住於十惡不離自大不救衆厄放逸不定難可開化殺害恣意飲酒無節唯慕樂之或事水火日月梵天或事山神社神虚空天神海水泉源樹木之神或服果蓏入山服食或日一食二日三日或至七日一食或日一摶二日三日七日一摶或十五日乃至一月一食淨修梵行四禪四等上生梵天不斷生死或有裸形或服鹿皮或事鬼神羅刹阿須倫神不免惡趣不能成道謂之自達不可軌則無以開化世俗衆邪異學今我寧可示現清淨之行以用攝取外學之等顯正眞業使捨迷惑所當應行欲界色界不從彼教來入佛道

六年勤苦行品第十五

佛告比丘於時菩薩作是思惟六年之中示大勤苦精進之行以何等故名勤苦行是事難及人所不逮是故名曰勤苦行矣衆生之中若天世人不能修行成辦此業唯有究竟一生補處菩薩乃能行之故曰難辦斯勤苦行因是現行四禪之法數出入息令解其意無想不念無所希望在所至湊心無所倚不貪是四其像本末宿世所學無學緣覺菩薩所行是則名曰周徧虛空無作非作靡所不作彼則名曰普護一切以等如空行禪定事是亦名曰去無所至於時菩薩欲現世間開化外學若干品業訓誨諸天示其罪福外學異術計死斷絶神無所生或言有常云無罪福爲分别說功福之報現身口心當行清淨日服一麻一米六年之中修立難及勤苦之行宿命不債菩薩六年之中結跏趺坐威儀禮節未曾進退常存露精亦無覆蓋不避風雨不噵頭首塵土之患也不起左右行大小便亦無涕唾不屈伸低仰亦不傾側身不倚卧或興雲大雨雷電霹靂春秋冬夏菩薩默坐值此衆難未曾舉手以自障蔽諸根不亂不邪視不恐怖丘聚村落男女大小牧馬牛羊擔薪負草過邊興塵不想念之不以爲患無所汙雜彼時菩薩衆人怪之羨之所行取其草木投著耳中耳不痛痒投之鼻中鼻亦不嚏亦不棄去諸天龍神阿須倫迦留羅眞陀羅摩休勒目自覩見菩薩功勳道德巍巍來往其邊供養奉事稽首菩薩爾時菩薩定坐六年現勤苦行教授開化十二載天人立之三乘以是之故坐六年耳於是頌曰

菩薩前出家　其功勳真正　歡心常寂然
顯是愍衆生　在五濁之世　由下劣俗故
生此閻浮提　於世現罪福　邪學業熾盛
諸見六十二　故立此精進　逼困身畢罪
浴池諸泉原　日月衆光明　樹木巖石山
厭鬼地神禮　自然行精進　建立難及行
修成勤苦業　爲衆示現此　身力如金剛
禪思不可動　用若干義故　亦復現緣覺
若諸天人民　異學亂見喜　亦化此等故
示勤苦之行　而結跏趺坐　在地無坐具
日進一麻米　示現而服此　示出息不出
亦無還報息　六年甚堅強　禪思不缺漏
無念無不念　不念所可行　心猶如虛空
禪思不傾動　不覆蓋身上　亦無所障蔽
不移動如山　禪思不增減　不避其風雨
亦不障頭首　不失威儀節　禪思無進退
村落諸男女　牧牛馬豬羊　擔薪及負草
行邊興塵土　不淨坌其身　若干品諸難
無念不迷惑　禪思無進退　身肉爲消盡
唯有皮骨存　腹脊表裏現　猶如箜篌形
諸天所造行　須倫龍沓和　目覩總功勳
皆共咸供養　五體禮受教　令疾得成就
使我得致是　如心懷愍哀　欲降外異學
暗弊衆邪業　因是現罪福　其身坐口言
是佛道難得　髡頭何有道　行無央數劫
六年畢其罪　以是化天人　其數十二載
是故人中尊　坐禪不進退

佛告諸比丘菩薩修勤苦行竟六年已心自念言雖有神通聖明慧力令吾以是羸瘦之體往詣佛樹將無後世邊地諸國有識者乎

謂餓得道吾身寧可服柔輭食平復其體使有勢力然後乃往至於樹下能成佛道時有丘聚名曰修舍慢加有長者女日日飯食八百梵志見知菩薩造勤修行常願奉供大聖菩薩即夜往樹下坐時長者女始出嫁時有願生子男者必當與作甘美餚饍祠山樹神時長者女生得一男心中歡喜㲉千頭牛展轉相飲取其淳乳用作乳糜欲祠樹神即便遣婢先往掃除婢見佛坐不識何神還啓大家掃除已竟樹下有神端正殊好非世所見時女聞喜欲取糜往糜跳出釜高一丈餘不可得取女甚怪之時八百梵志中師見之謂女今此乳糜非凡夫所應服者唯臨成佛服食此飯乃消化耳天於虛空而出聲曰今日女欲與立大祠有大菩薩在於精思勤修苦行已從座起汝本有願當先飯之食之充滿爾乃逮成無上正眞之道爲最正覺便說此意勿違本願時長者女聞天神言即取乳糜盛滿金鉢手執賔乾與八百梵志俱往泥連水邊佛言比丘菩薩知之即以神通慧力還江水邊忽然而度隨其習俗示現入水而自洗浴時八萬天子各按樹枝供養菩薩菩薩牽枝出在岸邊其身輕便清淨無垢菩薩適往時兜術天子號離垢光尋取天衣袈裟僧伽黎化沙門形奉上菩薩於時菩薩即取著之靜然而住時泥連江水中龍妻從地化出以微妙牀貢進菩薩菩薩即坐時修舍慢加村落長者女與諸梵志奉美乳糜詣菩薩所稽首足下右遶三帀以賔乾水灌菩薩手以美乳糜進奉上之菩薩愍哀女故輒受食之

氣力得充心無所戀持金鉢投之江水具足千龍即攝取之而供養鉢於時奉牀龍妻得之用立神祠勤心供養諸天百千億載悉取香水和泥起祠其欲供養菩薩鉢者各現宮殿咸共奉事於時村落長者女等佛與髮爪得之起塔供養佛言比丘菩薩適服此乳糜以成福願身遂充滿容色光光踰於日月於是頌曰

時世尊精進　勤心自念言　身神通慧力
往詣樹王下　成一切智慧　以逮諸通慧
便行普愍哀　最後救衆生　我寧可服食
令身得充滿　往到樹王下　成聖一切智
不以少薄福　得致天人安　不得成明眼
逮身力甘露　至說宿功德　決斯安隱祠
其心思如是　天聞告村落　金鉢盛乳糜
往詣江水邊　奉上心踊躍　逮得道甘露
所行百千劫　諸根悉寂定　諸天龍神往
大聖至水岸　適施度無極　入水自洗浴
以洗除衆垢　愍傷於世俗　億千天歡喜
各齎華擣香　世寂適入水　人中上洗浴
悉知是菩薩　建立行無垢　仁賢適洗浴
百千天奉事　其身無垢穢　天子奉袈裟
身即著衣服　著衣服已竟　龍妻尋歡喜
奉之好牀座　寂定意便坐　爲世之道眼
修釋女奉食　金鉢盛乳糜　稽首禮足下
大通即服之　服此得充滿　投鉢著水中
諸天奉眞誠　來供養於佛　如來適飯竟
乳糜極甘美　其身氣力充　行詣佛樹下
適到佛樹下　行身不動搖　強如帝釋步
建立菩薩行

於是菩薩飯食已充愍念十方救濟危厄欲坐樹下現成佛道度脫衆生十方諸佛咸示威變顯其瑞應五百化鳥自然來現往詣其所遶菩薩身暢悲哀音歎其宿世所行無量積累功德爲一切故欲化五趣故現五百令去五陰消除五蓋拔五道行逮五神通化去五五二十五事所處甚難存處道場住無所住本無之慧於是頌曰

從無數劫中　積德行六度　四等心四恩
護三界之將　大慈無蓋哀　欲脫癡聾盲
今當成大道　具三十二相　隨俗而現身
說苦空非常　使了悉本無　入佛三寶藏
俗人罪所蓋　十二因緣障　不達無上真
生死沉沒亡　若解一切空　不犯五陰行
陰衰以消滅　心淨如法王　至真無上慧
莫能限度量　光明踰日月　所濟無有疆
須彌尚可秤　虛空可度量　不及大智慧
大聖無極行

歎此頌時無數天神皆發無上正真道意也佛告諸比丘菩薩江水邊洗已飯食乳糜知氣力充往詣佛樹佛樹王下修如法行皆無所動堅住如山不諂蔽行不逼短氣造立清淨不動搖行而不相振以不強額性不卒暴所行高下自然平等演光明王晃晃灼灼至真善行消垢下意法過去佛清淨正行至師子牀不壞性行斷衆惡趣思念永安棄魔力勢令不堪任度衆邪行受正法業滅冥樹塵生死之本使無部黨釋梵四王行無所處一心勇猛恐伏怨難所遊獨步達一切智心意無雙斷終始滋捨欲諸貪使滅四難無爲無

畏度於彼岸如是行者菩薩德行功勳皆成詣江水邊至佛樹下欲行天人化其道路弘廣無際又斯道路左右七寶欄楯悉令嚴正高四丈二上有交露行諸臺閣亦衆寶成天蓋幢旛處處校飾七寶樹木高大妙好諸寶樹間琦珍爲繩交絡諸樹兩兩樹間有一浴池池底金沙中生青蓮芙蓉蕖華其樹四邊寶爲欄楯明月瑠璃雜廁其間鳧鴈鴛鴦遊戲其中八千玉女香汁灑地掃道令淨二萬玉女垂諸寶瓔散諸天華其樹間地七寶合成八萬玉女各持供養名香木櫁諸雜奇異執金香瓶著寶㮤上一一㮤上有五千玉女鼓天妓樂佛言如是比丘菩薩欲詣佛樹下時嚴治道路巍巍如是至江水邊諸志大乘亦入此路其夜菩薩當成佛時千梵天王告梵天衆其福功德顯耀清涼皆修梵跡慈悲喜護禪定神通從千劫來奉行大道令詣佛樹吾等當共往供養之所修令告以能歸命無有恐懼終無所畏無八難患生天上人間十方佛前在梵天宮梵天聞之六年苦行令詣佛樹皆共善心當懷悅豫供養菩薩大千世界之法主也天帝釋梵日月天王詣江水邊皆往奉迎在億載佛國皆心念之令詣佛樹下當降伏魔無能見頂上至梵天亦無能覩令尊身相甚奇甚妙莊嚴其身三十有二言辭柔和清淨無垢音聲雅妙過踰梵天令坐樹下當共供養其忍辱力釋梵知之忽然安隱悉斷一切塵勞結縛若有聞者致甘露跡成緣覺業若逮佛道普世衆生皆來供養佛告比丘有一梵天名曰三千建立覩此三

千大千佛國平等如掌悉令照明化於此地生輭青草在其左右猶如天衣如是草比徧大千佛國而於衆生無所妨害莊嚴此國東方釋梵及四天王諸菩薩衆不可稱計諸佛國土諸菩薩衆皆來供養南西北方四維上下諸佛國上無央數衆釋梵四王莊嚴供具皆來貢上一一佛土若干莊嚴鐵圍大鐵圍一切諸山是諸佛國忽然不現悉不知處唯覩一切諸菩薩身普周佛土諸天子等又有十六人侍從菩薩其名曰轉進菩薩無進菩薩施與菩薩愛敬菩薩勇力菩薩髮猛菩薩善住菩薩總持菩薩照耀菩薩華鬘菩薩法英菩薩吉然菩薩不害眼菩薩大淨菩薩淨嚴菩薩戒淨菩薩眷屬圍遶是諸天子等悉不退轉逮得法忍供養菩薩莊嚴道場平治其地三千二百里周帀圍遶有好七重欄楯七重行樹七重交露縵幔七重寶樓皆悉紫金諸雜校飾若干種品諸寶蓮華自然化生燒衆名香上虛空中立一寶蓋覆於十方諸佛國土生諸寶樹諸天人民其樹華果悉現道場其十方界水陸衆華悉現道場十方佛國菩薩道場所可莊嚴不可限量功德聖慧清淨之業亦現道場佛樹如是諸天子等眷屬圍遶莊嚴佛樹極令清淨一切諸天龍鬼神乾沓和所可莊嚴宮殿屋宅若干品妙悉遥自覩咸共歎曰善哉善哉功德報應不可思議彼佛樹神有四天俱嚴治道樹一名足跡二名邊豆三名善意四名布精莊嚴佛樹供養菩薩其樹根莖枝節諸葉華實皆悉茂盛圍遶佛樹廣長極妙高八十里巍巍無量

欄楯樹木交露衆帳亦各七重七寶合成周帀圍遶猶如忉利晝度之樹若有見者而無厭極三千國土國土堅強猶若金剛不可毀壞自然現彼菩薩坐樹下當成佛道佛言比丘是菩薩身演大光明普塞惡趣滅除八難病者得愈恐怖得安繫縛得解聾盲瘖瘂皆悉解脫貧者大富塵勞熱者悉被療治飢渴飽滿懷妊得產老耄強健當爾之時悉無欲縛無婬怒癡不相患厭無有諍訟當爾之時一切衆生相視如父如母如子如身皆懷慈心於是頌曰

其至無擇界　現於地獄中　諸有苦惱者
咸得入安隱　畜生自然和　各各相愛念
皆共懷慈心　逮得無所畏　至於餓鬼處
諸飢渴窮厄　皆獲得飲食　因菩薩威神
八難皆閉塞　消滅諸惡趣　衆生悉安隱
快樂如天上　諸有盲聾者　衆根不具足
應時悉視聽　其身皆備悉　婬怒癡塵勞
衆生被熱惱　諸塵得休息　皆悉念真正
貧者得財富　皆得生天上　病者悉除愈
繫縛得解脫　無厭及瞋惡　無有諍訟者
爾時咸相敬　皆共起慈心　如父母一子
展轉相愛念　衆生悉如是　相愛如父子
時菩薩光明　普照曜佛土　猶如江河沙
普徧四方界　不礙諸鐵圍　通過諸黑山
一切諸佛國　悉現如一土　見羅列諸寶
平正如手掌　莊嚴諸佛土　以供養菩薩
十六諸天子　圍遶佛道樹　莊嚴其道場
三千二百里　諸所可莊嚴　無思議億國
菩薩威神故　皆現彼佛樹　諸天龍鬼神

真陀摩休勒　各各起宫殿　遥望悉見之
以見此清淨　諸天人欣喜　善哉福之報
所作今悉現　衆口意所行　所可修平等
諸利義悉吉　心所願輙得　如宿世所行
所願悉具足　諸所罪福報　所獲亦如是
莊嚴殊道場　四天子校飾　猶如晝度樹
佛升忉利天　因緣不自在　悉說諸功勲
菩薩清淨業　如本所作行

迦林龍品第十六

佛告比丘菩薩身光照迦林龍王宫龍蒙佛光身心悦豫消諸塵勞普獲安隱面目欣怡爾時龍王見斯光明目即得開與眷屬前而讚歎曰我以曾見拘留秦佛從來久遠亦見拘那含牟尼佛并及迦葉光明所照覩諸法土光明無垢必當有佛相好慇哀慧明興世故照我宫金色光光不妄晃昱其明踰日火焰明珠所不能逮天帝釋梵光自然過阿須倫明亦不能及宫殿常冥今忽大明覺了離垢身得安隱心懷踊躍體無衆患無熱清凉無數億劫精進不疑詣道樹下善哉共取華香衣服寶瓔琦珍名香擣香箜篌樂器當往供養埶有功勲龍后聞之歡喜悦豫出觀四方遥見菩薩如須彌山威光莊嚴百千天女而圍遶之釋梵奉敬心中踊躍見其途路時龍后喜詣度世所投身作禮叉手前住於是大悦供養華香衆雜名香鼓樂而嗟歎曰功勲真正見尊善哉如月盛滿化衆度世覩前至聖所現瑞應今見亦然等無差特今必降魔逮得滅度猶貫脱難宿曾布施如所願得逮致忍辱所求精進樂於禪思然智慧燈本

所行願令悉具足必成最勝猶如有樹華實茂盛致佛滅度如千泉源波水無盡其心歡悅普悉興雲而雨徧至在虛空歎令必成道體紫金色光周佛土一切惡趣悉致弘安其三千國諸豪尊位令三世醫必當諧偶曜於天下猶安明山不可傾動如明智人覩四大海尚可枯竭詣樹王下無能障蔽不成佛道也佛告比丘於是菩薩心自念言諸過去佛爲在何坐得成無上正眞之道爲正覺乎復更念言過去諸佛坐於草褥成最正覺虛空之中無數百千天覩菩薩心即時報言如大聖意過去如來皆坐草褥成最正覺佛語比丘於時菩薩見路右邊有一人名曰言祥刈生青草柔輭滑澤整齊不亂好若天衣時菩薩見即便越道詣吉祥所以慈和心與共談語而謂之言敷演善教而勸助之言辭溫雅無有麤獷其心安和而無惡音除婬怒癡演哀鸞音釋梵八聲其深難及如師子吼猶若雷震十方佛國衆生蒙化皆得安隱有所講說百千法音無能制止以一法音普入諸聲皆相安和至於解脫普悅衆會一切諸佛所說應時與慈仁語吾欲得草吉祥與我令日欲得當伏邪力成無上覺無數劫來所施調意棄捨諸想奉行禁戒令應獲之忍辱精進智慧功力聲名智力禪定神通脫門道力令當獲之於是吉祥聞導師說清和之辭歡喜踊躍身和意悅奉柔輭草與大功祚度於無極吾成甘露吉祥施座當得佛道用施草故吾無數億劫修勤苦行奉若干業智慧功德善權方便心意堅強然後得佛必成正覺如

我今也若至道場當教餘人果得如願知吾得佛分别甘露當來聽法逮最賢聖適施草坐地即大動天在虛空皆共叉手合掌今日降魔及官屬力乃逮甘露無上正眞佛語比丘往詣樹時諸天化作八萬佛樹師子之座心自念言當令菩薩坐此嚴淨成最正覺又諸佛樹華果茂盛或淳香樹高四千里或有佛樹七寶校成高八千里或四千里或高百千由旬一切佛樹具足八萬若干天衣而布其上或布蓮華若干種品以爲牀座菩薩坐上有三昧名曰淨曜定意正受適以是定三昧正受一切佛樹皆菩薩坐相好嚴身一一天子念知菩薩坐我座上不在餘坐淨曜定意威神之故地獄餓鬼畜生皆得休息諸天人民五道所生衆生之類皆自目覩菩薩大士坐我佛樹下不見在餘也其下劣衆本薄福者見於菩薩身坐草蓐詣菩薩所右遶七帀爾時菩薩坐自然師子之座力勢堅固猛過龍象豪尊自在無能及者名稱普聞布施持戒忍辱精進一心智慧福祚妙達能降魔怨故現坐於草蓐其身直坐心意正定有德之人時見菩薩坐師子牀如月盛滿照於十方菩薩自誓使吾身壞肌骨枯腐其身碎盡不成佛道終不起也從無央數億姟兆載劫爲勤苦行今乃得之終不迴還佛語比丘爾時菩薩坐佛樹下有大光明號須宣道場放斯光明普照十方無限佛界徧虛空際耀諸佛土爾時東方離垢世界無垢光如來佛國有一菩薩名耀嚴光光往勸照與無央數菩薩眷屬往詣道場適詣佛樹南西北方四隅

上下十方佛國盡虛空界所有佛土皆見菩薩坐一道場樹下咸悉覩焉如近相見五道衆生展轉相視皆見菩薩如觀手指云何大聖微妙如是彼諸菩薩見其面像說此偈曰

無塵勞瑕疵　拔除衆垢濁　身光至十方
超越諸威耀　其福慧定意　積累無數劫
彼最勝能仁　普徧一切方

於時南方寶焰如來佛國寶澤世界菩薩名現寶積蓋光往勸照與無央數諸菩薩俱眷屬圍遶往詣佛樹供養菩薩執一寶蓋皆覆道場釋梵四王展轉相謂獲嚴淨蓋爲供養誰時寶蓋中出是偈音

百千那術載　以施無等倫　常懷弘慈心
此有殊特相　鈎鎖演光明　今至佛道場
力勢難可及　故來供養此

於時西方思夷像佛土華嚴神通如來世界菩薩名無著光明其光勸照與無央數諸菩薩俱往詣道場寶交露帳十方天龍鬼神揵沓和展轉相謂此嚴淨光爲從何來寶交露帳說是偈曰

寶車及寶衣　高敞至三界　寶稱樂寶眼
被鎧而精進　今當得佛道　衆菩薩皆至
致此寶交露　供養彼最勝

於時北方日轉世界蔽日月光如來佛土菩薩名淨王光往勸照於無央數諸菩薩俱往詣道場十方世界所有德淨皆現高座時菩薩衆皆說此言誰今致此若茲嚴淨其普嚴淨演是偈言

其身清淨者　無數功福慧　所行口清淨
被宣斯法目　斯心常清淨　久發慈悲行

今至樹王下　供養釋尊人
於時東南方德王世界德明王如來佛土菩薩名德意光明其光勸照與無央數諸菩薩俱眷屬圍遶往詣道場供養菩薩持交露臺中有高座其交露臺演此偈言
其功勳德普　須倫鬼休勒　彼德王福稱
以奉上道場
於時西南方樂成世界寶林如來佛土菩薩名寶光明其光勸照與無央數諸菩薩俱來詣道場供養菩薩致無量寶交露之臺中有高座其交露臺演此偈言
彼善意恭敬　施無數珍寶　講堂及軒窻
捨身及車乘　嚴交露華蓋　微妙好園觀
惠頭及手足　由是坐道場
於時西北方雨氏世界雨香王如來佛土菩薩名積雷雨音光明其光勸照與無央數諸菩薩俱來詣道場供養菩薩致衆香交露臺中有高座雨衆名香散高座上其雨香音演此偈言
雨法徧三界　具解脫光明　雨離欲甘露
至滅度無爲　消一切衆塵　悉斷結縛毒
禪思神足力　造三品華香
於是東北方樂帛交露世界寶蓋超光如來佛土菩薩名嚴淨帛帳光明其光勸照與無央數諸菩薩俱來詣道場供養菩薩其交露帳以寶爲地化作菩薩相好嚴淨是諸菩薩各各執持天人華香卑身低頭說是偈言
瞻大衆恭敬　嗟歎億載佛　所說如梵天
稽首詣道場
於是下方普明世界普現如來佛土菩薩名

寶藏光明其光勸照與無央數諸菩薩俱來詣道場供養菩薩焰光高座紫金蓮華自然現矣彼蓮華上化有天像則以右手執寶瓔珞垂繒旛綵畢身低頭說此偈言

其身恒恭敬　常禮佛弟子　禮佛捨自大
吾禮德功勳

於是上方虛空世界無限眼王如來佛土菩薩名虛空藏光明其光勸照與無央數諸菩薩俱來詣道場供養菩薩十方佛土如虛空界合集諸華名香擣香衣服華蓋幢旛金銀衆寶象馬車乘樹葉華實男女大小揵沓和眞陀羅天龍鬼神釋梵四王時放大雨使諸衆生相歡喜悅其有恐懼令無畏難於是頌曰

好談如菩薩　奉愍傷得道　莊嚴淨應度
德踰大威神　或上雨虛空　垂百千寶瓔
或上香寶鬘　現垂諸華香　或地師子吼
演空無相願　或空揚大聲　故來現此華
或在空上界　現幾千億寶　徧空現吉祥
歎菩薩福祐　應時放光明　覆蔽魔宮殿
或現寶幢英　最福詣佛樹　明珠停虛空
光曜月善月　或心化須曼　雨道場佛樹
或頭面稽首　天子念造敬　或可如須彌
虛空手散華　或至四方澤　燒諸好名香
手執持寶杖　遙覩見菩薩　或現寂梵像
憺怕寂然住　毛出柔輭香　等慈悲喜護
或如天帝釋　億載天圍遶　往詣佛道場
叉手散明珠　或至四方域　揵沓鬼眞陀
雨光寶須曼　此諸神歡勇　或受持華香
樹葉華香散　佛子現半身　畢已散華香

或受分陀利　青蓮若干華　住相三十二
歎尊無所著　身大如須彌　在虛空自投
幢旛及華香　見三千佛國　目覩天地燒
悉見諸合散　令入法門行　聞天不與欲
或暢眞陀音　顏色妙具足　莊嚴如玉女
覩天人無猒　身如剛無壞　心行棄自大
或來口說義　浴身光去垢　或寶場寶掌
辦百千幢蓋　雨寶華名香　衆生普立安
出地大寶藏　或說億載經　辯才令意覺
解衆生迷惑　持無畏如山　化亂第一安
十方億載國　令日覺甘露
佛告比丘菩薩嚴淨如是比像開士自然去來令佛諸佛國土菩薩道場所作嚴淨皆以普現交露臺閣菩薩如是坐此高座其斯欲界諸天之中諸魔波旬最爲豪尊今吾應義當成無上正眞之道爲最正覺當感致魔令到於斯緣是降伏因斯攝化諸欲界天子具足德本及魔界天見師子吼降伏一切成最正覺爾乃發起三界衆生

普曜經卷第五

音釋

讖楚譖切驗也凡讖緯皆言將來之驗也　蓏郎果切蔓實也　摶度官切以手捏聚也　嚏都計切噴嚏也　髡苦昆切　犛古候切取牛乳也　糜靡爲切粥也　棖直庚切觸也　緹田黎切帛丹黃色也　幔莫貫切帷也　遏於葛切遮止也　敞昌兩切高大也

普曜經卷第六

西晉三藏法師竺法護譯

召魔品第十七

佛告比丘於時菩薩有光明名消魔宮場演斯光明普照三千大千佛國靡不周徧曜魔宮殿皆使覆蔽從其光明使魔波旬聞此像教大清淨士從無數劫積功累德棄國捐王愍哀眞正欲成甘露在佛樹下已身已度當度餘人已越三界當脱他人已身已安當安一切已身寂滅滅度他人處在閑居護諸惡趣令無有餘爲天世人一切師父神通已達永獲大安以甘露安安於一切當空汝界枷縛卿頸使無力勢失衆眷屬心中鬲塞不知何計當興法雨潤澤一切佛語比丘時魔波旬聞是頌教臥寐夢中見三十二變一見宮殿暗冥不明二見宮殿汙泥不淨三見宮殿毀壞而生荆棘四見恐怖衣毛爲竪馳逸迸走五見迷惑失道入於邪徑刺棘瓦石六見其後園所生樹木無有華實七見池水枯竭無諸蓮華八見鳧鴈鴛鴦孔雀哀鸞百鳥禽獸皆無羽翼九見其大鼓箜篌樂器破壞斷絶棄捐在地十見捨所愛敬妻子眷屬別異處寐十一自見已身牀上墮地破傷頭面十二見諸魔子威神力強皆來稽首歸命菩薩十三見魔四女迷失時節化爲老母十四見自覩已身衣體汙泥塵垢十五自見牆壁軒窻樓閣門戶傾危十六自見軍衆鬼神閱叉猒鬼揵沓和天龍眷屬一切手脚其身及頭皆墮在地十七見欲界諸天天帝釋焰天兜術天不憍樂天化自在天各自捨去不從其

教十八見魔宫殿所居止衆裹覆頭首十九見本自在不得由已二十自見眷屬不爲歸伏二十一見頭冠幘珠璣瓔珞火自然燒二十二見魔宫殿自然震動二十三見諸樹木而截墮地二十四見諸可意業都不復現二十五見其水決没壞宫殿二十六見河水崩頽灌民居舍二十七見一切天王皆來歸命菩薩瞻其顔色二十八見身牀卧自然出外二十九見其眷屬而捨遠去歸於菩薩三十見吉祥釜竈皆悉毁壞三十一見諸梵王諸魔官屬宣傳不吉三十二覩十方一切衆生歸命菩薩而從受教佛言比丘魔於夢中見是諸變時從夢起心中恐怖衣毛爲竪召會大臣及諸兵衆爲告説此夢中所見魔有智臣名師子安王問此大臣及諸會者我於夢中聞於空中自然出聲釋家生子身相衆好六年之中修勤苦行詣佛樹下當成正覺從夢覺已心自念言今此菩薩度無央數億載人民必空我界令無有餘當禁制之有德如是輒成佛道名曰法王普往歸之以何方便斷其徑路令不成就以大兵衆而往伏之於是頌曰

以將大兵衆　共行害除之　便就其樹下
急殺此沙門　將四部之兵　共欲受敬我
與我共戰鬬　急速往遣之　緣覺及羅漢
徧滿於天下　滅除我衆兵　使無有力勢
如是當成佛　天地之法王　部黨甚熾盛
爲佛無斷絶
於是魔子導師爲魔波旬説此偈言
大人面何變　顔色不如常　如忉利天人

其身不和調　令何所見聞　疾告令欲知
當觀正本末　療治其疾患　聞天人所言
卧寐見惡夢　若皆衆中說　聞之自投身
魔子導師自詣啓父我會大衆雖宣音聲令無所勝使無非惡衆庶心生或有所生或無所生如是勝響自於樹下令現瑞應則爲吉祥不見輕慢也我察必安具衆吉利善與少事令罪不生我見寂然所可導御不起幻術不以吾我行成吉祥正眞導師導師復言亦有威力而不成力自然羸弱有生勇士慈行得勝假使螢火滿三千界有一毫明必能普照十方天下其心懷穢妄造習惑輕於明智彼病難治無有動移億佛不療佛告比丘於是波旬不用導師之言即召千子其五百子導師之等信樂道德歸於菩薩住菩薩右其五百子隨魔教者住菩薩左時魔波旬告諸子言汝等一心共立建謀以何力勢勝菩薩乎其右面子名導師者答父波旬而說偈言

令諸子諍豈爲好　自任訟理欲斷根
小蟲欲與師子戰　勇如是行豈勝佛

其左面子名曰惡目以偈報答

適觀我身力便傷　如樹墮地拔根枝
於今法門察我住　以得視息復欲喘

其右面子名曰輭音以偈報曰

欲興恐懼消大海　所行顚倒求安和
斯觀菩薩之面像　吾不謂父爲奇雅

其左面子名曰不淨以偈答曰

自見一巳欲得勝　卿作沙門默然退
見我兵衆無數千　皆共勇猛害汝形

其右面子名曰善意而說偈言

象大鉤鎖所有力　勇執金剛密徒人
逮得忍力藏柔輭　使諸剛強永無力
其左面子名曰強成重説偈言
雖菩薩身光消病　我入於彼悉破壞
受持善眼如劫燒　我身當害於菩薩
其右面魔子名曰善因以偈報曰
山尚可動空可墮　其大海水尚可盡
虛空可盡行在地　不得甘露不捨樹
其左面魔子名曰所入變復以偈答曰
日月光明猶可蔽　魔宫殿住能隱水
豈取一滴盡江海　將兵迴還勿雷吼
其右面魔子名曰德悅復以偈報曰
日月可滅明　鐵圍可不淨　菩薩之清淨
一已無能害
其左面魔子名曰求便即時頌偈答曰

無兵無黨名純淑　其面妙好無鎧仗
未見無兵欲戰鬬　如我今日必相害
其右面子名曰德嚴以偈報曰
不可從已如獨言　心懷忍力精進強
行三脱門智慧財　德力爲兵相降伏
其左面子名曰不還以偈答曰
當還害之如燒草　正使吉呪不免箭
呪以成者破山還　不令太子住不馳
其右面子名曰法樂以偈報曰
虛空可盡令有形　其衆生界可一同
柔輭風冷尚可獲　菩薩樹下不可移
其左面子名曰憺怕以偈答曰
我父境界供自然　衆人所用皆有之
皆當破壞害其命　就樹下危乃捨去
其右面子名曰一切吉以偈報曰

假使三千滿中物　皆成爲毒不能傷
婬怒癡毒大恐難　皆欲加聖終不能
其左面魔子名曰樂貪以偈答曰
百千玉女自莊嚴　鼓於無數妓樂音
愛喜數受樂好欲　從是致安諸所慕
其右面魔子名曰法行以偈報曰
以法所樂而自娛　慕敬禪定好甘露
度脫衆生愛以慈　誰復有心樂於欲
其左面魔子名曰好跂以偈答曰
月行虛空有所至　除去暗冥故清明
我等今日得沙門　毀滅所行諸覺業
其右面子名曰師子吼以偈報曰
無數野狐而鳴呼　不如一勇師子吼
百獸聞音懷恐懼　顫慄驚怛奔四方
今者卿等亦如是　不聞仁尊頒宣法
自強廣遠妄所說　聞聖師子吼攝伏
其左面子名心念惡以偈答曰
今來衆會無數變　云何觀此諸頭首
愚人覩是不捨走　言降伏之乃訖言
取要言之一切魔子清白部又黒冥部各各說偈於時有一將軍名曰賢天爲魔波旬說此偈言
是君之所知　釋四王真陀　阿須倫迦留
又十指首禮　何況所不識　梵天及光音
淨居諸天子　普亦自歸命　今所生諸子
從尊受教命　斯等敬菩薩　至此皆稽首
今斯魔軍衆　三千二百里　恭恪悅意觀
心中懷踊躍　覩之面和悅　百千天雨華
無數神供養　諸天下賓王　諸魔衆所作
憒亂鼓不鳴　能還者爲智　必不得其勝

佛樹爲吉祥　鳧鴈鵁孔雀　不畏而悲鳴
不勝不如還　魔衆所住處　雨墨及塵土
道場雨衆華　唯聽願迴還　魔衆所住處
溝坑布蒺藜　道場于香熏　智覩當還逝
前夢所見瑞　目覩何不還　爲欲奈之何
處所以破壞　其藍衍仙人　瞋於凡大仙
精進極歎頌　雨當不生草　精進仙人還
應儀能合偶　不害衆生故　頭首得自在
天王不聞乎　身相光遠照　出國無所與
成佛降魔勞　其身如是淨　仙人奉敬之
當往詣至尊　莫不啓受教　眉間白毫毛
若演其光明　覆蔽億國土　蓋魔宮不現
無能見其頂　極察不能覩　無能堪任觀
成就正真覺　猶須彌鐵圍　日月天帝梵
土地諸道場　樹木山稽首　福力有智力
聖力精進力　忍力禪思力　魔力消無力
猶如坏爲器　必當疾毀壞　師子比禽獸
螢火比日月　求比無等倫　師子虺同耶
皆察於菩薩　不見有等類

降魔品第十八

於是魔波旬心中憒亂恐怖色變強顏不去不欲退還故作訛言我所爲是告其兵衆卿等併心皆共和同所可見知諸天鬼神逼迫菩薩莫使縱逸也當共伏之爾乃捨去於時波旬告其四女一名欲妃二名悅彼三名快觀四名見從往詣佛樹惑亂菩薩嗟歎愛欲之德壞其清潔之行女聞魔言即詣佛樹住菩薩前綺言作姿三十有二一曰張眼弄睛二曰舉衣而進三曰閤閤並笑四曰展轉相調五曰現相戀慕六曰更相觀視七曰姿弄

脣口八曰視瞻不端九曰嫈嫇細視十曰互相禮拜十一以手覆面十二迭相捻挃十三正住佯聽十四在前跳蹀十五現其髀脚十六露其手臂十七作凫鴈鴛鴦哀鸞之聲十八現若照鏡十九周旋出光二十乍喜乍悲二十一乍起乍坐二十二意懷踊躍二十三以香塗身二十四現持寶瓔二十五覆藏項頸二十六示如閑靜二十七前却其身遍觀菩薩二十八開目閉目如有所察二十九顒頭閉目佯如不視三十嗟歎愛欲三十一拭眼正視三十二遍觀四面舉頭下頭菩薩心淨猶明月珠而無瑕疵如日初出照於天下猶如蓮華在於泥水而無所著如須彌山不可移動其德高遠諸根寂定其心憺怕而無增損於時魔女善學女幻迷惑之業往欲亂道而重言曰仁德至重諸天所敬應有供養故天遣我我等既好年在盛時天女端正優鉢華色莫踰我者願得晨起夜寐供事左右菩薩答言汝宿命有福受得天身不念無常而作妖媚形體雖好而心不端譬如畫瓶中盛臭毒將以自壞有何等奇福難久居淫惡不善自亡其本死即當墮三惡道中受鳥獸形欲脱致難汝輩故來亂人善意非清淨種革囊盛屎而來何爲去吾不用令阿母等不安天上何爲横來其魔王女化成老母不能自復即還魔所而説偈言

禁戒清淨不樂觀　所視恭敬無瞋恨
所察威儀無愚冥　其身微妙審庠序
快説女人之瑕穢　已離愛欲無所戀
天上世間無等倫　不見真行如是者

所在進止覩女像　本淨謹慎妙巍巍
堅一其心無瑕疵　猶如安明不可動
察福威神及功勳　從無數刧護禁戒
清淨梵天無數億　頭面稽首真人足
必當降伏我魔兵　輙成道德如前佛
以故我等不可爭　遠得尊業療一切
所觀如空明珠寶　億載菩薩住恭敬
若干雜形如妙華　迦留須倫山樹木
有所思惟無想念　咸來供養於十力
其面眉間功勳光　斯明極耀遍照遠
所行之處無求便　所受根本無所失
無瞋無塵無所有　舉動作事常少欲

於是樹神覩斯威神即懷恐懼承佛威力所言至誠悉共和同以十六事嗟歎菩薩令清淨人極妙巍巍如十五日月盛滿時其明普照猶如日出耀於天下如樹華茂無不芬葩琦相衆好金光瑽瑢諸根寂定猶如蓮華處於浴池所演有威猶師子吼而有殊特猶念菩薩在林樹間獨步無畏所造習行人中獨尊譬如明山跱于大海超絶獨顯平等堅固如鐵圍山出衆山上尊人功勳普聞遠近若水具足攝持天地其意恢廓而有殊特斯心無限猶如虛空其志正住曜無等倫譬如天地衆生所仰其心清淨而無穢濁萬民悅豫至無有餘其意清明無能覩見一切衆生所可慕樂有所叟脫而有超異悉斷一切諸所想念尊力無上猶如鉤鎖莫不爲伏所行精進志性堅固諸狐疑者衆結悉解退降魔衆捐棄于兵令還歸宮尊人善利致得十力力勢無雙如是比丘樹神以十六事嗟歎菩薩

功德無侶聞者莫不欣喜佛告比丘淨居諸天以十八事嗟歎菩薩毀呰魔衆何謂十八魔以見棄猶如羸老不能得勝波旬劣極如朽牆壞波旬大聖一已勇猛至願而降服鄉波旬無侶如病無養波旬無力如門戶破波旬今見遠棄如失娛樂波旬今日住於邪徑如賈失路波旬斥棄如病不除波旬愚癡所在不安波旬不孝不知報恩波旬馳走如師子吼小獸馳逸波旬見擯如衆斥棄波旬不知時節福盡無餘衆所捨除如滿器土波旬以見縛束勇猛巧言自據拍髖波旬失衆力如失頭髮手足波旬無意如狂失志波旬迷惑不知家處波旬奔馳如狂逸走如是比丘淨居諸天以十八事毀呰波旬佛告比丘宿衛佛樹諸天以十六事覆蔽於魔何謂十六

今日菩薩降伏波旬及諸宮屬今日菩薩總以大勢力攝取波旬令自然羸今日菩薩使魔波旬不知處所若日光明曀於螢火今日菩薩以佛大權過諸天威拔惡根本今日菩薩以大威神師子之力消伏波旬若小獸縮今日菩薩墮魔山谷如有力人斫截樹木今日菩薩懊惱波旬如大怨家見逐曠野今日菩薩得波旬際猶如大海知於牛跡今日波旬妬於菩薩如獄囚脫故有賊心今日菩薩迷惑波旬如豪貴人羣掣貧匱今日菩薩棄捐波旬如非法王失於故土今日菩薩勝於波旬如猛毅士屈伏劣弱今日菩薩令魔憂慼如破壞人不知所湊今日菩薩令魔訛言如海船壞今日菩薩令魔消懞猶如劫盡燒諸草木今日菩薩毀落波旬猶如大勢壞諸

異學如是比丘宿衛佛樹諸天以是十六事覆曀於魔於時弊魔聞諸天至誠分別決了本末教令還歸魔毒益盛謂菩薩言疾起奔馳我衆兵仗十八億衆皆共併勢如是相勝若斯度已而危仁身是我眷屬衆兵相越我終不言當復相救速疾起走菩薩答曰如須彌山不可動摇一切十方諸會衆多尚可墮地萬物草木皆爲衆生無能傾心若有一意尚竭大海不損吾心不得佛道我終不起魔復說言我主欲界一切四王天帝諸釋阿須倫犍陀羅迦留羅眞陀羅摩休勒在中爲主屬我無餘仁亦屬我今者自恣耶菩薩答曰卿欲界尊自謂威神必非是尊非於法尊也道法尊者乃謂爲尊不但欲尊地獄餓鬼畜生於中罪尊非道正眞無上聖尊也必當成

佛降伏弊魔魔復報曰今日沙門獨在林岨欲得是願致爲甚難欲立應行今且壞失何因得道菩薩報曰以失義理告何從來不違禪定神足功福不亡威力能大勤修斯乃名曰爲精進力不成佛道終不起也魔何所恚在前而住宣麤惡辭或謂已上一已獨身在於曠野猶如一日滅十方星宿衆光豈明今魔與大衆反在吾前而現顔貌吾黨相逼速起出去必相危害已興衆變遇衆苦難鬼神所在能立郡縣男女大小由是所作能成自在衆形無數天人逼卿菩薩報曰空尚可盡風尚可握其月無垢光滅衆冥尚可隳墜地光亦可冥無能移吾退樹下去不成道德雖與勢力不捨兵衆興麤害心吾常仁慈柔和爲本咄咀小子如斯毀壞不察本變不捨兵衆

吾在衆中若紫金山猶大寶藏靡不咨嗟如妙華鬘令日必勝化大亂衆善毀魔兵鬼神龍衆靡不歸伏音超梵天聞於十方聲如哀鸞諸神惡鬼此衆伴侶天神來現住在目前遍虛空中皆集勇猛來詣樹下欲得壞卿假使大千滿中諸形若干種變皆執金剛不能動吾雖懷惡心執持五兵吾不畏之魔持刀劒沙門速起盡力馳走令以刀刃段段解截假使三千土地所有境界皆滿中魔各各執劒如須彌山不能搖動吾一毛矣況欲害乎吾心堅強終不移傾神通之曜巍巍無量體紫金色如火中金魔王益忿召四部兵大來集會無極大力當往戰鬪自古迄今未見有此汝等併勢當討滅之於時四部十八億衆各各變爲師子熊羆虎兕象龍牛馬犬豕猴猨之形不可稱言蟲頭人軀虺蛇之身黿鼉之首而有六目或一頸而多頭齒牙爪距擔山吐火雷電四繞擭持戈矛菩薩慈心不驚不怖一毛不動光顏益好鬼兵不能得近魔王自前與佛相難詰其辭曰

比丘何求坐樹下　樂於林藪毒獸間
雲起可畏窈冥冥　天鬼圍繞不以驚
古有眞道佛所行　憺怕無畏除不明
其成最勝法滿藏　吾求斯坐怯魔王
汝當作王轉金輪　七寶自至典四方
所受五欲最無比　斯處無道起入宮
吾覩欲盛吞火銅　棄國如唾無所貪
得王亦有老死憂　去此無利勿妄談
何安坐林而大語　委國財位守空閑
不見我與四部兵　象馬步兵十八億

以見猴玃師子面　虎兕毒蛇豕鬼形
皆持刀刃攫戈矛　跳踉哮呼滿空中
設復億姟神武備　爲魔如汝來會此
矢刃火攻如風雨　不先得佛終不起
魔有本要令我退　吾亦自誓不虛還
令汝福地何如佛　於是可知誰得勝
吾曾終身快布施　故典六天爲魔王
比丘知我宿福行　自稱無量誰爲證
昔吾行願從錠光　受莂爲佛釋迦文
恐畏想盡故坐斯　意定必解壞汝軍
我所奉事諸佛多　財寶衣食常施人
仁戒積德厚於地　是以脫想無患難
菩薩即以智慧力　伸手按地是知我
應時普地軒大動　魔與官屬顛倒墮
魔王敗績悵失利　惽迷却踞前畫地

其子又曉心乃悟　即時自歸前悔過
吾以不復用兵器　等行慈心却魔冤
世用兵器動人心　而我以等如衆生
若調象馬雖已調　然後故態會復生
若得最調如佛調　以如佛調無不仁
姟天見佛擒魔衆　忍調無想怨自降
諸天歡喜奉華臻　非法王壞法王勝
本從等意智慧力　慧能即時攘不祥
能使怨家爲弟子　當禮四等道之證
面如滿月色從容　名聞十方德如山
求佛像貌難得比　當稽首斯度世仙

行道禪思品第十九

佛告比丘菩薩坐佛樹下已降魔怨成正真覺消荆棘根三毒之元諸數緣起陰蓋衰種永無微曀衆相以定淨如虛空勇猛無難豎

其大幢顯示一切招來十方度脫三界默坐樹下示現四禪爲將來學顯道徑路以縛諸我神通微妙棄欲惡法無復五蓋不受五欲衆惡自滅念計分明思視無爲譬如健人得勝怨家意巳清淨成一禪行心自開解却情欲意無惡可敵不復計觀寂然恬怕如聖賢行念思以滅譬如山頂之泉水自中出盈流於外谿谷雨潦無緣得入靜然守一專心不移成二禪行又棄喜意唯見無欲外諸好惡一不得入内亦不起心正體安譬如蓮華根在土中華合未開根莖華葉潤漬水中巳淨見眞成三禪行棄苦樂意無憂喜想心不依善亦不附惡無苦樂志正在其中如人沐浴潔淨覆以鮮好白緍中外俱淨表裏無垢喘息自滅寂然無變成四禪行譬如陶家和埴調輭中無沙礫在作何器精進開發無所不能巳得定意建立大慈不捨大悲智慧善權究暢要妙通三十七道品之行所謂四意止四意斷四神足五根五力七覺八道終而復始以曉三脫得三達智去來今事無所罣礙得變化現法所欲如意不復用思身能飛行能分一身作百作千至億萬無數復合爲一能徹入地石壁皆過從一方現俯没仰出如出入水能於身中出水出火履水行虛身不陷墜坐卧空中如鳥飛翔立能及天手捫日月其身平立能至梵天神通自在眼能徹視耳能洞聽豫知諸天人龍鬼神蚑行蠕動之類身行口言念於所念悉見聞知諸有貪婬無貪婬者有瞋恚無瞋恚者有愚癡無愚癡者有愛欲無愛欲者有大志行無大志行者

有内外行無内外行者有念善無念善者有一心無一心者有解脱意無解脱意者一切悉知菩薩觀天上人中地獄畜生鬼神五道先世父母兄弟妻子中外姓字一一分别一世十世百千億無數世事至于天地成敗空荒之時還復成時能知十劫百劫至千億無數劫中内外姓字衣食苦樂壽命長短死此生彼展轉所趣從上頭始諸所更身生長老終形色好醜賢愚苦樂一切三界皆分别知見人鬼神各自隨行生於五趣中或墮餓鬼或墮畜生或作鬼神或生天上或作人形有生豪貴富樂家者有生卑鄙貧賤家者知衆生惑五陰自蔽色痛想行識皆習五欲眼色耳聲鼻香舌味身更心法爲愛欲所牽惑於財色恩望安樂從是生諸惡本從惡致苦能斷愛習不隨婬心大如毛髪受行八道則衆苦滅何謂爲八正見正念正言正業正治正方便正意正定譬如無薪無火不然不滅是謂無爲度世之道菩薩自知以棄惡本無婬怒癡生死已除種根已斷無餘栽蘗所作已成智慧已了明星出時廓然大悟得無上正眞道爲最正覺得佛十種力四無所畏十八之法佛十神力者佛悉見知深微隱遠是處非處有限無限明審如有一力也佛悉明知來今往古所造行地所受報處二力也佛能現化禪定脱門正受三力也佛悉分别天人衆生彼彼異念四力也佛知衆生若干種語及度世語五力也佛悉了知世間雜種無量情態六力也佛知欲縛知欲解要在所宜行七力也佛智如海善言無量追識一切宿命

所更八力也佛天眼淨見人初死神所出生善惡殃福隨行受報九力也佛漏已盡無復縛著神眞叡智自知見證究暢道行所作能作無餘生死其智明審是爲佛十神力也佛四無所畏者佛神智正覺無所不知愚人或言佛未悉知至諸梵魔衆聖莫能論佛之智故獨步不懼一無畏也佛漏盡悉知愚或相言佛漏未盡至梵魔衆聖莫能論佛之志故獨步不懼二無畏也佛說經戒天下誦習愚或相言佛經可過至梵魔衆聖莫能論毀佛之正經故獨步不懼三無畏也佛現道義言眞而要能度苦厄愚或相言不能度苦至梵魔衆聖莫能論佛正眞故周行不懼四無畏也佛十八不共從得佛至于泥洹一無失道二無空言三無忘志四無不靜意五無若干想六無不省視七志達無損八精進無損九定意無損十智慧無損十一解脫無損十二度知見無損十三古世事悉知見十四來世之事悉知見十五今世之事悉知見十六攬衆身行化以本際十七攬衆言行化以本際十八攬衆意行化以本際是爲佛十八不共之法佛得道意一切知見坐自念言是實微妙難知難明甚難得也高而無上廣不可極淵而無下深不可測大包天地細入無間昔錠光佛時莂我爲佛名釋迦文今果得之從無數劫勤苦所求適今成耳自念宿命諸所施爲道德慈孝仁義禮信中正守眞虛心學聖柔弱淨意行六度無極布施持戒忍辱精進一心智慧行四等心慈悲喜護四恩隨時養育衆生如愛赤子承事諸佛積德無量累

劫勤苦功不唐捐今悉獲之喜自歎曰
今覺佛極尊　棄婬淨無漏　一切能將導
從者必歡豫　天福之報快　妙願皆已成
斂疾得上寂　吾將逝泥洹
諸天賀佛成道品第二十
於是欲行天王如見如來坐於樹下神通以
達所願具足降魔怨敵豎大幢旛無極大仁
爲大醫王療衆疾患無極師子若於恐懼衣
毛不豎調和心意滅除二垢成三達智越於
四瀆執一道蓋救護三界清淨梵志爲棄衆
惡則爲比丘除諸愚冥何謂沙門越於六徑
廣學無限名曰博聞德消塵勞成爲勇猛度
於彼岸所謂力者總十種力具足法寶見如
來坐於樹下以偈讚曰
今在佛樹下　降伏魔官屬　難動如須彌
無畏無所捨　從無數億劫　施戒學智慧
合會集道義　亦無數億劫　所行蔽釋梵
本發求佛道　無數劫行忍　堪任衆苦惱
故光紫金色　精進無數劫　超越生死難
以故降伏魔　從無數億劫　行禪神通慧
奉事無數佛　是故衆供養　從無數億劫
至誠博智慧　將護億衆生　是故速得佛
已降於身魔　亦離於死魔　除去欲塵魔
故得無憂患　是爲天中天　諸天所奉事
三界所敬養　爲無量福田　悉消諸音響
植種成衆祐　無能望覩者　乃至坐道場
眉間相照曜　無數億佛土　悉曀日月光
使衆遠道明　端正中殊妙　顏色最第一
相好慇念衆　三界所奉事　其眼甚清淨
覩無數諸佛　國土衆生身　心中所懷念

其心甚清淨　聞無數音聲　諸天人民言
佛教法之響　令得廣長舌　知時言柔軟
當聽斯正法　至無爲甘露　以見魔兵衆
目悅心不懅　又見諸天人　不歡如須彌
覩魔諸兵衆　不動亦不摇　雖懷其害心
勇力降伏之　在座不移轉　其身不傾動
不喜亦不瞋　當時無所難　諸天世人民
則爲得善利　乃逮聞正法　輙奉行至誠
常立在功勳　蒙最勝福德　所行輙速成
寂然人中英　人中尊導師　已逮成正覺
震動億姟國　降伏衆魔宮　其聲如梵天
亦如哀鸞音　馨香爲第一　瞿曇説是言
福報爲最安　除一切惱患　所願者必成
其人有功福　疾逮得佛道　便降伏衆魔
輙得歸清淨　以恬怕滅度　是故何福人
興立行有猒　以聞甘露法　誰當有解惓
處在林藪間　誰當有退意　饒益施萬民
常奉行精進　其從菩薩行　爲人乃歸命
所行造供養　各成已國土　平如掌明鏡
輙等住其地　百千葉蓮華　自然出煒曄
百千億諸天　來覩佛道場　皆由已功勳
如海無限量　降伏魔力勢　逮甘露法門
皆稽首作禮　歸命於如來　以若干清淨
各各執香蓋　以覩見師子　佛威神變化
則發菩薩意　所住無能動　所言有名稱
如海不可動　強如須彌山　爲諸山中王
十指叉爲禮　從空出梵聲　人中聖亦然
處於師子座　百千諸樹木　曲躬向道場
其光明百千　震動億國土　盡滅諸惡趣
諸難皆閑靜　無能越度者　病者皆得瘳

是人中至真　坐於師子牀　佛威神變化
猶如明珠火　自然有光曜　猶如日月明
眉間演大光　當時所奮明　普照於三界
無能見佛頂　人中勇如是　坐於師子牀
所顯神足變　來者靡不覩　坦然奉敬佛
地六反震動　假使不捨兵　善權多所感
若不釋兵仗　當致衆毒惱　尊師子如是
在座現感應

於是淨居諸天梵迦夷天善梵天及敬道魔子往詣佛所執大寶蓋以貢上佛即叉十指以偈讚佛

仁尊現目前　精進禪慧力　在魔顯大辯
聖已降伏之　一切義吉祥　無數億魔來
不起身不動　稽首普世尊　若干如恒沙
不及於至尊　無所能搖動　猶如恒沙劫
祠若干億千　所設爲道故　無敢毀能仁
所行不可逮　有曾施妻子　男女及僕使
施園以國邑　王位諸莊嚴　手足及其頭
身中諸所有　用行道之故　仁慈不迷惑
如口所可說　言辭終不變　佛無著大度
當度無數衆　億載越沉流　禪定神足力
降伏淨正法　願具度衆生　施世盲冥目
普令一切和　一心願普智　合集歸尊道
其志無限量　靡不嗟歎者　如是降魔官
覺成一切智

如是魔子嗟歎佛已却住一面於是化自在天無憍樂天兜術天焰天忉利天及四天王虛空大地神天供養世尊普悉莊嚴一切天地散華燒香竪諸幢幡歸命至尊以偈讚曰

其化自在天　無憍樂兜術　焰忉利四王

皆來供養佛　堅固如金剛　住在三千國
志強不可毀　正住佛道場　正使肌肉消
骨髓盡無餘　若不成佛道　終不起于座
仁師子辟正　一切三千國　建誓立威神
草木皆爲兵　興大無極哀　來至菩薩所
我願億刹土　坦平無有難　余等地諸神
咸來得善利　乃使最尊人　舉足履我上
其在世勇猛　靡所不照明　將護三千界
何況於一身　下方億百千　皆爲一品類
普護諸衆生　所可作基業　我等護是地
普及三千土　皆使得上願　隨樂得飲食
善有越境界　所在使安隱　其諸佛之子
瞿曇衆聲聞　須宣道法者　若復聽聞者
一切諸德本　皆勸助佛道

梵天化自在天無憍樂天兜術天焰天忉利天四天王虛空大地神天供養嗟歎佛已却住一面

普曜經卷第六

音釋

顫慄（顫之膳切慄呂質切顫慄掉竦也）怛（當割切懼也）蒺藜（蒺秦悉切藜郎奚切鐵蒺藜也）陸（訶鬼切）誾（語巾切和憖也）嫈嫇（嫈烏莖切嫇謨庚切嫈嫇小心態也）捻控（捻諾協切捏也控陟栗切撞也）跳蹀（跳徒弔切超越也蹀徒協切踏也）頪（四米切傾頭也）瑽瑢（瑽七恭切瑢餘封切）呰（將几切識也）臏（毗忍切膝端也）掣（昌列切曳也）匱（求位切之也）熊羆（熊胡弓切羆彼麋切熊羆並猛獸也）兕（序姊切似牛一角獸也）豕（詩止切猪也）距（其呂切雞距也）詰（契吉切問也）軯（披耕切車聲也）埴（常職切黏土也）櫱（魚列切斫木餘也）煒曄（煒于鬼切曄弋涉切煒曄明盛也）

普曜經卷第七

西晉三藏法師竺法護譯

觀樹品第二十一

佛告比丘已成正覺諸天皆來嗟歎佛已如來正坐一心觀樹目未曾眴禪悅爲食解慧爲漿永安無橫宿夜七日觀道場樹以報其恩過七日已欲行天人各共齎持萬甕香水色行天人俱亦如是往詣佛所香水洗之若干種香初沐浴佛諸天龍神揵沓和阿須倫迦留羅眞陀羅摩休勒所用香水如來浴身香水溢流皆灑此等蒙香之恩悉發無上正眞道意是時衆生皆蒙香熏香不離體時諸天子還入宮殿不聞餘香佛告比丘有一天子名曰普化投佛足底起坐叉手前白佛言佛坐樹下七日之中坐三昧定其定何名世尊告曰定名悅食清淨如來以是悅食定意晝夜七日觀樹不眴時普化天子以偈讚佛

常奉降諸魔　悅寂句威力　使魔失徑路
自投稽首佛　歸命佛足下　以歡悅之心
於時諸天子　說是散諸意　寂定諸天人
若知是種姓　則盡婬怒癡　智慧無有底
消除天人疑　何故有十力　曉了解十力
諸法度無極　愍傷常七日　盡意如虛空
堅坐不動移　觀樹眼不眴　其師子之尊
何故坐七日　而觀察此樹　所以寂然跡
本造所立願　師子爲一切　本願之所致
坐樹不時起　施以世尊心　現在所住安
如是十力尊　奉行諸訓教　知天人本末
前世之所願　聞經典之教　常奉行訓誨
其十力如是　無畏願具足　是故坐七日

而不起于坐　勇猛能觀之　悉降伏一切
平等坐道場　滅除衆塵勞　清淨而極遠
以是安衆生　由斯當出家　奉行正眞道
得離諸瑕穢　永無所畏懼　是故成聖衆
不造非法行　能忍恩愛有　及諸無明行
斷衆結根本　察之如埃土　見於遠時節
以是計吾我　徧處在陰蓋　我知斷除此
吾久積此行　迷惑之業津　究竟諸陰蓋
以慧除吾我　其斯欲恚恨　衆生處愚冥
如水中之月　吾伏令無餘　是行無所亂
意中自解耳　往古以降之　一切悉斷滅
是卿等現在　聚癡墮大獄　佛拔令無餘
不復更歷此　以去諸陰蓋　施與威善本
消滅四顛倒　療除使無餘　此衆想念垢
其知經法本　師父令滅盡　迴轉使無餘

身苦六十五　愚有三十垢　現在有四十
道場悉斷此　所生有十六　現在十八教
是則二十五　於道場斷此　賢聖財二十
人畏二十八　吾以越此業　精進力超度
以覺是不還　分別五百事　吾以悉暢達
往古百千法　是諸結永盡　九十八根原
諸可有處所　衆生所倚受　斷疑諸所習
愚冥邪見網　竭惡塵勞河　令不得自在

世尊說法頌宣言教當棄諛諂吾我貪欲曠然其志慇傷塵勞以律正教拔一切貪是諸足下消除邪行奉眞正行除衆音響精進滅度得其邊際令無吾我禪定功勳懷來定意度四瀆流憂結自大放逸之業降伏此事皆使永盡以眞正故懷來定意制衆塵勞消諸妄想猶拔樹根意越彼岸悉使無餘斷其處

所便師子吼其力甚大三界自在而無有主
皆滅境界以禪明智割除怨讎猶如天帝使
其羅網衆罪悉盡用三十六精進之行在於
地中智慧兵力斷絕無受是諸根原無塵勞
結著究苦毒本以慧明力刈令永盡以是智
眼善治本淨眞正人等明藥威力療其無明
癡樹廣遠令無根莖於斯界中行至誠矣用
心毀散瞋恚死地心意適異則爲怨賊吾以
枯竭十二諸海以滅境界思想煙火顯曜三
達滅衆塵垢然熾之焰樂於脫門消諸瑕疵
是故教訓也慰勞一切去荊棘想空無音響
曉了精進求於清淨猶如鑽木出其火光又
如泉源其心寂然以智兵力却心塵垢懷來
定意是謂執幢奉持訓誨自能曉了降伏辦
事懷來慈心以是五欲而知豪富住於衆行
棄捐諛諂從本起塵是爲衆結之所罣礙其
鬬不和吾悉究暢致三昧定悉知內事建立
慚愧有想無想從是得致悉獲是行究暢所
有捐諸思想一切縛結如是行者棄捐無餘
以精進力而降伏之三達脫門以是之故不
以無緣想於下劣苦樂無常但謂吾我而造
想求六衰之本在佛樹下悉斷除此一切無
常是廣大荒穢濁之事以聖明達消諸愛欲
過於日明其壞愛欲在於虛空解於三達顏
貌無量以度生死濟斷大海精進力故越婬
怒癡以微妙行斷於吾我六度無極消億塵
勞生死徑苦惱之息意於是慕斷前後而無
二坎等於平等所度無極衆邪異學逮得甘
露而無有餘盡生死根其無四大亦無諸入
求諸世寶得無央數道寶之明致無所畏是

無量佛於内得安少求如化分別根源前世所行是吾曉了所以億載劫審施珍寶無數甘露故暢斯學樂柔輭行聞世億姟諸法言教亦復剖判起緣悉空心發意須了如野馬此吾清淨其目明好超越十方一切衆生察如手掌如本所植生樹果實宿世所更得解了斯諸度無極億載劫中悉解念夢若干品覺過去諸天所可諍念顛倒之業有彼如是此亦若茲於時吾往無死藥業所以十力行慈心者愍念衆生故行慈力令是我父處於甘露所以十力行於愍哀以愍哀力降伏一切是以使吾處甘露閒常行護力降伏一切由是化之入無死地所以行喜普行悅故以是喜力降伏一切是故建立處甘露閒憶念十力恒邊沙劫見過去佛而供養之以是之故處甘露閒吾本所誓心口所說不降伏魔不化邪見不從座起無有放逸度於彼岸壞魔羅網從無數劫住智金剛以逮十力得無所著降伏諸漏令無有餘不捨其力乃從座起具足洗浴濁垢使淨於時世護十力自在而度無極三千世界猶如金剛常修等行億千姟天供養無量及諸玉女不可稱載佛子如是皆有因緣處賢聖座受大自在寶甕千枚若干香水洗於護世三千世界由是自在佛子如斯皆有因緣所以宿夜七日不從座起常觀察樹彼七夜中觀於佛樹化七十億人令發道心思惟寂然地六震動時佛乃從師子座起心和安其身柔輭所行如時在佛道場觀其道樹猶如師子而無所畏禪思脱門賢聖之行

四天王上鉢品第二十二

爾時提謂波利之等與賈人俱五百爲侶於時樹木華實茂盛演佛定意七日不動不揺時有梵天厥名識乾住于梵天見佛新得道快坐七日未有獻食者我當求人令飯上佛即使五百賈人皆躓不行識乾先世五百賈人之知識也欲度之故故使然矣提謂波利驚怖而還與衆共議諸天即時而説偈言

如來成佛道　所願已具足　汝等貢上食
因是轉法輪

時五百人詣樹神所梵作神現光像分明言今世有佛在拘留國界尼連禪水邊未有致食者汝曹幸先能有善意必獲大福賈人聞佛名皆大喜言佛必獨大尊天神所敬非凡品也即和麨蜜俱於樹下稽首上佛佛念先古諸佛哀受人施法皆持鉢不宜如餘道人手受食也時四天王於頞那山上得四枚青石之鉢欲於中食時有天子名曰照明謂四王曰今者有佛名釋迦文應用斯鉢非人之器今當受食可往奉之於是四王即與天子華香妓樂旛蓋并鉢如屈臂頃俱下詣佛四天王各取所持之鉢共貢上佛佛念取一不快餘人意當悉納之提頭賴王先以獻佛佛即受之而爲説偈

今授世尊器　當獲尊法器　自得寂然鉢
心意無忘失

時毗留勒王次復奉鉢佛即受之而爲説偈言

若授如來器　其心未曾忘　四天王安護
乃至清淨覺

時毗留羅叉王次復奉鉢佛尋受之而說偈
曰
其施清淨器　淨心授如來　身心常輕便
天龍神所歎
時毗沙門王次復奉鉢佛即受之而說偈言
佛戒無缺漏　授完牢之器　信施無亂心
使德無缺減
佛受鉢已累左手中右手按上即合成一令
四際現而復歎曰
吾前世施鉢　故有是果報　今獲斯四器
四王神足致
佛歎偈已即以其鉢受賈䴵蜜呪願賈人言
令所布施欲令食者得充氣力當令施家世
世得願得色得力得贍得喜安快無病得辯
才慧終保年壽諸邪惡鬼不得嬈近以有善
意立德本故諸善鬼神常當擁護開示道地
得利諧偶不使迍蹇無復艱患人有見正以
信喜敬淨潔不悔施道德者福德益大所到
轉勝吉無不利日月五星二十八宿天神鬼
王常隨護助四大天王賞別善人東提頭賴
南維睒文西維樓勒叉北拘鈎羅當護汝等
令不遭横能有慧意研精學問敬佛法衆棄
捐衆惡不自放恣終受吉祥種福得福行道
得道以先見佛一心奉承當爲從是致第一
福現世獲祐快解見諦常受富樂自致泥洹
聞呪願已皆發無上正真道意佛食畢擲鉢
虛空有天子名善梵即接取之無所罣礙齎
鉢上梵天億千梵天皆共供養右遶奉事於
是世尊無等倫德歎其功勳以是德本於將
來世諸賈客等當得作佛名蜜成如來至真

等正覺明行成爲善逝世間解無上士道法御天人師爲佛世尊於時導師授無限決然後化於無數菩薩受其決者在於佛道而不退轉聞佛授決欣然踊躍時諸兄弟叉手自歸各持身命奉上如來佛告比丘如來具足成正覺已便以神足移坐石室自念本願欲度衆生思惟生死本從十二因緣緣從法起便有生死緣法滅者生死乃盡以自作是故自得是若不作是是便休息一切衆生意爲精神窈冥恍惚無相無形自起識想隨行受身身無常主神無常形神心變化躁濁難清自生自滅未曾休息一念去一念來如流草木若水中泡一滴滅尋一滴復興至于三界欲色不色九神所止皆係於識不得免苦昧昧暗冥然不自覺故謂之癡莫知要道夫道至妙虛寂無念不可以凡世間意知世間道術九十六種各信所事孰知其惑皆樂生求安貪欲嗜味好於聲色故不能樂佛道佛道清淨空無所有計身萬物不可常有設當爲說天地無常世間皆苦身非我所空無所有誰能信者意欲默然不爲世間說法便入定意佛眉間光上照天帝天帝知佛不欲說經悲念三界皆爲長衰以不得知度世之道死即當墮三惡道中何時當脫天下久遠乃有佛耳佛難得見若靈瑞華今我當爲天下人故請命求哀於佛令說經法即將般遮識下到石室佛適定意敕般遮識鼓琴歌佛本願之德以歎頌曰

聽我歌十力　棄蓋寂定禪　光徹照七天
德香踰栴檀　上帝神妙來　歎仰欲見尊

梵釋齋敬意　稽首欲受聞　佛所本行願
精進百劫勤　四等大布施　十方受弘恩
持戒淨無垢　慈輭護衆生　勇慧入禪智
大悲敷度經　苦行積無數　功勳成於今
戒忍定慧力　動地魔以降　德普蓋天地
神智過靈皇　相好特無比　八聲震十方
志高於須彌　清妙莫能倫　永離婬怒癡
無復老死患　唯哀從定覺　愍傷諸天人
爲施法藏寶　敷慧甘露珍　令從憂畏解
危厄得以安　迷惑見正道　邪疑覩眞言
一切皆願樂　欲聽受無厭　當開不死法
垂化於無窮

於是世尊隨世習俗心自念言是法甚深所入無限成最正覺寂然微妙難逮難知非心所思非言可暢非是凡聖所能逮及一切訓誨所可習者存其本原至滅度矣一切所遇最無所著乃至清淨無生無極不得處所悉無所有越度六界無相無願無獲無言無有音響無有教訓無有無集寂滅諸行至於無斷無爲之業吾訓爲說斯義本末萬物無常有身皆苦身爲非身空無所有衆人不解唐苦疲勞所有親戚家屬悉非人所正言似反誰肯信者不如默然於時世尊即說偈言

深奧恬怕　明曜無垢　吾以逮是　甘露無爲
今我說之　衆人不解　如吾今日　不如默然
除去言辭　無思無得　如是自然　猶如虛空
心思法意　神識以脫　無念第一　能知他人
此不可以　文字說之　以入道義　不入專精
過去諸佛　皆爲衆生　其斯知識　從其因緣
計於此業　悉無有法　彼亦無有　若有若無

皆從因緣　而與此生　彼亦不念　若有若無
億百千劫　不可稱限　吾前世時　自從諸佛
未曾逮獲　如是法忍　無我無人　亦無壽命
假使已逮　得是法忍　亦無有生　衆生無死
是謂本淨　無吾我法　時錠光佛　授我此決
吾時慇哀　無限衆生　不令衆人　來勸相請
令衆生故　感動梵天　使彼勸我　乃轉法輪
令我如是　清淨正法　梵天來下　以相勸助
轉於離垢　微妙正法　衆生因覺　乃解神識

梵天勸助說法品第二十三

佛告比丘於時如來演眉間相光明威神又彼光明名曰照生百萬梵王使發其心斯光普徧三千大千佛國時識乾梵天王承其聖旨如佛心念世尊默然不肯說法梵天心念令我寧可往詣佛所勸請如來轉法輪乎時識乾梵王與六萬八千梵天眷屬圍遶來詣佛所稽首足下退住一面前白佛言唯然世尊天地無祐今欲毀壞所以者何如來至眞以逮無上正眞道爲最正覺寂然定意不肯說法衆苦沉滯沒於三界願轉法輪悉救衆生於是頌曰

願賢聖財　淨於衆生　誰當勸安　億載黎庶
布施以慧　聽覺蓮華　頒宣正願　除諸逆賊
隨時撾擊　無量法鼓　因其吹此　無量法珂
當建立斯　高顯法幢　誰當興發　大法光曜
必當興雲　降大法雨　願常流布　大聖衆坐
當療治是　大病處所　唯滅塵勞　衆火之熱
爲其示現　寂然之道　安豐無熱　無憂之業
無爲之道　導化趣眞　常興慇哀　和衆諍訟
必當開通　解脫之門　說至誠義　無恚恨本

爲盲冥者 開目視占 療治令淨 得上法眼
非是天世 及梵天宫 非鬼揵沓 阿須倫民
無能治滅 衆熱之病 唯有聖尊 人中日月
是故吾今 勸請法王 今立造勝 一切諸天
以是功德 自勸如來 唯當轉講 無上法輪
於時世尊默然可之識乾梵天見佛默然愍傷諸天世間人民阿須倫龍鬼神欲使度脫時梵天王見佛即以栴檀香而散佛上忽然不現時佛樹神名曰法明又名法樂又名法意又名法持往到佛所前白佛言今佛世尊當於何國而轉法輪時佛告曰在波羅柰仙人之處鹿苑之中樹神白佛波羅柰國仙人之處鹿苑之中人民鮮少不可說法佛告樹神勿說此言所以者何我宿命時在中建立法祠六萬億載在中供養六萬億載諸佛世尊及若干種諸仙人學遊居其中波羅柰國諸天龍神所共嗟歎無極大法稽首歸命千億諸佛悉念本末在此神仙樹木之間應轉法輪寂然憺怕不覩無智暗冥之黨以此之故在此神仙樹木之間而轉法輪佛告比丘於時世尊所作已辦無復餘患斷衆罣礙淨衆塵勞諸垢已盡降伏魔怨成一切智普見十方獲十種力四無所畏十八不共諸佛之法慧明聖達無所罣礙以佛道眼普觀世間今當爲誰第一說法何所有人易化受教婬怒癡薄爲先說法佛即念知鬱曇藍弗三垢薄鮮今爲所在佛念即知物故已來以復七日第二學仙今日壽終時虛空中天神白佛唯然世尊如大聖教皆悉壽終佛復念言昔者父王遣五人俱侍衛我即經歷勤苦有大

功夫我今寧可爲是先說經法而開化之佛告比丘於時世尊從樹下起尋時舉聲告於三千大千世界皆使知之從次前行至波羅柰神仙鹿苑詣五人所於時五人遥見佛來轉相謂言今者汝等寧復遥見沙門瞿曇來不迷失無定所志不獲奉行經戒多所勤修違忘道業假使來者慎莫爲起亦勿迎逆彼時五人適見佛到觀察如來威神巍巍不能堪任無上聖德不安所坐各從座起前行奉迎各口發言善來聖尊有執法衣受鉢器者前布座者稽首作禮取水洗脚佛時問彼五人曰卿曹持意何不堅固爲我之故長夜不安遭勤苦患今當報功又卿五人咸當知之吾成正覺逮一切智覩見十方已獲清淨無復諸漏遊得自在於一切法無所罣礙當爲說法度生老病死於時五人稽首佛足悔過自責吾等愚冥不識正真憍慢無狀恭敬自投甚自剋責於時世尊放身光焰其明普照三千大千諸佛世界靡不周徧其光自然暢此偈言

其兜術天身　來下降母胎　在林邠尼樹
墮地行七步　即時師子吼　四王天帝接
其音超梵天　三世爲最尊　消滅諸惡趣
出家行學道　造立勤苦行　往詣佛樹下
降伏魔力怨　逮無上正覺　今於仙人處
當轉正法輪　梵天哀勸請　宣無上法典
能仁然可之　愍傷一切故　建立誓堅固
波羅柰鹿苑　當轉大法輪　最上無能勝
欲聽聞法音　宿億載積德　速疾來至彼
以時聽經典　人身甚難得　佛世亦難遇

尊法不可值　捨八惡衆難　今日正是時
聞信值佛興　皆棄諸患難　聽受尊法教
億載劫不聞　希可值遇法　今日當得聽
不當放懈怠

佛告比丘地神暢音佛之聖旨立大高座當轉法輪其大聖佛以已口宣我最爲尊十方第一降伏魔兵盡衆苦元在佛樹下時能仁尊道意寂然捌壞勞怨所願具足無復餘結百劫所行欲度衆生所轉法輪無所慕樂安住光明勸化千億佛土無數百千諸佛眞子威神足力若干諸佛所可造化現大柔輭如來音聲至眞功勳勸助大哀愍念衆庶覩其威曜察諸方便於百千劫揚大雷吼爲諸衆生雨八味水滅諸所受根力覺意禪思脫門定意正受增益道性從無數劫如所聞法已身立行積累道法分別諸藥曉衆生業又斯病者當療治安久遠塵勞皆令無想佛爲法醫度脫衆生因轉法輪所度無極聞其神足從來歷載道品之法普至微妙一切德行積善法施曉了醫藥充無限礙雖在貧匱無所貪樂隨顛倒財諸佛導師常轉法輪無有財利金銀思想樂清淨乘華香雜香擣香宮內妻子躬身不好不以歡樂棄於天上天下之欲志求佛道轉於法輪布施救衆戒無所犯善將護禁而無缺漏百劫之中常行忍辱精進勤修不抱怯弱無有增減志存禪定觀于神通智慧興隆具足所願轉於法輪消于惱熱乃應道法於是有菩薩名法意轉法輪歎說此法超諸俗寶一切衆寶道寶爲上甚好巍巍嚴飾清淨其千光明悉照天下自以要

誓華香幢旛俱共叉手帳紫金色香水滿瓶弘誓洗浴消心衆垢立造吉祥爾時世尊則轉法輪而勸助之又復叉十指供養世尊而歎偈曰

其錠光如來　授聖清淨決　當得佛道意
人中師子尊　在彼立所願　行如是色像
以得佛道時　因勸助道法　入若干品業
常以一切故　在衆生之類　濟十方來會
勸助諸種族　宣布道法輪　叉手自奉事
投身稽首禮　其在佛樹下　清淨諸天人
若行清白業　奉供最能仁　一切皆住立
請說大法輪　具一切人中　歎德不可盡
三千大千界　周徧虛空中　諸天阿須倫
天下皆稽首　諸天越音聲　須臾無信者
一切意歡悅　皆觀如來尊　梵天得自在
暢雷雨之音　百千巨億載　咸皆共來會
無數億劫中　善行正眞道　時釋迦文佛
與拘倫談語　說其眼非常　耳鼻不能久
苦空非我有　自然爲恍惚　頭首亦自然
諸根無常聚　以如是觀者　無我無壽命
是一切諸法　皆從因緣生　若離是諸見
觀之如虛空　無見無有作　亦無覩衆生
若淨不淨緣　亦不得捨離　五陰無所起
起者大苦患　與起恩愛淵　其行遂增盛
以能等觀者　得正眞道義　致究竟盡法
便能覺了盡　從發思想念　不順行致之
常修明智行　導行如是道　在於因緣行
而無所造立　雖處於神識　不與因緣合

化五人轉法輪品第二十四

佛告比丘爾時如來爲頒宣法說十二因緣

根本所起從無明有行從行有識從識有名色從名色有六入從六入有更從更有痛從痛有愛從愛有受從受有有從有有生從生致老病死大苦患合無明已盡行便盡行已盡識便盡識已盡名色便盡名色已盡六入便盡六入已盡更便盡更已盡痛便盡痛已盡愛便盡愛已盡受便盡受已盡有便盡有已盡生便盡生已盡老病死皆盡則無五陰大苦之患從緣則有無緣則無如來解是六情因緣十二之本是故自在達皆自然無有根本其外異學不及知此空法自然如是法者過去諸佛所可解達爲諸衆生分别説之曉了是法乃得寂然是故敷演十二緣起而轉法輪拘隣知之以滅盡者則成三寶佛法聖衆是三寶名暢布天下音徹梵天如來今日轉於清淨法輪護世至真興顯三寶世難可致拘隣之等五人比丘六十億天得法眼淨復八十億色界天人得法眼淨無上正真入萬世人來會觀者亦法眼淨皆度衆苦時佛音響徹聞十方虚空天神聞柔和音是釋迦文十力世尊仙人之處鹿苑之中敷演法輪説十二因緣咸使知之十方諸佛聞其音者皆悉默然諸天龍神阿須倫諸佛侍者各白其佛分别諸法普聞其音善哉世尊速決其意何故默然先世之時寂然精進以其道力習於道法越無央數百千菩薩自致得佛令此十力勤修得佛轉其三合十二法輪其三合十二法輪者無去來今三世之心也是故一切聞是音聲億百千人興發慧力建立大道各自念言吾等當學彼佛精進威神勢

力使疾獲致三世之尊施世道目皆使逮致無上正真之道於是諸天子等悉來集會一名神妙二名大妙三名歡豫四名加歎五名栴檀六名大悅七名寂然八名寂律如是等類八淨居天從千天子悉來集會聽受世尊所轉法輪彼時大聖告大神妙天子令此經名曰普曜大方等法諸菩薩所以娛樂諸佛境界所入普照其身精進自致得佛如來所說是故受持諷誦奉行爲衆人說

十八變品第二十五

佛告比丘如來於是轉法輪已化彼五人拘鄰之等念此閒有優爲迦葉等大有名稱國王黎庶咸悉奉之與五百弟子俱欲先開化令解道法然後大邦當次伏焉即往從之迦葉見佛來迎讚言大道人善來相見自安隱乎佛報曰無病最利知足最富有信最友無爲最安迦葉曰有何勑使佛言欲報一宜願不瞋恚煩借火室一宿之閒曰不受也中有毒龍恐相害耳佛言無苦龍不害我重借至三迦葉曰往佛即澡洗前入火室持蓐布地適坐須臾龍即瞋恚身中出煙佛亦出煙龍大瞋怒身皆火出佛亦現神身出火光龍火佛火於是俱盛石室盡然其焰煙出如失火狀迦葉夜起相視星宿見火室盡然咄是大沙門端正可惜不用我言爲火所害佛知其意於内以道力降龍龍氣力盡則自歸伏佛告龍曰汝意伏者當入鉢中即入鉢中佛時置于鉢中迦葉惶懅令五百弟子人一瓶水就持滅火如一瓶著更成一火師徒益恐皆言咄咄殺是大沙門了矣明旦佛持鉢盛龍

而出迦葉大喜大道人乃得活耶器中何等佛言然安隱耳是器中可言毒龍爲害者也今者降之已受戒矣迦葉自以得道謂佛無道顧語弟子是大沙門雖神不如我已得羅漢道也佛復移近迦葉所止坐一樹下夜四天王來下聽經四王光影明如盛火迦葉夜起占候見火明旦詣佛所曰亦事火乎佛言不也昨夜四王自下聽經是其光耳佛止樹下時天帝釋復下聽經帝釋光影甚明踰前迦葉占候見光益大心念沙門續事火也明日問曰得無事火乎佛言不也昨天帝釋來下聽經是其光耳後夜梵天復下聽經梵之光明倍於帝釋迦葉占候見火晃晃明日問曰想亦事火也佛言不也昨夜梵天來下聽經是其光耳迦葉五百弟子人事三火合事千五百火明旦然之火了不然怪而白師師言是大沙門所爲也即行問佛我所事火今然不然佛言欲使然乎曰願使然佛言當然火即然矣火然之後迦葉欲滅之不可得滅五百弟子共助滅之而不能滅念言復是沙門所爲即往問曰火既然矣今不可滅佛言欲使滅不曰欲使滅佛言當使滅應聲即滅迦葉白佛願仁留意不須遠行我自給飯食還勑家內供設飯饌曰以時至請佛佛言便去今隨後往迦葉適去佛以神足上忉利天取晝度果神足東至弗于逮界上數千萬里取閻蔔果南至閻浮提界上取呵螺勒西至拘耶尼界上取阿摩勒北至鬱單曰地取自然粳米各滿鉢還每先迦葉歸坐其牀上迦葉曰從何道來佛言卿每去後吾至四域及

上忉利天取此果米香美可食卿可食之佛明日自到迦葉家受飯而還於屏處食已念欲澡漱帝釋知佛意即下以手指地水出成池令佛用之迦葉向暮彷徉村中見水怪之何緣有此佛言吾朝食已意欲澡漱帝釋指地令出此水汝當名此爲指地池佛還樹下道見棄弊衣欲取浣之帝釋知意即到頞那山上取成治四方好石上佛浣衣佛欲曬衣帝釋復行取六方石來給曬衣迦葉見池側有兩好石問佛云何得此佛言吾欲浣曬帝釋奉上使吾用之是以然矣佛後入指地池澡浴竟欲上無所攀池上迦和之樹自然屈枝就佛佛牽得出迦葉見樹屈下垂條怪而問佛佛言吾入池浴出無所持是以樹神爲我屈之時摩竭國王及臣庶以節會持禮貺詣迦葉相樂七日迦葉念佛聖達踰我衆人見之必當捨我普往事之使其不現快耶佛知所念即隱不現衆人還已迦葉念曰我有節會餘食甚多得大沙門飯之快耶佛即知之至迦葉所迦葉驚喜來何一快何以不現佛言用卿念故曰所以念我佛言前卿意念是大沙門道德巍巍相好紫金萬民見者必當捨我共往事之是以不現今卿相念故復來耳時迦葉五百弟子適俱破薪各一舉斧皆不得下懅而白師師言復大沙門所爲即往問佛我諸弟子向共破薪斧皆舉而不下佛言當下應聲得下既下之後斧皆著薪而不可舉復行問佛佛言可去自當舉耳即舉得用時尼連禪水長流激疾佛以神通斷水令住使水襄起高出人頭令底揚塵佛行其

中迦葉見之畏佛為水所漂即與弟子俱乘船索佛見水隔斷中央揚塵佛行其中迦葉呼言大道人乃尚活耶佛言然在耳又問佛欲上船不佛言大善佛念今當現道令子心伏即從水中貫船底入無有穿迹如是變化凡十八焉迦葉復念是大沙門神即神矣然不如我已得羅漢也佛語迦葉汝非羅漢不知道證胡為強額不知羞恥虛妄自稱我有道德於是迦葉心驚毛竪慚愧無顏自知無道即稽首言今大道人實妙神聖乃知我意願得從大道人稟受經戒作沙門耶佛言且還報汝弟子共和盍善卿是耆舊國內所敬今欲學道可獨知乎迦葉受教告諸弟子汝曹知不我目所見意方信解當除鬚髮被服法衣受佛戒作沙門汝等意欲何趣諸弟子

曰我等所知皆大師恩師所尊信必不虛妄願皆隨從得作沙門於是師徒脫衣裘褐及水瓶杖屣諸事火具悉棄水中俱共詣佛稽首白言今我五百人皆有信意願欲離家除鬚髮作沙門佛言善哉諸沙門來迦葉五百人鬚髮自墮皆成沙門優為迦葉有二弟次名那提劫曰竭夷二人各有二百五十弟子廬舍水邊見諸梵志衣被什物事火之具隨水下流二弟驚愕恐兄五百人為惡人所害大水所漂即合五百弟子順流而上見兄師徒皆作沙門怪問大兄年百二十智慧高遠國王吏民皆共宗事我意以兄為是羅漢今反捨梵志業學沙門法佛豈獨大其道勝乎迦葉答曰佛道最尊其法無量我雖世學未有得道神智如佛其法清淨我見慈心度人

無極以三事教化一者道定神足變化自然二者智慧知人本意三者應病授藥二弟各顧語弟子汝欲何趣五百人俱同聲言願如大師即皆稽首求作沙門佛言比丘來二弟及五百弟子鬚髮自墮袈裟著身即隨佛後成爲沙門佛便有千沙門俱到波羅柰夷縣叢樹下坐諸弟子皆故梵志佛爲弟子現神變化一者飛行二者說經三者教戒諸弟子見佛威神變化莫不歡喜悉階羅漢

普曜經卷第七

音釋

甕烏貢切罌也 鑽子官切穿也 麨尺沼切乾糧也 諧偶諧户皆切偶吾口切諧偶和合也 迍蹇迍知倫切蹇居偃切並難也 睒失冉切 挒力結切折也 彷徉彷符光切徉與章切彷徉徙倚貌 浣合管切濯衣垢也 曬所戒切日乾也 褐胡葛切粗毛短衣也 屣踈士切華履也

普曜經卷第八

西晉三藏法師竺法護譯

佛至摩竭國品第二十六

爾時世尊在波羅奈說經已竟與千羅漢優爲迦葉兄弟三人等悉舊編髮神通已達生死已斷行出三界欲至摩竭流布道訓開化愚冥時摩竭國洴沙王聞釋種王子身有奇相三十有二八十種好巨身丈六體紫金色棄國捐王行作沙門得自然佛號如來至眞等正覺明行成爲善逝世間解無上士道法御天人師爲佛衆祐講宣道義上中下善義達微妙所演具足淨修梵行戒禁具足定成慧成解成度知見成成就五眼肉眼天眼慧眼法眼佛眼六通三達諸天釋梵皆奉事焉莫不蒙濟時洴沙王聞之欣然大悅吾本共要得佛相度勑諸大臣長者梵志國中吏民嚴治道路散華燒香持諸幢蓋王乘羽葆之車大臣百官前後導從千乘萬騎長者梵志萬二千人欲出城迎忽大風起閉其城門王怪所以令行迎佛當有吉喜快善瑞應時城門神即謂王言快吉無不利王往前世與八萬四千王治寺起塔誓言於來世一時見佛諮受道教令有一人閉在刑獄違其本誓故城門閉當放大赦獄中人出同時見佛諮受訓誨城門乃開王聞乃達速勑詔板普赦境土獄囚得出一時往迎時佛入國有大社樹名曰遮越佛與比丘共坐樹下王遥見佛與比丘衆如星中月猶如日出天下大明靡不照曜亦如帝釋梵王聖帝處於本宮如樹華茂晃若金山威神特顯光明巍巍超絶無侶

王心踊躍下車步進釋五威儀除蓋履扇冠幘刀仗前稽首佛足自稱其號我是國王洴沙身也久服聖尊飢虛積時如是至三佛告王曰實如來言是王洴沙也諸佛天神皆護王身王曰蒙祐退坐一面羣臣百官稽首還坐一面前者作禮中者低頭後者叉手皆却坐訖王及臣民覩優爲迦葉在山學仙耆舊來久恠之佛邊心自念言佛是優爲師耶優爲是佛師乎佛覩心念即告優爲說偈言

云何卿優爲　本何所事神　祠祀歸水火
日月衆梵天　事來爲幾何　夙夜精進學
心中不懈廢　寧益致神仙

於時迦葉以偈報佛

自念祠祀來　以歷八十年　奉風水火神
日月諸山川　夙夜不懈廢　心中無他念
至竟無所獲　值佛乃安寧

王及羣臣國中萬民爾乃別知優爲迦葉是佛弟子佛告優爲迦葉汝起迦葉即起長跪叉手佛前佛言現若羅漢神通輙受佛教踊在虛空身上出火身下出水身上出水還雨其身而身不濕身下生火火無所傷飛行虛空猶如飛鳥七現七沒行於水上猶如履地不礙牆壁須彌山地若如入水從東方來沒佛前地忽然現西從西方來沒佛前地忽然現南南沒北現北沒南現變化已訖還在佛前長跪叉手而白佛言我是佛弟子佛是我師王及臣民爾乃重明優爲迦葉是佛弟子也佛告王曰天下有眼未必色故也觀色無常痛想行識亦復無常無常苦空非身之義非我非彼未有好道而樂色者明士達之色

如聚沫痛痒如泡思想芭蕉行亦如夢識喻如幻三界如化一切無常不可久保佛告王曰造宫殿來爲幾何年王白佛言七百餘年爲更幾王王白佛言更二十餘王佛問王曰悉識諸王不王曰不識唯知吾父耳佛言現地有常人物一切皆歸無常天地雖現常不可久三界無怙唯道可恃絶禍於未萌植福於未然滅盡五陰衆患之難如消炬火積德日進如月之初佛言王猶如母人懷子在胞胎相禄各異或豪貴貧賤智明愚冥盲聾瘖瘂父母豈知乎然後生長乃别禍福非二親過是其宿殃所作善惡非父母咎也身行惡業口宣麤言心念毒惡誹謗賢聖壽終身散魂神墮惡地獄之中身口心善不犯十惡修行十德壽終生天十方佛前若在人間豪貴富樂其命永長佛言雖有是禍福言辭未必純一所以者何皆從緣起緣合則生緣散則滅從無明緣則有行從其行緣則有識從其識緣則有名色從名色緣則有六入從六入緣則有所更從所更緣則有痛癢從痛癢緣則有恩愛從恩愛緣則有所受從所受緣則有所有從所有緣則有生矣從所生緣則老病死憂悲苦惱大毒患合以除無明行識名色六入更痛愛受有生老病死憂愁苦惱大毒患滅衆罪毒患自然消滅乃至無爲無窮之業無三界神十二緣起之根株坦然無迹猶如虚空無心意識無所存立與大道同分别本無逮得法忍獨步無雙度脱十方衆生蒙恩佛說是經時八萬四千諸天世人萬二千遠塵離垢諸法眼淨生無央數人皆發無

上正真道意時洴沙王得法眼淨心中欣然前受五戒大臣百官國民皆前歸命亦受五戒受五戒時人馬車乘咸悉寂然不暢音聲王前白佛吾國多事欲退比吏親奉佛言善哉勞屈大王羣臣民庶王稽首禮遶佛三帀重禮而去羣臣百官人民次禮而還大臣賀王前時諸王悉不見佛今獨王見宿福祿厚故乃爾耳王益欣踊亦賀諸臣卿等本德值是聖尊王還宮中勑宮夫人婇女大小及國吏民歲三齋月六齋守禁法施戒博聞王適歸宮時天帝釋將八萬天散華佛上歸命作禮而去言南無佛壽皆悉度得法眼淨時摩竭國有一長者名曰迦陵見佛入國天人所奉而無精舍我有好園欲以上佛往詣佛所稽首足下前白佛言佛愍一切如親愛子棄轉輪王不慕世榮今無精舍有一竹園去城不遠願以奉佛可作精舍佛受呪願佛及聖衆遊處其中是故名曰迦陵竹園

化舍利弗目連品第二十七

佛未入摩竭國時國民豐富饒美飲食作樂倡妓常歡不廢夙夜遊戲佛適入國羅閱祇城晝夜寂寞誦聲濟濟齋戒讀經捨世俗樂如棄糞除唯佛是尊聽經行法不捨三寶佛有沙門名曰安陛遣行宣法開化未聞五濁之世人心荒迷不達至眞入城分衛衣服整齊威儀禮節不失常法行步安庠因是使人見之心悅時舍利弗本字優波替而遥見之心中欣然心自念言我學來久未曾覩此沙門衣服禮節安庠齊整不失儀節試往問之所奉何道吾常意疑當有異聞殊妙之道未

必齊此往問比丘所事何道誰爲師主願聞其志比丘知意即說偈言

吾師三界尊　有三十二相　等不存有無
度衆十二門　我年既幼稚　學根近薄鮮
豈能宣至真　如來無極業　一切諸法本
從緣悉本無　若能返本原　乃名曰沙門

安陛沙門答曰吾所事師從無數劫奉行六度無極之法四等四恩行無蓋哀奉無極慈欲度一切積功累德不可稱載一生補處在兜術天降神現存寄迦維羅衛國夫人之胎如日現水生行七步天地大動瑞三十二稱巳聖音三思皆苦吾當度之釋梵四王咸來啓受九龍浴身其德無量粗舉其要非吾螢燭所歎究悉亦非心口之所言思是吾大師天人之尊於是頌曰

吾師天中天　三界無極尊　相好身丈六
神通遊虛空　化訓去五陰　拔十二根本
不貪天世位　心淨開法門

時舍利弗欣然大悅如冥覩明口言善哉昔來抱疑又吾好學八歲從師至年十六靡不周綜行徧天下十六大國自謂巳達今乃聞異無上正眞得吾本願今佛在何答曰在迦陵竹園將諸弟子往詣佛所稽首足下問訊至尊身墮愚冥迷惑歷載不得諮受今乃奉聖無極大道願聽出家得爲比丘受成就戒佛言善哉呼比丘來頭髮自墮袈裟著身佛爲說經分別諸法十二根本亘然意達漏盡意解得無著果前白佛言吾有同學俗字拘律令名目連少小相順要有至眞以相開示令以蒙濟彼沒塵垢未得拔出承尊聖旨往

開示之佛言善哉宜知是時勿得稽留時舍利弗稽首佛足辭出入城求目揵連遥見目連與諸弟子德行城裏街曲里巷舍利弗趣之目連覩見體改服變不與常同問之所以被服變改有何異見答曰學人無常唯行大明吾學積年不值大聖今乃遇之無上大道欣慶無量故來相求同其道味累劫無窮目連答曰是非小事善共思惟舍利弗曰無須重言吾厭從事不復欲聞假喻言之人有珍妙施有得大寶如意明珠及獲寶英復欲反求帛祠僞珠非身所欲目連答曰仁智勝我常兄事卿必不相誤便當同志將吾受訓稽首至尊時舍利弗與目揵連俱往詣佛所稽首佛足退坐一面叉手白佛違曠侍省沉没塵垢今乃奉覲願爲沙門啓受法律佛言善

哉即除澡瓶并鹿衣杖具佛呼比丘來頭髮自墮袈裟著身爲説正諦漏盡意解所作已辦成無著果佛言此二人等往古世時誓供養我待吾道成侍衛左右今乃相值本有千弟子得舍利弗目連有二百五十人合千二百五十比丘一時所度時王遥聞子得佛道以來六年王念久已心中悲喜飢虚欲覩有一梵志名優陀耶聰明智慧本侍菩薩常得其意王告優陀往請迎佛問訊别闊已來十有二年夙夜愁感不捨其心思一相見如復更生優陀受勑往到佛所稽首佛足具以王意白佛優陀見佛諸天釋梵歸禮一切受命前白佛言願得出家以爲沙門佛言呼比丘來頭髮自墮便成沙門得羅漢道佛時所度其餘前後得道所度不可稱計佛自念曰本

與父王要得佛道爾乃還國當度父母今正應還設若還國無所感動於事不宜所化鮮少先遣神足弟子比丘優陀耶往顯示神足知佛欲往乃解道尊咸共渴仰發起道心所度乃多

優陀耶品第二十八

爾時世尊告優陀耶佛本出家與父母誓若得佛道還度父母今已得佛道德已成必當還國不違本誓汝以神足經行虛空現其神變乃知吾身已成大道弟子尚爾況佛威德巍巍無量爾乃信受優陀受教神足飛行經遊虛空往到本國迦維羅衛城上虛空現無數變身上出水身下出火水不濕身火無所傷七現七沒從東沒地出於西方西沒東出南沒北出北沒南出行空如鳥沒地如水履水如地王及臣民莫不欣喜乃知道尊於是頌曰

佛從本所行　生死無數變　常愍蜎飛類
勤苦無量劫　時坐佛樹下　逮致本宿願
歡喜當聽說　難得數見聞　適成佛道時
輙降魔官屬　即壞生死本　消愛欲無餘
佛念本生地　意欲見親族　今聽王頭檀
所說甚可悲　比丘名優陀　姿性能悅人
佛遣使令行　孚致消息來　還入父王國
以入宣佛意　今王太子願　意欲還至宮
優陀聞佛教　即聽受奉行　因時於佛前
變化墮地形　其身忽不現　神足來入城
乃至大王殿　父王所坐前　比丘優陀耶
進現悅頭檀　變化若干品　涌出父王殿
淨譬如蓮華　泥土塵不生　父王見恐怖

即問斯何靈　將無是神祇　出地何怪爾
此形姓爲誰　本從何得斯　願以開吾意
令心疑結解　從生至於今　未曾覩是變
太子本棄國　求道度衆生　恭勤無數劫
於今乃得成　今王莫恐畏　且寬意悅豫
我以壞衆惡　爲王太子使　王聞太子問
淚下如雨星　十二年已來　乃承悉達聲
今從吉祥至　思瘖如更生　太子捨國位
成道號何名　出國坐六年　精進現成佛
號曰天中天　三界尊第一　本時在我國
爲作衆寶殿　刻鏤諸妙飾　於今室何如
優陀所答曰　佛之正眞微　常坐於樹下
諸天來歸趣　吾子在宮時　絪褥布綩綖
皆以錦繡成　柔輭有光澤　龍妻奉寶牀
天帝貢袈裟　不以好衣喜　其心無增損

在國好美食　甘饍恣其味　今所服食者
安身何等類　執鉢行分衛　福衆無麤細
呪願布施家　世世令安隱　悉達卧寤時
不敢妄呼覺　鼓琴發歌音　爾時令寐起
如來三昧定　夙夜無眠覺　釋梵來勸助
皆現稽首受　在家雜香浴　若干種衆馨
香香遍室中　今用何所香　八解三脫門
洗浴除心垢　其心淨如空　普安無惱憂
悉達在家時　擣若干雜香　香熏其衣服
清淨無垢障　戒定慧解度　以爲道德香
熏于八難處　世世度十方　四品好牀座
以若干寶成　重疊布衆具　以卧起其上
四禪爲牀座　意定無憒亂　清淨如蓮華
不著于泥水　在宮無數兵　諸臣而宿衛
左右常擁護　目不見惡穢　諸弟子衆俱

千二百五十　菩薩無央數　皆來稽首禮
本在家未出　有四品好車　象馬牛羊步
遊行觀四方　五通以驂駕　徹視洞聽飛
覩本見衆心　遊觀度生死　子出行往返
幢旛羽雕飾　前後諸導從　各執諸兵仗
四等慈悲護　恩惠仁愛度　普覆衆厄難
以嚴飾衆生　出時雜妓樂　椎鐘及鳴鼓
觀者悉塡路　前後不相容　樹下波羅柰
椎鳴不死鼓　拘鄰等得道　八萬四千天
九十六道伏　其音聞三千　衆生莫不悅
啓受心皆明　所領何國土　人民爲多少
所化有幾人　悉爲歸伏不　領三千大界
訓化諸羣生　十方不可稱　莫不蒙濟度
在國思正法　助吾治萬民　動順禮節訓
莫不承教聞　佛解空本無　捨于四顛倒
靡不歸伏者　神靜無爲業　佛與世無雙
博達無不備　汝言何不反　一切皆自歸
正天下滿人　一人頭若干　一頭若干舌
舌解無數義　合集恒沙人　嗟歎佛功德
恒沙劫不暢　況我螢燭明

王聞益悲喜歎曰善哉善哉阿夷言不妄佛當來不何日當至乎優陀報曰却七日到王大踊躍即勑羣臣國中萬民吾往迎佛導從威儀法轉輪王平治道路掃除令淨香汁灑地懸繒旛綵竪其幢蓋周遍國內其所修治光飾盡宜千乘萬騎出四千里往奉迎佛稽首歸命優陀耶前報王曰本受佛教奉命見王宣其意故今還宣命說王意旨飢虛無量欲見至尊稽首受法并化萬民咸蒙福慶王曰宜知是時勿復稽留爾時優陀耶還來詣

佛所稽首足下已申王意啓世尊及諸弟子自期七日當還本國王及臣民莫不欣悦别來積年夙夜想念飲食不甘寢不能寐飢虚日久計日度時須世尊到以竟七日於時大聖告諸弟子明日當發至迦維羅衛見於父王皆嚴整衣服護持應鉢梵釋四王聞佛還國皆來侍送天雨香汁散華燒香竪諸幢蓋四王諸天皆在前導梵天侍右帝釋侍左諸比丘衆皆隨佛後諸天龍神華香妓樂追於上侍佛適進路先現瑞應三千國土六反震動百歲枯樹皆生華實諸枯竭溪澗自然泉出王見此瑞知佛以來勑諸釋種大臣百官皆行詣佛散華燒香竪諸幢旛鼓衆妓樂悉出奉迎王遥見佛在於大衆如星中月如日初出照於朝陽如樹華茂芬葩熾盛巨身丈六相好嚴身晃如金山王覩悲喜前稽首足離别彌時今乃相見大臣百官皆稽首禮即還入城足蹈門閫地爲大動天雨衆華樂器皆鳴盲者得視聾者得聽拘躄得行病者得愈瘂者能言狂者得正僂者得伸若被毒者毒爲不行百鳥禽獸相和悲鳴婦女珠環相振作聲當爾之時見此變化莫不歡喜失寶藏者自然發出中滿珍琦懷異心者皆共和同等心叉手自歸命佛諸畜生類蒙其光潤皆得生天懷妊女人蒙斯光明苦痛微薄皆得在産端正姝好消婬怒癡無復塵勞展轉相視如父如母如兄如弟如子如身地獄休息餓鬼飽滿尋光來至歸命世尊皆發道意王見佛巨身丈六相好光明體紫金色諸根寂定如星中月晃如金山天帝梵王四王所

奉覲諸梵志久在山中暴露身形日炙風飄身體黑醜在佛邊侍猶如黑烏在紫金山不能發起顯佛大德令一切悅便勑國中諸豪族釋端正姝好顏貌殊異選五百人出爲沙門侍佛左右猶如鳳凰在須彌山亦如摩尼著水精器時佛弟難陀亦作沙門未下鬚髮時難陀有典監作剃頭師前白佛言人身難得佛世難值明時叵遇今我丈夫及諸尊者識道至高不可限量不慕世榮捨棄尊位行作沙門令我小節下劣靡逮何所貪樂不出爲道乎唯佛愍哀濟救三塗沒溺塵埃拔爲沙門佛言善哉佛時便呼比丘來頭髮則墮袈裟在身即成沙門禮諸沙門因隨次坐難陀在後作次第禮到此沙門則住不禮心自念言是我家僕不能爲禮佛知告難陀佛法大通舉學前後不在尊卑猶如大海悉受萬川四流不避汙塗執心如地四大俱等地水火風內外無異其神空淨所著爲名宜棄自大以法自將乃應先聖無極道訓時難陀見佛教誨切至事不得止解了本無棄捐自大下意爲禮天地大動衆會咸歎善哉善哉爲道等心除自高意而下卑心感於天地爲之大動從是制法先學爲長後學爲小法之常宜各無所恨無所諍訟時佛入宮坐於殿上王及臣民日日供養百種甘饌佛說經法所度無量俱夷携羅云來稽首佛足瞻對問訊久違侍覲曠廢供養時王僚屬皆懷沉疑太子捐國十有二年何從懷妊生子羅云佛語父王告諸羣僚俱夷守節貞潔清淨無有瑕疵設王不信今當現證於時世尊化諸衆僧

皆使如佛相好光明等無差異於時羅云厥
年七歲俱夷即以指印信環與羅云言是汝
父者以此與焉羅云應時直詣佛所以印信
環而授世尊王及羣臣咸皆欣踊稱言善哉
所現無量眞佛子也佛語父王及諸臣曰從
今已後無復懷疑此吾之子緣吾化生勿咎
俱夷也王得道證俱夷受戒淨修梵行宮人
大小咸受戒法月六齋歲三齋奉持不懈國
內清寧風雨以節時不越叙五穀豐賤民安
其所萬邦黎庶咸來慶賀道德滋茂如月之
初

歎佛品第二十九

於是世尊告神妙天大神妙天歡豫天加歡
天栴檀天大悅天寂然天寂律天如是等類
淨居天子伴黨八人佛以大會轉於法輪爲
一切故救濟十方勿令廢斷開衆生意經布
天下乃報佛恩於時世尊復告大神妙天子
今此經典名曰普曜大方等典諸菩薩力所
可娛樂遍諸佛界悉令咸聞經所入處靡不
晃昱佛自口宣當速受之持諷誦讀是佛法
目普令流布若菩薩學聞是經法其心堅强
精進奉行無上正眞之道爲最正覺若有衆
生樂微妙者住大乘法心念無疑降魔羅網
悉諷誦已必獲大雅諸外異學不得其便勸
助覺微成大德本至於大乘若有賢人設聞
説是普曜經典叉手自歸即捨八事懈怠之
本成八功德熏何謂爲八一得端正好色二
得力勢強盛三得眷屬滋茂四逮得辯才無
量五學疾得出家六所行清淨七得三昧定
八得智慧明無所不照是爲八若有人爲法

師布座諷誦是經當得八座何謂爲八一得長者座二得轉輪王座三得天帝座四得自在天座五得梵天座六者菩提樹下降伏魔怨座七得如來座八得轉法輪度脫一切座是爲八若有法師須宣是法設有讚歎言善哉者當得八清淨行何謂爲八一曰言行相應無所違失二曰口言至誠而不虛妄三曰在於衆會眞諦無欺四曰所言人信不捨遠之五曰所言柔軟初無麤獷六曰其聲悲和猶如哀鸞七曰身心隨時音聲如梵會中人聞莫不諮受八曰音響如佛可衆生心是爲八若有書是普曜經典者著于竹帛不慳惜經心不懷妬衆人嗟歎三十四行名德流布若復學是經典得八大藏何謂爲八一曰得意藏未曾安捨二曰所得心藏無所不解分別經法三曰得往來藏普解一切諸佛經法四曰得總持藏一切所聞皆能識念五曰得辯才藏爲衆生須宣經典皆歡喜受六曰得法藏將護正法七曰得道意法藏未曾斷絕三寶法教八曰奉行法藏則輒逮得無所從生忍是爲八大法藏若有受是普曜經典諷誦受持得具八業何謂爲八一曰施業無慳妬心二曰戒業具足諸願三曰聞業合集智慧至阿惟顏四曰寂業勤於一切定意正受五曰見業悉能具覩三達之智六曰福業具於相好訓誨佛國七曰慧業爲衆說法應病授藥八曰大哀業爲於十方植衆德本而無懈惓受持是普曜法心自念言使一切衆生皆逮是法以是德本復得八大福何謂爲八一曰轉輪聖王成大福德覩見無極建立篤

信二曰得作四天王三曰得作帝釋四曰得作焰天王五曰得作兜術天子六曰得作無憍樂天七曰得作化自在天八曰得成如來斷諸不善法具足諸善本是爲八若有受此普曜經者若至心聽貫係在心得八清淨心何謂爲八一曰常行慈心消除瞋恚二曰常行愍哀除衆患害三曰常行喜悅除諸不樂四曰常行於護除諸結著五曰修四禪行在於欲界而得自在六曰行四無色定而得由已七曰得五神通遊諸佛土除諸罣礙衆蓋之患八曰逮得勇伏定意獨步三界是爲八

囑累品第三十

爾時世尊告賢者大迦葉賢者阿難彌勒菩薩我從無數劫遵習是法乃成無上正眞之道囑累汝等以手相付受持諷誦廣爲人說於時世尊欲使此法普悉周布十方說是偈言

佛目所覩衆生類　皆得羅漢如身子
若有供養億千劫　乃復前進如江沙
加復供養辟支佛　若有一日奉斯經
計此功德超過彼　其阿羅漢不足立
一切衆生成緣覺　若有供養億數劫
飲食衣服牀卧具　擣香雜香及名華
若有一心叉十指　等心自歸一如來
口自發言南無佛　是功德福爲最上
一切衆生皆成佛　若有百劫供養者
衣被飲食牀卧具　擣香雜香及名華
若有正法欲傾危　棄捐其身自沒命
若有一日常晝夜　護是法者必超彼
若有奉事十方佛　及於緣覺諸聲聞

若能堅固此道心　受斯要典諸法王
一切經卷是道諦　若諸如來如恒沙
供養奉事諸如來　若有手得是經卷
其人辯才無等倫　分別一句至億劫
智慧正義無有損　若以是經爲人說
諸導師慧無邊底　計無有人與等者
猶如江海不可盡　聞是法者等若茲

佛告賢者迦葉阿難彌勒重相囑累受之持之諷誦學之令普流布示其同學及十方人皆令蒙濟使不斷絕展轉相教展轉相成使不稽留三寶不斷乃報佛恩佛說如是大神妙天及淨居天子彌勒菩薩賢劫菩薩及大迦葉諸大弟子天龍鬼神揵沓和阿須倫聞佛所說莫不歡喜奉行

普曜經卷第八

音釋

編　卑眠切以繩次髮也
葆　補抱切合聚采羽爲幢曰羽葆
幘　側革切巾幘也
鏤　盧候切雕刻也
蹈　徒到切蹋也
閫　苦本切門限也

伅真陀羅所問寶如來三昧經

後漢月支三藏法師支婁迦讖譯

清刻龍藏佛說法變相圖

伅真陀羅所問寶如來三昧經卷上

後漢月支三藏法師支婁迦讖譯

聞如是一時佛在羅閱祇耆闍崛山中與六萬比丘俱菩薩七萬三千人一一尊復各從十方佛刹來到是間悉得陀隣尼法其欲無所罣礙其心所念羞慚多所忍而行從是而得成其心如金剛無能斷截者諸佛法一切習諸佛法欲具足其意所作而欲甚尊其意不離菩薩心令他人亦爾施與伏意而不亂所愛而無所惜其淨戒莊嚴飾身口意其忍辱柔軟是則爲力是則僧那阿僧祇劫億那術百千所作精進而不懈怠禪惟務三昧三摩越其心知他人意以是自娛樂其慧功德無所不解其心譬若須彌無能譬者其心如地水火風亦無所愛亦無所憎常有慈心其

身光明無所罣礙其哀是行爲一切人而作傷心已法等心巳是爲樂其護者不隨二道有利無利若譽若謗若有名無名若苦若樂過世間之所有法一切諸會不以爲會刼諸外道降伏衆魔是者難值若優曇鉢華時時可得一切人而無請者而爲作請故名曰友其友者乃致泥洹以無極上僧那僧涅以深法猛若如師子以怛薩阿竭印而印之所受決而無所礙其作如所言以諦法而審其光明超於日月十方莫不聞名者一切諸佛無不救護不令離法悉皆守深法藏不斷三寶其心功德遍無央數刹土其心淨潔習其處而往還到佛所無所失常教導一切人以入般若波羅蜜漚惒拘舍羅則是頭隨人心所喜以法教詔各令得所索知諸人相所行隨所樂喜不失其意而作醫王之德療於老病死已供養過去無央數佛其功德而致相諸種好已過空無相無願之法諸法無所有如幻野馬如夢如水中影山中之響悉知一切之音聲通入諸法各各能答以成持諸所欲以智慧曉了道事以稍近尊十種力肉眼慧眼道眼法眼佛眼過度衆冥盡入諸功德行曉知菩薩之藏其聞是法不復轉移便得相印三昧金剛行三昧其法在所作三昧寶明持三昧不捨一切人三昧悉知一切心三昧巳得佛智慧如佛所作爲一切作本巳具足諸好有菩薩名曰樂作一復有菩薩名曰樂等有二復有菩薩名曰寶手三復有菩薩名曰明華四復有菩薩名曰寶炎五復有菩薩名曰喜見六復有菩薩名曰意喜七復有菩

薩名曰喜以眼見八復有菩薩名口持地九
復有菩薩名曰歡喜作十復有菩薩名曰大
處髮一復有菩薩名曰大利二復有菩薩名
曰辟魔三復有菩薩名曰意樂香四復有菩
薩名曰人中之天五復有菩薩名曰諦願六
復有菩薩名曰等視七復有菩薩名曰盡見
等不等八復有菩薩名曰執御九復有菩薩
名曰一切無請而作請之友十二復有菩薩名
曰彌勒一復有菩薩名曰雨音二復有菩薩
名曰雨若山半三復有菩薩名曰雨山鼎四
復有菩薩名曰慈行五復有菩薩名曰光英
六復有菩薩名曰光聲陽七復有菩薩名曰
鐙明王八復有菩薩名曰如常眼所見九復
有菩薩名曰光等知十三復有菩薩名曰尊官
一復有菩薩名曰天官二復有菩薩名曰天

眼三復有菩薩名曰視處悉吉四復有菩薩
名曰快譬五復有菩薩名曰諦議意六復有
菩薩名曰安處意七復有菩薩名曰安處度
八復有菩薩名曰無所動而度九復有菩薩
名曰金剛行度十四復有菩薩名曰三世行度
一復有菩薩名曰諦如事不異二復有菩薩
名曰特嚴欲好三復有菩薩名曰不盡欲四
復有菩薩名曰不替留欲五復有菩薩名曰
意音六復有菩薩名曰淨音七復有菩薩名
曰飽滿一切音八復有菩薩名曰文殊師利
九四十如是等菩薩會者七萬三千人於三千
大千刹土釋梵護持世者一一豪尊諸天龍
閱叉揵陀羅阿須倫迦留羅真陀羅摩睺勒
人非人盡來會悉欲聞佛所說經提無離菩
薩從座起整衣服叉手長跪而讚歎佛說俗

者不及道之明爲世間而作本已過度於衆冥今自歸度於世者一以布施總持十種力已自伏意并化餘人是則爲度一切莫不供事者今自歸於三界無能與等者二以相無所不饒益其光七尺色若於金其音中和色甚殊好無能與等者今自歸莫不供事者三以度而度以降伏衆外道其智甚尊在於衆黠之上莫能有轉動者盡知一切之行其功德甚尊今自歸無極之大哀四諸所欲於欲無所得衆魔已索莫能當者其淨戒無所不安於諸天一切則爲天中天其意無所復著今自歸莫能當者五其聞德莫不歡喜形像若寶其見者無不愛樂於施與已離婬怒癡今自歸其德若天無所不覆六以四諦過於四瀆以無眼者悉得視瞻口所說法無涯底

於三世行爲一切作本今自歸其足而有輪七其身者爲諸天一切人之所供事無男無女皆得而依衆魔而不敵當則是天上天下之所特尊八以衆諦正法持於一切其心等慈者無所不遍爲一切作導其法而等住今已自歸其德無及者九其音柔軟清淨其聞者莫不悅心其聲如梵無所不至一切諸音皆悉具足今自歸於尊諦十已度空無相無願其智甚深不可得限已入衆脫是爲功德今自歸已得脫者一悉知因緣而所生有之功德其見無內無外用等故其知所說別於如作今已自歸過度諸所可見二亦無所從來無所從去視諸法悉脫若幻野馬今自歸於法功德三所生無所生俱無生其有已滅無有盡時所住如法如怛薩所入四審如審

所說若法而怛薩無所動轉其德若大山身者若金剛今自歸安則若山五身心意而適等其名流於三世莫不聞者一切所問皆能報答雖不以煩而肯說者願欲所問六讚歎佛已儻有說者而欲問之佛言在所問提無離言何謂菩薩以法自在說而莊飾身一何謂菩薩決深法無所不入二何謂菩薩知一切人心三何謂菩薩隨所喜而化四何謂菩薩心行而入五何謂菩薩知因緣有所作六何謂菩薩而施與爲莊嚴持戒忍辱精進一心智慧七何謂菩薩得在梵天八何謂菩薩其智甚尊九何謂菩薩而常得勝十何謂菩薩從是得度一何謂菩薩於聲聞辟支佛一切人而示現法不入其中二何謂菩薩離於生死而不泥洹三何謂菩薩知一切人界不離法身四何謂菩薩不離本於離本而示現五何謂菩薩而得尊貴其福若䝱藏六何謂菩薩隨欲而得入道七何謂菩薩盡知諸法八何謂菩薩所作常安諦九何謂菩薩於世間而行無所著十何謂菩薩而自在法端正莫能當者一何謂菩薩常不離佛二何謂菩薩安諦而學三何謂菩薩意學法無所取無所捨四何謂菩薩而護一切五何謂菩薩至法輪轉六何謂菩薩乃至阿惟顏七佛言善哉善哉提無離菩薩所問乃爾令一切得所其在會者若當來悉爲作導是摩訶衍而得久住佛言諦聽諦聽今我所說則言願樂欲聞佛言菩薩用四事而自在何謂四其光明爲一切無所罣礙一所有名寶其有索者不爲愛惜二若明經者說法而不中斷於邊勸

助三若有請令說法而不以爲難承怛薩阿竭不可議踊躍而說之於菩薩事無所希望以法而施與四是名曰四事復有四事深入諸法其慧所作不離功德何謂四於十二因緣而直知之一如自惜身亦惜於人與身無異二於生死亦不念有所從來有所從去三一切諸法以空見空四是爲四事復有四事悉知一切人心其功德增減何謂四事以入法身而無瑕穢一諸種好悉以現二以四事而觀三其心無破壞便得三昧四是爲四事復有四事隨一切所行而教化之何謂四事其慧而四等一悉化一切人二觀知諸法三其心已淨潔悉淨一切人心四是爲四事復有四事知一切人心化之所行何謂四事其智無所不入一其慧無所罣礙二其心無有二三睡臥諸蓋已不復著四是爲四事復有四事所作罪福不忘何謂四事一切無所斷一亦無所著二而知因緣所作隨其示現以法持法三亦不念有我亦不念有人隨是教者不失道法四是爲四事復有四事以布施而莊嚴何謂四事以相莊嚴一隨人所喜示現其好二其色甚尊好三所作而不可盡四是爲四事復有四事用淨戒而爲莊嚴便爲遮迦越羅不忘菩薩心一得作釋提桓因以菩薩心而自莊嚴二而作梵天其心以菩薩而爲莊嚴三離一切惡道但生天上世間作人以菩薩心而爲莊嚴四是爲四事復有四事忍辱莊嚴何謂四事其音如梵聲聞者各得所其聲軟好譬如迦陵二一切莫不愛樂三常於功德而堅固四是爲四事復有四事

以精進莊嚴何謂四事其身若金剛諸邪不能得其便一爲一切而作厚二所作事具足辯而不中悔學問無猒極三其心所求而悉具足四是爲四事復有四事以禪自莊嚴何謂四事所作不抵突一而不調戯二不爲弊惡三自知而無異意四是爲四事復有四事以智慧而莊嚴何謂四事不自念有我亦不念有人亦不念有壽亦不念有命亦不著亦不斷一所作甚尊二一切所有無所不入三一切諸法無所復畏四是爲四事復有四事其慧自致梵天何謂四事以空慈念一切一教一切人而以加哀二總攬諸法而已護故三等於一切亦不捨佛四是爲四事復有四事不離於智何謂四事以四禪而不動轉轉於菩薩一以四事三昧三摩越用漚恕拘舍羅故不生無色中二自在心所説不離法三遍至十方盡見諸佛四是爲四事復有四事而自在何謂四事於內而自滅於外亦自滅一悉曉了諸法如幻二以慧爲力三不自貢高而得度四是爲四事復有四事深入慧何謂四事知欲而不斷欲中道取證一知生死以漚恕拘舍羅而在中二所見悉知其正道非正道亦不捨所見三知無黠而親近十二因緣四是爲四事復有四事於羅漢辟支佛一切人以法而示現不於中有所希望何謂四事視諸三昧知若如幻一曉了諸法而嚴飾二以五旬自娛樂所作審諦三其自心知譬若如幻四是爲四事復有四事離生死亦不般泥洹何謂四事念諸佛故一其心而等哀二用漚恕拘舍羅故三不忘本發心之願

四是爲四事復有四事而知一切人不離於法身何謂四事視一切人皆自然諸人入法身亦自然一知一切人而自然二人自然慧自然而不疑三人自然泥洹自然而得忍四是爲四事復有四事亦不離本於無本而見何謂四事常念泥洹欲具足佛法其意而遍知一以身現遮迦越羅梵釋於其中現功德令會者因是法二以身現不肖令劣者得作功德三其有所求者則施與以身於尊貴現於極豪而往率化四是爲四事復有四事持想入無想何謂四事生死無常其心淨一從本已苦今已慧得二視一切諸法無我三泥洹寂四是爲四事復有四事離諸見法何謂四事清淨一於慧眼無所不見二佛眼者悉在前立三已度諸法即阿惟顏四是爲四事

復有四事自在決諸疑何謂四事所欲無覆蔽一入諸諦慧二無所不覆三不離諸陀隣尼四是爲四事復有四事而隨習俗無所著何謂四事盡知世事一便能度一切人二已離憎愛三以淨於本無所點汙四是爲四事復有四事而住法何謂四事其心自在一其慧亦自在二其智亦自在三漚惒拘舍羅而自在四是爲四事復有四事何謂四事不離怛薩阿竭一爲一切讚歎佛形容二教詔人令發心爲菩薩三常念於佛四是爲四事復有四事寂而知諸法何謂四事以道要盡知俗事一一切曉了諸慧二於所聞無有疑而得法忍三不念有是無是不隨俗人有所作爲四是爲四事復有四事而爲師無所貪何謂四事爲一切人作因緣一其心質朴而無

諛諂二捨身之安而憂他人三所求慧不用身故但爲一切四是爲四事復有四事爲一切作護何謂四事自捨身而憂他人一悉捨諸樂以法自樂二所聞不以爲解三以法功德而自長養四是爲四事復有四事當成輪轉何謂四事逮得陀憐尼逮得自恣所欲一而無盡滅二自入其心三於内曉了諸法盡解他人四是爲四事復有四事乃至阿惟顏何謂四事已度於生死不離於菩薩一便得無所從生法樂忍故受生死用不離法故二已得阿惟越致印三已令得怛薩阿竭印令到十道地以到十道地從次第悉曉了四是爲四事佛説菩薩四事品時三千大千刹土六反震動其光明無所不明諸天飛在其上以億百千種妓樂而娱樂供養佛雨於天華皆言善哉善哉佛從無數劫所行今皆聞之其在會者其聞是法德本已作功德聞已便諷誦持復爲一切人廣説其心未曾忘菩提如是輩人所作亦當如佛吾等已得是利所以者何逮聞是法爾時諸天及人八萬四千皆發阿耨多羅三藐三菩提心萬二千菩薩皆得無所從生法樂忍提無離菩薩問佛從怛薩阿竭般泥洹已後其有聞是經者諷誦讀持供事當得幾法功德佛言當得八法功德其信無有異於菩薩而堅住一其身施人於功德而令增益於一切人其心無所恨二住於無極大哀教詔一切三以法故學問不猒足若海不猒衆流四欲護諸法五以法功德而自長養六雖身死後逮倍好入諸福功德具足本願爲諸佛所擁護七降伏衆魔以

離恐懼八菩薩以是八事佛般泥洹已後便逮得功德法爾時三千大千刹土地爲六反震動悉平如掌諸山陵海水陂渠溝坑悉見平如地其在水蟲謂爲如故以百歲枯木諸樹皆生若干種葉其葉者在佛方面皆傾枝向之其餘好樹亦復如是地爲生蓮華大如車輪其色無數其光明悉開闢三千大千之刹土從下視上了無所見但聞妓樂其音甚好爾時從冰山香山其香到是無所不遍其葉從是山出乃來雨佛上遍其地沒其踝佛所坐樹其樹亦出華亦聞妓樂音若如天樂其佛上便有四十萬里珍寶華蓋而覆蓋座閒而有珍寶鈴周帀其邊悉皆垂珠從其垂珠聞其音聲悉遍三千大千之刹土舍利弗前長跪問佛是何本之瑞應乃有是現佛謂舍利弗有王名曰伅眞陀羅從名香山與諸眞陀羅無央數千與揵陀羅無央數千與諸天無央數千而俱來說是瑞應言適未竟便見伅眞陀羅與八萬四千妓人俱來及無央數人其華從上墮譬若天雨從上悉下與諸俱來者頭面著地爲佛作禮遶佛三帀皆在前住伅眞陀羅王便以手持瑠璃之琴所以者何是本之願面面各四萬二千妓樂伅眞陀羅在其中央同時鼓琴其聲悉遍三千大千之刹土諸欲天子所有妓樂應時其音不與是聲而等所以者何其音悉覆即令不如諸欲天子諸色天子皆悉到佛所鼓是音時三千大千之刹土應時諸樹名大山冰山王摩訶目揵皆悉蹮躚搖譬若如舞一切低昂皆向佛譬若如人之作禮比丘比丘尼優婆

塞優婆夷諸一一尊比丘及新發意菩薩其在會者諸天龍鬼神一切自於座皆踊躍岠峨其身而欲起舞

提無離菩薩問尊聲聞已離諸欲悉得八惟務禪盡見四諦何緣復舞諸尊聲聞答言吾等不得自在用是琴聲於座不能忍其音亦不能制其心令堅住

提無離菩薩問摩訶迦葉言仁者年尊而知猷足自守如戒爲諸天及人之所敬愛云何不能自制身舞若如小兒摩訶迦葉言譬若隨藍風一起時諸樹名大樹而不能自制所以者何其身不堪伅真陀羅王琴聲譬若如隨藍風起時以故吾等而不能自制今乃知上人之所作其功德不可當諸聲聞之所有今悉爲是而覆蔽

提無離菩薩復謂摩訶迦葉觀諸阿惟越致所作爲聞是琴聲而無動者其有智人聞是柰何而不發阿耨多羅三藐三菩提心諸聲聞之所有威神之力皆悉爲琴聲而所覆蔽是音不能動搖諸摩訶衍伅真陀羅王所有妓樂八萬四千音聲皆悉佛威神之所接亦伅真陀羅本願福之所致諸所音樂聲莫不聞其聲皆言諸法等而悉脫上中下悉淨而亦空無有異一切諸人計無有人已過去當來今現在亦爾但聞其音了無所有其法者一切人聲亦復如是一一切剎等剎所以故等而無剎故二其明無所有等而稱其剎者無有生者亦無長大者是故空無有識而自然諸所有無所有是自然三亦不可得外行亦不可得內行其慧而本異法而字法亦無

所有其名亦爾四其知名色無所有其行無著已過去安無有極五已從聞法本盡壞無所有亦無所至亦無所住六其所計但有字但字盡知字法而法等不枝別七心所持等持故無所有其本轉而不相知心所思亦無所生其知是慧便入法八其根根已等斷前與後法適等其知等於三世其慧便無央數

九凡人爲色名之所繫是者凡之所作從本至今從生至老無有已已知因緣不復滅其言有我有人是與本而反十我所住等無所住諸法亦無所住其知住無所住是爲歡喜聞信一譬若雨而有電是上之自然一切諸法如我故曰自然二我與人自然空已知是者便入陀憐尼印三諸所脫門戸而悉知相等相故無相法者無有底故無希望用字故故與法別便有上中下其字者不自知而別用不可見故其心已本來故而有二本者故

四一已知諸法無所有已爲斷本際故五已斷本際爲一切而有行已知本際等是則爲慈哀六已淨於慈便等於苦樂亦不喜亦不憂所以者是爲上人已入本故法學者寂而寂若說若不說無所增減法者所以故寂而無希望故七空中之聲而不可獲但可聞無所說若所說若所聞皆不誠聞是音時八千菩薩悉得無所從生法樂忍提無離菩薩問佛是歎聲從所出佛語問伅真陀羅王悉自爲若說之應時受言便問伅真陀羅是歎聲所從出則答言從一切人聲從彼出復問一切人聲從所出從空出提無離菩薩則言伅真陀羅一切人聲不從意出伅真陀羅復問

提無離菩薩是聲當從身出爲從心出提無離言亦不從身出亦不從心出何以故其身不常住故譬若如草不常生若牆辟不常而住會有躃時其心無有形亦不可見亦不可聞亦不可聽譬若如幻佗真陀羅復問提無離若無有身無心是聲何從得出則答言一切從念自然而有聲如仁說聲從念便有今我歎聲因空而出所以故諸聲不離空故佗真陀羅則言如仁欲知聲者皆因空自然有聲但聞音而不可見即時滅其滅者亦空故曰自然諸法所以等者如空等故其有所說無所說亦等所以者空等故一切諸法但可聞不可見其所聞法於聞不見其法如法於聲不見是聲亦於法不見諸法不可覺所以聞者以漚惒拘舍羅故而可聞則亦無所聞以漚惒拘舍羅智知便於法無所希望無所希望者是故要是故力不復羸便堅强無有能斷者無有能斷者無有生無有生者無所屬無所屬者便已輕已輕者便淨潔已淨者便無垢已無垢甚明甚良甚明者是心本心本者爲過其過者知過已已過者便無有想已過諸想其處轉上轉上者是菩薩忍已得忍者無所不忍亦忍空亦忍人何以故空亦不離人何所是空人則空忍於無相忍於有相所以故相者自然而無相亦忍無願亦忍有願所以故其願相自然無有願本諸法泥洹亦復忍於生死所以故生死者譬若如夢菩薩得忍者不疑有無持一計而盡知一切人用得忍故知一切諸法亦無所至亦無所來知諸法悉住已住於法者知一切人亦住

已入是法者是為無所從生法樂忍但有音聲其法忍者亦無所語無可説其本者亦復不可説佛者甚尊不可説法而令人得了提無離菩薩白佛快哉伅真陀羅所説微妙曉了知深法而得忍能有一一尊所有所入忍而甚深問佛是王所作功德已更幾佛其所欲自恣乃爾佛語提無離菩薩可知恒邊沙一沙為一佛土盡索滿中星宿是數可知伅真陀羅所供事佛其數不可計提無離菩薩問伅真陀羅所供事佛甚多乃爾合會功德甚大巍巍何緣不疾成佛伅真陀羅則言菩薩用十事無有猒足何謂為十供事怛薩阿竭而無猒足一所作功德亦無猒足二學問法亦不猒足三四禪五旬知亦不猒足四視諸法亦不猒足五欲廣説法亦不猒足六欲教一切人亦不猒足七常欲護法亦不猒足八欲具足諸波羅蜜亦不猒足九欲感動化導勸助亦不猒足十是菩薩十不猒足伅真陀羅問佛聞菩薩摩訶薩有三昧名曰寶如來其得是三昧者悉具足諸寶其聞者所説法而自在佛言諦聽所説伅真陀羅言受教唯願聞之佛言菩薩不盡佛及法比丘僧用是三事發心便有八十法寶何謂八十其心不忘薩芸若是則為寶一其心不捨信是則為寶二其心習諸功德不懈是則為寶三其心堅其願不捨是則為寶四其心所有施與無所愛惜而復增益是則為寶五其心所作但念菩薩是則為寶六其心莊嚴身不犯身三事是則為寶七其心淨者其語無惡是則為寶八其心莊嚴心不念惡是則為寶九其

心已戒莊嚴加身不欲不念人惡是則爲寶
十其心無所罣礙等一切人是則爲寶一其
心已忍辱爲莊嚴忍一切諸惡是則爲寶二
其心不愛惜身壽命用菩薩故是則爲寶三
其心無所憎愛亦不搖動是則爲寶四其心
堅固精進而不懈怠是則爲寶五其心所作
皆悉欲成是則爲寶六其心所念意行直所
作不忘欲具足菩薩事是則爲寶七其心禪
三昧三摩越已發是所作便自在是則爲寶
八其心求法欲合會諸智是則爲寶九其心
所聞法而習誦便有精進是則爲寶十二其心
所說法無所希望度諸求故是則爲寶一其
心於法無有虛飾是則爲寶二其心念正道
所作如事是則爲寶三其心所聞所作如所
聞用審故是則爲寶四其心具足智慧已不

隨他人教是則爲寶五其心以無極慈而自
護是則爲寶六其心爲無極哀謂等一切故
是則爲寶七其心無極護已法自娛樂是則
爲寶八其心以無極等觀視諸法是則爲寶
九其心於生死不以爲勤苦已入功德故是
則爲寶十三其心欲教一切人多念於人不自
念是則爲寶一其心不乏已法分與人令得
而學是則爲寶二其心以大智無所不曉有
神足無所不感動是則爲寶三其心而親近
迦羅蜜無所聞而學問是則爲寶四其心遠
離惡師而習功德是則爲寶五其心等一切
因是習無有二心是則爲寶六其心知生死
是則爲療病便入一切人意是則爲寶七其
心爲一切作藥而愈諸病是則爲寶八其心
不輕傷無智者用法尊故是則爲寶九其心

不自貢高而忍一切是則爲寶十四其心不諛
諂是則爲寶一其心所聞法不忘於法住故
是則爲寶二其心盡護諸法用念報諸佛恩
故是則爲寶三其心欲報恩用堅固厚故是
則爲寶四其心若有侵者而不念報是則爲
寶五其心樂於山間欲守法淨故是則爲寶
六其心常欲捨家欲作沙門至於正故是則
爲寶七其心於道而自極足自制而護惡是
則爲寶八其心知足令人各歡喜是則爲寶
九其心於世事知足者是爲不猒足於法是
則爲寶十五其心自護不與衆閙從事是則爲
寶一其心不猒足諸功德用諸相具諸種好
是則爲寶二其心不猒足於智慧欲決一切
人疑故是則爲寶三其心常念佛不離佛故
是則爲寶四其心常念法所說不離法故是
則爲寶五其心常念僧便至阿惟越致僧故
是則爲寶六其心常念戒不動離菩薩是則
爲寶七其心常念施不貪身故是則爲寶八
其心常念天上便入一生補處是則爲寶九
其心盡知本索曉諸所有是則爲寶十六其心
知法不壞法身故是則爲寶一其心所作知
如事盡知一切人之所語是則爲寶二其心
知自在飽滿一切人是則爲寶三其心得陀
隣尼所聞法無所忘是則爲寶四其心知本
法諸所有　然悉曉了是則爲寶五其心護
慧知其識如幻是則爲寶六其心學審諦從
是而得脫不壞所作是則爲寶七其心護法
欲知人自然是則爲寶八其心知無常苦生
死於三界無所著是則爲寶九其心視諸法
無有我用無人故是則爲寶十七其心入泥洹

從本本寂復寂是則爲寶一其心知空無相
無願已度於脫近泥洹門是則爲寶二其心
無有生無所生無所壞無所滅其脫是者得
忍是則爲寶三其心知若幻如夢如野馬如
山中響如水中影已堅固無所希望是則爲
寶四其心喜知十二因緣已去著斷之事是
則爲寶五其心所見悉曉了而不求不墮二
是則爲寶六其心不入二事已一事悉知法
是則爲寶七其心具足諸行而不轉還度於
諸色名是則爲寶八其心稍近已具法故是
則爲寶九其心合聚三十七品用度諸法故
是則爲寶十八佛語伅眞陀羅已習是八十事
而具足便得寶如來三昧已逮是三昧者於
道寶於欲寶無所住何謂欲寶何謂道寶欲
寶者諸天及人人中之尊釋梵四天王遮迦

越羅若尊者諸侯其一一豪姓者於天上天
下各自有尊已得者則不如驕自於是中悅
心爲菩薩而欲得之是名曰欲寶道寶者以
法度欲何所法而度俗者則道法何以故欲
之所作皆因慧慧者則象道之法譬如衆流
歸於大海須彌者諸山中尊月者衆星中大
明日者明於衆冥若師子諸獸中之猛如王
於衆而爲上如釋於忉利而爲尊梵者於衆
梵而獨髙以是慧尊於諸法故曰智慧王所
以其欲度者因是而得度用安隱道故若冥
持炬火而得明所作甚猛降伏衆魔作醫王
調和諸藥作師曉知諸事若持弓弭箭在所
射其箭無所不入若力士持兵有所擊應時
無有全命者持是智慧擊於愚冥無有不盡
者所以者何用去垢故其心而等無有異亦

不與人有所諍亦無有能害者與人無有恨所作有究竟故其慧而忠質故能有所成所作至誠是爲止意一切平等是爲斷因緣是神足合會諸功德是則爲根所作在後是則爲力於無智而爲智是則爲覺示人道徑者是則爲道已寂而寂向觀而觀於冥欲作明冥去是則爲明是明之自然故無有垢故能淨餘脱於欲故能脱餘欲不可見已度諸界故無有諸界内已寂已過諸空用入空故已離諸所見是則無相無所求寂是則無願相已度三界以相無有相是爲相其相與空等故所以者何以無求故是則爲布施已度是我所非我所無希望是則爲我戒無所住是則爲忍無所持無所捨是則爲精進無所增减是則爲禪不可知處所是則爲慧其所入

一切皆慧之所入與漚惒拘舍羅而相得故譬若如夢已無我爲莊嚴所作皆功德已離無所住佛語伅眞陀羅是則慧寶菩薩已具足是者便逮寶如來三昧譬若大海悉舍受衆流及寶悉從中生若菩薩得是三昧者便舍受一切人是爲合集諸法故是者衆寶之明是者衆寶之本以是故三寶衆不知盡提無離菩薩問佛伅眞陀羅王已逮得是三昧不佛言自從伅眞陀羅而問而爲發遣提無離則問仁者已得是三昧伅眞陀羅報言是三昧不作是住念當得我者不得我者是三昧無有能得者是三昧亦無有色而不可知痛痒思想生死識亦不可知是三昧不可以色見亦不可聽聞亦無所生相亦無所盡相亦無所有相而可相相相亦不可觀亦不可

視其言我能視我能觀不爲三昧何以故有因緣相故三昧者無有因緣相三昧者等諸法故已等諸法我亦如是一切人等何以故等一切空故三昧者空相一切人無有相無有相是三昧相一切人無有願無有願是三昧相一切人悉淨悉淨是三昧相一切人無有我無有我是三昧相亦不可得身亦不可得細滑亦不可得心其有說我知法我見法是皆不可得所以故不可從希望得提無離菩薩白佛見伅真陀羅所被服從婇女及妓樂謂已婬泆不知所入法甚深微妙所說自恣如法佛言菩薩已入深慧曉了漚惒拘舍羅其道地如是無所不作伅真陀羅所持琴而鼓之其音莫不而聞故七十億伅真陀羅三十億揵陀羅自隨者八萬四千夫人悉發

阿耨多羅三耶三菩提心菩薩以是慧漚惒拘舍羅便致名及美人而在尊位用不可數人故爲作本如人作火不益薪知令滅不久菩薩而獨住者不能爲人作本以與人共乃能益人其欲作大火者當益其薪故能大明菩薩以人爲薪乃能成大之光明佛言菩薩所受人多各各得本提無離問佛伅真陀羅何以故能持妓樂音而令人發阿耨多羅三耶三菩提心佛言伅真陀羅揵陀羅者悉樂於妓樂便以妓樂而樂之各得歡喜知得歡喜便令聞佛音聞法音聞僧音讚歎菩薩快其德極尊當已心習薩芸若但聞布施持戒忍辱精進一心智慧音慈哀護等音止意斷神足根力覺道向觀禪惟務三昧三摩越皆聞是音無常苦無我寂亦復聞是音空無相

不願無生無所生無生死亦聞是音復聞菩
薩藏陀隣尼金剛行三昧藏淨決諸法王印
海印三昧入一切諸法自恣諸法三昧莊嚴
三昧寶如來三昧寶自然三昧知禪三昧歡
喜三昧令地悉作蓮華三昧蓮華尊三昧無
所不遍入三昧法池三昧其意差特三昧大
電明三昧師子明三昧日明三昧無央數因
三昧已入本三昧金剛署三昧金剛幢旛三
昧若金剛三昧金剛齊三昧如地三昧若須
彌三昧若須彌住三昧明華三昧其心自恣
三昧知一切人三昧一切所行其地因是三
昧甚深全三昧無央數説法三昧開冥三昧
知一切人心行三昧所樂三昧生句三昧降
伏魔三昧現諸色三昧各入其音三昧悉知
一切人身三昧法行三昧慧地首三昧地首
三昧見諦所有三昧解諸縛三昧悉入諸因
緣三昧四十五

伅真陀羅所問寶如來三昧經卷上

音釋

伅徒損切 漚惒俱舍羅梵語也此云方便惒胡戈切 療力嶠切治也 儻他朗切或然之辭也 帑他朗切金幣所藏也 抵突抵都禮切觸也突陀骨切搪揬也 踝胡瓦切腿兩旁曰内外踝 躚蕭前切蹁躚旋行貌 峘峨峘滂禾切峨五何切峘峨歌側貌 痒以兩切欲搔也 膚齊祖奚切與臍同

伅眞陀羅所問寶如來三昧經卷中

後漢月支三藏法師支婁迦讖譯

佛言其伅眞陀羅妓樂音聲如是用是音故令人發菩薩心是者其德甚厚佛說伅眞陀羅功德爾時其在會者衣裓上皆化自有華皆起持是華散伅眞陀羅上則時伅眞陀羅以右肩悉受華其華不墮地便持是華供養散佛上其華於佛上便化作珍寶華蓋覆蔽千佛剎其華蓋者一一處懸億百千珠寶其一珠光明出億百光明一一明者有一蓮華其色若干其香甚香其一一蓮華上有坐佛如釋迦文皆言善哉善哉仁者伅眞陀羅所化人甚多皆發阿耨多羅三耶三菩提心是菩薩之所作已度界已界示現過於生死復見如故住於泥洹三界而行用一切人故伅眞陀羅念諸坐佛欲持寶華蓋遍覆其上應時坐三昧其三昧名嚴蓋則時諸坐佛上皆有華蓋及諸菩薩比丘僧其在會者各各有華蓋以手持蓋柄諸菩薩比丘僧者皆持華蓋供養上諸佛伅眞陀羅復念欲請佛及諸化佛及菩薩比丘僧到香山自是其所居處欲令宮室及諸天鬼神一切聞說法時皆得安隱令悉見供養佛可以爲本因是便可得福伅眞陀羅便從座起已頭面著地爲佛作禮白佛唯怛薩阿竭及菩薩諸比丘僧到香山就其請處欲以飯食供養七日令一切人得增益功德佛即時默聲已受請故伅眞陀羅則時歡喜便以所從中宮八萬四千人皆鼓琴作妓樂供養佛作禮而去還歸香山莊嚴宮舍縱廣三萬里令受佛及俱來者其地

墻辟紺瑠璃色天金分布其間無央數寶以雜廁其中悉具諸牀座其足者名寶以天繒爲綩綖爲佛作座而高二千三百里持諸珍寶而嚴莊之周帀欄楯皆以衆寶皆懸繒旛蓋燒名殊香上有帳幔悉覆其上以天華散遍其地近佛坐處而有四樹皆則是寶伅真陀羅自呼官屬及中宫便言佛者難值譬若優曇鉢華今已得之當好供養各棄諛諂嫉妬及貪意亂者當正心當至心供事皆當具華名殊絶好當已奉上名香及栴檀於香山而熏之今所當事是一切之尊所作妓樂調和其音當令悲好其伅真陀羅所樂者當作是供人中之人華蓋繒旛及天衣殊好輭者其色無數當用是而奉上佛者難值其供事佛者後生天上作四王釋梵其作是者便至

此得其色端正命則長壽所生甚尊便得自在其貌無輩所聞則得其供佛者便得此德若天上世間常得安隱其欲得是身常得休息是皆供佛所致其欲得辟支佛聲聞菩薩道爲作是者便能降伏衆魔伅真陀羅爲諸官屬中宫説是悉受其教具諸華香調作百味之食便住香山之南與諸妓樂俱皆令而作鼓諸琴瑟所作已辦願及用時其音皆雅悦心一切欲令安隱莫不歡喜其貌常淨笑對一切其尊無蓋諸天阿須倫莫不供事唯願用時屈神到是一總持十種力其力常勝莫能當者降伏外道利益一切其意已淨棄於衆垢唯願用時勞於尊神神其身不受一切之塵其功德不可勝數其意甚尊無有極所生甚豪行步莫能與及逮之者三道之惡

已永無有所行無行已悉捨行其有見者莫不歡喜三其明過於日月星辰及釋梵之明而不敢當其明過於三界之上其明見者若在冥中見其燈火莫不歡喜諸所有明皆悉爲蔽其明無所不明四諸天龍所有妓樂不從其樂而可得脫日益垢濁其聞佛音莫不得脫其垢便除五十方諸醫不能除人心之垢佛則是醫所語聞者心垢則除便得安隱佛者實尊尊中之尊莫能與等者所語悉淨無有異語所有惡莫不爲伏唯願用時勞於尊神六本已布施而行今已住於布施當以法而施與本已行淨戒自致得安隱伏意而忍辱得成唯願用時勞於尊神七住於精進以禪旬而自娛樂其心意已住以智慧光明而見其心而常歡悅唯願用時勞屈尊神八

其心慈哀等於一切已愛過諸限其功德過於梵以佛故而得住唯願用時勞屈尊神九

則時佛告諸比丘僧各令持鉢當就其請盡七日及護寺者提無離菩薩自念欲作交露車縱廣四百里其中悉有蓮華欲令佛及諸菩薩比丘僧各各坐一一蓮華之上到香山則時入三昧應時便有如所念白佛令有交露車願就之佛便坐蓮華之上其座高四丈九尺諸菩薩及比丘僧各各坐蓮華之上如所言所以者何唯加哀我各坐已竟則時以右手自以神足而擎舉之諸欲天子諸色天子見提無離菩薩所作威神變化乃爾各以其妓樂華香而供養隨到香山伅眞陀羅遥見佛在交露車中坐來見已便令八萬四千眞陀羅揵陀羅皆持華香而鼓琴瑟作其倡

樂而趣前迎佛便相將入宮到其處所佛就其座諸菩薩比丘僧各各悉坐伅真陀羅語釋梵四天王今具已辦各各布之中宮一切各持飲食而悉供養飲食已竟行澡水訖伅真陀羅以几坐佛前聽佛說經佛語提無離菩薩菩薩奉行檀波羅蜜凡有三十二事清淨行之何謂三十二事一者菩薩布施欲求佛發心爲本二者菩薩布施當離羅漢辟支佛道三者菩薩布施念欲度脫十方人民四者菩薩布施與人心不悔五者菩薩布施與人視之如佛六者菩薩布施與人心無慳貪七者菩薩布施與人心不亂歡喜與之八者菩薩布施與人手自斟酌九者菩薩布施與人意廣不怠十者菩薩布施與人不求欲有所生十一者菩薩布施與人不從其中有所希望十二者菩薩布施與人不有所置隨佛經教十三者菩薩布施與人樂佛經故十四者菩薩布施與人欲求佛道故十五者菩薩布施與人不自貢高十六者菩薩布施與人欲勸勉教人故十七者菩薩布施與人欲度脫人民十八者菩薩布施與人欲持經法教人民故十九者菩薩布施與人隨佛教故二十者菩薩布施與人欲降伏魔官屬故二十一者菩薩布施與人欲求成就得佛故二十二者菩薩布施與人欲求爲人中雄猛故二十三者菩薩布施與人欲閉塞餓鬼道故二十四者菩薩布施與人欲使後世習布施故二十五者菩薩布施與人後世欲得豪貴富樂故二十六者菩薩布施與人世世得菩薩道故二十七者菩薩布施與人常欲與善師

相隨故二十八者菩薩布施與人欲使世世和顏向十方人故二十九者菩薩布施與人欲成佛道之本故三十者菩薩布施與人欲及成就菩薩故三十一者菩薩布施與人欲得三十二相八十種好故三十二者菩薩布施與人欲成境界莊嚴欲向佛入諸經法故是爲菩薩清淨布施三十二事菩薩行檀波羅蜜如是菩薩清淨行尸波羅蜜凡有三十二事何謂三十二一者菩薩身所行常清淨是爲持戒二者菩薩離慳貪瞋恚愚癡口所言淨潔是爲持戒三者菩薩心行明慧不欺於佛是爲持戒四者菩薩不墮外道奉行十事是爲持戒五者菩薩生天上世間常不離佛道是爲持戒六者菩薩離羅漢辟支佛心去調戲是爲持戒七者菩薩遠離諛諂入佛智慧是爲持戒八者菩薩多學智慧心爲第一是爲持戒九者菩薩極大慈哀向於十方是爲持戒十者菩薩遍護十方人悉具足是爲持戒十一者菩薩未嘗犯禁離於慚愧是爲持戒十二者菩薩不毀缺所行身常畏慎是爲持戒十三者菩薩不中道犯行違戾本心是爲持戒十四者菩薩自守不犯衆惡是爲持戒十五者菩薩隨明人之教度脫惡道是爲持戒十六者菩薩持戒生天之本是爲持戒十七者菩薩悉欲具足隨佛智慧是爲持戒十八者菩薩常堅持戒不犯佛教是爲持戒十九者菩薩不自貢高輕侮他心常自制止是爲持戒二十者菩薩能自制心不隨愛欲是爲持戒二十一者菩薩持戒不失得佛諸經是爲持戒二十二者菩薩持戒有信

勸助樂不欺是爲持戒二十三者菩薩不犯慳貪是爲持戒二十四者菩薩持戒堅住隨法教化是爲持戒二十五者菩薩棄捐財富常欲作沙門是爲持戒二十六者菩薩習教於空閑之處樂於經法是爲持戒二十七者菩薩不貪飲食衣被欲入道故是爲持戒二十八者菩薩斷截諸惡成諸功德是爲持戒二十九者菩薩暴露專精遠離姓族守功行德是爲持戒三十者菩薩入深法行無所附著是爲持戒三十一者菩薩隨次第法行十二因緣是爲持戒三十二者菩薩不隨諸外道遠離四顛倒是爲持戒是爲菩薩清淨持戒三十二事菩薩行尸波羅蜜如是菩薩清淨行羼提波羅蜜凡有三十二事何謂三十二事一者菩薩不貪身是爲忍辱二者菩薩不惜壽命是爲忍辱三者菩薩不持瞋恚意向人是爲忍辱四者菩薩人有罵詈毀辱悉受是爲忍辱五者菩薩若見疲病羸劣當哀傷之是爲忍辱六者菩薩不輕易無教之人是爲忍辱七者菩薩雖自豪尊爲人所易是爲忍辱八者菩薩爲人所剥割不瞋不怨是爲忍辱九者菩薩無瞋恚恨意於人是爲忍辱十者菩薩爲人所敗令就小道心不迴轉是爲忍辱十一者菩薩樂信佛道其心不懈是爲忍辱十二者菩薩心不動亂清淨而住是爲忍辱十三者菩薩未嘗持瞋恚向人是爲忍辱十四者菩薩護他人心令不得起是爲忍辱十五者菩薩常以柔輭之心向人是爲忍辱十六者菩薩常持慈哀之心向人是爲忍辱十六者菩薩不恃自貢高之心向人

是爲忍辱十八者菩薩爲十方天下人下屈是爲忍辱十九者菩薩不持忿行向人是爲忍辱二十者菩薩自守無所犯負是爲忍辱二十一者菩薩常自制心令意不起是爲忍辱二十二者菩薩自有過失能自悔責是爲忍辱二十三者菩薩不持他人長短是爲忍辱二十四者菩薩常樂念佛道是爲忍辱二十五者菩薩常樂解於經法是爲忍辱二十六者菩薩常愛樂十方人民是爲忍辱二十七者菩薩常欲施與十方人民是爲忍辱二十八者菩薩常持和心向人是爲忍辱二十九者菩薩常喜學來於人是爲忍辱三十者菩薩常隨經法不中斷絶是爲忍辱三十一者菩薩聞有三不活不恐不怖是爲忍辱三十二者菩薩無所從生樂喜智慧是爲忍辱

是爲菩薩清淨忍辱三十二事菩薩行羼提波羅蜜如是菩薩清淨行精進波羅蜜凡有三十二事何謂三十二事一者不斷佛道是爲精進二者不斷經法是爲精進三者不斷比丘僧是爲精進四者度不可計人是爲精進五者受不可復計死生心不怠是爲精進六者當供養無央數佛無猒極是爲精進七者當作不可復計功德是爲精進八者當學不可復計經卷是爲精進九者悉當教十方天下人是爲精進十者成就十方天下人皆使得佛道是爲精進十一者當爲十方天下人給所當得悉當從與之是爲精進十二者自身所有好物持施與人是爲精進十三者諸禁戒悉當護持是爲精進十四者忍辱之力悉當輭弱是爲精進十五者諸禪三昧悉

當具足是爲精進十六者諸智慧悉令具足是爲精進十七者諸佛境界所行功德自莊嚴作佛時境界是爲精進十八者欲求極大力是爲精進十九者悉降諸魔及官屬是爲精進二十者持佛經法悉降伏餘外道是爲精進二十一者十種力四無所畏諸佛經法悉欲得具足是爲精進二十二者莊嚴身口心是爲精進二十三者未嘗懈怠休惓是爲精進二十四者所作爲事悉當究竟是爲精進二十五者心常當猛健是爲精進二十六者悉棄捐諸愛欲是爲精進二十七者諸未度者悉當度之諸未聞經者悉當使聞之諸未般泥洹者皆當令得般泥洹是爲精進二十八者一一相者輒有百福功德悉當具足是爲精進二十九者諸佛經法悉當護之是爲精進三十者不可復計諸佛境界我悉當知是爲精進三十一者世世常當見無央數佛是爲精進三十二者遠離從精進出生遠離身心無形亦無所住亦無所出亦無所入亦無所生是爲所無生樂住是爲菩薩清淨行精進波羅蜜如是菩薩清淨行禪波羅蜜凡有三十二事何謂三十二事一者所念無所犯是爲淨二者所持不缺是爲淨三者所分別不忘是爲淨四者去離調戲是爲淨五者自守知足是爲淨六者心不邪念是爲淨七者勸人作功德持用索佛是爲淨八者不犯六事是爲淨九者適無所著是爲淨十者自觀內外是爲淨十一者悉具五句是爲淨十二者心常柔輭是爲淨十三者不著於身是爲淨十四者內行定是爲淨十五者向入

佛道是爲淨十六者遠離於惡人是爲淨十七者智慧明所入是爲淨十八者悉入所因功德是爲淨十九者悉念經法本樂是爲淨二十者隨次第入行是爲淨二十一者智慧恩不轉是爲淨二十二者漚惒拘舍羅所成就是爲淨二十三者悉欲具足佛事是爲淨二十四者悉哀苦人是爲淨二十五者不與羅漢辟支佛從事是爲淨二十六者稍稍樂入深智慧具足是爲淨二十七者所作功德不猒是爲淨二十八者一切人本無有人信是事是爲淨二十九者悉得佛三昧不亂是爲淨三十者悉入十方天下人所念事悉見是爲淨三十一者悉知十方天下人身事是爲淨三十二者譬如醫王悉愈人病菩薩持經法悉愈十方天下人生死老病是爲淨菩薩行禪波羅蜜清淨如是菩薩行般若波羅蜜凡有三十二事何謂三十二事一者欲得佛諸經法無猒是爲高明二者隨次念諸經法是爲高明三者智慧解黠是爲高明四者所因法不滅智慧是爲高明五者入黠守解五陰是爲高明六者以黠慧承經法解於本端是爲高明七者阿伊檀拘舍持羅智慧解是爲高明八者十二因緣拘舍羅稍稍學知是爲高明九者四諦拘舍羅悉知是滅是爲高明十者稍稍入慧拘舍羅制不隨泥洹是爲高明十一者内觀皆悉曉知是爲高明十二者故受化生悉當曉知是爲高明十三者經法無所從生悉當曉知是爲高明十四者一切人本端無形本自淨隨世間習俗而大度十方人是爲高明十五者一切法爲一法

耳本端者泥洹也是爲高明十六者一切境界爲一境界耳何以故本自空故是爲高明十七者一切佛爲一佛耳何以故經法所入不可計故是爲高明十八者一切事不悉見說何以故各各有字拘舍羅悉當知是爲高明十九者無所罣礙獲智慧不可計十方天下人來問悉能報答是爲高明二十者悉得諸經法未嘗有忘用得陀隣尼故是爲高明二十一者悉覺諸魔事覺者當即遠離是爲高明二十二者一切法如幻譬如人假著龍軀須臾脱去一切無所復有如是是爲高明二十三者如夢中所見及水中影深山音響一切法皆如是是爲高明二十四者一切法皆空本無從來故是爲高明二十五者十方天下人心所念智慧悉至悉知其本是爲高明二十六者持漚惒拘舍羅威神之力入泥洹後復來出現生死是爲高明二十七者空無願無相一切法隨教悉見度脱是爲高明二十八者本端定不定無所見一切法悉了其本何故一切法無所持無所著是爲高明二十九者悉得明無有癡冥悉得智慧光燄爲十方天下人說經法悉度脱是爲高明三十者一切生死本無所從來去亦無所至悉曉知隨習俗而入爲十方人說法更死更生示現如是是爲高明三十一者四事不護智慧悉至遍皆悉知是爲高明三十二者爲十方人說經法從次第隨人所喜樂爲說之當自制心自護智慧悉具足成就諸佛悉遥見是高才爲菩薩持佛威神爲悉擁護是爲般若波羅蜜三十二事清淨如是菩薩漚惒拘

舍羅所行有三十二事何謂三十二事一者教十方天下人自護身二者福多者亦不於中住福少者亦不於中住三者教十方天下人民索菩薩道者當教不索菩薩道者不教悉視如師無異四者常欲多珍寶財物施與衆人五者常樂求羅耶多教於人六者示現母人身欲多教母人七者示現年少教化小兒八者示現若干種人用哀世間人故九者世間有狂亂者亦現狂身安隱度之十者若有亂心煩憒隨其煩憒爲說經道十一者隨十方人所喜持法往度之十二者持禁戒百歲若千歲若有人所欲喜捨戒法往教度之十三者隨人所好喜被服諸音妓樂持施與之人得莫不歡喜因持經法往教之十四者頭陀沙門各異志行隨其法行往教之十五者尼揵波和及餘外道隨其種類而入教之引著佛道中十六者於諸婬女中示現端正化婬女人獨尊悉教諸婬女人令不婬及復化作男子稍稍内佛道中十七者若大會作諸音樂時觀者聽音樂之聲一切人大歡喜持諸音樂聲說經法其有聞者莫不得度十八者世間工師妓道化人悉入其中教化令爲佛道十九者示現般遮旬世間有貧窮羸劣者指示地中伏藏財物施與貧窮人竟爲說經法皆令發意二十者世間有死喪號哭愁毒者亦復化現威神亦復愁毒化教愁毒人令爲經道二十一者世間亡財物菩薩化示伏藏財物教令爲道二十二者若有侯王若有傍臣若有迦羅越黨有無子愁毒者便化入腹中作子子各爲父母家室說經令得

度脱二十三者於賈人中最尊貴中道資粮乏絶便現威神給與伴人漿水飲食令飽滿以爲説經道二十四者若有人墮地生盲若百人若千人若萬人亦復持威神現盲人悉復給視與衣被飲食所當得悉使盲人得眼視莫不歡喜如是稍稍爲説經法皆使發意求佛道二十五者於大城中若有見囚徒拘繫牢獄亦復化現作囚徒亦復各各在其中持威神之力悉使繫者洗沐衣被飲食悉爲説經皆令發意索佛道二十六者若有死罪將詣城外諸菩薩便持威神之力隨其人數以化人補其處將人持去其人得脱大歡大喜便飲食令飽與衣被爲説經道其人樂皆發意求佛道二十七者若有鬬變諍訟若諍錢財若諍田宅菩薩於中央兩分和解若有不足則持錢財義爲和解給足與却後爲説經道令發意索佛道二十八者漚惒拘舍羅菩薩常端正示現於人作醜惡二十九者現身作可憐沙門教人轉復作白衣行教人三十者菩薩行漚惒拘舍羅遠離在外餘道隨其被服言語於其衆中誹謗佛誹謗法誹謗比丘僧稍稍持經法教化引著佛道中三十一者稍稍教人般泥洹亦復隨之般泥洹即復化出異方現三十二者行漚惒拘舍羅菩薩自在所喜而化現若化出作羅漢若復化出作辟支佛若復現作菩薩若復化現作佛是爲漚惒拘舍羅三十二事清淨如是説般若波羅蜜時伅眞陀羅及眷屬及諸天龍閱叉揵陀羅九萬三千人悉發阿耨多羅三藐三菩提心與佛俱來者八千菩薩悉得無所

從生法樂忍伅真陀羅王得明慧三昧聞佛所說歡喜踊躍則以天繒貢上佛於是間不能平其價數則時伅真陀羅宮室八千人以千葉華蓋以貢上佛佛以威神令華蓋悉在虛空置佛頭上合爲一華蓋縱廣四千里伅真陀羅子及諸夫人見是威神變化悉發阿耨多羅三藐三菩提心皆對佛惟怛薩阿竭教詔吾等令成阿耨多羅三藐三菩提作是言時佛則離地百四十丈坐於虛空從身放光明照三千大千之剎土伅真陀羅摩休勒諸所有眷屬及諸欲天子諸色天子所有倡妓樂不鼓而自鳴於香華之山諸華果樹悉作琴聲其音甚好佛舉身毛一一毛皆放光明有蓮華一一蓮華有菩薩坐皆有三十二相用佛威神故諸妓樂聲但聞說經皆作難經之音如人所疑諸蓮華上坐菩薩皆發遣難經之問決諸狐疑諸音而作聲云何發菩薩心行而不忘自致坐於佛樹一菩薩報言其心歡喜於一切便有無極大慈心以是之故不忘二菩薩其音復作問其意云何所因云何以無極大慈而生三菩薩報言其意不諂所因如慧無極大慈者致於泥洹四其音復問所施與云何已與云何從而不悔所作云何不求生有所生云何作菩薩願五菩薩報言所有物而不愛惜既與便無有悔意常念菩薩道故不求有所生處六其音復問所作淨戒云何於戒而不自貢高云何教失戒者何從自致至摩訶衍七菩薩報言其有善心便有淨戒一切法空故不貢高作無極大慈悲故能教失戒者八其音復問若有駡詈

謁捶欲殺者當云何有忍辱其意云何不起而有恱九菩薩報言當念我作佛時爲一切人作醫王其病者我當愈之以是故能忍辱其有駡詈謁捶欲殺者其意不起而有恱十其音復問精進云何而有究云何不怠成菩薩行十一菩薩報言精進者用法故欲護一切故而有究曉了空事故不怠十二諸音復問其意當云何而令備足其心如深入云何於禪而自知無所希望十三菩薩報言其心不迷故能備足其心不諂故如深入用漚恕拘舍羅故能禪以是故無所希望十四諸音復問云何得智慧所見而直行云何具法業慧當云何而決疑十五菩薩報言喜學問者增於智慧曉知十二因緣故能直行喜以法施與故決諸疑曉知其本十六諸音復問云何而多智能自致是以聞云何而教人而自致得尊十七菩薩報言常謙遜故多智所聞如作乃能致是以法施無所希望故能至尊十八諸音復問其慈者而云何乃至無極之大哀云何具護等云何得至梵天十九菩薩報言其等心是則慈不猒極是則護因是其心歡喜恱故能至梵天二十諸音復問云何菩薩而能見佛見已云何而歡喜云何聞法而不疑二十一菩薩報言其心常念佛故能致得見聞法其心而淨潔故能無疑二十二諸音復問云何功德而可集云何其慧而可合云何向觀而可知如是之事云何求二十三菩薩報言於功德無猒足是故集學問無有猒故能致其慧其心不亂無所念是故爲向觀二十四諸音復問藏者云何其處云何其行云何所緣二十五菩薩報言藏者

空無所有其處者波羅蜜四禪是其行所緣度一切二十六 諸音復問何謂魔事何謂佛事云何所作至菩薩二十七 菩薩報言無有贍而性弱是故爲魔事隨摩訶衍心是故爲佛事悉捨衆惡故至菩薩二十八 諸音復問云何當親近於迦羅蜜此言善友 云何離於惡師云何而等住云何而捨二十九 菩薩報言其教導菩薩道是則爲迦羅蜜令離菩薩心是則爲惡師所作而自知是故爲等住捨外道諸邪是則爲正三十 諸音復問云何可護諸法云何可教一切人云何爲漚惒拘舍羅令成菩薩道三十一 菩薩報言精進故能護法漚惒拘舍羅故能教人隨人有無若道若俗而爲開導故成至菩薩道三十二 諸音復問云何所作而用慧云何是魔事云何而謹勑不失時三十三 菩薩報言所作令無罪是故慧所作而非法是爲魔事常隨其教是則爲勑常有謙遜爲人之所敬三十四 諸音復問其道者云何非道者云何造人令入道三十五 菩薩報言六波羅蜜是正道其急者是聲聞辟支佛事是故非菩薩道曉了般若波羅蜜漚惒拘舍羅故能造人令入道三十六 諸音復問何謂爲利云何是鎮云何能令勤苦人而令得歡喜三十七 菩薩報言其得者七覺意其法者是則利其鎮者是則陀隣尼所教以法無飢渴是則爲歡喜三十八 諸音復問何所是菩薩父母何所是親屬何所是眷屬何所而有好三十九 菩薩報言慧則爲母法則爲父三十七品是其親屬其功德是則爲眷屬故能於一切而有好四十 諸音復問何從可知無我何從可知慈而念一切

無我與慈云何等令如秤四十一菩薩報言曉了空事乃知無我是則爲大慈知一切人皆空故四十二一切生死無有生死法令然其知是者亦復生死四十三其諦者亦無有往無有還者亦無有住其作是者便能至道四十四空無有相無有願以去來則爲一相已知者曉了五陰空故無有相無有相故無願一相而無央數四十五事五陰則空已知觀故五陰亦知觀一切人悉空亦不有亦不無四十六智慧則爲護空漚惒拘舍羅護一切人以無極大慈而教人以故可至泥洹四十七諸音復問無有生故無所有一切諸法如是法何所生知微妙而生死四十八菩薩報言無所生故無所有是故慧之滅用漚惒拘舍羅微妙故有生死生死四十九諸音復問何謂而得決何謂不復還云何而得忍云何而無疑五十菩薩報言等住而得決已入法身不復還已得無所從生法樂忍便無疑五十一諸音復問何謂佛樹何謂菩薩相何緣佛爲名佛何謂名爲怛薩阿竭五十二菩薩報言樹者普若天無所不覆習諸法是菩薩相是故名曰佛以智故於無所希望其身亦爾故名怛薩阿竭五十三

伅真陀羅所問寶如來三昧經卷中

音釋

綩綖 綩於阮切綖以然切綩綖坐褥也

帳幔 帳知亮切幔莫貫切帳幔帷幕也

諛諂 諛羊朱切面從也諂丑琰切佞言也

黠慧 黠胡八切黠慧也

憒 古對切心亂也

摩訶衍 梵語也此云大乘衍以淺切

詈 力智切罵詈也

撾捶 撾陟瓜切捶之累切撾捶並擊也

伅真陀羅所問寶如來三昧經卷下

後漢月支三藏法師支婁迦讖譯

伅真陀羅諸子聞是法得歡喜信忍各各解身上珍寶以供養上佛各各說言今用吾等故以是所有上佛今逮得聞諸法各各白佛甚可奇是妓樂之音乃作是問諸座化菩薩悉決其難其在會者皆無狐疑爲我等開無央數冥而令得明是者誰之所致令諸妓樂音乃作是難問諸座化菩薩皆令發遣悉爲解之佛言皆怛薩阿竭之所致若我欲令空而作音聲尚可致何況妓樂及諸樹以是故怛薩阿竭所作不可計伅真陀羅諸子皆言令一切人皆如怛薩阿竭及伅真陀羅八萬四千夫人各各持天珠而奉上佛則時散佛頭上便化作八萬四千交露帳其中悉有牀具足皆珍寶皆布天繒以爲綩綖諸交露帳中悉有坐佛其皆三十二相諸種好悉具八萬四千夫人見是變化莫不歡喜皆發阿耨多羅三耶三菩提心悉皆踊躍合作一音而歎怛薩阿竭已自淨復淨他人悉去諸垢無所著無所汙其明甚好其眼如優鉢華今自歸明若如月 一 其觀者莫若如見佛佛爲一切莫不斷其罪所謂其聞者莫不歡悅常愛樂於廬野以衆寶而合成悉覽持法寶藏今自歸無所不度者 二 若度水已到岸却外道伏諸邪其淨於蓮華以空率化以諦教導今自歸歡喜者 三 度四瀆以四諦而率人於世間行與人眼足下輪有千好今自歸音安好 四 其身過於人爲一切而說之其有力無與佛等今自歸十種力 五 而斷欲有所得而不

喜無所得不以憂於世間開盲者如冥中然燈火六已伏心致十種力而施與自娛樂身已伏寂而度今自歸而無何七其相者而甚尊在於一切爲之上爲一切示現莫不得其本其忍及慈以自娛樂今自歸爲尊所敬八若船師無所不度佛者是即尊燒三毒壞絶衆冥一切愚闇皆蒙其恩莫不來供今自歸寂諸惡已盡九光而七尺色若如金其音甚大聲而清淨於人之上是則爲尊今自歸爲一切而作本者十貢高諸冥已悉除去度於一切自守如道爲衆作導所語悉諦而無有異今自歸於冥而作明十一其祠祀而甚大故名字而悉聞其法説如所言其所聞莫不遍今自歸歡喜大十二已住其處降伏貢高自用者於一切而無所著故知而極尊今自歸脱人之欲者十三其聲甚好音聞梵天悉知罪福去人之垢曉知五陰所作得重莫能等者今自歸去諸穢垢十四其心悉等將護一切以率其意其知無所不曉已住於道所作悉正所教皆諦莫不得脱今自歸所知而時十五爲人示道其德軟好其聞音者莫不解釋衆魔甚多莫不而伏一切悉過自用諸所貢高今自歸已去衆惡十六諸有附者莫不隨教皆而來敬莫不供者其佛難值所入微妙其來問者莫不喜悦今自歸其德無輩十七其意已力無所不曉於好於醜其心適等已堅住其處莫能動者今自歸已總諸力十八其手足而有網足下有輪脱諸生死常勝一切今自歸其德如天無所不蓋十九則時伅真陀羅夫人讚歎已竟各各復問雖發阿耨多羅三耶三菩提

心難以毋人自致阿耨多羅三耶三菩提佛言以一事離於毋人疾得男子至阿耨多羅三耶三菩提何謂一事以發薩芸若作無央數功德而不忘是爲一事復有二事毋人疾得男子自致阿耨多羅何謂二事所作如所語不事諸天但歸於佛所作如正不信於邪是爲二事復有三事毋人疾得男子自致阿耨多羅何謂三事護身三事而淨護口四事護意三事是爲三事復有四事毋人疾得男子自致阿耨多羅何謂四事所施與不諛諂於戒而不諛諂常自守護亦不諛諂聽聞其法亦不諛諂是爲四事復有五事毋人疾得男子自致阿耨多羅何謂五事以用法故所作如法聞法而直住不樂於毋人常念作男子是爲五事復有六事毋人疾得男子自致阿耨多羅何謂六事不懈怠所作不忘其心柔輭朴質而不諛諂亦無姿態所作至誠是爲六事復有七事毋人疾得男子自致阿耨多羅何謂七事常念佛得法身常念法得佛慧常念僧欲令來屬常念戒欲淨之所求常念施與去諸垢常念天上欲令如菩薩心常念人欲度生死故是爲七事復有八事毋人疾得男子自致阿耨多羅何謂八不以飯食而自樂亦不華亦不香亦不衆好雜色亦不至戲觀之廬亦不倡妓而爲樂亦不歌儛是爲八事復有九事毋人疾得男子自致阿耨多羅何謂爲九亦無所斷亦無所著亦不念有我亦不念有人亦不念有壽亦不念有命亦不念有所生亦不念無所生而信因緣是爲九事復有十事毋人疾得男子自致阿耨

多羅何謂爲十爲一切而有慈不貪利一切物亦不念他男子身命盡而不欺衆不兩舌而喜罵亦不妄語其有作倡妓樂其心不以爲樂亦不起意亦無所恨而正住不以邪罪福事而索知是爲十事毋人可得爲男子疾得阿耨多羅三耶三菩提毋人有施心有法心視諸色若水中之聚沫自於色不貢高於安於苦視若雨中之泡若得安不以爲愛若得痛而不怒於安隱亦不喜於痛亦不憂視而知思想若野馬其心亦不在男亦不在女生死譬如芭蕉知生死無有可於生死亦不念有亦不念無其識譬如幻視其心意若幻無有異於諸法無有著以四大地水火風而知一切若作舍以三事而得成有草有土有木人者亦無吾無我無命所作如所爲無罣礙是則本眼已自然而有所視眼者如水中之泡但恬已肉而畏空本空而淨耳鼻口身意亦爾視其身若如影其聲者譬若響知其心如幻其作是者疾離毋人而得男子自致阿耨多羅三耶三菩提佛說是語時諸夫人皆歡喜已頭面著佛足應時佛笑無央數色光明而從口出遍十方還遶身三帀還從頂入阿難從座起整衣服長跪已讚歎而問面明如月其光甚尊其色如火中之金今笑願聞其緣一今欲所問總持尊慧爲一切悉作本其因地之者莫不供事屬之所笑會有歡者二今欲而問以法施自樂以清淨之戒忍辱之力屬之所笑是誰之本三今欲所問精進而根得成之力以禪惟務以自娛樂其慧若天無所不遍屬之所笑而爲誰本四今欲

而問常若有慈加於之哀護等適平而無奇特屬之所笑誰當得本五今欲而問已斷三毒而有三眼所語法者譬若甘露屬之所笑誰當植本六今欲而問降伏衆魔却於外道以四諦而教屬之所笑誰當致本七今欲而問尊於十力決斷衆疑其德無數屬之所笑誰當得本八今欲而問佛語阿難乃見佗真陀羅諸夫人眷屬爲我作禮者不阿難白言已見佛謂阿難諸夫人因是歡喜爲我作禮而自發心合會功德壽終已後離於母人當得男子便生兜術天上當與彌勒相見講議菩薩之事彌勒佛時皆當供養是波羅劫其當作佛者皆悉來而供養稍稍於是劫中當成菩薩行佗真陀羅自致至成佛是諸夫人皆當生彼佛刹悉作菩薩道佗真陀羅白佛今吾等所作已若如佛生死已盡但住於天及人已住於佛道今已具法藏已住其慧地已治於功德已見於諦道已說漚惒拘舍羅已造菩薩心開決衆法說所說而得依歡喜而聞法時衆會及諸菩薩各各有念佗真陀羅能至久如而成佛號字云何及其刹土有衆菩薩及其所有佛應時悉知諸菩薩所念便呼阿難謂佗真陀羅王却後七萬四千八百劫當爲佛號字群那羅耶波婆沙此言德王明其刹土名旃陀惟摩羅此言日月明其劫名羅陀那三婆此言寶等有其地平等悉白瑠璃其地之明譬若如日其地甚淨無有塵垢在虛空而有交露之帳皆悉衆寶諸菩薩悉坐其中所行徑處諸菩薩各見佛見已便念我之所見若如是化諸菩薩所疑所見佛則當開解其

疑皆當得無所從生法樂忍爾時刹土無有城郭丘聚縣邑王者之土一切人皆在交露帳中不見毋人亦不聞毋人其往生者皆悉而化在蓮華師子之座衆菩薩以禪爲樂以法歡喜爲食亦無異道不聞異道一切但有衆菩薩悉摩訶衍無有邪道不信佛者亦無衆魔亦無魔民亦無求者亦無苦者以佛之藏以空作印而封彼聞諸天及人等無異但有名字其佛壽十小劫當以無央數衆菩薩以爲僧悉當得不可議惟務是佛欲般泥洹時先當授菩薩決其菩薩名曰漚多惟授後當作佛號字摩訶惟授(此言者名曰大嚴)是劫羅陀那三婆於佛於法於僧無有盡時故名曰羅陀那三婆伅真陀羅於佛前受決即時歡喜踊躍飛上去地百四十丈而住欲令一切在

會者而歡喜自用功德因佛威神而說歎諸法本淨若空自然無有自然故無垢其知是者則佛之上子一若夢之所見不可得故不可持若如虛空其知諸法如夢不以死生爲勤苦二如幻師有所現於其中無所得其五陰若如幻三其色本若水中之沫痛痒者若水中之泡而自然思想者若野馬如芭蕉無所得生死無所得四心意所知但有字佛言若如幻知五陰本如空於生死不以煩苛四大等如稱所以等如毒故五六衰者如空野已知法持佛威神六自伏者乃施與爲是者即之安其已淨是則戒想已盡則忍辱能自制如寂爲精進七所作而無異是則之爲禪如所緣無所礙故慧持是學則波羅蜜八無我無人則等慈清淨者是爲哀其寂者若護

等作是行上梵天九以四事雜施與受佛忍已不怒貪已過無所有十無我壽命亦爾六衰空而悉寂其知者則菩薩十一菩薩者不希望不想有人無人亦不想有我無我其心不二故無所著十二法無所有而無所依去無所至來無所從住法身無所礙怛薩者與佛等十三亦不有亦不無因法緣所因便有若電現則滅心者亦爾十四於生死而有行其心不可見心者如風無所著其心者爲本淨已知心本淨於生死無所黠汙十五若垣壁墻因土草木而得成其身無知譬若石本之淨身者無所希望十六若風不可得其聲亦爾若山中有妓樂之響其知㫒聲之亦淨於是響亦不作欲十七若虛空而不墮無所住無有處盡知諸法若虛空無所住無所止如是知者已爲等住十八若有大火不能焦燒其虛空其知諸法淨若空若異方刹土而有大火往到彼間其火亦不能害已知是法不以須彌遮迦和山之爲礙其知是者能遍諸刹土其四大地水火風悉平等用空故其知是者能到億億刹土十九於三界而有聲上中下於百億劫而有聲無有竟本自然故二十佛色心等如稱而微妙用淨故諸佛平等若稱二十一菩薩行已合會無央數之功德已知善心諸法悉平等後能便受其決二十二菩薩者自已界於法身而甚淨其知是者後乃受決二十三於色不想於想亦不想於痛痒思想生死識亦不想以法故而受決受決者不以五陰四大故空者盡平若稱已知是者爲無所從生後乃受決二十四盡者不能自知不盡者不能自知盡已向

盡者諸法忍後乃受決無想者若直之道有想者若入邪道於諸法無所著已過三世其知是者乃得決(二十五)自知我而自然諸法悉自然無我而自然用空故而自然空者自然無所有其知三益心等如空是故曰自然其知受決者不當作是知爲有希望故其知不心不意受決者是則爲受決(二十六)伅眞陀羅謂諸會者若等悉住在地而我在虛空其知在地於虛空心適而等遍於三世而無所著(二十七)伅眞陀羅讚歎説是從虛空來下前到佛所而自白曰今佛者用我故於世而有佛盡爲我説吾之願已從無央數阿僧祇劫而行菩薩道不忘功德今悉得聞時會諸菩薩各有是念伅眞陀羅已從本何過去佛而發心佛則知諸菩薩所念欲決其疑故喚提無

離菩薩言過去不可勝數阿僧祇劫爾時有佛號字羅陀那呿頭(此言寶英)其剎土名曰首呵(此言淨貌)其劫名波羅林(此言清淨貌)爾時怛薩阿竭有十二億菩薩皆精進悉得忍皆阿惟越致其佛壽六十億歲其剎土莊嚴無所不辦其地悉瑠璃無種諸穀者其有飢渴名美飲食盡悉在前其土者無有異道皆悉摩訶衍爾時之世有遮迦越羅名曰尼彌陀羅而主四方是遮迦越羅供養佛六十億菩薩至千億萬歲所作功德而無央數及夫人八萬四千及子千人及官屬八萬四千人與俱發阿耨多羅三耶三菩提心發心復供事佛至億萬歲劫後以太子名曰和陀波利林華而立爲王棄國行作沙門其太子立爲王者亦供養佛如前數已復立其子而爲王便棄國行作

沙門如是展轉相傳如前法乃至盡于佛壽其佛般泥洹已最後末王而制持法佛語提無離菩薩汝乃知時遮迦越羅尼彌陀羅不今現伅眞陀羅是提無離則言善哉善哉佛之智已不可計盡久遠悉知而說之佛言是智不足言何以故能知一切人已過去當來今現在心所行有所因無所因有功德無功德是故怛薩阿竭智無所罣礙佛說無所罣礙時八萬四千人悉發阿耨多羅三耶三菩提心伅眞陀羅與宮室眷屬供養佛七日已便持所有國土悉奉上佛是者皆怛薩阿竭所有時時枉尊來到是閒當用哀一切故伅眞陀羅太子名曰遺摩羅涅以摩尼珠交露以奉上佛白言今吾伅眞陀羅者於妓樂而有大欲唯願佛以法教詔吾等令於妓樂而無欲心佛言從今已去我爲若心作護有妓樂之音時令若聞六十四法聲當所向何謂六十四法但聞無常聲苦聲空聲無我聲寂聲清淨聲無生死聲本淨聲無所從生聲如其本聲本際聲本無聲法身聲怛薩阿竭聲無人聲無壽聲無命聲無來聲無當來聲無過去聲無現在聲無處所聲無所得聲無所上聲布施聲淨戒聲忍辱聲精進聲一心聲智慧聲慈聲哀聲護聲等聲佛聲法聲僧聲不忘菩薩聲意止聲意斷聲神足聲根聲力聲覺意聲道所入聲響聲觀聲漚惒拘舍羅聲四事雜布施聲教一切聲護法聲降伏魔聲聞幻聲夢所見聲若日明聲若響聲若水中影聲不壞法身聲十種力四無所畏聲十八法不共聲阿耨多羅三耶三菩提聲阿惟

越致聲莊嚴國土聲是爲六十四事諸所妓樂以佛威神但聞法聲已入是者便得三十七品時會者莫不歡喜皆頭面著地各各悉言菩薩甚尊已住法者皆爲佛所護佛語諸會者如若之言菩薩以住法者皆爲佛所護所以者何以護菩薩者爲護一切人所以者何菩薩發心用一切故所以爲僧那將護愚冥脫於生死皆至泥洹佛言其知護菩薩者是人已爲護一切人已其有以鉢震越衣被所當得者而與菩薩已爲施與一切已所以者何菩薩出息入息而得生活譬若如人有出息入息而得因是而得住足欲饒益一切故一切衆會諸欲天子諸色天子清淨天子真陀羅揵陀羅摩休勒皆讚歎勸助佛之所言皆持衆華而散佛上佗真陀羅自念諸比丘菩薩上至佛皆當還去欲令自佗真陀羅神足而還便化作交露車縱廣三百里皆悉衆寶無央數寶以爲諸樹爲怛薩阿竭作師子座高四丈九尺以天繒無央數色有綩綖布其諸座令諸比丘菩薩各各就坐爲諸帝釋梵四天王作座如天座則已成辦白佛已加哀當就之佛與比丘僧諸菩薩悉就佗真陀羅車則時因佗真陀羅神足去地一四十丈其車行於虛空八千天子其諸真陀羅揵陀羅皆共隨從佗真陀羅以金爲繩與眷屬俱挽交露車適當向道佛放光明悉照三千大千刹土王阿闍世及諸群臣比丘比丘尼優婆塞優婆夷見光明知佛當來悉持繒蓋旛華香出羅閱城皆出而行迎佗真陀羅八萬四千妓樂皆作倡妓鼓琴瑟而行其音先

聞伅真陀羅與子及眷屬挽車送佛至耆闍崛山中已到佛從車已下自就其座諸比丘菩薩皆在前而住阿闍世王比丘比丘尼優婆塞優婆夷諸一一尊者及散王屬阿闍世者皆持繒蓋華香悉以供養佛作禮各各問言怛薩阿竭提無離菩薩問佛伅真陀羅與諸眷屬以車送佛到是當得何功德佛言伅真陀羅及眷屬其發阿耨多羅三耶三菩提心者因是功德皆當得五旬及至成佛而不忘從一剎到一剎供養諸佛聞其法亦供視諸比丘僧皆當知宿命悉當成無極之大哀常當護諸法常當教化一切人王阿闍世語伅真陀羅善哉仁者爲佛所饗阿闍世復報語伅真陀羅則作功德願分我少所令我得其功德伅真陀羅則答言若可意者持是功德而相與及一切人何以故菩薩諸所功德皆爲一切故不於中有所貪諸所作功德不念獨是我所作一切人許菩薩有所作爲一切當蒙其福祐何以故菩薩者是一切之因緣稍稍而自習故能益於人伅真陀羅謂阿闍世善哉仁者而得二迦羅蜜一者是佛二者是文殊師利蒙是恩所作非法其狐疑悉得解除阿闍世王言菩薩所作甚善以意作法器諸所聞法其心不疑亦不念亦不忘提無離菩薩問佛何謂菩薩能作法器佛言以三十二事爲法器何謂三十二事菩薩堅住爲佛所護是爲法器一其意不諂所語無異不於功德有信是爲法器二以習菩薩事是爲法器三所聞用意是爲法器四已入意稍欲至道是爲法器五入知諸本是爲法器六

布施得尊是爲法器七淨戒具足所願是爲法器八忍辱者致三十二相是爲法器九精進者一切諸佛是爲法器十一心者療治其病是爲法器十一智慧者無所罣礙是爲法器十二慈者爲一切人而等是爲法器十三其哀者護一切貧窮是爲法器十四其護者爲哀一切人是爲法器十五等心者爲一切其心無有異是爲法器十六爲人迦羅蜜是爲一切功德之法器十七所聞不猒足是爲般若波羅蜜法器十八作沙門雖離父母親屬其心不以爲勤苦是爲法器十九樂在山間而自獨處其心專一是爲法器二十能忍空閑可得禪句是爲法器二十一其無者已所有而與之便教導人是爲法器二十二護諸法使盲冥而得明是爲法器二十三知陀隣尼曉了其事能開導人是爲法器二十四在所欲爲一切人能決其疑是爲法器二十五其念佛者疾得見佛是爲法器二十六其無瞋怒其心不恨其功德不知盡是爲法器二十七巳知事空不慕所有是爲法器二十八曉了十二因緣過著斷上而去是爲法器二十九已得法忍者是爲法器三十今受決不久是爲法器三十一於阿惟越致前其力故不動轉是爲法器三十二是爲三十二事菩薩法器說是法時萬人皆發阿耨多羅三耶三菩提心皆舉言令一切悉得是法器令吾等逮得如佛所說法器佛謂伅眞陀羅可還處所勿令人勤勞伅眞陀羅言其心念勞者是非菩薩其不念勞者是爲菩薩伅眞陀羅復問佛何所菩薩念勞何所菩薩而不念勞佛言菩薩以四事可知有勞何謂四事可知有勞聞無

央數人其心恐怖是爲一勞聞不可度生死其心恐怖是爲二勞聞不可限諸佛智其心恐怖是爲三勞聞無央數功德而成一相其心恐怖是爲四事知而有勞菩薩以四事知而不勞何謂四事欲度一切人皆令至泥洹是爲一事不以爲勞欲自護無央數生死益欲作功德其心不恐則不爲勞聞無央數佛知欲悉具足其心不恐則不難聞無央數功德而成一相其心不恐續作功德不以爲難是爲四事知菩薩而不爲勤勞復有四事知而計勤勞何謂四事中間中間愛樂聲聞之事而往附覲中間中間樂辟支佛法而往親近諸法欲盡時而不用意亦無有護亦不教人發菩薩心是爲四事知菩薩而計勤勞復有四事不可計有勞何謂四事不於羅漢辟支佛法而自娛樂體亡身命不離其法若聞有好人可發菩薩心故往教不避大遠是爲四事知菩薩而不爲勞復有四事可知有勞何謂四事若沙門婆羅門貧窮乞丐者如有所求輒瞋怒向之但憂食飲臥起得安而不念餘人不念學問我當多知時時所聞慧急去而不欲教人向是爲四事知菩薩而計有勞復有四事知而不計勞何謂四事其乞丐者有所求則而施與視之如迦羅蜜其心柔輭好顏向一切不自念身安但欲安他人於學不以猒足如所聞教一切人無所希望是爲四事知菩薩不計有勞復有四事菩薩計而有勞何謂四事不求波羅蜜道不以四事而有所施於一切人不精進而欲教其趣可所聞念以爲足不念菩薩道是爲四事知計

有勞復有四事可知菩薩不計有勞何謂四事若身被火不以爲劇求諸波羅蜜亦如是不以懈怠以四事施與常以備足不逆求者以精進欲教於人歡喜欲具諸功德知而不猒是爲四事菩薩知不計勞佛謂阿闍世聞菩薩而不計勞耶答言已聞佛言已聞者從今已去其有行菩薩者所作勿猒極而計勞王阿闍世問佛何謂菩薩行佛則於伅眞陀羅揵陀羅諸會中而言各各得所其阿闍世聞佛所說菩薩行如所行聞法則作行於菩薩不計勤苦而行於一切等心行堅固行諦行其意所作而淨行於菩薩法而不諂行布施行與行所有無所惜行其作菩薩行不作有所依淨戒行寂行身口意淨行菩薩以心常念而行忍辱行棄捨衆恨而行其作菩薩行者不起其意精進行有所致行於生死不以勤劇而行其作菩薩行其心不怯弱禪行知行安身心而行其作菩薩行心而不亂菩薩者以智慧行當如法行其行菩薩不計有所得慈行柔心行常作哀行菩薩所作行無有恚行空行以意行無有相清淨行其菩薩行無所願菩薩行是當行具足意智慧行菩薩所行無所礙信行精進行用意安三昧行其菩薩行無所斷神足行惟務行以五旬行菩薩所作而不罷不行平實行乘法行欲教一切而行其如菩薩行所作而不藉因緣行如作行斷絕衆冥行於菩薩所作而不錯淨行清淨行脫衆垢行菩薩其作是行無有悔安行護一切令無畏行菩薩其作是行爲悉具足所欲如日行如月行如蓮華不汙行菩

薩作是行爲諸天一切之所敬如釋行如梵行具足道行菩薩其作是行衆魔悉恐持行尊行盡婬怒癡行菩薩作是行者無央數諸天皆讚歎之所行久長行智慧眼清淨行菩薩作是行者無所希望寂行肅行於名色無所著行菩薩其作是行無有罪菩薩所作如是行諸天所歎所語柔輭行如平等行捨邪道行菩薩之所行以慧爲本行勇猛行動衆魔行會當坐佛樹無有異行得陀隣尼行者菩薩在所作而不猒行山間行能忍行常愛樂欲作沙門行菩薩所行如所因欲脫行而心行於一切而尊行菩薩所緣所而不失辯行漚惒拘舍羅行於禪旬而不希望行其作菩薩無所法行於俗行非俗行欲色無色行菩薩作是行無所畏一切無所不行盡知一切人行菩薩所行譬若如天無所不覆佛說菩薩行時五百菩薩皆得無所從生法樂忍於衆會八千人皆發阿耨多羅三耶三菩提心悉對佛言吾等悉當奉行菩薩行如所行佛作瑞應欲令伅真陀羅還歸其處時伅真陀羅宮室眷屬遶佛三帀前長跪而辭放身光明皆作妓樂鼓於琴瑟地一反爲震動而雨天華便還處所歸其宮室釋提桓因白佛今伅真陀羅供養佛及法比丘僧諸菩薩其功德已出我上佛語釋提桓因不獨過汝上其德已過三千大千刹土諸釋梵四天王諸聲聞辟支佛上所以過者何菩薩一發心諸聲聞辟支佛一切人當因其法得度脫故菩聲勝於一切莫能有勝於佛者故知無能勝菩薩者所以者何佛因菩薩心而自致成諸

聲聞悉因佛法而得成佛説是語釋提桓因則而泣涙出白佛今我有損本不發菩薩心時座中有天子名曰瞿或謂釋提桓因佛法而普天莫不發菩薩心今若之悔當復何益所以者何焦燒菩薩種故已不在菩薩法器瞿或説是語時五百忉利天子皆發阿耨多羅三耶三菩提心瞿或天子白佛我見佛從本行菩薩從提和竭佛授決得無所從生法忍時今怛薩阿竭如所説法樂忍唯願説之今吾等聞佛言無功徳菩薩不能得聞無所從生法樂忍佛語瞿或菩薩以四事得無所從生法忍何謂四事等知諸佛以過去當來今現在無有二一於諸法等無有異二等諸刹土三等一切人四是爲四事復有四事何謂四事樂空而知四禪一以無極哀樂於三活二以漚惒拘舍羅樂六波羅蜜三以智慧樂於五旬四是爲四事復有四事何謂四事於五陰求菩薩道菩薩知五陰而自然一於四大求菩薩以自然信四大二於六衰求菩薩視六衰而自然三於諸法求菩薩於諸法自然而不疑四是爲四事復有四事何謂四事以住於本際而知諸法一已住怛薩阿竭於法無所不入於三世而等二入於法身悉知諸法其相若空不可壞三視諸法悉等無有異四是爲四事菩薩得無所從生法樂忍説是法時五百菩薩悉得無所從生法樂忍瞿或天子得法忍不疑説是欲竟時佛呼阿難若悉得佗真陀羅所問不阿難白言悉得甚善是法快哉無比甚深微妙如本所説以是而知本曉了諸法阿難白佛如本所聞法

今聞是者可悉曉了今我聲聞聞是悉曉了
是法何況菩薩其知無極其心若海無所不
受其智甚廣無所不包於諸法無所不總於
衆寶而爲大器於一切無請者所作若親厚
其慧不可度阿難復問佛其後聞是者當得
向法明佛言今怛薩阿竭一毛光明悉覆三
千大千日月之明如怛薩阿竭舉身毛光明
不如得是法明其慧無所不過所以者何諸
明者皆因智慧而得法明者而知一切人故
尊而無蓋者其後聞是者皆得慧明便持諷
誦讀教人承其法智不離菩薩用一切故於
無極哀以爲摩訶僧那僧涅以慈而爲鎧以
降伏魔稍近佛樹下阿難白言今我承佛威
神而持是法其諷誦讀爲一切人廣說其福
云何佛言若有人以七寶滿三千大千刹土
施與須陀洹斯陀含阿那含阿羅漢辟支佛
上至佛所作功德至千歲佛問阿難其德甚
多不阿難白言甚多甚多天中天佛言不如
男子女人奉行菩薩事而晝夜各三諷誦讀
若爲人說是法中事其德出彼上何況諦知
是法者何以故菩薩以經中四事爲人說解
其中義故是爲法施衆施中之尊於是爲極
上之恩法施者是爲極上之護何以故其法
施者聞聽心垢則除便得脫其所有物而施
與但長養於生死其欲度於生死者當以法
而施與是爲隨佛教法施者一切人因是中
而得德菩薩法施時得三十二事何謂三十
二事用意安一所作安二於行安三於愛欲
少四於怒尠五癡亦爾六自就脫七復脫人
八度生死九爲人所愛十爲諸天所歎十一爲

龍閱叉揵陀羅所護十二因所作而分越十三便得衣鉢震越牀臥具病瘦醫藥十四名聲遠近莫不聞者十五終不爲邪之所得十六爲諸佛之所讃十七便能行護法十八因是而得法身十九不畏於惡道二十於諸天及人不以爲難二十一所生不離諸佛法二十二所生便知宿命二十三所生受身而不缺減二十四便逮得三十二相二十五得陀隣尼無所破壞欲二十六而知諸因緣以禪自養二十七以大悲治道路二十八於冥疾得明二十九其心不邪念三十俗事之所施與而過上三十一於法藏不可盡在所欲是爲三十二釋提桓因白佛我奉行持是法若佛般泥洹已後其有人應法器者我當擁護令得聞是法所以者何如是經中所說功德用功德歡喜故佛言善哉善哉釋提桓因於我前而勇猛若師子吼後當護是法用是功德故若阿須倫欲以兵而來不敢當若所以者何是法要無能得者而若欲護之其有所畏者所見不邪故於法無所希望是故爲護梵天白佛其有郡國縣邑聚落其說是法吾等自當捨其處所當往擁護所以故聲聞辟支佛釋梵因是法而得自致四天王白佛吾等是佛弟子皆當奉行是法當擁護之令得久住其吾等所部主不信佛法者若龍閱叉揵陀羅眞陀羅摩休勒其有不信者我當令信則皆言隨其習俗語祝曰多鉀嗡鉀阿獵鉀婆沙獵鉀休婁摩休婁伊婁牽婁阿和㘞惟越㘞波利眵陀那尼蚑哆波袈散那伊利伊利惟利頞哆妲哆妲摩羅伊陀悉當令信向佛法其有邪意者皆令正心其有閱叉自用者皆

不自貢高皆當令讚歎佛而擁護法是要之所說四天王祝是其有求人短者皆得不勝佛語彌勒提無離菩薩我從阿僧祇劫而行菩薩道令以法而相囑累令得久住彌勒菩薩謂提無離菩薩佛般泥洹已後吾等當護是法當教告人廣說其事後世若有菩薩有功德者當逮得是經卷我等當勸助而擁護之若後世其逮得是經者有書諷誦讀皆得安隱當知彌勒提無離菩薩之所擁護時於會中魔來而白佛佛爲聲聞說法時我不恐懼亦無所憂佛今所說菩薩印駐怛薩阿竭稍近菩薩道爲一切作護我今聞是愁憂譬若如老今已羸極若欲躃地唯怛薩阿竭加哀而舉所以者何聞是甚愁甚憂從今已去莫復說是佛謂魔莫復啼哭亦勿致愁今若伴者亦甚衆多其有不聞是法者悉是汝伴其信樂者少少耳佛以取土著爪甲上其有信向是法其數若爪上之土其有不信者之數譬若地之土如地土之數不信者悉若之侶也用是故且自歡喜無央數一切人界說是法時悉發阿耨多羅三耶三菩提心九萬二千菩薩皆得無所從生法忍八萬四千人皆得須陀洹道八千比丘皆得阿羅漢爾時三千大千刹土而爲六反震動其光明無所不照普雨於天華其琴瑟倡妓樂不鼓而自鳴諸天無央數輩在虛空中皆言善哉善哉吾等於閻浮利再見法輪而轉如怛薩阿竭於波羅柰轉於法輪多所安隱今之所說復增加轉倍其有持諷誦讀是經者所說以爲助法輪彌勒提無離菩薩及阿難問佛是法

爲何等當云何行佛言是名伅眞陀羅所問諸波羅蜜解諸法寶品佛説是經彌勒提無離菩薩比丘僧諸天人犍陀羅鬼神龍莫不歡喜前爲佛作禮而去

伅眞陀羅所問寶如來三昧經卷下

音釋

繒疾陵切帛也 倡妓倡尺良切倡優也妓渠記切女樂也 泡匹交切浮漚也 恬徒兼切安也 煩苛苛賀多切細也 吱指移切 呵許何切 劇奇逆切艱也 尠息淺切少也 鉀邊迷切 鞮音提 眵尺之切 蚑詰利切 妿音哥 妲丁達切

大樹緊那羅王所問經

姚秦三藏法師鳩摩羅什譯

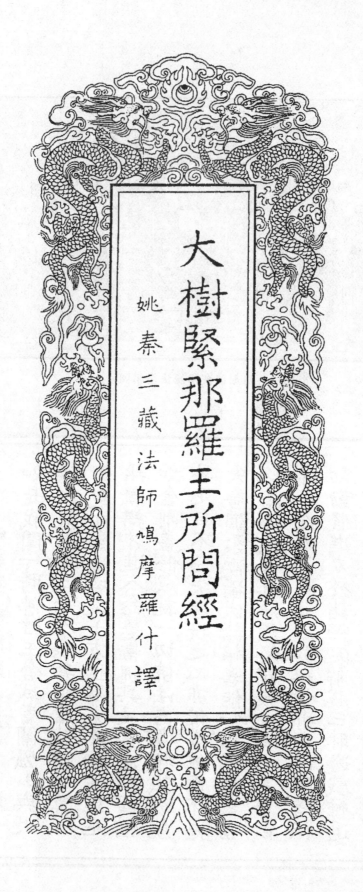

清刻龍藏佛說法變相圖

大樹緊那羅王所問經卷第一

姚秦三藏法師鳩摩羅什譯

如是我聞一時佛住王舍城耆闍崛山與大比丘衆六萬二千人俱菩薩摩訶薩七萬二千衆所知識皆從十方世界來集得陀羅尼無礙辯才進入念慧慚愧具足其志堅固猶如金剛善修成就一切佛法志意精誠成就具足自不忘失菩提之心亦能令他而不忘失善調柔輭攝伏諸根善能知捨所愛之物以清淨戒善自莊嚴於諸衆生其心平等以柔和忍力而自莊嚴於無量那由他阿僧祇劫勤修進力於諸禪定解脫三昧遊戲神通自在無礙善以智慧分別一切諸法句義其心不動如大山王於諸衆生其心平等如地水火風善離愛恚常行慈心恒遣慈光遍照

衆生安住大悲常勤觀察一切衆生住於大喜樂法具足住於大捨得無二智利衰毀譽稱譏苦樂皆已超過如是世法慧光善伏自衆他衆降伏衆魔世所難遇如優曇華爲諸衆生中大師子吼究竟涅槃悕樂甚深四無所畏爲如來印之所印之所記無錯如説而行於深法藏義味相應蔽諸日月名稱流聞徧十方界悉爲諸佛之所護持守護法藏常不斷絕三寶種性善能遊過無邊佛刹善解了知隨宜給侍諸佛世尊聽聞受法常勤精進教化衆生得到方便智慧彼岸善隨一切諸衆生根如應説法善知一切諸衆生等意行之相其心淨妙善巧言説爲大醫王善療衆病已於無量阿僧祇佛所種諸善根善集相好福德莊嚴善能解了空無相願善解諸法如幻如焰如水中月如夢鏡像解一切法如虛空相善能解了一切衆生音聲言説善分别法樂説無盡善能觀察出世之慧成就大力近佛十力得明肉眼天眼慧眼法眼佛眼善度莊嚴助道法分善解超度一切諸道明了菩薩法藏所攝善能轉於不退法輪得三昧印相善能知到金剛埸三昧一切諸法自在三昧常現在前持大寶炬其心謙下於諸衆生常觀一切諸衆生心亦常觀諸衆生智慧近佛智慧令諸衆生施作佛事所作事辦皆已聚集一切功德盡未來劫説其功德不可窮盡其名曰寶注菩薩寶有菩薩寶手菩薩寶華菩薩寶相菩薩喜見菩薩愛意菩薩愛眼見菩薩持地菩薩作喜菩薩大勢菩薩大德菩薩降魔菩薩摩竭提菩薩濡天菩

薩曼陀羅香菩薩寶喜菩薩等觀菩薩無高下菩薩善御菩薩一切衆生不請友菩薩彌勒菩薩雲音菩薩持山嚴菩薩上積菩薩上友菩薩勇友菩薩光相菩薩光德菩薩燈王菩薩觀志菩薩光莊嚴菩薩雜綵冠菩薩天冠菩薩天王菩薩天眼觀菩薩觀世音菩薩菩臂菩薩善思志菩薩善住志菩薩善住業菩薩不動足進菩薩金剛足進菩薩越三界足菩薩疾辯菩薩速辯菩薩無斷辯菩薩無住辯菩薩妙音菩薩梵音菩薩喜一切衆生音菩薩文殊師利法王子菩薩如是等上首七萬二千人於此三千大千世界釋梵護世并餘大威德諸天龍夜叉乾闥婆迦樓羅緊那羅摩睺羅伽人非人等比丘比丘尼優婆塞優婆夷皆來集會爲欲聽法爾時世尊與無量百千大衆恭敬圍遶而演說法爾時天冠菩薩即從座起整於衣服偏袒右肩右膝著地合掌向佛以偈讚曰

超世爲世作燈明　智慧利益於世間
令結闇者得光明　我今稽首離世間
十力行施最殊勝　善自調心到彼岸
天人龍神所供養　稽首敬禮燒結仁
勝相多利益世間　金色圓光普周偏
持淨妙戒大美音　稽首三界最無比
度諸衆生到彼岸　調伏諸論無能動
善了知諸衆生心　稽首敬禮勝大悲
斷諸結使不生著　以力降怨善住戒
天中之天淨結垢　我稽首禮降諸怨
衆寶中最無垢穢　常樂智慧爲先首
除斷貪瞋愚癡垢　稽首心等如虛空

演說四諦度四流　說甘露法施淨眼
遊行三界爲利衆　我稽首禮持輪相
常爲人天所供養　常化衆生令度脫
虛空人天所供養　我稽首禮人中勝
常樂集於正善法　常以慈心等世間
人尊調御住正道　稽首攝持一切德
淨音所說勝美妙　適意柔輭梵音聲
善解衆音到彼岸　稽首美妙如實說
趣空無相及無作　能取甚深難見法
善能進趣入解脫　稽首善知解脫道
世尊善解知因緣　常能斷離二邊見
實說因緣業果報　我稽首離諸見闇
無有來者及去者　無慢善能觀諸法
如幻如焰水月像　稽首敬禮善法眼
生若無生都無生　若生及滅亦無滅
其所止處如法住　調御善住如是處
有所言說便眞實　善住如如叵傾動
金剛山身無動搖　我稽首禮叵傾動
其身口意等無異　名聞無量徧三界
我今欲問勝丈夫　願尊匆慮爲演說

爾時天冠菩薩偈讚佛已白言世尊今我於如來應供正徧覺勝妙法中少有所問若佛聽許乃敢諮請爾時佛告天冠菩薩善男子恣汝所問隨汝所疑如來當說悅可汝心爾時天冠菩薩白言世尊云何菩薩得成雜種莊嚴之辯世尊云何菩薩得增勝智善知分別甚深之法世尊云何菩薩善知諸根世尊云何菩薩善能解知如應說法世尊云何菩薩善知一切衆生心行世尊云何菩薩知一切因行果報亦知出過所行無失世尊云何

菩薩莊嚴布施世尊云何菩薩莊嚴戒忍精進禪智世尊云何菩薩善能解知莊嚴梵道世尊云何菩薩不失神通世尊云何菩薩斷諸結使世尊云何菩薩度到彼岸世尊云何菩薩能現一切聲聞縁覺及諸衆生形色威儀無有别異世尊云何菩薩觀於生死不住涅槃世尊云何菩薩觀衆生界不動法界世尊云何菩薩不退失利觀現失利世尊云何菩薩有大財寶封邑無盡以方便力現爲貧窮世尊云何菩薩行於諸行令有作門入無作門世尊云何菩薩善觀諸法世尊云何菩薩決定分别一切諸法世尊云何菩薩行諸世法不爲所汙世尊云何菩薩於法自在不觀望他世尊云何菩薩不離見佛世尊云何菩薩善自調伏無諸惡法世尊云何菩薩善爲師導而不吝法世尊云何菩薩爲諸衆生作實依止世尊云何菩薩能轉一切諸佛法輪世尊云何菩薩於一切法得灌頂位爾時世尊讃天冠菩薩善哉善哉善男子汝今所問多所利益安樂世間利安人天攝取未來諸菩薩等善男子汝常曾於恒河沙等佛世尊所諮請問難今復當大利益安樂未來菩薩令此大乘得久住世善男子汝之所問善心諦聽吾當演說天冠菩薩白言世尊受教而聽善男子菩薩成就四法得於雜種莊嚴之辯何等爲四是菩薩於一切衆生無侵害心捨諸一切所愛之物心無悔吝有說法者不斷其說起隨喜心歡喜踊躍讃言善哉勸請說法若於晝夜若在僧中若在佛塔以菩提心常爲先導起志欲心喜樂諸法而是菩

薩專心志欲以法等施不期利養善男子是爲菩薩成就四法得成雜種莊嚴之辯善男子菩薩成就四法得增勝智善知分別甚深之法何等四法順因緣法知我實性知入一切衆生實性知生死行無有來者無有去者知一切法虛空印相是爲四善男子菩薩成就四法善調諸根何等四法善知法界門觀諸法門無有障礙知諸神通善調伏心無有二行是爲四善男子菩薩成就四法善能解知如應說法何等四辯智度衆生智分別法智自淨其心亦淨一切衆生之心是爲四善男子菩薩成就四法善知一切衆生心行何等四智慧超出智無有礙入於方便諸有所作終不中悔能自覺了是爲四善男子菩薩成就四法善知造因所得業報亦知出過所行無失何等四不說斷滅亦不說常因於業報如實而知如法而現法法示相是中無我無我所知於所作不失果報是爲四善男子菩薩成就四法莊嚴布施何等四莊嚴相莊嚴於好無比踰色無盡封邑及以寶手是爲四善男子菩薩成就四法莊嚴持戒何等四作轉輪王而善莊嚴菩提之心作釋提桓因而善莊嚴菩提之心作大梵王而善莊嚴菩提之心不墮惡道生人天善處而善莊嚴菩提之心是爲四善男子菩薩成就四法莊嚴忍辱何等四出梵音聲迦陵頻伽聲多人所愛心意悅樂堅修善法得金色膚是爲四善男子菩薩成就四法莊嚴精進得不可壞何等四得一切衆生無能壞者爲諸衆生作不請友有所爲作專志不懈心無疲猒樂集多

聞堅智莊嚴無猒是爲四善男子菩薩成就四法莊嚴於禪何等四無諸閙亂無有放逸無有瞢瞢不捨調伏心是爲四善男子菩薩成就四法莊嚴智慧何等四不說我人衆生壽命得無礙辯善能分別一切句義於一切法無有疑惑是爲四善男子菩薩成就四法莊嚴梵道何等四在空淨處生起慈心爲化衆生起於悲心守護正法起於喜心生如來智起於捨心是爲四善男子菩薩成就四法不失神通何等四入於四禪而不退失入四空定知於方便心得自在知一切法神通遊至無量佛刹是爲四善男子菩薩成就四法斷諸結使何等四内自寂靜亦寂靜外善觀諸法知如幻化有大智力非憍慢力是爲四善男子菩薩成就四法度到彼岸何等四知於欲流不證離欲知於有流隨意往生知於見流不捨諸見知無明流不逆緣法是爲四善男子菩薩成就四法能現一切聲聞緣覺及諸衆生形色威儀無有别異何等四善起如幻三昧如實而知一切法相善觀五通自觀巳身知如幻化是爲四善男子菩薩成就四法觀於生死不住涅槃何等四諸佛護持自大悲心善巧方便不捨本願是爲四善男子菩薩成就四法觀衆生界不動法界何等四觀自實性解於法性觀衆生性不疑智性觀諸衆生同涅槃性是爲四善男子菩薩成就四法不退失利觀現失利何等四以專志心趣向涅槃修入生死專志欲於一切佛法現爲聲聞緣覺調伏是爲四善男子菩薩成就四法有大財實封邑無盡以方便力現爲

貧窮無諸財賄何等四或現作於轉輪大王釋梵天王爲化尊勝諸衆生故現作貧窮爲化貧窮諸衆生故見來求者盡捨一切所有財物見大富者現無盡寶有自在力是爲四善男子菩薩成就四法令有作門入無作門何等四說一切行無常淨於智行苦得於覺知一切行無我離於諸見涅槃法寂得勝智進行是爲四善男子菩薩成就四法善觀察諸法何等四善淨慧眼得明法眼佛眼現前於一切法得灌頂位是爲四善男子菩薩成就四法決定分别一切諸法何等四辯智無滯解了諦智住四依智不捨陀羅尼智是爲四善男子菩薩成就四法行於世法不爲所汙何等四觀知世法超出過於世間衆生斷除愛恚無所染汙畢竟明淨是爲四善男子菩薩成就四法於法自在不觀望他何等四定得自在智得自在慧得自在方便得自在是爲四善男子菩薩成就四法不離見佛何等四自往見佛亦勸衆生自往聽法亦勸衆生自發菩提心亦勸衆生發菩提心常不捨離念佛三昧是爲四善男子菩薩成就四法善自調伏無諸惡法何等四出世聖慧觀察知見顯示解脫善集法忍斷離一切不善法習是爲四善男子菩薩成就四法善爲師導而不吝法何等四專心利益一切衆生志意堅固無所慊恨常行教化一切衆生自捨已樂修集智慧常爲一切衆生作利成於已利是爲四善男子菩薩成就四法爲諸衆生作實依止何等四捨於已利常求利他自捨諸樂爲諸衆生求於法樂如所聞法爲人廣說

無有疲倦以法養命不以衣食是爲四善男子菩薩成就四法能轉一切諸佛法輪何等四得陀羅尼得無斷辯智入一切衆生心行不觀種姓而爲說法引入涅槃是爲四善男子菩薩成就四法於一切法得灌頂位何等四出過諸行住菩薩行得無生法忍示現生死爲不退轉印之所印入如來印住第十地善知諸地是爲菩薩成就四法於一切法得灌頂位佛說如是諸四法時三千大千世界六種震動大光普照於上空中百千億天作天妓樂歌詠讚歎雨天曼陀羅華作是歎言如來世尊無量阿僧祇劫所集無上正眞道法皆悉於是諸四法中開示顯說若有衆生得聞是經受持讀誦兼復書寫於大衆中廣分別說當知是人不從小功德來若有衆生聞於如是諸四句法聞已信解受持讀誦在大衆中廣爲人說不離菩提心彼人不久當於人天諸大衆中大師子吼如今如來大師子吼我等今者快得善利得聞如是諸四句法復能信解演說如是諸四法時八萬四千人天發阿耨多羅三藐三菩提心萬二千菩薩得無生法忍爾時天冠菩薩白言世尊菩薩成就幾法佛涅槃後得聞是經受持讀誦兼復書寫於大衆中廣說顯示佛告天冠菩薩善男子菩薩成就八法佛涅槃後受持讀誦書寫此經於大衆中廣分別說何等八志意成就專向菩提究竟行慈於諸衆生無侵害心住於大悲化諸衆生常求法利樂法欲法求法集法心無滿足如海呑流放捨身命守護正法厚種善根集諸福德發起大願諸

佛護持降諸魔怨離大衆畏天冠是爲菩薩成就八法佛涅槃後能得受持讀誦書寫如是經法在大衆中廣爲人說當于演說如是法時於此三千大千世界復六種震動坑坎塠阜諸山汙穢江河池流及諸大海皆不復現亦不惱觸水性衆生爾時三千大千世界悉平如掌微妙莊嚴於此三千大千世界百歲枯樹皆生華葉傾向於佛諸生林樹華葉果茂亦復向佛此大地上生諸蓮華大如車輪雜色可愛妙香適意大光普照徧此三千大千世界上虛空中有諸天子不現其形鼓衆妓樂聞是樂音雪山王中香山王中所有諸天倍出妙香令此三千大千世界普悉大香時雪山王香山王中雨衆妙華皆流趣佛徧滿三千大千世界其餘諸樹亦悉雨華於上空中有一寶蓋覆萬由旬是大寶蓋垂諸眞珠貫鈴網莊嚴諸鈴網中所出音聲柔輭悅意有大妙音徧聞三千大千世界爾時大德舍利弗見是變現合掌向佛白言世尊是何光瑞有是希有未曾之相普此三千大千世界皆悉莊嚴甚可愛樂佛告舍利弗是大樹緊那羅王從香山中與無量緊那羅無量乾闥婆無量諸天無量摩睺羅伽大衆圍遶欲來見佛禮拜供養是大樹緊那羅王欲來見佛先現是相語言未久大樹緊那羅王與無量緊那羅衆無量乾闥婆衆無量天衆無量摩睺羅伽衆大衆圍遶作八萬四千妓樂以淨妙歌善和衆樂復有無量百千衆生皆悉隨從菩薩神通大力所持上昇虛空普雨衆華來詣佛所到已及諸侍從頂禮佛足右

遶七帀住世尊前爾時大樹緊那羅王以已所彈瑠璃之琴閻浮檀金華葉莊嚴善淨業報之所造作在如來前善自調琴及餘八萬四千妓樂是大樹緊那羅王當彈此琴鼓衆樂時其音普皆聞此三千大千世界是琴音聲及妙歌聲隱蔽欲界諸天音樂爾時欲界所有諸天皆捨音樂來詣佛所是大樹緊那羅王當鼓琴時三千大千世界所有叢林諸山謂須彌山王雪山目眞隣陀山摩訶目眞隣陀山黒山及衆藥草樹木叢林悉皆湧没湧漸遍湧等遍湧動漸遍動等遍動振漸遍振等遍振猶如有人極爲醉酒前却顛倒不能自持諸山須彌峘峨湧没亦復如是大樹緊那羅王當鼓琴時佛大衆中人王衆等比丘比丘尼優婆塞優婆夷天龍夜叉乾闥婆阿脩羅迦樓羅緊那羅摩睺羅伽釋梵護世若人非人及離欲者唯除菩薩不退轉者其餘一切諸大衆等聞是琴聲及諸樂音各不自安從座起舞時諸一切聲聞大衆聞琴樂音不能堪耐各從座起放捨威儀猶如逸樂小兒舞戲不能自持爾時天冠菩薩語是一切諸大聲聞大迦葉等汝諸大德已離煩惱得八解脱見四聖諦云何今者各捨威儀如彼小兒舉身動舞於時大德諸聲聞等答言善男子我於是中不得自在何以故由是琴音我等各各不安樂坐其身動舞不能自持所有心念不能令住爾時天冠菩薩語大德迦葉汝何耆年少欲知足修行頭陀常樂空靜天人阿脩羅敬汝如塔大德云何不能持身猶小兒舞云何不護是大衆心大迦葉言

善男子如旋嵐大風吹諸樹木藥草叢林彼無有力能自安持非彼本心之所欲樂然復鼓動不能自持善男子今此大樹緊那羅王鼓作琴樂妙歌和順諸簫笛音鼓動我心如旋嵐風吹諸樹身不能自持是善丈夫誓願威勢福德神力於諸聲聞及諸緣覺所有威德彼爲殊勝爾時天冠菩薩語大迦葉汝今觀是不退菩薩威德勢力彼琴樂音不能令其動搖驚揚大德迦葉誰聞如是而當不發無上正眞菩提道心何以故今有量智所有威力不如琴聲令如是等大威德人聞是琴聲不能自持其向大乘不退轉者不能令動爾時大樹緊那羅王更易調琴并及八萬四千餘樂佛威神力及大樹緊那羅王宿善根力之所持故諸琴樂音說是偈言

一切諸法向寂靜　如是乃至上中下
空淨寂滅無惱蓋　無垢最上令顯現
諸衆生等無衆生　過去現在亦復爾
以音聲說令衆聞　是聲同等如法界
諸世界同無世界　說示猶如虛空相
無生無增亦無滅　顯示虛妄如虛空
善覺諸佛悉同等　法界決定無毀壞
解達施戒及智慧　一相平等同無相
諸結寂滅永無結　妄想於彼生分別
無内無外亦無中　從於妄想顛倒有
若法非法無妄想　推求諸法無所有
覺了名色如實性　彼行於世無染著
過去未來無邊量　所演說法亦如是
本際寂滅無盡滅　無有方所無住處
以文字故說是法　而此文字是盡相

知是文字盡相已　於一切法無妄想
持心等持無所持　彼此不違於法相
心及數法無有生　知一切法入平等
際無際斷無所斷　前後及中同叵得
了知三世平等已　彼智無邊無有量
世間貪著於名色　有邊無邊皆寂靜
了知因緣法相已　無我衆生命妄想
所起我見永無起　一切諸法亦無起
若所起者本無起　彼常隨順順法忍
其性猶如雲中電　一切法如我實性
我人衆生性自空　入此陀羅尼印相
隨所覺知三脫門　一相無相等同相
一切有法無邊量　法法自無有妄想
以文字說分別法　若上若中及與下
文字亦無有妄想　推求分別眞實義
義及文字共相應　以音聲說無二義
若知本性常寂靜　彼本際性常自斷
若本性際常自斷　爲利世故修諸行
推求本際無本際　彼大慈悲最清淨
若大慈悲最清淨　苦樂同等而修行
亦復無高亦無下　彼名知利大丈夫
法眼寂靜最寂靜　若見不見常寂靜
亦復無增亦無減　彼性離作常寂靜
如空中聲叵捉持　雖可聞知不可說
是演說者及聽者　悉皆不實得自在

當諸琴樂演出是偈法音之時八千菩薩得無生忍爾時天冠菩薩白佛言世尊如是妙偈從何而出佛言善男子汝今自問大樹緊那羅王彼當答汝爾時天冠菩薩問於大樹緊那羅王大樹緊那羅王如是妙偈從何而出答

言善男子從諸衆生音聲中出又問諸衆生音聲從何而出答言善男子衆生音聲從虛空出天冠問言緊那羅王衆生音聲非口出耶答言善男子是衆生音爲從身出爲從心出天冠答言不從身出亦不從心出何以故身癡無知如草木瓦石心無形色不可覩見無有觸礙不可宣說猶如幻化大樹緊那羅言善男子若離身心從何而出天冠答言從於思惟出生音聲又問若無虛空聲何由出天冠答言若離虛空聲終不出緊那羅言善男子是故當知一切音聲從虛空出當知是聲即虛空性聞已便滅若其滅已同空性住是故諸法若說不說同虛空性是故應當不捨空際如音聲分諸法亦爾若以音聲有所說法而是諸法於音聲中求不可得音聲於法求亦叵得善男子是故說言一切諸法不可言說但以音聲名爲言說當知言說爲無所說又以音聲名爲言說然是音聲本無住處若無住處則無堅實則名爲實若其是實則不可壞若不可壞則無有起若無有起則無有滅若無有滅是名清淨若是清淨是則白淨若是白淨是則無垢若是無垢則是光明若是光明則是心性若是心性則是出過若是出過則出過諸相若出過諸相則是正位若菩薩在正位是則名得無生法忍若得無生法忍一切能忍亦忍於空亦忍於人何以故不離於人名之爲空相何以故是相人即是空忍於無相亦忍於相何以故是相實性即是無相忍於無願亦忍於願何以故願實性相即是無願一切法性及衆生性一切

常滅亦如是忍何以故一切衆生生死之性猶如幻夢是名菩薩得無生法忍不違一切法不逆一切法若順此忍則亦忍隨順諸法無去若無去則無來若無去來知一切法是常住如法常住衆生亦爾若得是處如法隨順如處修行是名成就無生法忍一切言說即是音聲爲語他故起是音聲是無生法忍無有能說無有能聽何以故是義不可得故而是法忍非聲非說善男子如來世尊有是威德同不可得義不可得義說於有得

大樹緊那羅王所問經卷第一

音釋

濡夭（濡而兖切睡心目不明也）諮（津私切訪問也）鼟曹（鼟都鄧切曹式亘切鼟曹謂失）坑坎（坑口莖切塹也坎苦感切小阱也）塠（都回切聚土也）

大樹緊那羅王所問經卷第二

姚秦三藏法師鳩摩羅什譯

爾時天冠菩薩白佛言世尊未曾有也而是大樹緊那羅王成就如是不思議法世尊是緊那羅王乃能成就如是勝妙神通之力復能演說甚深法忍世尊緊那羅王於幾佛所種諸善根有如是辯佛言善男子假使能數恒河沙等世界星宿不能數是緊那羅王所事如來應正徧覺善男子是人已於爾許佛所修行梵行集於無上正真之道是故得有如是辯才爾時天冠問緊那羅王汝於爾許無量佛所種植無量無邊善根何故不成無上正道爾時大樹緊那羅王語天冠菩薩善男子菩薩摩訶薩有十二無滿足法何等十二謂供養給事諸佛世尊無有滿足集諸善根無有滿足聽集法寶無有滿足修禪解脫無有滿足修觀寂法無有滿足流通顯法無有滿足教化衆生無有滿足守護正法無有滿足不捨阿練兒處無有滿足滿諸波羅蜜莊嚴佛土無有滿足修習福慧無有滿足集助菩提法無有滿足善男子是名菩薩十二無滿足法是故菩薩求善根莊嚴無有滿足爾時大樹緊那羅王白言世尊我聞菩薩所有三昧名曰寶住若有菩薩得是三昧一切法寶諸功德法自然而得善哉世尊唯願如來演說於是寶住三昧菩薩聞已於一切法而得自在隨增長法爾時佛告大樹緊那羅王如是緊那羅王有於三昧名曰寶住汝今善聽善思念之吾今當說如是菩薩寶住三昧善哉世尊願樂欲聞受教而聽佛告大樹

緊那羅王若有菩薩欲令佛寶種性不斷法寶種性僧寶種性不斷絶者修習起生八十種寶何等八十不忘一切智寶之心不捨離於志意寶心不捨修諸善根寶心不捨堅入寂定寶心生起一切布施寶心不希望報清淨寶心迴向菩提故莊嚴身寶心滿三善故莊嚴口寶心離四過故莊嚴意寶心捨離無明愛恚見故持戒不毀不穿不壞不鈌寶心不穿不壞不鈌不汙戒莊嚴故無惱害寶心於諸衆生意平等故柔忍寶心能忍難事故不憂身命清淨寶心淨善提故無愛恚寶心無高下故堅固牢强莊嚴寶心無憂慮故一切所作成就寶心無慢緩故堅固念慧進入寶心能善修習助菩提法故起禪解脱三昧寶心得心自在故集法寶心集自在財故聞正法已能持寶心得無畏故不悋法寶心心無吝故不期利養說法寶心捨離惡欲不望報故正念寶心正流趣故如所聞法成滿寶心如聞行故智觀寶心無降伏智故大慈寶心化衆生故大悲寶心觀衆生故大喜寶心愛樂法故大捨寶心諸法寂故不猒生死寶心集諸善根故化衆生寶心不住自樂故四攝寶心爲攝法故起神通寶心一切神通現變化故善知識寶心爲聞法故離惡知識寶心集善根故爲一切衆生正修寶心如涅槃故離諸一切結病寶心入一切衆生所志欲故於一切法生樂想寶心寂諸病故善修學習無慢寶心知大人法故滅憍慢寶心於諸衆生謙卑下故無幻僞寶心無諂誑故和敬寶心令法久住故護法寶心報去來現在諸

佛恩故知恩報恩寶心親友究竟故不望報寶心無所觀故常出家寶心不忘所作故愛樂寶心護白淨故聖種少欲知足寶心集持戒故莊嚴一切頭陀功德寶心於諸衆生無有過故少欲知足寶心慧無足故獨處寶心身意寂靜故求法無猒寶心滿相好故莊嚴集智無猒寶心斷諸一切衆生疑故念佛寶心不離見佛故念法寶心不離聞法故念僧寶心不退菩薩僧故念戒寶心不捨菩提心故念捨寶心捨諸結使故念天寶心繫在一生補處菩薩地中故義辯寶心覺一切義故法辯寶心不壞法界法故辭辯寶心覺了一切諸音聲故樂說辯寶心悅可一切諸衆生故得陀羅尼寶心隨所聞法不忘求故依義寶心知文字實性故依智寶心知識如幻故依了義經寶心於了義中無違諍故依法寶心覺了人實性故觀一切行無常寶心不住一切三界中故觀一切法無我寶心我及衆生俱無我故觀於涅槃寂靜寶心究竟寂靜故觀空無相無願解脱門寶心入甘露門故觀一切法無生寶心得無生法忍故見一切法如幻如夢如焰如影如響如水月寶心不住諸見故順因緣法寶心離斷常見故離諸邊見垢穢寶心離於二故入無二法門寶心覺一道故離一切行寶心至正位故正觀法位寶心一切法平等故集助一切菩提法寶心覺了一切諸佛法故如是緊那羅王若有修習如是等法善修好修正住獲得如說修行是名菩薩寶住三昧若能如是則便得是寶住三昧若有菩薩已逮得是寶住三昧無

世間寶出世間寶而是菩薩不得自在緊那羅王云何世間寶出世間寶緊那羅王世間寶者謂人天豪尊若帝釋豪尊梵王豪尊護世豪尊轉輪王豪尊居士豪尊婆羅門豪尊長者豪尊剎利豪尊雖得如是人天豪尊而不放逸以不放逸能集一切助菩提法是名世間寶何等名爲出世間寶所謂聖慧是出世間何以故智慧悉攝出世間法是故說入般若慧門名出世間緊那羅王譬如大海爲衆流主如須彌山爲衆山王猶如衆星月爲其主如諸藥草火珠光明日爲其最一切禽獸師子爲最一切民庶王爲其最三十三天帝釋爲最諸梵天中梵王爲最如是緊那羅王所有一切出世間法智慧爲首是故說言般若爲諸衆經中王能度諸流是安隱道故是名爲炬照結闇故是名勇健降衆怨故是名醫王和衆藥故是名爲師知經書故是名爲箭射結的故是名爲力究竟害結故是名大象拔結根故是名無違諍悉平等故是無鬬諍無訟訴故是名不逆善隨順故是名無瞋究竟盡故是名善知四聖諦故是名爲念正念處故是名爲正能正斷故是名示現神足力故是名爲戒障諸根故是名降伏有大力故是名爲覺善覺知故是名開示正道故是名爲寂寂靜定故是名爲明作慧明故是名作明離障翳故是至正處作照明故是名除斷除結塵故是無波浪度諸流故是不可見過境界故是無境界離内外故是名爲空離見岸故是名無相離覺觀故是名無願出三界相故是名一相無有相故是虛空相

無相似故是害愛慢離魔業故施無妄想不依於戒不住忍辱不起精進不淤著禪無言說門無一切門方便自造無我無衆生度到彼岸集諸善根無作無作者過諸作道緊那羅王是則名爲出世間寶謂般若寶是智慧寶即是寶住三昧之體若菩薩得寶住三昧一切衆寶皆悉來集緊那羅王喻如大海爲衆流主集一切寶一切衆寶皆悉來歸於是海中出生諸寶如是緊那羅王菩薩得是寶住三昧爲諸一切衆生之主集一切寶一切法寶皆悉歸趣緊那羅王寶住三昧能集一切諸法之寶是中不斷於三寶種是寶住三昧名爲集聚諸法之寶爾時天冠菩薩白佛言世尊是大樹緊那羅王已逮得是寶住三昧耶佛言善男子汝今自問大樹緊那羅王當爲汝說時天冠菩薩即問大樹緊那羅王緊那羅王汝今已逮得是菩薩寶住三昧耶答言善男子是三昧中無住無得是三昧中無有得者而是三昧非色受想行識而是三昧非色可見無聲可聞非是住相非是滅相無有處相非無相非一相所言相者都無有相無能爲住三昧相者自無有相亦非無相無相是三昧相應如是修善男子是三昧者等一切法若等諸法亦等於我若等於我亦同等於一切衆生是故善男子是三昧等一切衆生何以故一切衆生即是空相空相是三昧相一切衆生即是無相相無相相是三昧相一切衆生即是無願相無願相是三昧相一切衆生及一切法是寂靜相寂靜相是三昧相一切衆生是無我相無我相是三昧

相是三昧者無能以身觸無能以心觸凡可觸法若等不等一切皆爲善調伏故而演説之時天冠菩薩即白佛言希有世尊是大樹緊那羅王處在如是放逸之中乃能演説甚深妙法佛言善男子菩薩從慧方便地中出生示現一切所作不爲一切所作汙染善男子是大樹緊那羅王以此琴樂諸簫笛音及妙歌音調伏七十億緊那羅衆令住菩提三十億乾闥婆於無上道而得調伏其内眷屬八萬四千住一切智彼有如是大方便智善男子我唱是言是諸菩薩隨所居住在於本處隨是諸處多利衆生善男子猶如無薪火則不然如是善男子菩薩處寂亦復如是不能熾然教導衆生善男子如大薪聚火則熾然菩薩亦爾處在多衆教導熾然善男子是故當知菩薩住在最豪尊處隨所住處多利衆生天冠菩薩復白佛言是大樹緊那羅王云何以琴及妙歌聲諸妓樂音教化衆生佛告天冠菩薩善男子緊那羅等乾闥婆等摩睺羅伽等好樂音樂是大樹緊那羅王善自調琴和衆妓樂是緊那羅衆乾闥婆衆摩睺羅衆起大愛樂信解增敬得是愛樂信解增敬已於是音中出於佛聲法聲僧聲不忘菩提心聲施聲戒聲忍聲進聲禪聲慧聲慈聲悲聲喜聲捨聲念處聲正斷聲神足聲根聲力聲覺聲道聲定聲慧聲禪定解脫三昧之聲無常聲苦聲無我聲寂聲空聲無相聲無願聲無生聲無起聲無行聲菩薩法藏所攝法聲陀羅尼金剛句三昧滿聲不退轉法輪聲一切決定法王聲大海莊嚴三昧聲一切

法流入平等三昧聲等一切法自在三昧聲莊嚴智慧三昧寶住三昧聲寶有三昧聲寶降伏三昧聲寶炬三昧聲娱樂三昧聲蓮華莊嚴三昧聲過蓮華三昧聲徧一切處三昧聲一切法白蓮華三昧聲增益三昧聲大奮迅三昧聲師子奮迅三昧聲日燈三昧聲無量旋三昧聲前進三昧聲金剛場三昧聲金剛幢三昧聲金剛不壞三昧聲地持三昧聲山燈三昧聲山幢三昧聲寶藏三昧聲寶華三昧聲寶心自在三昧聲觀一切衆生心三昧聲出增長一切行三昧聲修深堅三昧聲雜辯三昧聲無觀三昧聲觀一切衆生三昧聲遊戲三昧聲出一切神通境界三昧聲降魔界三昧聲現一切色三昧聲入一切三昧聲分一切身三昧聲住一切行三昧聲慧燈三昧聲手燈三昧聲觀菩提三昧聲過樂辯三昧聲作入一切功德三昧聲善男子是琴歌音諸妓樂中出於如是三昧法聲令諸衆生受化而去菩薩摩訶薩成就如是希有之法説是大樹緊那羅王諸功德行神力之時以佛力故有天曼陀羅華聚令諸大衆各散大樹緊那羅王大樹緊那羅王以神通力右手接持無一華墮地而不在手爾時大樹緊那羅王即以供養散於如來上當散華時佛神力故令是衆華成一寶蓋覆千世界是寶蓋中垂懸無量千萬億數寶眞珠貫一一珠貫出於無量萬億光一一光明出寶蓮華雜色妙好妙香適意諸華臺中一切皆現釋迦牟尼如來色像結加趺坐如是諸佛皆讚大樹緊那羅王善哉善哉緊那羅王乃能教化

無量衆生菩薩應當如是施作既出世間還來世間教化衆生生死已盡還來受有得涅槃位還遊三界於是中生教化衆生爾時大樹緊那羅王作如是念我今當作一一寶蓋覆一一佛上爾時是王即入三昧名莊嚴寶蓋當其入是三昧之時有妙寶蓋一一各覆諸如來上一切大衆右手亦各執持寶蓋以爲已用供養於佛是時大樹緊那羅王復作是念我今當請釋迦如來及諸菩薩并聲聞僧一切大衆至香山中我宫殿食令無量無邊天龍夜叉乾闥婆阿修羅迦樓羅緊那羅摩睺羅伽等集令聽法我身當供養如來給使令彼衆生長夜利益安隱快樂爾時大樹緊那羅王作是念已頂禮佛足合掌白佛言惟願世尊及菩薩衆并聲聞僧哀愍我等至香山王受請七夜令無量衆生增長善根世尊我今堪任能爲走使哀愍大樹緊那羅王及菩薩衆諸聲聞僧當至香山七日之中憐愍我故爾時緊那羅王知佛可已歡喜踊躍遍滿其身與其夫人男女眷屬作衆妓樂供養於佛禮世尊足右遶三帀出衆而去還至香山是時大樹緊那羅王於香山中莊嚴自已所住園林爲供如來莊嚴妙地縱廣五百由旬青瑠璃地閻浮檀金以爲間錯衆寶雜色互相映發是時場上數百千妙座以寶蓮華而間錯之敷置百千萬億天衣復於場上爲佛如來敷師子座高三十二由旬衆寶嚴飾衆寶欄楯而圍遶之張施幢蓋竪衆幢旛無量香烟燒堅黒沉水上張繒綵以承塵露周徧垂懸旛蓋繒綵散衆天華於座四面作

大寶樹雜色妙好外多衆來及自眷屬皆悉
已集便爲說偈而教授之
佛出於世時乃值　猶如優曇鉢羅華
人尊今已出現世　善好恭敬供養之
捨慢懈怠及詐僞　亦離慳貪及幻惑
皆當捨離諸戲笑　善好恭敬於導師
所有衆妙適意華　天中勝華香山華
皆當聚集置一處　當以供養於人仙
所有衆妙適意香　堅黑沉水及栴檀
當於此間香山中　燒用供養勝衆生
所有妓樂妙歌音　緊那羅等所愛樂
各各善調諸音樂　當以供養丈夫仙
幢旛寶蓋及妙衣　柔軟善淨適天意
張設以待供如來　難值難得無有比
供養佛已至善處　或爲帝釋四天王
或作梵王自在王　常作人天中尊王
形色威德及名稱　眷屬侍從及珍寶
所有言教悉受用　供養佛已得是利
諸天歡樂及人樂　欲於生死常歡樂
欲得常樂及樂具　當供養是勝衆生
欲得緣覺聲聞乘　及得最上勝妙乘
又欲降伏於魔怨　當作供養供法王
爾時大樹緊那羅王如是教令諸眷屬已即
時集聚諸華香鬘塗香末香瓣百味食已住
香山王前作衆音樂歌諸偈頌白言時到
佛能利益施安樂　和顏喜笑柔軟語
妙華善聽人天供　時到善逝今可來
十力降伏諸魔力　降伏他衆利益世
斷除諸垢無垢濁　時到利益世尊來
樂頭陀行無染著　勝集念慧堅固者

勝人常出過世間　歡喜心來作利益
隱蔽日月珠光明　釋梵王有諸光明
牟尼光明皆喜樂　光明自在蔽諸光
天龍緊那羅歌聲　是聲增結不滅欲
佛音柔輭梵音聲　能滅諸結與安樂
世醫遊行於十方　不能治世煩惱病
十力醫王演妙音　滅諸結使與安樂
大名大威力無等　無比無錯無濁語
伏怨寂怨離諸怨　世尊利益願時來
施調施主慧甘露　持戒行戒尊最勝
善巧調忍熏修心　念我故來可愛者
善具進力相應法　住於禪定具神通
慧調伏意漸得備　持百福相願時來
大慈悲心意平等　離愛欲過無使患
善知梵道住佛道　世尊施樂願時來

爾時世尊知大樹緊那羅王白言時到告諸比丘各持衣鉢受七夜請差守房人大樹緊那羅王白言時到是時天冠菩薩作是念言我今當化作大寶臺令佛世尊及諸菩薩衆大聲聞僧安處寶臺坐於蓮華莊嚴座上置之右掌乘空而往至香山中天冠菩薩作是念已即入三昧以三昧力作大寶臺縱廣高下各十由旬雜色妙好四方四柱莊嚴差別時寶臺中出於百千寶蓮華座復爲世尊敷寶蓮華師子之座上高七仞爾時天冠菩薩化作寶臺及華座已白言世尊願就寶臺坐師子座及諸菩薩聲聞大衆憐愍我故世尊我今當以如是寶臺置於右掌著香山中爾時世尊愍天冠菩薩即昇寶臺就師子座諸菩薩衆及聲聞僧次第而坐時天冠菩薩即

擎寶臺置右掌中上昇虚空往趣香山爾時欲界諸天色界諸天見天冠菩薩作是神變歡喜踊躍生希有心爲供養佛及天冠菩薩故持華香鬘塗香末香作衆妓樂來詣寶臺在虚空中供養於佛乃至香山爾時大樹緊那羅王遥見如來坐寶臺中從空而來見已與已眷屬八萬四千諸緊那羅等持香華鬘末香塗香作於八萬四千妓樂以清妙歌善和衆樂往迎如來到已及諸眷屬頂禮佛足以所賚持諸華香鬘塗香末香供養佛已引前而去爾時世尊知已至彼與諸菩薩大聲聞僧釋梵護世及諸大衆詣大樹緊那羅王所莊嚴道場坐所敷座爾時大樹緊那羅王語釋梵護世及諸天子諸大德等可前就坐所爲如來施設飲食當共同嘗爾時緊那羅王與諸妻子男女眷屬手自斟酌敬意奉食種種多美雜味具足從於菩薩善根所生供養如來菩薩聲聞一切大衆悉皆充足既充足已緊那羅王知各洗鉢澡手已畢與已眷屬於如來前次第而坐欲得聞法爾時世尊爲緊那羅王及諸大衆演説妙法示教利喜爾時世尊即爲演説如是妙法緊那羅王菩薩有三十二法淨檀波羅蜜何等三十二緊那羅王菩薩不忘菩提之心而爲先導而行布施不讚下乘而行布施諸所爲者無傷毁心而行布施有來求者無侵害心而行布施又所請者起福田想而行布施諸所請者起於師想起善知識想而行布施捨内慳結而行布施無所貪惜歡喜踊躍而行布施伸手正直善好放捨無所期爲而行布施生增上

心不生下心而行布施不生惡處而行布施不望果報無所希望而行布施欲於佛法而行布施心無惱熱而行布施以攝爲首而行布施我當教導化諸衆生而行布施我當護法而行布施我當順用如來言教而行布施我應當作降魔伴黨而行布施我宜應當正覺菩提而行布施我應當作善丈夫業而行布施我應當離餓鬼惡道而行布施我應當集修捨心因而行布施我當獲得大財封邑攝取他人而行布施我應當行和敬之法而行布施我當不離得善知識而行布施我應當於一切衆生無瞋害眼而行布施我應當以布施善根向無上道而行布施我應當學餘菩薩捨而行布施我宜應當莊嚴相好而行布施我宜應當淨佛國土而行布施緊那

羅王是爲菩薩三十二法淨檀波羅蜜緊那羅王菩薩復有三十二法淨尸波羅蜜善自淨身是名爲戒淨貪瞋癡故善自淨口是名爲戒不自欺誑佛及諸天是無虚妄相故善自淨心是名爲戒離無明貪瞋邪見故淨十善業是名爲戒生人天故不忘菩提心是名爲戒不貪餘乘故志意清淨是名爲戒捨幻偽故稱讚賢聖是名爲戒勤攝非聖故以慈爲首是名爲戒於諸衆生心平等故修大悲心是名爲戒趣向教化諸衆生故善好等學是名爲戒畢竟無缺故慚愧所攝是名爲戒怖畏惡道故無有穿漏是名爲戒不中捨故無有瑕疵是名爲戒究竟白法故自己自在是名爲戒至餘佛土故尊重豪貴是名爲戒智者所讚故能超出過是名爲戒離惡道故

善安止住是名爲戒一切安樂悉具足故諸佛所讚是名爲戒是佛戒故不自慢緩是名爲戒堅實救拔世間人故不自高毀他是名爲戒善棄捨故修行棄捨是名爲戒離諸煩惱故自己修行是名爲戒一切助道菩提法故住於歡喜是名爲戒離愛貪故善攝取他是名爲戒隨如說故調伏出家是名爲戒捨離一切家繫縛故堅欲修行是名爲戒欲樂法故決定少欲及與知足是名爲戒依聖種故樂修頭陀是名爲戒欲捨一切諸惡法故無著相應是名爲戒觀無衆生故隨順不違是名爲戒順緣法故離一切見是名爲戒離斷常故緊那羅王是爲菩薩三十二法淨尸波羅蜜緊那羅王菩薩復有三十二法淨忍波羅蜜何等三十二不貪著身是名知忍不住壽命是名知忍無侵害心是名知忍堪耐惡言是名知忍悲於下劣是名知忍不輕末學是名知忍有大勢力能苦切他而不爲之是名知忍節節支解不起瞋恚是名知忍無有麤澀是名知忍不生瞋害是名知忍無不與語是名知忍有於志意是名知忍其心無濁是名知忍無嬈亂心是名知忍護他人心是名知忍以財利益是名知忍覺知大悲是名知忍滅除憍慢是名知忍謙下一切衆生等是名知忍不增熾然是名知忍樂於寂靜是名知忍閑宴無爲是名知忍自知已過是名知忍他人有缺不見其過是名知忍如法財封是名知忍有於信財是名知忍心無惱熱是名知忍意念安樂是名知忍先意問訊無有瞋面是名知忍順甚深法是名知忍順

三解脫門是名知忍解無生無起是名知忍於無生法忍緊那羅王是爲菩薩三十二法淨忍波羅蜜緊那羅王復有三十二法淨進波羅蜜何等三十二緊那羅王菩薩不斷佛種行進波羅蜜不斷僧種行進波羅蜜受無量生死行進波羅蜜集無量善根行進波羅蜜供養給事無量諸佛行進波羅蜜爲欲攝持無量聞故行進波羅蜜爲欲教導無量諸衆生故行進波羅蜜欲以如來妙說悅可一切諸衆生故行進波羅蜜爲令一切衆生逆流故行進波羅蜜爲諸衆生當設何宜行進波羅蜜捨一切所有行進波羅蜜護一切戒無有毀缺行進波羅蜜一切柔和忍辱無恚行進波羅蜜出過一切所作事故行進波羅蜜欲起一切禪定解脫諸三昧故行進波羅蜜滿無礙智故行進波羅蜜欲以一切諸佛國土所有莊嚴嚴已佛土故行進波羅蜜大力堅固越到彼岸故行進波羅蜜降伏一切諸魔場故行進波羅蜜降伏一切外道論故行進波羅蜜具佛十力無畏法故行進波羅蜜莊嚴身口意故行進波羅蜜能辦衆事無休息故行進波羅蜜心無怯弱故行進波羅蜜其心勇健故行進波羅蜜不共一切煩惱結住故行進波羅蜜摧伏一切諸煩惱故行進波羅蜜滅一切結故行進波羅蜜度諸流故行進波羅蜜脫未脫者安未安者度未度者故行進波羅蜜集百福德莊嚴相故行進波羅蜜守護一切佛正法故行進波羅蜜神通徧至一切佛刹供養禮拜右遶恭敬於諸佛故行進波羅蜜此諸精進從寂靜生身心

寂靜住無出無入無上無下爲於無生無起所攝緊那羅王是爲菩薩有三十二法淨進波羅蜜緊那羅王菩薩復有三十二法淨禪波羅蜜何等三十二法所謂念淨慧淨進淨慚愧淨堅實淨心體性淨不忘菩提心淨功德根淨無所依淨我我所淨起神通淨身寂靜淨修治心淨内寂靜淨外威儀淨斷諸見著淨觀無我無衆生無人無壽無丈夫淨不住三界淨助菩提法現前淨悲觀衆生淨除智障淨智慧超出淨不違因果淨決定法忍淨修行無常苦空法淨轉方便淨方便攝淨近道場淨不希望聲聞緣覺乘淨滿足無漏淨心不散亂得佛定淨觀衆生心如應說淨緊那羅王是爲菩薩三十二法淨禪波羅蜜緊那羅王菩薩復有三十二法淨般若波羅

蜜何等三十二法求集多聞無有猒足善巧思惟分別諸法以巳智慧覺了諸法善分別陰善分別界趣法界故善於諸入知分別故善於緣法知因住故善於諸諦知解滅故知於正位不入正位故觀察無起起自心故知諸法無生本際淨故知諸一切衆生無我離倒見故知一切法同是一法本際離欲故知諸世界是一切界同虛空故知一切佛同是一佛入不思議法界故善知分別一切章句善文字故知無礙辯廣演說法悅可一切諸衆生故知陀羅尼無忘失故知諸魔業教化諸魔向菩提故觀知諸法如幻住於分別有差別故解知諸法如電水月夢影響法諸法究竟無成就故覺知一切衆生心性本自淨故善分別觀生死涅槃善學方便故善知解

空無相無願示解脱門故知一切法本性寂靜本無縛礙故知一切法離障得明害無明闇故善知於智施慧光明爲欲解脱一切衆生演説法故知一切法無去來故知所作業不相違故知示衆生示生死故得成四辯解義法辭樂説辯故所説無錯法無不空自巳寂靜調順解真知於涅槃智慧趣向諸佛智慧守護法城持一切法得受記地所作究竟住不退轉菩薩之地緊那羅王是爲菩薩三十二法淨般若波羅蜜緊那羅王菩薩復有三十二法淨方便波羅蜜何等三十二觀察衆生自無衆惡有無量福而不休息若有少福亦不休止爲化衆生而行慧施不求福田於諸衆生起福田想不望果報教化下劣現爲下劣教諸衆生護持口業現女人像化諸年少現作童子化諸童女現一切色不違衆生自無憍恣現作憍恣爲化憍恣諸衆生故示現狂亂隨衆所解而爲説法百歲持戒爲化一人放捨此戒所有一切娛樂之具而共同之攝令入法自住頭陀爲不活畏諸衆生故現不活畏示現一切外道法中修出家行不呵佛法現爲婬女若在王宮現妙女身爲化堅著婬欲衆生於大衆中多人集處現衆技術或現簫笛琴瑟鼓貝常爲第一於是衆中歌舞戲笑皆出法音現衆技術隨諸衆生所喜樂者爲教化故而示現之現神通力施衆生財然後説法失財衆生爲現寶藏然後説法有諸衆生憂箭所逼隨其所宜而爲示現然後説法若長者居士及諸小王内宮婦女憂無子息爲欲化導令其歡喜現爲其子

於無伴中作大伴主將諸人衆至空曠野粮食乏盡求索無所以神通力化作飲食令充足已如應說法令不退轉於無上道若有衆生從生而盲群相隨逐若一若二若三若四乃至一十一百若千二千乃至十千於彼衆前現爲盲人現極貧窮從外乞求給施諸盲令其得眼覩見諸色隨應說法令不退轉於無上道若復有諸多千衆生造衆過罪爲王所繫菩薩爲脱是諸衆生牢獄繫閉現爲罪人同入是中以神通力悉解杻械施與衣裳充足飲食若爲說法令不退轉於無上道若有衆生犯罪應死爲教化故化作化人代彼罪人令其全命得無憂慮慰喻令喜而爲說法畢定住於無上正道若有衆生諍諸財利奴婢畜生舍宅田地共相撾打鬬諍訟訴以方便力現大財寶酬報是人令兩和合然後說法令住菩提行方便菩薩現作聾盲瘖瘂形殘醜陋之身捨已妙形同作彼像化衆生故或復現作外道師導在遠而住讚歎三寶冀望佛種故方便菩薩捨諸禪定生於欲界化衆生故或復現爲諸無學人希望涅槃示現涅槃倍勤精進修諸法行方便菩薩示現修行獲得正位現入涅槃而甫修行於勝妙行方便菩薩爲未得正位欲涅槃者於是人前現如來像爲令其人住菩提故緊那羅王是爲菩薩三十二法具方便波羅蜜說是諸波羅蜜時大樹緊那羅王諸眷屬中九十萬六千衆生發於無上正真道心如來衆中八千菩薩得無生法忍大樹緊那羅王得智燈三昧是時大樹緊那羅王從佛聞法示教利

喜已歡喜踊躍得未曾有以無價衣供上世尊菩薩聲聞各各施衣以所住園林及中所有一切奉施供佛如來爾時大樹緊那羅王有八千子以衆寶華莊嚴八千微妙蓋已奉供如來當奉蓋時佛神力故令諸寶蓋在虚空中合爲一蓋覆百由旬時緊那羅王八千諸子見佛神力歡喜踊躍得未曾有專心至意發阿耨多羅三藐三菩提心皆不退轉各發心已白言世尊願與我等助菩提法我等聞已當修行之

大樹緊那羅王所問經卷第二

音釋

吝良刃切慳也　奮迅奮方問切迅息置切　憧宅江切　趺甫無切足也　瓨下江切長頸甖也　慳苦閑切悋也　杻械杻敕久切械胡戒切杻械桎梏也　瘖瘂瘖於金切瘂烏下切瘖瘂疾不能言也

大樹緊那羅王所問經卷第三

姚秦三藏法師鳩摩羅什譯

爾時世尊知大樹緊那羅王諸子之心所欲樂已上昇虛空高七多羅樹放大光明是光徧照於此三千大千世界欲界諸天所有妓樂乾闥婆緊那羅等所有妓樂不鼓自鳴出微妙音香山王中所有樹木亦皆悉出微妙音樂爾時世尊復於身上諸毛孔中各放無量萬億光明一一光端各有蓮華一一華中各有菩薩三十二相而自莊嚴坐華臺中於時世尊以神通力令諸妓樂演出智偈問諸所疑令諸華臺所有菩薩以一一偈答其所問

云何而發起　無上菩提心　終不忘此心
乃至覺菩提　專志心成就　爲諸衆生故
起大悲莊嚴　不忘菩提心　彼志意云何
彼當云何行　所說大悲心　云何生起是
志意無諂僞　所修行無詐　住衆生涅槃
彼大悲如是　云何行於施　施已心無執
亦不希望報　迴向於菩提　所施一切捨
彼施已無悔　趣向菩提道　是不望果報
云何住於戒　不生於戒慢　救於毀禁者
大乘無有上　戒是菩提心　空無不起慢
起於大悲心　救諸毀禁者　云何忍衆生
罵詈及訶叱　心終不起瞋　倍增生歡喜
我爲衆生醫　療治衆病患　若聞惡言已
不起於瞋恚　云何彼行進　云何修習行
云何心無倦　修於菩提行　精進護衆生
護法常勤進　善根悉充足　彼心無疲倦
云何修正念　勇健勝進行　云何修禪定

心無有馳散　無有馳想念　慧無有諂僞
以方便行禪　彼心無馳散　云何得智慧
云何見正直　云何作決定　云何分別法
修聞增智慧　本習直心故　決定行法施
隨義而修行　云何彼求聞　云何得多聞
云何聞而說　大人云何去　彼恭敬故聽
習近多聞者　說不爲財利　大人如是去
云何彼行慈　云何行大悲　喜捨悉成就
云何住梵道　慈心悉平等　大悲無疲倦
隨喜名爲喜　是能至梵道　云何得見佛
見巳生信心　云何彼聞法　云何除斷疑
修行念於佛　得見世導師　信心得具足
聞法巳無疑　云何福莊嚴　云何智莊嚴
若定及與慧　彼云何莊嚴　莊嚴福無猒
學問莊嚴智　心寂名爲定　知法名爲智
云何彼行處　居住止何相　彼行處云何
彼云何修行　彼行法空處　捨是彼岸句
彼行住四禪　修行脫衆生　云何是魔業
佛正業云何　造作何等業　得於菩提護
不乘爲魔業　大乘爲勝道　捨離一切惡
得於菩提護　云何近善友　惡友何等相
云何平等去　捨離於邪見　若讚菩提道
善親近彼人　菩提心善淨　捨離惡知識
知諸業行巳　修行正眞見　捨離邪相應
此不失正見　云何護正法　及教化衆生
彼方便云何　能得成菩提　精進護正法
方便能教化　捨離二邊法　能得勝菩提
云何作智業　云何適意業　云何速受教
常恭敬右遶　無諍是智業　不起於諍訟
口柔輭善語　恭敬而右遶　道是何等相

云何是非道　云何能安彼　叵思衆住道
六度爲正道　下乘爲非道　學方便智已
令衆生住道　云何得大富　云何獲大利
寶藏爲云何　云何滿衆生　七財爲大富
寂靜爲大利　陀羅尼寶藏　辯說令充滿
彼父母是誰　親族何等相　侍從有何相
嚴飾智慧者　慧毋度彼岸　助道法親族
諸善根侍從　莊嚴於智者　解法無我已
慈心普徧世　無我及與慈　是義云何等
若解知於空　彼自了無我　是爲最上慈
今世知於空　未來無有來　諸行性如是
業報亦如是　云何而有生　第一義無是
亦無有去者　入於世諦道　說業及業報
若空與無相　及無願解脫　一相同無相
云何而生道　空即是無相　以無相故得
一相同一義　故說解脫門　云何觀於空
云何觀衆生　空及與衆生　云何而得生
智慧觀於空　方便觀衆生　大悲以教化
趣向於涅槃　無生無有起　一切法如是
云何生諸行　應當解此義　無生與無滅
是智所行處　從於誓願生　此方便所建
云何得受記　云何不退轉　云何忍所緣
云何得決定　住平等受記　法界不退轉
無生是忍緣　知法得決定　道場何所場
菩提何等相　誰名爲如來　云何佛得明
虛空名道場　菩提虛空相　不依於身心
如如名如來

爾時大樹緊那羅王諸子聞說如是法已得柔順法忍各各以自所著瓔珞供上如來而作是言世尊今於我等爲佛出世我等今日

乃得聞是甚深之法希有世尊乃能令諸妓樂音中說偈問疑令菩薩像答其所問能斷一切諸大衆疑我等聞已得大法明世尊是誰所持時佛答言諸賢士等當知皆是如來力持如來又能持於虛空說如是法諸賢士等佛力如是不可思議爾時大樹緊那羅王子白言世尊願令一切諸衆生等得如是力爾時大樹緊那羅王夫人婇女八萬四千其手各各持眞珠貫往世尊所到已頭頂敬禮佛足各以珠貫供散佛上當其散時佛神力故於虛空中化成八萬四千眞珠大臺四方四柱莊校分明諸寶臺中各有牀座衆寶交絡敷百千天衣是諸座上各有如來結加趺坐三十二相八十種好而自莊嚴爾時緊那羅王八萬四千諸夫人等見佛神力歡喜踊躍得未曾有皆以深心發阿耨多羅三藐三菩提心得不退轉既發心已歡喜踊躍皆共同聲以偈歌詠讚歎如來

最勝無上應供養　其所利益叵思議
善學利益調伏法　我今頂禮於勝人
離貪瞋癡及諂僞　離煩惱習無畏聲
從大寶藏開示法　稽首讚禮離欲尊
五眼清淨無結垢　善能降伏諸怨敵
不染三有如蓮華　得到彼岸我頂禮
能與世間明慧眼　能蔽日月諸光明
出生轉輪聖王種　持於輪相我讚禮
心常不染著諸色　導師作歸作救護
無與尊等洗有勝　妙音演說我頂禮
於利無利等無著　悉知一切諸世法
墮愛網者令解脫　導師世尊我讚禮

常調伏心住禪定　燒諸結使住十力
演說法施非食施　無上福田我頂禮
所說微妙具相好　棄捨遠離於左道
語聲柔輭如雷音　稽首超過於三界
人尊已離焦熱惱　神通遊至無量土
造堅牢船度世間　我稽首禮讚如來
世尊演說信及進　度脫世間諸結礙
聲聞所有六通行　離於六道稽首讚
我今稽首金山色　稽首調伏寂定根
我今稽首滿月面　稽首持德人中上
摧伏一切衆生結　超度四流難度河
我等今者歸命是　調根世尊我敬禮
尊本世時大布施　施乞求者心歡悅
最妙珍愛悉施他　健施善逝我頂禮
見諸癡慢醉衆生　善知是等所造因
聖道最勝無有上　尊善導引安是處
陰界本性常空寂　諸結無實虛僞有
導師斷世諸疑悔　時語世尊我讚禮
常住實法諸三昧　於法自在到彼岸
智慧調御最無上　我稽首禮大商主
離於幻僞諸欺誑　大力降伏諸魔軍
明智善導人中上　猶大猛風無礙著
盡諸淵底到彼岸　人尊寶藏無窮盡
如恒河沙諸如來　尊本行時常供養
得於世中不動搖　離愛過患到彼岸
親近諸佛住善處　是故敬禮人中上
棄生老病死畏怖　憶念千億本生處
極大愛網甚可畏　慧日光照令枯乾
導師獨覺悟諸法　手足輪有吉祥相
吉祥奉施柔輭草　吉祥世尊我頂禮

自在超出陀羅尼　常以法施非財施
人尊擊於大法鼓　法主世尊我讚禮
從釋王種中出生　諸根常寂心亦寂
三有導師常寂滅　寂靜心者我讚禮
魔王執持利劒來　及諸魔衆樹王下
不能令尊一毛豎　不動如山稽首讚
人尊到彼精進岸　爲諸衆生荷忍苦
生死都盡不受有　說忍世尊我讚禮
得大勢力無傾動　善住無畏處非處
安無量衆作善提　世尊善作我讚禮
知諸有爲不堅牢　捨離眷屬行出家
三有知最無有上　智到彼岸我讚禮
衆生苦惱無救護　以三寶法充足之
安置住於無難道　實救世尊我頂禮
尊修智力知諸根　破壞惡魔諸軍衆
所說音聲最尊妙　善修諸根我讚禮
聽聞正法欲爲根　復以此欲欲菩提
平等普蔭不擇親　實覆世者我讚禮
善逝自覺了諸法　自轉無上聖法輪
知諸行相猶如夢　令諸衆生識眞實

爾時大樹緊那羅王諸夫人等偈讚佛已白言世尊我等皆發無上道心終不以是女人之身成阿耨多羅三藐三菩提善哉世尊願爲我等如應說法令我等輩轉捨女身得男子身疾成無上正眞之道爾時世尊語緊那羅王諸夫人等諸姊諦聽善思念之吾當演說轉捨女身成男子身疾得無上正眞之道善哉世尊受教而聽佛言諸姊女人成就於一法行捨女人形得男子身疾得無上正眞之道何等爲一謂菩提心一切智心同爲一

心一切三界最勝之心不忘一切善根莊嚴諸姊是爲女人成就一法轉捨女身得男子身疾成無上正真之道復次諸姊女人成就二法轉捨女身得男子身疾成無上正真之道何等二謂親近佛非事餘天離於邪見是爲二轉捨女身乃至疾成無上正真之道復次諸姊女人成就三法轉捨女身得成男子何等三所謂身戒口戒意戒是爲三復次諸姊女人成就四法轉女人身得成男子何等四謂無僞心而行布施不以詐僞修持於戒以恭敬意趣向賢聖聽受正法是爲四復次諸姊女人成就五法轉女人身得成男子何等五謂愛法樂法欲法聽法既聞法已正念觀察穢猒女身常喜欲得成男子身是爲五復次諸姊女人成就六法轉女人身得男子

身何等六謂速疾柔軟質直無僞無幻無詐正直之心是爲六復次諸姊女人成就七法轉女人身得成男子何等七所謂念佛欲得佛身故常念正法欲得佛法故常恒念僧自得僧故常恒念戒誓願淨故常恒念捨捨諸煩惱故常恒念天明了菩提心故觀諸衆生歡喜心故是爲七復次諸姊女人成就八法轉女人身成男子身何等八不貪著食不貪飲醼不貪丈夫不貪末香塗香不貪遊觀園林不貪戲笑不貪歌音及諸妓樂不貪舞戲不貪交會酒樂是爲八復次諸姊女人成就九法轉女人身得男子身何等九不說有我不說有衆生不說有壽命及人丈夫不說斷見不說常見不著有見不著無見善解因緣法是爲九復次諸姊女人成就十法轉女人

身得男子身疾得阿耨多羅三藐三菩提何等十於諸衆生修行慈心於他財封不生貪愛不思念他男子之人失命因緣終不妄語不作兩舌不麤惡語不無義語不起無明不爲瞋恚有正直見依於業報諸姊是爲女人成就十法轉女人身得男子身疾得阿耨多羅三藐三菩提復次諸姊女人應當觀察深法觀色如水沫不貪酒醉色觀受如泡於樂受中不生貪著於苦受中而不捨離於不苦不樂受不生癡結觀想如焰是中不起男想女想觀行如芭蕉解知諸行無有堅實如是觀已不住諸法不起想著觀識如幻解知心識如幻人來如是知已於一切法都無所染觀知此身地水火風四大和合諸大所成假名爲身猶如草木牆壁瓦礫是身如影無我無衆生無命無人無有丈夫因業所作而自迴轉諸界妄想猶如空聚如實觀眼唯是肉叚其性空寂如是正觀耳鼻舌身意性空寂解身如鏡像解知言說猶如響聲觀心如幻如是諸姊女人觀察如是諸法速轉女身成男子身疾得阿耨多羅三藐三菩提是時大樹緊那羅王夫人婇女聞佛說此轉女身法聞此法門歡喜踊躍得未曾有頂禮佛足至心不起是時世尊知緊那羅王諸夫人等心所念已即便微笑佛之常法若微笑時若干百千青黃赤白紅紫等光從面門出遍照無量無邊世界上至梵世蔽日月光還來在於佛前而住遶佛三帀從頂上入爾時大德阿難即從座起整衣服偏袒右肩右膝著地合掌向佛而說偈言

我問無垢喜見面　我問無垢特威德
我問善能斷諸疑　爲何緣故而現笑
我問持淨最妙色　我問能利益世間
我問人天中最上　爲哀念誰而現笑
我問樂施善調伏　我問樂持清淨戒
我問樂忍得忍力　何所利故而現笑
我問住於精進力　我問住禪具神通
我問其智等虛空　無等何緣而現笑
我問善逝大慈心　我問大悲哀世間
我問樂喜及大捨　以何因緣而現笑
我問度到三垢邊　我問無垢淨三眼
我問常樂三脫門　以何緣故而現笑
我問能摧伏他衆　我問能說甘露法
我問能闇蔽諸魔　大悲顔說笑因緣
我問能持勝十力　我問猶如金山色
我問得到功德頂　爲何利益而現笑

爾時佛告大德阿難汝今見是大樹緊那羅王諸夫人不今於我所種善根已至誠發於阿耨多羅三藐三菩提心欲轉女身取男子身頂禮我足阿難白言已見世尊佛告阿難緊那羅王諸夫人等以此至誠植諸善根於此命終捨女人身得成男子生兜率天與彌勒菩薩共守護我無量阿僧祇劫所集無上正眞道法彌勒成佛復當供養如是次第賢劫千佛皆悉供養漸次滿足助菩提法是大樹緊那羅王得成佛時是諸女等當生其國彼佛如來當授其記爾時大樹緊那羅王白言世尊今佛世尊已爲我等大作佛事永淨惡道安住善道示菩提道住於智慧大寶之藏成辦一切出世善根說助成就波羅蜜伴

示善方便勸菩提心聞法充足得示教利喜愛樂深法悉得安住不退轉地世尊我等今者當作知恩非不知恩世尊我等今者若以肉血髓腦尚不報恩況餘珍寶爾時會中有餘菩薩作如是念是大樹緊那羅王幾時當得阿耨多羅三藐三菩提得成佛已號字何等其佛國土莊嚴云何諸菩薩衆以何莊嚴所受用物復何相類爾時世尊知是菩薩心之所念即便微笑無量百千種種色光從面門出普照十方恒河沙等諸佛世界休息一切衆生苦已徧至天世還來遶佛滿千帀已從頂相入爾時阿難即從座起頂禮佛足右遶七帀在如來前合掌住立而說偈言

我禮善逝未曾見　如是事相之微笑
徧照無量億世界　十方猶如恒河沙
帝釋梵王及護世　日月珠火星光明
人尊光明普隱蔽　願說以何因緣笑
寂滅三惡諸苦惱　衆生離結得歡悅
人天得樂及餘衆　清淨衆生何緣笑
誰有人天住大乘　誰當得證轉法輪
誰爲得滿上菩提　勇健放斯淨妙光
法王願爲我斷疑　及餘人天得無疑
大衆歡喜願欲聞　爲誰故現是微笑

爾時阿難偈問佛已右遶三帀還復本座爾時世尊猶如大龍顧視十方告阿難言阿難汝今見是大樹緊那羅王作廣博供養如來不阿難白言已見世尊佛告阿難是大樹緊那羅王過六十八百千億劫已當得作佛號功德王光明如來應供正徧覺明行足善逝世間解無上士調御丈夫天人師佛世尊國

名無垢月劫名有實阿難是無垢月世界之地平如手掌白瑠璃為地猶如月色極淨無垢無諸荆棘瓦礫沙石有妙寶臺住虛空中諸菩薩等在地經行於經行時兩邊有功德王光明如來世尊像現是諸菩薩見如來像即得是念一切諸法亦皆如像若有衆生於法有疑即問佛像問佛像已便能受持得無生忍一切衆生皆依虛空寶臺而住彼佛國土無女人名其國衆生皆悉化生是國土中無飲食名純法喜食彼國土中無有餘乘純一大乘一切衆生決定大乘彼諸衆生無有毀禁及與威儀破正見者一切衆生決定佛法彼國無魔及與魔天外道尼乾諸異道等不著諸見乃至不住著於善見一切衆生皆爲深行空印所印彼諸衆生人天無別所受用物皆悉同等是功德王光明如來壽十中劫多所利益多所安樂利安天人多有無量菩薩眷屬皆不退轉是功德王光明如來欲涅槃時授上精進菩薩記言是上精進菩薩次於我後當得作佛號大莊嚴如來乃至佛世尊於是劫中佛寶法寶僧寶不斷是故此劫名曰有寶爾時大樹緊那羅王自聞受記歡喜踊躍得未曾有以大菩薩善根神力欲令大衆發歡喜心增善根故上昇虛空高七多羅樹以佛神力及已言辯說是偈言

實性普攝一切法　其性如空無垢穢
知於如是妙道已　是一切佛最長子
猶如夢中有所見　無實可見悉虛妄
知解諸法如夢已　是於諸行無疲猒
猶如幻化之所現　象馬車步等兵衆

第一義中無有實　此陰如幻無堅實
色之體性如水沫　諸受猶如水泡現
其想猶如熱時焰　諸行無實如芭蕉
三有心意及與識　如來說是如幻化
知陰性空無所有　於諸行中無疲猒
四大諸界如法界　諸入喻如空聚落
如是解知諸法已　能持諸佛空法藏
善自調伏於財施　以空淨戒自調伏
忍性常盡無有相　精進勝妙常寂滅
禪性寂靜無戲論　智亦空寂無戲論
若有能入如是法　是名爲度到彼岸
慈心無我無衆生　大悲清淨如虛空
大喜大捨悉空寂　是道梵道常最勝
是四所攝爲最勝　如來說是能普攝
此攝所攝永解脫　彼得攝法之彼岸
衆生無我無衆生　不得壽命及丈夫
六根常自寂靜相　能如是知名菩薩
無有菩薩無衆生　亦復不生無我慢
離二無著無戲論　是名無著實菩薩
諸法無實猶浮雲　無有來者無去者
其體常住法界性　善逝如如而覺了
諸法非有亦非無　以因緣故諸法有
如電暫現尋復滅　其心常樂如是觀
心行非色不可捉　世間如是同叵捉
若知心性本清淨　無有結使諸闇冥
說身如木如牆壁　癡無有主如瓦礫
能如是知本性已　更不作心依倚身
口說清淨猶如風　猶如山谷中響聲
知說音聲亦如是　於諸音聲不染欲
住在虛空不墮落　虛空無住亦無處

知於諸法如空已　如是衆生住於如
虛空本無生及燒　千萬億劫而不燒
知於諸法如虛空　彼至百千界離燒
須彌轉圍及諸山　大城村邑及草木
能知是等如虛空　神通遠至千億界
地大水火及風大　四大猶之如虛空
能知此等皆平等　勇健乘空千億界
三界所有諸音聲　勝妙增上及中下
無量百千億劫說　不見本性知所在
彼勝無有別異相　雖知不能覺於心
心意等同入寂靜　諸如來等同於法
百千萬億同善根　本爲菩薩修行時
知菩提同一切法　彼得受記大名稱
諸法境界性白淨　如來境界無有量
如是知於平等已　持德如是得受記
今我無有色受陰　思想行陰亦如是
解知菩提得受記　不受陰記界入記
其所得忍本空寂　忍及與盡等無二
是無量名無生忍　如是則得於受記
無有能盡於無盡　盡問不起一切法
通達忍已得受記　無句入句無有相
實無有數無二邊　無有異作當作實
若如是者佛受記　今我性等一切法
已性無我等空性　菩提之性猶虛空
若能如是得受記　是名邪行非正行
若以心意而修行　平等法中行勝行
是等皆悉在地住　我今在上空中住
知住地者不同等　不著三界智轉增
是故得受無上記

爾時大樹緊那羅王說此偈已從虛空中下

頂禮佛足合掌向佛如是白言世尊爲我巳作佛事授我滿足無上道記世尊我於過世所修諸行則爲不空我爲不誑所作諸行爾時衆中有菩薩摩訶薩作是念言是大樹緊那羅王於何佛所初種善根彼佛如來號字何等是時天冠菩薩知是菩薩心之所念白言世尊是大樹緊那羅王於何佛所初種善根發菩提心彼佛世尊號字何等爾時佛告天冠菩薩善男子乃往過世無量無邊阿僧祇劫復過無量無邊阿僧祇劫彼時有佛號曰寶聚如來應供正偏覺乃至佛世尊是佛世界名淨莊嚴劫名淨潔是寶聚如來應正偏覺其菩薩衆有六十億一切皆是無量精進得陀羅尼不退無上正眞之道其佛壽命六十億歲彼國土中所受用物皆悉具足瑠璃所成如兜率天飲食豐多土無餘乘純一大乘爾時有轉輪大王名尼泯陀羅四域自在有四萬夫人千子具足勇健妙色能伏他衆是時尼泯陀羅王請寶聚如來及菩薩僧滿一億歲施諸所安衣服飲食牀敷醫藥一切樂具作於如是無量供養供如來巳成此善根及四萬夫人并諸千子復有八萬四千衆生同發無上正眞道心發道心巳復更滿於一億歲中以諸樂具恒常供養寶聚如來過是後巳捨於王位授最長子名曰淨戒自捨國位彼佛法中剃除鬚髮以信出家如是千子轉相禪位各各出家唯除最小王子名曰覺悲正法治國不假兵仗善得自在統領國土善男子爾時尼泯陀羅王及其諸子既出家巳寶聚如來初中及後所說淨法悉能

受持善男子汝意云何謂異人乎勿有疑也彼轉輪王尼泯陀羅即今大樹緊那羅王是其王諸子今皆修行於菩薩道善男子是大樹緊那羅王於彼寶聚如來法中初發無上菩提道心自是之後不離見佛聞法供僧教化衆生而不速疾取於無上正眞之道我今授是無上道記當得作佛號功德王光明如來時天冠菩薩白言世尊未曾有也如來智慧不可思議乃能知於如是久遠佛言如是善男子如汝所言如來知見無量無邊何以故善男子過去無量一切衆生如來悉能知彼諸心如是十方如是處處如是所作若善不善及無記業如是一切所有心轉如來悉知若現在起心若善不善若無記心如是十方如是處處如是所作如來悉知如來應正徧覺所有知見如是無礙若未來世一切衆生當起諸心如來悉知說是如來無礙智時三萬二千衆生本未發心今始殷重發阿耨多羅三藐三菩提心爾時大樹緊那羅王供養諸佛及諸菩薩聲聞大衆七夜已訖復更以諸所須樂具及其宮殿園林場地悉以奉施作如是言願佛世尊屈意數來憐愍我故當大安樂當大利益諸乾闥婆緊那羅摩睺羅伽爾時大樹緊那羅王子名無垢眼以寶珠網奉上如來白言世尊我緊那羅躭醉華香躭醉歌舞躭醉歡樂唯願世尊當爲是等說所入法門當令我等捨離狂醉修習菩提助道之法爾時世尊告緊那羅子無垢眼賢士自爾已去我當護汝令諸妓樂出六十四護助菩提妙法之音何等六十四所謂演出

布施之聲戒聲忍聲進聲禪聲智慧之聲慈聲悲聲喜聲捨聲四攝法聲不忘無上菩提之聲不猒生死聲集善根聲佛聲法聲比丘僧聲念處聲正斷聲神足聲根聲力聲覺聲道聲定聲慧聲無常聲苦聲無我聲寂聲無行聲靜聲無生聲無起聲如聲法性聲實際聲無我聲無衆生聲無命聲無丈夫聲無人聲無來聲無去聲無處聲無住聲空聲無相聲無願聲離聲滅聲無所有聲因緣聲無物聲無聚聲無依聲護正法聲降魔聲善方便聲教化衆生聲如幻如化如電水月夢響之聲法界叵壞聲如說如作聲集諸善根而不忘失無放逸聲如是賢士當令汝等諸樂音中出如是等六十四種護助菩提道法聲當令汝等得不放逸滿助菩提法

大樹緊那羅王所問經卷第三

音釋

乾闥婆梵語也此云香陰乹渠焉切闥他達切　詐側駕切欺也　叱尺栗切呵叱也　輭而兗切弱也　蔭於禁切庇也　醼於甸切合飲也　芭蕉芭伯加切蕉即消切　礫郎擊切小石也　誑古況切欺也　陀羅尼梵語也此云總持謂持善不失持惡不生也陀徒何切

大樹緊那羅王所問經卷第四

姚秦三藏法師鳩摩羅什譯

爾時一切大衆得未曾有合掌禮佛作如是言希有世尊如來乃能善護念諸菩薩摩訶薩以神通力而護持之佛言如是如是如汝所言如來護念於諸菩薩何以故護念諸菩薩即是護念一切衆生汝諸正士若佛如來護諸菩薩即便爲護一切衆生何以故是菩薩爲一切衆生發大莊嚴發大莊嚴已令無量衆生離生死餓拔出安置令住正道諸正士是故汝等我涅槃後應當守護於諸菩薩若護菩薩當知則護諸衆生已若菩薩施衣服飲食臥具病藥即是施與一切衆生若以樂具施與菩薩便爲已施諸衆生已何以故是諸菩薩出息入息常爲一切諸衆生故爾時欲界諸天色界諸天乾闥婆摩睺羅等及諸大衆聞佛所說深心隨喜以諸妙華珍寶瓔珞種種末香散如來上爾時大樹緊那羅王作是念言今者如來及諸菩薩大聲聞衆將欲還歸以我神力從此而住作大寶車令佛菩薩聲聞大衆乘之而去我及眷屬當共牽車則爲具足供養如來爾時大樹緊那羅王作是念已即以大寶造作寶車高五由旬縱廣正等亦五由旬衆寶間錯無量寶樹以爲莊嚴於此車上爲佛如來作師子座莊嚴校飾上高七仞敷置無量天諸寶衣一切菩薩及諸聲聞各爲設座其諸天子釋梵護世乾闥婆等爲聽法者悉爲設座爾時緊那羅王作大寶車及敷諸座已各合掌白佛唯願世尊及諸大衆就寶車座憐愍我故爾時世

尊及諸菩薩聲聞大衆一切餘衆悉坐寶車所敷座上爾時緊那羅王以佛神力及已神力以是寶車置右掌中上昇虛空高七多羅樹緊那羅王八千諸子及無量乾闥婆緊那羅摩睺羅伽各以金鎖牽挽寶車遊空而去八萬四千諸緊那羅作於八萬四千妓樂在如來前引道而去以諸偈頌並讚歎佛

足滿八萬及四千　是等緊那羅身形
清妙歌音和衆樂　讚歎如來實功德
最勝相好有威德　最勝妙色衆所愛
常住清淨實功德　世尊有是大功德
於上虛空侍左右　無有能見如來頂
猶如大山堅不動　有如是身可樂德
遊空自在隨所至　導師有是大神力
猶如虛空淨無垢　世尊善斷脫結使
阿脩羅等及羅刹　釋梵天王及淨居
日月星宿火珠光　毫相光明悉隱蔽
智慧力能如大海　發起衆生諸心行
三明普能照三界　頭頂敬禮世所敬
摧伏四魔諸結使　說四聖諦涅槃道
四神足力無所畏　如來行步最殊勝
詳徐進趣無傾動　常習調心住三昧
所說微妙悅世間　亦不依止是言說
言說柔軟善妙音　遠聞無量諸刹土
若有衆生聞是音　一切安樂生歡喜
三千世界諸海水　一毛孔中悉容受
終不惱觸水衆生　其神通力無損減
三千世界所有山　悉皆安置一毛孔
往至無量千億界　然其身力無損減
更於無量百千劫　勤苦無量調伏施

善修學戒護諸根　忍辱精進禪慧力
多供無量億諸佛　護持是諸佛所說
其心終不生疲猒　大慈大悲利益世
於無爲中不卑下　於有爲中不自高
猶如大地不傾動　住世法中如蓮華
諦觀察了諸法空　都無有相猶水月
如幻如化如水沫　亦如夢電熱焰相
實性無我無有人　極淨無娆無有主
猶如虛空淨無垢　一切有物如實性
一切諸因及與緣　流轉造法無有主
是能覺了菩提道　是故號之名爲佛
是諸衆生獲大利　若見導師及問者
彼終不畏墮惡道　是人常至於善道
我等今得供上人　一切皆供我亦供
以此迴向菩提心　願使一切如人尊
假令能量於虛空　能以毛滴盡海水
日月星宿墜虛空　無有能盡佛功德

爾時世尊乘於寶車遊空而去放金色光是光徧照於此三千大千世界王舍大城耆闍崛山光照倍明時王舍大城阿闍世王及其夫人眷屬兵衆諸比丘比丘尼優婆塞優婆夷婆羅門居士見光瑞已持諸香華末香塗香幢旛寶蓋及諸妓樂出王舍城往迎如來既出城已詣耆闍崛山遥聞緊那羅王所作樂音微妙歌聲遍滿耆闍崛山之中爾時大樹緊那羅王以佛神力從於虛空下大寶車安著耆闍崛山之中爾時世尊從寶車下詣自住處敷座而坐時諸菩薩大聲聞衆亦皆下車禮如來足次第而坐爾時阿闍世王及夫人婇女內外眷屬比丘比丘尼優婆塞優

婆夷婆羅門居士各以所持諸供養具供養如來互跪合掌問訊世尊將無疲耶善安遊耶問訊已畢却坐一面爾時天冠菩薩白佛言世尊是大樹緊那羅王及緊那羅衆牽如來車乘空來此得幾所福佛言善男子是大樹緊那羅王及餘眷屬發道心者從今已後當得五通乃至成佛從一佛土至一佛土不離見佛聞法供僧世世所生常識宿命得善好辯音聲美妙亦不捨離教化衆生世世所生勤護三法勸化衆生爾時阿闍世王語大樹緊那羅王緊那羅王快得善利如來今者歎汝功德緊那羅王汝之功德我亦冀望同有少分時大樹緊那羅王語阿闍世王大王當知我所有功德悉施於汝及諸衆生何以故大王菩薩所有諸功德事悉與一切衆生共之何以故大王菩薩之法無所慳悋所有功德悉施衆生其心喜悅無執無悔大王當知菩薩以此功德迴向於一切智亦爲養育一切衆生何以故大王菩薩護念諸衆生故修行菩提爲衆生依大王汝今亦得獲大善利得佛世尊文殊師利爲善知識親近聽聞不實無明黒闇翳障逆罪疑心熱惱除滅得大法眼得法眼故無有惱熱安隱而住是故大王當自尅厲成作法器若聞於法乃至一句不忘不失名護正法爾時天冠菩薩白言世尊菩薩成就幾法能爲法器是時佛告天冠菩薩善男子菩薩法器有三十二何等三十二佛所護持是菩提心器專心質直是無爲器增長志意是善根器修行於道是菩提根器正憶思念是多聞器慧是出道器進是

集義器施是大富器戒是滿願器忍是三十二丈夫相器進是一切佛法之器禪是練心器慧是度障器大慈是等諸衆生器大悲是救拔貧窮器大喜是喜樂佛法器大捨是捨離愛恚器善知識是諸善根器修習多聞是般若波羅蜜器出家是離縛礙之器阿練若處是少事務無惱亂器樂於寂靜是諸禪定神通之器四攝法是化衆生器護持諸法是照明器陀羅尼是聞於一切未聞法器辯才是斷一切疑器念佛是得見諸佛器無惱害心是護一切善根之器空法是斷我見之器因緣是捨諸所珍器無生法忍是捨諸障礙受記器緣不退地是無畏器善男子是爲菩薩三十二法器說是法時十千衆生發阿耨多羅三藐三菩提心而作是言世尊願使衆生得是法器亦令我等成此法器如佛所說

爾時世尊告大樹緊那羅王善男子汝還所止汝諸眷屬或能憂悒緊那羅王白言世尊若其菩薩有憂悒者是則不名爲菩薩也何以故世尊能忍憂悒是名菩薩世尊云何菩薩有於憂悒云何菩薩無有憂悒佛告緊那羅王菩薩成就四法則有憂悒應當覺知何等四聞有無量無邊衆生心生驚畏聞受無量無邊生死心生驚畏聞佛如來無量智慧心生驚畏聞集無量福德莊嚴滿足相好心生驚畏緊那羅王菩薩成就是四法者則生憂悒緊那羅王菩薩成就四法心無憂悒應當覺知何等四聞有無量無邊衆生我當安置於涅槃道而無憂悒聞無量生死而不驚畏修諸善根心無憂悒聞佛如來無量智已

我當成滿如是大智而無憂悒聞集無量福德莊嚴成滿相好而無憂悒是爲四緊那羅王菩薩復成就四法則有憂悒應當覺知何等四時時欲證於聲聞乘時時欲證於緣覺乘法欲滅時捨不護持不勸他人令住菩提是爲四緊那羅王菩薩復有四法無有憂悒應當覺知何等四有遍切苦不捨菩提心不生聲聞緣覺之心寧捨身命不捨正法乃至百由旬外勸人令發菩提之心是爲四緊那羅王菩薩復成就四法則有憂悒應當覺知何等四見來乞者生瞋呵叱自樂安臥不修多聞若已聞法不爲衆說是爲四緊那羅王菩薩復成四法無有憂悒應當覺知何等四見乞者已生善知識想無侵害心不樂自樂常欲樂人修習多聞無有猒足所聞持法於大衆中廣爲人說不期利養是爲四緊那羅王菩薩復成就四法則有憂悒應當覺知何等四不集波羅蜜道不修攝法不勤精進教化衆生於少功德自生知足不修菩薩無量功德是爲四緊那羅王菩薩復成就四法則無憂悒應當覺知何等四常勤精進修諸波羅蜜如救頭然常勤精進集四攝法常勤精進教化衆生精進勤修滿諸功德修習菩薩無量功德是爲四爾時世尊說是四法以遣大樹緊那羅王告阿闍世王大王汝今聞說菩薩如是四句無憂法不阿闍世王即白佛言聞已世尊是故大王若諸菩薩行菩提者不應憂悒阿闍世王白言世尊云何菩薩修菩提行爾時世尊爲欲成滿緊那羅乾闥婆摩睺羅伽等諸樂音中所出法音又欲報答

阿闍世王所問菩薩修菩提行而說偈頌以顯其義

若欲修行利益行　聞於法行如說行
修行菩提最勝行　行彼修時無憂悒
修安樂行爲衆生　諸衆生中等行慈
修行菩提最勝行　彼無若干雜種行
爲諸衆生修堅行　志意清淨修行者
修行菩提最勝行　彼行終不墮惡道
修於布施放捨行　行於一切悉捨行
修行菩提最勝行　彼人無有慳恪行
修行淨戒寂靜行　身口清淨無垢行
修行菩提最勝行　彼終無有毀禁行
修於忍辱利益行　離於瞋恚過咎行
修於菩提最勝行　彼無瞋恚毒過行
修持精進力住行　於生死中無猒行
修於菩提最勝行　彼終無有懈怠行
修於禪定三昧行　身心獨寂無閙行
修行菩提最勝行　彼終無有憒閙行
修於智慧菩提行　一切法行亦如是
修行菩提最勝行　彼終無有不智行
修持慈心利益行　於諸衆生勝悲行
修行菩提最勝行　彼終無有害他行
修於空行寂靜行　無相無願清淨行
修行菩提最勝行　彼終無有所願行
修於眞行實諦行　滿一切智具足行
修行菩提最勝行　彼終無有障礙行
修於信行歡喜行　善念思惟無亂行
修行菩提最勝行　彼終無有不信行
修於禪定解脫行　獲得五通之妙行
修行菩提最勝行　彼終無有空礙行

修於佛行及法行　供給僧寶清淨行
修行菩提最勝行　彼有最上勝寶行
修於法行及空行　教化一切衆生行
修行菩提最勝行　彼終無有止住行
修於因行果報行　斷於一切有邊行
修行菩提最勝行　彼終無有染著行
修於淨行無垢行　解脱一切結使行
修行菩提最勝行　彼終無有惱熱行
修於安隱解脱行　施諸衆生無畏行
修行菩提最勝行　彼有一切滿願行
修於日行及月行　猶如蓮華無汙行
修行菩提最勝行　彼爲人天所敬禮
修於釋行梵王行　爲滿白法之妙行
修行菩提最勝行　彼令魔軍怖畏行
修於上行及勝行　斷於貪欲瞋恚行
修行菩提最勝行　彼終無有瞋癡行
修於外道禁戒行　慧眼清淨之妙行
修行菩提最勝行　彼終無有妄想行
修於調伏寂靜行　無有名色狂亂行
修行菩提最勝行　彼爲人天所敬禮
修於易行利益行　斷於左道勝妙行
修行菩提最勝行　彼人常有智慧行
修於健行勤進行　能怖魔軍勇猛行
修行菩提最勝行　彼於道場無不知
修顯露行無屏行　得於陀羅尼妙行
修行菩提最勝行　彼有不失果報行
修於正行寂靜行　常一切時出家行
修行菩提最勝行　彼有如說修行行
修於長者及勝行　行於世間無勝行
修行菩提最勝行　彼終無有不智行

修於方便相應行　捨於禪樂微妙行
修行菩提最勝行　彼終無有惱熱行
修於世行離世行　欲界色界無色行
修行菩提最勝行　彼終無有恐怖行
修於遍行一切行　滿足諸根善妙行
修行菩提最勝行　彼智猶若如虚空

説是菩薩諸行法時五百菩薩得無生法忍阿闍世王及其眷屬王舍城中婆羅門居士及緊那羅眷屬之中八千衆生發阿耨多羅三藐三菩提心已白言世尊我等當於如上所説菩薩所行菩提諸行如説修行爾時世尊語大樹緊那羅王汝今可去還其所止爾時大樹緊那羅王及其夫人并諸子息一切眷屬頂禮佛足右遶三帀悔過世尊作諸妓樂天雨衆華放大光明地六種動即便還往詣香山中爾時釋提桓因白言世尊是大樹緊那羅王乃能如是眞實供佛眞實供法佛言憍尸迦不但於汝名爲眞實普勝三千大千世界所有釋梵護世大王聲聞緣覺是緊那羅王眞實殊勝何以故天主菩薩發心已勝一切聲聞緣覺憍尸迦無有能勝於菩薩者唯除如來何以故從於菩薩出生如來從於如來出生一切聲聞緣覺爾時釋提桓因於如來所聞是語已涕泣流淚作如是言我今永爲離於大乘爾時瞿夷天子語釋提桓因父王天主如是如是一切諸行一切諸法無有覆障從妄想起不能發生無上正眞大道之心不能悲念一切衆生不能修於大慈之心父王天主今復何言已入正位燒敗種子於此大乘永非其器瞿夷天子説是語時

三十三天中五百天子皆發無上正眞道心爾時瞿夷天子白言世尊我親現見菩薩所行百千萬億難行苦行乃至然燈佛所得無生忍願佛少說我等聞已如說修行當得是法爾時世尊告瞿夷天子無有菩薩不種善根得無生忍菩薩多種無量善根然後乃得無生法忍瞿夷天子菩薩成就是四法者得無生法忍何等四諸佛平等諸法平等世界平等衆生平等瞿夷是爲菩薩成就四法得無生法忍復成四法何等四翫樂四空翫樂大悲三解脫門翫樂方便六波羅蜜翫樂禪定及五神通是爲四復成四法何等四解知陰性即是菩提知諸界性集於菩提信菩提性即是界性知諸入性集於菩提以菩提性觀於諸入一切諸法集於菩提菩提之性即諸法性定無有疑是爲四復成四法何等四知一切法住於實際不動搖故知一切法住於如中信三世法等不壞性故觀諸法平等如虛空性故瞿夷是爲菩薩成就四法得無生法忍說是法時五百菩薩得無生法忍瞿夷天子得於順忍爾時世尊將欲封印此經法故告大德阿難阿難汝受持此經名曰大樹緊那羅王入作一切法門行經大德阿難白言世尊我已受持未曾有也世尊是經極爲甚深微妙決其義定文辭莊嚴世尊無有餘經能勝此經今此經中無不開示者世尊於我目前得法光明不如此經我今自覺於是經中獲得百千萬億功德世尊我今以此有限量智入聲聞位聞此經已尚得如是大法光明況復菩薩摩訶薩成就無量大海法

器無畏大智修習諸法爲諸衆生作不請友無量大智聞如是法得幾法門佛言阿難若是三千大千世界一切所有日月光明是菩薩等所得法明一毛孔光悉能隱蔽是諸日月所有光明阿難若佛如來一切毛孔悉放光明是諸光明悉有智慧何以故諸所有明皆智慧故阿難如來有此智慧光明如來以此智慧光明能知一切衆生心行若有衆生聞此經者皆當得是大慧明照若書寫受持讀誦通利於大衆中廣爲人說正念思惟如說修行是人終不離菩提心教化衆生大悲莊嚴著大慈鎧爲降衆魔阿難當知如是之人定趣道場爾時阿難白言世尊以佛力故令我已受持此經法世尊若有善男子善女人受持此經讀誦書寫於大衆中廣爲人說

得幾功德佛言阿難若有菩薩善男子善女人於日初分以滿三千大千世界所有七寶施須陀洹斯陀含阿那含阿羅漢及諸緣覺乃至諸佛如是日中日没初中後夜如上布施滿於千歲阿難汝意云何是善男子善女人所得功德寧爲多不甚多世尊甚多善逝世尊若於一日所得功德無量無邊況復千歲佛言阿難我今唱令是善男子善女人爲得菩提爲化衆生爲轉法輪受持是經讀誦書寫於大衆中廣說顯示其福爲勝何況復能如說修行阿難若於是經受持乃至一四句偈在大衆中廣爲人說其福爲勝何以故如是之施名爲法施諸施中最如是之施即是法施是爲勝捨謂捨於法是名上受謂受於法是名上持謂持於法何以故阿難施於

法已能滅結使財寶施已增長煩惱是故菩薩爲滅結使當行法施佛所印可如是法施則能攝取一切功德阿難菩薩法施有三十二功德名稱何等三十二有正憶念有於智慧有於進趣有離慳結有少婬欲有少瞋恚有少愚癡降伏自他所有結使多人所愛諸天讚歎諸龍夜叉乾闥婆等常隨守護不空受用人之供養衣服飲食臥具醫藥不求而得名稱遠聞十方世界諸惡鬼等不得其便諸佛世尊之所歎譽守護正法持佛法藏不墮一切諸惡道中生於人天不以爲難不離見佛不離聞法不離供僧得識宿命生淨佛土生生之處諸根具足得三十二相莊嚴之身爲上主幢陀羅尼根本種子作無斷辯智因得智人眷屬集大智因速疾得法不起不正憶念之心捨離一切世間財施得大法藏辯才無盡阿難菩薩法施有是三十二功德名稱爾時釋提桓因白佛言世尊我等亦當受持此經世尊如來涅槃後有法器衆生我要當令得聞此經令其信解我當守護何以故世尊我等欲得如上功德爾時世尊讚釋提桓因善哉善哉天主汝今乃能勤守護法作師子吼天主汝今以此護法善根隨我法在阿脩羅衆悉當降伏諸天得勝何以故憍尸迦得見如是無畏法故謂於諸法無所染著天主諸所有畏皆由住著於我見故天主若無所著是護正法爾時娑婆世界主大梵天王白言世尊我亦當捨無量禪樂詣諸城邑聚落郡縣流通此法我亦往至彼聽法令說法者是堅念力何以故從是法中出生無

量聲聞緣覺釋梵護世爾時四天大王白佛言世尊我等四王是佛聲聞當堅守護於是經法令得久住我諸眷屬若有不信佛此法者摧伏令信於佛法中勤加精進親附愛樂世尊若有天龍夜叉乾闥婆阿脩羅迦樓羅緊那羅摩睺羅伽等有惡心者若欲降伏當誦此呪所謂

多羅卑一　伊卑二　伊那卑三　婆羅卑四　呼婁五　摩呵呼婁六　呼婁呼婁七　伊娑蜘八　毘漊蜘九　波離車陀尼斯那泥十　啵迦奢泥十一　希持希持十二　生毘持十三　阿車十四　多車十五　摩羅伊呧泥伽睺十六　薩婆啵啵提那十七　薩婆彌利車啵也呿多那十八　阿那憂多羅薩婆復多那羅陀跋尼多十九

四天大王所見呪句是呪神力諸欲求短悉能降伏爾時世尊告彌勒菩薩天冠菩薩諸善丈夫我今以此無量千萬阿僧祇劫所集難得阿耨多羅三藐三菩提法囑付汝等令得久住中不斷滅時彌勒菩薩天冠菩薩白言世尊我等於佛般涅槃後當廣流布於此經法諸有厚種善根菩薩諸衆生等令至其手使得自在降伏憍慢能持是經令信欲解佛涅槃後若有得聞是經法者受持讀誦書寫解說當知皆是彌勒菩薩天冠菩薩神力所持爾時魔王波旬來至會中白言世尊若爲聲聞所說諸法我於是中無一毛豎今者世尊演說如是菩薩道法菩薩印印如來護持菩薩護持一切衆生之所歸趣處說如是法我今已爲憂箭所中我今自知便爲生老願佛世尊執持我手更莫演說如是極大功

德力經勿令我等重被憂箭佛告波旬汝勿愁苦多有衆生在汝境界不信是經少有衆生能信受者波旬當知如彼大地抓取少土信甚深法諸衆生等如是甚少如餘大地其不信者如是多矣波旬其不信者盡是汝許是故波旬應生歡喜波旬衆生之界無量無邊說是法時無量衆生住於無上正眞道心九萬二千菩薩得無生法忍八萬四千衆生遠離塵垢得法眼淨八千比丘盡於諸漏心得解脫時此三千大千世界六種震動大光普照天雨衆華百千妓樂不鼓自鳴百千萬億那由他天歡喜踊躍稱讚歎我等今於閻浮提中再見法輪轉世尊昔在波羅柰國轉正法輪所利衆生今說是經所利衆生是爲殊勝其有衆生持是經者是人不久當轉法輪爾時彌勒菩薩天冠菩薩大德阿難等白言世尊當何名此經云何受持佛言善男子是經名爲大樹緊那羅王所問亦名宣說不思議法品如是受持佛說是經巳彌勒菩薩天冠菩薩大德阿難等一切大衆天龍夜叉乾闥婆聞佛所說皆大歡喜

大樹緊那羅王所問經卷第四

音釋

沫莫割切浮沫也　嬈而沼切亂也　悒於及切不安也　蜘陟離切　漊落侯切　啵步卧切　吱博禾切　呧丁禮切　呿丘伽切　抓側交切爬也

諸法本無經

隋天竺三藏法師闍那崛多譯

清刻龍藏佛説法變相圖

諸法本無經卷上

隋天竺三藏法師闍那崛多譯

復次婆伽婆遊於王舍鷲聚山中與大比丘衆五百人俱菩薩九萬二千所謂莊嚴瑩飾菩薩摩訶薩師子遊步菩薩摩訶薩無礙焰淨光德威王菩薩摩訶薩迷留山頂音王菩薩摩訶薩愛笑無垢光菩薩摩訶薩出光蔽日月光菩薩摩訶薩最勝無垢持冠菩薩摩訶薩出威蓮華開身菩薩摩訶薩梵自在音菩薩摩訶薩象戲師子王意菩薩摩訶薩金光淨無垢威菩薩摩訶薩柔輭觸身菩薩摩訶薩金莊嚴相開身菩薩摩訶薩百光休摩羅力菩薩摩訶薩寂根威儀寂行菩薩摩訶薩地最上王菩薩摩訶薩天言辭鳴音菩薩摩訶薩法力自在寂靜遊行菩薩摩訶薩德

威無垢身菩薩摩訶薩曼殊尸利菩薩摩訶薩如是等上首九萬二千菩薩爾時師子遊步菩薩摩訶薩見是菩薩等集從座而起整理衣服一肩郁多羅僧伽作已右膝著地向佛合掌即以歌頌而問佛義

無我無命無育法　無邊名稱爲我宣
寂靜極寂常寂然　如是此衆最勝者
諸見云何是菩提　憍慢瞋恚及嫉妬
欲體云何是菩提　爲說導師無邊稱
涅槃若無無煩惱　行界云何是菩提
其體無二佛亦然　爲我演說大悲者
諸法云何畢竟脱　涅槃相似解脱同
云何當復等虛空　無礙無著無處繫
迦羅頻伽梵天音　無垢光明金光色
清淨光音無邊德　當爲說法畢無塵
云何諸蓋等菩提　云何欲是菩提體
法非法道云何一　無垢清淨等虛空
若無有數無無數　已滅度法云何是
菩提若無無著者　遍智云何亦復無
是作非作無有諍　取及不取並無體
衆生於中不曾有　法中障礙亦復無
於中無戒復無忍　破戒亦復無一處
定之與智如是無　無智及智無所得
云何是法淨無垢　而無所有等虛空
心於一時無得處　無心云何而是法
於中知見無所有　無有念修亦無證
於中亦復無所斷　衆生云何空界同
於中法體是一行　於中無生亦無轉
發起及生無所有　如是等法勝人說
於中無學無羅漢　緣覺亦復無所有

求菩提者不可得　此法無來亦無去
於中無住亦無處　亦無有去亦無來
無來去法復云何　如彼須彌住不動
於中無想亦無色　色體云何是菩提
色與菩提無有二　如是法體勝人演
於中無空無無相　無有染著無無著
名與無名法云何　言道猶如於山響
於中無生無惱者　於中亦復無無生
無有已滅亦無遮　諸法云何是一行
於中無天亦無龍　無緊那羅夜叉等
於中泥犁無所有　無有所趣及衆生
若說導師最勝法　若說惡意諸外道
此二云何是一行　諸字如是皆入一

爾時世尊讚師子遊步菩薩摩訶薩言甚善甚善希有善家子汝今所問乃至諸世不能信受諸天等世當住迷惑善家子汝今不須問是因緣善家子初業菩薩於此非地謂空見者無相見者無願見者無生見者無有見者無相貌見者涅槃見者佛陀見者菩提見者善家子初業菩薩前不應說此法何以故諸善根斷必有是處於佛菩提則行非道若墮斷常不知如來以何意義而說此法如是語已師子遊步菩薩摩訶薩復白佛言說婆伽婆說修伽多世尊若有未來菩薩摩訶薩空見者無相見者無願見者無生見者無有見者無相貌見者涅槃見者佛陀見者菩提見者於空無相言說境界染著言說以字爲淨言道爲勝重於名利彼聞如來說是無名字法已當捨諸見當知諸法是一相道如衆生信如信說法巧方便中彼當善學雖說少

欲知足減省而皆不信爲淨雖說在衆過惡
而信諸法遠離雖讚說獨一無閙無雜而亦
不信爲淨雖讚說發菩提心而亦知心自性
菩提雖讚說廣修多羅而信諸法是廣雖說
於菩薩而信聲聞獨覺及佛無有別異雖讚
說陀那而善通達陀那平等雖讚說尸羅而
善通達尸羅本性雖讚說羼帝而於盡滅無
生法等善通達見雖讚說毘梨耶而善擇諸
法不發雖讚說第耶那三摩地三摩撥帝說
三摩地出生百千俱致三摩地門而知見本
性三摩般那雖讚說般若數千種相而善通
達智及無智本性自體善擇諸法說毀欲過
不見一法可染說毀瞋過不見一法可惡說
毀癡過而信諸法離癡無礙雖爲衆生顯說
泥犁畜生閻摩世等過惡而亦不見泥犁畜
生閻摩世等彼等如衆生信如信說法當信
一行所謂信空信無相信無願信無生信無
所有信無相貌大德世尊但當說之彼不可
思巧方便句於中若諸聲聞獨覺及初乘發
行菩薩摩訶薩等皆非其地惟除信深一行
菩薩摩訶薩等如是語已世尊復告師子遊
步菩薩摩訶薩言善家子彼若然者汝宜善
聽正念善思當爲演說師子遊步菩薩摩訶
薩言如是世尊我當正聞爾時世尊說此伽
他

若欲當覺妙菩提　彼莫分别貪欲過
諸法常是貪自性　若知是者得勝尊
貪瞋及癡不可得　亦無已得今得者
諸法皆與虛空等　若知是者得勝尊
見及不見常一行　僧非僧二是一等

於中無佛無妙法　若知是者得世智
猶如丈夫於夢中　得菩提已教眾生
於中無道無眾生　如是自性即諸法
菩提坐處無可得　彼無可得亦無有
明無明二是一相　若知是者得導師
說眾生性是菩提　菩提性即諸眾生
眾生菩提二不二　若知是者得人上
猶如丈夫善學幻　彼幻化現無邊種
於中所現畢竟無　惑亂眾生數非一
貪欲瞋恚與幻等　諸此煩惱各如幻
凡夫皆念我染恚　彼癡亂心惡趣行
於中無有貪恚癡　於中亦無異煩惱
幻等法體分別已　如是凡夫煩惱然
若無煩惱無眾生　於中無佛無當有
此無生法分別已　凡夫念我當作佛
即無有佛無佛法　眾生亦無一處見
若知法體似虛空　彼速當作人上者
若求菩提彼無覺　彼遠菩提如天地
若知法體等於幻　彼速當作人上者
若分別戒彼無戒　若見持戒則破戒
戒破戒二是一相　若知是者作導師
猶如丈夫於夢中　受用欲事生歡喜
癡亂分別想婦女　於中婦女常是無
破戒持戒如夢性　凡夫分別此二種
於中無戒無破戒　若知是者作導師
著名此是凡夫覺　以彼不知聲自性
若覺此名非是名　彼當得於勝妙忍
有諸眾生誓作佛　以說告於餘人知
信言爲淨無修行　彼即普聞菩提道
於威儀中取垂錯　喜言重說彼無知

不以言淨覺菩提　以彼不知法自性
雖於空法常顯說　而喜鬪諍惡意生
何有菩提及佛法　乃是說瞋無智者
瞋忍二種是一相　若知是者不分別
衆生自性彼不知　生諸過惡是凡智
自言衆生我皆愛　我作勝尊脫衆生
被動彼即生瞋惡　以有惡心不與語
恒喜鬪諍求他過　而復讃說此忍心
亦說諸法皆是空　意中貢高求錯失
於食貪著無智者　晝夜思念於欲事
彼等來入村邑已　說我當脫諸衆生
諸衆生中我悲轉　我於衆生有利益
是類法體雖顯說　而著害心常惡意
然我未聞亦未見　有悲而復有害心
各各共作破瘡已　而求阿彌多由國
恒伽河沙如是有　常得毀辱反打罵
不能堪忍諸惡事　不至彼土人牛王
土即非土若能知　空土猶如空自性
不念土及土功德　當至彼土人牛王
說我能忍諸惡事　我於菩薩教師想
然我未聞亦未見　教師想所而生惡
各各相毀所有行　著乞食家及友家
說是我所成熟者　於中莫令餘人入
我能脫汝莫親餘　其彼無有清淨行
雜鬧遊行是無智　於菩提利彼未有
晝夜如是作三時　當禮諸佛及菩薩
莫求彼所有錯失　如欲行道常修行
若見喜於欲事樂　彼所錯失亦勿求
如此久必當觸證　最勝菩提無邊德
當漸次學漸次作　不可一時佛即成

多劫俱致那由多　我著鎧甲非今日
莫以分別分別欲　我觸菩提如欲性
無此煩惱當不生　若能信此得勝忍
觀此諸聲即非聲　無字法體便已入
如是聲類諸法體　當不生欲亦無瞋
於欲及瞋觀無生　應知此二無有字
此二惟可以名轉　字若無有於中無
若知諸辭即一辭　名亦不生本非有
我之所說外道說　是類法體彼不知
說此諸法以聲言　而法及聲不可得
能入諸法一相道　無上勝忍便觸證
莫分別忍莫不忍　莫分別瞋莫欲渴
此等無生常解知　當得世親人中勝
東西南北諸方中　恒伽許沙如是有
一一沙果人民置　若所有土多無邊
諸寶滿中施最勝　無邊百劫過於上
若有聞此修多羅　如此福德當無數
求此菩提出家已　彼所我當付此經
必速得於最勝忍　經無邊門此當說
於陀羅尼不難得　當得俱致那由經
利智辯才彼當得　少動多知疾得解
即得無邊樂說辯　諸佛皆與彼辯才
說修多羅實非一　無邊辯說彼當有

爾時師子遊步菩薩摩訶薩而白佛言大德世尊說此伽他幾許衆生聞作利益如是語已佛告師子遊步菩薩摩訶薩言善家子見此衆集輪不答言我已見婆伽婆我已見修伽多已過筭數於此說法集會滿虛空中天龍夜叉揵闥婆阿脩羅伽留荼緊那羅摩睺羅伽及餘諸世界中衆生亦皆聞此說法如

是語已佛告師子遊歩菩薩摩訶薩言善家子說此法時九十八千天子無生法中得忍九十二千夜叉阿耨多羅三藐三菩提心生三十六千龍阿耨多羅三藐三菩提心生五百比丘增上慢意未得得想彼等聞此說五慢法信解諸法一相道已無所受故漏心解脫於彼菩薩數中六十二千菩薩信解諸法無障礙已無生法中得忍何以故善家子此法說中最上善家子如我於作燈如來應正遍知所現前信解諸法一相道已我於彼時然後無生法中得忍善家子若得諸六波羅蜜若復聞此法本稱量一等善家子菩薩摩訶薩因此道故滿足六波羅蜜我如是說何以故善家子若有菩薩恒伽河沙等劫行施護戒具忍發勤入定修智於此法道以不知故諸有善根還復滅盡善家子汝看提婆達多如是善根具足有三十相彼雖如是善根具足而更斷諸善根遂墮泥犁耶中於此法道以不知故善家子以是因緣當知如諸善根斷者於此法道以不知故善家子於先過去阿僧祇劫復過無數廣大無量不可思不可量過已復過於彼時節有佛出世名迷留上王如來應正遍知明行具足善逝世間解無上士調御丈夫天人教師佛婆伽婆彼如來壽量九十九俱致那由多百千歲彼世界名金焰影其彼佛土皆用金作亦以三乘令衆生涅槃何者爲三所謂聲聞乘獨覺乘菩薩乘彼如來第一集會聲聞有八十俱致那由多百千彼皆阿羅漢諸漏已盡應作者作所作已辦棄捨重擔得到自利盡諸有結以

平等智得善解脱第二集會比丘有七十俱致那由多百千第三集會比丘有六十俱致那由多百千第四集會比丘有二十五俱致那由多百千又倍上數比丘尼集又倍上數優波塞迦集又倍上數優波斯迦集又倍上數諸菩薩集彼諸菩薩具足無生法忍巧出無邊三摩地道得無邊門總持轉不退轉法輪何況初乘發行菩薩於中復有無量無數獨覺乘者善家子於彼時節彼佛有無量無數無筭諸聲聞衆善家子彼金焰影世界若樹若柱彼皆七寶所成彼樹出如是聲所謂空聲無相聲無願聲無生聲無所有聲無相貌聲彼出如是等聲於中如是等聲出時彼諸衆生其心解脱彼如來滅度千歲正法住已彼聲亦不復出善家子彼迷留上王如來應正遍知勸請說法比丘名淨善行令其說法爾乃滅度善家子彼時復有說法比丘名善行意其人具足善淨戒聚復得世間五通勝智亦能轉誦毗那耶藏彼比丘復有嚴熾苦行信樂廉儉領衆說教彼安立住處已於中止住彼之徒衆善住戒聚信樂頭多功德及以減省彼比丘亦發勤行而離於菩提心彼有餘菩薩衆亦教以威儀道令其相應見有所得而行教化取諸行無常取諸行苦說諸行無我彼無巧慧於菩薩行亦無善巧彼比丘雖爾而善根具足又彼說法比丘淨善行者善知衆生各各別根彼所有衆不重頭多功德及以減省乃於無所得忍善巧方便善家子爾時說法比丘淨善行者與其徒衆到善行意比丘住處止宿然亦以時數數入

村慼衆生故村中食業作已而出彼令多百千家已作淨信彼之徒衆亦善化導到衆生所爲其說法令多百千衆生建立阿耨多羅三藐三菩提若善行意所有徒衆喜樂修定不數入村爾時善行意比丘於淨善行說法者及徒衆邊不淨心生而言此是懶惰比丘常數入村即鳴揵槌集比丘衆自作制住汝等一莫入村向淨善行所有徒衆作如是言汝等不善知行不少言語何因汝等數數入村諸佛世尊讚歎許可住阿蘭拏汝等莫到他家汝等應住思惟定樂善家子爾時淨善行比丘所有徒衆於善行意比丘所制言教不順其轉復數入村爲成熟衆生故善家子時彼比丘從村出已彼善行意比丘復鳴揵槌集比丘衆作如是言汝等若更入村於此住處不得共住善家子時淨善行說法者護彼比丘故於自徒衆告言汝等一莫入村時彼村中所有衆生是彼比丘所成熟者彼等不見諸比丘故悉懷熱惱善法損減善家子時淨善行說法者彼三月過已從住處出到别住處及共徒衆復入村城國邑王都入已爲諸衆生說法善家子時善行意比丘復見淨善行說法者數入村家亦見彼衆本性威儀入他家中彼復惟有不淨心生令此比丘惡戒破戒自身既爾徒衆亦然此禿可有菩提惟是詐誑便告多人作如是言此比丘雜行去菩提遠貴重利養染著他家善家子爾時善行意比丘於他時死然其死時以於彼邊不淨心生作業熟故墮阿毗至大泥犁耶中經九十九俱致百千劫在大泥犁耶中所

有大泥犁耶苦皆具受已於六十三百千生中常得誹謗於三十二百千生中行出家已還退在俗以彼餘業障故於無垢焰如來應正遍知教中出家壽量既長於俱致百千歲如救頭然發勤修行猶未曾得隨順道忍復多百千生中闇鈍以彼餘業故善家子彼時說法比丘名淨善行汝莫異見何以故不動如來即是彼時說法比丘名淨善行善家子彼時說法比丘名善行意汝莫異見何以故我身即是彼時說法比丘名善行意我於彼所乃至微細方便於中不淨心生已作此業障墮大泥犁耶中善家子有如是微細業障善家子若有菩薩不欲如是業障者於第二菩薩所諸修行中不應違背諸作業中皆當信順應生如是心我不知他心衆生所行是亦難知善家子如來見是義故說如是法於富伽羅富伽羅所不應選擇惟我能選擇富伽羅及餘似我者善家子若欲自護不應選擇有所行者不於他所而作遮礙此如是相當於佛法勤作相應晝夜勤念與法相應善家子發行深心菩薩不應復於他所而作遮礙當勤隨順相應修行善家子假使三千大千世界衆生若有菩薩令彼安立十善業道若有菩薩獨到閑處乃至一彈指頃信諸法一相道若問若共議若說若教誦若自誦此生福德過多於彼何以故善家子菩薩摩訶薩因此道故得淨業障諸衆生中遠離愛憎速到徧智

諸法本無經卷上

音釋

婆伽婆梵語也亦云薄伽梵多含不翻乃總衆德至尚之名也伽丘迦切

羼帝梵語正云羼提此云忍辱羼初限切

乖錯乖古懷切戾也錯七各切誤也

數數並所角切頻也

揵椎梵語正云揵椎此云鐘亦云磬律云隨有瓦木銅鐵鳴者皆曰揵椎揵巨寒切

諸法本無經卷中

隋天竺三藏法師闍那崛多譯

爾時曼殊尸利童眞而白佛言佛説業障淨者世尊菩薩云何業障當淨佛言曼殊尸利若有菩薩見於諸法無業無報彼當到業障淨復次曼殊尸利若有菩薩即於欲際而見實際彼當到業障淨瞋際癡際即見實際彼當到業障淨復次曼殊尸利若有菩薩見諸衆生即涅槃界彼當到業障淨何以故曼殊尸利彼以順見業障得淨曼殊尸利於四聖諦不如實見有四倒心衆生於不實流轉不能超過如是語已曼殊尸利復於佛所白言世尊爲説衆生云何當有所見而於流轉不能超過佛言曼殊尸利衆生著我我所故於流轉不能超過何以故曼殊尸利若見自他彼有業行曼殊尸利凡夫小兒衆生以無聞故不知諸法畢竟滅度彼於自他而有所見見已作三種業身語及意彼於無有有取分別我貪我瞋我癡彼若如來教中出家當作是念我具戒我淨行我當過流轉我當得涅槃我當解脱苦彼復分別此法善此法不善此法漏此法無漏此法知此法斷此法證此法修所謂苦應知集應斷滅應證道應修彼復分別諸行無常諸行苦諸行熾然我於諸行應當走出彼如是觀察生時即於和合想念而有猒捨此相先行彼作是念此苦應知若此諸法所應知者彼作是念我應斷集彼於諸法羞慚猒怖彼作是念此集應斷若此諸法所羞猒者彼作是念滅應證道應修彼法分別已復知於滅彼作是念此是彼滅應

證若此諸法所應證者彼作是念我應修道彼便獨到閑處思念諸法得舍摩他滅於思念彼得舍摩他故於諸法中其心自然開敷涼潤轉生羞慚不喜樂心彼作是念我脫諸苦於上更無所作自謂是阿羅漢作如是知彼欲死時見受生處則於佛菩提中有疑惑不正意彼以心墮疑惑故死已當墮諸大泥犁耶中何以故隨無生諸法中彼分別故於佛菩提有毀害心爾時曼殊尸利童眞復白佛言世尊云何當見四聖諦佛言曼殊尸利若見諸行無生彼即知苦若見諸行無起彼即斷集若見諸法畢竟滅度彼即證滅若見諸法無有彼即修道曼殊尸利若如是見四聖諦彼不分別此法善此法不善此法當知此法當斷此法當證此法當修所謂苦應知集應斷滅應證道應修何以故若諸凡夫小兒染恚癡處於中見彼諸法無生無有不實分別所繫如是見已彼於法中無取無捨見諸欲瞋癡等皆如虛空自性彼於諸三界中心無所著於諸三界彼見無生見諸三界如幻如夢如響如影於諸善不善法見其如焰見彼欲界即涅槃界見瞋恚界即涅槃界見愚癡界即涅槃界彼見諸法如是自性便於諸衆生中遠離愛憎何以故彼於諸法不見若愛若憎心等虛空亦不見佛及以法僧彼既不見諸法便於法中無處作疑既不作疑則無有取既無有取則無有生便當涅槃曼殊尸利上座須浮帝知如是法故不來禮如來足何以故彼尚不見自身何況當見如來無有是處爾時曼殊尸利童眞復白佛言世

尊云何當見四念處佛言曼殊尸利於未來世當有比丘彼於不淨身中隨順身觀說爲念處生滅受中隨順受觀說爲念處見心乃是生法滅法於是心中隨順心觀說爲念處彼如是說若有團想彼則非有若有法想彼亦非有於是法中隨順法觀說爲念處如是語已曼殊尸利復白佛言世尊四念處更云何熏修佛言不須曼殊尸利如來所說別意難知曼殊尸利白言大德世尊但當爲說熏修念處佛言曼殊尸利若見其身等如虛空此是身中隨順身觀念處曼殊尸利若不得受内外兩間此是受中隨順受觀念處曼殊尸利若知其心惟有名量此是心中隨順心觀念處曼殊尸利若不得諸善不善法此是法中隨順法觀念處曼殊尸利如是應見四念處曼殊尸利復言世尊云何當見聖八分道佛言曼殊尸利若見諸法無不平等無二亦不作二此是正見曼殊尸利若見諸法不分別不種種分別不普分別無所見故此是正分別曼殊尸利若見諸法不可言說言說平等善熏修故此是正語曼殊尸利若見諸法無作無作者不得作者故此是正業曼殊尸利若於諸法不聚不散正住活命此是正命曼殊尸利若於諸法不起不發行故此是正精進曼殊尸利若諸法中皆不作念念業已離亦不追憶此是正念曼殊尸利若見諸法本性入定無散亂無攀緣不可得故此是正定曼殊尸利如是應見聖八分道曼殊尸利復言世尊云何當見五根佛言曼殊尸利若信諸法不生以本性不生故此是信根曼

殊尸利若諸法中心不發遣以近想遠想離故此是精進根曼殊尸利若於諸法不作念意以攀緣性離故念不繫縛此是念根曼殊尸利若於諸法不念不思如幻不可得故此是定根曼殊尸利若見諸法離生離無智本性空故此是慧根曼殊尸利如是應見五根曼殊尸利復言世尊云何當見七覺分佛言曼殊尸利若見諸法無有自性不作念意此是念覺分曼殊尸利若選擇諸法已不得善不善無記以不成就故此是擇法覺分曼殊尸利若於三界不取不捨以知界想壞故此是精進覺分曼殊尸利若諸行中不繫於喜以知喜不喜壞故此是喜覺分曼殊尸利若諸法中其心止息此是止息覺分曼殊尸利若知諸法心不可得隨順覺故此是定覺分曼殊尸利若諸法中不依不住不著不縛不見諸法而得於捨此是捨覺分曼殊尸利如是應見七覺分曼殊尸利若有如是見四聖諦四念處聖八分道五根七覺分我當說彼名爲度者名爲到彼岸者名爲到陸地者名爲得安隱者名爲得無畏者名爲抖擻塵者名爲無所有者名爲無欲惱無障礙者名阿羅漢名爲盡漏者名爲作所應作所作已辦者名爲離重擔者名爲得自利者名爲盡有結者乃至名爲心皆自在得勝彼岸者名爲沙門名爲婆羅門名爲能度者名爲度鞞陀迦者名爲輸嚧帝隸夜者名爲佛名爲佛子名爲奢迦子名爲蹋破刺棘者名爲除却塹者名爲度塹者名爲拔箭鏃者名爲離熱惱者名爲比丘名爲聖者名爲滿足幢者曼殊

尸利比丘具足如是忍者則能淨施應得諸天世等供養是故曼殊尸利比丘欲不虛食國人食者欲破摩羅者欲超過流轉者欲順到涅槃者欲解脫苦者欲作諸天世等淨施福田者於此法中應當勤習相應說此言時三十二千天子法中證見彼以曼陀羅華摩訶曼陀羅華而散於佛說如是言大德世尊若說此法耳得聞者彼於如來教中是善出家何況聞已信解爲緣如實奉行世尊彼等衆生乃至若聞此說當得無增上慢爾時曼殊尸利復白佛言大德世尊爲說陀羅尼句以是陀羅尼故當令菩薩得無著辯無一聲中而有怖畏於佛法中出生諸法信解諸法是一相道如是語已佛告曼殊尸利童眞菩薩言曼殊尸利以彼因緣汝當善聽令說法門名雞羅句及種子句以是法門故令諸菩薩於諸法中當得聞明照速於無生法中得忍曼殊尸利言云何名雞羅句種子句法門佛言曼殊尸利諸衆生一心是種子句曼殊尸利言世尊何因是種子句佛言曼殊尸利諸衆生心皆無所有攀緣不可得故彼是此種子句曼殊尸利諸衆生心皆同一量是種子句曼殊尸利言世尊何因是種子句佛言曼殊尸利諸衆生心如虛空量入於無著平等行故彼是此種子句曼殊尸利諸衆生一衆生是種子句曼殊尸利言何因是種子句佛言曼殊尸利說諸衆生惟是其一畢竟不生遠離於名一異不可得故彼是此種子句曼殊尸利欲是雞羅句曼殊尸利言世尊何因是雞羅句佛言曼殊尸利欲不可動於法

界住以不住故彼不動搖本性離故彼是此雞羅句曼殊尸利言世尊何因是金剛句曼殊尸利瞋是金剛句曼殊尸利言世尊何因是金剛句佛言曼殊尸利瞋不可破亦不可斷如彼金剛不破不斷如是如是曼殊尸利諸法亦皆不破不斷諸事不成就故彼是此金剛句曼殊尸利癡是智句曼殊尸利言世尊何因是智句佛言曼殊尸利即此諸法轉滅於智遠離無智如彼虛空非智具足亦非無智具足如是如是曼殊尸利諸法非智具足亦非無智具足智與無智及所應知本性寂靜故彼是此智句曼殊尸利色是雞羅句曼殊尸利言世尊何因是雞羅句佛言曼殊尸利如彼天帝門橛不動不搖以善住故如是如是曼殊尸利諸法於法界住以不住故彼亦無去無來無取無捨亦不於他有所行作以住無住處故彼是此雞羅句曼殊尸利受是寂靜句曼殊尸利言世尊何因是寂靜句佛言曼殊尸利諸受本性寂靜不內不外不東方不南方不西方不北方不下方不上方不十方中曼殊尸利若樂受在內者衆生應一向樂曼殊尸利若苦受在內者衆生應一向苦曼殊尸利若不苦不樂受在內者衆生應一向癡曼殊尸利是故諸受不內不外不東方不南方不西方不北方不下方不上方不十方中可得是故諸衆生等皆似草木及壁本性不生不滅故彼是此寂靜句曼殊尸利想是種子句曼殊尸利言世尊何因是種子句佛言曼殊尸利分別起想不如實生空拳相似如焰自相本性離故彼是此種子句曼殊尸利行是種子句曼殊尸

利言世尊何因是種子句佛言曼殊尸利不正思惟故而生於行諸數巳離無數過數如芭蕉實曼殊尸利如芭蕉實畢竟自無以不可得本性不生如是如是曼殊尸利諸法本性自離名巳離故彼是此種子句曼殊尸利識是種子句曼殊尸利言世尊何因是種子句佛言曼殊尸利識如幻相不生不出空無相無自性無狀貌如虛空以五指託畫故彼是此種子句曼殊尸利色是種子句曼殊尸利言世尊何因是種子句佛言曼殊尸利不生諸色故曼殊尸利如影雖見而無所有如是如是曼殊尸利諸色雖見而無所有惟迷惑眼惟迷惑心虛妄不實法故彼是此種子句曼殊尸利聲是種子句曼殊尸利言世尊何因是種子句佛言曼殊尸利諸法無種種無種種相曼殊尸利諸聲無二所有語道亦如山鳴響故彼是此種子句曼殊尸利香是種子句曼殊尸利言世尊何因是種子句佛言曼殊尸利諸法不齅本性頑鈍等於虛空鼻香齅者不可得故彼是此種子句曼殊尸利味是種子句曼殊尸利言世尊何因是種子句佛言曼殊尸利味界即不可思味不可識遠離於識本來自性離故彼是此種子句曼殊尸利觸是種子句曼殊尸利言世尊何因是種子句佛言曼殊尸利諸法不可觸著如虛空離故善壞身故觸不起作故觸自離故彼是此種子句曼殊尸利法是種子句曼殊尸利言世尊何因是種子句佛言曼殊尸利諸法無心離心自性不成離名離相如法界本性故彼是此種子句曼殊尸利地是種

子句曼殊尸利言世尊何因是種子句佛言曼殊尸利諸法無堅無輭虛妄和合人以爲堅彼是此種子句曼殊尸利水是種子句曼殊尸利言世尊何因是種子句佛言曼殊尸利諸法無濕無雜無膩如焰網故彼是此種子句曼殊尸利火是種子句曼殊尸利言世尊何因是種子句佛言曼殊尸利諸法無煗無熱其已捨離自性寂靜無實無生以顛倒分別故彼是此種子句曼殊尸利風是種子句曼殊尸利言世尊何因是種子句佛言曼殊尸利諸法無著無礙無急行無自性風道已過不吹動故彼是此種子句曼殊尸利佛是種子句曼殊尸利言世尊何因是種子句佛言曼殊尸利諸法不作覺者不覺不隨順覺不等覺以覺離故彼是此種子句曼殊尸利法是種子句曼殊尸利言世尊何因是種子句佛言曼殊尸利諸法不斷不破離斷離破無名無相離名離相亦無自性語道已過故彼是此種子句曼殊尸利僧是雞羅句曼殊尸利言世尊何因是雞羅句佛言曼殊尸利不住聖衆如法界際持戒破戒平等故定亂平等故智無智平等故解脫煩惱平等故於諸法中無所安住以處非處不可得故彼是此雞羅句曼殊尸利諸法境界是雞羅句曼殊尸利言世尊何因是雞羅句佛言曼殊尸利諸法如虛空境界不可思境界諸境界斷無諸事物其中空虛斷不可得故彼是此雞羅句曼殊尸利諸法無攀緣是雞羅句曼殊尸利言世尊何因是雞羅句佛言曼殊尸利諸法無住處無依倚故彼是此雞羅句曼

殊尸利諸法不破是雞羅句曼殊尸利言世尊何因是雞羅句佛言曼殊尸利諸法不可見以無色不可見故不可斷不可破不可得不可著不可解脱故彼是此雞羅句曼殊尸利諸法不取不捨是雞羅句曼殊尸利言世尊何因是雞羅句佛言曼殊尸利諸法等歸於如等合法界彼不起取彼不捨出不求不願諸願已斷本性寂靜等虛空故彼是此雞羅句曼殊尸利諸法無咎是雞羅句曼殊尸利言世尊何因是雞羅句佛言曼殊尸利諸法無垢亦無所有清淨光顯最善清淨如虛空清淨故罪不可得故無咎彼是此雞羅句曼殊尸利諸法無住處是雞羅句曼殊尸利言世尊何因是雞羅句佛言曼殊尸利諸法無事寂靜無住持故彼是此雞羅句曼殊尸利諸法無學是雞羅句曼殊尸利言世尊何因是雞羅句佛言曼殊尸利諸法無學彼不應學不應修不應思不應念不應住不應發不應行不應斷不應證不應說不應顯不應求不施設名不深不淺不生不滅不洒非不淨不分別說不衆言說不攀緣不執取不脱不棄不捨何以故曼殊尸利諸法畢竟已捨本性不取常是棄捨彼非智所行非無智所行故彼是此雞羅句

諸法本無經卷中

音釋

曼殊尸利梵語也亦云曼殊室利此云妙吉祥曼莫官切　抖擻抖當口切擻蘇后切抖擻振舉之貌　擔都濫切負物也所　鞞駢迷切　蹋徒合切踐也　刺棘刺七自切芒刺也棘紀力切荊棘也　塹七豔切坑也　鏃作木切鏑也　橛其月切門閫也　齅許救切以鼻搐氣也　膩女利切肥也

諸法本無經卷下

隋天竺三藏法師闍那崛多譯

爾時曼殊尸利童真復白佛言世尊我欲說雞羅句佛言曼殊尸利汝可辯說曼殊尸利言世尊諸衆生得到菩提是雞羅句佛言曼殊尸利何因是雞羅句曼殊尸利言諸法不到不普到不順到已離到非證時非不證時過智離到故彼是此雞羅句世尊諸衆生得到徧智是雞羅句佛言曼殊尸利何因諸衆生得到徧智是雞羅句曼殊尸利言世尊諸種諸處無諸衆生順到徧智自性故名得到徧智世尊其徧智者無有得到相應現住何以故世尊衆生自性即徧智故彼是此雞羅句世尊諸衆生具足徧智是雞羅句佛言曼殊尸利何因是雞羅句曼殊尸利言世尊諸法無自離自無自性等順至於如徧智本性一性相故彼是此雞羅句世尊諸衆生無量具足是雞羅句佛言曼殊尸利何因是雞羅句曼殊尸利言世尊諸衆生過筭離數若如是知彼不可量如虛空量故彼是此雞羅句世尊諸衆生菩提場是雞羅句佛言曼殊尸利何因是雞羅句曼殊尸利言世尊菩提場者是何句義佛言曼殊尸利菩提場者諸法寂靜場諸法無生場諸法無所有場諸法不可取場諸法無自性場曼殊尸利此是菩提場句義曼殊尸利言世尊諸衆生不常入此場耶佛言如是如是曼殊尸利曼殊尸利言世尊以此因緣諸衆生菩提場是雞羅句世尊諸衆生得忍是雞羅句佛言曼殊尸利何因是雞羅句曼殊尸利言世尊諸衆生是無

盡法無滅法不生法名相已離順入平等忍故彼是此雞羅句世尊諸衆生無著辯是雞羅句佛言曼殊尸利何因是雞羅句曼殊尸利言世尊若諸衆生有如是辯彼於十方皆無所有無著無障平等順到世尊諸辯已離自相不住故彼無所著世尊以此因緣彼是此雞羅句世尊諸衆生得陀羅尼是雞羅句佛言曼殊尸利何因是雞羅句曼殊尸利言世尊諸衆生想持諸衆生色聲香味觸等不實顛倒分別取相故彼是此雞羅句世尊諸衆生慈心是雞羅句佛言曼殊尸利何因是雞羅句曼殊尸利言世尊諸衆生非衆生本性不瞋於瞋與慈而不分別平等得到故彼是此雞羅句世尊諸衆生大悲具足是雞羅句佛言曼殊尸利何因是雞羅句曼殊尸利言世尊諸衆生本性無作及無作者如來平等不過大悲自性具足故彼是此雞羅句世尊諸衆生得三摩地是雞羅句佛言曼殊尸利何因是雞羅句曼殊尸利言世尊諸衆生本性入定無散亂無略攝無異緣本性不生畢竟入定攀緣離故世尊若諸衆生因於攀緣而有識知彼攀緣中則無有識何以故世尊其攀緣識念念速滅故彼是此雞羅句佛言曼殊尸利諸衆生不種種分別思覺耶曼殊尸利言諸思覺何處住佛言於中住虛空界曼殊尸利言世尊虛空界有散亂耶佛言曼殊尸利虛空界無散亂曼殊尸利言世尊諸衆生不行虛空界耶佛言如是曼殊尸利曼殊尸利言世尊若虛空界如彼諸衆生如若諸衆生如彼虛空界如然世尊諸衆生如

虛空界如此無有二無二相故彼是此雞羅句世尊諸佛貪欲具足是雞羅句佛言曼殊尸利何因是雞羅句曼殊尸利言世尊諸佛順入貪欲平等無染離染捨離諍競不過貪欲平等順覺貪欲自性故世尊貪欲即是菩提何以故世尊順覺貪欲自性說名菩提故彼是此雞羅句世尊諸佛瞋惡具足是雞羅句佛言曼殊尸利何因是雞羅句曼殊尸利言世尊佛說諸有爲行過惡者諸佛安住瞋惡平等順覺瞋惡自性故說名瞋惡具足彼是此雞羅句世尊諸佛愚癡具足是雞羅句佛言曼殊尸利何因是雞羅句曼殊尸利言世尊諸佛能脫愚癡說名諸著安住愚癡平等順覺愚癡自性故彼是此雞羅句世尊諸佛身見具足是雞羅句佛言曼殊尸利何因是雞羅句曼殊尸利言世尊諸佛安住身見於諸法中不入不出亦不入出畢竟安住無住相故順覺身見不生不出無自性故彼是此雞羅句世尊諸佛邪見具足是雞羅句佛言曼殊尸利何因是雞羅句曼殊尸利言世尊諸佛示現有爲是邪示現不實示現離如示現有爲是空無虛妄法順覺邪見自性相故彼是此雞羅句世尊諸佛住顛倒得菩提世尊諸佛住諸蓋住五欲住欲住瞋住癡得菩提是雞羅句佛言曼殊尸利何因是雞羅句曼殊尸利言世尊住處者即無住處句佛言曼殊尸利無住處者是何句義曼殊尸利言世尊無住處者難住及以動震即是凡夫小兒又諸佛善住欲平等故瞋平等故癡平等故五欲平等故諸蓋平等故瞋顛倒平等

故彼住欲自性處如是證覺阿耨多羅三藐三菩提彼住瞋癡五欲功德諸蓋顛倒自性處如是證覺阿耨多羅三藐三菩提是故諸佛住顛倒蓋五欲三毒證覺阿耨多羅三藐三菩提是雜羅句如是語已佛告曼殊尸利童真言曼殊尸利若復有人問汝如來應正遍知諸不善法斷諸善法具足如是問時汝何發遣曼殊尸利言世尊若復有人如是問我如來應正遍知諸不善法斷諸善法具足世尊彼如是問時我作如是說汝先親近善友勤作方便相應莫一法合亦莫作離莫取莫放莫攀緣莫不攀緣莫依莫住莫棄莫掌莫聚莫求莫願莫見一法爲勝若小若最勝彼後當知如來境界不思境界離境界斷境界法佛言曼殊尸利汝作如是解說是何發遣曼殊尸利言世尊我作如是解說無有一法可發遣者世尊佛坐菩提場已有法若生若滅可見不佛言不然曼殊尸利曼殊尸利言世尊若法無生無滅彼有善法具足不善法具足耶佛言不然曼殊尸利曼殊尸利言世尊若法不生不出彼無善法具足不善法具足彼何所知何所斷何所修何所證何所見道爾時上虛空中十千天子聞此佛及曼殊尸利童真說已即散優波羅華撥陀摩華拘目陀華奔荼梨迦華曼陀羅華摩訶曼陀羅華禮佛及曼殊尸利童真足已如是說言世尊無著尸利此謂曼殊尸利世尊無二尸利此謂曼殊尸利世尊無有尸利此謂曼殊尸利世尊無餘尸利此謂曼殊尸利世尊如尸利實際尸利法界尸利勝尸利最勝尸利

無上尸利無上上尸利無等尸利無等等尸利世尊此謂曼殊尸利童真如是語已曼殊尸利童真告彼天子言止止天子莫分別我我不見一法若勝若劣若最勝若妙又天子汝若說言曼殊尸利者我欲尸利彼是我曼殊尸利我瞋尸利彼是我曼殊尸利我癡尸利彼是我曼殊尸利如是說者名爲正說何以故天子我不過欲不過瞋不過癡天子諸凡夫小兒有行有到諸菩薩無一處法中有行有到天子言曼殊尸利諸菩薩不到佛法不行十地耶曼殊尸利言天子於意云何幻人心心數法行十地耶天子言曼殊尸利如是幻人本無住處何處於地復有行到曼殊尸利言如是天子諸法喻幻彼無行跡無他處到無用力行無自主行天子言曼殊尸利汝不當覺菩提耶曼殊尸利言天子於意云何凡夫小兒貪欲繞住能坐菩提場具足遍智不天子言曼殊尸利汝豈復貪欲繞住是凡夫小兒耶曼殊尸利言如是天子我欲繞住我瞋繞住我癡繞住我是外道我是邪行天子言曼殊尸利以何義意說如是言我欲繞住我瞋繞住我癡繞住我是外道我是邪行曼殊尸利言天子我所有繞住無有住處於十方中無欲瞋癡自性住處故以無住處相應故天子言曼殊尸利汝云何是外道曼殊尸利言天子我於外道無所行到彼因緣故我是外道天子言曼殊尸利汝云何是邪行曼殊尸利言天子我知諸法是邪不實不如但是分別彼因緣故我是邪行爾時十千天子於曼殊尸利童真邊聞此說已無生法

中得忍彼得忍已說如是言世尊若彼衆生善此金剛句光明到耳者得勝利何況聞已信解爲緣受持讀誦修習演說如所說行世尊彼於諸法中當得無著辯才及得明照善說一相諸法於佛法中相續不斷顯示諸法皆是佛法爾時衆中復有天子名蓮華遊戲智通來集會坐爾時蓮華遊戲智通天子而白佛言世尊宜說十種音聲入智於後世時五十歲中菩薩聞如是等法已不驚不怖不畏於諸法行當知入行不疑不惑如是語已佛告蓮華遊戲智通天子言止止天子何須問如是處此音聲入門初業菩薩不能知覺思惟稱量共議善家子此法說時亦不得於初業菩薩前說何以故說意難知故天子音聲入門菩薩如恒伽河沙等劫若彼不如實言訶罵彼於其中無瞋礙心又復恒伽河沙等劫若得淨心好意供養尊重諸樂因緣衣食臥牀病緣藥等諸事彼於其中亦無順愛心生善家子如阿羅漢漏盡於諸順愛住處法中終不生愛於諸瞋礙住處法中亦不生憎善家子如是音聲入門菩薩於恒伽河沙等劫若得供養諸樂因緣彼於其中而無順愛心生於恒伽河沙等劫若彼不如實言訶罵彼於其中無瞋礙心善家子如是音聲入門菩薩於諸衰利毀譽稱譏苦樂無受無著過於世法而住猶如山王如是語已蓮華遊戲智通天子復白佛言世尊菩薩學時復云何學音聲入門佛言善家子汝今何須問如是處天子言世尊爲說音聲入智於彼未來若有菩薩入於此忍當作淨想信想愛想彼

等聞此音聲入智已當覺自惡亦教餘人如是語已佛告蓮華遊戲智通天子言彼若然者天子善聽正念善思吾當爲汝演說此義蓮華遊戲智通天子對曰如是我甚樂聞佛言天子若有菩薩於欲聲中生過罪想離欲聲中生讃利想即不學佛法中於瞋聲中生過罪想離瞋聲中生讃利想即不學佛法中於癡聲中生過罪想離癡聲中生讃利想即不學佛法中於少欲聲順愛於多欲聲背憎即不學音聲入門中於知足聲順愛於不知足聲背憎即不學音聲入門中於減省聲順愛於不減省聲背憎即不學音聲入門中如是略說當知於樂獨聲順愛於多人聲背憎於佛聲順愛於外道聲背憎於梵行聲順愛於非梵行聲背憎於毘那耶聲順愛於非毘那耶聲背憎於清白聲順愛於煩惱聲背憎於愛聲順愛於非愛聲背憎即不學音聲入門中於果聲順愛於凡夫聲背憎於樂聲順愛於苦聲背憎於出世聲順愛於世聲背憎即不學音聲入門中於出家聲順愛於在家聲背憎即不學音聲入門中於施聲順愛於慳聲背憎而生礙想即不學佛法中於持戒聲生讃利想於破戒聲背憎而生礙想即不學佛法中於忍聲生讃利想於瞋聲生礙想即不學佛法中如是略說於精進聲生讃利想於懈怠聲生礙想於定意聲生讃利想於亂聲生礙想於智聲生讃利想於無智聲生礙想即不學佛法中於近聲順愛於遠聲背憎即不學音聲入門中於流轉聲生過罪想於涅槃聲生讃利想即不學音聲入門中於

此岸聲背憎於彼岸聲順愛於村落聲生過罪想於阿蘭拏聲生讚利想即不學音聲入門中於獨行順愛於共行背憎即不學佛法中於比丘行順愛於在家行背憎於威儀業順愛於非威儀業背憎於淨妙行順愛於非淨妙行背憎於戒行順愛於惡戒行背憎於不雜行順愛於雜行背憎於離貪欲行順愛於貪欲行背憎於離瞋惡行順愛於瞋惡行背憎於離愚癡行順愛於愚癡行背憎於空行順愛於有見行背憎於無相順愛於相背憎於無願順愛於願背憎於菩薩行順愛於聲聞獨覺行背憎即不學佛法中若識菩薩過失則遠菩提亦取業障若識威儀則遠菩提亦取牢固業障若有菩薩於菩薩邊生卑小想於已勝想則爲自傷亦取業障如是菩薩於他菩薩若教若誡生教師想然後教誡菩薩若欲不捨菩提於菩薩邊莫生小想善家子菩薩如是無有一處令善根斷如輕第二菩薩者是故菩薩若欲護諸善根欲清淨諸業障欲速於諸法中得無礙行應當晝夜各作三時禮諸菩薩乘者富伽羅爾時曼殊尸利童真復白佛言世尊如我解佛所說義欲聲佛聲稱量一等瞋聲佛聲等癡聲佛聲等外道聲佛聲等少得聲多欲聲等知足聲不知足聲等減省聲不減省聲等樂獨聲共衆住聲等此岸聲彼岸聲等遠聲近聲等流轉聲涅槃聲等村落聲阿蘭拏聲等施聲慳聲等持戒聲破戒聲等瞋恨聲忍聲等精進聲懈怠聲等亂聲定意聲等無智聲智聲等爾時蓮華遊戲智通天子語曼殊尸利童真

言曼殊尸利何因緣故稱量一等曼殊尸利言天子如是欲聲於汝意謂是何天子言曼殊尸利如我意謂欲聲如響曼殊尸利言天子如是佛聲汝意復謂是何天子言曼殊尸利如我意謂亦與響法不別曼殊尸利言此因緣故稱量一等爾時佛告曼殊尸利童真言曼殊尸利汝於前世住初業地未入如是法道作何業障汝今可說若未來世所有假名菩薩聞如是等業障惡已當自守護如是語已曼殊尸利童眞復白佛言世尊彼聞如是等業障惡已雖當憂怖而得淨於業障亦得諸法無礙世尊乃往過去無數劫復過無數廣不可量無量不可思復過彼已於彼時節有佛出世名師子鼓音王如來應正遍知明行具足善逝世間解無上調御丈夫天人教師佛婆伽婆彼如來壽量六十俱致那由多百千歲說法調伏恒伽河沙等衆生亦以三乘成熟衆生彼世界名大光於中若樹若柱七寶所作於彼樹中有如是等聲出所謂空聲無相聲無願聲無生聲無滅聲無所有聲無狀貌聲常出如是等聲若聲出時彼諸衆生於法見證彼時如來初集聲聞有九十九俱致彼皆阿羅漢乃至以平等智善解脫心第二集有九十六俱致比丘第三集有九十三俱致比丘第四集有九十俱致比丘亦皆阿羅漢乃至以平等智善解脫心彼菩薩集亦如是數彼皆無生法忍具足善能出生種種法道供養多百千俱致那由多佛名稱聞於百千俱致那由多佛土度脫多百千俱致那由多衆生得無邊門陀羅尼出生百千

俱致那由多三摩地自餘始業初乘發行菩薩摩訶薩亦多無量無數彼如來土功德莊嚴具足若以言說終不能盡彼如來滅後正法住九十九百千歲彼諸樹聲皆不復出世尊彼時有菩薩比丘名曰喜根作說法者世尊彼喜根菩薩先行質直不分別威儀不捨世間不礙世法彼時衆生諸根悉利少聞即知有深信解為彼衆生不讚說少欲不讚說知足減省樂獨亦不讚說不共衆住亦不示現發起精進示現自身行於雜行令彼衆生攝取諸法即欲自性攝取諸法即瞋自性攝取諸法即癡自性攝取諸法而無障礙彼以方便令彼攝取諸行一相若彼衆生彼以方便令攝取已無有一處衆生若行若威儀而有瞋礙彼不瞋礙心已便得忍地於如來教中當得決定不壞深心世尊彼時復有菩薩比丘名曰勝意亦作說法者世尊勝意說法者得四第耶那四無色入受行十二頭多功德世尊勝意菩薩所調伏者取他過惡其智動搖世尊爾時勝意菩薩於村落中為食而行至喜根菩薩所乞之家以不知故彼於其中見舍主子即至彼舍主子所至已設如是座坐已為彼舍主子說少欲說知足說減省說共衆住過惡讚說樂獨讚說不共衆住仍於彼舍主子前惡說喜根菩薩云彼比丘者乃令多人取於顛倒彼比丘者乃令多人取於邪見其彼比丘是雜行者取欲無礙取瞋無礙取癡無礙取諸法無礙彼舍主子利根得忍語彼比丘言大德意謂貪欲是何比丘言如我意謂貪欲是煩惱舍主子言大德貪

欲爲内爲外比丘言貪欲非内非外舍主子言貪欲從何所來去至何所復住何處比丘言貪欲無來無去亦無住處舍主子言大德貪欲若非内外非東方分亦非南西北方上下四維無有處住亦非無住彼之貪欲豈非無生若無有生何有煩惱及以清淨爾時勝意比丘瞋恚不喜從座起去說如是言彼比丘者乃令多人取不如實以不學入音聲故於佛陀聲則喜於外道聲則瞋以不學入音聲故於梵行聲則喜於非梵行聲則瞋以不學入音聲故於清淨聲則喜於染汙聲則瞋以不學入音聲故於聖果聲則喜於凡夫聲則瞋以不學入音聲故於樂聲則喜於苦聲則瞋以不學入音聲故於出家聲則喜於在家聲則瞋以不學入音聲故於出世間聲則喜於世間聲則瞋以不學入音聲故於施聲則生利想於慳聲則生礙想以不學佛法中故於持戒聲則生利想於破戒聲則生礙想於彼乞家出已還向阿蘭拏處至住處已令餘比丘亦如是取即於衆中見喜根菩薩已說如是言此比丘者乃令多人取於顛倒此比丘者乃令多人取於邪見其此比丘是雜行者取欲無礙如是亦取瞋癡無礙及取諸法無礙喜根菩薩作如是念今此比丘必作業障我須爲說如是深言乃至今作修助菩提法因爾時喜根菩薩欲令衆信即於諸比丘僧前說此伽陀

貪欲說涅槃　恚癡亦如是　於中道當覺
佛菩提不思　若分别貪欲　及諸恚癡等
遠彼佛菩提　譬如天與地

若不破壞欲瞋已　入於癡者見菩提
彼即近於勝菩提　當得於忍亦不久
貪欲菩提二非二　一入平等與相應
若不如是隨順覺　彼佛菩提遠復遠
貪欲不生亦不滅　未曾作惱染於心
若有我想有得見　爲彼貪欲泥犁入
所有欲法即佛法　所有佛法即欲法
此二一字而無相　如是智者爲導師
若分別戒破戒已　以戒自高而醉逸
彼不生天況菩提　但自安住有得見
若於煩惱分別已　常好依倚瞋見中
此道非是勝菩提　若念彼則凡夫縛
若住蘭拏分別已　高貴自我而欺他
彼無菩提無佛法　但自安住蘭拏見
蘭拏法中既不見　於村落中作威儀
天脩羅中彼是賊　何用菩提及佛法
若分別我當作佛　彼凡無智力所牽
所有佛法如虛空　於中無取亦無捨
見行菩提本不二　名字數音說爲人
若不入於此法中　彼佛菩提遠復遠
若求菩提無菩提　若見菩提遠菩提
不此教中至滅度　分別此法無有實
若佛法中生羨樂　彼則遠此佛菩提
無實法中既生羨　則當復受於苦惱
若以供養異不供　供養法中則取著
若知此界同平等　彼當作佛人中尊
若不於佛及佛法　諸種諸處未曾見
彼於諸法則不染　覺菩提已破摩羅
若欲度脫諸衆生　彼衆生界未曾念
諸法猶如涅槃等　彼若見是作人尊

若說外道是惡意　若說諸佛人勝者
於此二中無差別　如是知者作導師
若覺菩提無所覺　若如是知無所知
佛與非佛不等佛　此不分別人中上
佛於菩提未曾覺　衆生未曾有脫者
凡夫分別無有法　彼遠復遠佛法中
若有爲法非有爲　彼所有數未曾有
若無有數筭亦無　此諸方便不說二
若無衆生無成就　不見佛法是實有
如佛亦如諸衆生　如是知者觸菩提
若欲當覺勝菩提　於彼欲法莫分別
所有欲法自性相　彼即佛德不可思
若佛法中未曾發　於佛菩提不生心
無異菩提無異心　如是知者作導師
以菩提心凡自高　若分別念我作佛
彼無菩提無佛法　則捨此法自性印
若念衆生我欲脫　愚癡著彼衆生想
說衆生者無衆生　菩提不於衆生住
若見衆生如是怖　彼則無邊恐怖生
諸衆生言如山響　如是知者人中上
若說衆生畢竟脫　常無貪欲瞋癡等
衆生寂靜常大寂　如是知者作導師
貪欲非內亦非外　欲於諸方無依倚
無實諸法分別已　如是我想凡所迷
如響如幻如焰等　如石女兒亦如夢
如諸煩惱不可見　凡夫轉行由無知
若求煩惱彼有惱　正念選擇莫懈怠
不分別道及煩惱　觸無分別菩提地
若空法中凡夫畏　於佛法中彼當遠
若空法中無有疑　最勝菩提彼當得

若以言說分別境　言說及義不可思
染著名稱及利報　自謂念道無疑惑
不以著名念所說　而見蘭拏有所住
少欲知足分別已　復爲貪欲力所牽
若人避於欲法走　彼於欲法不可脱
若能順覺欲法實　彼則見法欲乃離
守護禁戒雖長夜　出生定意無邊劫
此佛教中彼不脱　以不覺此眞實際
若覺此法無所有　於諸法中彼無著
不以分別戒破戒　而脱凡夫有見境
若見持戒常無戒　若覺戒義破戒法
彼於破戒不可得　彼覺戒行相如是
法王所有不思法　俱致方便化衆生
以一方便令其入　此菩提中寂無漏
凡夫墮於大墮中　說勝法所聞法已
無作無物無有相　一道方便自性空
雖在勝家喜欲樂　而聞法已不驚怖
不於此教出家已　頭多自高有見得
所有十方佛世尊　住世作利大仙主
皆知諸法如空已　法無起作觸菩提
無知而有淨相想　聞此實法有驚怖
彼俱致劫受多苦　常受苦分無有間

說此伽陀時三十千天子等無生法中得忍十八千比丘以不受故諸漏心皆解脱即時地裂勝意菩薩死墮大啼叫泥犂耶中彼業障故於百千俱致劫大泥犂耶中受諸極重苦毒受已於七十百千生中常得誹謗於多百千俱致劫中不聞如來應正遍知名字彼後值遇如來於彼教中出家而不喜樂六十百千生中出家已反戒入俗以彼殘業障故

於多百千生中闇鈍而行於彼時節名喜根比丘菩薩摩訶薩說法者今已證覺阿耨多羅三藐三菩提現住說法在東方分過百千俱致佛土於寶畫世界中名容無垢蔽日光福德威熾王如來應正遍知現住說法於彼時節名勝意比丘說法者即我彼時作說法者名勝意比丘世尊我受如是苦惱如是住時以未入此法道故受如是苦於無苦中分別苦顛倒苦是故若發菩薩乘者若發獨覺乘者若發聲聞乘者不用如是業障者不用如是苦者於諸種法不應毀棄於彼正法亦不應毀棄亦不應一處而作瞋礙爾時佛告曼殊尸利童眞言曼殊尸利彼時汝因聞彼伽陀有何勝利曼殊尸利言世尊我因聞彼伽陀從彼業障而起處處馳走徧流轉已於諸處中得其深忍得決定忍善說深法佛言曼殊尸利是誰神力憶念如是久遠所作業障曼殊尸利言世尊所有菩薩若思若念若隨順念彼皆如來神力何以故世尊如是諸法皆是如來本性佛言若得如來十力與聞此者稱量一等若於無生法中得忍與聞此者稱量一等曼殊尸利言世尊如我解佛所說義聞此法本果不可思佛言如是如是曼殊尸利如汝所說聞此法本果不可思但如來不記說何以故彼不勤修非善丈夫若聞此已當不信解曼殊尸利此是諸法入門爾時曼殊尸利童眞及慈氏菩薩摩訶薩復白佛言世尊當住持此法本令末後世後五百歲法轉之時廣至多人手中不使摩羅及摩羅身天得入其便爾時世尊爲住持此法本

故左右觀視如是無間世尊觀已彼時十方恒伽河沙等佛土六種震動於彼時中世尊則爲已住持此法本自餘諸佛世尊於恒伽河沙等世界中亦住持此法本說此法本時乃至十方恒伽河沙倍多於彼衆生無生法中得忍彼復倍多於法證見何況復言住聲聞乘獨覺地無學地爾時命者阿難陀而白佛言世尊云何名此法本我云何持佛言阿難陀此法本名說諸法不轉此名當持佛說此時曼殊尸利童眞歡喜慈氏菩薩摩訶薩師子遊步菩薩摩訶薩蓮華遊戲智通天子及餘天子并彼大菩薩衆諸天人揵闥婆阿脩羅等世於佛所說皆大歡喜

諸法本無經卷下

音釋

憎作滕切惡也毀也

譏居依切誚也

誹謗誹府尾切非議也謗補曠切訕

諸法無行經

姚秦三藏法師鳩摩羅什譯

清刻龍藏佛說法變相圖

諸法無行經卷上

姚秦三藏法師鳩摩羅什譯

如是我聞一時佛在王舍城耆闍崛山中共大比丘僧五百人俱菩薩九萬二千人其名曰衆德莊嚴菩薩摩訶薩師子遊步菩薩光無障淨王菩薩高山頂自在王菩薩愛喜淨光菩薩光蔽日月菩薩妙淨髻菩薩身出蓮華光菩薩梵自在王音菩薩遊戲世師子王音菩薩金色淨光威德菩薩柔輭身菩薩金光相莊嚴身菩薩十光破魔力菩薩諸根威儀善寂菩薩德如高山菩薩天音聲菩薩法力自在遊行菩薩山德淨身菩薩妙德菩薩摩訶薩如是等九萬二千人爾時師子遊步菩薩見是大會即從座起偏袒右肩右膝著地合掌白佛以偈問曰

世尊大導師　名德稱無量　今此大衆集
願說寂滅法　邪見癡愛慢　嫉妬瞋恚性
云何即是道　大音方便說　云何涅槃相
與世法無異　諸法性無二　大悲爲演說
云何諸法性　畢竟無罣礙　其性如涅槃
亦同於解脫　無縛亦無解　亦復如虛空
迦蘭頻伽音　大梵清淨聲　身色踰天金
淨命無量德　演說實相法　畢竟無縛解
云何此五蓋　而等於菩提　云何是菩提
即同諸業性　是法是非法　云何同一相
如是畢竟淨　唯願爲演說　無數無非數
諸法畢竟滅　一切種智相　及以菩提道
二法云何無　唯願爲演說　無作無非作
無著無非著　畢竟無衆生　諸法中無礙
無戒無忍辱　亦無毀戒者　無智亦無慧
亦非無智慧　是法常清淨　唯願爲演說
云何一切法　寂滅如虛空　無心心數法
無見斷證修　一切衆生類　同如虛空相
一相法亦無　心行亦叵得　諸法無生滅
無學無羅漢　亦無辟支佛　亦無求菩薩
無住無依止　無來亦無去　諸法不動相
常住如須彌　無相亦無色　色性即是道
色性佛道一　如是法願說　云何無佛法
亦無比丘僧　三寶是一相　唯願爲演說
無空無無相　亦無有無作　不合亦不散
名相法亦無　諸法畢竟空　如響無作者
無生無無生　無滅無往來　無天無龍神
夜叉緊那等　無人天地獄　無餓鬼畜生
無衆生五道　願說如是法　導師佛世尊
外道邪見者　其有所演說　云何等無二

文字諸語言　是法皆一相　世尊大慈悲
願開是法門
爾時世尊讚師子遊步菩薩摩訶薩言善哉善哉善男子汝所問者甚爲希有一切世間之所難信善男子止止勿問所以者何新發意菩薩於此空見無相見無作見無生見無所有見無取相見佛見菩提見所不能及善男子如此法者不應在新學菩薩前說何以故若聞是法或斷善業於佛道中則行邪道若墮斷滅若墮計常不知如來以何方便隨宜所說爾時師子遊步菩薩摩訶薩白佛言世尊哀愍世間願必爲說當來世中有菩薩空見無相見無作見無生見無所有見無取相見佛見菩提見者分別是空是無相是無作好常讀學勤於事業樂著文辭以辯說爲妙貴於名利如是之人聞如來說是無文字法畢竟清淨當捨是諸見是諸菩薩隨衆生所能信解以方便力而爲說法雖說少欲知足然不以爲最雖說經戒亦不以爲最說在衆過惡亦知一切法遠離相常稱讚獨處不在憒閙然不以爲最雖讚發菩提心而知心性即是菩提雖讚大乘經而知一切諸法皆是大相雖說菩薩道而不分別阿羅漢辟支佛諸佛雖讚布施而通達布施平等相雖讚持戒而了知諸法同是戒性雖讚忍辱而知諸法無生無滅無盡相雖讚精進而知諸法不發不行相雖種種讚歎禪定而知一切法常定相雖種種讚於智慧而了智慧之實性雖說貪欲之過而不見法有可貪者雖說瞋恚之過而不見法有可瞋者雖說愚癡之過

而知諸法無癡無礙相雖示衆生墮三惡道怖畏之苦而不得地獄餓鬼畜生之相如是諸菩薩雖隨衆生所能信解以方便力而爲說法而自信解一相之法所謂空無相無作無生無所有無取相世尊唯願說是不可思議方便之法一切聲聞辟支佛及新發意菩薩所不能及但爲信解甚深一相法者說之

爾時佛告師子遊步菩薩摩訶薩言善男子汝今諦聽善思念之吾當爲汝解說此義唯然世尊我當受之爾時世尊以偈答曰

若人欲成佛　勿壞於貪欲　諸法即貪欲
知是則成佛　貪欲瞋恚癡　無有能得者
是法皆如空　知是則成佛　見非見一相
著不著亦然　此無佛無法　了是名大智
譬如人於夢中　得佛道度衆生
此無道無衆生　佛法性亦復然
坐道場無所得　若不得則不有
明無明同一相　知如是爲世尊
衆生性即菩提　菩提性即衆生
菩提衆生不二　知如是爲世尊
譬如巧幻師　幻作種種事　所見無有實
無智數若干　貪恚癡如幻　幻三毒無異
凡夫自分別　我貪我瞋恚　知是愚癡人
則墮三惡道　實相無貪恚　癡亦不可得
分別如幻法　自生煩惱熱　實相無煩惱
無佛及衆生　分別無生法　凡夫願欲得
不見佛興法　亦不見衆生　知是法相者
疾成衆生尊　若人求菩提　則無有菩提
是人遠菩提　譬如天與地　知諸法如幻
速成人中上　若人分別戒　是則無有戒

若有見戒者　是則爲失戒　戒非戒一相
知是爲導師　如夢受五欲　娛樂自快樂
分別見女色　此中實無女　戒毀戒如夢
凡夫分別二　實無戒毀戒　知是爲導師
凡夫著名字　不知語言性　名字非名字
知是得無生　自謂是菩提　讀誦爲人說
已身無所行　但依恃種姓　但讀經求道
常見他人過　著威儀文頌　見人敬自貴
恃種姓文頌　不知法實相　如是之人等
終不能得佛　爲說諸法空　惡心好諍訟
是人無佛法　亦無有菩提　知恚忍同相
達是終不瞋　不了衆生性　是則生瞋恚
自言菩薩者　復作如是說　我慈悲一切
成佛度衆生　他惱生瞋恚　懷忿不與語
常求他人過　樂於鬪諍訟　亦稱歎忍辱
及說諸法空　我心多憍慢　常觀他人過
貪著於美味　晝夜念五欲　是人入城邑
自說度人者　悲念於衆生　常爲求饒益
口雖如是說　而心好惱他　我未曾見聞
慈悲而行惱　互共相瞋恚　願生阿彌陀
若人如恒河　惡口加刀仗　如是皆能忍
則生清淨土　佛土非佛土　知如虛空相
不分別國土　及國土功德　如是之人等
能生諸佛國　自言忍衆惡　見菩薩如佛
我未曾見聞　佛相而瞋者　各自美毀他
樂檀越知識　言我所教化　護使令如法
汝應我所度　莫親近餘人　彼人行不純
常處於憒閙　是人於佛道　不能勤修行
眞求佛道者　晝夜各三時　頂禮諸菩薩
應生恭敬心　隨其所行道　不說其過失

若見著五欲　亦不說過惡　應當念彼人
久後必得道　次第行業道　不可頓成佛
或非久發心　是故行此事　勿分別貪欲
貪欲性是道　煩惱先自無　未來亦無有
能作是信解　便得無生忍　觀好惡音聲
知非音聲性　當入無文字　實相之法門
若能信是法　則無婬怒癡　觀貪欲愚癡
即是無量相　是二無文字　以文字故說
諸有文字處　是皆無有實　一切諸音聲
觀是一音性　佛說及邪說　是皆無分別
法雖以言說　實無法無說　能入一相門
是得無上忍　是忍是非忍　勿作是分別
於欲瞋恚心　勿計其中利　知是二無生
當爲世中尊　東西南北方　如恒河沙土
皆碎爲微塵　一塵爲一國　滿中諸珍寶
於無央數劫　供養諸如來　其所得功德
若人聞是經　過彼百千倍　若有出家人
一心求佛道　我囑累是人　此秘密要法
若有誦是經　及解說其義　無量總持辯
自然皆當得　利根無盡慧　樂說之辯才
無量億諸佛　皆亦與是人　諸經妙法寶
自然皆能說

爾時師子遊步菩薩白佛言世尊今說是偈有幾所人得自利益佛言善男子汝見是大衆不唯然已見佛言說是法時會中有無量無數衆生與天龍夜叉揵闥婆阿脩羅緊那羅迦樓羅摩睺羅伽等滿虛空中以說法明乃至他方世界多所饒益九萬二千夜叉神皆發阿耨多羅三藐三菩提心增上慢比丘有五百人未得謂得聞是法無增上慢信解

眞法一切諸法皆是一相不受諸法故漏盡得解脫於是菩薩衆中六萬二千人信解諸法無障礙相得無生法忍何以故說如是法諸說法中最爲第一善男子如我於然燈佛所信解諸法一相無礙然後乃得無生法忍具足六波羅蜜所以者何若菩薩於恒河沙劫布施持戒忍辱精進禪定智慧若不能知如是法相是人或能斷諸善根善男子汝見提婆達多有大功德善根成就三十二大人相有如是功德不知是法相故斷滅善根墮大地獄善男子當知雖久發心有大功德不入是法門皆能斷滅善根功德善男子如過去無量無邊不可思議阿僧祇劫有佛名高須彌山王如來應供正遍知明行足善逝世間解無上士調御丈夫天人師佛世尊壽九十九百千萬億那由他歲國土名金焰明其國皆以黃金爲地其所說法亦以三乘度脫衆生其佛初會有八十百千萬億那由他聲聞弟子第二會七十百千萬億那由他聲聞弟子第三會六十百千萬億那由他聲聞弟子第四會五十百千萬億那由他聲聞弟子皆得阿羅漢捨諸重擔逮得已利盡諸有結正知解脫比丘尼衆倍於上數優婆塞衆亦倍上數優婆夷衆亦倍上數菩薩衆亦倍上數皆得阿惟越致無生法忍皆得無量無邊陀羅尼門三昧門能轉不退法輪何況新發菩薩意者又發辟支佛道心者亦無量無邊善男子爾時彼佛會中弟子衆數無量無邊彼金焰國中皆以七寶爲樹其諸寶樹常出法音所謂一切諸法空音無相音無作音無

生音無所有音無取相音其國人民聞是法音自然皆得諸法實相心得解脫其佛滅後法住千歲諸寶樹音亦不復出善男子是高須彌山王佛以法囑累淨威儀菩薩令守護法囑累已後便入無餘涅槃時有比丘名有威儀持戒清淨得四禪四無色定及五神通善誦毗尼藏樂於苦行而不能善知他心其弟子亦皆苦行貴頭陀法是淨威儀法師持戒清淨於無所有法忍中得巧方便後於一時淨威儀法師將諸弟子到有威儀比丘住處與共同止淨威儀法師憐愍衆生故從所住處常入聚落食訖而還教化百千萬家皆作弟子令發阿耨多羅三藐三菩提心其弟子衆亦善教化到諸聚落而爲說法令若干百千衆生皆發阿耨多羅三藐三菩提心有威儀比丘常樂住塔寺其弟子衆不持淨戒而樂行頭陀有威儀比丘勤行精進其心決定自以所行化諸弟子貪著善法有所見得所謂說一切有爲法皆無常苦一切法無我不能善行諸禪定法亦復不能善於菩薩所行之道本心不純故淨威儀法師善知衆生諸根利鈍知有威儀比丘心故不復常入聚落其諸弟子如本不異有威儀比丘見淨威儀法師諸弟子衆常入聚落生不淨心即鳴揵椎集衆立制汝等自今以去不得入於聚落不能一心修行靜默數入聚落得何等利佛所稱讚阿蘭若住處汝等當行一心禪樂莫入他家淨威儀法師諸弟子衆不受其語猶入聚落後於一時有威儀比丘見彼弟子聚落中出更鳴揵椎集比丘衆說如是言若

復更入聚落中者不得住此爾時淨威儀法師將護有威儀比丘故告諸弟子汝等從今已去勿入聚落即受師教不入聚落爾時衆人不見其師及諸弟子故皆懷憂惱退失善根淨威儀法師三月自恣竟從是中去至餘僧坊於其所止師徒還入城邑聚落爲人說法後時有威儀比丘見淨威儀法師還入他家見其弟子毀失常儀復生惡心作是念言是比丘破戒毀戒何有菩提便語衆人是比丘雜行去佛甚遠有威儀比丘起是業已後時命終是業果報故墮阿鼻大地獄九十百千億劫受諸苦惱從地獄出六十三萬世常被誹謗其罪漸薄後作比丘三十二萬世出家之後是業因緣反道入俗是業因緣有餘罪故值淨明佛出家入道懃懃精進如救頭然千萬億歲中乃至不得柔順法忍無量千萬世諸根闇鈍師子遊步於汝意云何爾時有威儀比丘豈異人乎勿造斯觀則我身是我時起是微細不淨心故受此罪苦墮於地獄師子遊步若人不欲起是微細業者於彼菩薩不應起惡心菩薩所行皆當信解不應起於瞋惱之心應作是念我亦不能善知他心衆生所行是亦難知善男子如來見是利故常說是法是故行者不應平量於人唯有如來及似如來者乃能知之是故行者若欲自護身勿平量人而相違逆菩薩若欲修集佛法當晝夜勤心專念深發菩薩心者不當好求人之長短菩薩若能教三千大千世界其中衆生令行十善不如菩薩如一食頃一心靜處入一相法門乃至聞受讀誦解說其

人福德勝彼甚多何以故諸菩薩等用是法門能滅一切業障重罪亦於一切衆生之中離憎愛心便能疾得一切種智爾時文殊師利法王子白佛言世尊如佛所説滅業障罪云何能滅佛告文殊師利若諸菩薩見一切法性無業無報則能畢滅業障之罪又文殊師利若諸菩薩見貪欲際即是眞際見瞋恚際即是眞際見愚癡際即是眞際則能畢滅業障之罪又文殊師利若諸菩薩見一切衆生性即是涅槃性則能畢滅業障之罪所以者何若人因有所見即能起業無知無聞諸凡夫人不知諸法畢竟滅相自見其身亦見他人以是見故便起身口意業是人妄見憶想分別便作是念我是貪欲瞋恚愚癡如是分別故於佛法中出家學道復作是念我是持戒修梵行者我應當得超度生死入於涅槃免諸苦惱是人分別諸法是善是不善是應知是應斷是應證是應修所謂苦應見集應斷滅應證道應修而復分別一切諸行皆悉無常一切諸行皆苦一切諸行皆三毒熾然我當疾捨此有爲法作是思惟於諸行中種種取相便生猒心爾時即作是念若見諸行如是是名見苦惡猒諸行是名斷集分別諸行見於滅諦即作是念我今見滅是名證滅我當修道便至靜處念如是法作是念已攝心定住是人先得猒心令得定心故於諸行中心便捨離而自愧猒不喜不樂復作是念我今於一切法中已得解脱更無所作我身已得阿羅漢道是人命終時見受生處即菩提中心生疑悔以此疑故命終後身墮大

地獄何以故是人於無生法中而分别故爾時文殊師利法王子白佛言世尊今云何應觀四聖諦佛告文殊師利若行者能見一切法即是無生性是名見苦若能見一切法不集不起是名斷集若能見一切法畢竟滅相是名證滅若能見一切法無所有性是名修道文殊師利若行者能如是見四聖諦是人不作如是分别是法善是法不善是法應見是法應斷是法應證是法應修所謂苦應見集應斷滅應證道應修所以者何凡夫所行貪欲瞋恚愚癡行者見是法皆空無生無所有不可分别但積集虚妄爾時於法無所取無所捨於三界中心無所礙見一切三界畢竟不生見一切善不善法虚誑不實如幻如夢如影如響如焰行者見貪欲性即是涅槃性瞋恚性即是涅槃性愚癡性即是涅槃性若能見一切法性如是便於一切衆生中不起憎愛所以者何是行者不得是法若生愛處若生憎處安住是處虚空心中乃至不見佛不見法不見僧是則不見一切法若不見一切法於諸法中則不生疑不生疑故則不受一切法不受一切法故則自寂滅文殊師利長老須菩提知如是法故不來禮佛足須菩提尚不自得身何况得如來身不得自身而得如來身者無有是處文殊師利復白佛言世尊行者云何應觀四念處佛告文殊師利當來世有比丘如是説觀内身處若觀不淨是身念處觀樂皆苦是受念處觀心生滅性是心念處觀壞和合相但得法相是法念處文殊師利白佛言世尊今云何眞觀四念

處佛言止止文殊師利不須問是如來隨宜說法難可得解文殊師利言世尊愍念衆生故願爲說之佛告文殊師利若行者見身如虚空是爲身念處若行者知諸受不在内不在外是爲受念處若行者知心但有名字是爲心念處若行者不得善法不得不善法是爲法念處文殊師利應如是觀四念處文殊師利復白佛言世尊行者云何應觀八聖道分佛告文殊師利若行者見一切法平等無二無分別是名正見見一切法無思惟無分別以是見故是名正思惟見一切法無言說相善修語言平等相故是名正語見一切法不作相作者不可得故是名正業不分別正命邪命善修習平等命故是名正命不發不起一切法以無所行故是名正精進於一切法無所憶念諸憶念性離故是名正念見一切法性常定以不散不緣不可得故是名正定文殊師利行者應如是觀八聖道分文殊師利復白佛言世尊行者云何應觀五根佛告文殊師利若行者信一切法畢竟不生從本以來常自爾故是名信根於一切法中心無所作遠近相離故是名精進根於一切法無所憶念緣性離故不繫念於緣是名念根於一切法無所思惟二法不可得故是名定根見一切法常空離於生相故是名慧根文殊師利行者應如是觀五根文殊師利復白佛言世尊行者云何應觀七菩提分佛告文殊師利若行者能見一切法無憶念是名念菩提分若一切法若善若不善若無記不可選擇不可得無決定故是名擇菩提分若不

取一切三界相善壞三界相故是名精進菩提分若一切有爲法中不生喜相善壞有喜相故是名喜菩提分若一切法中除却其心緣相不可得故是名除菩提分若一切法不可得善修壞相故是名定菩提分若於一切法無所依止不貪不著不見一切法故捨得心是名捨菩提分文殊師利行者應如是觀七菩提分若行者能如是見四聖諦四念處八聖道分五根七菩提分我說是人名爲已得度者到於彼岸出在陸地無畏之處已離重擔除諸塵垢是人名爲無所有者無所憂者無所受者名阿羅漢是名沙門是名婆羅門是名比丘是名澡浴清淨者是名智者解脫者是名聞者是名佛子是名釋子是名破刺棘者是名却關揵者是名已度塹者是名出欲求者是名開門扇者是名賢聖勝相者文殊師利若有比丘成就如是法者於天人世間名爲福田應受供養文殊師利若比丘不欲虛食國中施者破壞魔網者欲度生死海者欲得涅槃者欲脫一切苦惱者欲爲一切天人世間作福田者應當勤修習如是之法說是法時三萬二千諸天得諸法實相各以天曼陀羅華而散佛上作是言世尊若人得聞如是經法是人名爲善出家者何況信受讀誦如所說行世尊若有須臾聞是法者是則名爲無增上慢爾時文殊師利法王子白佛言唯願世尊當說陀羅尼以是陀羅尼故令諸菩薩得無礙辯才於諸音聲無所怖畏能令諸法皆作佛法信解諸法皆是一相佛告文殊師利汝今諦聽當爲汝說不動相

種性法門若諸菩薩得入是法門者能以智慧光明照一切法疾得無生法忍文殊師利白佛言世尊云何名不動處種性法門佛告文殊師利一切衆生其心皆一是名種性世尊云何是事名爲種性佛言文殊師利一切衆生皆無有心緣性不可得故是名種性文殊師利一切衆生皆同一量是名種性世尊云何是事名爲種性佛言一切衆生皆如虛空量終歸無障礙是名種性文殊師利一切衆生皆是一衆生是名種性世尊云何是事名爲種性文殊師利一切衆生皆是一相畢竟不生離諸名字一異不可得故是名種性文殊師利貪欲是不動相世尊云何是事名不動相佛言文殊師利貪欲是不動相安住法性中以不住故是貪欲不可得性常離故是名不動相文殊師利瞋恚是金剛世尊云何是事名爲金剛文殊師利瞋恚不可斷不可壞亦如金剛不可斷不可壞一切法亦如是不可斷不可壞諸法本不決定故是名如金剛文殊師利愚癡是智慧性世尊云何是事名智慧性文殊師利一切法離智慧亦離愚癡譬如虛空無有智慧亦無愚癡一切法亦如是無有智慧亦無愚癡智慧愚癡智可知法從本已來俱寂滅故是名智慧處文殊師利色陰是不動處世尊云何是事名不動處文殊師利如天帝之幢深根安固不可動搖一切法亦如是以不住法故安住法性中是法無來處無去處無取無捨安住無住處故是故色名不動相文殊師利受陰是滅性世尊云何是事名爲滅性文殊師利一切諸

受相性常寂滅故諸受非內非外非東方非南西北方四維上下來何以故若樂受在內一切衆生常應是樂若苦受在內一切衆生常應是苦若不苦不樂受在內一切衆生常應不苦不樂文殊師利令一切諸受實不在內不在外不在兩中間不在東方南西北方四維上下是故一切諸受如草木瓦石畢竟不生不滅無想相是故受名寂滅相文殊師利想陰是種性世尊云何是事名爲種性文殊師利是想皆憶想分別起從虛妄法中生譬如空拳如野馬本性自離是故想陰名種性文殊師利行陰是種性世尊云何是事名種性文殊師利一切諸行離數無數入平等數譬如芭蕉畢竟無實本性自爾一切法亦如是無名字無性是故行陰名種性文殊師利識陰是種性世尊云何是事名爲種性文殊師利是識如幻無實無起無生空無相無作如五指塗空空無相現是故識陰名爲種性文殊師利色是種性世尊云何色爲種性文殊師利譬如鏡中像雖可目見而無有實一切色亦如是雖見無實但誑眼誑心虛妄不實是故色爲種性文殊師利聲是種性世尊云何聲是種性文殊師利一切法無別異相畢竟空如山中響是故聲爲種性文殊師利香是種性世尊云何香是種性文殊師利一切法無香相性無知故空如虛空鼻香識者皆不可得是故香爲種性文殊師利味是種性世尊云何味爲種性文殊師利味性即是不可思議性不可知離於知故自性常離故是故味名種性文殊師利觸是種性世尊

云何觸是種性文殊師利觸如虚空其性自離無觸無合一切法亦如是善壞身故離於觸相觸者不可得故是故觸是種性文殊師利法是種性世尊云何法是種性文殊師利一切法無相無心離心性離名字無決定故皆是法性相是故法是種性文殊師利地是種性世尊云何地是種性文殊師利一切法無堅相無軟相虚妄和合人以爲堅是故地爲種性文殊師利水是種性世尊云何水是種性文殊師利一切法無濕無合如野馬無水是故水爲種性文殊師利火是種性世尊云何火是種性文殊師利一切法無熱相離虚妄熱相本性常寂滅離顛倒故分別其實無定無生是故火爲種性文殊師利風是種性世尊云何風是種性文殊師利一切法無

障無礙無相無性不動搖故離風相故是故風爲種性文殊師利佛是種性世尊云何佛爲種性文殊師利一切法無覺無知離知相故是故佛爲種性文殊師利法是種性世尊云何法是種性文殊師利諸法不可壞不可斷離壞斷故無相無名無性出言語道是故法名種性文殊師利僧是不動相世尊云何僧是不動相文殊師利聖衆安住如法性實際定亂平等中安住智慧愚癡解脱煩惱平等一切法中心無所住住法不可得故是故僧名不動相文殊師利一切法行處名爲不動相世尊云何是事名爲不動相文殊師利一切法虚空行處不可思議行處斷行處無根本無别異不可得故是故一切行處名不動相文殊師利一切法無緣名不動相世尊

云何是事名不動相文殊師利一切法無依止無住處無緣無順離諸緣故是故一切法無緣名不動相文殊師利一切法不取不捨相名不動相世尊云何是事名不動相文殊師利一切法皆歸於如同於法性是法不可取不可捨無求無願諸願斷故從本已來常寂滅相同於虚空是故不取不捨名不動相文殊師利一切法無咎名不動相世尊云何是事名不動相文殊師利一切法無垢無所有清淨顯曜如虚空無翳諸罪定相不可得故是故一切法無咎名不動相文殊師利一切法無歸處名不動相世尊云何是事名不動相文殊師利一切法空無根本故無歸處是故無歸處名不動相文殊師利一切法無學名不動相世尊云何是事名不動相文殊師利一切法性無學不應學不應修不應思不應念不應住不應發不應行不應斷不應證不應語不應說不應求不應取不應捨不應離不應除何以故文殊師利一切法相畢竟離故從本已來無所取常是捨相是諸法非智慧所及非愚癡所及是故無學名不動相

諸法無行經卷上

音釋

憒 古對切心亂也
揵椎 梵語也此云鐘亦云磬律云隨有无木銅鐵鳴者皆曰揵椎揵巨寒切椎音椎
壍 七豔切坑也

諸法無行經卷下

姚秦三藏法師鳩摩羅什譯

爾時文殊師利法王子白佛言世尊我亦樂說不動相佛言汝樂說者便可說之文殊師利言世尊一切眾生皆得菩提是名不動相文殊師利云何是事名不動相世尊一切法無向無得一切眾生皆入菩提性中是故說一切眾生皆得菩提又是菩提非是得相何以故眾生性即是菩提是故一切眾生皆得菩提名不動相世尊一切眾生皆成就一切智慧名不動相文殊師利云何是事名不動相世尊一切眾生無性性故入如來平等中從本已來是一切智慧性性同故名不動相世尊一切眾生皆是道場是不動相文殊師利云何是事名不動相世尊道場者有何義文殊師利一切法寂滅相無生相無所有相不可取相是名道場義世尊一切眾生不入此道場耶佛言如是如是是故世尊一切眾生皆是道場名不動相世尊一切眾生皆得無生法忍名不動相文殊師利云何是事名不動相世尊一切眾生無盡無生無滅性離無性入平等忍故是故一切眾生皆得無生法忍名不動相世尊一切眾生皆得無礙辯才名不動相文殊師利云何是事名不動相世尊一切眾生諸所有樂說於十方界索不可得所以者何入無礙辯才平等法中故世尊諸所樂說自性皆離無決定故無所有是故一切眾生皆得無礙辯才名不動相世尊一切眾生皆得陀羅尼名不動相文殊師利云何是事名不動相世尊一切眾生相虛誑

不實憶想分別取相故能持色聲香味觸法是故一切衆生皆得陀羅尼名不動相世尊一切衆生皆得慈心名不動相文殊師利云何是事名不動相世尊一切衆生無衆生性從本已來無瞋無慈得瞋慈平等無分別故是故一切衆生皆得慈心名不動相世尊一切衆生皆成就大悲名不動相文殊師利云何是事名不動相世尊一切衆生無起無作相皆入如來平等法中不出大悲之性以惱悲無分別故是故一切衆生皆成就大悲名不動相世尊一切衆生皆得三昧名不動相文殊師利云何是事名不動相世尊一切衆生性常定離諸緣故若衆生從緣生知於緣中知生不名爲知所以者何諸知念念無常畢竟空故是故一切衆生皆成就三昧名不動相世尊一切諸佛成就貪欲名不動相文殊師利云何是事名不動相世尊一切諸佛皆入貪欲平等法中故遠離諍訟通達貪欲性故又世尊貪欲即是菩提何以故知貪欲實性說名菩提是故一切諸佛皆成就貪欲名不動相世尊一切諸佛皆成就瞋恚名不動相文殊師利云何是事名不動相世尊一切諸佛皆說有爲法過罪者安住瞋恚平等性中通達瞋恚性故名一切諸佛皆成就瞋恚名不動相世尊一切諸佛皆成就愚癡名不動相文殊師利云何是事名不動相世尊一切諸佛能度一切貪著名字衆生安住愚癡平等性中通達愚癡性故是名一切諸佛成就愚癡名不動相世尊一切諸佛皆成就身見名不動相文殊師利云何是事名不動

相世尊一切諸佛安住身見性中於一切法中不退不畏不動畢竟安住以不住法故通達知身見無生無起無性故是故一切諸佛皆成就身見名不動相世尊一切諸佛皆是邪見名不動相文殊師利云何是事名不動相世尊一切諸佛示一切有爲法是邪虛誑不實者通達邪見性平等故是故一切諸佛皆是邪見名不動相世尊一切諸佛住四顛倒五蓋五欲三毒中得阿耨多羅三藐三菩提名不動相文殊師利云何是事名不動相世尊住處性即是非住處文殊師利非住處有何義世尊非住處者退轉動還相即是一切凡夫人一切諸佛安住是貪欲瞋恚愚癡四顛倒五蓋五欲平等中是諸佛安住貪欲性故得阿耨多羅三藐三菩提安住瞋恚愚癡四顛倒五蓋五欲性故得阿耨多羅三藐三菩提是故一切諸佛住四顛倒五蓋五欲三毒中得阿耨多羅三藐三菩提名不動相爾時佛告文殊師利法王子若有人問汝斷一切不善法成就一切善法名爲如來者汝云何答文殊師利言世尊若有人問我斷一切不善法成就一切善法名爲如來者我當如是答善男子汝先當親近善知識修集善道於法無所合無所離勿取勿捨勿緣勿求勿舉勿下勿求勿覓勿願勿分別諸法是上是中是下然後當知不可思議行處無行處斷行處佛所行處佛告文殊師利汝如是答者爲答何義文殊師利言世尊我如是答者爲無所答世尊如是如佛坐於道場頗見法有生有滅不佛言不也世尊若法無生無滅

是法可得說斷一切不善法成就一切善法不佛言不也世尊若法不生不滅不斷一切不善法不成就一切善法是法何所見何所斷何所證何所修何所得說是語時虛空中萬天子以天青黃赤白蓮華散佛文殊師利上皆下禮佛及文殊師利足而作是言世尊文殊師利名爲無礙尸利文殊師利名爲不二尸利名爲無餘尸利名爲無所有尸利名爲如尸利法性尸利實際尸利第一尸利上尸利無上尸利文殊師利語諸天子言止止諸天子汝等勿取相分別我不見諸法是上是中是下如汝所說文殊師利義者我是貪欲尸利瞋恚尸利愚癡尸利是故我名文殊師利諸天子我不出貪欲瞋恚愚癡凡夫人分別諸法求過出至到諸菩薩於法無過無出無至無到諸天子言菩薩不到十地不至佛法耶文殊師利言於諸天子意云何幻人能到十地至佛法不諸天子言幻人尚無住處何況從此住地至於餘地文殊師利言諸天子一切法如幻無去無來無過無出無至無到諸天子言汝不當得阿耨多羅三藐三菩提耶文殊師利言諸天子於意云何凡夫貪欲覆心能坐道場得一切智不諸天子言不也諸天子言文殊師利汝今貪欲覆心是凡夫耶文殊師利言如是如是我是凡夫從貪欲起從瞋恚起從愚癡起我是外道是邪行人諸天子言以何事故自言我是凡夫從貪欲起瞋恚起愚癡起文殊師利言是貪欲瞋恚愚癡性十方求之不可得我以不住法住是性中故說言我是凡夫三毒所覆文殊

師利汝云何名外道文殊師利言我終不到外道諸道性不可得故我於一切道爲外諸天子言汝云何是邪行人文殊師利言我已知一切法皆是邪虚妄不實是故我是邪行人說是法時萬天子得聞是語皆得無生法忍各作是言是諸衆生皆得大利得聞是眞正金剛語句何況聞已信解受持讀誦爲人解說如說修行當得無礙辯才一切法中得眞慧照明巧說諸法一相一門亦能示衆生一切諸法皆是佛法爾時華戲慧菩薩白佛言世尊願說入音聲慧法門令當來菩薩聞如是法不驚不怖亦知一切音聲究竟之性不疑不悔於諸音聲無所障礙佛言止止用問是事爲是入音聲慧法門不應於新發意菩薩前說所以者何新發意者不能解不能知不能思若菩薩摩訶薩入是音聲慧法門者假使有人於恒河沙劫惡口罵詈誹謗毁呰是人不生恚恨若人於恒河沙劫以一切樂具供養不生愛心譬如漏盡阿羅漢一切愛處不生愛心一切瞋處不生瞋心善男子入是音聲慧法門菩薩於利衰毁譽稱譏苦樂已過是八法心不傾動如須彌山王爾時華戲慧菩薩復白佛言願必爲說入音聲慧法門當來菩薩得聞是法門當自知過咎亦教餘人爾時佛告華戲慧菩薩善男子汝今諦聽善思念之當爲汝說唯然世尊願樂欲聞佛告華戲慧菩薩若菩薩聞貪欲音聲生過罪想聞離貪欲音聲生利益想即是不學佛法若聞瞋恚音聲生過罪想聞離瞋恚音聲生利益想即是不學佛法聞愚癡音聲生

過罪想聞離愚癡音聲生利益想即是不學佛法若於少欲音聲生喜想於多欲音聲生礙想即是不行音聲法門於知足音聲生喜想於不知足音聲生礙想即是不行音聲法門若於細行音聲生喜想於麤行音聲生礙想即是不行音聲法門若於樂靜音聲則喜於憒鬧音聲則礙則不學佛法若於忍辱音聲生利想於瞋恚音聲生礙想則不學佛法若於精進音聲生利想於懈怠音聲生礙想即是不學佛法於禪定音聲生利想於散亂音聲生礙想即是不學佛法於智慧音聲生利想於愚癡音聲生礙想則不學佛法若於近道音聲生喜於遠道音聲生礙則不學音聲法門於生死見過咎於涅槃見利益則不入音聲法門於彼岸則喜於此岸則礙則不學音聲法門於聚落音聲生礙想於空閑音聲生喜想則不學音聲法門若於獨行音聲生喜想於衆行音聲生礙想則不學音聲法門於比丘所行音聲生喜想於白衣所行音聲生礙想則不學音聲法門於有威儀則喜於無威儀而礙則不學佛法於清淨行則喜於不清淨行而礙則不學佛法於不雜行則喜於雜行而礙則不學佛法於離欲行則喜於婬欲行而礙則不學佛法於離瞋恚相則喜於瞋恚相而礙則不學佛法於離癡相則喜於癡相而礙則不學佛法於空則喜於有而礙則不學佛法於無相則喜於有相而礙則不學佛法於無作則喜於有作而礙則不學佛法於菩薩行則喜於聲聞辟支佛行而礙則不學佛法若說菩薩過咎則遠阿耨多

羅三藐三菩提亦受業障罪若說菩薩威儀過罪則遠阿耨多羅三藐三菩提於他菩薩生下想於己生勝想則爲自傷亦受業障罪若菩薩欲教餘菩薩當生佛想然後教之菩薩若欲不捨阿耨多羅三藐三菩提不應生心輕餘菩薩善男子無有滅失功德如輕恚餘菩薩者是故菩薩若欲守護功德善根亦於一切法中得無障礙慧當晝夜各三時禮一切求佛道菩薩爾時文殊師利法王子白佛言世尊如我知佛所說義貪欲音聲佛音聲等無有異瞋恚音聲佛音聲等愚癡音聲佛音聲等外道音聲佛音聲等少欲音聲多欲音聲等知足音聲不知足音聲等細音聲麤音聲等樂獨音聲樂衆音聲等此岸音聲彼岸音聲等遠音聲近音聲等生死音聲涅槃音聲等聚落音聲空閑音聲等施音聲慳音聲等持戒音聲毀戒音聲等忍辱音聲瞋恚音聲等精進音聲懈怠音聲等禪定音聲散亂音聲等智慧音聲愚癡音聲等爾時華戲慧菩薩問文殊師利法王子以何因緣故皆等文殊師利言天子於意云何貪欲音聲何者爲是天子言是貪欲音聲空如響法文殊師利言汝知佛音聲亦復云何天子言不出於空亦如響法文殊師利言以是因緣故我說二音聲皆是平等爾時佛告文殊師利汝先世住初發意地未入如是諸法相時爲起何障礙罪汝今說之當來世中假名菩薩聞汝所說障礙之罪當自守護文殊師利白佛言唯然世尊我當自說障礙之罪設聞是者當有憂怖然其必能滅障業罪亦於一切

法中得無礙慧世尊乃往過去無量無邊不可思議阿僧祇劫爾時有佛號師子吼鼓音王如來應供正遍知明行足善逝世間解無上士調御丈夫天人師佛世尊其佛壽命十萬億那由他歲以三乘法而度衆生國名千光明其國樹木皆七寶成其樹皆出如是法音所謂空音無相音無作音無生音無所有音無取相音以是諸法之音令衆生得道其師子吼鼓音王佛初會說法九十九億聲聞弟子皆得阿羅漢諸漏已盡捨諸重擔逮得已利盡諸有結以正智得解脫菩薩衆亦九十九億皆得無生法忍能善入種種法門親近供養若干百千萬億諸佛亦爲若干百千萬億諸佛之所稱歎能度若干百千萬億無量衆生能生無量陀羅尼門能起無量百千萬億三昧門及餘新發菩薩意者不可稱數其佛國土無量莊嚴說不可盡彼佛住世教化已訖入無餘涅槃滅度之後法住六萬歲諸樹法音皆不復出爾時有菩薩比丘名曰喜根時爲法師質直端正不壞威儀不捨世法爾時衆生普皆利根樂聞深論其喜根法師於衆人前不稱讚少欲知足細行獨處但教衆人諸法實相所謂一切法性即是貪欲性貪欲性即是諸法性瞋恚性即是諸法性愚癡性即是諸法性其喜根法師以是方便教化衆生衆生所行皆是一相不相是非所行之道心無恚礙無恚礙因緣故疾得法忍於佛法中決定不壞世尊爾時復有比丘法師行菩薩道名曰勝意其勝意比丘護持禁戒得四禪四無色定行十二頭陀世尊是勝

意比丘有諸弟子其心輕動樂見他過世尊後於一時勝意菩薩入聚落乞食誤至喜根弟子家見舍主居士子即到其所敷座而坐爲居士子稱讚少欲知足細行說無利語過讚歎遠衆樂獨行者又於居士子前說喜根法師過失是比丘不實以邪見道教化衆生是雜行者說婬欲無障礙瞋恚無障礙愚癡無障礙一切諸法皆無障礙是居士子利根得無生法忍即語勝意比丘大德汝知貪欲爲是何法勝意答言居士我知貪欲是煩惱居士子言大德是煩惱爲在內外耶勝意答言不在內不在外大德若貪欲不在內不在外不在東西南北四維上下十方即是無生若無生者云何是垢是淨爾時勝意比丘瞋恚不喜從座起去作如是言是喜根比丘以妄語法多惑衆人是勝意比丘以不學入音聲法門故聞佛音聲則喜聞外道音聲則瞋於梵行音聲則喜於非梵行音聲則瞋以不學入音聲法門故於淨音聲則喜於垢音聲則瞋以不學入音聲法門故於聖道音聲則喜於凡夫音聲則礙以不學入音聲法門故於樂音聲則喜於苦音聲則礙以不學入音聲法門故於出家音聲則喜於在家音聲則礙以不學入音聲法門故於出世間音聲則喜於世間音聲則礙以不學入音聲法門故於布施則生利想於慳則生礙想以不學佛法故於持戒則生利想於毁戒則生礙想是勝意比丘出其舍已還到所止於比丘僧中見喜根菩薩語衆人言是比丘多以虚妄邪見教化衆生所謂婬欲非障礙瞋恚非障礙

愚癡非障礙一切法非障礙爾時喜根菩薩作是念是比丘今者必當起於障礙罪業我今當爲說如是深法乃至令作修助菩提道法因緣爾時喜根菩薩於比丘僧前說是諸偈

貪欲是涅槃　恚癡亦如是　於此三事中
有無量佛法　若有人分别　婬欲及瞋恚
是人去佛遠　譬如天與地　菩提與貪欲
是一而非二　皆入一法門　平等無有異
凡人聞怖畏　去佛道甚遠　貪欲不生滅
不能令心惱　若人有我心　及有得見者
是人爲貪欲　將入於地獄　貪欲之實性
即是佛法性　佛法之實性　亦是貪欲性
是二法一相　所謂是無相　若能如是知
則爲世間導　若有人分别　是持戒毁戒
以持戒狂故　輕懱於他人　是人無菩提
亦無有佛法　但自安住立　有所得見中
若住空閑處　自貴而賤人　尚不得生天
何況於菩提　皆由著空閑　住於邪見故
邪見與菩提　皆等無有異　但以名字數
語言故别異　若人通達此　則爲近菩提
分别煩惱垢　即是著淨見　無佛菩提法
住有得見中　若貪著佛法　是則遠佛法
貪無礙法故　則還受苦惱　若人無分别
貪欲瞋恚癡　入三毒性故　則爲見菩提
是人近佛道　疾得無生忍　若見有爲法
與無爲法異　是人終不得　脫於有爲法
若知二性同　必爲人中尊　佛不見菩提
亦不見佛法　不著諸法故　降魔成佛道
若欲度衆生　勿分别其性　一切諸衆生

皆同於涅槃　若能如是見　是則得成佛
其心不閙寂　而現寂靜相　是於天人中
則爲是大賊　是人無菩提　亦無有佛法
若作如是願　我當得作佛　如是之凡夫
無明力所牽　佛法甚清淨　其喻如虛空
此中無可取　亦無有可捨　佛不得佛道
亦不度衆生　凡夫強分別　作佛度衆生
是人於佛法　則爲甚大遠　若見衆生苦
則是受苦者　衆生無衆生　而說有衆生
住衆生相中　則無有菩提　若人見衆生
是畢竟解脫　無有婬恚癡　知是爲世將
若人見衆生　不見非衆生　不得佛法實
佛同衆生性　若能如是知　則爲世間導
若人欲成佛　莫壞貪欲性　貪欲性即是
諸佛之功德　若人欲發心　隨順菩提道
莫自有分別　心異於菩提　發心即菩提
知是爲世將　若說外道惡　稱佛世中尊
是二說不異　知是爲世將　若人求菩提
是人無菩提　若見菩提相　是則遠菩提
菩提非菩提　佛陀非佛陀　若知是一相
是爲世間導　若人作是念　我當度衆生
即著衆生相　是人無菩提　亦無有佛法
住於有見中　貪欲無內外　亦不在諸方
分別是空法　凡夫爲所燒　如幻如焰響
如夢石女兒　諸煩惱如是　決定不可得
不知是空故　凡夫爲狂惑　若求煩惱性
煩惱即是道　若有人分別　是道是非道
是人終不得　無分別菩提　凡夫畏佛法
去佛法甚遠　若不疑空法　是人得菩提
一切有爲法　即是無爲法　是數不可得

無數故無爲　若以菩提心　自高無所畏
自念當作佛　是人無菩提　亦無有佛法
離菩薩寶印　若有但讀經　憶想而分別
不深思義趣　但爲貪名利　自念當作佛
必成無有疑　唯貪於名利　讀經住閑靜
分別少欲行　還爲貪所牽　若欲捨遠貪
不得遠於貪　若遠貪法實　是人能離貪
雖長夜持戒　得諸無礙禪　不入佛法味
不得法實際　知法無有性　不没一切法
不言戒非戒　得脫有見中　以無持戒性
是知持戒法　如是知戒相　終不毀於戒
諸佛之法王　法藏叵思議　無量方便力
引導諸衆生　以一相法門　令入寂滅道
凡夫聞佛說　無我無有法　一相自性空
不信墮深坑　雖白衣受欲　聞是法不畏
勝行頭陀者　住在有見中　現在十方佛
利益諸世間　知法如虛空　皆已得菩提
若有無知者　樂於分別法　聞是實相法
則生疑怖畏　是人無量劫　備受諸苦分

說是諸偈法時三萬諸天子得無生法忍萬八千人漏盡解脫即時地裂勝意比丘墮大地獄以是業障罪因緣故百千億那由他劫於大地獄中受諸苦毒七十四萬世常被誹謗若干百千劫乃至不聞佛名字自是已後還得值佛出家學道而無志樂於六十二萬世常反道入俗亦以是業障餘罪故於若干百千世諸根闇鈍世尊爾時喜根法師於今東方過十萬億佛土有國名寶莊嚴於中得阿耨多羅三藐三菩提號曰勝光明威德王如來應供正遍知今現在其勝意比丘今我

身是世尊我未入如是法相門時受如是苦分別苦顛倒苦是故若有發菩提心者若發小乘心者不欲起如是業障罪不欲受如是苦者不應拒逆佛法無有處所可生瞋礙佛告文殊師利汝聞是諸偈得何等利世尊我畢是業障罪已聞是偈因緣故在所生處利根智慧得深法忍得決定忍巧説深法文殊師利爲誰力故能憶如是無量阿僧祇劫罪業因緣世尊諸菩薩有所念有所説有所思惟皆是佛之神力所以者何一切諸法皆從佛出佛告文殊師利若得佛十力若有聞是經者等無有異若得無生法忍聞是經者亦等無異文殊師利言如我知佛所説義聞此經者得無量不可思議功德之利文殊師利如是如是聞是經者得無量不可思議功德

之利但佛不廣説何以故不修道不精進如是惡人聞説是利則不能信受爾時文殊師利法王子及彌勒菩薩白佛言世尊護念是經於未來世後五百歲當令此經普演流布皆得受持魔若魔天不得其便爾時佛欲護念是經法故左右顧眄即時十方恒河沙無量國土六種震動如是則爲護念是經及十方恒河沙諸佛亦護念是經説是經時十方國土中恒河沙等無量衆生得無生法忍何況得聲聞無學者何況住學地者爾時阿難即從座起偏袒右肩白佛言世尊當以何名斯經云何奉持佛告阿難是經名爲諸法無行説是經已文殊師利法王子彌勒菩薩摩訶薩師子遊步菩薩摩訶薩華戲慧天子等一切菩薩衆及阿難天人阿脩羅等聞佛所

說皆大歡喜

諸法無行經卷下

音釋

詈（力置切罵也） 誹（敷尾切非議也） 呰（將几切口毀也） 懱（莫結切輕易也）

眄（彌兖切邪視也）

持人菩薩所問經

西晉三藏法師竺法護譯

清刻龍藏佛說法變相圖

持人菩薩所問經卷第一

西晉三藏法師竺法護譯

陰種諸入以了道慧四事品第一

聞如是一時佛遊王舍城迦隣竹園中與大比丘衆千二百五十菩薩不可計一切大聖神通已達辯才無礙慧不可量諸根寂定見一切本應病與藥靡不蒙濟爲法橋梁度脫三界爾時世尊與無央數百千之衆眷屬圍旋而爲說經時持人菩薩即從座起正服長跪前問佛言菩薩何行建立誓願無限功勳曉了諸法分別一切諸度無極識解無量方便善權弘持要慧被不可喻戒德大鎧眞正道義爲衆生願弘恩仁慈覆如虛空不可測度其心清淨德行具足布施持戒忍辱精進一心智慧普度無極若有衆生欲奉斯業殊

特之原無上大道今故爲斯如此等類啓問如來菩薩大士諮問如來言教處所周旋三界所行備悉勤修禁戒無所志講奉清淨行遊居成辦導無極慧無量方便隨時開化爲此衆生有心存法不能自達故問如來何謂菩薩曉了諸法能以隨時爲人須宣其心堅强力念不忘致微妙慧解一切法章句義理所生之處常識宿命不中忽忘至成無上正眞之道爲最正覺佛言善哉善哉持人菩薩多所哀念多所安隱愍傷諸天及十方人乃爲一切諮問如來如斯要義功勳之德不可盡極決一切疑猶豫羅網以大弘慈加於衆生顯示大明現在將來諸菩薩施行無盡哀爲衆生故普現大道興舉弘誓將護一切爲欲開發化濟衆厄令得自歸使度彼我拔濟衆生不墮三惡勤苦之獄乃以勸之使立大道無上正眞欲脱衆生生老病死啼哭之惱憂困之患使長安隱將來最後末世流布正法消伏恐畏令無所懼諦聽諦聽善思念之持人菩薩與諸大衆受教而聽佛語持人菩薩有四事義觀其言教曉了諸法能以隨時爲人須宣何謂爲四心念成就逮致正眞志存道法未曾忽忘性行柔和庠序仁慈其心所興與衆殊異是爲四復有四事何謂爲四分別道義決諸種姓曉了衆行義理所趣宣布一切諸法至要達諸法本隨而開度是爲四復有四事何謂爲四解無央數所行諸法以行超越暢無量法所當應宜剖判所行無底功勳識別諸法因斷諸習是爲四復有四事何等爲四因其正行逮無上正眞之道疾

具足成道行之法三十七品通達諸法自然之智無所依仰解權方便成一切愍是爲四復有四事何謂爲四心離穢垢不懷慳嫉以是恩仁攝衆生類其戒清淨所行鮮明常奉精進未曾懈廢勤修清淨建立成就曉了順行尊思道業是爲四復有四業何謂爲四志性清淨所願鮮明所行功勳至德清淨忍辱仁和建立雅妙以遠顯明無所不照分別經義暢入道門是爲四復有四業何謂爲四夙夜勤修求一切智志存一心定意正受曉了脫門奉于大哀無極之慈喜護濟厄逮致深慧修清淨行暢達正義解了道行是爲四復有四業何謂爲四導承智慧所行具足聖明清淨志願弘大愛樂至德無所罣礙慧心存普未曾捨行是爲四復有四事察言觀義心誓堅固何謂爲四其意堅强所求具足性行安詳所思備悉其行究竟不斷道念修四意止成就雅德是爲四復有四事察言觀義志存堅固何謂爲四意以德立心念佛道業品之法三十有七意根通利曉了往宿無央數劫所生之處意以平正聖慧清淨無能毀斷疾成佛道攝取至眞佛一切智是爲四復有四事何謂爲四察識方便慕具慧義曉了勤修顯眞諦慧緣是親近得至佛道所行精進未嘗忽忘是爲四復有四事志性堅固何謂爲四常奉精進不遠佛道志性安和能制其意普解諸法未曾放逸解暢衆道諸根寂定常應經義不違佛教是爲四復有四事志性堅固何謂爲四立清淨戒所行無穢去五陰蓋不爲所蔽心無所著未曾懈廢蠲除衆罪

所滅塵勞是爲四復有四事志性堅固何謂爲四心不憒亂求正眞法方便安心順一切法曉了隨時不失儀節所生之處不貪家業志存沙門是爲四復有四事志性堅固何謂爲四常親善友遠惡知識志慕深法未曾放逸歸命諸佛諸菩薩俱諮問禁戒曉了諸觀是爲四復有四事觀義察言普解法句何謂爲四逮衆方便了諸道業解諸法門因緣報應志上慧義分別佛道解暢諸法章句所趣是爲四菩薩復有四事觀義察言曉了分別諸法章句何謂爲四解暢宣布眞實言教敷演諸法無所不達剖判諸法方便具足明知諸義本所從習是爲四復有四事觀義察言何謂爲四奉行聖慧分別道業逮得勢力宣布諸法速成佛道清淨之慧明度無極普以備足是爲四復有四事分別諸法何謂爲四曉了所習精進修行消滅因緣靡所不了因其逮得應得之力隨時勤修奉受正典是爲四復有四事分別諸法何謂爲四曉了萬物一切無常分別萬物本因所習精練諸物皆歸滅盡解知無常便修道業入正眞元是爲四復有四事分別諸法何謂爲四曉了衆行合會諸習分別一切滅盡諸習逮得因緣無極大力方便斷別合散之行是爲四復有四事分別諸法何謂爲四解暢諸義言辭所趣曉了衆義不從他受敷演諸法一切衆相慧印之元令一切法立無相慧是爲四復有四事所生之處常識宿命心念不忘至成無上正眞之意何謂爲四諸根明利暢善惡法以了他人意念是非一切陰蓋咸得休息所生

之處常念不忘存在無上正眞之道是爲四復有四事心念不忘至成正覺何謂爲四常行定志曉習方便智慧通暢明慧爲首明所行觀無所不覩分別道慧光明遠照是爲四復有四事心念不忘至最正覺何謂爲四逮得總持無所生慧以得超越永盡聖慧以消滅慧觀于三界以無底慧覩見三世是爲四復有四事所生之處常識宿命無能亂者至成正覺何謂爲四以斷結著莫能亂者口之所言未曾闕漏皆達一切諸所有業悉是無爲逮得佛行無極大道是爲四佛於是頌曰

其心念成就　志性常明了　未曾忽忘法
由是致正覺　曉了一切法　柔和行仁慈
以達諸法無　解無央數行　導承眞智慧
聖達已具足　去心之穢垢　未曾懷嫉妬
方便以隨時　分別無上慧　志願甚弘大
乃至最正覺　其意得自在　道品三十七
心根以通達　識宿無數劫　知苦所由生
習因本根元　一切所有盡　解之悉本無
以菩薩正法　開化三界厄　使諸無明者
皆通無上道

佛告持人菩薩有五事行清淨力逮斯德何何謂爲五以仁和性奉淨慧力所願清淨聖明慧力德本清淨道力無量所誓清淨則是慧力休息罪業慧力清淨是爲五清淨慧力復有五事何謂爲五其力以暢威儀禮節斯念成就清淨慧力善權方便曉無穢力爲衆生故聖力解明以通達力勤修瑞應是爲五復有五事清淨慧力逮是一切功勳之業何謂爲五布施清淨則謂慧力救攝衆生則清

淨力建立大慈則淨慧力心懷大哀則淨慧力以無極喜護淨慧力是爲五復有五事爲清淨力逮是功勳何謂爲五其戒清淨成無權慧以戒禁行救濟慧行以忍清淨莫能懷恨以淨慧力救濟無勢博聞清淨力靡不通是爲五復有五事具諸功勳何謂爲五以精進行志性慧力以能勤修應清淨慧一心慧力疾得定意了禪定慧以寂然淨察三界空是爲五復有五事逮是功勳何謂爲五智慧清淨博聞無猒以見世力得度世力強而有勢救脫劣弱以聖明力曉了清淨以淨慧力暢達有無生死無爲是爲五復有五事成聖明力逮是功勳何謂爲五以承智力剖判諸觀以曉了力究竟本淨慧明解脫以成聖力盡無生慧致于道力以一相慧自然清淨用智力察所有本淨是爲五佛告持人菩薩大士常當奉行如是比像清淨之法佛於是頌曰

五力無能當　乃致清淨慧　五陰蓋消除
神通自然成　布施持戒忍　精進一心慧
六度本無形　行者空有名　道行爲一切
諸有不達者　解三界猶幻　乃致無從生

佛告持人菩薩大士有三事法雖在盛色以法淨力常勤修慧何謂爲三好樂道法精進不倦行無放逸是爲三復有三事在於色法慧力清淨疾成佛道至一切智所以者何勤精進者無放逸本成就諸法以是清淨逮致道力速成精進一切敏慧行不迴轉以不迴轉究暢道法成就功德已成功勳疾逮諸法通達慧力以逮是者則世衆祐便致暢畢無

礙之德乃行如來逮得聖慧觀如來不久證明如來道慧佛告持人佛往宿世行菩薩業無央數劫爲錠光佛所見授決最後究竟逮如是像清淨慧力所度無極若有菩薩致是慧者便轉法輪我亦如今所轉法輪暢師子吼亦復若斯以致斯慧便於諸法而得自在已得自在便成大道若欲逮是無極道慧當學是法亦不復久當疾得佛無極正覺

妙慧超王佛品第二

佛告持人乃往過去久遠世時無央數劫不可稱限越是無量爾時有佛號妙慧超王如來至眞等正覺明行成爲善逝世間解無上士道法御大人師爲佛世尊其佛世時諸聲聞衆不可計數其諸菩薩無央數會皆是其佛本學道時至願所致佛國清淨功勳巍巍其佛國土無三惡道趣八難之處衆生安隱福同快樂皆離貪欲除去五蓋如是比像無世俗義唯以道品而相娛樂以四禪定而行正受佛言持人其妙慧超王如來壽八十億姟百千劫其國土人壽三十億姟當爾世時無有國王典制萬民唯以妙慧超王如來至眞爲法王咸共稱曰無上道王其妙慧超王如來至眞諸菩薩衆能爲一切普決疑網多所歡悅頒宣菩薩無極法藏時諸菩薩聞佛所說如是比像清淨法力五百菩薩一心精進夙夜慇懃不想念坐不想求食盡其形壽不念服飾唯念至眞無極道王思是像法清淨法力以是一心德本所致於彼壽終生於東方去是佛土八千億國適生未久亦逮此法識念不忘悉見宿命叡哲聰明諸根通達

無所不覩探古知今又其佛土佛號無量華王講説經法是五百人生彼佛土尋時其身年如十六即報父母出家捐業行作沙門淨修梵行在於佛所奉行精進六十億歲佛語持人於彼世時五百菩薩如是比像值見諸佛二十有億普在其所夙夜精進妙慧超王如來至真使五百人於萬劫中值二萬佛而授其決當逮無上正真之道以億萬劫供養奉事二萬佛訖是五百人皆同一劫次第成佛是故持人菩薩大士速欲逮成無上正真爲最正覺當精進學如是比像清淨慧力經典之要夙夜勤修勿得懈廢爲放逸行所以者何諸佛本學皆由精進無逸爲本致最正覺普具道品佛皆識念往昔古世精進如是見十二億諸佛世尊所生之處當得意力探

古知今無所不通各各識知一切宿命如近不遠悉覩見之皆由精進學是法故無放逸行夙夜勤修未曾懈廢爾時世尊以無極慈興大悲哀觀于四方即如其像三昧正受化現諸佛周遍三千大千世界各爲衆生頒宣經道決諸狐疑聞各開解莫不歡悦復重爲演菩薩法藏爾時世尊尋現神足顯其威德使竹園中諸會菩薩皆見十方諸佛如來在其世界敷演經法時諸菩薩各從座起叉手自歸爲佛作禮各自歎曰至未曾有諸佛世尊威德聖慧不可思議道法超殊巍巍無量猶如虚空不可攀逮時佛即告諸菩薩曰是不爲難如來至真不可限喻所以者何族姓子解諸法界無所不達所解法界如來至真其一毛德神足變化不可稱限光明普照江

河沙等十方世界其光明中各演音聲頌宣經道其一毛孔億百千姟神足變化不足爲難所以者何如來至眞神足功勳不可限量巍巍如是又族姓子如來至眞見衆生心以爲說法少有信樂如是像法精進勤修志樂慕求是無量法亦復希有所以者何如來今興在五濁世何謂五濁一者人多弊惡不識義理二者六十二疑邪見強盛不受道教三者人多愛欲塵勞興隆不知去就四者人壽命短往古世時八萬四千歲以爲甚損今壽百歲或長或短五者小劫轉盡三災當起無不被害若有在此五濁惡世能信樂是如斯像法深妙道義有一人好能受如此佛正眞慧是爲甚難至未曾有何況信樂如來所行而受持乎族姓子佛從往古無央數劫被大

德鎧長夜導習如是像法精進忍辱仁慈博愛若見衆生在於厄難勤苦之患無救護者心懷恐懼墮於惡趣願生彼土導利衆生救濟衆厄令入正道如來至眞德不可量如空無侶勇猛獨步度脫十方是佛往昔過去世時本願清淨今有信樂是無量法深妙之義愛喜受持皆往古昔曾見被訓故今信喜現人少有信樂於斯如來所顯如來十力四無所畏十八不共諸佛之法空無之慧希有好喜入斯法者若有入斯皆是如來威德所致神足變化勇猛功勳佛以慧力善權方便長夜開化勤修不懈皆由往宿兢兢一心不捨此法常行大慈修無盡哀大喜大護救濟衆生又族姓子諸菩薩學少有慇念於五濁世成最正覺爲諸衆生在五濁世開導大難亦

復希有如吾於今所立教訓所以者何往古宿命通大精進積功累德每生自剋布施頭目肌肉肶體妻子國邑群從車乘無所愛悋不計身命無所貪慕三界無怙唯道可恃以無極力行權方便開化衆生能成無上正眞之道佛悉憶念往宿世時一日之中所施無量并惠身命無所愛惜皆由愍念衆生之故開化盲冥令見道明亦識往宿無數世時見饑饉者無有飲食供養之具可用施者割已肌肉煮之炙之持用授之不以作患心不懷恨唯行大哀愍傷衆生奉無極慈以是之故當作斯觀遵修如是通大精進開化衆生如斯精進積累功德逮致無上正眞之道是故諸人諸族姓子勤學如是微妙精進以君如是無極道法亦當如我往昔所行菩薩之業開化衆生如是無異須宣經道亦如我今有所救脫是賢劫中所興千佛皆當咨嗟吾本所行各當說言能仁如來本行精進不可限量不可班喻道慧巍巍所度無極於五濁世五逆亂中開化衆生如是無窮不可計盡是故族姓子假使有人如是比像奉精進行愛樂勤修而無放逸疾成正覺又吾於是逮無上正眞道爲最正覺臨滅度時所度無量若有能遵如是精進應如至教而不懈廢取如芥子佛之舍利建立塔寺皆當得佛滅度之業所以者何佛興愍哀爲諸將來衆菩薩施本爲菩薩行佛道時曾所訓誨由是緣故顯示大道又復慈愍墮八難者故與大哀普布舍利若取舍利大如芥子建立塔寺面見如來手自供養滅度後自覩其舍利心懷悅豫

所立地處以是地施於佛舍利而興塔寺隨心所願與于大哀本宿命時行菩薩法等心衆生誓願所致舍利徧流佛所積功累德光光不可限量巍巍如是愍念衆生興于大哀最後末世立無極慈加於一切若有菩薩愛是像法好喜慕樂勤修精進而不放逸用至願故最後末世愛如是像弘雅經典能持講誦爲他人說令普流布建立菩薩若有持誦爲他人說以是像典勸諸菩薩令學諷誦轉復宣布所以者何若是景模久在天下則佛正道永長現矣如來常存以是觀之族姓子佛本往世如是方便攝護衆生建是經法以用將養未來俗世在五濁世宣布斯典若族姓子所在郡國縣邑聚落州城大邦如是像典所流布現受持諷誦廣爲人說如是學士族姓子等見佛現在臨滅度時如來遊彼佛則現在而不滅度所以者何族姓子佛不曾說乎佛者法身若見法者則覩如來莫以色身觀於如來若信正典聞見受持則覩如來聞則奉行住如法教乃曰見佛聞宣正典順法入道乃曰見佛佛以未曾以法生法以能行法敷演正典不懷妄想倚求諸法則覩如來一切諸法悉無所著爾乃名曰覩如來耳若族姓子不見諸法則覩如來所以者何如來至眞不存有法非法之辭不當以法觀見如來所以者何如來曾說假引譬喻猶如縛栰尚當除法況非法乎以除是法非法之行乃見如來所以者何如來至眞皆除諸法不宣諸法而有處所也無所與起亦無名號況復講說諸處所乎所以者何皆除一切諸法

名字若能順斯如來觀者則見如來也佛本以斷一切諸法乃覩正覺所以然者一切諸法皆虛不眞覩一切法本無本淨觀眞諦者乃見如來又族姓子不得諸法則無諸法謂無放逸彼無有法亦無非法以無有法亦無非法乃了斯義以了斯義乃見本淨以平等觀乃見如來見法如是則見如來觀如來然見平等覺若有異觀如來至眞則爲邪觀已邪觀者則爲虛觀不眞諦觀也又族姓子其眞諦者消除一切音聲言辭不眞不虛亦無眞虛蠲去一切諸所有業悉不復得一切所受乃見如來所以者何如來至眞不覩諸法有所生者若令生者以除一切所見諸法乃曰自然以解自然如是觀佛乃謂吾等觀佛如是所見若斯佛之所說也如是觀佛皆入一切諸法本無已了一切諸法本無便了諸法一切本無興顯道法分別諸行一切本淨一切諸法歸于本無一切諸法皆如來法也自然入道一切諸法皆以普入如來境界一切諸法界不可議成最正覺故族姓子佛說言一切諸法皆如來界無有境界爲如來界所以者何一切諸法所有境界計彼諸法無有境界則如來界也一切諸法以爲境界無斯諸界乃曰有界所有界者亦如來界一切衆生行無境界而悉曉了眞諦淨界雖知是法永無解達如來至眞解達如是無所不通是故名曰無有境界也如來界無所有界則如來界也所以者何佛說諸界眞諦本末無有諸界乃如來界一切諸界如來界也無界非界分別曉了靡所不達是謂證明無所有

界則如來界也唯族姓子解一切法是無境界則如來界也乃入道義觀如是法爾乃逮致如來境界樂無所樂是如來界而無所著亦無憎愛所以者何以知無界乃曰佛界故言無有界則如來界用一切法不可得故無有處所於一切法無所著故是則名曰如來境界遊居入慧一切諸法悉無所入故無六門亦無所入所以者何族姓子皆無有門亦無所入則無有見所以者何如來至眞不得諸法有所入處也而有所見也有所說者也亦無善惡麤細微妙言辭本末是則名曰入一切法入無有相無應不應一切諸法不精進不懈怠不合不散是乃名曰一切法門曰無名門無言辭門無所入門無所著門無訓誨門無生門永寂然門不以是門可用知法若見法者不以法門能證諸法亦無所出入所以者何一切諸法皆無有門門不可得一切諸法爲虛僞門一切諸法悉本清淨一切諸法門不可量一切諸法無斷不斷無有邊際故曰族姓子一切諸法悉不可得皆虛無實一切諸法門不可量不可得限其本際門不可盡極無能斷壞得本際者若壞本際眞實之義也若族姓子及族姓女至斯法門悉解達了因得普入一切法門皆能頒宣衆生心念時佛復告持人菩薩若有菩薩大士欲以方便解一切法分別諸法義之所趣欲得意力具足成就隨時之宜入於諸法所生之處心無斷絶若以寂定心念成無上正眞之道志習入斯比像法門若能逮得是法門先勤學斯法速疾歸附

持人菩薩所問經卷第一

音釋

鎧可亥切甲也　諮即移切訪問於善也　剖普后切析也　鐙都滕切　叡以芮切深明通達也　兢居陵切兢兢不自安貌　胑至移切支也　栰房越切簰也

持人菩薩所問經卷第二

西晉三藏法師竺法護譯

持世王品第三

佛告持人乃往過去無央數劫加復越是不可計劫爾時有佛號意普玉王如來至眞等正覺明行成爲善逝世間解無上士道法御天人師爲佛世尊其佛世時有八十億姟聲聞衆皆阿羅漢諸漏已盡習學不學阿那含斯陀含須陀洹亦復如是各八十億姟諸菩薩八十四億兆載集會佛所佛言持人彼時如來壽八萬歲時世有王名曰持世君二萬國民人熾盛風雨時節五穀豐饒萬姓安隱王所居城廣長正方各四百八十里其城皆以琦珍四寶成之其牆七重樹木深壍欄楯周帀各復七重網縵珠珞各復七重諸牆壁上及諸行樹皆以四寶交露帳幔而遶圍覆其二萬國各有五百郡縣屬之又其樹上皆生好衣自然七寶諸細被服一一池水各有五百浴池從之又其浴池皆七寶成生七寶蓮華青紅黄白滿其池中其華大如車輪斯池中水自然八味其土國王有八萬四千夫人婇女中宮正后有二太子一名無限意二名無限界其太子各年十六時二太子適卧寐於夢中見如來形像端正姝好紫磨金色相好莊嚴威德巍巍不可限量光照十方夢中見是心中踊悅欣然無量其二太子從夢覺已心中坦然各以宿懷識道正眞而歎頌曰

我今夜夢見　天人中最勝　體紫磨金色
百福成其相　以在其夢中　覩一切功勳

以得覲尊顔　懷悅豫無量　觀聖神光明
猶日演暉曜　意中甚歡樂　超越一切衆
威光極高峻　猶如寶山王　若目覩其相
靡不抱欣喜

佛告持人其二太子見是瑞應往見父母具説此意我等兄弟今日夜夢中見如來至眞故啓二親欲往奉詣如來興現在世教化以來久矣我等放逸沒五所欲不覺佛興而爲五陰之所結縛諸蓋羅網之所覆蔽在於自大無恭恪心以斯迷惑不見如來諮受道慧二親然之時二太子啓父母已往詣意普王王如來所前稽首足白世尊曰罪蓋所覆迷世榮禄邪位所惑不時奉覲諮受訓誨慙愧赧顔世尊大哀威光見照開發愚冥乃得奉現今欲請佛菩薩聖衆盡斯三月供以飯食衣服牀卧具病瘦醫藥一切所安其彼大城園觀樓閣父王所居嚴飾莊校懸繒幡蓋浴池蓮華啓其二親貢上如來諸菩薩學諸聲聞等供佛聖衆竟盡三月一切所安父母同心亦皆哀之供養盡節辤其二親在如來所信不慕家出家學淨行作沙門時意普王王如來至眞見二太子捨國出家察其志性則爲二人無限意無限界頒宣於斯曉了菩薩五陰衰品二太子聞咸共啓受八萬四千歲未曾睡寐亦不思食復不寐卧唯坐思議經行諷誦八萬四千歲未曾起想有他異念常正精思暢五盛陰了之虛無本末恍惚悉空不實存不顛倒是五盛陰以解如是不能覺者迷惑其中當修梵行思是法已解達深義不見盛陰之所歸趣志存大猷無所希冀壽

終之後生兜術天其時如來滅度之後從兜術天下還生世間閻浮利地大長者家至年十六夜卧夢中見如來像在於夢中復從如來聞如是法曉了菩薩斯五盛陰諸種入品從夢覺起心懷悲喜於一萬歲淨修梵行復分別了是五盛陰諸種入品終而復始壽終之後生忉利天適生尋復終没還生世間在梵志家見本宿世意普王王最後末世餘正法訓留一千歲以宿本德信不慕家出家爲道博學廣聞智如大海曉了盛陰諸種衰入求其本末覺如眞諦時方便勸立二萬世間人二萬億天人皆發無上正眞道意以是因緣其二太子行菩薩業俱共和同見十億姟諸佛至尊最後末世逮得無所從生法忍更復值供億姟兆載諸如來衆二人俱等於一劫中逮得無上正眞道爲最正覺一號無量音二號無量光是故持人若有菩薩疾欲得成無上正眞道爲最正覺當勤修學如是像典如來所暢諸陰入種分別有無諸法之元

十八種品第四

佛告持人何謂菩薩曉了諸種若能分別十八諸種而順思惟識别于觀眼種本末則無眼界悉空無我我所而不久存眼種虚無則曰自然用眼自然故曰不眞因迷惑思想而共合成眼無所成不得識行爲虚空形猶如虚空悉無所成悉無所有亦無處所眼無内外亦無中間欺詐之業無有眞實不可護持從因緣生無去來今則爲自然本淨無形罪福所成從顛倒興爲現在緣之所見縛故曰眼空界不可見計於眼者則無有界識遊其

中因曰眼界眼根清淨其色晃曜合于意根因緣所縛三事合會眼色識集眼界空其眼界不成界無界其明智者乃覺知之是故菩薩分別眼界解了眞諦以了色本則無所有何謂以了色無有界不與色會亦不離矣無所生長雖說色界則無所有色無處所何以故云色無有界色無有色無内無外亦無中間立存虛無因其思想眼覩色光眼種清淨以見好色假號曰色無得有處猶如明鏡見其面像無垢清淨反想有色雖見鏡中有形色影乃從内出不從外入用外形照内境乃現眼亦如是以用清淨雖由于色爲之見縛覩夫面像以見色空色之自然無有境界而不可取悉無所成其色相者本無所生衆生不解適見色已其以解色界無所生則無有

界以解色界了色本末無去來今虛無自然歎詠光斯緣合所謂也色界如是以眼識故眞諦觀者知之無界云何觀之無眼識種其眼色者則無處所本淨所致眼色叵得悉無所有眼識無法假號現耳眼識不合無眞實形眼識之界因顛倒雜從宿世成現在因緣之所見縛與因緣會號曰眼識用衆生在顛倒若至聖見分別了之眼識無界所以者何眼無所成十二因緣起對合生託於所作假號眼識慕樂識行起所習行合成于識雖有所覩皆虛不眞託有形相因緣現耳宣說眼識使衆生了如來頒宣分別衆形諸想合成故曰識無所成眼以清淨識之本相因行所趣故曰所見雖習眼識故曰無界所以者何眼不求斯我得眼識及與不得了之色識無

獲令自然所以者何無所成故也假託有言
而現斯義爲衆生故救攝危厄眼本所行意
念是地識相自然眼界色界識界三事合成
諸界集會因緣業相宣諸法會故有託眼色
識如是計惟是以使入衆生達彼無眼無有
色界亦無識界如是所教除斷諸著若能有
了如來所達覺衆方便則能曉解一切三界
則無有界所以者何計於諸界實無有界色
不可得耳聲識界亦復如是鼻香識舌味識
身觸識意法識計校思惟觀無所成意界虛
無不有眞實悉無所有又是種者則無所成
猶如有人下種在地稍稍生芽水爲因緣日
光照之其種所芽無所造行其種不與芽共
合成因種生芽種不離芽芽不離種意界如
是從其意業顯現種矣故有意界意不離念

念不離意意界雖別因緣合成其意界者無
內無外意無中間皆由宿命本行所立悉由
意業因界合會現在因緣之所合生故假曰
意從已所部罪福所生十二緣起顯有所宣
故曰意界方便說之欲令衆生解其本末究
竟求之實無本末不可得之所以者何心自
放逸無處所所有至識柔輭言辭其意界者
悉無眞諦無有過去當來現在明者曉了意
界無界法界無有何謂觀察法界自然悉無
所有而不可得法界無成不得形像唯顛倒
立無有人壽從虛僞生興受識矣故曰法界
何謂曉了法界之無顯現其界所以者何其
法界者則無所有從因緣生以因緣生故曰
無界所以其界因緣合成轉成顛倒如來至
眞解衆生界故曰法界託集假號法界無內

亦無有外亦無中間然住合結除善不善法斷一切諸議宣布道教故曰奉行論無所有法界虛空無成就形假有號耳法亦如是無所成像以斷法想取現要說悉無境界故先歎之無去來今爲現在緣而見繫縛從緣合成衆生不解明者曉了而證明法界無界不多不少則以方便因言法界其了法界皆除一切三界所生以斷諸法無說法界因緣言相用處諸法故曰究竟明者宣曰無所生相所以者何法界之想悉無所成法界無處無處非處無合住處亦無不住察了法界永無所住法界無生無能者無合會處無合無散法無所造亦不成就以能如是觀法界者則察意識而無有識當作何觀無所生界則曰識界所以者何計其意識無所有故虛僞不實合于顛倒從意念有故曰意識由因愚冥凡夫所行唯賢聖達見知之耳以二事宣意識所緣用衆生類不能解了明者所别皆從虛無不眞正想所生意識其意識界無有殊特頒宣究竟假託有言借于衆生不解意識本末無界因緣所集輪轉無際諸賢聖等不求識界無内無外無有中間明者曉了其意識者不覩意識皆從緣起從顛倒與以二因緣而有衆生不眞思想受於虛僞從心行生隨順俗相有意識耳衆生本心從是緣現意識無去當來現在意識計本亦無所著意識所在無去無來無所存立意無所住所以者何意識本淨則無有二無相無二所在立處而不可見明者曉了意識如是其意識者無有法說無有合會亦無離别無所生相無言

教相獨賢聖了何謂識界從所來者無所從來無有因緣所以者何其意識界從因緣生察其本末無有見者明者曉了意成如是本無有作衆生自造悉無所生衆生所出相無所生佛言持人若有菩薩當作是觀曉了意識則無識著

曉三界品第五

佛告持人菩薩大士以曉意識則不著欲界色界及無色界當作是觀雖在三界不見欲色無色之界旣有是界悉暢無界須宣光顯衆生本末在於欲界而自示現在色無色而自示現在是諸界現無有界粗示要說曉了諸法自然無界三界之事無形無處從因緣生流於三界輪轉無際智者分別須宣三界所有境界悉無所有從虛無合顛倒而有是能覺了則解虛僞自然永無便捨生死衆生以除顛倒之業便棄三界如來至眞須宣三界衆生所在悉無有界無知習之迷惑作是本淨自然而無有界不倚三界明者解之此無有界觀是三界衆生無界巳身虛空無有若干一切諸法從因緣生從顛倒合假有號耳則無所成空而無作自然清淨等御虛空於一切界悉無所有猶如虛空悉無所有所以者何究竟永無虛空本淨而不可獲一切諸界亦如是矣無內無外無有中間界無有界悉無所著皆無所生諸明智者不有所生亦無所得無住無不住不等不邪本淨無獲智者明了不獲假託無念不能由是智者不以諸界爲境界也相無所生隨俗名耳無所分別以無生相若滅是巳無一切界假有言

耳究暢本末悉不可知以不可知一切亦然明者所覩佛言持人若有菩薩暢了如是解十八種及與三界衆生之界及已身界上虛空界達之平等以觀如是則應平等不見境界以無所見解一切界假託言矣一切諸界悉無有界好喜入道曉了諸界解說衆生其相無二以見無二並見諸界以權方便頒宣示衆十二因起假託有言開化衆生入究竟義以暢見慧一切諸界故曰無形所以者何持人如來至眞不得一切諸法處所亦非無得無所亡失平等思惟逮得無上正眞之道所以者何一切諸法永無所有本悉自然無成就者諸界皆空觀實空無以等如空無所生相如來如是解一切界如來不云諸界自然無界無形所以者何其無所有不可强有以無所有則知自然持人當知如來所說若有曉了諸法所來其菩薩大士便能分別一切衆生境界本末以解本末分別麤細頒宣諸界合散之義諸界所入曉無自然一切諸界虛空界還自燒然無界無入假託有辭永不可得衆生無知故有是耳猶如幻師工學其術爲諸衆生現若干變以現諸化不可計形若干種人不能知者聞信所化謂之實有其曉知者知幻自然佛言如是若能曉了幻化虛無衆生欺惑若有明智自解已身猶如幻化了之假託是世若斯自然如幻若有菩薩曉了入是暢幻自然以解自然世之所居亦復如是以權方便爲衆生類現說一切悉如幻化若有聞見解了幻法皆無所有乃至正眞其愚冥者不能達之故爲頒宣暢一切

法若了諸法一切如幻欲入是義便當學者深要之法不求得色以不得色便不斷除說其不斷除一切界皆爲假託演諸合散分別諸界宣權方便所造因緣根源本末剖判眞諦現世度世有爲無爲有順無順諸應不應宣權方便究竟盡言有義無義所暢因緣而說分別處所無處皆當達是一切如幻

諸入品第六

佛告持人何謂菩薩曉了諸入於斯菩薩觀十二入解其本末云何觀之所可觀者淨不見眼之所入處眼無成就悉無所有所以者何眼所入者皆從緣對從顛倒與色之所縛緣起所合有二事因一曰眼入二曰從對生色故曰眼入如是眼色有二倚著眼色所入色是眼品目見色已以幻爲門故曰諸入則盈生受眼不著色色不著眼色不著色目不著目皆從緣起以色爲緣故號色入目以見緣對故曰有相以入爲業何謂入業由以顛倒用以豐饒以如究竟不得入眼諸色之無其明智者不求諸入便見眞諦從顛倒合愚冥凡夫有二相矣眼以入色便顯入諦已解眞諦色入於目無內無外無有中間其眼衆色無去來今現因覩色現目覩色則貪受耳愚冥凡夫所行不可明智達之虛無無眞思想顛倒便成諸入諸入自然云何有手其入無相皆從緣起故曰諸入如來曰諸入虛無悉從顛倒託於因緣無有諸作無使作者眼不名色色不名眼亦無所知各各寂然眼色諸入俱共憺怕無有作者從因緣起愚冥凡夫心處顛倒賢聖達之然無所生無所滅矣

無來無去眼色諸入眼不斷眼目不想目色不捨色便知自然色不想色所以者何各各空故各各憺怕知自然故眼不倚眼色不知色自然之故眼色自然無成就者眼不求眼亦不合散各各空無目不習目是我所眼色不習色色是我所幻自然相眼色虛無則曰自然假託言矣耳聲鼻香舌味身更心法而不可得悉無所有亦無所成所以者何從因緣起處在顛倒立在二因從心法與諸品入故故曰諸入以法因緣假託入門法不著心心不著法法不著法心不著心著從緣起以立法事因心見相不得入法明智達之求諸入本觀見眞諦皆顛倒合愚冥凡夫見有二相無內無外亦無中間心不入法法不入心無去來今皆從緣生愚者不了明智達之所以者何悉無所有處自然故無意入法無有眞相不得成就假託現耳如是持人菩薩以得曉了若斯諸所衆入便了一切十二諸入不著不縛便斷諸入以造立諸入諸分別使無所起曉了無相猶如流水在所合矣故曰水普無所不入其十二入亦復如是所云內外皆從因緣其水流至多所成就雖言自然不得處所以見縛著其諸入者向塵勞門愚冥凡夫不斷塵勞故曰入門眼著于色耳鼻口身心亦復如是無所歸趣菩薩大士曉了自然分別諸入已分別入悉除衆結如是持人菩薩大士曉了諸入

十二緣品第七

佛告持人何謂曉了頒宣諸入十二緣起而觀十二以何觀之以用諸法悉無明業故名

曰癡不了無處故曰無明不解諸法有生無明故曰爲癡以不了是何故無明無明緣故有行若不達法不行是法故曰無明緣故便有行有行緣故生其識故曰從行致識有其二相致名色矣故從識緣而生名色從名色便生六入故曰從名色緣得致六入因有更故曰從六入緣便生所更因有痛癢故曰從所更緣致有痛癢則生恩愛故曰從痛癢緣便生恩愛從恩愛緣生所受故曰從恩愛緣便生所受從所受便生所有故曰從所受緣便致所有從所有便致生矣故曰從所有緣便致所生從所生緣便有老病死啼哭愁慼不可意法大患苦會故曰從生致若干苦以何等故合是衆惱以無明故習諸顛倒從恩愛行忻樂貪欲其心在在樂慕不捨是則世俗十二品有緣起自閉盲冥無目無明羅網志存疽癩入於幽闇無明爲首十二緣以觀如是了斯無明虛僞不眞又其本際而不可知何以故不可知不逮明故用無明故其生本際而不可知若有明智當觀察之曉了本際則達無際不起思想亦不無想便斷衆想以斷衆想故不倚無明一切諸法不達無明是諸法者不云無明自大之心所以者何以捨無明以故名曰一切諸法皆爲無明矣以能覺了一切諸法皆無明者則達明業不更致明以消無明則曰明業何謂消無明者解一切法悉無所有一切諸法皆虛不眞處存顛倒法無所有假託有耳是則名曰以斷無明亦斷有明明與無明悉虛不眞所曰無明用無明故有衆行業便致十二愚冥凡夫所

不能達自投邪冥悉無所有反造所有故曰爲行無處無言不言不知明亦不冥諸行之業悉本空無所法無有反行所有故曰無明之緣便成諸行其行無常從是非業故衆行來又察衆行無去來今其無明空分別無明諸行本空行悉自然行無所著因其無明故生諸行其無明者不著諸行明行不斷無明便消行不除行是行無明則發闇蔽處存顛倒無明叵得則曰自然行不可得亦曰自然用幽冥塞故曰無明用冥無明便立行耳若法無無明無所有以虛僞法便成無明行識行無所著行不起識行所以者何行不知行行無有法所可至湊從行生識成衆顛倒其行與識無内無外亦無中間無起識者方以行逸生其識耳彼若明智求識不得識無所生亦無所見不別於識名色六入所更痛癢愛受有生及老病死憂慼啼泣痛不可意大苦陰會輪轉無際生死不斷投于五江四瀆之間不能自濟曉了無根悉無所著無致無極平等之業觀十二緣亦復如是斯名曰明明無二故勤精進求一切諸法以慕諸法無想不想是柔順明入十二緣是爲持人諸菩薩衆曉了須宣十二緣起在合會緣有所生起分別無會是曰逮得解無所生曉了緣起觀十二緣不當察生不至權慧若能達知十二緣起無所生者乃曰曉了逮無生慧是故持人菩薩大士欲入無所生慧建立證明當分別暢十二緣起而奉行之以餘奉行於諸緣起而無所生以作是觀乃謂逮得無所生慧以能逮得無所生慧造立證明乃曰逮得

無所從生曉了道慧是故持人菩薩大士如是行者於所生緣而無所生悉斷三界因緣證明觀無所生若有菩薩至無生相便疾逮得無所從生法忍轉得親近菩薩之行已身所奉面緣諸佛而受道決當逮無上正眞之道爲最正覺得決不久以近受決又以自已如是色像奉行佛教是諸正士各便受決得許信樂分別一切世間諸法以度方俗曉了十二緣起之元以達緣起諸佛世尊現在目前不復恐懼諸魔波旬若見現在陸地水中一切諸物觀見生死已度衆厄拔無明根如是比像永得安隱觀見正士佛言持人若有菩薩如是解了吾我所有皆因緣故若有聞是曉了十二緣起本末信樂不疑諸如來所成其根源不久受決得無所從生法忍以受決本不久皆於諸如來所便得道決當逮如來無上正眞之道爲最正覺

持人菩薩所問經卷第二

音釋

縵（莫官切）憺怕（憺徒濫切怕旁各切憺怕安靜也）疽癩（疽七余切癩落蓋切）

持人菩薩所問經卷第三

西晉三藏法師竺法護譯

三十七品第八

佛告持人何謂菩薩曉了意止若有菩薩分別觀察行四意止何謂四意止自觀其身痛癢想法亦復如是何謂自觀身痛癢想法於斯菩薩自觀身行察如眞諦無常苦空非身之要身爲瘡病危厄像害以用樂習動搖逝去荒穢不淨以觀如是若干瑕疵滿是身中九品瘡孔夙夜流出臭處不淨猶如便廁諦觀如是無如毛髮可樂可取不淨穢濁皮覆其肉筋纏裹之從罪福成積聚衆著便有盛陰何謂積聚何謂盛陰皆宿世緣有是盛陰由本倚慕虛僞覆之沐浴文飾謂是我身由是積聚結存盛陰何謂盛陰從因緣起而報應成從造行轉因于四大計身本末非眞之有受于四大而成色陰因得假託所以名曰身者何已自造作故故曰爲身心以依之故曰爲身罪福所爲故曰爲身從思想生不肖可賤與行業合故曰爲身從因緣成身適小安便復壞敗不得久長不可常存尋當別離故曰爲身身無內無外亦無中間雖立迫惱身不知身亦不可見不爲解明不得度岸無有思想猶如草木瓦石之類身不成身以作是觀以立解達則不貪身無所慕樂知身爲患身無過去當來現在非身是身身如聚沫澡浴文飾是身如宅八十種蟲是身迫惱無數百病是身無救三苦困厄所云苦者生死之患別離之難是身苦器受諸危厄以作是觀思惟順義則不貪身不慕他人無所志樂

是身無我唯有便利身無所有悉無有實是身以空自然虛無至無眞正虛僞立耳結在無益從本行成雖有是身則非我身當興專精慕求不貪已能觀察已身壽命不得合散不見往返住立處所不覩過去當來現在無想不想悉無所著不倚身命身非我有亦無我所則無所受不合不散無所從來令心惱熱不知所趣計身本末無所起生住立滅盡菩薩觀身如是無身已了身虛若身欲盛輒自消滅身意則止立存順行如義觀身便無有身佛告持人何謂菩薩觀身痛癢若有菩薩察身三痛樂痛苦痛不樂不苦痛計其痛癢不知所趣無去無來唯從虛無因緣合成受罪福報由顚倒興知痛本無因思想立作是觀者不得痛癢無去來今不見處所其過去痛了空無我亦無我所無常堅固悉顚倒法過去痛空憺怕無想當來現在亦復俱然乃知痛癢不得成立無形可獲各自分離其痛癢者無有起者亦無所滅亦無處所無內無外愚冥凡夫由從顚倒而生痛癢罪福報應適合便離故曰痛癢悉空恍惚虛詐之法以觀如是從痛因緣得心處所痛會有意必歸滅盡不見痛癢所合聚處心自念言痛癢則空自然無形不見所生痛無所生亦無有滅無有成想以無有成想已無有相相無所生普觀如是身所痛癢則無所倚解知痛癢眞諦本無以斷痛癢離諸入痛不與共合不著痛癢衆行寂然速求方便逮三昧定菩薩察行痛癢如是見行以了則覩十方佛告持人何謂菩薩觀心意行若有菩薩觀心念行

發意念頃察于心法若存異變以能觀者心自念曰其心未曾有所奔逸無所至到異緣所使遣所湊相心所興發亦不成就亦無形貌悉不可得心無往返立無所處無去來今以因緣現而有所念其心計之無内無外無有中間有所迫惱心無處所無自然矣不可成辦心無所斷若有所斷心以名曰若干種變使不計之生相即滅持念無住處心無存處所在已能覺是則無心念亦無所見所以者何又其心空自然無形無有衆生又無所有不得處所無合心者無有散者心無過去無有當來不得中間無能見者心不自然心不清淨心不知心心不斷絶心無有心則曰本淨處在顛倒愚冥凡夫以虚因緣教在諸相心自發念又其彼心空無吾我而計有身心存有常長久永安以顛倒法而自投冥觀心如是逮得柔順心意止也心無想念亦無不想曉了其心而無所生無所生想所以者何心無所發不得真際不得其相心相不起明者所解分別達之知心所習所趣歸滅審知如有作是察心不肯合習無滅歸處以不得心若不得心況復所習所歸究竟以是之故心不想滅亦非無想逮心清淨心已清淨不墮塵勞不爲汙染所以者何知除所有心則清淨衆生心亂便染塵勞心淨則淨以能知除心自念言心有塵勞以是之故計衆生行心有所著便爲塵勞心以解明則致清淨已作是觀不得欲塵心不得淨心爾乃達了心本清淨菩薩如是觀心意行便通本淨佛告持人何謂菩薩心存在法觀其法行若有

菩薩觀一切法不見內法不見外法不處中間有所迫惱法無過去當來現在因十二緣而生有之諸法顛倒法無成就又察其法無有內外亦無中間法無合散一切諸法悉無形貌無所有無不有託有音耳一切諸法猶如虛空亦若幻想生自然本清淨明諸各有所倚塵勞一切諸法無所覩見察其眞實猶如夢中所見覺無所覩一切諸法猶如照影本淨無形亦無名想諸法無思一切諸法如呼聲響從虛無立諸法則無自然之故不可得矣諸法野馬無所有故以能如立觀諸法者愚冥凡夫見若干變則知無法則不用法無合無散以見諸法永無所著以作是觀見一切法無往無返不見諸法之所立處所以者何無處非處一切諸法從因緣起處在顛倒輪轉無際無言不言無有二相亦非一相不有小相明者所了而不可得亦非不得所以者何諸法不生亦無所起無造無作不得作者諸法捨形相亦無身貌亦無自然自然成矣諸法無數本眞諦故以作是觀解一切法無有吾我無人無命察于空無心自念言一切諸法悉云本空法以自然亦無有想不見衆想不造法願察一切法以無所生自心念言法無所起亦無所滅以觀如是得法意止於一切法了無所生知歸習盡因法相成自然以離則無有相所以者何無有能成其無相者乃捨相耳諸明達者分別覺了是一切法悉爲本無若有菩薩當作是觀諸法法行以作是行不得諸法亦無所生不起諸法有所住止亦無所滅一切諸法悉滅度相諸

相寂然相亦憺怕菩薩如是觀見諸法了法意止也無有止處無所不止悉入諸法慧明之相自察心念致法意止是則名曰頒宣經典於一切法而無所住敷演諸法攝濟以慧斯曰於一切法所觀真諦逮法意止佛言意已止者便至意斷身意痛意想意法意解三界空亦不見身及痛想法則四意斷佛告持人菩薩若有逮解五根度俗世本順諦察之何謂爲五根一曰信根二曰精進根三曰意根四曰定根五曰慧根是爲五根當觀是行云何觀之信一切法從因緣起立有顛倒虛無合成展轉不定猶如車輪所遊無際亦如所夢自然退逝信一切法無常苦空無我非身疾病瘡痍老不長存不得久在當復別離諸法不真皆無有實恍惚捨放等於諸根猶如彩畫如小兒力思想欺戲以爲真實不知虛詐悉無所有其信根者一切諸法無去來今無去來亦無所住空無相願無起無行無想不成戒清定淨慧解度淨知見品淨以能奉斯信根行者則不迴還篤信爲首建立禁戒悉無所失不違道業以無所失便順正法住於篤信無能動搖善惡報應咸來歸護則立直業而無諛諂斷諸邪見六十二疑不求外學以爲師主如見日月不用燭火唯歸如來識知聖衆善具足成立淨禁戒忍辱仁和如是篤信而不動搖以無能動甚懷義信便具道法佛告持人何謂菩薩觀精進根云何具成曉了方便若有菩薩篤道不違以精進故休息五蓋設值得聞如是景模深妙經典勤修奉行夙夜精進不抱怯弱心不忘遠志

慕博聞無罣礙法以斷諸蔽不廢精進若心生念惡不善法以大精進而蠲除之識法已興建立勤修未曾懈倦無倚精進攝加勤修不以此行有所違失而不還返所遵仂務曉了諸法分別如應不戴仰人在於世俗不失精進以斯進根最有威德以義勤學得號進根佛告持人何謂菩薩逮得意根云何曉了奉行意根若有菩薩制止其意順施戒聞具足梵行究竟戒品清淨之業定意慧解度知見品淨身口意究竟謙恪建立止意在一切法令無所生住存殊異而察至行苦集盡道以除斷斯存立意止方便解達根力覺意一心定意三昧正受解暢諸法而無相願得不起慧致忍辱聖離欲滅度以得意止具足佛法不行聲聞縁覺地也奉無礙慧心不迷惑以能專精如是像法身口謹慎不失其意不依仰人察如是法最有威德逮得正本是謂曉了逮得意根何謂菩薩逮定意根云何曉了斯定意根若有菩薩以行禪思一心不虛行賢聖業禪心無所著以無逸禪善攝定意明解正等曉了定意無顛倒禪觀定意門以暢不亂入于寂志從三昧起不復定意亦無正受以能慕樂志立道業而以禪思因用自娛不須仰人禪思正受不隨禪教以逮威德定意一心不貪利養行不憒鬧以最威德逮定意根所度無極佛告持人何謂菩薩行智慧根云何曉了逮智慧根若有菩薩滅身所行爲何謂也盡除衆苦常消身行在在行慧普見離欲滅集盡道向無爲門以行慧根皆覩三界一切熾然知三界苦其智慧者不倚

三界察之悉空無相不願心無所生無所復行觀者有爲悉放捨之如救頭然具足佛法專習諸法雖處三界戢滅一切悉放捨著而於三界悉無所慕斷諸所樂捨諸有爲一切染汙愛欲縛結心無所著不慕五樂不著欲界色無色界心抱智慧聖明功勲不可限量猶如江海所行至誠而無涯底曉了諸法則以智慧分別三界悉無所著是最德義奉於智慧所度無極佛言持人何故曰根所曰根者義無能動故曰爲根以無所動無所逸馳故曰爲根永不迴還不依仰人義無伴侶順隨法教故曰爲根不恥他人莫能揺者無所雜錯故曰爲根如是持人斯則菩薩曉了諸根又復持人菩薩分別衆生諸根善學方等知衆生根染不染者有欲無欲根有瞋恚無瞋恚根有愚癡無愚癡根知墮惡趣若生人間根知生天上十方佛前根心明達若柔劣及中間根悉見知之下賤麤獷諸根不具若不損根而悉知之諸根應法有方便根無方便根悉復知之有罪無罪根倚著根無著根危害根無害根悉當知之隨順根不隨順根有礙根無礙根欲行根色行根無色行根暢諸善根究竟善根悉能知之所歸趣根仁和根處邪見根立正見根慳貪根無慳悋根悉能知之卒暴根無卒暴根迷惑根不迷惑根速疾根賢和根忍辱根瞋恚根懷嫉妒根無嫉妒根具施根信根無信根貪欲根離欲根居家根捨家根戒具根毀戒根悉能知之誡戒根無誡戒根清淨根忍具根恚恨根上精進根懈怠根亂心根取要根定意根智慧名

根失智慧根具聖明根愚騃根無所畏根自大根離自大根逮得道根從邪見根心安和根放心恣意根悉能知之散意根寂靜根起生根無所生根清淨根瑕穢根解明根顯曜根聲聞根緣覺根菩薩乘根佛乘根皆曉了知以逮得是則謂得力云無等侶無有放逸謂不迴還致善方便名曰意根知諸天龍神阿須倫迦留羅眞陀羅摩休勒人非人根最爲威尊無能勝者莫能動揺所行方便普度無極奉行勤修如是像典疾逮曉了於一切法而得自在遊十方界無所不濟佛告持人何謂菩薩曉了道乎云何致道耶若有菩薩奉八聖道一曰正見二曰正念三曰正語四曰正命五曰正業六曰正方便七曰正意八曰正定何謂正見若有菩薩斷除一切諸所邪見所以者何一切所見上至泥洹若欲見佛皆去是等諸所見業乃曰正見以無見不受見成名諸見悉無所倚普無所念以無顚倒無所無想是曰正見所見平等爲何謂也捨世虛妄以棄邪見以如是法除諸所覩住于正見悉無所著無想不想不見泥洹遠諸欲見不習諸見何謂正見一切寂然無生清涼亦無所滅等覩無爲本以清淨於一切法無所希望亦無不想無所不應是曰度世正見何謂正見不得現在亦不度世正見斷現世法亦及度世不想現度除一切想不得等邪等諸不等斷諸等行是名度世乃曰正見如是一切悉無所生故曰正見見所眞諦正見無邪是曰正見如是持人菩薩大士所行正見何謂正念如眞諦解一切所念皆是邪

想及思無爲佛法聖衆所以者何斷一切想所思平等故曰正念以無衆想故曰正念所以者何消一切思名爲察正則無有邪不復懷想乃住正念不得所思離邪正想故曰正念以除諸想等棄衆念捨虛顛倒消想不想等一切念不倚諸念除諸邪想故曰正念何謂正語一切言辭皆爲虛妄處在顛倒悉迷惑想見於平等心自念言正斷一切言辭所宣故曰正語言無所湊無去無來所見如是等無有異已逮正語口之所宣皆實至誠故曰正語口言清淨所住之處斷一切教言辭辯才心中覺了口無所宣悉捨邪言住於正語何謂正業以住正業皆知一切衆邪之業其一切業不眞不諦本無所作所以者何一切諸業無有至竟業悉散故故曰正業不於正不於邪不於是不於非無想不想皆度衆業不造正邪等逮諸業無作非作故曰正業皆能等說邪正諸業如眞諦解一切諸業亦眞諦見無應不應是謂正業其以正行無有邪業等見諦行故曰正業何謂正命知一切命皆隨返邪所以者何其想有命想有萬物而懷望想無爲泥洹清淨之想及想見佛一心清淨以住是中欲以淨命皆墮邪業一切諸命若正性命不以爲邪不懷正命是曰正命言是邪命逮一切命悉成清淨是曰正命解一切命無有正邪住淨命行無有放逸無正邪命無雙無隻無應不應是曰正命無住邪者逮得淨命無有命想無善無言無命不命等行眞正而見不虛是曰正命何謂正方便棄衆邪便所以者何一切方便皆墮反邪

方便所在心在結著是曰邪方便所以者何一切諸法無眞邪方便所行方便則不眞正其不眞正名邪方便無方便矣無究竟無言辭斷諸方便彼無所有棄泥洹想無佛法想知行方便一切方便悉不眞正至無方便其以平等則無方便等一切法無有若干無有方便超越方計所有方義則無所諦無應不應是正方便方便叵得此之謂也所言方便是謂定意斷諸方便謂衆眞諦等見如是不想方便以無所想是正方便何謂正意一切所念皆爲邪想意之所念皆是邪思所以者何一切墮邪彼若意生皆曰爲邪意無所念所以者何一切所念從因緣立所曰因緣皆曰邪矣其意所念不起不滅是曰正念所以名正念若無意念住發起業不意無意意第一淨無邪意念皆斷衆思其以邪者悉無意念是住正意其正意者不正不邪正念邪念除一切意諸念思想所曉了者心不起亂常行六事曰住正意意未曾生有意未意想解一切意皆了諸意暢如眞諦不復思念有意無意應與不應是住正意無意無邪念于等行無念不念無因無思無所惟念一切無望逮致無言無意不意住思平等無言無説棄一切辭解如眞諦普無宣教無思無想是乃名曰住于平等何謂正定見一切定皆爲邪定所以者何若受三昧思緣之想望正著除斯皆邪定所謂取反此定不眞若於諸受而無所受又不懷求三昧定想無出寂教無念定意其無所倚無作無暢消斷喜悦求謐安樂分別定想於三昧定而無所住是乃名曰

正定三昧所謂正定於一切定而無所著則無放逸明了如慧曉達定意不倚定行而無希念等消正行以如是者無想不想不想無想乃曰正定無正無邪一切無望以斷諸想並滅衆希乃曰正定所云定者無正邪定心無所生不正無邪無正定無邪定所以者何以普覺解方便諸定乃住正定無三昧想不積平等普曰一切乃曰正定其不馳騁不造等逸若等若邪普等諸法一切定意以存正受一切三界皆是有爲所思眞諦以慧觀見一切五趣往來所生佛言持人如是菩薩曉了道義以逮如斯剖判道趣若斯聖業解暢眞諦乃曰正定

持人菩薩所問經卷第三

音釋

沫莫割切水沫也 湊倉奏切趣也聚也 痍弋支切傷也 怳惚怳呼晃切惚呼骨切怳惚不分明也 仂音力勤也 戢阻立切止也 獷古猛切麤惡也 騃五駭切癡也 謐莫橘切靜也 騁丑郢切馳走也

持人菩薩所問經卷第四

西晉三藏法師竺法護譯

世俗度世品第九

佛告持人菩薩何謂菩薩得曉了知現世度世經典之要云何名曰現世度世若有菩薩常順思惟現世度世云何順思何謂現世法何謂度世法若有住於顛倒法行皆從想有由因緣生合於虛妄有二緣立從二想生一從虛妄二從無生其虛妄語欺迷惑法得愚冥相猶如小兒執若干種畫於虛空虛妄經行愚冥凡夫想云有世計其世俗皆歸壞敗糜散悉盡以見一切世俗諸法從虛欺惑所因無作本無所生陰種諸入皆從緣對色聲香味觸由因緣法不說色緣猶愚凡夫心有所倚所以諸見因無數見而有倚著若彼種性於存窮匱令世間見處在顛倒所觀世法度世在彼爲何所是世俗之法眞諦如有達其本淨是爲度世明不求世了不可得度世亦然若不能得現世度世亦無現世及度世業宣其度世現世本淨何謂宣布度世之業若世本淨至于度世所以者何永不可得現世本淨悉空寂然其世亦然本以自然世本淨寂以世自然世淨寂然計世俗法無究竟成當作是觀現世度世悉不可得不得度世不著於世不念度世以不念世及度世者不與世諍所以者何以覺曉了世間悉虛欺詐惑法以能覩見世倚虛無不想於世不慕度世所以者何佛言持人所云世者謂五盛陰也貪求合會一切世法明知求陰永不可得五陰自然而不可得五陰本淨亦不可得五

陰無來去無所至湊處不可得是曰度世不知五陰所歸處所也以無五陰諸種本淨及諸衰入之本淨也若有菩薩觀於世俗之法悉無所見以合度世不見度世不與世合則無有世唯覩度世在于度世不見世法而有異特也不轉二法云是世俗是度世法所以者何持人其所在世解世本末本無所有度世亦然雖見有世悉無世法所作分別度世俱同以了無世假使有人心自念言世俗別異度世不同則於其人佛不與世雖佛出世普世顛倒無發道行用真正解以慧察世須宣經法處世顛倒貪受于世而救濟之故曰度世也是故持人用真正解以慧察之曉了世倒故曰度世也如來出世普通諸法世俗度世皆無有二以真正慧觀察造證故爲宣布度世之法佛言持人不以是法遊於世間無所至湊無所消除不倚世諍乃得世義不念度世曉了世辭達本所想以著想二不解能達如是像法則無濟者不能解了不暢度世所以者何用二行故其二行者不能解了世俗度世菩薩如是方便曉了一切諸法現世度世靡所不達

有爲無爲品第十

佛告持人何謂菩薩曉了分別有爲無爲法云何有爲無爲法若有菩薩以真正觀有爲無爲順理求之云何順理云何求之亦不作有爲法有所見者自然得號已造有爲故曰有爲又有爲法以虛僞轉云何爲轉由已合會自然歸之以二緣立緣本際教用以所有自因而生一切諸法無爲作者勸使作者自

然生已是有爲法斯自然法無有迴還故曰有爲其有爲法無內無外亦無中間住存欺惑無合無散由從虛妄思想興立從無明緣生愚癡業有一切法自然轉行無教造行從有爲事受其相業因其顛倒以愚凡夫倚名之故又明智者覺了有爲不可得邊不倚有爲不合有法乃曰明智明智分別至實有所造行滅一切爲明智剖判一切諸行虛無欺詐是諸法者悉無所有咸爲自然亦無自然從意念成一切有爲所以者何不當奉行有爲因緣惑曉無爲未曾復習有爲緣行若曉無爲爾乃通耳云何曉之一切有爲皆爲不眞而無有形悉無邊際無至合會明智觀之不以有爲至生究竟其有爲者亦無所受悉以無異有爲無爲亦復無異生宣斷有爲業

是有爲是無爲斯有爲相斯無爲相彼何謂有爲相知生當死合會別離何謂無爲相不生不滅不會無別愚冥凡夫不能解了入斯二義不曉有爲所由起相及滅壞相不住異相因無相生住於異也若無是相如來所說從是相生從是相滅住如是相佛言持人如來所云一切諸法皆無有相以能得成無所生相無滅壞相無所住相如來敷演無爲之相是相非相其有爲相不成無爲導師所以愚冥凡夫所宣道法有爲所起會歸滅盡唯無爲安以能無爲不生不滅亦無所住故曰無爲從其所習而令生滅其無所習則無究盡無行無究無異住處其以眞正解其斷慧不致合會有所起生而有滅也無有異住若有菩薩當作是觀其有爲法及無爲法無有

不無常見如應不觀有爲及無爲法有爲不見無爲無爲不見有爲不見異無爲而自謂念我身有矣眞有正是見有爲業無餘有爲是諦有耳思念妄想其有爲無爲法求無所想有爲無爲以無所想分別諸想皆斷諸著以了無爲除去衆緣本淨無緣其因本淨所觀眞正以能曉了悉無所作則無合會菩薩以能逮是有爲無爲則了諸法不有不無亦復不倚有爲無爲乃逮正覺也佛告持人若有菩薩分別五陰曉了諸種解達六入以能暢知十二緣起剖判四意止五根八道能覺世俗度世之業明知有爲無爲之事以曉了是逮解一切諸法之元宣布諸法所不逮者得意力勢解暢一切諸法章句斷生老死心不能絶壞能自究竟無上正眞道成最正覺

寶光菩薩品第十一

佛告持人乃往過去無央數劫不可稱計懸曠無限爾時於世有佛號紫金山王如來至眞等正覺明行成爲善逝世間解無上士道法御天人師爲佛世尊其紫金山王如來壽住五劫諸聲聞衆不可計數諸菩薩會亦不可限無能稱了知其多少其土熾盛風雨時節五穀豐熟人民安寧强不陵弱各得其所心行平等飲食消化不以爲病婬怒癡薄善自修身家居義教順律清淨彼時如來爲諸菩薩一切衆生決諸疑網令無懷恨頒宣菩薩道法之藏時有菩薩名曰寶光聞佛說是諸菩薩業解陰衰入諸種十八十二緣起諸根意止八正道行世俗度世有爲無爲即輒奉受如是精進十二億歲未曾發起婬怒癡

心不貪利養飲食衣服牀敷卧具病瘦醫藥唯心精修入如是像曉了忠惟常修精進盡其形壽淨修梵行在其佛所壽終之後還生本土在於人間適生墮地便復出家復受學斯如是像法曉了奉行復在於彼六十億歲淨修梵行心不捨遠如是像法慕求不廢復壽終竟還生佛國其紫金山王如來續存復在其所淨修梵行一一劫中五返生没終而復始其紫金山王如來至眞臨欲滅度終五劫已因是景模博聞無量曉了諸法於五劫中所可聞受親巳從佛諮講解者逮其意力觀戴如來便爲衆生一一敷演開發無量人皆發無上正眞道意佛滅度後正法住一劫復五百返往來周遊生於人間常出家學奉是景模曉了正典化無央數不可思議衆生之類皆入至行寶光菩薩見萬億佛最後有佛名無量光如來至眞等正覺所見授決却無數劫汝當成無上正眞之道過無數劫當復逮見億百千姟兆載諸佛逮最正覺號決一切議如來至眞等正覺諸聲聞衆不可稱計難可限量諸菩薩衆無央數人其國處世人壽二劫米穀平賤人民安隱是故持人菩薩大士欲逮得是如斯景模曉了正典當精進學受持諷誦是經典要佛復告持人若有菩薩學是經典逮權方便常修四法何謂爲四一曰棄家捐業行作沙門二曰捨于憒鬧習在閑居三曰住清淨戒行不違闕四曰去離懈怠精思不廢是爲四以行是四勤求博聞常立忍辱疾逮四法何謂爲四一曰雖生天下常住中國二曰因值佛世不在邊地三

曰常奉正法終無相違四曰悉除罪蓋無復殃釁是爲四若有菩薩學如是像經典之要輙逮力勢布施清淨戒禁無穢忍辱精進一心智慧聖明無瑕以逮是法致權方便又告持人菩薩學斯立知止足閑居功德懐無蓋哀愍于衆生以用大哀入于衆生然後乃學如是像法解了要行又其菩薩入總持門學於勤修何謂得入總持門而學勤修志慕勤思曉了量法方便觀察奉無限行又解了觀諸定意門諸要法門入不可計因緣正行逮致如是比像力勢曉一切法分别諸法得意力勢以能曉了斷生老病死志强無怯不失正法乃成無上正眞道意逮最正覺佛復告持人若有菩薩通總持門普能曉了一切諸法言辭所趣以用一事入百千事以用道力

分别諸法無所不達又若菩薩逮定意門入音聲便入無限定意門雖以得入是了若干品一切法門以入一切諸法道門須宣諸法靡不蒙濟又其菩薩奉行智慧以是慧力曉了諸想勤解想已以是慧力逮一切法疾通無礙又若菩薩曉了無量定意門行以住是地普致一切佛十力法又若菩薩曉了無量總持門行解不可計定意門力以定意門暢不可限衆法之元以是道地普入諸法靡所不通又其菩薩甚能曉了觀世間行極復分别有爲無爲奉行諸法心所不著有爲無爲行如是像一切諸法疾解諸法逮得慧明又菩薩行權方便勤察一切諸法本無所行雖作是觀不爲世事不著世法亦無所倚如是像法疾得曉了一切諸法分别諸法意力施

財剖判章句斷生老死意行具足是故持人菩薩大士於是模法而度無極何謂爲四於斯法典奉如道義勤修正法於斯經典遠無罣礙普入道慧

往古品第十二

佛告持人乃往過去無極數劫不可稱計長遠無限爾時有佛號無量光超殊王如來至眞等正覺明行成爲善逝世間解無上士道法御天人師爲佛世尊其佛世時諸聲聞衆不可計數大會無限諸菩薩會不可稱載其佛在世時壽一劫又彼佛土皆以七寶而徧覆城七寶樹生周帀圍遶以用莊嚴一切諸樹殊異珍奇交露帳覆又諸樹下皆施師子牀其諸牀上細好白氎裹樹布牀一切諸牀瑠璃爲足以赤眞珠而校諸樹自然熏香合成諸葉葉常茂盛而圍旋之其寶樹前自然浴池有八味水其水底沙悉以水精硨磲赤眞珠合成又以三寶造成浴池其諸浴池自生青紅黃白蓮華又諸池水以七寶作校飾欄楯一切欄楯地平如掌又其佛土清淨無穢其佛國土寶樹熾盛猶忉利天晝度大樹嚴飾巍巍明月珠樹諸億千種充滿佛土其光悉照覆日月曜令不復現其諸寶樹琦珍交露出好音聲哀鸞衆鳥天諸王女歌音樂聲如是輭美普流佛土無三惡趣不犯諸惡不爲衆生宣雜句說唯以數演如斯像法智度無極是菩薩藏化無央數諸人物衆一日皆發道心其本發心志存大道便悉具足道品之法如是持人其無量光超殊王如來至眞因其方便化不可計無央數載衆生發道

心今生下方去此佛土在彼佛土成菩薩行佛滅度後正法存立竟至半劫時佛滅度後正法便没有一菩薩名意無限從下方佛剎來生此土其國去斯十佛世界適生未久年十六歲便捨捐業行作沙門在無量光超殊王佛所諮受經典臨法没時爲諸菩薩宣布陰種一切諸入分别解義聞如是像精進之行在於斯法所度無極攝權方便因是德本彼土授決見億數佛普掌斯法所生之處常識宿命皆以幼童不娶妻室淨修梵行以家有信出爲沙門所生之處逮得意力常所受身成就功勳而最後世逮得無上正真之道爲最正覺號曰無量光辭王如來至真等正覺若有菩薩疾欲得成佛逮一切智具足佛道在後五濁臨法欲没當勤志誠如是像法輙受宣布盡以愛樂常行精進最後末俗受是經典德勲無量諷誦奉行爲他人説福不可喻

颰陀和五百人品第十三

爾時颰陀和等五百菩薩憍曰兜菩薩即從座起長跪叉手前白佛言我等世尊最後末世臨法滅時當受是法住於後世五濁之世擁護正典持是景模諷誦奉持廣爲人説復有無數諸菩薩衆各從座起長跪叉手諦視佛面各興至願我等世尊最後末世被弘誓鎧受是景模順斯深妙佛所宣慧諸菩薩等所積德本道品之藏並使具足所在遊居當擁護法聞是像經益加喜樂受持諷誦宣示未達深入大猷時佛忻笑口中五色光出徧照三千大千佛土地六返震動賢者阿難即

從座起長跪叉手前白佛言佛何因笑既笑當有意光明普照地即大動佛告阿難汝寧見此諸菩薩衆住立我前在後末世當護正法被弘誓鎧以救危厄佛識念之往無數刧於諸佛所被如是像弘誓之鎧面從諸佛受斯經法持護三品開導無數衆生之類今是等來在於佛所承三品義受是正法今立佛前然後末世法臨没時多所開化未達衆生而今受佛三品正法在於賢刧諸佛與見亦當從受千佛訓誨三品正法又將來世諸佛聖所啓受亦然是等阿難諸族姓子功勳名德不可得察莫能稱計所行經法是諸族姓子安隱衆生而供養佛假使如來須宣是等以受正道安隱衆生皆以不信若不信者長夜不安墮于惡趣又復阿難當爲汝等現其證明如斯等類安隱衆生正使三千世界一切衆生皆由想行故墮地獄假使大衆有地獄中有一人生告地獄人無得恐怖當爲汝等一一導利以時方便出大地獄苦惱之患則以已身一一濟之移著安處一一人故無數千歲忍在地獄未曾懈廢普令致安阿難其人於衆生慈愍弘哀寧增多不出大地獄立大安隱阿難言甚多甚多天中天佛言假使彼人顯示神足如是巍巍令衆生類立第一最有爲之安長樂無患極成弘哀皆逮覆護其功德福非心所思非言可暢佛告阿難今故語汝如彼菩薩於大地獄出無數衆立之永安所愍衆生若合集是前所安隱順和衆生使濟大難至有爲安百倍千倍億萬倍巨億萬倍不如族姓子受是像經所以者何

計其所興有爲之安寧有極盡矣不至無爲不離貪欲不致滅度逮神通正覺之業不成寂志泥洹之要又阿難是諸菩薩建立衆生無上大安一切智業又是菩薩以大士法志學道乘建立佛道度諸衆生立諸聲聞緣覺之地勸助佛法修菩薩行住于大道斯諸族姓子勸助衆生行菩薩法不科佛教諮啓大雄受立弘慈成一切智故功無限佛言阿難由是正法若千劫中若無數劫不可計限億百載劫懸邈如是諸佛世尊常不空聞展轉相教及餘無數億百千姟劫轉復相度使成佛而無窮功故無限所以者何億千百佛本住宿世行菩薩業建立律道斯等之類在在所生受是經典各用勸助逮無上正真之道成最正覺將來之世無數菩薩多所開化不可計衆是以勸助具足佛法成無上正真之道也如是阿難諸族姓子訓立衆生一切智安無上大道欲平等有法父母者正當謂之諸佛菩薩道法父母今是菩薩擁護自歸普得自立是所謂安颰陀和憍曰兜等五百人等則法父母斯諸菩薩護是正典族姓子族姓女等不違佛教亦不絶一切智本於將來世臨法欲没爲諸衆生建立大護住在大哀開益一切以是勸助在於末世而安護之不墮惡趣令無數千億菩薩業若無數佛共嗟歎是族姓子等功勳之德不能究竟所以者何是諸族姓名勳至德不可思議佛告阿難佛無數劫億千兆載合集積累是正法寶其受是法族姓子等十方無數不可計會諸佛世尊遊無限土今見在者咸共擁護學是法

者皆令安隱佛言阿難天上世間悉爲是等諸族姓子稽首禮敬歸命諮受十方諸佛悉嗟歎之所演經法以示不逮阿難佛以預印印是族姓子決一切疑若後末世受如是像無上正法持諷誦說宣布同學是族姓子及族姓女以爲疾近一切智業臨法滅時聞是景模深妙經法懷喜信者佛以授決行菩薩乘如是至眞最後末世愛護是法建立已身而愛樂法佛以勸助是諸族姓子及族姓女而不誹謗斯深妙法佛預授決諸聲聞乘見彌勒佛出現於世諸漏已盡無有愛欲用受信是深妙法故未曾誹謗致是功報佛言若菩薩學聞是深法信樂悅豫亦皆授決在於彌勒如來世時出家學寂而復誓願乃有殊特佛謂是族姓子女德本調柔功勳無際臨法欲沒最後末世受斯深法奉行精進德不可量巍巍如是

囑累品第十四

爾時持人菩薩前白佛言願佛建立以轉法者不求名利最後末世聞是正法顯發忻悅受微妙義以是之故疾解諸法逮分別慧逮得意力剖判諸法曉了道慧所生之處識念不忘以大法光照於十方佛言持人若有菩薩觀是法品大智慧業無極明本積大功德不可限量若將來世受是法品持諷誦讀及餘深經菩薩篋藏諸度無極勤心奉行魔事因緣不能得便不爲罪蓋之所覆蔽佛預授決見兩三佛輙當逮得無所從生法忍其得忍者亦當得是無上道品自解諸法而得自在嚴淨佛土具足聲聞受其道教奉菩薩行

如是持人佛下印封斷一切疑最後末世現得四義自在之業行菩薩大士法受是經典而擁護之被弘誓鎧何謂爲四一曰受已德本甚大無極不可限量不可計會二曰當爲衆生顯發善元三曰諮受如來正法經要四曰執持法藏無央數佛所宣道化是爲四復有四法最後末世將護深法何謂爲四一曰攝取精進在弊惡世受行正法二曰若在厄難第一苦毒諍亂正法所持法品人共鬪時化令和合擁護正法三曰行發忍辱具足仁和四曰在於末世心不懷恨往來周旋常行慈愍是爲四得致深法疾逮一切智爾時颰陀和憍曰兜五百菩薩及餘菩薩聞佛說是道品正法咸住佛前心自念言於後末世擁護正法佛以右掌摩諸菩薩而告之曰諸族姓子佛無數劫而積習是無上正眞道成大寶藏甚用勤苦忍遭困厄所濟無限使得大安捨身之安而憂一切乃致道法成最正覺以累仁等若有學誦逮是法者廣爲四輩而敷演義若三品法欲毀壞時當建立護爾乃振揚無極大光佛重以累族姓子等如來猶父諸賢如子佛猶國君諸仁如臣父慈子孝君正臣忠天下和平吾無數劫習是正法道德寶藏令普流布八極上下諸天人民一切慈孝自歸命佛佛以大哀皆共蒙濟爾時諸菩薩衆從颰陀和憍曰兜等五百群衆稽首佛足前白佛言承佛聖旨任力盡意將護末世佛所宣教惟願如來建立垂恩最後末世令斯正法道寶之藏使普流布八方上下一切皆蒙佛加威神說是法品有無央數不可

計會諸菩薩衆得一生補處德本道慧皆以備悉無數億千諸天人民皆發道心佛悉授決於將來世皆得佛道各有名號佛說如是持人菩薩及一切菩薩颰陀和憍曰兜等五百群衆四部衆會諸天世人阿須倫聞佛所說莫不歡喜作禮而去

持人菩薩所問經卷第四

音釋

匱求位切乏也　舋許覲切瑕隙也　氎徒協切毛布也　颰蒲活切　篋苦協切

持世經

姚秦三藏法師鳩摩羅什譯

清刻龍藏佛說法變相圖

持世經卷第一（一名佛說法印品經）

姚秦三藏法師鳩摩羅什譯

四利品第一

如是我聞一時佛在王舍城迦蘭陀竹園與大比丘僧俱爾時世尊與若干百千萬衆恭敬圍遶而爲說法會中有菩薩摩訶薩名曰持世爲諸菩薩摩訶薩無量功德莊嚴發心欲善知一切法決定彼岸欲善知發無量願具足無量莊嚴欲通達無量諸法決定相欲發無量莊嚴願深心所行清淨欲善知清淨具足布施欲善知畢定清淨持戒欲善知具足忍辱柔輭之心欲善知清淨精進欲善知清淨禪定欲善知通達般若波羅蜜彼岸以如是等無量功德故從座而起偏袒右肩合掌向佛白言世尊我欲問佛爲利益安樂一

切衆生及諸菩薩摩訶薩不斷佛種者具足威儀行處不著持戒具足清淨戒受行大法善知持無量行處道法爲是諸菩薩故我今問佛世尊云何菩薩摩訶薩能善知諸法實相亦善分別諸法之相亦能得念力亦善分別一切法章句慧亦轉身成就不斷念乃至得阿耨多羅三藐三菩提爾時世尊告持世菩薩言善哉善哉持世汝能爲諸菩薩摩訶薩故問如來是事當知汝則多所安隱衆生憐愍世間利益安樂諸天世人亦爲今世後世諸菩薩等作大光明汝之功德不可限量能問如來如是之事汝必欲斷一切衆生之疑愛護一切衆生爲作光明欲示衆生義利欲令衆生得度險道欲爲衆生作歸作舍作洲作救欲拔三惡道衆生欲置衆生於無上道欲脫衆生生老病死憂悲苦惱欲與衆生無上涅槃之樂汝欲於後世守護正法於後恐怖惡世欲度衆生持世汝今諦聽善思念之吾當爲汝解說此事唯然世尊佛告持世諸菩薩摩訶薩見四利故勤修習諸法實相亦善分別諸法之相何等四當得具足念當得不斷念當以安慧而自增長念常在心持世是爲諸菩薩摩訶薩見四利故勤修習諸法實相亦善分別諸法之相持世諸菩薩摩訶薩復見四利勤修習諸法實相亦善分別諸法之相何等四當善知決定諸法義當善知諸法義當善知諸法種種因緣當善入諸法如實門是爲四持世諸菩薩摩訶薩復見四利勤修習諸法實相亦善分別諸法之相何等四當善知無量法相當修習善知決定

無量法當行無量功德而自增長當知見諸法生滅相是爲四持世諸菩薩摩訶薩復見四利勤修習諸法實相亦善分別諸法之相何等四當近阿耨多羅三藐三菩提當疾具足助菩提法當不隨他語善知諸法方便故當善知一切智慧持世是爲諸菩薩摩訶薩見四利故勤修習諸法實相亦善分別諸法之相持世諸菩薩摩訶薩復有四利法勤修習諸法實相亦善分別諸法之相何等四爲利益衆生故心無慳垢常行清淨戒安住毗梨耶波羅蜜故發行精進不休不息正思惟故善行般若波羅蜜是爲四持世諸菩薩摩訶薩復有四法勤修習諸法實相亦善分別諸法之相何等四成就具足深心淨願成就具足清淨所行功德安住柔和忍辱功德得分別諸法實相光明是爲四持世諸菩薩摩訶薩復有四法勤修習諸法實相亦善分別諸法之相何等四以大欲求一切智慧善知分別禪定解脱諸三昧而生大欲得大慈悲喜捨心故方便行清淨行處善修習決定義是爲四持世諸菩薩摩訶薩復有四法勤修習諸法實相亦善分別諸法之相何等四具足慧行亦求清淨智行處樂無礙智亦常不離一切智慧之願持世是爲諸菩薩摩訶薩有四法勤修習諸法實相亦善分別諸法之相持世諸菩薩摩訶薩見四利能求念力何等四當修習具足念根當行安慧當具足不斷念當修習具足四念處是爲四持世諸菩薩摩訶薩復見四利能求念力何等四具足諸助菩提法故念常在心以利念根善知修

習宿命具足清淨智慧故當疾得不斷念當種一切智慧因緣是爲四持世諸菩薩摩訶薩復見四利能求念力何等四當修習具足思惟方便當修習如實智慧當發勤精進得諸佛法故當不忘憶念得不斷念力故持世是爲諸菩薩摩訶薩見四利故能求念力持世諸菩薩摩訶薩有四法名得念力何等四念安慧故常勤精進不休不息常一其心得諸法實相故常不放逸正憶念諸法故常護諸根正思惟故是爲四持世諸菩薩摩訶薩復有四法名得念力何等四安住清淨持戒成就清淨威儀行處除去心中五蓋心不爲世法所染離業障煩惱障是爲四持世諸菩薩摩訶薩復有四法名得念力何等四以不散心求善法勤修習一心相善知正入諸法

門不樂憒閙遠離在家是爲四持世諸菩薩摩訶薩復有四法名得念力何等四親近善知識常修習深法常樂至諸佛菩薩所常樂請問修習智慧持世是爲諸菩薩摩訶薩有四法名得念力持世諸菩薩摩訶薩見四利能修習一切法分別章句慧何等四當善知一切諸法實相當分別一切法所因當知諸法決定義當善知一切法語言章句是爲四持世諸菩薩摩訶薩復見四利能修習一切法分別章句慧何等四當善知諸法隨宜次第當善知一切法因緣方便當具足修習一切法方便當分別知了義未了義經是爲四持世諸菩薩摩訶薩復見四法利能修習一切法分別章句慧何等四當善學是道是非道慧當得一切法義說力當疾得清淨智慧

行處當具足修智波羅蜜持世是爲諸菩薩摩訶薩見四法利能修習一切法分別章句慧持世諸菩薩摩訶薩復有四法能修習一切法分別章句慧何等四善知修習諸法集相善知諸法因相善知諸法緣相能入因緣方便是爲四持世諸菩薩摩訶薩復有四法能修習一切法分別章句慧何等四善知諸法苦善知諸法集善知諸法滅善知諸法滅道是爲四持世諸菩薩摩訶薩復有四法能修習一切法分別章句慧何等四善知諸法合散方便得先因力善知諸法所宜善知分別文字章句是爲四持世諸菩薩摩訶薩復有四法能修習一切法分別章句慧何等四善知不了義經於了義經中不隨他語善知一切法相印亦善安住一切法無相智中持世是爲諸菩薩有四法能修習一切法分別章句慧持世諸菩薩摩訶薩復有四法轉身常得不斷念乃至得阿耨多羅三藐三菩提何等四明了善不善法成就第一念安慧能離五蓋心終不忘念阿耨多羅三藐三菩提心是爲四持世諸菩薩摩訶薩復有四法轉身常得不斷念乃至得阿耨多羅三藐三菩提何等四善修習四念處善修習學分別慧於諸禪定智慧爲首於決定智慧印得通達是爲四持世諸菩薩摩訶薩復有四法轉身常得不斷念乃至得阿耨多羅三藐三菩提何等四得諸陀羅尼門亦修習無生智入於盡智亦觀於滅智是爲四持世諸菩薩摩訶薩復有四法轉身常得不斷念乃至得阿耨多羅三藐三菩提心何等四斷於愛恚不貪

著一切有爲無爲法心通達無爲智慧至如來所行處持世是爲諸菩薩摩訶薩有四法轉身常得不斷念乃至得阿耨多羅三藐三菩提心持世諸菩薩摩訶薩有五淨智力皆具足能得如上功德何等五深心淨智力願淨智力善根淨智力迴向淨智力障業淨智力是爲五持世諸菩薩摩訶薩復有五淨智力皆能具足得如上功德何等五威儀行處淨智力念具足淨智力方便淨智力緣衆生淨智力緣相淨智力是爲五持世諸菩薩摩訶薩復有五淨智力皆具足得如上功德何等五捨心淨智力利益衆生淨智力生大慈淨智力生大悲淨智力生大喜大捨淨智力是爲五持世諸菩薩摩訶薩復有五淨智力皆能具足得如上功德何等五持戒淨智力不著持戒淨智力忍辱淨智力不著忍辱淨智力多聞淨智力是爲五持世諸菩薩摩訶薩復有五淨智力皆能具足得如上功德何等五深精進淨智力受精進淨智力禪定淨智力禪定方便淨智力止觀方便淨智力是爲五持世諸菩薩摩訶薩復有五淨智力皆能具足得如上功德何等五慧淨智力多聞決定方便淨智力世間出世間淨智力慧方便淨智力有爲無爲淨智力是爲五持世諸菩薩摩訶薩復有五淨智力皆能具足得如上功德何等五觀方便淨智力明解脱淨智力無生相淨智力一相無相淨智力第一義世諦義淨智力持世是爲諸菩薩摩訶薩有是五淨智力疾得具足如是一切功德持世以是利故諸菩薩摩訶薩於是淨智力中應

勤修習持世諸菩薩摩訶薩成就三法於是淨智力中能勤修習何等三一者欲二者精進三者不放逸諸菩薩摩訶薩成就此三法能於是具足一切功德淨智力中能勤修習何以故持世欲精進不放逸皆是一切法根本諸菩薩摩訶薩得是淨智力能疾得一切智亦名爲精進不退者亦名不退法者亦以此功德疾得增長亦於一切法中疾得淨智力持世若有人如是一切法中得清淨智力者是爲世間福田是人次我能消供養是人能至如來行處是人能觀如來法是人不久能證如來智慧持世我本無量阿僧祇劫行菩薩道時然燈佛與我授記汝過阿僧祇劫當得作佛即時徧知如是淨智力持世若有人於一切法中能成就如是淨智力者是人亦當得阿耨多羅三藐三菩提如我今得是人亦轉法輪如我今轉是人亦師子吼如我今師子吼是人亦如是自然於一切法中得自在力如我今也持世汝等於此淨智力中當勤精進不久自然具足一切智慧持世過去無量阿僧祇劫有佛號智高王如來應正遍知明行足善逝世間解無上士調御丈夫天人師佛世尊持世是智高王如來有無量聲聞僧亦有無量諸菩薩僧是佛本願因緣所致是智高王佛土無三惡道其諸衆生不覺有苦畢竟具足安隱快樂離欲者多能障五蓋是諸衆生成就如是清淨快樂如人入第四禪樂是智高王佛壽六百萬億那由他劫持世是時國土惟佛爲王更無有王國土衆生皆號佛爲法王是智高王佛多爲諸菩

薩說是斷一切衆生疑喜一切衆生心菩薩藏經爾時有五百菩薩聞是諸菩薩淨智力發如是精進力盡形不生坐心盡形不生衣服想盡形不生我想衆生想人想男女想盡形終不多食但修習如是淨智力勤行精進五百菩薩以是善根因緣命終皆生過東方十萬億國土既生不久修習是法故得識宿命成就利根其國土佛號無量華積王現在說法其諸菩薩始年十六於無量華積王佛所出家六十億歲行童子梵行亦修行如是精進持世是五百菩薩得值如是等二十億佛於諸佛所勤行精進成就第一念安慧末後值無量力高王佛與其授記過萬劫已當得阿耨多羅三藐三菩提是五百人於萬劫中得值二萬億佛具足佛道於一劫中次第得阿耨多羅三藐三菩提持世當知菩薩摩訶薩疾欲得阿耨多羅三藐三菩提者於是淨智力中應生欲精進不放逸何以故持世諸佛阿耨多羅三藐三菩提皆以欲精進不放逸爲根本及餘助道法能具足佛法者持世我以如是精進得值二十億佛於諸法中世世成就念力世世得識宿命修習是法不休不息我終不失是欲精進不放逸我常成就欲精進不放逸爾時世尊以大慈悲心顧視四方現神通力使三千大千世界諸閻浮提皆有化佛爲諸衆生說是斷一切衆生疑喜一切衆生心菩薩藏經復以神力令竹園中在會大衆皆見諸佛遍閻浮提各各說法大衆咸悅從座而起皆俱禮佛作是言希有世尊諸佛如來神力不可思議成就無量不

可思議法爾時佛告大衆諸善男子如來是事未足爲難所以者何如來善能通達法性故若一毛孔出神通力光明普照十方恒河沙世界演出法音於一毛孔百千萬億分未盡其一如來成就如是不可思議功德諸善男子如來深觀衆生心而爲説法諸善男子今世衆生少有於是法中能行欲諸善男子今世衆生少有於是法中能行精進諸善男子今世衆生少有於是法中能行不放逸何以故如來今出五濁惡世所謂衆生濁見濁命濁煩惱濁劫濁諸善男子若有乃至一人能信受如是甚深清淨法能至佛慧是爲希有何況能信解如來所行諸善男子我常長夜莊嚴如是願如是精進忍辱行爲苦惱衆生無救護者無依止者多墮惡道者我於爾時當成佛道利益無量阿僧祇衆生諸善男子當知如來恩力本清淨願精進故能令無量阿僧祇衆生信解受持如是深法諸善男子我於先世教化衆生是諸衆生能解我法諸善男子今佛以十力四無所畏少能令衆生信解如是甚深之法若有衆生住是法中者皆是如來恩力方便故我長夜不離如是深法我亦長夜大慈大悲大喜大捨攝取衆生少有如來出五濁世利益衆生何以故諸善男子我於先世以大精進力大方便力教化衆生習是阿耨多羅三藐三菩提諸善男子我念過世一日之中捨千身布施利益衆生諸善男子我於若干千萬世見飢餓衆生故自割身肉煮以與之我於爾時心無憂悔但於衆生普行大悲諸善男子當知我如是

大精進大方便力教化衆生習是阿耨多羅三藐三菩提是故諸善男子應發如是欲精進不放逸修習阿耨多羅三藐三菩提如我行菩薩道時汝等亦當如我利益教化衆生諸善男子是賢劫中諸佛出世無不讃我作如是言釋迦牟尼佛深行精進如是釋迦牟尼佛具足精進如是釋迦牟尼佛具足精進波羅蜜如是釋迦牟尼佛行菩薩道時教化衆生如是出於五濁利益無量阿僧祇衆生諸善男子如是行道故應勤生欲精進不放逸諸善男子我今雖得阿耨多羅三藐三菩提精進猶不休息至涅槃時猶發精進碎身骨如芥子解散支節何以故憐愍未來世衆生故我先世行菩薩道時所化衆生或行有錯謬墮諸難處欲免濟之起大悲心分布舍利乃至如芥子皆與神力我滅度後若有衆生應以舍利度者心得清淨心得清淨已處處地中隨願成就諸善男子我先世行道時於衆生中成就如是悲心碎身舍利普使分布是我本願我以如是無量福德因緣大悲心故於後惡世普覆衆生諸善男子若諸菩薩於此法中能生欲精進不放逸必發是願於後末世受持讀誦爲人廣說如是等經我當以神力令諸菩薩受持讀誦爲人廣說我亦以如是等經囑累是諸菩薩以其能受持讀誦爲人廣說故所以者何諸善男子隨是經所住當知其土有佛不滅是故如來以是經囑累諸菩薩諸善男子當知我宿世以如是因緣攝取衆生今世亦復攝取衆生後世亦復攝取衆生所謂護念如是經法於後五

百歲普流布故諸善男子若於今世若我滅後聚落城邑山林曠野有如是等經有能受持讀誦爲人解說當知此中則爲有佛何以故以是因緣我說諸佛即是法身以見法故則爲見佛佛不應以色身見若人信法聽法是人則爲信佛亦聽佛語若人於此法中能如是修行是人則爲見佛是人名爲實語者法語者隨法行者諸善男子我身非法非非法是名隨法行是名第一法施所謂不貪著法不貪著非法何以故若貪著法者不名見佛諸善男子不貪一切法名爲見佛若於一切法中無所見者是名見佛何以故如來不可以法說不可以非法說亦不可以法見所以者何諸善男子如經中說汝等比丘若知我法如筏喻者法尚應捨何況非法若能捨法非法是名見佛何以故如來名爲捨一切法者不貪不受諸法名字不墮名字法中何況墮非法名字中諸善男子捨離一切法名字名爲如來能如是見者名爲見如來何以故捨離見一切法故名爲見如來以一切法不可得故如實知見一切法故名爲見如來諸善男子若一切法不可得捨離一切法是中即無戲論是法是非法名字無行無示是名見如來若人能如是見法者是名見如來若能如是見如來者是名正見若異見者名爲邪見若邪見者則爲妄見是人不名爲眞見諸善男子眞見者斷一切語言道非眞非妄非有非無離一切法不取一切法不得一切法如來見者名爲見如來何以故諸善男子如來不以法性見見一切法性離者名爲

如來若能如是見者名爲正見諸善男子汝等應如是見如來汝等且觀如我所說觀於如來如是觀者當知一切法皆是如來當得一切法如當得一切法實相當得一切法非虚妄相當知一切法是如來法當知一切法是如來所行處當知一切法是不可思議行處諸善男子是故我說一切法是如來行處如來行處是無行處何以故一切法行處是中無法可行是故說無行處是如來行處一切法行處即是無行處無行處即是如來行處何以故一切法行處無所有故無行處是如來行處一切行處入如來行處則非行處如來通達證是法故是名無行處是如來行處諸善男子能知一切法無行處是人能入如來行處是人能觀如來行處是人能求如來行處是人亦不貪著如來行處何以故是人知無行處是如來行處離行處是如來行處所謂一切法不可得不可分別不可貪故是名非行處是如來行處是名入智行處不入一切法故何以故一切法無門故以是門入諸善男子一切法無入無出無形所以者何如來於法無所得何法若出若入若見若說諸善男子是名入一切法門以不入相故一切法無合無散無縛無解是一切法門以無門故說是門名爲不可出門不可入門不可歸門不可說門畢竟無生門以是法門於法無所知無所見以是法門於法無證無所入何以故諸善男子一切法無門門不可得故虚空是一切法門從本已來性清淨故無斷是一切法門斷無所有故無邊是一切法

門邊不可得故無量是一切法門量不可得故無際是一切法門諸際無所有故諸善男子若有善男子善女人能入是法門者則入一切法門則知一切法門則說一切法門

五陰品第二之一

爾時佛告持世菩薩持世若諸菩薩摩訶薩欲得一切法實相亦善分別說法之相若欲得念力若欲得一切法分別慧若欲轉身具足得不斷念乃至得阿耨多羅三藐三菩提者當疾入如是法門於是法門得智慧光明何以故於是法中疾得具足故又復持世諸菩薩摩訶薩勤修習如是法門入是法方便門能得分別陰方便界方便入方便因緣生法方便四念處方便五根方便八聖道分方便世間出世間法方便分別有爲無爲法方便持世何謂菩薩分別五陰方便諸菩薩摩訶薩正觀五取陰所謂無明陰是五取陰苦陰是五取陰癡陰是五取陰病陰癰陰如箭入身陰是五取陰諸菩薩分別觀擇色取陰云何爲分別觀擇色取陰是色取陰從四大生假名爲色取陰是色陰無有自性但以四大和合假名爲色陰色陰無有作者無使作者無作無起無出名爲色陰但以先業因緣四大所攝數名色陰非陰是色陰譬如虛空陰實無生相若說虛空陰是中無有法生但有名字故名爲虛空陰凡夫於此無陰陰想以顛倒心故無實實想貪著我五陰我所五陰我色陰我所色陰如是貪著是諸凡夫貪著色已於色中依止我我所有色受色取色著色依色受行種種惡不善業我等不應隨

凡夫學我等應勤修習助菩提法今應正觀色陰諸菩薩正觀色陰時知同水沫聚云何知同水沫聚無聚是水沫聚但從衆緣生不可執捉無有堅牢水沫聚中無有聚相無聚是水沫聚色陰亦如是色陰中無有陰相諸菩薩如是觀時作是念凡夫不能正觀虛妄色不能如實知色無常不能如實知色相我等入正道不應貪著虛妄不應貪著色何以故色是不可貪著相色但有名字無決定相當觀是色無決定相離名字故名之爲色又說色名惱壞相智者通達知是無相我等應當善知修習色無相方便不貪著色相若人貪著色相即貪著色我等應善知入色相諸菩薩如是正觀時如實觀擇色是色陰皆從凡夫憶想分別起若法從憶想分別起即是不生一切憶想分別皆非眞實凡夫依止顛倒所起色爲色所縛爲色所害往來苦惱無明癡闇故貪色不捨見色有常堅固是凡夫人爲色縛色所縛故往來地獄畜生餓鬼天人深貪色味不觀色中有諸過惡我等不應隨凡夫學應當觀擇分別修習色方便分別觀擇色時見色性如夢譬如夢中色皆從憶想分別覺觀起曾所見聞覺知因緣起是夢中亦知彼我亦見地水火風亦見山河叢林夢中色相無有決定但以憶想故有色陰相亦如是從先世業因緣出無有決定性諸菩薩如是思惟不取色若我若我所但正觀色如實無常相虛妄顛倒衆生顛倒貪著取色若我色若我所色若彼色若彼所色如是正觀擇色時不得色不見色性亦不貪著色無

常菩薩爾時若於色中愛念貪著皆悉除斷善知色正相善知色平等相善知色滅相善知色滅道相善知色陰無所從來去無所至作是念是身色陰皆從業果報覺觀起四大所攝是身色陰非我非彼無有所屬無所從起觀色陰如是內色不貪不受外色不貪不受過去色不貪不受未來色不貪不受現在色不貪不受即知一切色陰是無生相是菩薩爾時不滅色亦不求滅色法持世諸菩薩摩訶薩觀擇色取陰如是持世何謂菩薩摩訶薩觀擇受取陰菩薩作是思惟是苦受樂受不苦不樂受皆從因緣生屬諸因緣入受相中此中無有受者但以貪著故貪著即是不眞虛妄從憶想分別起是菩薩如是思惟時作是念是凡夫爲虛妄受所縛爲三受所害所謂苦樂不苦不樂受是凡夫若受樂爲愛結所使以愛結所使故能起惡業若受苦爲恚結所使以恚結所使故起諸惡業若受不苦不樂受爲無明結所使是人因無明結所使故不脫憂悲苦惱我等今不應隨凡夫學應正觀諸法我等應如實觀諸受諸菩薩如實觀受陰作是念非陰是受陰從憶想分別起顛倒相應無有受者但從先世業因今世緣故受諸受自性空受中無有受相諸菩薩觀達受陰譬如雨滴水泡有生有滅無有決定受陰亦如是次第因緣起屬諸因緣無有住時虛妄不實從憶想顛倒相應起諸菩薩爾時作是念凡夫可愍爲諸受所制以不正觀受陰故得樂受生著得苦受亦生著得不苦不樂受亦生著爲諸受所縛馳走往來

從身至身受結所縛輪轉五道無有休息是凡夫著於諸受爲受所制爲受所繫不脱受陰於受陰所不見出處不知正觀受陰故不知如實觀受陰無常於受陰中爲欲染所縛不知受陰如實相我等今不應隨凡夫學應如實觀擇受陰即時如實觀受陰無陰是受陰不眞陰是受陰顛倒陰是受陰不住陰是受陰是時見受陰如實相無有作者無有使作者於受陰中不見受陰相如是觀受陰不見受陰在內不見受陰在外不著受我不著受彼知受陰無所從來無有所屬無法能生受者但從顛倒相應先世業果報數名受陰見受陰虛妄因緣相續行爾時過去受陰不受不貪不著未來受陰亦不受不貪不著現在受陰亦不受不貪不著是人於樂受中除却愛結苦受中除却恚結不苦不樂受中知見無明結故勤行精進菩薩爾時若受樂受心不生愛若受苦受心不生恚若受不苦不樂受心不生癡持世凡夫多於樂受生愛苦受生恚不苦不樂受生癡是諸凡夫以愛恚癡故深入闇冥不能如實知受陰亦不知愛恚癡相深貪著愛恚癡所謂是我我所是此彼等持世諸菩薩摩訶薩於此中正觀受陰者不爲愛恚癡所牽若生愛恚癡即能除斷行於正道於樂受中斷愛結使故勤精進於苦受中斷恚結使故勤精進於不苦不樂受中斷癡結使故勤精進如實知三受相爾時有所受若苦若樂若不苦不樂皆離不著離愛結使離恚結使離癡結使諸受起時皆能知見受陰如實知受陰如實無常若能如是

知已於受陰中欲染悉斷入斷受陰欲染道中不爲諸受所汙是諸菩薩若如是正觀受陰如實知受陰知受陰集受陰滅受陰滅道然後如實知受陰是無生相以無生相通達受陰無相持世諸菩薩摩訶薩觀擇受陰如是持世何謂諸菩薩摩訶薩觀擇想陰諸菩薩摩訶薩正觀想陰時見想陰皆從顛倒起虛妄不堅不實從本已來不生相以因緣和合從先世業力起作是念非陰是想陰虛妄陰是想陰顛倒陰是想陰想陰中無想陰相譬如春後日焰以名字故說名爲焰隨想陰亦如是以識相故說名想陰凡夫於此爲虛妄想所繫或識樂或識苦或識不苦不樂或識寒熱或識男女或識五道生死或識合或識散或識過去或識未來或識現在或識好或識醜或識有或識無是識凡夫想皆爲顛倒虛妄屬諸因緣但有假名爲想陰此中若內若外無有想者凡夫人虛妄想所繫故或識貪欲或識瞋恚或識愚癡或識妻子凡夫依止是想陰貪著虛妄以是想陰馳走往來不能如實觀想陰是虛妄凡夫以我相彼相男女相繫於想陰不能得脫貪著想陰我是想陰我所是想陰我等不應隨凡夫學諸菩薩摩訶薩如是正觀想陰想陰中想陰相不可得如焰陰中焰陰相不可得菩薩見想陰如焰性過去想陰不貪不受不著未來想陰亦不貪不受不著見現在想陰不住不分別若我若彼即行滅想受陰道通達想陰是無生不見想陰若來處若去處但以顛倒相應先世業因所起現在緣所繫無陰是想陰觀

擇想陰無所從來去無所至即通達想陰無生亦不分别想陰滅但爲滅一切想受陰故亦住如實知見故菩薩如實觀想陰時遠離一切想道心亦不住一切想道但住知見想陰故隨如實想陰不貪著想陰如實觀擇一切想陰如實知想陰集滅盡持世諸菩薩摩訶薩如是正觀擇想陰則離想陰欲染亦能行斷想陰欲染道

持世經卷第一

音釋

癰（於容切）泡（匹交切水上浮漚也）

持世經卷第二

姚秦三藏法師鳩摩羅什譯

五陰品第二之二

持世何謂菩薩摩訶薩觀擇行陰持世諸菩薩摩訶薩觀行陰從顛倒起虛妄憶想分別假借若有菩薩爾時若身行口行意行皆觀不淨無常苦空無我如是觀時作是念非陰是行陰苦陰是行陰衆因緣生陰是行陰像陰是行陰諸行陰無增無減無集身行口行意行無有作者智者不貪受是行陰所以者何是諸身行不在身內不在身外不在中間口行意行亦復如是不在意內不在意外不在中間行陰中無行陰相何以故是行陰從衆因緣顛倒起虛妄不眞先業果報所攝亦令因緣所繫能有所行諸有所行若身行若口行若意行皆非眞行無所有行虛妄行顛倒行是故說非陰是行陰何以故智者不決定得行陰相是身行是口行是意行此處彼處若內若外又身口意行尚無決定行相可得可說何況行陰可得可說是故說無陰是行陰凡夫起顛倒想貪著身口意行憶念分別是行陰爲行陰所縛馳走往來凡夫以顛倒故起身口意行起已貪著歸趣無法生法想無陰生陰想貪著顛倒行故爲行陰所繫往來五道常隨身口意行不能如實觀身口意行不能如實觀行陰故以身口意業而起諸行是諸凡夫著顛倒故著不眞法故著虛妄故數名行陰持世諸菩薩於此中如是正觀諸行無有根本羸劣無力以衆緣和合可說行陰是中無有眞實行陰無陰是行陰從

本已來不生是行陰無性是行陰諸行前際不可得後際不可得中際不可得無有住時諸行念念生滅持世諸菩薩如是正觀行陰空不可得不堅牢相乃至毫氂亦不可得作是念是諸凡夫爲不堅牢法所繫行陰所繫貪著所縛起身口意行我是行我所是行起如是業爲行陰所縛不知行陰性入無明癡冥於諸行中生真實想以顛倒故貪著受取行陰是人貪著受取行陰故或起樂行或起苦行或起不苦不樂行是人起樂行已得樂身起苦行已得苦身起不苦不樂行已得不苦不樂身是人得樂身已生愛得苦身已生恚得不苦不樂身已生癡是人以愛恚癡故不見諸行過惡不能清淨身口意行是人身口意行不清淨故墮不清淨道所謂地獄畜生餓鬼或時暫得生天人中貪著身口意行深著行陰諸菩薩摩訶薩應如是正觀今我等不應隨凡夫學我等應清淨身口意行不應貪著行陰應觀行陰過惡應求出行陰道如是觀者名爲如實正觀行陰亦名正觀行陰無常即時如實觀諸行諸行集諸行滅諸行滅道不受不貪不著諸行亦不貪著行陰如是觀時遠離行陰相亦行無行陰道即觀諸行空於一切諸行中驚怖生猒離心但起清淨身口意行壞行相故離行陰相故是人有所得身皆是清淨何以故是人身業清淨口業清淨意業清淨身行清淨口行清淨意行清淨是人遠離行陰遠離行陰相壞諸法及根本相如是正觀時見行陰無所從來去無所至不得諸行決定生相亦不得決定滅

相即觀諸行無生滅相一切諸行亦無生滅是人觀一切諸行無生滅相生猒離心正通達諸行集滅相亦不生離證諸行無生相而善通達諸行相何以故持世是行陰無決定相譬如芭蕉堅牢相不可得無堅牢相亦不可得行陰亦如是堅牢相不可得無堅牢相亦不可得持世諸菩薩摩訶薩觀擇思惟入行陰如是持世何謂諸菩薩摩訶薩正觀擇識陰諸菩薩摩訶薩觀非陰是識陰顛倒陰是識陰虛妄陰是識陰何以故持世是識陰從顛倒起虛妄緣所繫從先業有現在緣所繫屬衆因緣虛妄無所有憶想分別起從識而生有所識故名之爲識從憶想分別覺觀生假借而有有所識故數名爲識以識諸物故以起心業故以思惟故衆緣生相故起種種思惟故數名識陰從有所識有識像出示心業故攝思惟故數名識陰或名爲心或名爲意或名爲識皆是意業分別故識陰所攝識相識行識性示故數名識陰如是非陰是識陰不生不起不作但以顛倒相應緣虛妄知故數名識陰何以故是識陰從衆因緣生無自性次第相續生念念生滅是識終不生陰相何以故是識陰生相不可得決定相亦不可得生相不可得故決定相不可得故根本無所有故自相無故堅牢不可得故智者正觀擇通達非陰是識陰凡夫於非識陰生識陰想以覺觀分別憶想顛倒相應虛妄所縛故强名爲識陰貪著是識陰依止所識依止識種示思惟故生起識陰是人種種分別貪著内識貪著外識貪著内外識貪著遠識

貪著近識以識相故分別起識陰是人以憶想分別若心若意若識假借强名是心是意是識如是知種種心相生是凡夫貪著識陰爲識陰所縛心意識合故起種種識陰分別虛妄事故以一相故以決定相故能得是心是意是識能得分別愛著是人依止識陰深貪識故亦得過去識陰貪著念有亦得未來識陰貪著念有亦得現在識陰貪著念有諸凡夫於見聞覺知法中計得識陰貪著念有是人貪著見聞覺知法爲識陰所縛貴其所知以心意識合繫故馳走往來所謂從此世至彼世從彼世至此世皆識陰所縛故不能如實知識陰識陰是虛妄不實顛倒相應因見聞覺知法起此中無有實識者若不能如是實觀或起善識或起不善識或起善不善識是人常隨識行不知識所生處不知識如實相持世諸菩薩摩訶薩於此中如是正觀知識陰從虛妄識起所謂見聞覺知法中衆因緣生無法生法想故貪著識陰我等不應隨凡夫學今我等當如實正觀擇識如實正觀擇識陰是諸菩薩如實觀時知識陰虛妄不實從本已來常不生相知非陰是識陰像陰是識陰幻陰是識陰譬如幻所化人識不在內亦不在外不在中間識性亦如是如幻性虛妄緣生從憶想分別起無有實事如機關木人識亦如是從顛倒起虛妄因緣和合故有如是觀時知識皆無常苦不淨無我知識相如幻觀識性如幻菩薩爾時作是念世間甚爲狂癡所謂從憶想分別識起於世間與心意識合三界惟皆是識是心意識亦無

形無方不在法內不在法外凡夫爲虛妄相應所縛故於識陰中貪著若我若我所是人貪著識陰在內貪著識陰在外貪著識陰在內外貪著識陰在彼我是人貴此識陰爲識陰所縛受識陰味說識陰相所謂若心若意若識隨味行故貪受識陰是人爲識所縛識陰合故爲心意識所牽以心意識因緣力故生是凡夫若起下思得下身若起上思得上身若起中思得中身是人隨心意識力故生依止諸入貪著識陰故不脫生老病死憂悲苦惱菩薩於此中如實正觀識陰如實觀識陰無常相故過去識陰不貪不著不念知非陰是識陰未來世識陰亦不貪不著不念知非陰是識陰現在識陰亦不依止如實知識陰無常相如實知識陰生滅相若如是思惟正觀識陰是名正觀入識陰道所謂如實知識如實知識集如實知識滅如實知識滅道是人如實觀識陰集滅相能壞識陰能斷一切相知識陰集滅相亦通達識陰集滅相菩薩爾時亦不生識陰亦不滅識陰是識陰從本已來無生如是觀時不分別識滅相通達識陰無生相何以故持世是識陰無生無相無成是識陰生性虛妄故入在無生相中持世識陰終不有生滅相是識陰相從衆因緣生持世菩薩摩訶薩如是觀因緣法非陰是識陰觀擇信解證知通達諸所有識悉皆知實菩薩知識實故皆破一切所緣所知持世菩薩摩訶薩如是觀識陰知是識陰無生者無作者無起者無受者無使受者但以衆緣生衆緣合故有緣見聞覺識法故繫有從本

已來常畢竟空如是觀識陰時即知識陰是無作無起相不貪不著持世諸菩薩摩訶薩如是正觀擇入識陰若菩薩能如是方便入五陰能如是方便正觀五陰是名通達入五陰集滅道皆能斷諸陰相眞知五陰方便以是方便故於五取陰中不貪不著不縛不繫如實知色如實知色無常相是菩薩若於色有欲染則能除斷亦如實知受想行識亦如實知受想行識無常相若於受想行識中有欲染則能除斷菩薩於五取陰中除斷欲染故隨順通達決定五陰方便如是觀時能知五取陰微細生滅相持世何謂菩薩摩訶薩能觀擇五取陰細微生滅相者菩薩摩訶薩觀衆生初入胎歌羅邏時先五陰滅即更有五陰生從是已來觀五陰生滅相雖先識滅亦知五陰非斷滅相識雖依止歌羅邏亦知五陰不至不常如是觀初入胎一念五取陰生滅相從歌羅邏乃至出生及後增長乃至死時觀此五取陰念念生滅相是五取陰念念生滅如是觀擇五取陰微細生滅相持世是五取陰微細生滅相者所謂先五取陰滅次第無物至胎識初合時五陰即有生滅因歌羅邏五取陰假名爲人所以者何持世識無所依則不能住識所依者五取陰是持世又無色界諸天五取陰細微生滅相亦應如是知持世如是細微五取陰生滅相辟支佛智慧所不能及何況聲聞智慧惟諸佛如來善知五取陰從初入胎細微生滅相及無色天諸陰念念生滅所謂一切智慧出一切世間智慧諸菩薩摩訶薩得無生法忍至佛慧

境界是人雖如是觀擇五取陰細微相從初入胎乃至無色天亦不能究盡如諸佛所知持世諸佛如來無有隨他智慧自然得一切智慧方便得阿耨多羅三藐三菩提諸佛智慧無所不達諸佛無礙智慧於一切法中得決定慧於一切法中得自在力何以故於無量無邊千萬億阿僧祇劫行於深法故持世一切凡夫不能如是方便觀五取陰何況觀五取陰細微生滅相何以故諸凡夫人不能知五取陰不能知五取陰如實凡夫不知取不知取陰持世何謂爲取取名我取衆生取見取戒取五陰取十八性取十二因緣取是名爲取乃至所有法若内若外所謂欲取有取見聞覺識取我我所取持世凡夫於此虛妄取不知不見顛倒因緣而取諸法是人爲取所繫無明因緣取諸行諸行因緣取識識因緣取名色名色麤相衆生染著歸趣所謂色取色合色縛及取四無色陰受想行識分別爲名持世若無諸佛衆生則無所知無所見不能正觀五取陰諸佛出於世間壞衆生依止色壞依止受相行識壞和合一相故諸佛如來作如是分別說汝等所依所歸是名爲色是色但以四大和合受想行識但有名字名色相成就故說五取陰汝等衆生莫貪歸此不堅牢五取陰持世如來何故說五取陰持世是凡夫人從顛倒生入無明網馳走往來何所歸趣貪受五取陰相作是念我依止此當以得樂是人以是樂相貪歸五陰以苦相以不苦不樂想貪歸五陰凡夫人所歸所依止處是名五陰持世諸凡夫人從生而

盲不知五陰爲是何等不知五陰從何所來不知五陰如實故貪受五陰是故說名取陰於此中誰有取者此中取者不可得但以顛倒貪著分別虚妄自縛無明癡闇故取我取我所取此取彼是故說取陰是五陰無有取者亦無決定相是故智者知非陰是五取陰顛倒陰是五取陰無明陰是五取陰凡夫於此爲所繫縛貪歸五取陰以貪歸故不知何等是取何等是取陰但爲貪著所歸五陰往來生死貪著是五陰故馳走諸趣貪歸何等貪歸見貪歸聞貪歸覺貪歸識貪歸愛貪歸無明是諸凡夫爲愛縛所縛貪愛五取陰爲諸蓋所覆入無明闇冥不知不覺我等今爲貪歸何處繫縛何處以不知故往來地獄畜生餓鬼人天道中生死所縛貪歸生死不放不捨不斷五陰亦不能知五陰如實相不如實知故爲種種苦惱所害墮虚空獄不知出處是人不見出道故於無始生死道中受諸生死是故不能得脱生老病死憂悲苦惱亦不得度無量生死險道亦不得脱諸大苦聚還復歸趣於苦貪著於苦爲苦所使何等爲苦五取陰是生時但苦生滅時但苦滅持世我以是因緣故爲弟子說法汝等比丘當正觀色陰亦當如實知色無常相汝等若於色中有欲染者當疾除斷汝等當正觀受想行識中有欲染者當疾除斷除斷欲染故心識亦當如實知受想行識無常相若於受想行識中有欲染者當疾除斷除斷欲染故心得正解脱持世若有人知我所說法義如是能如說修行當得脱生老病死憂悲苦惱若人不能如說修行爲色縛所縛爲愛繫所繫

入無明闇冥貪取五陰是人貪取五陰故不能得脱生死險道持世以是義故説世間與我諍我不與世間諍何等爲世間所謂貪著五取陰者爲世間所攝是人貪歸五陰爲五陰所縛不知五陰性不知五陰空相而與我諍是人違逆佛語與佛共諍故墮大衰惱若有人於佛在世若佛滅後能如是觀虚妄五取陰空無所有從顛倒無明闇冥起虚誑妄想但誑凡夫非五陰似五陰如是之人不與佛諍不逆佛語故得脱地獄畜生餓鬼苦惱持世諸佛不與人諍斷一切諍訟名之爲佛但爲衆生演説實法作是言汝等先所取者皆是顛倒一切衆生顛倒力故貪歸五陰徃來世間是人貪歸五陰已貪起種種邪見貪歸種種名字貪歸種種憂悲苦惱是人爲種種邪見煩惱種種憂悲苦惱之所殘害無有能爲作救作舍作歸作趣惟佛能救凡夫小心少智慧故貪嗜五欲依止多過五陰是凡夫人與救者歸者依者脱一切苦惱者而共諍訟持世我今舉手其有見五陰者見五陰相者貪五陰者我則不與是人爲師如是之人非我弟子不隨我出家不隨我行不歸依我是人入於邪道入虚妄道取不實者是爲顛倒不知佛意不知佛隨宜説五陰不知佛第一義是人不受佛教不應受供養而受是人我尚不聽出家何况當得受人供養何以故如是之人是外道徒黨所謂生五陰相者貪著歸趣五陰者持世當來之世後五百歳法欲滅時於我法中出家多是生五陰相者決定説五陰相深貪著五陰入虚妄邪道於

我法中而得出家袈裟繞咽常樂往來白衣居家當知是人與外道無異亦以我法多爲衆人恭敬供養持世我說是見五陰者決定說五陰者貪著五陰者不聽受人一杯之水所以者何是人於我法中乃至無有柔順法忍是人違逆我法背捨聖行持世是故諸菩薩摩訶薩於後惡世應如是發大誓願於我如是甚深經典當共護持亦斷衆生五陰見故而爲說法持世我是經中說破一切陰相離貪著陰相爾時多有在家出家聞如是等經起於諍訟不生實想菩薩摩訶薩於此中應發大誓願我等於後惡世貪著五陰邪見衆生作大利益所謂度脱貪著見五陰衆生隨宜方便以法利益是故持世菩薩摩訶薩若欲得善知諸法實相亦善分别諸法之相欲得念力欲分别一切法章句慧欲得轉身成就不斷念乃至得阿耨多羅三藐三菩提應常觀是五取陰無常相苦相無我相虚妄不堅牢相畢竟空相從本已來不生相常正觀時五取陰中所有欲染則能除斷亦得如是等深法中方便持世過去無量阿僧祇劫爾時有佛名大意山王如來應正遍知明行足善逝世間解無上士調御丈夫天人師佛世尊持世是大意山王佛有八十億那由他聲聞衆皆是阿羅漢諸漏已盡及八十億那由他學地阿那含諸菩薩摩訶薩四十億那由他其大意山王佛壽八萬歲持世爾時有王名爲得益是得益王有二萬大城具足豐樂人民充滿其城七重縱廣十二由旬四寶合成有七重塹皆有欄楯七重行樹諸寶羅

網徧覆其上城塹諸樹及上羅網皆以黃金瑠璃硨磲碼碯四寶合成一一大城各有五百園林皆有七寶衣樹充滿其中一一園林各有五百寶池八功德水皆滿其中持世是得益王有八萬婇女其大夫人有二子一名無量意二名無量力持世是二王子各年十六夢中見佛端正無比如閻浮檀金幢見大歡喜覺已各說偈曰其一人言

我今夢見二足尊　金色百福相莊嚴
成就無量諸功德　見已心得大歡喜

第二人言

我夢見佛明如日　端正殊妙第一尊
猶如須彌衆山王　巍巍高顯見歡喜

持世即時無量意無量力二子詣父母所具說是事白父母言今我二人於夢中見佛惟願父母當聽我等俱詣佛所佛久出世我等放逸故不能覺知没五欲泥爲色縛所縛爲受想行識縛所縛我等在家以放逸故不能見佛持世是二子爲父母說是事已即詣大意山王佛所到已頭面禮佛足請佛及僧三月四事供養衣服飲食卧具醫藥於大城邊莊嚴得益王所遊園林懸繒旛蓋寶華覆地奉佛及僧令止其中其二王子三月之中以一切樂具供佛及僧供養已畢於佛法中俱共出家持世其大意山王佛知此二王子深心所願而爲廣說是五陰十二入十八性菩薩方便經於四萬歲中終不睡眠常不滿食亦不傾卧若坐若經行又於四萬歲中不念餘事但念五受陰虛妄空相知是五陰從顛倒起通達是五取陰相畢其年壽常修梵行

命終即生兜率天上於佛滅後還生閻浮提大居士家至年十六復夢見佛爲說是五陰十八性菩薩方便經聞是法已即覺驚懼復於佛法滿萬歲中常修梵行亦復方便深觀是五陰十二入十八性菩薩所行方便經命終生於忉利天上畢天之壽生閻浮提大姓婆羅門家大意山王佛法末後千歲之中其二人以本因緣故復得出家學問廣博其智如海亦善觀擇是五陰性入法如實通了於其世中教化二萬人二十億天於阿耨多羅三藐三菩提持世是二菩薩從是已後世世同心共值十億那由他佛然後乃得無生法忍得法忍已復值一億那由他佛然後得阿耨多羅三藐三菩提二人同劫次第作佛一名無量音二名無量光持世是故諸菩薩摩訶薩若欲疾得阿耨多羅三藐三菩提當於是清淨無染法中勤行修習此陰入性及餘有爲法中說實知見相

十八性品第三

持世何謂菩薩摩訶薩善知十八性諸菩薩摩訶薩方便正觀十八性作是念眼性眼性中不可得是眼性無我無我所無常無堅牢自性空故眼性中眼性相不可得故眼性虛妄無所有從憶想分別起眼性無有決定相虛空性是眼性譬如虛空無決定相無根本故眼性亦如是無決定相亦無根本故何以故眼性中實事不可得故眼性無處無方不在內不在外不在中間眼性無決定相以無事故眼性事不可得衆因緣生故眼性不過去不未來不現在眼性眼相不可得眼性但

以先業果報故屬現在緣故數名眼性眼性者即是無性眼性中眼性不可得識行處故數名眼性若眼根清淨色在可見處意根相應以三事因緣合故說名爲眼性眼性中無決定眼性相智者通達無眼性是眼性持世諸菩薩摩訶薩若能如是觀擇眼性即通達無性是色性何以故色性中色性不可得是色性不合不散色無決定相故說名色性色無根本無分別何況色性色性則是示無根本色性不在色內不在色外不在中間但以憶想分別色在可見處眼根清淨以意識相應見現在色故數名色性譬如鏡中面像若鏡明淨則生色相鏡中色無決定相鏡中無人而見色像但以外有鏡內起色相如是眼性清淨所緣色性在可見處如鏡中像數名色性色無性相無形性無決定性是名色性諸色相無我故數名色性隨衆生所知故說名色性若菩薩知是色性即知無性是色性無生性是色性無作性是色性何以故是色性不過去不未來不現在亦無所有性亦虛妄性亦假名性名爲色性如是觀擇色性是菩薩正觀擇眼識性所謂眼識中無眼識無眼識性無有常性眼識性無有根本無決定法眼識性無所示是眼識性非合非散無有根本但以先業因緣起屬現在緣繫色緣故數名眼識性隨凡夫顛倒心故數名眼識性賢聖通達眼識性即是非性何以故眼識性無決定故從衆緣生屬諸緣故數名眼識性識所行處是眼識性是識無決定故說無決定相無生故示虛妄故能分別色相故能示

緣故說是眼識性隨衆生所知如來方便分別破壞和合一相故說十八性示識無決定相但眼清淨能知色相二法和合故說眼識性示眼識實相故說眼識性眼識性者示眼所行處能識色是眼識性即是說無性何以故智者眼識性中求眼識性相不可得眼識性中亦不得眼識性根本所以者何無決定性是眼識性眼識性者以假名說所說性者即是說不取義能有所見處是眼識意業起是眼識相故名爲眼識以眼性色性眼識性說三事和合以知諸緣相故即是離諸性義所謂是眼性是色性是眼識性有如是數得令衆生入於實道此中實無眼性色性眼識性諸如來說是知見諸性相方便分別說是諸性若人通達是諸性方便者則知三性無性何以故諸性中無性相故諸性中相不可得故耳性聲性耳識性鼻性香性鼻識性舌性味性舌識性身性觸性身識性皆亦如是持世何謂菩薩摩訶薩觀擇意性菩薩作是念意性無決定根本無所有故意性中無意性無決定性是意性譬如諸種子種於大地因於水潤得日得風漸漸芽出芽不從種子出種子亦不與芽和合芽生則種子壞種子不離芽芽不離種子芽中無種子意性亦如是能起意業故示意識故如種示芽得名意性離意性則無意意性不能知意假名字故說爲意性是意性不在意內不在意外不在兩中間但以先業因緣故起識是意業故知所緣故諸性名字合故現在緣起故數名意性即是不決定意業相即是衆緣和合相亦

說意性從和合起隨衆生所知於第一義中無有意性何以故根本無所有故無生是意性生無所有故意性即是世俗語第一義中決定無意性過去未來現在不可得智者通達無性是意性諸菩薩觀擇法性無性是法性法性無自性自性不可得無決定性是法性法性根本不可得故決定事亦不可得故但爲起顛倒衆生虚妄結縛有所知故說言法性欲令衆生入無性故說是法性何以故法性中無法性相是法性從衆緣生從衆緣生法即無自性諸因緣中無有自性諸因緣皆從衆緣和合故相續而生如來於此欲教化衆生說是法性以世俗語言示無性法是法性不在内不在外不在兩中間但令衆生知見善不善法以法性說離一切法相知見畢竟空相故說畢竟空即是法性何以故無所有是法性法性中無決定有相譬如虚空無決定相而數名虚空法性亦如是無決定相破法相故說名法性法性即是無性何以故是法性不在過去不在未來不在現在但屬衆緣與緣合故數名法性說名法性如衆生所知故智者證知無性是法性法性非合非散法性中無法性相無多無少以示性方便故說法性名爲性若行者實通達是法性相即知見無性是三界法性中無分别相衆因緣合故分别諸法故說是法性分别諸法示無決定性是法性智者非以法性相故見法性法性是無生相何以故法性中無有相智者通達無相是法相法性中無分别相無相無分别故說名法性法性中無有住處無

處無起無住無依止是法性從本已來不生故是法性無有生者何以故法性中無性故又法性不以合故有無合無散無作無決定名爲法性諸菩薩摩訶薩觀擇法性如是所謂無性是法性持世何謂菩薩摩訶薩觀擇意識性菩薩摩訶薩作是念不生性是意識性不決定性是意識性意識性無根本無有定法以意識性示無性相何以故意識性中意識性不可得是意識性虛妄無所有顛倒相應以意爲首識諸法故名爲意識隨凡夫所行故說意識性賢聖觀知非性是意識性虛妄無所有是意識性但示因緣法故以意爲首故識諸緣合故說爲意識性隨衆生所知故如是說智者知非性是意識性從衆因緣生憶想分別起無有性相即是第一義中無性相義世俗法中爲引導衆生故說是意識性欲令衆生知無性是意識性但以小法壞離諸性故說意識性何以故聖人求之不可得意識性不在意識性內不在意識性外不在兩中間智者通達不合性是意識性意識性不能知意性意性不能知意識性但衆因緣生從顛倒起以意爲首知於諸緣二事和合故著虛妄故從覺觀起示衆生識相故說名意識性是意識不在過去不在未來不在現在是意識無所從來去無所至無有住處從本已來不生相意識中無根本定法何以故是意識性相即是無二相即是無相是相不以二相故有無所示性是意識性智者通達意識性如是是意識性不在一切法中無處無方不與法若合若散聖人通達不生

相是意識性是意識性無來無去無緣何以故第一義中意識性無緣不可得不可示故智者通達意識性不作是意識性作者不可得故無生是意識性生相無所有故持世菩薩摩訶薩如是觀擇意識性諸菩薩作是觀時觀擇欲界色界無色界皆是無生性無所有性云何爲觀所謂欲界中無欲界色界中無色界無色界中無無色界以界示無界法爲取欲界相者示是欲界爲取色界相者示是色界爲取無色界相者示是無色界以界寄說無界如智者所知無所有界是欲界色界無色界智者不得欲界色界無色界是三界皆無根本無有定法從衆因緣起是故智者知見無界是三界此中無有界相是三界皆虛妄合顛倒行何以故智者不得是三界不說是三界若過去若未來若現在賢聖通達是三界虛妄無所有無自性離諸法但從顛倒起爲斷衆生顛倒故知見三界故如來分別說是三界相欲令衆生知無界義故說三界非以性相有智者知見三界相是無界相持世菩薩摩訶薩如是觀時觀衆生性我性即是虛空性無所有性無生性何以故衆生性我性虛空性無別無異如是諸性皆從虛空出但從衆緣生故名之爲性此中決定無性相何以故虛空中無一定性是諸性相皆入虛空是無所有義譬如虛空無性是法畢竟離相無所有相一切諸法亦如是離性相諸性中無性相性相不在内不在外不在兩中間性中無有性性中不攝性性不依止性一切性無所依止一切性不生智者於諸

法性中不得生性不得滅性不得住性一切諸性不生不起不住從本已來不可得智者不貪不著諸性假名不受不念是故智者通達知見一切諸性皆是無生相若是無生相即無有滅第一義中一切諸性不可得世俗法故分別說諸性第一義中不說諸性智者知見通達一切諸性如第一義持世諸菩薩摩訶薩如是觀擇通達十八性及三界衆生性我性虛空性諸菩薩如是觀擇通達時不得性不見性亦通達一切諸性假名字亦信解入一切諸性是無性亦知分別諸性以世俗分別說諸性令一切諸性入第一義中亦善通達無性方便亦爲衆生分別說諸性亦令衆生善住諸性方便以世俗語言爲衆生說無性法亦不以二相示諸性雖知一切諸性無二亦以方便說諸性從因緣起雖以世俗言說引導衆生而示衆生第一義雖善知分別諸性而信解通達一切諸性無所有何以故持世如來以第一義故於性無所得亦不得諸法性相持世我於諸法無所斷無所壞得阿耨多羅三藐三菩提何以故第一義中無諸性一切諸性無所有無決定一切性同虛空一切性入虛空一切性無生相如來通達一切性如是持世如來不說諸性相亦不說諸法力勢何以故若法無所有不應更說無所有性相持世如來亦說無所有性相此中實無所說性相持世是名善分別諸性菩薩摩訶薩得是善分別能知一切諸性假名能知世俗相能知第一義相能知諸性決定能知世諦能分別諸相能知隨宜能知諸

相合能知諸相旨趣能知諸相所入能分別諸相能知諸法相無性能令一切諸性同虛空性亦於諸性不作差別於諸性中不得差別不說差別亦爲衆生善說破壞諸性持世譬如工幻師能示衆生種種幻事令知種種幻相若有知識親友語言是幻說幻實事是幻虛妄示顛倒衆生若有智者則知是幻持世世間性如幻諸菩薩摩訶薩入此幻法中知世間是幻性世間所行如幻是人以方便力示衆生世間如幻若有知此世間如實相爲說世間虛妄如幻若有深智利根而開示之自能得知如諸法空如幻無實無有根本知一切法皆誑凡夫一切法皆繫虛妄緣中持世是故諸菩薩摩訶薩若欲入如是諸性方便於如是等深經無染無得說一切諸法性知見相說一切諸性無文字無和合亦說諸性方便智慧亦說因緣所作旨趣亦說一切諸法如實相所謂世間出世間有爲無爲繫不繫善知方便旨趣說第一義世俗義了義經未了義經種種因緣解說於是甚深經中應勤精進

持世經卷第二

音釋

羸（力追切瘦也）　歌羅邏（梵語也此云凝滑邏郎佐切）　胭（烏前切）

持世經卷第三

姚秦三藏法師鳩摩羅什譯

十二入品第四

佛告持世何謂菩薩摩訶薩善知十二入菩薩摩訶薩正觀擇十二入時作是念眼中眼入不可得眼中眼入無決定又眼入根本不可得何以故眼入從衆緣生顛倒起以緣色故繫在於色二法合故有因色有眼入因色說眼入二法相依故說名眼色所謂眼色色是眼入門與緣故眼是色入門與見故是故說入以緣色入門故說眼入以眼見故說色入但以世諦故說其實眼不依色色不依眼眼不依眼色不依色但從衆緣起色作緣故說名眼入又從衆因緣起眼所知見故說名色入云何爲說隨世俗顛倒法故說第一義中眼入不可得色入不可得智者求諸入不見有實但以凡夫顛倒相應以二相說是眼入是色入是眼入是色入即是示虛妄入欲令衆生如實知諸法實相故說是諸入皆從衆因緣生顛倒相應行此中諸入相實不可得何以故若眼入若色入不在內不在外不在兩中間眼入色入亦非過去非未來非現在但現在因緣知色故說眼入如凡夫所行智者通達諸入皆是虛妄無所有從憶想顛倒分別起知見非入是入不說諸入性諸入無決定相但以衆因緣生故說如來說是諸入知見相所謂是諸入虛妄無所有屬諸因緣顛倒相應行諸入無有作者無使作者眼入不知不分別色入色入亦不知不分別眼入二俱離相若法離相此中不可分別說是

入相皆從因緣生如凡夫顛倒如賢聖所通達是眼入色入無生無滅不來不去相眼不知眼眼不分別眼色不知色色不分別色何以故二俱空故二皆離故眼不知眼性色亦不知色性眼色皆無性無法此中無一決定相眼不自作眼亦不自知色不自作色亦不自知二俱無所有故眼不作是念我是眼色亦不作是念我是色眼色性如幻性以虛妄假名故說是眼是色諸菩薩觀擇眼入色入如是耳聲鼻香舌味身觸亦如是持世何謂菩薩摩訶薩觀擇意入諸菩薩摩訶薩觀擇意入時作是念意入中意入不可得意無決定入相意入無根本何以故意入即是衆因緣生從顛倒起繫法入緣二法和合能有所作是意入因法入起因法入可分別說是二相依意是法入處意是法入門法入是意入門是故說名法入緣法入門故說是意入示知意相門故說是法入以世諦故說其實意不依法法不依意因緣生故以諸法爲緣故說意入因緣生故示意相故說法入隨世諦顛倒故說第一義中意入不可得法入亦不可得智者求諸入不見有實但凡夫顛倒相應以二相說是意入見法入是意入法入虛妄無所有如來如實通達故示是諸入如是諸入從因緣生顛倒相應行此中意入法入實不可得又意入法入不在內不在外不在兩中間又意入非過去非未來非現在但能覺現在緣故說意入法入隨凡夫心故說智者通達是意入法入虛妄無所有從憶想顛倒分別起非入是入何以故諸入中無決定

入相智者通達是諸入虛妄無所有意入法入自性不可得亦不得是意入法入所起實相是意入法入但因緣生如來說是諸入知見相是諸入虛妄無所有顛倒相應行屬諸因緣意入法入無有作者無使作者意入不知不分別法入法入亦不知不分別意入何以故二俱離故若法離相此中無可分別是諸入皆從因緣生隨凡夫顛倒心故說如賢聖所通達意入法入不生不滅不來不去意不知意不分別意法不知法不分別法二俱空故二俱離故意不知意性法不知法性是二性無所有此中無一決定法意不能成就意不能壞意法不能成就法不能壞法二俱無所有故意入不作是念我是意入法入不作是念我是法入是二俱空皆如幻相但假名字故分別說菩薩摩訶薩觀擇意入法入如是持世何謂諸菩薩摩訶薩正觀擇內六入外六入所謂是十二入皆虛妄從衆緣生顛倒相應以二相故有內外用凡夫不聞眞法不知十二入如實相故貪著眼入我是眼入我所是眼入貪著色入我是色入我所是色入耳聲鼻香舌味身觸意法亦如是我是意入我所是意入我是法入我所是法入以貪著故爲十二入所縛馳走往來五道生死不知出道菩薩摩訶薩於此中正觀十二入時見是十二入虛誑不堅牢空如幻相不貪著眼入若我若我所乃至不貪著法入若我若我所以不貪著故不憶念分別菩薩如是善知十二入持世菩薩摩訶薩得如是諸入方便於一切十二入中不繫不縛亦證諸入

知見而能分別諸入亦以衆緣生法通達十二入亦以無相相壞十二入亦不隨是諸入所依道中亦知諸入性則是無性亦知諸入方便究竟到邊持世譬如機關出水四面俱灑十二入亦如是內外因緣能有所作此中實事不可得是十二入先業機關所繫故能有所作持世所謂入者是諸凡夫無知見者煩惱所入門眼是色門以生愛恚故色是眼門以生愛恚故耳鼻舌身意意是法門以生愛恚故法是意門以生愛恚故如是十二入與愛恚合故不知實相持世菩薩摩訶薩於此中善知諸入性知是諸入實相故不爲愛恚所制持世菩薩摩訶薩善知諸入如是

十二因緣品第五

持世何謂諸菩薩摩訶薩善觀擇十二因緣菩薩摩訶薩觀擇十二因緣所謂無有故說名無明於無明中無法故說名無明不知明故說名無明云何不知明不知無明中決定法不可得是名無明何故說無明因緣諸行諸行無所有而凡夫起作是故說無明因緣諸行從行起故有識生是故說諸行因緣識從識生名色二相是故說識因緣名色從名色生六入是故說名色因緣六入從六入生觸是故說六入因緣觸從觸生受是故說觸因緣受從受生愛是故說受因緣愛從愛生取是故說愛因緣取從取生有是故說取因緣有從有生生是故說有因緣生從生有老死憂悲苦惱聚集是故說生因緣老死憂悲苦惱聚集如是但是大苦惱聚於此中爲集何法但知顛倒與明相違無明聚爲後身愛

依止喜染求處處生則是愛集持世世間如是爲十二因緣所繫縛盲無眼故入無明網墮黑闇中無明爲首故具足起十二因緣諸菩薩如是思惟觀無明實相知無明空故本際不可得何以故無明無故本際無智者觀非際是本際則不分別本際斷憶想分別故不貪著無明知一切法無所有是法不爾如所説若説一切法無所有即是説知見無明能通達一切法無所有是爲即得明於此中更無餘明但知見無明是名爲明云何爲知見無明所謂一切法無所有一切法無所得一切法虚妄顛倒一切法不爾如所説是名知見無明知見無明即爲是明何以故明無所有故無明因緣諸行者諸法無所有凡夫入無明闇冥中誑惑作諸行業是行業無形無處是無明不能生行業無法而起作故説無明因緣行業行業無有聚集若是處若彼處來諸行業亦非過去亦非未來亦非現在無明無明性空行業行業性空諸行業無所依但依無明起諸行業行業不依無明無明不依行業無明不知無明行業不知行業如是無明行業以顛倒故從無明生此中不得無明不得諸行不得無明性不得諸行業性不得行業性但以闇冥數名闇冥以是無明闇冥故分别説行業從無所有法起作故無明行業皆是無所有諸行業因緣識者是識不依行業亦不離行業生識行業亦不生識何以故行業不知行業行業亦無持來者但顛倒衆生從行業生識是識不在行業内不在行業外亦不在中間是識無有生者亦無

使生者但緣行業相續不斷故有識生智者求識相不可得亦不得識生識亦不知識識亦不見識識不依識識因緣名色者名色不依識亦不離識生名色是名色亦不從識中來但緣識故凡夫闇冥貪著名色識亦不至名色智者於此求名色不可得不可見是名色無形無方從憶想分別起是名色相識因緣故有識性尚不可得何況從識緣生名色若決定得名色性者無有是處名色因緣六入者是六入因名色起名色在身中故有入出息利益身及心心數法是六入皆虛誑無所有從分別起有顛倒用六入因緣觸者是觸依色而有觸不觸色何以故色無所知與草木瓦石無異但從六入起故分別說是觸何以故六入尚虛妄無所有何況從六入生觸觸空無所有從憶想顛倒起是觸無方無處觸空以無觸性故觸不知六入六入亦不知觸觸因緣受者是諸受不在觸內不在觸外不在兩中間是觸亦不餘處持受來而從觸起受是觸尚虛妄無所有何況從觸生受受無一決定相受皆無所有從顛倒起有顛倒用受因緣愛者是受不於餘處持愛來受亦不與愛合受亦不知愛不分別愛愛亦不知受不分別受愛不與受合是愛亦不依受亦不離受有愛受中尚無受相何況受因緣生愛愛不在受內不在受外不在兩中間愛亦不在愛內亦不在愛外亦不在兩中間愛中愛相不可得是愛但從虛妄憶想顛倒相應故名爲愛是愛非過去未來現在是愛非以縛相故起是愛亦非縛相故住以因緣相

續不斷故說受因緣愛智者知是愛無處無方空無堅牢虛妄無所有愛因緣取者愛不於餘處持取來愛不與取合愛亦不能生取有愛故說名取隨因緣和合故說取不與愛合亦不散愛不與取合亦不散取不在愛內不在愛外亦不在兩中間愛尚無有何況愛因緣生取諸取決定相不可得智者知見是取虛妄無所有取中無取相是取非過去未來現在取不在取內不在取外不在兩中間但從顛倒起因本緣生令衆緣故有取無有法若合若散是取無有根本無一定法可得凡夫受是虛妄取是諸行皆虛妄故世間爲取所繫縛智者通達是取虛妄空無堅牢無有根本無一定法可得取因緣有者是取不持有來取不能生有而說取因緣有是有不在取內不在取外不在兩中間有不依止取取不與有合亦不散但以衆緣和合故說取因緣有取不能生有取不分別有取尚虛妄無所有何況從取因緣生有有無有持來者有中有不可得有不在有內不在有外不在兩中間是有非過去未來現在智者通達是有虛妄顛倒相應無合無散有無所知無所分別是有無處無方是有無前際無後際無中際是有非有故非無故但隨順十二因緣故說是有智者通達有相空無堅牢有因緣生者是有不持生來生亦不與有合亦不散是生不在有內不在有外不在兩中間有不能生生亦不離有生生但示十二因緣相續說有因緣生有與生非緣非不緣有尚不可得何況從有生生智者通達是生不依於有

生中無生相生中無自性生中無根本無一定法可得智者通達是生無性無所有但示十二因緣和合相續故說有因緣生生無有法若合若散生不在有内不在有外亦不在兩中間是生非過去非未來非現在是生前際後際中際不可得是生根本不可得智者通達從衆因緣生顛倒相應虚妄無所有如幻化相生因緣老死憂悲苦惱者是生不持老死憂悲苦惱來生亦不能生老死憂悲苦惱老死憂悲苦惱不在生内不在生外不在兩中間老死憂悲苦惱亦不依止生以生故老死憂悲苦惱可說但示衆因緣生法故生不與老死憂悲苦惱合亦不散生中生尚不可得何況生因緣老死苦惱老死苦惱中老死苦惱不可得何以故老死苦惱不在老死苦惱内亦不在外亦不在兩中間老死苦惱非過去未來現在老死苦惱不與老死合亦不散但顛倒相應衆緣和合具足十二因緣故說生因緣老死苦惱老死苦惱無所依止老死苦惱決定相不可得老死苦惱前際後際中際不可得智者通達老死苦惱虚妄無所有顛倒相應無有根本不作不起不生如是觀十二因緣法不見因緣法若過去若未來若現在亦不見十二因緣法相但知因緣是無緣無生無相無作無起無根本從本以來一切法無所有故通達是十二因緣亦不見是十二因緣有作者受者若法所從因生是因無故是法亦無菩薩隨無明義故一切法不可得入如是觀中無緣即是十二因緣此中無所生菩薩觀十二因緣是虚妄生隨

順無明義通達十二因緣若法無者是法亦無是故說隨順無明義通達十二因緣無明是不生不作不起無根本無一定法無緣無所有菩薩爾時不分別是明是無明無明實相即是明因無明故一切法無所有一切法無緣無憶想分別是故隨順無明義通達十二因緣持世是名諸菩薩摩訶薩十二因緣方便智慧若菩薩能如是通達十二因緣合散是名菩薩善得無生智慧何以故以生滅觀則不能善知十二因緣若觀衆緣集散是名得無生智慧若得無生智慧是名通達十二因緣持世是故諸菩薩摩訶薩欲入通達欲證無生智慧應當知如是勤行修習是十二因緣智慧則能觀證十二因緣無生相持世若菩薩摩訶薩知無生即是十二因緣者則能得如是十二因緣方便是人以無生相知見三界疾得無生法忍當知是菩薩於諸現在佛得近受阿耨多羅三藐三菩提記是菩薩不久當得受記次第受記持世如是善人因與受記得安隱心於一切法旨趣方便中得智慧光明是人通達十二因緣是無生是人得近現在諸佛是人於諸惡魔無所怖畏是人度生死流得到陸地是人得度無明淤泥是人得到安隱之處持世若於今世若我滅後若聞若信若讀誦若修習是十二因緣方便者我與是人受記不久當得無生法忍我亦記是人不久當於現世諸佛所得受阿耨多羅三藐三菩提記

四念處品第六

佛告持世何謂菩薩摩訶薩善知四念處菩

薩摩訶薩觀擇四念處循身觀身循受觀受循心觀心循法觀法何謂爲循身觀身循受心法觀受心法持世菩薩摩訶薩循身觀身時如實觀身相所謂是身無常苦如病如瘡苦惱憂衰動壞之相是身不淨惡露可惡種種充滿其內九瘡孔中常流不淨是身臭穢猶如行廁如是正觀身時不得是身一毫清淨無不可惡者知是身骨幹筋纏皮肉所裹從本業因緣果報所起集取所縛何等爲集何等爲取從先因緣起是身是名爲取今以沐浴飲食衣服牀臥被褥醫藥是名爲集如是現在因緣爲集取所縛本業果報力故有用又是身四大所造無決定實色陰所攝數名爲身何故說名爲身能有所作故說名爲身貪著依止處故說名爲身隨意有用故說名爲身從憶想分別起故說名爲身假合作故說名爲身與業合故說名爲身是身不久終歸壞敗無常無定變異之相是身不在身內不在身外不在兩中間是身不知身不見身是身無作無動無有願求亦無有心與草木瓦石等無有異身中無有決定身相如是正觀擇身知是無有作者亦無使作者是身無前際無後際無中際是身無一常定堅牢相如水沫聚不可撮摩是身八萬蟲之所住處是身百種諸病之所侵惱以三苦故是身爲苦無有救者所謂行苦壞苦苦苦是身衆苦之器如是正觀身時又復思惟是身非我非彼不得自在不得隨意作是不作是是身無根本無一定法可得是身性空無決定相是身虛妄所起繫於機關作法從本業因緣

起不應於身中生我我所想我等不應惜身壽命菩薩如是觀時不得身若合若散不見有所從來去有所至有所住處不分別是身若過去若未來若現在則不依止身命不貪惜身若我若我所常離身受是菩薩觀身空無我無我所是身中我我所不可得故是身相不可得是菩薩若不得身相即不願身入身無起作道云何爲入是身無有作者無有起者是身不作不起相從衆因緣生是因緣能和合身而是因緣亦虛誑無所有顛倒相應空無堅牢亦以是因緣故是身得生是因緣亦無生無相如是觀身即入身無生相中入已觀身無相以無相正觀身知是身無相相不可得故無生是身過去相未來相現在相不可得何以故是身無根本無一定法可得是身若彼若此不可得如是觀時知身無所從來去無所至即入身不生不滅道持世菩薩摩訶薩如是循身觀身入如實相於身欲染則能除斷疾令其念正住身中是名循身觀身持世何謂菩薩摩訶薩循受觀受菩薩摩訶薩觀苦受樂受不苦不樂受見是三受無所從來去無所至但虛妄緣合本業果報所持顛倒相應知諸受虛妄從憶想分別起菩薩如是觀諸受不得過去受不得未來受不得現在受是菩薩見過去諸受空無我無我所無常無堅牢無不變異相觀是過去諸受空相寂滅相無相相觀未來諸受空無我無我所無常無堅牢無不變異相觀未來諸受空相寂滅相無相相是菩薩如是觀時作是念諸受無決定相無有根本無一定法

不相似故新新生滅諸受無有住時菩薩作是念是諸受無作亦無作者但凡夫顛倒相應心中起三種受屬本業因今世緣合故有是諸受是諸受皆空無有堅牢虛妄之法猶如空拳如是觀時因此諸受心住一處菩薩爾時得達諸受集没滅相見諸受不合不散又受中不見受作是念諸受空性空故即通達諸受無生相此諸受無生無滅無有成相是諸受皆無相無成相如是思惟受諸受時皆能不著如實知見諸受相離諸所受於此諸受亦無所依於諸受中心皆放捨則疾得捨三昧持世諸菩薩摩訶薩循諸受觀諸受如是持世何謂菩薩摩訶薩循心觀心菩薩摩訶薩觀心生滅住異相如是觀時作是念是心無所從來去無所至但識緣相故生無有根本無一定法可得是心無來無去無住異可得是心非過去未來現在是心識緣故從憶念起是心不在內不在外不在兩中間是心無一生相是心無性無定無有生者無使生者起雜業故說名爲心能識雜緣故說名爲心念念生滅相續不斷故說名爲心但令衆生通達心緣相故心中無心相是心從本已來不生不起性常清淨客塵煩惱染故有分別心不知心亦不見心何以故是心空性自空故根本無所有是心無有一定法定法不可得故是心無法若合若散是心前際不可得後際不可得中際不可得是心無形無能見者心不自見不知自性但凡夫顛倒相應以虛妄緣識相故起是心空無我無我所無常無堅牢無不變異相如是思惟得循

心念處是人爾時不分別是心是非心但善知心無生相通達是心無生性何以故心無決定性亦無決定相智者通達是心無生無相爾時如實觀心生集滅相如是觀時不得心若集相若滅相不復分別心滅不滅而能得心眞清淨相諸菩薩以是清淨心客塵所不能惱何以故諸菩薩見知心清淨相亦知衆生心清淨相作是念心垢故衆生垢心淨故衆生淨如是思惟時不得心垢相不得心淨相但知是心常清淨相持世諸菩薩摩訶薩循心觀心如是持世何謂菩薩摩訶薩循法觀法諸菩薩觀一切法不見內不見外不見兩中間亦不得諸法若過去若未來若現在但知諸法從衆緣生顛倒起諸法無有決定相所謂是諸法屬是人是法本體於諸法中無諸法諸法不在諸法內不在諸法外不在兩中間諸法不與諸法合亦不散一切法無根本無一定相諸法無所有故不動不作一切法如虛空無所有故一切法虛誑如幻幻相無所有故一切法常淨相俱不汙故一切法是不受相諸受無所有故一切法如夢夢性無所有故一切法無形形無所有故一切法如像性常無故一切法無名無相名相無所有故一切法如響虛妄所作無所有故一切法無性性不可得故一切法如燄知無所有故菩薩如是觀一切法時不見諸法若一相若異相亦不見法與法若合若散亦不見法依止於法如是觀時見一切法無所從來亦不見一切法住處何以故一切法無住無依無起一切法無住處住處無所有故住

處不可得故持世諸法無有差別一切法無分別相從衆緣生顛倒故有用是諸法無處無方智者得諸法非一相非二相非異相何以故持世一切法不生不作不起無能作者一切法離根本一切法無自性過諸法性故一切法無歸處諸歸處無所有故如是觀諸法善知諸法無我無人觀擇諸法性空是諸法皆空性自空故諸法無相不見相故於諸法中不起願即時觀擇一切法無生作是念此中實無有法若生若滅如是觀時心一處住爾時便得通達一切法無生亦知見一切法集盡滅亦能入一切法離相離性何以故持世一切法無決定性智者通達諸法無相離相持世菩薩摩訶薩循法觀法如是觀者於法無所得無所受於法不爲生不爲住不爲滅故行而見一切法盡滅相寂滅相持世是名菩薩摩訶薩善觀四念處何故說名念處念處者即是一切法無處無起處無所有處能如是入一切法則念不亂名爲念處又念處是一切法不住不生不取如實知見處名爲念處

五根品第七

持世何謂諸菩薩摩訶薩善知諸根菩薩摩訶薩正觀出世間五根何等五所謂信根精進根念根定根慧根菩薩修習五根時信一切法皆從衆因緣生顛倒所起虛妄緣合似如火輪又如夢性信一切法無常苦不淨無我如病如瘡無有堅牢虛僞不實壞敗之相又信一切法虛妄無所有猶如空拳如虹雜色誑於小兒憶想分別假借而有無有本體

無一定法又信一切法非過去非未來非現在信一切法無所從來去無所至信一切法空無相無作信一切法無生無作無起無相離諸相而信持戒清淨禪定清淨智慧清淨解脫清淨解脫知見清淨菩薩如是成就信根得不退轉以信爲首故能住持戒是信常不退不失成就不退法安住不動信中常隨業果報成就信人斷一切邪見不離法求師但以諸佛爲師常隨諸法實相知僧行正道住清淨戒成就忍辱得如是不動不壞信增上信故名爲成就信根持世何謂菩薩摩訶薩正觀精進根成就精進根善知精進根諸菩薩摩訶薩行精進不休不息常欲除五蓋故勤行精進乃至爲聽如是等深法名爲精進是菩薩求法不休不息精進不退亦欲斷諸障礙法故勤行精進而不怯弱亦爲斷種種惡不善衰惱法故勤行精進又爲增長種種善法故勤行精進是菩薩決定成就精進不貪著是精進而入平等精進成就不退精進是人爲正方便通達一切法故發行精進於精進中不隨他人於精進中得智慧明成不退相能得如是不退精進增上精進故得名成就精進根持世何謂菩薩摩訶薩能得念根善修習念根諸菩薩摩訶薩常攝一處布施柔和具足梵行持畢竟清淨戒衆定衆慧衆解脫衆解脫知見衆常思念淨身口意業常思念究竟其事常思念一切法生滅住異相方便常思念知見苦集滅道諦常思惟諸根力覺道禪定解脫諸三昧方便常思念一切法不生不滅不作不起不可説相常思

念欲得無生智慧常思念欲得具足忍智離智滅智常思念欲得具足佛法常思念不使聲聞辟支佛法入心常思念無礙智慧常不忘不失不退是念入如是觀中而不隨他是人得如是堅牢增上念故名爲成就念根持世何謂菩薩摩訶薩能得定根能得定根方便諸菩薩摩訶薩於定地中常行禪定不依禪定不貪禪定善取禪定相善得禪定方便善能生禪定亦能行無緣禪定悉知諸禪定門善知入禪定善知住禪定善知起禪定而於禪定無所依止善知所緣相善知緣眞相亦不貪受諸禪味於諸定中自在遊戲而不隨他亦不隨禪生於諸定中得自在力於諸定中不以爲難不以爲少隨意所欲是人得如是增上禪定故名得定根名得定根方便

持世何謂菩薩摩訶薩成就慧根得慧根方便菩薩摩訶薩能成就通達慧根所謂能正滅諸苦是人成就是通達慧處處所用皆得離觀捨觀成就隨涅槃智慧成就是慧根故善知三界皆悉熾然善知三界皆爲是苦以是智慧不處三界是人觀擇三界一切皆空皆無相無願無生無作無起見出一切有爲法道爲具足諸佛法故勤行精進如救頭然是菩薩智慧無能沮壞以是通達智慧能出三界亦不依止三界斷事一切有爲法中喜一切可染可著繫縛法中心不貪著於諸五欲心皆猒離心亦不住色無色界成就增上智慧成就無量功德猶如大海是智慧於一切法方便中無有疑難是人以是智慧通達三界於三界中心無所繫得是增上慧故說

名慧根得慧根方便持世何故名之爲根增上義故說名爲根不動義故說名爲根無能壞故說名爲根無能退却故說名爲根不隨他故說名爲根不退轉故說名爲根無能牽故說名爲根隨順正法故說名爲根不貪著故說名爲根不雜故說名爲根又復持世諸菩薩摩訶薩善知衆生諸根亦能善學分别諸根菩薩知染欲衆生諸根知離染欲衆生諸根知瞋恚衆生諸根知離瞋恚衆生諸根知愚癡衆生諸根知離愚癡衆生諸根知欲墮惡道衆生諸根知欲生人中知欲生天上衆生諸根知軟心衆生諸根知上衆生知中衆生知下衆生諸根知壞敗衆生不壞敗衆生諸根知勤修不勤修衆生諸根知巧不巧衆生諸根知有罪無罪有垢無垢知瞋礙不瞋礙知隨順不隨順知障礙不障礙衆生諸根知欲界行色界無色界行衆生諸根知厚善根薄善根知畢定不畢定邪定衆生諸根知慳貪離慳貪知戲調不戲調知狂惑不狂惑知輕躁不輕躁知瞋恚不忍知柔軟能忍知深厚慳知具足施衆生諸根知信者不信者知恭敬者不恭敬者知具足持戒知清淨持戒知具足忍辱知懈怠知精進知散心知得定知無智慧知有智慧知闇鈍知不闇鈍知增上慢不增上慢知行正道知行邪道知妄念知得念安慧知散根知攝根知壞根不壞根知淨根不淨根知明根知發小乘根知發辟支佛乘根知諸菩薩根知發佛道根是菩薩得度如是諸根分別方便於如是等衆生分別諸根智慧中不隨他故說名得諸根

方便亦名不爲他牽亦名不可破壞亦名不退轉亦名得方便力亦名得人根亦名得諸天龍神夜叉乾闥婆阿脩羅迦樓羅緊那羅摩睺羅伽人非人等根亦名得最自在亦名得不壞不動亦名到彼岸者成就如是功德者於一切法中疾得自在力

持世經卷第三

音釋

幹 古案切脊骨也
筋 舉欣切骨絡也
褥 如欲切裀褥也
沮 慈吕切遏也
躁 則到切不安靜也

持世經卷第四

姚秦三藏法師鳩摩羅什譯

八聖道分品第八

持世何謂菩薩摩訶薩善能知道菩薩摩訶薩安住道中何等爲道所謂八聖道分正見正思惟正語正業正命正精進正念正定持世何謂菩薩摩訶薩名爲行八聖道分何謂名爲得八聖道分方便諸菩薩摩訶薩得正見安住正見爲斷一切見故行道爲斷一切諸見故安住於道乃至斷涅槃見佛見何以故持世一切諸見皆名邪見乃至涅槃見佛見破壞一切貪著諸見故名爲正見又無諸見無取諸見不念不貪著不緣不行不分別一切諸見是名正見以是正見爲見何等見一切世間虛妄顛倒爲諸見所縛如是見時名爲安住斷一切見於是正見亦不念不見不貪著分別乃至涅槃見佛見爲不起一切見故行云何名爲正見一切法寂滅令相不生不滅同於涅槃如是亦不念不分別是一切法不念不分別不現在前不正不邪不取不捨是名出世間正見何故名爲出世間正見是人不得世間不得出世間度世間已無所分別是故名爲出世間正見正見者如實知見世間出世間亦如是是人不復分別是世間是出世間斷諸憶想分別名爲出世間正見是人不見邪不見正斷一切心所念名爲正見又正見者於諸法中更無差別是故說名正見又正見者如實知諸邪見義又正見者觀諸邪見即是平等是名菩薩安住正見持世諸菩薩摩訶薩住正見中如實知正

思惟作是念一切思惟皆爲是邪乃至涅槃思惟佛思惟皆是邪思惟何以故斷諸分別名爲正思惟無所分別名爲正分別斷分別是正分別何以故是人知見一切思惟相已則無有邪是人更不分別是此是彼住如是正分別中更不得諸分別若正若邪如是之人離諸分別過諸分別故說名正思惟正思惟者即是分別知見一切分別皆虛誑不實從顛倒起諸分別中無分別是人安住正思惟更不得分別若正若邪離諸分別過諸分別斷諸分別故說名正分別是人爾時於一切分別中無所繫縛知見諸分別性皆平等是名安住正思惟持世諸菩薩摩訶薩勤集正語是人見一切語言虛妄不實從顛倒起但憶想分別從衆因緣有作是念是語言相語言中不可得滅一切語如實知一切口業名爲正語是語言無所從來去無所至能如是見者名爲正語是人爾時安住實相中有所語言皆是正語是故說安住正語中得住第一清淨口業亦知見諸口業相亦通達一切語言是人所語終不有邪是故說名住於正語持世諸菩薩摩訶薩善知一切諸業皆是邪業知一切諸業虛妄無所有不作不起何以故諸業中無一決定滅一切業名爲正業正業者於業不分別若正若邪入諸業平等故不分別業若正若邪是故說名正業又正業者則是不繫三界義如實知見義如實平等中更無分別是正是邪菩薩行如是正業如實知見一切業故如實於法無取無捨是故說名行正業正業中無有邪業是人如

實知見故説名住是正業中持世何謂諸菩薩摩訶薩善知一切諸命皆是邪命何以故若所有命相法相取相乃至涅槃相佛相乃至清淨佛法相住於是中作清淨命皆名邪命正命者捨諸資生所著斷諸販賣不分別不戲論過一切戲論是名正命正命中更不分別是邪命是正命即得一切清淨命是故説名得清淨正命又一切諸命皆不生無有邪正是人名爲得清淨命安住正道無有戲論住是正命中不取正命不捨邪命是故説名住正命中是人爾時不名住正不名住邪得清淨平等命離於命相無動無作不念命不念非命但名爲如實知者如實見者是故説名住正命中持世何謂諸菩薩摩訶薩善知正精進菩薩摩訶薩住正精進若菩薩爲斷一切精進道故名爲住正精進何以故一切精進皆爲是邪諸有所發有作有行皆名爲邪何以故一切法皆是邪作有所發作皆是虚妄若虚妄者即亦是邪正精進者無發無作無行無願一切法中斷有所作是菩薩於一切法中斷有所作乃至涅槃相佛相中不生有所作相是人善知一切所作皆爲虚妄爲無所作故行道若是正者則無所作一切法平等無差别無有所作過所作相是菩薩善知精進非是精進道不取不捨故説名住正精進正精進者即是諸精進不可得義即是諸法如實知見義所謂正精進如是見者不復分别是邪精進是正精進是故説名正精進持世何謂諸菩薩摩訶薩善知正念諸菩薩摩訶薩知見一切念皆是邪念凡有

念處皆是邪念何以故一切念是邪念若於處所念生皆是邪念無憶無念是名正念何以故一切念從虛妄因緣起是故所有生念處皆爲邪念若於處所無生無滅是名正念無有處所起念業是名安住清淨念中更無處生邪念是人知見一切法皆爲是邪是正法中無念是故說安住正念中又正念者於法無有分別是正念是邪念是人通達一切念皆無念相常行六捨心故說名住正念是人更無所貪樂亦不分別是無念以諸法平等通達一切念是人如實知見一切念故若念若非念無取無捨是故說安住正念中是人所念更不復分別是等是不等於念非念不隨不緣以無緣故知一切念非念若念若非念不復在心是人安住正念故不可示不可說斷一切語言離一切語言如實知一切語言不分別此彼故說名安住正念持世何謂諸菩薩摩訶薩安住正定諸菩薩摩訶薩觀一切諸定皆是邪定何以故凡諸法中所取緣定相所取知定相所取三昧戲論定相皆名是邪邪者即是貪著義是定不爾如所緣取相不取相無法無戲論無憶念名爲正定若不貪著不分別此彼斷貪著喜不受定味壞取定相心無所住是名正定又正定者不依止一切定相而不戲論如實通達法之本體善知定相心不貪著欲破彼此念道如是語亦不分別斷一切分別故名爲正定又正定中更不生邪正想破一切想斷一切想滅一切想故名爲正定正定者不生邪正不分別邪正是名正定何以故是菩薩通達諸

定方便住是正定中不復爲若定若定相所繫過諸定相故説名正定正定名於法無所戲論諸法平等中無有戲論所謂是正是邪正定者即是諸法平等義正定者能出諸禪定諸三界一切有爲法能如實知見一切五道生死義持世是名諸菩薩摩訶薩住如是定中名爲得正定方便名爲善知道善知道方便所謂如實知見能至涅槃道

世間出世間品第九

持世何謂菩薩摩訶薩善知世間出世間法何謂得世間出世間法方便持世諸菩薩摩訶薩正觀世間出世間法何等爲世間法何等爲出世間法菩薩作是念凡所有法憶想分別從顛倒起衆因緣生繫虛妄緣從二相起空無所有如虹雜色亦如火輪誑於凡夫破壞義故假名世間是故名世間是諸世間法皆非是實從虛妄緣起無作無起相但因陰界入色聲香味觸法故説因名色故説隨凡夫人心所貪著又隨種種貪著邪見如亂絲無緒如茅根蔓草互相連著隨顛倒相應故説名世間法何等爲出世間法如是世間法從本已來如實性離是名出世間何以故智者求世間法不可得求出世間法不可得無世間出世間處是中無分別是世間是出世間但爲世間故説出世間世間實相即是出世間何以故世間無定相可得世間相從本已來常空世間法不決定故世間從本已來是寂滅相是菩薩如是觀世間出世間不可得世間亦不貪著出世間是人不念不著世間出世間故不與世間諍訟何以故智者

通達世間是虛妄相見世間實相故更不分別是世間是出世間何以故持世世間者即是五受陰義一切世間法皆攝在中智者求覓陰不得陰不得陰性不得陰來處不得住處不得去處可無五陰十二入十八性無分別無名字無性無相無行即名出世間持世諸菩薩觀世間出世間法時不見世間法與出世間合不見出世間離世間是人不離世間見出世間亦不離出世間見世間是人不復緣於二行所謂是世間是出世間何以故持世世間如實相即是出世間世間中世間相不可得世間法中世間法不可得以無所有故通達是法即是出世間持世若世間與出世間異者諸佛不出於世諸佛亦不說一切世間不可得一切世間不生如實知見一切世間持世若不得世間不取世間即是出世間是故當知如實知見世間通達世間不可得故即說出世間是故諸佛出於世間一切諸法若世間若出世間以不二不分別證如實知見故即是說出世間法持世如是世間甚深難可得底依世間法者得世間法者希望出世間法者於世俗語生第一義者住在二法者不能得入如是法中何以故是人不知世間不知出世間是皆行二法者持世行二法者不能通達世間出世間持世諸菩薩摩訶薩如是善知世間出世間法亦得世間出世間法方便

有爲無爲法品第十

持世何謂菩薩摩訶薩善知有爲無爲法得有爲無爲法方便持世諸菩薩摩訶薩正觀

擇有爲無爲法云何爲正觀擇是有爲法無有作者無有受者是有爲法自生自墮數中是故名有爲法是有爲法以虚妄因緣和合行云何爲行自墮數中以二相緣知故名有爲法生是法無有作者無使作者是法自生無能起作者是故說名有爲是諸有爲法不在内不在外不在中間不合不散從虚妄根本分别起無明因緣故皆無所有但以諸行力故有用是法無有作者無有起者是名有爲有爲者即是繫相義隨凡夫顛倒所貪著說智者通達是中不得有爲法不得有爲所攝法智者所不數故名有爲法何以故智者不得有爲分别爲凡夫世俗假名故分别是有爲賢聖不墮一切諸法名數諸賢聖離諸法名數是故說得無爲者名爲賢聖智者通達一切有爲皆是無爲是故不復起作諸業智者知見一切有爲法起相虚誑妄想是故不復起作有爲何以故有爲法無有定性一切有爲法皆無性無起作何以故持世無有行有爲緣而能通達無爲通達無爲者更不復緣有爲云何爲通達智者見一切有爲法皆虚妄無有根本無有繫屬不墮數中如是觀時不復貪著有爲緣亦不取有爲法何以故持世非離有爲得無爲非離無爲得有爲有爲如實相即名無爲何以故有爲中無有爲無爲中無無爲但爲顛倒相應衆生令知見有爲性故分别說是有爲法是無爲法是有爲相是無爲相於是中何等爲有爲相謂生滅住異何等爲無爲相所謂無生無滅無住異是有爲相無爲相但爲引導凡夫故說

持世有爲法無生相無滅相無住異相無相是故說生滅住異相若是有爲法定有三相佛當決定說如是相是生如是相是滅如是相是住異持世如來說一切法皆是無相持世無生若當有相無滅若當有相無住異若當有相佛應決定說是無爲相持世若無爲有相有說即非無爲以說相故但凡夫以數法故說有爲三相所謂生滅住異無爲三相所謂無生無滅無住異持世若人通達知見有爲無爲法是人更不復有生滅住異是故說得無爲者持世生滅者即是知見集沒義若法無集則無有沒若不起集則不有退亦無住異持世是名有爲如實知見若人如實知見有爲則不墮數中所謂生滅住異菩薩如是思惟有爲無爲法不見有爲法與無爲法合亦不見無爲法與有爲法合但作是念有爲法如實相即是無爲則更不復有所分別若不分別有爲無爲法即是無爲法若分別是有爲是無爲則不能通達無爲斷一切分別是名通達無爲如實通達緣性斷諸緣故不在數不在非數持世是名諸菩薩摩訶薩有爲無爲法方便所謂於諸法無所住無所繫亦不貪受若有爲法若無爲法

本事品第十一

持世若諸菩薩摩訶薩能如是善知五陰善知十八性善知十二入善知十二因緣善知四念處善知五根善知八聖道分善知世間出世間法善知有爲無爲法當得善知諸法實相亦善分別諸法之相亦得念力亦得善分別一切法章句慧亦得轉身成就不斷念

乃至得阿耨多羅三藐三菩提持世過去無量阿僧祇劫爾時有佛號閻浮檀金須彌山王如來應供正遍知明行足善逝世間解無上士調御丈夫天人師佛世尊持世是閻浮檀金須彌山王佛壽命五劫有無量聲聞衆其佛國土清淨嚴飾豐樂安隱其諸衆生具足快樂少於貪欲瞋恚愚癡易化易度易淨持世是閻浮檀金須彌山王佛爲諸菩薩亦說是斷衆生疑菩薩藏經持世時有菩薩名曰寶光聞是陰界入緣四念處五根八聖道分世間出世間有爲無爲法方便即時發於精進二十億歲終不生惡心若貪欲若瞋恚若愚癡若利養若飲食若衣鉢但爲入如是法方便門故常勤精進持世是寶光菩薩於閻浮檀金須彌山王佛所盡其形壽常修梵行命終之後還生其佛國土人中年少夭命即復還生於其佛所修行梵行於一一劫五百生死最後生閻浮檀金須彌山王佛欲涅槃時在第五劫成就如是多聞法亦得如是諸法實相方便所從佛聞諸法皆能憶念得如是念力故白佛言聽我廣演諸法即於其世中度脱無量無邊衆生令住阿耨多羅三藐三菩提道中是閻浮檀金須彌山王佛入涅槃時爲持法故護念寶光菩薩佛滅度後法住一劫是人於是一劫五百世中常生人間出家學道亦常於是諸法實相得疾增長亦復利益無量無邊衆生持世是寶光菩薩如是展轉得值萬億諸佛末後世無量明佛爲其授記過阿僧祇劫當得阿耨多羅三藐三菩提於阿僧祇劫中更值百千萬億那由

他諸佛後得阿耨多羅三藐三菩提成佛號一切義決定莊嚴如來應供正遍知明行足善逝世間解無上士調御丈夫天人師佛世尊有無量無邊阿僧祇菩薩衆無量聲聞僧佛壽二劫其佛國土豐樂安隱普皆莊嚴持世是故菩薩若欲得如是法中善知方便當勤行精進勤求讀誦修習如是之法又復諸菩薩摩訶薩欲得如是諸法方便故於四法中勤行精進何等爲四一者出家二者獨行三者持戒清淨四者除懈怠心是爲四諸菩薩有是四法勤求多聞安住忍辱當疾得值遇四法何等四一者生中閻浮提二者得值佛三者隨法行四者除罪業障是爲四又復持世諸菩薩摩訶薩如是法中勤行精進當得清淨布施力清淨持戒清淨忍辱清淨精進清淨禪定清淨智慧力諸菩薩摩訶薩住是法中疾得如是方便力又持世菩薩摩訶薩雖行頭陀細法亦能常於衆生有大悲心是人入大悲心於是法方便中勤行精進持世復有諸菩薩摩訶薩欲得如是法當入諸陀羅尼門勤行精進何謂入陀羅尼門故勤行精進所謂善觀一切諸法無量緣觀一切無量方便亦觀無量方便起如是觀時以三昧門方便善入諸法門無量緣亦入無量緣方便亦入無量方便起於是法中得力故能善知諸法實相亦善分別諸法之相亦得念力亦得善分別一切法章句慧亦得轉身成就不斷念不退法乃至得阿耨多羅三藐三菩提又復持世諸菩薩摩訶薩入諸陀羅尼門故通達一切諸法隨宜因緣以一因緣能

入千種因緣隨智慧力得諸法方便又復持世諸菩薩摩訶薩如是法中勤精進故入一相門三昧得一相門三昧故入無量相門三昧如是入已以種種因緣方便故能入是諸法門如是諸菩薩入一切諸法門已當得一切諸法方便又復持世諸菩薩摩訶薩多行智慧故當善知諸禪定相亦善知無緣三昧是三昧力方便故能善知無量緣無量禪定起是菩薩住此地中能得一切諸法實相方便又復持世諸菩薩摩訶薩常觀世間緣方便常觀有爲法緣方便常觀世諦緣方便亦常勤行壞散一切法緣方便亦無貪著處菩薩修習如是法疾得一切諸法實相方便又復持世諸菩薩摩訶薩勤行精進起方便力而亦常觀諸法實相不依止世樂亦不雜行世間之法成就如是法者疾得諸法實相亦善分別諸法之相亦得念力亦得善分別一切法文辭章句慧亦得轉身成就不斷念乃至得阿耨多羅三藐三菩提持世是故諸菩薩摩訶薩欲得度如是諸法彼岸當於是法如說修行持世汝等於是法中勤行精進汝等不久當於此法得無礙智慧持世過去無量無邊不可思議阿僧祇劫爾時有佛號無量光德高王如來應供正遍知明行足善逝世間解無上士調御丈夫天人師佛世尊是無量光德高王佛壽命一劫其佛國土以七寶網羅覆其上普以七寶諸多羅樹莊嚴世界是諸多羅樹亦復以七寶網羅覆其上一一樹下敷師子座諸多羅樹皆出天衣諸座皆以瑠璃寶閻浮檀金赤真珠所成諸多羅

樹四邊皆有香樹華樹圍遶莊嚴一一樹下各各有池八功德水充滿其中諸池皆以玻瓈硨磲赤真珠所成諸池水上皆有青赤白紅蓮華遍覆水上諸池皆以七寶爲欄楯持世彼佛國土皆以如是衆寶莊嚴世界四邊復有寶樹如忉利天波耶多羅迦拘毗陀羅樹如是寶樹千萬億數圍遶世界是諸寶樹光明障蔽一切日月光明不復現持世諸多羅樹及諸寶網自然皆出種種妙音如天妓女歌頌之聲其佛國土常出如是微妙音聲無三惡道亦無三惡道名持世是無量光德高王佛爲諸衆生多說如是之法所謂般若波羅蜜及菩薩藏斷一切衆生疑喜一切衆生心經持世其無量光德高王佛說法時一日之中無量百千萬億衆生發阿耨多羅三藐三菩提心已發心者皆得具足助菩提法持世是無量光德高王佛如是因緣教化成就無量無邊衆生於阿耨多羅三藐三菩提其佛國土菩薩摩訶薩其數甚多持世彼佛滅後法住半劫是無量光德高王佛滅度之後法欲盡時下方過千佛世界有菩薩名無量意命終來生始年十六出家學道於無量光德高王佛法欲滅時聞是諸菩薩摩訶薩解說陰界入方便經是無量意菩薩聞此經已發大精進於是法中盡到其邊成就深方便力是菩薩善根因緣故於彼命終得值二十億佛皆得成就如是之法常識宿命童眞出家修行梵行常得念力世世不離如是之法世世成就不斷念然後得成阿耨多羅三藐三菩提號無量光莊嚴王佛持世是故諸

菩薩摩訶薩若欲疾得阿耨多羅三藐三菩提若欲疾得具足一切智慧於我滅後後五百歲惡世之中當勤護持發大誓願應生大欲大精進大不放逸於後世中常當護持如是等經爾時跋陀婆羅伽羅訶達多菩薩等爲上首從座而起向佛合掌白佛言世尊我等於佛滅後後五百歲法欲滅時我等當爲守護如是等經勤行精進讀誦聽受亦當復爲他人廣說復有若干千數菩薩從座而起合掌向佛瞻仰尊顏發是願言世尊我等後世後五百歲作是誓願於如是等甚深無染汙諸佛所聽能生菩薩諸善功德能具足諸菩薩助菩提法我等當共護持聞如是法當大清淨其心歡喜專意勤求受持讀誦佛便微笑即時三千大千世界無量光明遍滿其中三千大千世界六種震動爾時阿難從座而起偏袒右肩右膝著地合掌白佛言世尊何因緣故今者微笑地大震動佛告阿難汝見此等菩薩發大誓願後世護持如是甚深無染汙法不阿難是諸菩薩非但今世發是誓願阿難我念是諸菩薩於無量無邊諸佛所發如是誓願三時護持諸佛之法亦能利益無量衆生今者亦復三時護持我法於今現在及我滅後法欲滅時後末世中亦大利益無量衆生持世如跋陀婆羅等三時護持我法亦復於此賢劫之中三時護持諸佛之法亦於未來諸佛所三時護持如是之法阿難我今讚說是人成就如是無量功德說不可盡憐愍利益安隱衆生阿難若我悉說是人如是功德人不能信若人不信佛語是人

長夜失於利樂受諸苦惱墜墮惡趣阿難我今粗說是等菩薩利益衆生假使如三千大千世界滿中衆生皆墮大地獄中中有一人語諸衆生汝等莫怖我今一一代汝受此大地獄苦是人即時出地獄衆生一一皆爲多千萬歲受地獄苦阿難於汝意云何是人爲大利益大安樂不阿難言世尊爲大利益爲大安樂阿難是人出諸衆生已現其勢力皆使令得成就世間第一快樂阿難是人爲能有恩能與衆生樂不阿難言世尊是人所益非言所說阿難我今實說是跋陀婆羅伽羅訶達多菩薩等利益衆生是人利益衆生此二利益安隱之事以筭數譬喻不可爲比何以故阿難是人樂具皆是有爲相違之法不爲猒足故不爲離欲故不爲智慧故不爲沙門果故不爲涅槃故阿難是諸菩薩等利益衆生與無上樂一切智人樂爲求佛道者皆作佛事未入正位者令得聲聞辟支佛地以佛法化諸菩薩示教利喜阿難是諸菩薩能示教利喜諸菩薩衆爲不斷佛種故爲守護一切智種故住於世間阿難是人過去行菩薩道時無量百千萬億那由他劫皆使有佛不令斷絶亦於未來無量百千萬那由他劫皆使有佛亦不斷絶何以故阿難是諸菩薩本行菩薩道時已令無量諸佛住於佛道是諸菩薩世世護持教化成就百千萬億諸佛皆使成阿耨多羅三藐三菩提從是已後亦復教化無數百千萬億衆生令住佛道教化力故具足佛法亦皆當得阿耨多羅三藐三菩提阿難是故跋陀婆羅等爲與衆生佛樂

一切智慧樂故勤行精進阿難若人實説何等是諸菩薩父母救舍依洲生諸菩薩當説是跋陀婆羅伽羅訶達多等五百菩薩阿難若人實問何等是菩薩種當言跋陀婆羅伽羅訶達多等五百人是如是善男子等爲不斷佛種不斷一切智慧種故住於世間是善男子等亦於後世後五百歲以是教化方便力故以樂因緣令諸衆生不墮三惡道中亦令無量百千衆生住菩薩乘阿難若干千佛説是善男子等功德不可得盡何以故是善男子等成就如是等不可思議功德阿難我於無量百千萬億阿僧祇劫所集法藏是善男子等能受護持阿難我今以是無量億劫所集法寶囑累是人是善男子等爲無量阿僧祇國土中現在諸佛之所護念阿難是善男子等一切天人世間所應禮事阿難是人十方千佛講説法時常所讚歎阿難我已印可爲斷一切衆生疑故若人於後末世受持是經讀誦通利爲人廣説當知是善男子善女人近一切種智有人於後末世乃至得聞如是深法信解而發誓願我皆與授阿耨多羅三藐三菩提記若於後世後五百歲生信解心勤行精進護持是經是善男子善女人我今亦以是阿耨多羅三藐三菩提法而囑累之若聲聞人信受如是深法心無違逆我與授記後當得值彌勒佛會若求佛道者聞如是法受持信解是人皆爲彌勒佛所授記以本願故出家學道阿難當知是善男子善女人等若於後世後五百歲時於是法中勤行精進當知是人善根猛利

囑累品第十二

爾時持世菩薩摩訶薩白佛言世尊惟願利益諸菩薩摩訶薩故護念是經諸菩薩摩訶薩若於後世得聞是法心淨喜樂亦爲具足如是法故勤行精進爾時世尊護念是經即以神力令此三千大千世界香氣遍滿所未曾有一切衆生慈心相向佛護念已告持世菩薩持世我今護念是法印品經斷一切疑故持世若有能受持讀誦是經者不久當得一切智慧惟除本願我今亦與是人授記疾得具足一切智慧故持世諸菩薩摩訶薩若受持讀誦是法印經思惟廣爲人說是人不久當疾得五陰方便十二入十八界十二因縁四念處五根八聖道分世間出世間法有爲無爲法方便亦疾得諸法實相亦疾得分別諸法之相亦疾得念力亦疾得善分別一切章句慧亦疾得轉身成就不斷念乃至得阿耨多羅三藐三菩提持世是經後世能與衆生作大法明大智慧光福德因縁亦能與諸菩薩具足助阿耨多羅三藐三菩提法持世若諸菩薩於後末世時得值是經及餘深經菩薩藏所攝與諸波羅蜜相應是人不爲魔事所覆業障所惱持世若是人未得無生法忍者我與授記於當來世第二第三佛當得無生法忍已得無生法忍者於一切法中疾得自在力疾得淨佛國土疾得無量聲聞衆疾得無量菩薩衆持世我今說是法印爲斷後世一切疑故持世諸菩薩摩訶薩見四利故於後末世護持如是等經而發誓願何等爲四諸菩薩作是念我當疾得無量無邊

功德又令衆生生大善根亦爲諸佛護持正法亦作諸佛持法藏人亦爲無量諸佛所見讃歎是名四持世諸菩薩摩訶薩復見四利於後末世護持是經而發誓願何等爲四諸菩薩作是念我等於後恐怖惡世守護法故當行大精進於後惡世正法壞時能持法藏爲此難事於後惡世法亂衆生亂時我等守護法故其心不亂爾時當得具足忍辱以無瞋道守護於法是名四持世諸菩薩摩訶薩見是四利故於後惡世護持如是等深經而發誓願跋陀婆羅伽羅訶達多等五百菩薩及餘菩薩得聞是法印經佛前合掌於後惡世發願護持是深法者佛以右手皆摩其頭作如是言諸善男子我於無量阿僧祇劫所集阿耨多羅三藐三菩提大法寶藏甚爲難集受諸無量無邊憂悲苦惱亦捨無量無邊歡喜快樂今以囑累汝等於後末世當以是無量劫所集法藏善開與人廣爲四衆分別解説此正法種令不敗壞汝等還當然大法炬諸善男子如來今者請汝等佛子住佛所住我於是無量百千萬億阿僧祇劫所集法寶藏爲諸天人廣宣流布即時跋陀婆羅伽羅訶達多等即禮佛足作是言我等隨力所能亦承佛威神當於後世廣宣流布是法寶藏説是法印經時無量無邊阿僧祇一生諸菩薩善根成就亦有無量百千萬億衆生發阿耨多羅三藐三菩提心畢定受阿耨多羅三藐三菩提記佛説是經已持世菩薩及跋陀婆羅伽羅訶達多等及餘菩薩并諸四衆一切天人阿脩羅等聞佛所説皆大歡喜

持世經卷第四

音釋

緒徐呂切絲端也 蔓無販切蔓莚不斷貌

佛說大灌頂神呪經

東晋西域三藏帛尸梨蜜多羅譯

清刻龍藏佛說法變相圖

佛說大灌頂神呪經卷第一 第二同卷

東晉西域三藏帛尸梨蜜多羅譯

灌頂三歸五戒帶佩護身呪經第一

聞如是一時佛在舍衛國祇樹給孤獨園時與千二百五十比丘菩薩萬人天龍八部悉來在會咸然一心叉手聽法於是異道有鹿頭梵志來到佛所稽首作禮胡跪合掌白佛言久聞瞿曇名聲遠振今欲捨置異學受三自歸并五戒法佛言善哉善哉梵志汝能捨置餘道歸命我者當自悔過生死之罪其功無量不可稱計梵志言諾受教即淨身口意復作是念唯願世尊施我法戒終身奉行不敢毀缺佛言是爲如來至真等正覺三世諸佛說是戒法佛言梵志諦聽諦受心持念之又言梵志盡形壽歸命諸佛無上尊盡形壽

歸命法離欲尊盡形壽歸命僧衆中尊佛言梵志以三自歸竟是爲眞正弟子不爲邪惡所干嬈也佛告梵志汝能一心受三自歸已我當爲汝及十方人勅天帝釋所遣諸鬼神以護男子女人等輩受三歸者梵志因問佛言何等是也願欲聞之開化十方諸受歸者佛言如是灌頂善神今當爲汝略說三十六神

四天上遣神名彌栗頭不羅婆此言善光主疾病

四天上遣神名彌栗頭婆呵婆此言善明主頭痛

四天上遣神名彌栗頭婆邏波此言善力主寒熱

四天上遣神名彌栗頭抗陀羅此言善月主腹滿

四天上遣神名彌栗頭陀利奢此言善見主癰腫

四天上遣神名彌栗頭阿婁呵此言善供主癲狂

四天上遣神名彌栗頭伽婆帝此言善捨主愚癡

四天上遣神名彌栗頭悉坻哆此言善寂主瞋恚

四天上遣神名彌栗頭菩提薩此言善覺主婬慾

四天上遣神名彌栗頭提波羅此言善天主邪鬼

四天上遣神名彌栗頭呵娑帝此言善住主傷亡

四天上遣神名彌栗頭不若羅此言善福主塚墓

四天上遣神名彌栗頭苾闍伽此言善術主四方

四天上遣神名彌栗頭伽隸娑此言善帝主怨家

四天上遣神名彌栗頭羅闍遮此言善主主偷盜

四天上遣神名彌栗頭修乾陀此言善香主債主

四天上遣神名彌栗頭檀那波此言善施主劫賊

四天上遣神名彌栗頭支多那此言善意主疫毒

四天上遣神名彌栗頭羅婆那此言善吉主五温

四天上遣神名彌栗頭鉢婆馱此言善山主蜚尸

四天上遣神名彌栗頭三摩陀此言善調主注連

四天上遣神名彌栗頭戾禘馱此言善備主注復

四天上遣神名彌栗頭波利陀此言善敬主相引
四天上遣神名彌栗頭波利那此言善淨主惡黨
四天上遣神名彌栗頭虔伽地此言善品主蠱毒
四天上遣神名彌栗頭毘梨馱此言善結主恐怖
四天上遣神名彌栗頭支陀那此言善壽主厄難
四天上遣神名彌栗頭伽林摩此言善逝主產乳
四天上遣神名彌栗頭阿留伽此言善願主縣官
四天上遣神名彌栗頭闍利馱此言善固主口舌
四天上遣神名彌栗頭阿伽馱此言善照主憂惱
四天上遣神名彌栗頭阿訶婆此言善生主不安
四天上遣神名彌栗頭娑和邏此言善至主百怪
四天上遣神名彌栗頭波利那此言善藏主嫉妬
四天上遣神名彌栗頭固陀那此言善音主呪詛
四天上遣神名彌栗頭韋陀羅此言善妙主厭禱
佛語梵志是爲三十六部神王此諸善神凡有萬億恒沙鬼神以爲眷屬隂相番代以護男子女人等輩受三歸者當書神王名字帶在身上行來出入無所畏也辟除邪惡消滅不善梵志言諾唯唯天中天梵志又白佛言世尊以賜三自歸法天帝遣善神三十六大王護助我身已蒙世尊哀愍救度今更頂禮請受法戒佛言善哉梵志汝當淨身口意懇惻至心敬受法戒佛言十方三世如來至眞等正覺皆由三歸五戒得之佛言梵志盡形壽不殺生不教他殺是戒能持不若能持者有五神王隨逐護汝身不令邪神惡鬼之所得便梵志盡形壽不盜他人財寶不教他行盜是戒能持不若能持者有五善神王隨逐護汝身梵志盡形壽不邪婬是戒能持不若能持者有五神王隨逐護汝身衆魔皆不得

便梵志盡形壽不妄言綺語兩舌鬬亂是戒能持不若能持者有五神王隨逐護汝身梵志盡形壽不飲穀酒甘蔗酒蒲萄酒能放逸酒如是酒皆不得飲是戒能持不若能持者有五善神隨逐護汝身佛語梵志是爲三歸五戒法也汝善持之勿有毀犯說已梵志因白佛言世尊世尊說言若持五戒者有二十五善神營衞護人身在人左右守於宮宅門戶之上使萬事吉祥唯願世尊爲我說之佛言梵志我今略演勑天帝釋使四天王遣諸善神營護汝身如是章句善神名字二十五王其號如是

神名察芻毗愈他尼　主護其身辟除邪惡

神名輸多利輸陀尼　主護其身六情悉令完具　神名毗婁遮那波　主護其腹內五藏平調　神名阿陀龍摩坻　主護其血脉悉令通暢　神名婆羅桓尼和婆　主護其挌無所毀傷　神名坻摩阿毗婆馱　主護其出入行來安寧　神名阿脩輸婆羅陀　主護其所噉飲食香甘　神名婆羅摩亶雄雌　主護其夢安覺歡悅　神名波羅門地鞞哆　主護其不爲蠱毒所中　神名那摩吁多耶舍　主護其不爲霧露惡所害　神名佛馱仙陀婁哆　主護其鬬諍口舌不行　神名鞞闍耶藪多婆　主護其不爲溫瘧惡鬼所持　神名涅坻醯馱哆耶主護其不爲縣官所得　神名阿邏多賴都耶　主護其舍宅四方逐凶殃　神名波羅那佛曇　主護其平定舍宅八神　神名阿提梵者珊耶　主護其不爲塚墓鬼所嬈　神名因臺羅因

臺羅　主護其門戶辟除邪惡　神名阿伽嵐施婆多　主護其不爲外鬼神所害　神名佛曇彌摩多哆　主護其不爲災火所延　神名多頰叉三密陀　主護其不爲偷盜所侵　神名阿摩羅斯兜嘻　主護其若入山林不爲虎狼所害　神名那羅門闍兜帝　主護其不爲傷亡所嬈　神名薩鞞尼乾那波　主護其除諸鳥鳴狐鳴　神名荼鞞鬪毗舍羅　主護其除大鼠變怪　神名伽摩毗那闍尼佉　主護其不爲凶注所牽

佛告梵志言若男子女人帶佩此二十五灌頂章句善神名者若入軍陣鬪諍之時刀不傷身箭射不入鬼神羅刹終不嬈近若到蠱道家亦不能害若行來出入有小魔鬼亦不得近帶佩此神王名者晝夜無惡夢縣官盜賊水火災怪怨家陰謀口舌鬪亂自然歡喜兩作和解俱生慈心惡意悉滅妖魅魍魎邪忤薜荔外道符呪厭禱之者樹木精魅百蟲精魅鳥獸精魅溪谷精魅門中鬼神戶中鬼神井竈鬼神洿池鬼神廁溷中鬼一切鬼神皆不得留住某甲身中若男子女人帶此三歸五戒善神名字者若入山陵溪谷曠路抄賊自然不現師子虎狼熊羆蛇蚖悉自縮藏不害人也佛告梵志昔迦羅柰大國有婆羅門子名曰執持富貴大姓不奉三寶事九十五種之道以求福祐久久之後聞其國中有賢善長者盡奉佛法聖僧化導皆得富貴長壽安隱又能度脫生老病死受法無窮今世後世不入三惡道中執持長者作是念言不如捨置餘道奉敬三寶即便詣佛以頭面著

地爲佛作禮長跪白佛言世尊我本愚癡無所識知久聞三寶不能奉事我於今日始得信解佛法大慈普濟天下我今欲捨置餘道歸命於佛惟願天尊哀愍我等得受法戒爲清信士佛言汝善思量之也然人能止惡爲善者何憂不得安隱富貴壽命延長解脫衆難者乎執持白佛言今我以所事非眞故歸命於佛耳當哀愍我故去濁穢之行受佛清淨決言佛語執持汝審能爾者可禮敬三寶執持長者即便胡跪合掌佛於是與受三歸已歸三寶竟當有三十六善神王隨逐護汝身佛告執持言善男子汝能遠惡求善知識世之希有我當更授汝五戒之法佛言第一不殺第二不盜第三不邪婬第四不兩舌惡口妄言綺語第五不飲酒長者執持已受三歸及五戒竟佛語長者汝能持是歸戒遊行之處可無所畏戒神二十五歸神有三十六常隨護汝外諸惡鬼無敢當者長者從受歸佛戒竟佛爲說法歡喜信解禮佛而去於是以後長者執持到他國中見人殺生盜人財物見好色女貪愛戀之見人好惡便論道之見飲酒者便欲追之心意如是無一時定便自念言悔從佛受三歸五戒重誓之法作如是念我當還佛三歸五戒之法即詣佛所而白佛言前受三歸五戒法多所禁制不得復從本意所作今自思惟欲罷不能事佛可爾以不何以故佛法尊重非凡類所事當可還法戒不乎佛默然不應言猶未絕口中便有自然鬼神持鐵椎拍長者頭者復有鬼神解脫其衣裳者復有鬼神以鐵鉤就其口中曳

取其舌者有婬女鬼以刀探割其陰者又有鬼神烊銅沃其口中者前後左右有諸鬼神競來分裂取其血肉而噉食之長者執持恐怖戰掉無所歸投面如土色又有自然之火焚燒其身求生不得求死不得諸鬼神輩急持長者不令得動佛見如是哀愍念之因問長者汝今當復云何長者口噤不能復言但得舉手自搏而已從佛求哀佛便以威神救度長者諸鬼神王見佛世尊以威神力救度長者各各住立一面長者於是小得穌息便起叩頭前白佛言我身中有是五賊擎我入三惡道中坐欲作罪違負所受願佛哀我佛言汝自心口所爲當咎阿誰長者白佛我從今日改往修來奉受三歸及五戒法持月六齋歲三長齋燒香散華懸雜旛蓋供事三寶從今以去不敢復犯破歸戒法佛言如汝今所言者是爲大善汝今眼所見身所更自作自得非天授與佛語長者汝今受是三歸五戒莫復如前受歸戒法也破是歸戒名爲再犯若三犯者爲五官所得便輔王小臣都録監司五官使者之所得便收神録命皆依本罪是故我説是言令清信士女勸受歸戒歸有三十六鬼神之王隨逐護助戒有二十五神營護左右門户之上辟除凶惡六天之上天帝所遣歸戒之神凡有億億恒沙之數諸鬼神王番代擁護不令衰耗諸天歡喜皆言善哉當共護之如是持戒若完具者十方現在無量諸佛菩薩羅漢皆共稱歎是清信士女臨命終時佛皆分身而往迎之不使持戒男子女人墮墜惡道中若戒羸者當益作福德

布施持戒忍辱精進一心智慧然燈燒香散雜色華懸繒旛蓋歌詠讚歎恭敬禮拜盜持齋戒亦得過度若不能如上修行如是功德復持戒不完向諸邪道求覓福祐三歸五戒億億恒沙諸鬼神王各去離之惡鬼數來嬈近之也因衰致病耗亂其家起諸病痛遂致喪亡財物不聚所向不偶死復還墮地獄之中雖戒具足不持六齋猶華樹無果婦人不產種穀不滋治生無利折耗失本更無衣幘不持齋戒無利如是佛言長者人犯所受破是歸戒凡爲天上二百七十神王之所得便更非外魔所得便也此諸鬼神視人善惡若持禁戒不毀犯者開人心意示人善惡人若不善便爲作害疏記善惡奏上天王大王執持隨罪輕重盡其壽命如法苦治不令有怨使破戒者甘心受之佛告梵志長者執持捨彼異道於我法中受持歸戒心不安定而復破犯遂爲鬼神之所得便受諸苦痛今自悔責求哀懺謝改更修善作諸福德滅諸惡海今皆得道合家大小宗族之中見長者執持罪福報應悉從我受三歸五戒堅持不犯皆得法眼我今於此會中廣説長者宿命因緣明驗罪福亦於後世廣宣流布使得聞知佛語梵志若有清信士清信女若爲邪神惡鬼所得便者若横爲縣官所羅盜賊剥奪遇大疾病厄難之日當洗浴身體男子著單衣白袷女當素衣澡漱口齒七日七夜長齋菜食敷好高座懸繒旛蓋香汁灑地燒栴檀香一日七轉讚詠此灌頂大章句經如是妙典至眞祕藏消滅一切無量災變梵志白佛言天

中天已爲我故及十方衆生說三歸五戒鬼神名竟若男子女人欲受歸戒者當云何授與佛言若人欲受先禮十方佛長跪叉手作如是言我弟子某甲盡形壽受三歸五戒諸佛菩薩眞人聖衆哀念我等梵志又問受歸戒法有差別不佛言無差別也若人受者先當列三歸五戒之法然後以神王名字著歸戒下以好素帛書持此神王名字帶持而行行當燒香禮敬十方佛當取月八日七日持齋若欲行來常著身上若著頂上若著胷前若惡魔相逢無不除却若男子女人著此三歸五戒善鬼神王名字之時若入神祠是諸邪神悉皆驚起爲其人作禮何以故此人帶持諸佛所說三歸五戒神名字故佛語梵志此歸戒鬼神名字至尊至重諸佛護念汝好宣行之

佛說如是阿難從座而起前白佛言演說此法當何名之佛告阿難是經名爲灌頂章句歸戒帶佩佛說是經竟四衆人民天龍八部一切鬼神皆大歡喜作禮奉行

佛說大灌頂神呪經卷第一

佛説大灌頂神呪經卷第二

東晉西域三藏帛尸梨蜜多羅譯

灌頂七萬二千神王護比丘呪經第二

聞如是一時世尊遊於羅閱祇梵志丘聚從是北上鉀提山中天帝石室爾時無數比丘各各馳走忽忽不安如捕魚師布網捕魚魚都馳散世尊遥見無數比丘各各馳散擾擾不安佛知而故問諸比丘言何故繞轉如是不樂若魚畏網比丘對曰我爲魔所嬈在所不安晝則遇諸賊盜毒蛇虺蝮及諸龍象熊羆所嬈不得定意求四道果見惱如是當柰之何佛告諸比丘勿生憂惱當爲汝説灌頂章句百二十神王導從前後爲汝作護辟除邪惡諸嬈害者不令得便在所至到營衛佐人獲善吉利萬邪皆伏諸比丘喜聞佛所説心開意解前禮佛足長跪叉手白佛言世尊唯願演説灌頂章句擁護我等及未來世諸比丘輩令得安隱使入定行佛告諸比丘我今爲汝一一分明説灌頂章句百七十二大鬼神王名字如是諦聽憶念愼莫忘之也諸比丘言諾受教叉手靜聽佛言

神名道軻彌迦羅移嘻隸　神名嘻隸般鉀阿羅鉀　神名摩丘披賴兜呵頭沙　神名翅拘棃因提隸比丘披　神名漚羅須彌者羅阿羅因　神名阿羅耶阿耆破者　神名耶勿遮坻鉀移阿鉀　神名漚那是陀漚彌提屠

佛告諸比丘此十八神王護諸比丘及未來世諸比丘等及護僧伽藍佛見鉀提山中諸比丘輩忽忽不安晝則爲盜賊惡人所惱夜

則爲鬼神所困及諸龍象熊羆虎狼之所驚怖又爲蠱毒所中佛於是廣爲諸比丘輩說是無上灌頂章句諸大鬼神名號令諸比丘常獲安隱吉利之福無諸禍害

神名闍棃摩訶闍棃　神名闍羅尼優佉目佉　神名沙波提阿知和知　神名那知鳩那知波那提　神名提我沙羅波提　神名阿那波提波那提

佛告比丘此十二神王護諸比丘浮陀鬼神若人非人不敢嬈近毒藥不中不爲水火焚漂縣官盜賊不令得便怨家債主不能剝奪神王眷屬七百徒黨常爲作護辟除凶惡萬事吉祥

神名迦和尼摩訶迦和尼　神名阿佉尼佉尼阿佉那　神名阿佉尼阿比羅曼多羅神名波陀尼波提棃伽

佛告比丘此十神王護今現在及未來世諸比丘輩不令五瘟疫毒之所侵害若爲瘧鬼所持呼十神王名號之時瘧鬼退散自護汝身亦當爲他說使獲吉祥之福

神名摩呵留邏迦棃漚柅　神名金洹陀越阿耨三菩　神名迦利三耶摩訶呵輪　神名跋陀沙羅曼陀羅阿　神名迦柰國舍呵呵羅羅　神名沙陀沙陀摩迦摩迦　神名跋陀沙羅曼陀羅羅　神名伊柅伊柅耶阿耶阿

佛告比丘此十六神王與其眷屬萬五千鬼神擁護今現在及未來世諸比丘等昔伊洹比丘爲八十一億魔所嬈誦此十六神王名字諸魔眷屬顛倒墮落匍匐離散形體變化

莫知藏匿告諸比丘若有危厄恐怖之日呼
此神名即獲吉祥諸神祐助辟除凶惡
神名阿波竭證證竭無多薩　神名嘻遲比
遲沾波沾　神名波迦羅喉稜無因輪無
神名脂輪無因臺羅宋和羅　神名譔林羅
波耶越羅羅　神名檀持羅沙羅佉牛馱
佛告比丘此十六神王與其眷屬五千之衆
各以已之威神爲諸比丘辟除鬼神凶惡之
變昔我子羅云樹下禪思爲鬼神所嬈驚起
明日來到我所我即語言當爲汝說辟鬼神
呪即爲說此十六神王佛語羅云若四輩弟
子爲鬼神所嬈者當爲說此十六神王灌頂
章句令離諸横獲吉祥之福
神名阿羅域金毘羅羅　神名般耆遮和耆
羅洹　神名摩尼鉢羅沙呵阿波　神名雲

無和羅乾陀尸吁　神名拘摩和羅修摩乾
陀　神名取披鞬陀叱闍叱耆
佛告比丘此十二大神諸鬼中雄與其眷屬
三萬五千俱諸天闘時獨伏羅刹昔不知法
以血肉爲食常噉人民小兒之屬我爲說法
今皆得道作大誓願若佛滅後五濁亂時護
諸弟子比丘僧衆令獲吉祥之福德也
神名闍離摩呵闍離　神名闍羅尼郁企目
企　神名三波提摩呵三波提　神名頞提
跋提鳩坻鐵離　神名莎羅波提安那波提
神名半那波提闍那波提　神名迦備尼摩
呵迦備尼　神名波沙檀尼耶醯迦彌
佛告比丘此十九神王他方國土世界號華
積佛號最上天王如來至眞等正覺遣二菩
薩一號無量光明二曰大光明遣二菩薩獻

此十九神王神呪作是言娑婆世界一切人民行善者少爲惡者多是故獻此十九神王以佐世尊令諸衆生調伏信解令我爲汝等輩說彼佛所獻神呪十九王此諸鬼神三萬六千以爲眷屬當爲汝等設諸擁護度厄難苦令獲吉祥普入法門

神名多迦梨離摩蘭泥　神名迦梨羅牟提緊利　神名酸梨枝賁趵梨移　神名摩梨枝阿迦絺移　神名犀提移阿那耨羅企　神名犀提移阿那耨羅企　神名富吒羅兮　神名鳩羅羅兮　神名那迦離兮不吒羅兮　神名鳩蘭鞞陀羅兮　神名不吒吒羅兮鳩羅兮　神名多迦利離摩摩蘭泥　神名鳩蘭鞞吒羅鳩梨提　神名迦私羅牟提緊梨　神名迦蘭固梨提遮披竮

佛告比丘此二十七神王昔化提比丘治護屋室壁間有黒蛇來嚙化提化提即悶而躃地阿難即往至佛所啓問此事佛即答阿難言汝語化提我當爲其說辟蛇毒二十七神王護化提身語化提言汝當慈心哀天下萬蟲誦我此言汝毒當歇阿難即以神水噴灑化提化提醒寤阿難即語化提言佛已爲汝說二十七神王辟蛇毒法汝但慈心於天下人非人毒自當滅阿難即爲化提說佛所說二十七王神呪法呪化提即愈阿難語諸比丘若有安居住止之處應說此言蛇毒七歲不復嚙人三七遍誦此神名即獲吉祥

神名安陀尼抄多摩尼　神名闍摩尼摩訶尼羅　神名摸呵尼烏羅利　神名摸羅陀提遮波頭摩逸

佛告比丘此十二神王佛昔爲迦柰比丘說此神名有凶惡人常剥奪比丘衣裳比丘往到佛所啓白是事佛語諸比丘汝若在山間樹下塚墓之間行十二頭陀時有諸凶人來嬈汝者汝當說此十二神王名號凶惡之人自然退散復道而去不能爲害可得修禪求四道果獲吉祥福無衆患難

神名頞吱敷頞吒般吱敷　神名般吱敷劬離敷波羅那　神名拘離比敷劬羅比敷

神名沙臈波提敷波羅那　神名檀陀醯羅波羅那　神名須摩提陀薩提那陀

佛告諸比丘此十二神王昔有比丘名曰般若提婆誦習經法中諸寒冷遂爲蟲所嚙齒我爲是比丘及未來世諸弟子等說是章句若有比丘及諸四輩爲蟲所嚙齒者以淨水一器含水一口牙臨其上七遍誦此十二神王便吐口中所含水如是法用四十九遍蟲便破散隨水流迸無不除愈得吉祥之福

神名尹離敷伊臈毗敷　神名烏呵尼模呵漱漏漱漏　神名道迦舍棃耶那　神名冀棃陀僧披牟阿那

佛告比丘昔有求那陀比丘患眼風痛又患濕蟲痒痛難忍往到我所具以啓問我即爲其說此神呪六王爲護若後末世諸比丘輩及清信士女爲蟲所啖眼者汝當爲說此六神章句無不得愈吉祥之福佛告四衆諸比丘等昔有比丘名曰善可住在山間樹下禪思日時欲至便著衣持鉢入城聚落分衞乞食時有惡魔與八萬四千小鬼神等以爲眷屬與善可相逢魔作是念此善可沙門以得

羅漢旣能自度當復教導一切餘人使入應眞生嫉妬心作是念已便勑諸小魔輩使來從善可口中直入腹者嬈亂善可使意顚倒不得正念然善可已得羅漢心中自然豁爾開解即得憶念時佛昔爲諸比丘輩說百七十二神王灌頂章句憶念此已即便彈指一心而誦舉聲唱詠惡魔眷屬退散馳走部伍營從莫知藏處佛語比丘我今爲汝及未來世諸比丘等廣演灌頂百七十二神王名字此諸神王將從七萬二千鬼神以爲眷屬各以己之威力共護汝等使諸小魔不得汝便在所至到無所罣礙辟除惡毒蛇虺蝮等諸獸象龍熊羆之屬自然消滅無敢當者若有鬼神往來不去者四天諸王當遣使者持金剛之杵破頭作七分佛告比丘此大章句至眞至妙三世諸佛盡說是大章句我亦復開此寶函出是章句若有比丘帶持之者所到遊行善神祐助辟除萬惡魔不敢當設有惡意自然滅亡此大神典帶持之者如王佩劒謀賊敢當此大神典亦復如是若帶持者外諸惡魔及身中五陰之魔莫不爲伏佛說此語竟阿難在右邊即便整衣服頭面禮足胡跪白佛言世尊如來爲諸比丘說七萬二千神王灌頂章句於後末世法欲滅時此大章句設有受者云何授與佛語阿難此大神典至尊至重諸佛如來不妄宣說度與人也若有持戒不犯禁者護念十方諸衆生者開大乘意度苦人者近善知識聞而信受不誹謗者如是之人專心求者應當授與阿難又復叉手白佛言云何授與佛言若有受此護身

神典者先當禮敬十方諸佛次禮經寶次禮聖僧次禮度經之師皆當專心一意偏露右肩長跪合掌師當右手持文弟子以右手受之師以右手持法水灌弟子頂上阿難以是因緣故名灌頂章句所以然者如王太子紹王位時法應以水灌其頂上然後統領治國之事我法亦爾佛語阿難若有比丘樂受是典應懸五色旛蓋長四十九尺散五方之華各隨方之色燒栴檀香安息婆膠等香齋戒一心不食五辛不得飲酒及噉臭肉醍醐酥酪雜膩諸物悉不得食先當洗浴身體著鮮潔之衣於高山上以香汁塗地縱廣七尺名之爲壇當從此上度是灌頂十二部微妙經典當受之日思念十方諸佛菩薩應眞聖僧歸誠作禮及度經師莫念東西南北之事譬如禪思比丘無他想念唯守一法然後見眞若有比丘受章句經如是不亂七萬二千鬼神導從前後爲身作護爲神作護亦能爲他人作護辟除邪惡萬毒不行佛告阿難我說是時羅閱祇國城西數里有大金山其中多諸比丘輩修四道果聞說是灌頂章句皆齊整衣服來到我所頭面禮足却坐一面聽說經法是時衆中有一少年比丘已得羅漢名曰眞實從座而起前禮佛足長跪合掌白佛言天尊演說無上眞妙之法灌頂章句十二部妙典我當於佛滅度之後廣宣流布此深妙典若有國土遭疾厄者縣官所呼召萬疾流行我當於中誦讀此經百毒萬惡莫不消散說此語已便諷誦宣傳說是十二部妙典如是展轉授與諸比丘輩各令宣傳在所國

土盡得此典是比丘臨終之時餘三七二十一日存心自念言如來所說十二部灌頂章句微密妙典於後如來滅度三百歲中而此經典當隱沒不現何以故佛始滅度行善者多爲惡者少到於末世九百歲中魔道與盛諸外道輩採佛妙經以爲已有訓導萬姓令其受持而復盟誓戀祕經法當受之日皆用珍寶種種雜綵以爲重信然後授與當爾歲時國國相罰民多荒亂飲食踴貴多諸盜賊橫死者半又諸惡王斷滅三寶使法言不通破塔滅僧三寶漸末中國之王雖有信心而不究竟多所禁制心不專一迷惑於異道爾時當有比丘出現於世名曰普濟在諸名山石室之中禪思專心如是展轉遇好巖室見有寶函開而看之見此經目以紫金書刻鏤梅檀簡上此比丘見已一心合掌頭面作禮誦持修行如是妙典佛法既滅出千歲時災變如是諸佛菩薩應眞聖僧天龍八部一切鬼神見此災怪愍念衆生於末世中受諸苦惱使是比丘出現於世救度危厄苦患衆生不爲九橫之所得便以此經典使諸四輩比丘比丘尼清信士清信女讀誦宣傳教授後世一切善男子善女人等使其獲得吉祥之福佛告阿難吾去世後法言薄淡雖復慇懃不計勞苦爲諸一切四輩弟子演說微妙無上聖王過去未來現在十方無量諸佛說灌頂大章句經十二部妙典諸佛如來祕密之藏我既已演欲令此經流傳世間使未聞者悉得知見諸有疑惑未解法者心開意釋獲大利安復次阿難我說此經初始滅度百歲

之中時多諸比丘讀誦通利宣傳之者亦甚衆多到二百歲中四輩弟子多得道者於此經法都無復用至三百歲是故隱没不現世間故言爲善者多不大爲惡此玄妙神典釋梵四王護世善神山川龍王攝持經文十二部呪灌頂章句七寶之函盛持神文内著巖石屋室之中未來末世當有比丘學頭陀者遊行山間覓好禪室遇得此經開時看之禮敬合掌頂受宣傳遠近各使聞知此大章句經文既出少有受者多行誹謗不肯信奉佛告阿難末世之中雖有清信士清信女於我法中奉受三歸及五戒法不解苦空四大非我恒著我想顛倒分别起諸邪見到疾厄之日爲横所惱便向諸異道邪見師所召諸邪妖魍魎鬼神殺衆生命欲求長生愚癡之人信邪倒見爲邪師所悞死入地獄備受衆痛哀哉可傷甚可憐愍是故吾今爲其演説灌頂章句十二部要藏拔除邪惡令得長生佛復告阿難我有廣大之言深妙之語淺近之化教未及者末世之中諸比丘輩聞有國土城邑聚落異邦之處有餘比丘師師相承受此經典未聞未見諸比丘輩謂此沙門是邪見人説外道法爲利養故作如是言我不信此如來世尊有所言説義味深遠如此經所言但取人情若有比丘出此言者坐誹謗故有讀誦書持此灌頂章句經者意中悵悵不復讀誦修行此經使是行人轉生進退讀誦經者作如是言若是佛説諸餘大德比丘等輩不應謂我是邪見人眞非佛説我於此經不應好樂若廣説者便是邪見墮墮惡道中以

此因緣若於末世五濁亂時若有比丘比丘尼清信士清信女奉受此十二部灌頂章句經者如法修行不應毀呰而誹謗之見有行者恭敬禮拜想身如佛諸大菩薩應眞聖僧等無有異若有輕毀罵辱之者當於現世得不吉報佛又告阿難於後末世若有比丘比丘尼清信士女讀誦此經者爲人廣說解釋中義諸餘沙門及比丘尼清信士女未聞未見若相誹謗嫉惡此經聞有說者不樂聽聞反信邪法緣是罪故當有數萬比丘墮鬼神道中若有惡心於此經典當墮蝮蛇毒蠆之中若見經文起瞋恚心緣此罪故當有數萬人坐誹謗墮龍中阿難於後末世誹謗此經毀呰不信不欲聽聞謂諸行者是邪見人緣是謗誹經墮鬼神道及蛇龍中不可稱數我今爲諸四輩弟子敷演少耳若說其罪不可得盡非文筆所記今故出此示於未聞從今已後見讀持者不應誹謗見有修行十二部經者皆應供養供給衣服病瘦醫藥恭敬禮拜如大師想頭面禮敬應從啓受不得輕慢毀呰深典我諸四輩弟子之中轉相誹謗不肯信受此神妙經緣此過惡墮罪無窮佛說如是諸誹謗之過座中有諸比丘作如是念如來世尊有所言說皆不虛妄語諸同坐諸比丘輩未來之世當有如是破法之人毀謗此經今佛世尊故出此語破法之過阿難因從座起稽首佛足長跪合掌而白佛言如來所說無有前却有所言說皆實不虛如阿難解佛所說義多諸漚和俱舍羅然末世中多有誹謗佛先說諸經法有呪術者或云應學

誦持修行或云不應修習禁呪諸經法中更互不同反覆前後故使末世諸比丘輩有信行者有誹謗者是故重問於世尊耳唯願更演化於末聞佛語阿難善哉善哉汝能爲未來世四輩弟子重問此義快矣阿難諦聽諦受審詳行之佛言我經中說諸禁呪術不應行者謂諸異道邪見法術惑亂於萬姓但爲利養以活身命我所不許今吾所演灌頂章句十二部眞實呪術阿含所出諸經雜呪盡欲化導諸衆生故不如異道爲利養也但爲度脫衆生危難遭苦患者不於其中希望利養令諸衆生得穌息耳以是因緣吾今聽許佛告阿難我說是經利益一切無量衆生我若不說此經呪術當來末世一切衆生雖見我法微妙眞實心意貪樂由其業行習惡來久信根淺薄未解深法至眞之化佛告阿難四輩弟子入我法中受持禁戒多所缺犯心不專一急難之時遭疾苦患既不專一向諸異道邪見法中以求福祐欲脫衆難不可得離不知宿對前世業緣歸命往到異道師所跪拜問訊我遭苦厄願見救護異道師言隨汝所願吾當祈請上通五官下言地祇令汝得福救度危厄不復遭苦師又復言或汝先身犯諸過惡或言七世殃咎所引爲五官所録受諸讁罰或云牽引滅及門族前人既巳病苦所惱逢諸厄難心意不定無所歸趣恍惚失所猶如狂人師又語言汝七祖爲九幽所羅魂在太山當以疋帛隨方之色救贖汝等七祖之魂拔除汝等七世之過又有一師復作是言汝爲山神樹木鬼神星宿之神所

嬈害也致諸病痛受諸病厄必爲犯此星宿神耶當以白牛白馬種種衆生甘美飲食設諸妓樂歌詠鬼神可獲大福除汝危難所在安寧無復恐懼獲善吉祥佛告阿難我滅度後濁惡之世信正者少多習邪見不樂眞法不欲聽聞爲諸惡師作雜毒法殺衆生命欲救危厄殺者得罪天神地祇悉不噉食是故我今廣演灌頂十二部章句眞實呪術化諸未信不解道者汝當宣傳在所國土令護此經諷誦受持勿令毀缺佛說是語時欲界六天及上諸天作天妓樂已用讚歎燒天之香鬱鬱如雲天雨名華翩翩而降供養大會又有諸天龍鬼之王數千圍遶以爲眷屬因說此經因緣力故脫鬼神身皆得人身大衆人民各隨業緣得道不同佛說經已阿難長跪叉手白佛言演說此經當何名之佛言此經名爲灌頂章句七萬二千神王衛護比丘呪經佛說如是四衆人民聞經歡喜作禮奉受

佛說大灌頂神呪經卷第二

音釋

坻音遲 蜚芳微切與飛同 禘大計切 亶多罕切 忤音誤逆也 薜荔梵語具云薜荔多此云餓鬼薜蒲計切荔力霽切 洿音烏濁也 袷古協切交領也 鉀遖眉切 虺蝮虺許鬼切蝮芳六切虺蝮並毒蛇也 匍匐匍薄模切匐蒲北切匍匐奔趍也 誺丑林切 鞬計言切 叱昌吉切 𧿳仙何切 屖頻彌切 𩊚[illegible]留切 螻俱羽切 唼子合切㖩也 悵丑向切失志貌 呰音子毀也 蠆丑芥切蜂毒也 讁音責罰也

佛說大灌頂神咒經卷第三 第四同卷

東晉西域三藏帛尸梨蜜多羅譯

灌頂十二萬神王護比丘尼咒經第三

聞如是一時佛遊於舍衛祇樹給孤獨園與大比丘衆千二百五十人俱爾時有七比丘尼名修陀利在山中塚墓間禪思一心有諸惡鬼神噉人精氣者嬈是比丘尼脫其衣裳不聽遊行入村乞食是時修陀利比丘尼語同坐諸比丘尼言汝等當正心憶念我師釋迦牟尼多陀阿伽度阿羅訶三藐三佛陀作是言已是諸噉精氣鬼神退散馳走於是修陀利比丘尼等相將俱到佛所稽首作禮白佛言天尊我等七人受天中天無上眞法思惟一心求四道果是諸噉精氣鬼神七萬餘頭來亂我等不得正念亦復遮圍不令行求飲食之具見惱如是當柰之何唯願天尊說於聖術而辟除之說是語時阿難在右邊佛顧語阿難言汝見是修陀利比丘尼七人等不阿難答曰見佛言阿難是諸比丘尼常爲七萬鬼神所嬈我今當爲其召須彌頂上及海中諸大神王當護是等諸比丘尼不令諸小魔神得其便也佛於是便以神力召須彌頂上諸鬼神王來已是諸鬼神王將從七萬鬼神來到佛所稽首禮足佛告諸鬼神王等我若在世及滅度後在所國土城邑聚落護諸比丘尼不令諸小鬼神之所得便令諸比丘尼所到之處常隨護助使得安隱諸惡之鬼不得嬈近佛復告勑大海居上水精山中龍宮所住之處有五萬鬼神將其營從來到佛所各禮佛足却住一面佛又告須彌頂上

七萬神王及海中五萬神王等汝從今以後當護諸比丘尼令得安隱離諸恐怖得定意得定行令諸小魔退散馳走遠於是處百千由旬不得作害佛說是已賢者阿難長跪叉手前白佛言是等神王其字云何願爲解說佛言阿難其神名字我今說之灌頂章句其名如是

神名枝活吒貿蚤字淨自在此神主護其頭
神名倪提恕恕蚤字妙善生此神主護其眼
神名波羅恕恕蚤字暉日光此神主護其鼻
神名和沙頭提手字信堅固此神主護其耳
神名頭荷尼迦移字開疑惑此神主護其口
神名膹迦梨迦移字光普攝此神主護其頸
神名沙提舍鳩羅字善安吉此神主護其肩
神名波羅闍迦提字耀雪山此神主護其臂
神名波羅頭阿銖字演光明此神主護其手
神名迦摩隸吒遮字香珍寶此神主護其胷
神名俱波婁閦叉字如福輪此神主護其背
神名沙善般遮攎字清微徹此神主護其腹
神名旃遮欶摩伏字音和柔此神主護其脇
神名遮揵陀梨子字福德光此神主護其心
神名遮羅乾波頭字眞寶種此神主護其肝
神名波羅斯奴遮字遠聞聲此神主護其肺
神名蘇貿迦闍羅字建行至此神主護其脾
神名劒浮耆棃恕字慈悲普此神主護其腎
神名迦俱攎絺迦字越衆行此神主護其腸
神名恒多羅菩提字威解振此神主護其胃
神名摩多羅和提字眞如天此神主護其臏
神名至那比舍尸字愛事業此神主護其髀
神名曼比舍尸羅字除恐畏此神主護其膝

神名迦羅鋪阿尼字願施廣此神主護其脚
神名阿沙耶迷和字消諸惡此神主護其出
神名抄伊摩陀伊字護世主此神主護其入
神名阿提摩陀伊字加諸願此神主護其坐
神名阿奴摩陀伊字星中王此神主護其卧
神名破仇摩陀伊字首安寂此神主護其夢
神名蘭脾留波利字行寂然此神主護其起
神名耶頭破那坻字德明遠此神主護其食
神名比尼槃頭倚字蓋天地此神主護其飲
神名波斯離次離字眞不邪此神主護其語
神名具梨乾陀離字施願普此神主護其笑
神名跪離那波羅字快善意此神主護其戲
神名末梨游沙梨字顯高明此神主護其樂
佛語阿難是須彌頂上三十六神王名字如
是有七萬鬼神以爲眷屬當作擁護令修陀
利比丘尼及未來末世中諸比丘尼等若爲
邪神所惱亂者不令得便所到安寧不爲邪
惡所中設有娩者心當存呼灌頂章句三十
六神王應念即至導從左右爲諸比丘尼現
威神力攘諸魅魔使不得便辟除凶惡消滅
不善令得吉祥佛復告賢者阿難大海之中
龍宮居止有三七大神王之女我昔得道與
其眷屬來到我所稽首作禮説如是言當於
佛滅度後五濁末世之中護佛弟子我已面
勑此諸神王令當擁護修陀利及未來末世
諸比丘尼等此諸神王亦不違本誓若有危
厄禍害之日常當淨心歸命三寶然後呼其
名字無不爲護輙在左右阿難白佛言是諸
神王有如是利益唯願速説灌頂章句善神
名字爲守護故使諸比丘尼離諸恐懼不爲

邪妖之所惱近佛言阿難是大神王女名字如是

神王女藍波惟藍波字珠瓔珞

此神女爲其辟除邪惡魍魎魅鬼驅逐百千由旬不令得住

神王女鴛那多烏那陁字摩尼寶

此神女除去鳥鳴野狐變怪因衰嬈人者不令住其舍宅之中

神王女蘇貿迦羅闍字好莊嚴

此神女主夢寐顛倒見諸先亡傷毀之鬼悉能消伏

神王女摩奴羅摩遮字嚴飾妙

此神女若遊出時異道聚會飲食有毒自然消化

神王女劒浮耆棃悶字寶連珠

此神女護諸怨家若相見時起諸毒惡即便和解相向

神王女惟舍羅遮迦字瑠璃光

此神女若有嫉妬惡心相向者以帶持故不生貪心

神王女攎樓迦攎樓字身徹照

此神女若有債主求諸財寶以神護故便寬賒消息

神王女迦羅博多尼字華開敷

此神女某若爲盜賊惡伴所引至縣官時即便解脫

神王女澠迦陁羅遮字香烟氣

此神女主治蜚尸客氣之鬼復連鬼神即便磨滅不現

神王女稜迦移羅那字妙王頂

此神女若爲龍象所害種種恐畏以其誦持
自然消滅
神王女劒蒲闍浮無耶字遊戲樂
此神女護某種種疱腫衆衰頭痛寒熱即便
不行嬈害
神王女迦俱攎絺迦字淨如梵
此神女護某不爲山神樹神惡死善死鬼神
所嬈害也
神王女遮羅絺迦那字音深妙
此神女護某至大小便利之時不爲惡鬼神
所觸嬈也
神王女曼羅鳩梨陀字信善語
此神女護某屋舍牀席帳幔不使他餘鬼神
留停宅中
神王女腎頭棃迦羅字師子音

此神女守護某門戶宅舍四方八神之王勑
令鎭護除去不祥
神王女訶栗提羅伽字樂音樂
此神女典領八十億神諸神之母護某使萬
病除愈百事吉祥
神王女薩遮摩陀利字聲清徹
此神女護某不令他人厭禱憎嫉之者使厭
禱不行害也
神王女曼多羅阿佉尼字欣樂快
此神女主五瘟疫毒若頭痛寒熱某若呼名
即爲作護也
神王女鳩蘭鞞吒羅兮字結明誓
此神女主諸毒蛇蚖蝮若嚙人者存呼七遍
毒即不行
神王女抄多摩尼摸字柔輭音

此神女護其不令盜賊剝奪衣裳呼其名字
賊即退走
神王女沙騰波提敷字心安詳
此神女護其牙齒若爲蟲所嚙者存呼其名
七遍蟲即消滅
佛告阿難我所說海中灌頂章句神王女其
名字如是此諸神王女與其眷屬五萬鬼神
遶海邊行一日一夜周帀八萬四千由旬以
血肉爲食今皆得道爲末世比丘尼輩現威
神力作大護助辟除邪惡萬毒不行佛語修
陁利及未來諸比丘尼等若有能持是灌頂
章句則離一切無數恐懼若持此神呪夢安
覺歡不畏縣官水火盜賊怨家債主自然辟
去鬼神羅刹妖魅魍魎邪惡薜荔厭鎮之鬼
樹木精神百蟲精神畜生精魅溪谷精魅門
中内外鬼神戶中内外鬼神舍宅四方井竈
鬼神洿池鬼神廁溷鬼神若比丘尼帶持經
者此諸惡鬼終不得便若有厭禱呪詛之者
其人帶持神呪經故自然辟惡兩作和解俱
生慈心惡意悉滅無復惱害諸比丘尼若在
山中溪谷曠路抄賊劫略自然不現師子虎
狼熊羆蛇蚖悉自縮頭藏不害人也何以故
此十二萬神王大神呪經至尊至重能爲諸
比丘尼作大利安佛語修陁利及未來世諸
比丘尼等說此灌頂無上章句若後九百歲
中爲諸邪惡魅鬼嬈人因衰作害或有惡魔
吐種種雜毒之氣以害汝等復有鬼神吸汝
五脈又有鬼神噉汝精髓如是惡鬼噉人肉
者不可稱數我今爲汝略說少耳佛告阿難
若後末世諸比丘尼爲惡鬼神所嬈惱者當

洗浴身體著鮮潔之衣當專心一意讚詠此經當以五色之綵作好旛蓋香汁泥地縱廣七尺然十方燈散雜色華燒衆名香膠香婆香安息香等禮拜十方七日七夜長齋菜食不噉五辛審諦莫疑是諸惡魔聞見此經神呪力故即馳散而去遠百千由旬不能爲害消滅不善吉祥感應於是以後修陀利及未來諸比丘尼等悉共讀誦書持是典而供養之中有闇鈍比丘尼輩不能讀誦者但書持是典以好繒綵作囊盛之若欲行來出入之時輙著衣前所往來處獲善吉安若有惡魔自然滅亡無敢當者此大神典至尊至妙極有威神若後末世書持此典佩帶在身遊行十方無所復畏以是因緣出此神呪令人讀誦受持供養所帶佩之佛說是語時天帝釋如人屈伸臂頃從天來下往到佛所稽首作禮長跪叉手白佛言天尊然諸佛至眞德過須彌智超江海慧踰虛空獨步三界無能及者十方一切莫不蒙度天帝釋說此讚歎時虛空中雨天香華以散佛上諸天歡喜鬼神亦然佛說經竟阿難從座而起長跪叉手白佛言演說此經當何名之佛語阿難及諸四輩我說此經名十二萬鬼神之王灌頂章句汝善持之於吾滅後若有清淨諸比丘尼歸命求者應當授與佛說是經已阿難叉手白佛言設有諸比丘尼若欲受者云何授與佛言當如大比丘受七萬二千神王灌頂大法無有異也佛說是已四輩弟子天龍八部莫不歡喜作禮奉行

佛說大灌頂神咒經卷第三

佛說大灌頂神咒經卷第四

東晉西域三藏帛尸梨蜜多羅譯

灌頂百結神王護身呪經第四

聞如是一時佛在羅閱祇國大精舍中有千二百五十弟子各住餘室佛獨一房自思念言我涅槃後四部弟子持戒不具多所毀犯造作非法不行十善我法既滅末世之中鬼魔亂起行諸邪惡嬈惱人民又有毒龍吐毒害人我當云何而辟除之作是念已默然而住於是天帝知佛所念從座而起如人屈伸臂頃來至佛所稽首佛足作禮畢已長跪叉手前請佛言唯願世尊慈濟衆生爲說無上灌頂章句大神王名字護萬姓故使得安隱離諸危厄度於邪惡使諸魔鬼不得作害結願神名常在左右爲人防惡使毒不行所請如是唯願演之佛告天帝釋善哉善哉諦聽諦受吾今爲汝而演說之令諸世間一切衆生有受三自歸者盡帶持此百大神王名以護人身辟除邪惡使萬毒不行百姓安寧若千億神恒沙數鬼皆不得留住帶神名者身中若有鬼神在其身中不去者四天王當遣使者持金剛杖碎頭作七分天帝釋白佛言世尊所稱譽者其法微妙唯願演說化於未聞佛語天帝此灌頂章句結願呪經甚深微妙不可妄說諸佛世尊不妄宣授度與人也今我出世值於五惡我若不說此結願呪經者諸弊小鬼互來嬈人覓人飲食求人長短我今爲汝及一切人而演說之佛語天帝釋言有百神王今在須彌山頂上居止我以威神召其使來面勑神王以護汝等令不遭橫

結縷呼其名字是諸神王常當在汝左右爲
汝作護天帝釋言其名何等佛言
神名伊利寐鞮字德無礙　神名尼烏廚遮
字棄臭　神名波羅那頭字遊安寧　神名
無和遮婁字歸正化　神名薩多伎羅字救
脫厄　神名嘻摩和頭字暉光照　神名夫
婁睟俱字宣言教　神名阿羅或駒字開達
明　神名那羅那移字隨順彼
是九神王當以威神爲某作護辟除凶惡無
諸惱患他餘鬼神不得其便遠百由旬無相
嬈害帶持結願神王名字外諸惡魔無不除
却獲善利安令得吉祥
神名摩醯首羅字威靈帝　神名摩尼跋陀
字威伏行　神名富那跋陀字集至誠　神
名金毘羅陀字威如王　神名質多斯那字
和敬上　神名賓頭盧伽字立不動　神名
車鉢羅婆字忍德脱
是七神王當以己之威力共擁護某除不吉
祥鳥鳴惡夢野獸變怪因衰嬈人者不得害
某帶持結願神名字故獲福如是
神名曇摩跋羅字學帝王　神名摩竭波羅
字除曲心　神名繡利密多字有功勳　神
名勒那翅奢字調和平　神名翰摩舍帝字
伏衆根　神名奢羅密帝字獨處快　神名
醯摩跋陀字應念至
是七神王當以威神之力爲某作護若入江
海湖池溪谷水中雜毒蛟龍之屬懷惡心者
風波起時以某帶持結願神名自然安隱過
度厄難所到安寧吉祥度岸
神名薩多琦棃字大力天　神名波利羅睺

字勇猛進　神名毘摩質多字響高遠　神名睒摩梨子字英雄德　神名波阿梨子字威武戚　神名佉羅騫陀字吼如雷　神名鳩羅檀提字戰無敵

是七神王當以威德在所作護若入異道聚會之中飲食有毒蠱道所中食其飲食自然消化毒爲不行帶持結願神王力故現世獲福其報如是

神名和耆羅桓字堅不動　神名摩尼鉢羅字演暢音　神名阿波提羅字喜無懼　神名曇無和羅字赫嚴飾　神名乾陀尸吁字堅住行　神名劬摩和羅字清淨明　神名摩呵闍羅字越諸難

是七神王當以威神爲其作護若有怨家以毒惡心妬賢嫉能或爭財寶已爲咎恨鬪諍不已是七神王即以威力解除二家使其和解俱生善心惡意悉滅帶持結願神王名字現報如是

神名闍那阿梨字善威光　神名耆羅斯耨字事業得　神名勒迦設婁字除煩惱　神名遮摩多梨字補天位　神名羅摩奴遮字開正路　神名膩迦攎遮字力堅固　神名阿梨攎臏字離諸趣

是七神王當以威神佐助左右治生賣買常獲倍利不與怨家盜賊惡伴之所牽引所在遊行見者悉喜和悅相向無瞋惱色帶持結縷神王名故現報如是

神名鴦那攎遮字除怖懼　神名惟舍羅遮字超出難　神名蠅迦陀羅字覆天地　神名遮羅絡迦字自無畏　神名斸頭梨迦字

德如山　神名那維師尼字思無畏　神名陀優陀羅字住無畏
是七神王當以威神爲其作護辟除縣官危厄之難若合死事鞭撻便除枷鎖杻械杖楚之罰罵辱嗤𠴲即便除解以其帶持神名力故現報如是
神名富阿陀羅字勝旛懸　神名沙羅和難字弘聖言　神名那羅訶摩字施無盡　神名醯波舍摩字將導安　神名阿抄牟羅字覺無常　神名比抄倚耶字分别解　神名至羅和移字善勸吉
是七神王當以威神主產生者不令他餘邪惡鬼神閉其生門帶持結願神名力故到產之日身體安定無諸痛惱兒則易生左右善神扶佐生者帶持結縷獲福如是

神名抄摩和提字滿無及　神名首抄和提字威如天　神名阿抄和泥字辯無喻　神名脾羅摩尼字無復疑　神名修吼摩耶字降小魔　神名提摩陀伊字解生死　神名架抄優陀字拔愛根
是七神王當以威神主五瘟山海之中諸小憋龍各吐惡毒五色之氣侵陵萬民彼輒頭痛身體寒熱或時致死以其帶持結願力故惡龍攝毒不復害人帶持結縷現報如是
神名半那波提字精勇健　神名莎羅波提字救世者　神名沙和迦沙字離邪行　神名尼遲婁譚字滅思想　神名波羅般然字威靈祇　神名嘻蘭譚耆字如江海　神名金羅伊頭字不畏兵
是七神王當以威神主逐詐稱浮游鬼神名

籍未定者天上不攝地獄不受來往世間若在城邑聚落村里作諸變怪恐動人情愚人惶怖爲設福食謂之爲神或言汝命屬我作諸病痛保汝不死以其帶持結縷神名此諸惡鬼不復嬈近索人飲食帶持結願福德力故現報如是

神名脂難雷耶字通達顯　神名揁摩質婁字堅正幢　神名倪和無訶字至大祇　神名懼頭摩醯字最上勝　神名差陀離遮字久建行　神名難頭譚難字吉安寧　神名嘻遲嘻遲字勢力强

是七神王當以威神主治蜚尸客氣之鬼復連注鬼或有魅鬼來入人身使意撩亂湯藥針灸悉不得治呪術不行者此鬼流轉在人百節五脈之中使人惶惑諸治不差者以其帶持結願神名此諸注鬼不能爲害結願福德現報如是

神名阿波梨移字惠無窮　神名較坻細耶字斷諸結　神名摩梨摩羅字作正臣　神名阿泥梨移字積射施　神名波泥梨移字不捨顯　神名阿吼羅迷字除垢穢　神名阿都摩梨字誠信篤

是七神王當以威神主入溪谷山野之中毒蛇虺蝮諸雜毒蟲象龍熊羆虎狼禽獸種種恐畏噉人血肉者以其帶持結願神名常隨導左右爲其作護除却諸惡無衆衰惱帶持結願現報如是

神名阿迦至提字正真治　神名修波梨阿字止住安　神名詓羅毘羅字伏魔魅　神名阿呵閉羅字教令從　神名毘羅摩跢字

朗赫照　神名師羅摩提字嚴整住　神名跎飢棃尼字立安明
是七神王當以威神主治逆賊侵陵境土劫奪人財寶偷竊爲意恒生惡念不絶以貪求故壞王國土村營市里更相嬈害以其帶持結願神名十方怨賊劫盜等侶自然消散不能爲亂以其帶持結願經故現報如是
神名尺陀槃尼字殊勝彼　神名尼披散尼字深寂滅　神名摩訶曼那字辭章句　神名兔陀棃那字曉了度　神名漚那提奴字吉定安　神名漚那提陀字虛空住　神名軀彌提屠字法呪術
是七神王當以威神護國土中有雜毒之氣以擊人身彼輒寒熱起諸皰腫或乃徹骨至潰之日膿血臰爛不可得近唾呪不行或時致死末世之中生此毒害以其帶持結願經故雜氣之毒不害其身辟除萬惡魔邪敢當帶持結願現報如是
佛告天帝釋若男子女人爲邪鬼所得便者當洗手漱口清淨正心敬禮諸佛三寶應燒名香膠香婆香安息香等香汁泥地縱廣七尺散五色華然十方燈以五色之縷各七條長七尺而左索之存百神王名字亦並結之若人受者當長跪叉手專心三寶莫念東西南北之事亦復莫念家室之事聽師所言稽首頂受諸鬼神王當以己之威力爲男子女人作大護助行來出入帶在身上諸鬼魔輩聞見之者馳散亡走各自隱藏不近人也佛告天帝釋此灌頂章句百神王不但結縷呼其名而已若人危厄衆難所惱隨其所主存

呼憶念常在人左右不離須臾書持名字厭除不祥隨神擁護百怪消滅魔邪敢當無不吉祥過度衆厄壽命延長

佛說灌頂章句百神王名字時有八菩薩從他方來稽首佛足而問佛言說是神名餘諸神王少有及者天中天怛薩阿竭乃說是神名諸菩薩樂精進者行無懈怠佛般泥洹後是諸神王當久在閻浮利内不佛告八菩薩言我般泥洹後是諸神王當現在世二百歲至三百歲其後不復現却後濁亂世佛經且欲滅時諸比丘輩不復用法威儀戒律恒相嫉妬毀滅正化至吾法沒國國相伐於是結縷神名當復現耳佛法漸末有諸少學比丘用佛威神力故誦是經典老大比丘不欲聽聞謂諸少學諸比丘輩汝破佛法行此邪見當墮鬼神道及地獄中當知佛法於此漸滅爾時摩訶須薩和菩薩憍日兜菩薩那羅達菩薩須深彌菩薩和林調菩薩共白佛言天中天般泥洹去却後世時是經卷者我輩護持使佛道久存若人未聞是經典者我當授度諷誦宣傳持是經典佛告阿難及天帝釋四部弟子是跋陀和於五百菩薩人中之師當持正法合會隨順教莫不從歡喜心隨順心清潔心却欲心是時五百人皆叉手立佛前跋陀和菩薩白佛言菩薩持幾事得行是神呪佛言有四事能行是神呪一者不信餘道二者斷除愛欲三者如法修行四者無所貪生若菩薩行是四事乃能得行是灌頂章句結願呪經佛告八菩薩摩訶薩若男子女人行是神呪持諷誦讀爲他人說令世現得

五百功德譬如慈心比丘終不中毒亦不中兵火不能燒入水不死帝王不能得其便也如是善男子善女人輩修行是結願呪經有如是功德不爲水火所害若龍若師子若虎狼若薜荔若鳩洹鬼神若喜娆人者若欲殺人若奪人財寳若壞人禪定設中害者使不得便佛言如我所説無有異也唯除宿命不請耳若人淨持齋戒行是呪經不患目痛身體無病心意無憂終無厄難若死若近死事皆能解脱無復惱害若男子女人修行是神呪者爲天護敬亦復稱譽讃歎其善龍王鬼神閱叉乾陀羅阿須倫迦樓羅眞陀羅摩睺勒鬼神王若人非人等共敬愛稱揚其善爲諸佛菩薩聲聞聖衆之所護念若命終時是八大菩薩迎其精神往生西方自在隨意於是天尊以頌讃曰

我説灌頂章句義　辟除邪惡精魅鬼
餘他鬼神不得便　結縷神名常擁護
鳥獸變怪野狐鳴　帶持誦者灾禍滅
若乘船行江海中　水中蛟龍魚黿鼉
種種雜類無央數　終不爲害安隱度
若入異道蠱毒家　飲食有藥自消化
以帶持故能除惡　生嫉妬者使滅恨
怨家爲伏喜相向　債主寬意不諍財
賣買萬倍利自來　盗賊不引恐懼除
縣官死事莫憂慮　帶持結願唖即除
若有生産輙生男　設生女者皆端嚴
生門有鬼化爲護　小小危厄無不度
魅鬼雖娆善神佐　離諸危難無恐怖
海中憋龍吐惡氣　雖欲侵陵無能害

浮游鬼神覓人食　見持結願皆消息
注連魔鬼入人腹　誦持結願皆自出
溪谷曠野雜毒蟲　以帶持故無不降
他方怨賊奪人財　見有誦者復道歸
俗惡末世生毒腫　帶持結願無不滅
若有男子學誦是　佛說神呪結願經
假使欲歎其功德　譬如恒邊滅一沙
刀箭矛戟不傷身　盜賊怨家無能害
國王大臣喜悅向　學此神呪福如是
蛇蚖含毒誠可畏　見彼誦者毒疾除
不復瞋恚吐惡氣　持此神呪福如是
怨讎嫌恨莫能害　天龍鬼神眞陀羅
覩其威光默然信　學誦此典德如是
山野憋很及大蟒　師子猛虎鹿獨玃
無傷害心悉藏毒　衆惡消滅魔敢當
憋惡鬼神將人魂　諸天人民懷害心
感其威神自然伏　學此結願無所畏
其人不病無苦痛　耳目聰明無闇塞
言辭辯慧有殊桀　行是神典能除惡
其人終不墮地獄　離餓鬼道及畜生
世世所生識宿命　學誦此典人所敬
鬼神乾陀共擁護　諸天四王亦如是
及阿須倫摩睺勒　行此神呪福能護
諸天悉共頌其德　天人龍鬼甄陀羅
諸佛嗟歎令如願　諷誦說經爲人故
其人道意不退轉　法慧之義而無盡
姿顏美艷無與等　誦習此經開化人
國國相伐民荒亂　饑饉荐臻懷苦窮
終不於中夭其命　能誦此經化人者
勇猛降伏諸魔事　心無所畏毛不竪

其功德行不思議　降伏外道令入正
妖蠱幻化及符呪　穢濁邪道不正行
持是神呪莫能中　用愛樂法建立故
一切悉共歌其德　具足空慧佛弟子
然後當來在末世　手得結願神呪經
常行精進喜踊躍　同心和悅奉此法
受持經卷講諷誦　令此法言無遺失
所在宣傳令廣知　法言流布有利益

爾時世尊說此偈已告阿難言假使有人令面見佛至心供養衣被飲食牀臥之具病瘦醫藥不如有人受持是灌頂章句結願神呪經書諷誦讀載著竹帛爲他人說則爲具足供養於佛時天帝釋與無央數諸天俱來各齎天華香供養散佛而白佛言吾當將護持結願經者四天王及上諸天各齎華香以供養佛各白佛言我當擁護善男子善女人受此經典書持誦讀爲他人說所在遊行周帀營衛令無伺求得其便者佛告阿難我今爲汝及四衆弟子說此灌頂章句百神王名護身結願大神呪經汝當受持度與男子女人等輩令其諷誦宣傳吾言示於未聞佛說如是天龍鬼神四部弟子聞經歡喜作禮奉受

佛說大灌頂神呪經卷第四

音釋

蠡郎何切　臏婢忍切　欶色角切　脾蒲糜切土藏也　腎時軫切水藏也　䏶部比切股也　澠音免　疱腫疱披教切腫知隴切　鞮都黎切　睒失冉切　騫苦堅切　⿰口戔子賤切　憋匹蔑切　謣音子　跎知葦切　潰胡對切自壞也　臰尺救切　蜯母黨切大蛇也　𤞞音哥　玃居縛切𤞞玃大猿也

佛說大灌頂神咒經卷第五 第六同卷

東晉西域三藏帛尸梨蜜多羅譯

灌頂宮宅神王守鎮左右呪經第五

聞如是一時佛在摩竭國與千二百五十比丘俱菩薩萬七千人清信士三萬人清信女萬二千諸天人民鬼神龍王不可稱計皆悉來集聽佛所說莫不樂聞佛語目連波羅閱國去城千里有七百餘家未覩聖化不識眞道多事鬼神山川樹神及日月五星二十八宿水火神等舉村奉事以爲眞正殺生祭祠以此爲常是時村民宗主名曰迦羅那門室大小一百餘人春分之中爲惡鬼神所共嬈觸此迦羅那居山谷之邊或言山神嬈我或言樹神嬈我或言水火日月星宿神嬈我作是念已生大愁苦爾時惡魔明旦復將五方鬼魅悉共并力摑地大呼恐怖迦羅那家室大小或有鬼神身如師子或如熊羆虎狼象龍牛馬犬狗猨猴之形不可具說或蟲頭人身虺蛇之形黿鼉之首或六目三頭或一頭而三面齒牙爪距或擔山吐火雷電霹靂村民聞之莫不助憂然迦羅那心中煩憒語諸宗族卿等當佐我作何方計爾時村中有學梵志道者語迦羅那言汝可請大學淨信梵志迦羅那答言可爾便擇吉日良時設大供辦諸梵志集來迦羅那大客堂上迦羅那自行澡水行水已訖飯食竟便敷小卑座從座而起白諸大德淨信梵志我等從春分以來常為諸魔之所嬈觸頗諸梵志各出聖術以却鬼神災惡之變諸大梵志各各皆言善哉善哉當為汝說先師之法昔時波羅柰國亦

有此變汝可於村中平淨之地謝四山諸神及日月星宿神等當得百頭種種衆生各各異類并二小兒殺以祠天汝將家大小眷屬詣於村中平淨地處祭祠壇所使人人跪拜請命求護然後乃安爾時迦羅那即如其言明旦具兩小兒及異類衆生種種各百頭平治村中便將家大小及諸衆生往彼祠壇所象馬牛羊隨道悲鳴震動天地從東門出當就祭壇於是世尊大悲普濟一切衆生愍是迦羅那愚頑之甚云何與大惡意殺衆生命欲救一家便勑弟子大目揵連汝可往爲迦羅那說辟鬼神呪護迦羅那目連受勑便承佛威神即爲迦羅那召五方諸善神以衛護迦羅那門戶左右悉獲安隱辟除邪惡往來鬼神爲汝作害者從今以去遠汝村舍不使爲害迦羅那見目連現神飛來歡喜踊躍頭面禮目連足下作是念言尊者不以我愚賤現神顧我度我災難令得穌息無復愁惱我今便是蒙尊者威靈救度我危厄使諸惡魔隱藏不現迦羅那說此語已諸梵志輩悉見目連現神化來爲迦羅那說大神呪當呪之日天地大動諸梵志輩使迦羅那祭祀鬼神飲食之具并其座席悉皆飛揚在於虛空諸衆生輩各得解脫無人留制隨行而去諸梵志輩見大目連現呪術變化威德如是四衆咸然稽首目連足下而問訊言尊者目連宗事何師其法眞妙乃如是乎摧滅我等鬼神災變令一村人悉得穌息皆尊者恩使之然也目連語迦羅那梵志四衆等今我師者天人之尊智慧弘廣靡所不遍深知來今過去

之事身長丈六紫磨金色三十二相而自莊嚴度人厄難無不解脫四衆聞說大聖威神無不欲見世尊身者迦羅那白目連言今佛世尊可得見不目連語言今佛世尊近在羅閱祇爲諸天人四部弟子說眞妙法時迦羅那語大目連我今便欲相隨往見世尊目連語言佛神通聖達自見爾心不須去也但燒香散華世尊今日現神化來亦爾不久時迦羅那燒香散華靜心念佛須臾之頃佛現神來將從一千二百五十比丘四輩弟子諸菩薩無央數悉來集會迦羅那大客堂上客堂自然廣博嚴好變爲殿舍悉以瑠璃爲柱琛七寶莊嚴懸雜旛蓋四面皆有諸小菩薩執持旛蓋侍立左右迦羅那及梵志四衆等見佛心中歡喜踊躍無量頭面接佛足下稽首作禮迦羅那前進長跪叉手白佛言世尊我從歷劫以來信邪倒見不識正眞有危厄之日輙殺衆生請求福祐今者世尊大慈普濟救度衆生危厄之患皆蒙解脫離諸恐怖皆天中天目連恩也室家大小及村中人悉獲度脫迦羅那及梵志四衆等從佛乞受戒法佛爲廣說業行因緣得法眼淨宗室大小及村中人聞法歡喜各發善心有受戒者有生天者各隨業行得道不同

爾時座中有一菩薩名曰普觀從座而起前白佛言世尊以爲迦羅那說五方辟鬼神呪營護門戶鎭守左右竟惟願更演向者目連所說章句爲未來世諸衆生輩若有如迦羅那比惡鬼神所嬈者我當書持讀誦經文示於後世廣宣流傳遠近使聞普得度脫無復

憂懼佛告普觀菩薩汝能爲未來濁惡之世重問灌頂無上章句神名字者諦聽憶念我當重演如是章句普觀菩薩言唯唯天尊四衆渴仰唯願速說佛言灌頂章句其名如是

神名阿修訶比尼槃頭倚　神名波梨犂波斯離次離　神名優吵知具利乾陀離　神名阿泥棃移波泥棃羅　神名阿吼羅迷比略波祇　神名氣利彌提波羅彌提　神名陀羅住留富那佉尼　神名師阿羅陀羅曼陀羅　神名具利乾陀利闍吒羅　神名住利旃吵利嘻摩陀　神名阿波提棃摩那斯爾　神名脂波弗蔑懼頭摩醯　神名嘻蕪蔑羅阿棃彌醯　神名多遮枝嘻遮唯留賴　神名差陀離遮難頭謣難　神名貿婁差陀輸柔羅彌　神名丘波題金波羅優候　神名東波須摩羅提迦波　神名伊提牟羅嘻遲佉　神名阿提嘻和遲比難羅　神名沙摩頭迦優頭摩陀

佛告普觀菩薩摩訶薩東方有七千大神其上首者有三七鬼神之王守護東方不令邪惡觸犯萬姓若有鳥鳴野獸變怪災禍起時種種不吉惡夢衆衰橫羅縣官枷鎖著身危厄之人衆所憎賤當以此三七神王辟除東方如是災厄使諸邪横不得妄生此諸神王守護東方除去七十億雜魅之鬼爲人作害者聞有男子女人讀誦呼是七千鬼神上首名者七十億魅鬼馳走而去一萬由旬不害人也當說其名獲吉祥福灌頂章句其名如是汝善持之

神名那頭化提阿棃鳩棃　神名提多瞿佉

難阿棃迦　神名迦棃波棃金摩多泥　神名波奈羅迦荼支由羅　神名沙彈吒迦勒迦摩夜　神名校坻細耶般遮夷提　神名坻棃指棃摩棃摩棃　神名師佉惟沙差尼阿藍　神名薜師霧耶鬱次彌次　神名雞頭貿曑揄恥瘖浮　神名突迦多曑那于陀伎　神名陀舍屈兜沙門多頭　神名伊棃寐提薛荔迦移　神名鳩舍羅膹迦拘多曑　神名因婁賴天沙伊多耨　神名甄尼烏厨遮摩多棃　神名摩絲吒遮夫婁擘俱　神名羅闍迦提阿銖迦綠　神名摩尼摩尼遮婁旃陀　神名俱波婁閦叉阿羅域　神名那羅那移闍那阿棃　神名沙善般遮壚棃波棃　神名旃遮賴摩体迦設婁　神名遮棃迦阿棃擘烏遲　神名羅摩奴遮膹迦爐遮　神名波羅斯奴遮斯叉奴　神名遮羅乾波頭那爐遮　神名乾提于訶棃波攎闍

佛告普觀菩薩摩訶薩南方有九千大神其上首者有二十八神王能爲一切辟除衆惡守持南方除去五瘟疫毒之病蜚尸邪忤殃咎之注口舌鬬亂災火變怪毒蛇蚖蝮熱氣惡病悉出南方是二十八神王有人知其名字諷誦宣傳是二十八神王即爲佐助消滅邪惡使一切毒壓笮不行以知神王名字力故南方魅鬼七千億數去萬由旬不能爲害灌頂章句其名如是汝善持之

神名訶婁薩叉提尸遮那　神名藍波維藍波貿那多　神名蘇鴛迦羅闍烏那陀　神名摩奴羅摩遮檀婁迦　神名劒浮耆棃和迦羅博　神名惟舍羅遮繩迦陀羅　神名

遮稜迦移陀那羅浮　神名迦俱攎絺闍羅
絡迦　神名多羅舍脂曼鳩棃　神名翳頭
棃附多四和伎　神名阿耆尼羅鵶秖迦遮
神名菩提尼菩提多菩提　神名恒多羅夜
尼耶迷　神名陀羅陀優富阿陀羅
佛告普觀菩薩摩訶薩西方有六千大神其
上首者有三七神王主持西方怨家逆賊伐
王國土偷竊之人懷惡心者聞有男子女人
等輩呼三七神王名字之者即便退散逞惑
而去五億魔魅退走萬由旬外不復害人也
此三七神王灌頂章句其名如是汝善持之
神名那葉提章比舍曼破　神名沙伊摩陀
阿仇伊陀　神名破仇摩至多羅和架　神
名比牟坻羅泥架那紫　神名迦蘭脾留波
摩迦羅　神名耶頭破舍羅首棃沙　神名
拘陀利比呵棃蔔陀　神名曼陀波沙多陀
周留　神名阿知和知阿那波提　神名那
知鳩那知提和沙　神名摩呵迦和尼羅闍
摩　神名阿佉尼波陀那迦利　神名阿比
羅曼多羅波陀　神名羅那多羅魔羅提離
神名耽波羅提棃吼婁壽　神名婁壽闍華
叉華善叉　神名摩訶留羅迦棃區和　神
名金洹陀越阿耨三菩　神名迦三耶摩呵
阿輸　神名跋陀沙羅曼多羅阿　神名迦
奈國舍嘻遲比遲
佛告普觀菩薩摩訶薩北方九千大神其上
首者有三七神王主持北方五萬億魅鬼及
詐稱之神求人飲食者故氣之魔聞有男子
女人等輩呼三七神王名號是諸魅鬼退散
馳去不能為害遠百千由旬移置無人之處

還其所在灌頂章句其名如是汝善持之佛告普觀菩薩摩訶薩我說四方諸神王竟今復更演中央神王有二十萬以爲眷屬其上首者有十二神王能爲一切無量衆生除去四方災惡諸變鳥鳴惡夢縣官之厄口舌鬬亂五瘟之病毒氣蛇蚖怨家債主逆賊侵陵壞王國土他餘雜魅厭禱呪詛魔邪鬼神及諸精魅見有男子女人等輩讀誦宣說此十二神王名字之時四方妖邪惡鬼等類無不殄伏復能爲人作鎭護故我今演說如是章句示諸末聞普使受持此十二神王名字爲人守鎭辟除凶惡灌頂章句其名如是汝善持之

神名優波參那利仙嬭　神名優波僧那涅坻賒　神名跋臭修婆羅毗坻　神名多婆斯阿脩羅娑履　神名摩薩羅波拘蘭荼　神名坻摩阿脩羅婆復那　神名佛亶坻和婆娑斯　神名伽施陀臓爲氏仇陀　神名多羅浮多鞞闍曳　神名婆視涅伽羅訶衍　神名毘眞那臓婆坻衍　神名多羅哆斯陀尼波

佛告普觀菩薩摩訶薩我今以說五方逐魔鬼竟取中央三萬大神上首者十二神王名字爲守鎭法常以好函盛之題四天王名字書函四邊稱吾釋迦名號而封印之絳繒覆蓋安淨潔處若有邪神惡鬼往來人宮宅中者見此神王名字鎭函之處莫不退散馳走者也

佛告普觀菩薩摩訶薩若後末世遭災禍者爲諸魔魅之所傷犯當淨身口意不噉雜食

五辛之屬齋戒一心禮敬十方三世諸佛然十方燈燒雜名香膠香安息香婆香等懸五方逐魔神旛方長一丈四尺上作鬼神之形怖諸浮遊魔鬼精魅當在人定之時露出中庭讀此神呪以青銅之鏡照曜五方使諸魔魅不得隱藏其形向五方燒香散諸名華師當專心一意説是五方守護神名一方至四十九遍誦是章句是諸惡魔聞見之者莫不馳散亡走而去不復爲害遠百千由旬不嬈人也

普觀菩薩白佛言世尊向所説旛蓋作鬼神形像者出何法中云何驅魔令其退散佛語普觀菩薩摩訶薩言善男子我所説旛蓋作鬼神形像者取上五方諸神之中最第一者又問云何驅逐衆魔答言當以淨器先呪五龍之水以灑五方諸鬼魔也無不退散馳走而去部伍營從形體裸露莫知藏匿此大章句至眞至重能消滅鬼神災横之變使誦持者獲得無上吉祥之福

普觀菩薩復白佛言作諸雜術種種相貌不似邪也佛言不也我若在世不須如是相貌法也我旣涅槃未來惡世五濁衆生信正者少多習邪見不識眞正爲此等輩説是章句雜法呪術以化羣生故我出此雜碎章句非邪法也以化萬姓諸比丘輩不解我意見有書持讀誦之者謂此法言非佛眞説起邪見想誹謗不信我以先於比丘護身説諸誹謗愆咎之過若見聞者唯應尊修勿生不信見有行是法者恭敬禮拜如大師想可獲大福至得佛道佛又告普觀菩薩汝當宣布流傳

此經至吾法没莫効外道誹謗我法若起慢心即墮惡道況復毀呰墮阿鼻獄億劫無救今故宣示勿有謗毀佛説如是阿難長跪叉手白佛言演説此經當何名之佛語阿難此法名爲灌頂章句宫宅神呪守鎮左右辟除邪惡使獲吉祥魔鬼敢當阿難汝好宣傳使諸四輩廣宣流布利益萬姓得入正法無諸邪曲佛説此經已會中人民外道梵志天龍八部悉得悟解各隨本願得道不同聞佛所説歡喜奉行

佛説大灌頂神呪經卷第五

佛說大灌頂神呪經卷第六

東晉西域三藏帛尸梨蜜多羅譯

灌頂塚墓因緣四方神呪經第六

聞如是一時佛在鳩尸那城臨欲滅度千二百五十比丘及餘弟子無央數衆諸菩薩僧數千萬億諸天龍神四方人民悉來集會於時末利伽五百人等同聲合掌竊問阿難如來涅槃云何殯葬賢者阿難即持此言胡跪合掌請問佛言如來般涅槃後云何殯葬五百末利伽及諸信心居士欲知此事惟願分别爲我說之令諸弟子末利伽等當得處所具諸儀式與世間人令有差别佛告賢者阿難汝可語諸末利伽及信心居士我葬之法如轉輪聖王法則無異賢者阿難復白佛言轉輪聖王葬法云何佛語阿難轉輪聖王命終之時王后太子諸臣百官用鮮潔白氎三百餘端以纏王身擣細末香以塗王身有三種棺第一棺者紫磨黄金第二棺者以鐵爲槨第三棺者栴檀雜香以是三棺盛持王身灌以酥油香薪燒之火盡以後收取骨末於四衢道頭淨路之處起于塚塔表刹高妙四十九尺以五色雜綵爲旛號令四方人民見者悲喜思王正治率化臣下我今聖王般涅槃後欲爲葬法亦復如是令十方人思慕正法學我遺言精勤苦行晝夜不廢可得至道涅槃之樂

賢者阿難因問佛言閻浮提界有幾種葬法爲今現在及未來衆生重更問耳佛語阿難葬法無數吾今當爲略說少事示現未來諸衆生也我此國土水葬火葬塔塚之葬其事

有三閻浮界内有震旦國我遣三聖在中化導人民慈哀禮義具足上下相率無逆忤者震旦國中人民塟法莊嚴之具金銀珍寶刻鏤車乘飛天仙人以為莊嚴衆妓鼓樂鍾鈴之音歌詠讃歎用為愛樂終亡者身衣服具足棺槨微妙香烟𦬊芬百千萬衆送于山野莊嚴山林樹木欝欝行行相對無虧盈者墳栢茂盛碑闕儼然人民見者莫不歡欣佛告阿難震旦國中又有小國不識眞正無有禮法但知殺害無有慈心三聖教化遺言不著至吾法没千歲之後三聖又過法言衰薄設聞遺法不肯信受但相侵陵爭于國土欲滅三寶使法言不行破塔滅僧眞言無用佛又語阿難震旦邊國諸小王輩所領人民不知有法不識眞正言語難了無有音章命終巳後欲塟之時棺槨盛持内著巖石室窟之中疾病之日開看骸骨洗浴求福使病得愈又有衆生命終巳後無有槨棺取其屍骸置高閣上疾急之日下屍呪願以求福祐佛語阿難是諸衆生不了塟法三聖教化遺言不著故使然也我法中學欲修福時應當精進修行六度布施持戒忍辱精進一心智慧守行十善可得生天漸向無上正眞道也不如外道殺生禱祀邪見修福洗浴屍骸以求解脫無有是處佛又語阿難此諸愚人不知修福殺衆生命喚諸邪妖魍魎鬼神求覓福德不能得也應當燒香散衆名華禮敬十方三世諸佛為過命者悔過衆罪可得解脫憂苦之患

阿難又問佛言若人命終送著山野造立墳

塔是人精魂在中以不佛言阿難是人精魂亦在亦不在阿難又問云何亦在亦不在佛言阿難其魂在者若人生時不種善根不識三寶而不爲惡無善受福無惡受殃無善知識爲其修福是以精魂在塚塔中未有去處是故言在阿難又言不在云何佛言阿難魂不在者或其前生在世之時大修福德精勤行道或生天上三十三天在中受福或生人間豪姓之家封受自然隨意所生又言不在或其前生在世之時殺生禱祀不信眞正邪命自活諂僞欺人墮在餓鬼畜生之中備受衆苦經歷地獄故言不在塚塔中也佛語阿難又言在者或是五穀之精骨未朽爛故有黴靈骨若糜爛此靈即滅無有氣勢亦不能爲人作諸禍福靈未滅時或是鄉親新命終人在世無福又行邪諂應墮鬼神或爲樹木雜物之精無天福可受地獄不攝縱誕世間浮遊人村既無天饍恐動於人作諸變怪扇動人心或有妖邪之師倚以爲神覓諸福祐欲得長生愚癡邪見殺生祠祀死入地獄餓鬼畜生無有出時可不愼之佛語阿難吾現王宫出生之時無量無邊恒沙衆生見我身者喜躍無量各隨本願悉得道跡吾得道時遍化諸國婆羅門居士在所人衆無不受道降爲弟子無憍慢心今以周訖於此娑羅雙樹之間欲取涅槃使遺囊盛身舍利起諸塔廟用爲饒益諸衆生故佛語阿難我今於此大衆之中廣説舍利福德因緣此舍利者雖如麻米各有威神我滅度後若有善男子善女人等至心思念欲起塔寺專心一意思念

舍利舍利爲感便得起塔以爲供養遂其本心不違本願故言舍利雖如麻米大有威神若有善男子善女人等起于塚塔亦感四天三十三天雨天細末種種雜香以用供養散此塔上緣此功德長得值佛不墮八難積功累德至成正覺佛又語阿難我滅度後不但末利伽香姓婆羅門及八大王摩伽陀等起諸塔廟當有阿育王於吾滅後在此閻浮以是舍利一日之中起于八萬四千塔廟我涅槃後舍利之骨於閻浮提廣作佛事

爾時如來說是塚塔竟欲周訖釋種童子從外而來往詣世尊脫屣却蓋五體投地胡跪合掌問訊世尊起居增損佛問釋種童子從何而來身蒙塵土顏色憔悴何所憂愁狀似怖悸釋種童子而白佛言我今暫至塚塔之上朝拜先亡瞻視山野忽爲鬼神之所嬈亂是故恐怖戰掉如是我今歸命於佛世尊施我法術令身安寧及餘一切無量衆生皆令離苦得安隱樂不爲鬼神之所嬈亂佛語童子汝今日來此大衆中始爲機會五百末利伽及賢者阿難適問於我塚塔因緣始竟於今會汝復請法術妙義汝當一心信受諦聽佛語童子一切塚塔皆有善惡鬼神之衆釋種童子又白佛言塚塔之中何故有此善惡鬼神佛言童子如我塔者有眞身舍利在此塔中四王諸神三十三天不問晝夜雨細末香散衆名華以用散灑塚塔之上作天妓樂以爲供養又有善神摩醯首羅摩尼跋陀修利乾陀八部鬼神五羅鬼神鬼子母神五百兒子不問晝夜常現威神以爲護念我之塚

塔不令邪惡異鬼神輩及惡衆生外道邪見欲毀壞者不令侵壞我之塔廟若有惡心來向此塔是諸鬼神以其神力塞諸惡心使惡衆生輩頭破作七分佛又告童子若我塔廟五百歲時人多供養無侵毀者九百歲時諸比丘輩不修齋戒設有修時但相嫉妬貪人利養不肯至心求吾眞道於是塔廟小當毀壞護塔善神威勢轉少若出千歲當有比丘樂習兵法附近國王及諸王子輔相臣民以毀吾法因是以後當遇惡心斷滅吾法塔像毀壞無有神驗當知善神不復營護故使毀壞無人遮制是故當知我之法化於是漸滅佛告釋種童子吾滅度後所以塚塔毀壞者有七事一者善神不復營護二者吾法將自欲滅三者惡比丘輩互爲非法四者不行戒律破犯所受五者更相毀謗以破吾法六者四輩弟子學諸異道符書禁呪用爲消伏不歸正法七者我法將沒當值惡王毀滅吾法破塔滅僧表刹不現當知吾法出千歲時災變如是釋種童子復白佛言凡夫塚塔何故有此諸鬼神輩而來依附佛答童子我已先說凡夫塚塔有精靈者皆是五穀之精妖魅幻化或横死之鬼無所附著依以爲靈或是樹木山林之精既無飲食往來人間作諸變怪恐動於人凡夫衆生聞見之者即便設福謂之爲神釋種童子又白佛言當以何物而禁制之斷絶邪惡使精魅消滅毒氣不行得吉祥福佛語童子汝當諦聽專心念之吾有無上灌頂章句消滅鬼魅使魔無敢當者汝當誦念憶持莫忘童子問佛何等是也佛告

童子諦聽諦受灌頂章句其名如是
摩摩拘拘婁婁羅羅　毘毘婁婁羅羅　旃陀那迦摩世致　迦尼延豆尼延豆波那檽鳴呼奴奴提婆蘇暮　摩頭邏支多羅斯那乾沓波那羅王闍尼沙　尸呵無蓮陀羅鼻波蜜多羅樹塵陀羅　那闍尼訶升浮樓輸支娑遮婆

佛告童子今我已結東方天王提頭賴吒所領乾沓婆等九十一子爲諸凡夫而演說之汝當告諸四輩男女塚塔所在誦是章句東方魅魔自然消散不復害人獲吉祥福

阿醯那陀瑟那頭　毘舍離婆呵帶叉　蛇婆提提歌毘羅　帝婆婆呵若黎耶　迦毘羅攝婆那伽　阿陀伽摩天提伽　伊羅婆陀摩阿那伽　毘摩那伽多咃陀　餘那伽羅闍婆呵娑阿叉　提婆提羅帝毘收大迹閑　毘呵四婆嚀阿婆四　質多羅速和尼那求　阿樓由那伽羅嵞呵四　修跋羅薩帝奴阿伽佛陀灑

佛告童子我今結是南方天王毘婁勒叉灌頂章句伏諸惡龍吐毒害人今已結竟令諸惡龍攝取毒氣使不得行塚塔之處有災怪時應當說是灌頂章句即能辟除山海毒氣還其處所不能爲害

堀地跋闍呵諦　三物第呵脩羅阿失陀婆延地婆三婆四　伊第阿陀提婆摩天地伽黎妙摩呵袐摩　阿脩羅陀那袐羅陀鞞摩質兜樓　修質諦棃婆羅呵黎　無夷連郵婆　舍棃阿細跋棃弗多羅　鞞鞞樓耶那那迷　薩那迷端婆棃細如　革黎醢

隟提豫婆由多他毤

佛告童子我今結是西方天王毘婁博叉所領鳩槃茶鬼使攝精魅喜嬈人鬼使斂毒惡不害於人令得吉祥無諸惱患惡魔等侶山精雜魅隱藏不現

趺婁毤婆尼世帝蘇彌耶貪呵頭　彌多羅婆伽羅那移婆阿羅婆摩天梯與陀舍提舍伽伽予薩那難多羅婆跋那　伊地婆那陀阿醯乾大比丘那婆米弟婆尼鞞弩提步舍伽利阿醯地勇迷那剎帝絲富羅息幾大阿陀曼陀羅鞞栴大蘇婆尼捎提婆阿陀旃富羅翅大

佛告童子是爲北方灌頂章句毘沙門天王所領鬼神乾闥婆等山精雜魅往來人所作諸變怪應當説是灌頂章句精魅惡魔不能爲害佛告童子我今於此大衆之中臨滅度時説是塚塔因緣譬喻令諸四輩各得其所若諸賢聖四道果人及諸凡夫塚塔之處皆應説是灌頂章句護於四方不令他餘精魅鬼神善死惡死横死鬼神之所附著燒香供養於塚塔上向是四方説章句時諸鬼魔輩各自馳散隱藏不現無有勢力不得男子女人之便釋種童子復白佛言今日世尊已説塚塔因緣之福甚喜無量令諸衆生得設供養舍利流布於閻浮提廣作佛事善哉世尊佛之舍利威神如是我等今日快得供養及未來世諸衆生輩皆亦復然廣設供養以爲軌則佛語童子諸賢聖塔盡有善神四天大王龍神八部晝夜愛敬而無休息常共守護不令毁壞凡夫塚塔無善神護有諸山精雜

魅鬼神之所附著依因假託覓人飲食亦復能作種種變化恐怖凡人愚者惶怖謂之爲神汝當正心莫效凡人以邪爲正以魅爲神汝當憶念我之所說灌頂章句無上總持大神呪經若有恐怖遊行塚墓爲諸邪鬼嬈亂汝者即當說是灌頂章句諸魔魅輩即當破散馳走而去佛告童子汝與阿難於我滅後當廣宣流傳此塚塔因緣普使聞知佛語童子若人面值於我以種種供養無所乏少不如有人於我滅後以此灌頂十二部神呪總持之王示於人民令其讀誦其福勝彼百千萬分不及一也我結是灌頂無上章句十二部要雖不同時然欲利益無量無邊邪見衆生學習之者捨諸邪見積功累德漸得至佛

佛告童子我說是語時三十三天皆讚善哉釋迦如來乃能憂念閻浮提人說種種法以用化導諸衆生故我等咸喜即以天華而散佛上及諸大衆無不見者佛說經竟比丘僧比丘尼清信士女無央數衆諸菩薩衆不可稱數蜎飛蠕動亦不可計天龍八部無不歡喜阿難整服更問世尊向所說者塚塔因緣及此四方灌頂章句更無異號佛言如是大會聞法靡不歡喜釋種童子禮佛而退

佛說大灌頂神呪經卷第六

音釋

憒古外切心亂也　擥魯敢切　輂居六切　繖蘇簡切蓋也　殯塟殯必刃切殮也塟則浪切藏也　屣想里切履屬　悸其鬼切心動也　檽離呈切　郵音由　㝹那候切　蜎縈圜切蟲行貌　蠕音軟蟲動貌

佛説大灌頂神呪經卷第七同卷第八

東晉西域三藏帛尸梨蜜多羅譯

灌頂伏魔封印大神呪經第七

聞如是一時佛在舍衛國祇樹精盧與千二百五十人俱於時天尊在禪室中正是長齋之始月十五日明星好時天帝釋及四天大王地下鬼神王臣長者國中吏民悉詣佛所各欲問其所疑天尊默然一無所説佛禪思念言一切十方無量衆生常處愚冥不識真正樂爲魔事造諸邪見没生死海誰能知者輪迴五道獨吾知耳心念是已便復閉目繫心寂定久久不覺天帝承佛威神知佛所念即起合掌前爲作禮却在一面彈右手指而覺佛曰欲有啓請佛於是覺問天帝釋曰欲何所問天帝釋稽首佛足長跪合掌而白佛言九十五種道法之中尚有文頭婁法況復世尊無上微妙最勝法中而無此術唯願天尊顯揚方便化於愚冥未達道眼使得開解離諸危厄無量重病脱三界苦登泥洹道所問如是唯願敷演佛告天帝釋善哉善哉諦聽諦受吾當爲汝説大仙之法若是佛四輩弟子中有諸邪惡鬼神所嬈恐怖毛竪心當先自存念汝身如我之像三十二相八十種好紫磨金色身長一丈六尺項背日光存想吾身已次復存念一千二百五十弟子次復存念諸菩薩僧存念是三想已又復當念五方大神一者名曰亶遮阿迦其身長大一丈二尺著青色之衣吐于青氣住在東方二者名曰摩訶祇斗其身長大一丈二尺著赤色之衣吐于赤氣住在南方三者名曰移兜涅

羅其身長大一丈二尺著白色之衣吐于白氣住在西方四者名曰摩訶伽尼其身長大一丈二尺著黒色之衣吐于黒氣住在北方五者名曰烏呾羅孄其身長大一丈二尺著黄色之衣吐于黄氣住在中央此五方之神各有眷屬一神王者有七萬鬼神相隨逐也五方各有七萬鬼神七五三十五萬諸鬼神等悉來左右扶佐病者身令過度危厄諸難此鬼神王爲人作衞護令諸邪惡不得妄行佛告天帝釋是爲五方神王名字若後末世四輩弟子危厄之日取上五方神王名字及其眷屬寫著圓木之上名爲文頭婁法其義如是汝宣行之天帝釋言圓木文頭婁縱廣幾何佛言縱廣七七分天帝釋言何木最勝佛言金銀珍寶最爲上者次栴檀木種種雜香以此爲文頭婁形若有病疾危難恐怖邪鬼徃來中傷嬈人者當如前法存思三想及五方之神形色像類使一一分明如對目前如人照鏡表裏盡見如此成就無餘分散專心一意病者除愈恐者安隱邪神惡鬼無不辟除（梵言文頭婁此云神印）此印所向之處無不致福却諸惡前諸善也若佛四輩弟子欲行此神印之者先當洗浴身體著香潔之衣禮敬十方無量諸佛至眞等正覺持印之法左手擎之右手捉牛桼驅魔之杖長七尺頭戴赤色呾魔帊幰神帽去病者七步閉口七息之頃令存想成就存想成就已舉右脚爲先還向病者持此神印致病者身當胷上而安之若是女人復退還七步如前一意而立存五大神青氣之神吐于青氣來入病者左手大拇

指中赤氣之神吐赤色之氣來入病者左足大拇指中白色之神吐于白氣來入病者右手大拇指中黑色之神吐于黑氣來入病者右足大拇指中黄色之神吐于黄氣來入病者口中此五氣之神吐五種正氣入病人身中諸邪惡氣一時消散從𪗋中而出焞焞如雲烟譬如大風吹破雲雨能善持神印威力如是病苦除愈鬼氣亦滅佛語天帝釋五方神王常應存思其形相也盡被鎧甲持弓帶箭各隨其名位在印五方爲病者作護不令他餘鬼神往來身中逐諸邪惡令魔退散不得留住其身中也佛告天帝釋此文頭婁一切鬼神壓笮磨滅不得妄行非法之事此文頭婁印山令山崩倒印一切樹木樹木爲之摧折印於河海源池泉水爲之枯竭印向水火水火爲之消滅若四方卒風吹揚塵上舉印向之即住不行舉印向地地爲之陷若諸方盜賊亂起之時舉印向之即便消散無復惡意皆生慈心兩作和解不相掠奪各還正治此大神王之印意有所向處無不爲盃印身中四百四病無不除愈若持此印者誦一章以爲呪説佛又告言有一文頭婁七神名字印人宅舍爲人作護除滅邪惡驅逐外鬼四百由旬各馳散而去不敢當人也今我説之佛言凡人所居之處常有七鬼神爲人作衛護何等是耶佛言神名多賴哆神名僧伽履神名婆摩斯神名坻婆那神名曇婆羅神名彌輸多神名者那舍是七神名印人宅中諸魔行惡心者聞見此神印即散走而去若不去者往來相疑迕頭破作七分佛告天帝

釋是七神王於我滅後護佛弟子逐諸邪惡不令得住汝當宣示一切衆生出入行來常慎護是七神王以著心中莫有違犯若犯是神則便捨離人舍宅中也若佛弟子淨持齋戒是七神王常在左右爲人作福德擁護是人四面惡鬼無敢近舍宅者應用好色土蠟而印門戸上也好函盛之繖蓋覆上諸神營衞惡魔退散佛告天帝釋我今爲諸衆生演此相印略說少耳天帝釋聞佛演說文頭婁法歡喜無量稽首佛足長跪白佛言我今欲承佛威神勑四天王并其神名字爲文頭婁法勸佐世尊唯願許可佛言聽汝演說天帝釋即便前禮佛足三自歸命已訖語四衆言今佛世尊聽我演說四王名字以護四輩諸弟子衆舍宅四方禳災却禍逐諸邪鬼遠於界内既已聽許今演說之

東方天王名提多羅吒主諸災横水火變怪以神王名獸之吉祥

西方天王名比流波叉主諸逆賊怨家偷盜以神王名獸之吉祥

南方天王名比流離主諸五瘟疫氣惡毒鬭諍口舌以神王名獸之吉祥

北方天王名比沙門主諸妖魅魍魎往來鬼神作災異者以神王名獸之吉祥

佛告天帝釋汝已能爲未來衆生略演灌頂大神印呪四王名字次第如是今我釋迦牟尼多陀阿伽度阿羅呵三藐三佛陀順本諸佛各說灌頂無相神印章句次第名字如是

第一維衞佛所說文頭婁無相章句次第如是

怛署他　安陀尼　牟訶尼　瞻婆尼　探婆尼　阿難陀　阿婆陀　阿婆摩　阿毗那　穰

第二維式佛所説文頭婁無相章句次第如是

怛署他　修摩那　娑和呵　摩他尼　頗陀尼　闍婆羅　阿僧伽　摩伽利　穰

第三隨葉佛所説文頭婁無相章句次第如是

怛署他　阿婆羅牟訶　蓋蛇訶難陀　蔚多羅提婆　阿婆羅時多　阿婆尼瞿利　彌曇毗訶羅　阿蛇訶利陀　穰

第四拘婁秦佛所説文頭婁無相章句次第如是

怛署他　伊利　彌利　只利　嬉利　毗利　阿利　伽利　穰

第五拘那含牟尼佛所説文頭婁無相章句次第如是

怛署他　伊羅　彌羅　坻羅　毗羅　摩羅　伽羅　尼羅　穰

第六迦葉佛所説文頭婁無相章句次第如是

怛署他　婆留　休留　沙留　俱留　周留　闍留　摩留　穰

第七我釋迦牟尼佛亦復順本如來所説文頭婁無相章句次第如是

怛署他　頭毗　羅夜　摩訶　彌提　優訶　婆梵　婆他　穰

佛告天帝釋我今爲汝及十方衆生説是灌頂無相章句諸佛如來不妄宣説此四十九

章句我今開此寶函之中出此章句爲未來世五濁衆生貪著愛欲不樂正法多起邪見不行十善令諸魔鬼之所得便若四輩弟子危厄之日若欲説此無相章句當以一氣存呼章句憶念莫忘至四十九喚一章句如是次第四十九章句皆亦如是此大章句印無相功德能消衆魔令獲吉祥佛語天帝釋我結是伏魔印咒經時有女人神居止雪山之東名曰阿利陀有七百鬼神以爲官屬作如是言瞿曇沙門未説是章句封印咒經時我等在所遊行心無怖懅今聞此印經舉聲稱怨嗚呼痛哉何故爾乎我本昔時取衆生精氣以爲飲食害於人民而今不能嬈於人也沙門福德威神如是我等相將俱到其所作如是言我聞瞿曇名聲高遠今者又聞章句封印大神咒經我伏我信敬禮佛足長跪叉手我今歸命於天中天願爲弟子乞受戒法佛言善哉善哉汝先世有福值遇見我時佛便授阿利陀三歸五戒之法爲清信女阿利陀已受歸戒作禮白佛言我等官屬七百鬼神護四輩弟子在所國土城邑聚落奉法之處我當佐助令無伺求得其便也阿利陀復白佛言我等鬼神官屬七百常以精氣血肉爲食今日歸命於佛世尊既受戒法不殺物命唯願天尊勑諸弟子法食之時惠施少少飲食之餘阿利陀説此語已世尊許可便於佛前得須陀洹道佛告阿難吾去世後若有男子女人等輩行此灌頂十二部封印大神呪經時香汁塗地圓如車輪散好香華應然七燈燒婆香膠香安息香等以青銅鏡照曜

五方使魔不得隱蔽其身復以十箭爲神王信又言阿難阿利陀鬼神之中別有七神最大雄傑諸魔鬪時獨伏羅刹見阿利陀以降信解亦於佛前合掌叉手復作誓願於佛滅後在所國土行此封印大神呪處我當作護佛言阿難若有男子女人等輩行此神典當造其形像以酥油麨果而施與之若人久爲邪鬼所病當行此印呪又持五穀灑散諸方行呪欲半取少飲食著一器中使一人懸置三道口復以一人於户邊尉伺來還者以神呪水而灌前人師當一心並誦灌頂無相章句一氣呼誦一章句也四十九章皆亦如是呪欲竟時三説沙羅佉欲呪之時勿令邊有異人作聲語笑之事皆不得也若有惡魔喜嬈人者遠百千由旬不害人也阿難問言此七神王其名云何佛言一者名因臺羅二者名和林羅三者名波耶越羅四者名宋林羅五者名檀持羅六者名照頭摩羅七者名金毗羅佛告阿難此七神王於我滅後當護諸弟子不令諸小魔得其便也若施食時當作七聚淨澡銅器悉令潔淨勿生慢心若非意起神王離體不護人也阿難叉手白佛言世尊如來有所言説皆順正法今者説灌頂章句神呪封印危厄之人欲修行者而復賜與阿利陀鬼神飲食不當似外道邪見法也佛答阿難言若不解我意也吾所以施飲食者欲使阿利陀佐助四輩作威神耳佛告阿難譬如王者他方怨敵欲來侵境王賜臣下諸將士輩種種甘饍酥油石蜜美饌之屬而復賜與種種衣被珍寶雜物然後討伐諸逆賊

輩無不降伏退散歸本不相擾亂各還正治
佛語阿難我令施與阿利陀飲食之具亦如
王者賜諸將士無有異也令阿利陀降伏外
魔及諸邪鬼無不散滅馳走去者還其處所
隱匿不現阿難是灌頂章句大封印呪經利
益一切無量衆生是故稱嘆名大章句賢聖
之句無上尊句出邪論句八聖道句無邪曲
句脱厄難句遠魔道句脱生死句除八難句
解除身中四百四病無不吉祥以是因縁名
曰章句佛説經已阿難長跪叉手白佛言世
尊演説此經當何名之佛語阿難此經名爲
天帝釋所問灌頂伏魔大神呪經演此言已
諸天龍王善鬼神等及阿利陀七百眷屬四
部弟子聞經歡喜作禮奉受
佛説大灌頂神呪經卷第七

佛說大灌頂神咒經卷第八

東晉西域三藏帛尸梨蜜多羅譯

灌頂摩尼羅亶大神咒經第八

聞如是一時佛在舍衛國祇樹給孤獨園與千二百五十比丘俱佛愍念世間天下人民爲諸邪惡鬼神所惱佛便結是摩尼羅亶大神咒經於是世尊便舉過去七佛名字以爲經證第一維衛佛第二維式佛第三隨葉佛第四拘樓秦佛第五拘那含牟尼佛第六迦葉佛今我第七釋迦文佛佛告阿難我今又舉是八大菩薩跋陀和菩薩羅隣竭菩薩憍曰兜菩薩那羅達菩薩須深彌菩薩摩訶和羅菩薩因坻達菩薩和輪調菩薩是爲八菩薩及五百開士佛告賢者阿難此諸菩薩有大誓願於我滅後五濁世中救諸厄人若爲邪神惡鬼所持皆當一心呼其名字即不違本願爲人作護令諸小魔自然消滅佛又告賢者阿難我十大弟子各有威德智慧齊等悉皆第一我今結之各現其威神護諸四輩佛言阿難舍利弗大目乾連大迦葉須菩提富樓那阿那律迦旃延優波離羅睺羅阿難若四輩弟子爲邪惡所中者皆當呼其名號爲人除憂去諸厄難萬事吉祥佛告阿難有諸天子常樂佛法於閑靜時來到我所我爲說法各得道迹亦作誓願於我滅後護諸四輩不令邪惡得其便也四天大王提頭賴吒天毗樓勒天惟睒聞天毗沙門天忉利天鹽摩羅天兜率陀天不憍樂天化應聲天化自在天梵衆妙天梵輔祿天摩訶梵天水行梵天水微梵天水無量梵天水應梵天約淨天

遍淨天淨明天守妙天微妙天廣妙天極妙天福愛天愛勝天近際天普觀天快見天無結愛天色究竟天淨光天普等天是爲三十三天各現威神爲四輩弟子作大擁護辟除凶惡佛告阿難我今說是三十五龍王名字其所居處各在異國齊心等意以其所玩龍宮珍寶摩尼雜珠以奉獻我我爲諸龍說其因緣業報之事各於我所得法眼淨建大誓願於未來世佛法滅時在所國土城邑聚落護諸四輩令離危厄不爲邪横之所侵害使萬事吉祥

婆攬摩龍王　阿棃伽龍王　因陀羅龍王
娑伽婁龍王　思普陀龍王　修陀利龍王
婆修只龍王　波利沙龍王　德叉迦龍王
阿婁盧龍王　阿利伽龍王　沙梁翟龍王
阿婆盧龍王　波利伽龍王　修波睺龍王
那栗陀龍王　須彌弗龍王　茇蛇陀龍王
質多斯龍王　那某旨龍王　質多勒龍王
思利那龍王　只利彌龍王　難婁陀龍王
阿那俱龍王　曼陀俱龍王　水迦婁龍王
伽多俱龍王　達波婁龍王　阿勒叉龍王
思羅婆龍王　茫伽婁龍王　毗大都龍王
跋陀羅龍王　摩根陀龍王

佛告阿難是諸龍王不可稱數我今爲汝及諸四輩略說三十五龍王名字上首者也若有危厄恐怖之日令諸弟子演其名字志心呼者立在左右辟除邪惡萬事吉祥佛語阿難我昔遊化諸國土中有諸神王强梁難化不受教者我悉降化令其受道既受道已皆作誓願於我滅後後五濁世時護佛弟子不

令諸邪見雜魅小鬼求人長短若有危厄恐怖之日皆當一心呼其名號我今説之灌頂神名一切善聽

大神將軍摩醯首羅　大神將軍墮沙俗羅　大神將軍金毗羅　大神將軍半耆羅　大神將軍和耆羅　大神將軍摩尼䟦陀羅　大神將軍阿波提羅　大神將軍摩和羅　大神將軍羅刹陀羅　大神將軍鳩摩和羅　大神將軍修摩乾羅　大神將軍波迦羅　大神將軍因輪無羅　大神將軍因持羅　大神將軍和林羅　大神將軍波耶越羅　大神將軍宋林羅　大神將軍檀持羅　大神將軍式叉羅　大神將軍乾陀羅　大神將軍乾頭羅　大神將軍彌佉羅　大神將軍乾朱羅　大神將軍摩油羅　大神將軍阿須倫羅　大神將軍隨沙門羅　大神將軍隨孫羅　大神將軍曼提羅　大神將軍毋阿宿提　大神將軍毋設婁陀　大神將軍女薩遮摩　大神將軍女毗藍婆羅　大神將軍女持瓔珞

佛語阿難是大諸神及神毋女等三十三王若四輩弟子横遭難者呼其名字令人得福萬事吉祥佛又告阿難又有六萬二十四鬼師亦皆誓願於未來世五濁亂時在所國土城邑聚落護諸四輩不令小鬼之所得便使獲吉利我今説之其名如是

東方四鬼師
怛署他　鬼師疾佉　鬼師修怛多羅　鬼師不輪　鬼師迦毗羅

南方四鬼師

怛署他　鬼師斯睺　鬼師婆斯睺　鬼
師傷伽　鬼師頻遮
西方四鬼師
怛署他　鬼師嘻利　鬼師嘻羅只　鬼師
輪波羅浮睺　鬼師氷伽利
北方四鬼師
怛署他　鬼師陀羅尼　鬼師陀羅多斗
鬼師復度伽　鬼師波盧毗多
上方四鬼師
怛署他　鬼師浮摩　鬼師修浮摩　鬼師
波由　鬼師夜摩
下方四鬼師
怛署他　鬼師根頭波　鬼師修摩　鬼師
根陀　鬼師修利耶
佛告阿難我以略說諸佛名字菩薩羅漢諸
天龍善神及二十四鬼師名字如是今當又
說四山河海川谷井泉有諸精魅喜行毒惡
以害萬姓汝當正心誦是摩尼大神呪經并
說山海精魅名字若有行毒害萬姓者各使
攝毒不復害人佛言阿難國土之中四山河
海有二精魅鬼我今說之其名如是
一名深沙　二名浮丘　國中魅鬼　山中魅鬼
林中魅鬼　草中魅鬼　墓中魅鬼　塚中魅鬼
地上魅鬼　地下魅鬼　水邊魅鬼　水中魅鬼
空中魅鬼　市中魅鬼　死人魅鬼　生人魅鬼
飽死魅鬼　餓死魅鬼　渴死魅鬼　道中魅鬼
道外魅鬼　堂中魅鬼　堂上魅鬼　堂外魅鬼
簷邊魅鬼　四壁魅鬼　火中魅鬼　火邊魅鬼
身中魅鬼　身外魅鬼　飯時魅鬼　噎時魅鬼
金銀魅鬼　坐時魅鬼　卧時魅鬼　赤色魅鬼

黑色魅鬼　有長魅鬼　有短魅鬼　有大魅鬼
有小魅鬼　中適魅鬼　白色魅鬼　黄色魅鬼
青色魅鬼　斑色魅鬼　紅色魅鬼　紫色魅鬼
魘人魅鬼　夢中魅鬼　朝起魅鬼　步行魅鬼
飛行魅鬼
佛語阿難是諸山精溪瀆之中人間作害若人知其名者喚其名字不能害人也吾故說是四十九鬼今吾更說汝一心聽佛告阿難有問人魂鬼　繫人魄鬼　喜鬬諍鬼　大語言鬼　有大笑鬼　有大戲鬼　相扠打鬼　相摶撮鬼　遮生門鬼　噉人精鬼　食人血鬼　屠人肉鬼　喫人骨鬼　拍人骨鬼　噉人五藏鬼　食人腸鬼　抽人筋鬼　縮人脈鬼　壞人胎鬼　使難產鬼　喜瞋惱鬼　喜恚恨鬼　持刀行鬼　持杖行鬼　有傴僂鬼　有仰向鬼　有扠腰鬼　有反倒鬼　有頸行鬼　有破髓鬼　有碎身鬼　有疑阻鬼　有懸頭鬼　有五掣鬼　有鍾心鬼　有寒戰鬼　有熱悶鬼　有沙中鬼　有崗埠間鬼　有徤行鬼　有舉手鬼　有摩頭鬼　有白頭鬼　有赤頭鬼　有黄頭鬼　有斷頭鬼　有吐火鬼　喜燒人鬼　有血光鬼
佛語阿難若人疾厄爲此諸鬼所嬈害者呼其名字即當攝毒不能爲害還其處所隱匿不現佛告阿難又四十九山精之鬼我今說之令諸四輩離諸邪惡不復遭惱百病除愈怨害不生得吉祥福佛語阿難山精之中五色精魅我今說之其名如是
青色山精　赤色山精　白色山精　黄色

山精　黑色山精　高大山精　甲小山精
廣大山精　無頭山精　無手山精　無脚
山精　龍頭山精　蛇頭山精　馬頭山精
狗頭山精　虎頭山精　人頭山精　玃頭
山精　鳥頭山精　銜火山精　火殃山精
蛇形山精　龍形山精　男形山精　女形
山精　三脚山精　六手山精　九頭山精
三頭山精　四眼山精　四十九眼山精
三眼山精　聚會山精　歌樂山精　喜歡
山精　愁憂山精　悲哭山精　跛脚山精
瘖瘂山精　歎咤山精　相拘牽山精　鬬
諍山精　吐青毒山精　吐赤毒山精　吐
白毒山精　吐黑毒山精　吐黄毒山精
兩頭共身山精　龜形山精
佛言是爲四十九山精之鬼若四輩弟子爲
山鬼所害者呼其名字即便攝毒不能爲害
佛言阿難國土四方山精雜魅惡鬼伴侶水
中雜精我今更説諸魅鬼名
火中魅鬼　水中魅鬼　木邊魅鬼　飄風
之鬼　東方青色鬼　爲惡夢鬼　變怪鬼
鳥鳴鬼　百獸變怪鬼　有狐鳴鬼　有烏
鳴鬼　鼠鳴鬼　南方赤氣温鬼　白氣温
鬼　青氣温鬼　黑氣温鬼　五注之鬼
青色注鬼　白色注鬼　赤色注鬼　黄色
注鬼　黑色注鬼　墜牀死鬼　喜爲縣官
鬼　貪慢鬼　薜荔鬼　慳貪鬼　勤苦鬼
病瘦鬼　痛痒鬼　思想鬼　身中鬼　癃
殘鬼　絆繫鬼　有癲狂鬼　有癡聾鬼
呻吟鬼　啼哭鬼　困病鬼　虚耗鬼　嫉
妬鬼　籬間鬼　籬上鬼　門邊死鬼　戸

邊死鬼 魍魎鬼 北方黑色鬼 熒惑鬼
游光鬼 詐稱鬼 斷人毛髮鬼 飲人血
鬼 怨家鬼 故氣神鬼 蜚尸鬼 伏屍
鬼 有樹上鬼 有樹下鬼 溝澗死鬼
屋上鬼 屋頭鬼 呪詛鬼 宫舍鬼 軍
營鬼 亭傳鬼 獄死鬼 囚死鬼 水死
鬼 傷死鬼 火死鬼 有客死鬼 有未
葢鬼 有兩舌鬼 有惡口鬼 酒死鬼
有陷死鬼 有復死鬼 市死鬼 道路死
鬼 有渴死鬼 有凍死鬼 有兵死鬼
有藥死鬼 鎮死鬼 血死鬼 有碓死鬼
厭禱死鬼 有鬬死鬼 有絞死鬼 有自
刺死鬼 有恐死鬼 强死鬼 迮殺死鬼
斷頭鬼 剪人毛髮鬼 有騎乘鬼 駕車
鬼

佛言阿難中央及水中有諸雜魅鬼我今更
説
步行魅鬼 逆忤魅鬼 山神魅鬼 樹神
魅鬼 石神魅鬼 土神魅鬼 風神魅鬼
海邊魅鬼 海中魅鬼 橋梁魅鬼 宅中
魅鬼 雜破器魅鬼 溝渠魅鬼 道中魅
鬼 道外魅鬼 胡中魅鬼 夷國魅鬼
蠻國魅鬼 羌國魅鬼 虜國魅鬼 中國
魅鬼 越國魅鬼 百國魅鬼 百獸魅鬼
馬行魅鬼 百蟲魅鬼 溪中魅鬼 谷中
魅鬼 門中魅鬼 戸中魅鬼 竈中魅鬼
竈上魅鬼 竈四邊魅鬼 汪池魅鬼 厠
中呪術魅鬼 遮道魅鬼 遮蠱魅鬼 不
臣屬鬼 舐人頭鬼 帳中魅鬼 屏風間
鬼 梁上魅鬼 室中魅鬼 使人嘔吐鬼

噉人屎尿鬼　客忤魅鬼　凶注魅鬼
佛告阿難是爲六萬四十九鬼汝當一心爲萬姓故誦持是摩尼羅亶灌頂章句摩訶神呪急難之日當齋戒一心思念十方一切諸佛過去七佛八大菩薩十大弟子五百開士三十三天諸大龍王善神將軍及鬼神等正心正意莫念東西南北之事亦復莫念家室之事觀是諸佛菩薩羅漢諸天龍神善鬼神等觀念是已呼是諸神爲人作護喚其名字即攝毒氣還其所止不能爲害即便獲得吉祥福利佛語阿難若有善男子善女人等能習誦是摩尼羅亶灌頂大神呪時有此事行不生誹謗何等是耶願聞其事生信誹謗唯願天尊說是諸事佛言阿難有人聞是大神呪經不生誹謗有四事因緣一者從過去佛聞二者從善知識受三者直信不毀四者作菩薩道欲度羣生生誹謗者又有四事一者不從佛聞二者不從師受三者無專信心四者無菩薩意以是因緣故生誹謗有如是人不應授與佛語阿難若人信樂有前四事不生誹謗汝當爲說大神呪經傳度與之若有四事生誹謗者莫授與之令彼前人獲無量罪佛說是語竟阿難唯諾受天尊教佛語阿難我既說是摩尼羅亶大神呪經甚深微妙灌頂章句十二部典不可妄授持與人也若有信心欲受之者師當一心如法度與師師相承受是章句法應七歲授與一人不得輕慢深妙神呪諸佛菩薩羅漢眞人又爲諸天善鬼神等之所守護不得輕度授與人也若有受者當如上法然後乃授是經法也爾時

衆中有一居士名曰善可問阿難言佛滅度
後出千歲時若有善男子善女人等疾急苦
惱欲讀誦是大神呪時法則云何阿難言善
可居士若人欲讀神呪經者香華供養十方
諸佛過去七佛菩薩羅漢及諸天王善鬼神
輩佛昔教授得法眼已各自作誓於未來世
千歲之外魔道興盛佛法欲滅山海魅鬼人
間惡魔欲吐惡毒害四輩時我當遊入聚落
之中護僧伽藍四輩弟子世尊爾時許可讀
善鬼神等皆悉胡跪作是誓願佛即可之鬼
神又言當爲一切出家之人作大檀越若有
大䞋我者我即施僧是故我護檀越施主唯
願世尊勅諸弟子法食之時施餘䴵果佛亦
許可阿難語居士言此諸善神誓願如是常
護佛法四輩弟子若有善男子善女人等有
疾急之日欲行讀是灌頂章句大神呪應當
如是案上科法散衆名華燒種種香然于燈
明施雜䴵果酥油石蜜得飲食已是諸善神
爲人作護當讀誦是摩尼羅亶大神呪經便
逮獲得吉祥果報佛說經竟比丘比丘尼優
婆塞優婆夷諸天龍王善鬼神等不可稱數
阿難頭面禮佛足四輩亦然歡喜無量頂受
奉行

佛說大灌頂神呪經卷第八

音釋

嬭女買切 桊音眷 㤶㦇㤶音鴨㦇音盧 笮側格切 迕五故切泒也 穰而羊切 䴵與餅同 噎於歇切氣不通也 魘於檢切 搏撮搏伯各切撮子括切 傴僂傴於語切僂兩舉切 掣敕列切 絆博漫切 碓都內切舂也 迮側格切 舐善指切括也

佛說大灌頂神咒經卷第九第十同卷

東晉西域三藏帛尸梨蜜多羅譯

灌頂召五方龍王攝疫毒神咒經第九

聞如是一時佛遊王舍大城竹林精舍與四部弟子眷屬圍遶天龍八部悉來集會佛為說法垂欲竟時於是阿難從座而起齊整衣服稽首佛足長跪合掌而白佛言維耶離國癘氣疾疫猛盛赫赫猶如熾火中毒病者頭痛寒熱百節欲解穌者甚少死者無數世尊大慈愍加羣生願為救護使得穌息不遭苦患病愈熱除復為說法使得至道佛告阿難維耶離國中所以遭此疫毒病者是其國人多殺羣生無有慈心以殺獵為業是諸麞鹿麋麈禽獸熊羆之屬有智慧者作是誓願願我來世墮鬼神中願為鬼殃銜火燒人有犯觸我者若殺若縛強取我者我當放火燒其山野及所居村舍於我有怨悉令被害令諸衆生不得藏匿是故阿難當化導一切令其慈仁勿殺羣生普慈一切受持禁戒行於十善若能如此可得至道佛又告阿難其世間人遭諸火殃或燒一家乃至五三十家或燒一里乃至五三十里或燒百里乃至五三百里或燒千里乃至五千萬里如此因緣不可稱數與此衆生有業緣者必為火殃之所燒害是故不可避藏得脫以是因緣勿行殺獵化行十善可得至道佛又告阿難此國中人又網水中黿鼉魚鼈雜類衆生不可稱數而噉食之以為美饍諸衆生等有智慧者各各懷忿願我後世墮大海中作毒蛟龍吐種種毒氣猶如雲霧以害維耶離國中人民食我

肉者使病不死瘦黄困篤從死得生殺我命者毒著便死我今先敘彼諸因緣然後召五方諸大龍王勑語之曰莫令諸小毒龍害於人民各使攝毒還其處所解於罪福攝取惡毒不復爲害令一切人民得離病惱無復厄難拔度生死得涅槃道阿難白佛唯願速説五方龍王名字隨方所攝諸小憋龍吐惡毒氣害於人者使其檢校不行諸毒維耶離國受苦如是唯願世尊一一解説令彼衆生得脱厄難解脱彼苦得聞法音佛告阿難汝當諦聽諦受東方青龍神王其上首者名曰阿修訶七七四十九龍王典領東方小龍伴侶七十萬億山精雜魅毒病厄難皆當説其名字護病者身使小龍攝毒不害病者使身中諸毒自然消滅病愈熱除平復如本

佛圖那龍王　三物都路龍王　婆攬摩龍王　三物弗路龍王　因臺羅龍王　婆伽婁龍王　摩伽婁龍王　難陀那龍王　優鉢難陀龍王　修陀利舍龍王　婆修只龍王　德叉迦龍王　陀婁盧龍王　婆婁盧龍王　伽婁盧龍王　沙梁瞿龍王　思利曼陀龍王　思梨乾陀龍王　思梨婆栗陀奴龍王　思梨跋陀龍王　阿婆盧龍王　思婆盧龍王　修婆睺龍王　須彌睺龍王　修彌弗多羅龍王　旃陀羅弗多羅龍王　那栗陀奴龍王　伽栗蛇奴龍王　苾蛇陀奴龍王　思普陀奴龍王　婆利沙奴龍王　毗摩婁龍王　阿梨伽思梨沙龍王　婆伽梨思龍王　竭波思梨沙龍王　伽婆思梨沙龍王　無勒思梨龍王　害坻思梨沙龍

王　竭陀羅婆棃俱龍王　蛇那栗陀龍王
質多斯龍王　質多勒叉龍王　那其旨龍
王　阿羅婆婁龍王　其旨隣陀龍王　阿
勒浮龍王　思棃龍王　思棃祇古龍王
攬菩盧龍王
佛告阿難南方赤龍神王其上首者名那頭
化提七五三十五王典領南方五十萬億諸
山精魅鬼二十萬億懋小龍輩吐毒氣者害
於人民令其攝毒莫復害人有得病者皆當
呼此龍王名字令其萬姓休息安寧病消熱
除龍王施命
只利彌龍王　阿那俱龍王　阿難陀婁龍
王　害多蓋朱龍王　曼陀俱龍王　水迦
婁龍王　伊羅跋陀羅龍王　傷瞿龍王
阿婆羅婁龍王　阿多但龍王　復波伽多
俱龍王　波羅提浮龍王　那羅耶毚龍王
達波婁龍王　毗無龍王　阿勒叉龍王
思羅婆睺龍王　强伽那龍王　思度龍王
薄芻龍王　思陀龍王　茫伽婁龍王　毗
大都龍王　修波羅坻度龍王　毗羅婆奴
龍王　陀羅難陀龍王　跋陀羅龍王　尼
彌陀婁龍王　修跋陀羅龍王　修梵陀羅
龍王　波羅旃陀羅龍王　曼陀奴龍王
摩根陀龍王　陀婆伽羅龍王　徒菩比多
俱龍王
佛告阿難西方白龍神王其上首者名曰訶
婁薩叉提三七二十一龍王典領西方九十
萬億諸小龍輩及山精魅鬼十二萬億有疾
急者喚是龍王名字之時是諸小龍各攝惡
毒不害萬民長得歡樂衆病除愈平復如本

徒菩魯嘻多俱龍王　摩利龍王　斯爲多俱龍王　阿勒多龍王　敗兜多羅龍王　跋陀羅波兜龍王　肶頭毗龍王　安婆羅坻陀龍王　半陀修都龍王　提黎坻賴兜龍王　毗婁勒俱龍王　毗婁博叉龍王　毗舍羅摩龍王　賒加某伽龍王　旃陀婆耶龍王　習陀無那龍王　半蛇婁龍王　半蛇周婁龍王　波羅獨都龍王　便頭龍王　優婆便頭龍王

佛告阿難北方黒龍神王其上首者名曰那業提婁四七二十八龍王典領北方百億諸小龍輩及山精魅鬼十三萬億毒病疾厄恐怖之日喚是龍王名字之時諸小龍輩各攝毒氣不復害人萬民安樂病苦消除衆善補處龍王力也

波利俱龍王　只遮尼俱龍王　伽蛇那俱龍王　深林婆俱龍王　其栗那瞿曇龍王　其羅摩奴須龍王　尉多羅摩㝹藪龍王　阿摩㝹婁龍王　佉伽婁那龍王　曼陀羅俱龍王　尉多祺龍王　阿羅婆羅龍王　摩那摩㝹龍王　毗住龍王　伊陀婆婁龍王　摩那思龍王　只羅哆俱龍王　伽毗盧龍王　思婆婁龍王　尉波留龍王　恒伽懼龍王　跋陀摩㝹龍王　木叉俱龍王　婆羅木叉龍王　俱佛提龍王　甘露羅思和婁龍王　伊羅彌丘龍王　難陀優婆難陀俞龍王

佛告阿難中央黄龍神王其上首者名曰闍羅波提四七二十八龍王典領中央諸小龍輩六十萬億及山精雜魅鬼十二萬億若諸

人民憂悲哀惱變怪衆災水火之厄諸怪屢生應當寫上龍王名字各隨所主猒除萬怪令其消滅呼是龍王名字之時是諸小龍山精雜魅即便隱毒不復害人萬民歡樂國土安寧雨澤以時民無荒亂人王喜悅稱善無量

阿周都龍王　波利伽留龍王　修其丘阿陀舍龍王　乾陀阿婁龍王　僧伽婁龍王　提梨阿彌婁龍王　周修訶龍王　那頭伽提那龍王　訶數薩伽提龍王　那僕提婁龍王　那速提龍王　薩迦陀耶龍王　優耨薩龍王　禪然薩龍王　阿宿提龍王　娑伽羅龍王　和修吉龍王　阿那婆達多龍王　薩迦陀耶那伽龍王　優耨達龍王　禪然薩龍王　阿宿羅龍王　娑伽羅龍王　和修周龍王　阿那婆達龍王　摩那斯龍王　難陀龍王　跋難陀龍王

佛告阿難是爲召龍王名字如是我勑諸方大龍王等及山精魅鬼攝諸小龍五色之氣雲霧毒害侵陵萬民我已勑竟龍王受教魅鬼亦然便攝小龍使不行毒害於人也龍王歡喜受吾教命歡喜奉行佛告阿難我說是五方龍神王竟於此衆中誰能施行召五方一百六十一諸龍王名逐諸小龍及山精魅鬼使攝其毒不復得行嬈於人民使諸國土無病苦者毒氣既除人民歡樂我法興隆魔道隱閉諸毒消滅聖衆能化靡不受行時佛世尊唱是語已大衆寂然默無言者於是衆中有一少年比丘名曰禪提從座而起胡跪合掌而白佛言世尊阿難今日於大衆中請

於如來說是五方召龍神咒世尊以說召龍王竟欲令諸比丘輩宣天尊言使此法言流演世間禪提比丘不以愚惷今當承佛威神之力往彼維耶離大城之中說今如來所說龍王無上神咒說是語已受天尊教禮佛而去於是禪提比丘往彼維耶離大國之中救治人民諸疾病者悉得除愈百姓歡樂喜慶無極如是漸漸國王大臣長者居士豪姓之屬悉皆供養爲起精舍四事供養無所乏少人民無憂毒氣不行是禪提比丘住是國中二十九年以佛世尊所說召龍摩訶神咒化導人民悉皆奉受常爲四輩之所供養乃至命終未曾休息是禪提比丘命終已後諸弟子輩以香樵薪焚燒其身收取舍利起于塔廟禪提比丘命終之後毒氣復興疫病衆多死亡無數無人救療是諸人民作是念言憶我本昔有禪提比丘誦說如來召龍神咒設有病苦皆悉除愈今已命過我今遭厄誰救我者即便奔趣往至禪提先精舍所到彼住處見禪提比丘所嚼楊枝擲地成樹樹下有泉水諸人民輩即禮拜此樹如見禪提在世無異折此樹枝取下泉水還歸到家以楊柳枝拂除病者以水灑諸病人悉得休息身體清涼百病除愈於是國中國王大臣長者居士四輩人民有病苦者悉皆往彼故精舍所取此楊枝并取泉水浴洗病者灑散五方諸魔惡鬼毒氣消亡辟除衆惡萬事吉祥賢者阿難語諸四輩言不但禪提比丘行是神咒有效驗也昔南天竺有一居士名求若先奉持五戒守行十善亦復誦是如來所說召龍

神呪時世飢窮求若先居士遊他國土以求衣食漸漸遊行至迦羅桒國中往釋印迦羅越舍時是長者家門之中一百餘口為此雲氣毒病所羅得病之人有死有穌居士既到諸有病者悉得除愈釋印迦羅越耳自得聞諸鬼神輩更相語言我前本時欲令此國疫氣流行病者使死不令得活今者遠方有神人居士從天竺來口中誦習如來所說召龍灌頂微妙法術我今當往無人之處攝取毒氣不能得行一鬼語言何故爾乎一鬼答言迦羅越舍車屋之中有此神人誦習呪術本欲行恚而今不能不去何待若留住此為彼神人之所傷害於是以後諸鬼神輩各各惶怖兩兩相牽三三相隨五五相逐馳走而去往彼山谷無人之處各自隱藏不現身形從是以後毒氣不行國中人民有病苦者悉得差愈國王流聞迦羅越有是神人便嚴駕車乘往到其所到已前拜而問訊言何來居士乃有如此微妙聖術居士答言南天竺來居士名何答言求若先王將居士往到宮中七日七夜作倡妓樂而娛樂之設種種美饍金銀珍寶衣服數通而施與之求若先居士為王說法示教利喜王聞法音喜踊無量國中人民無不獲福王於是後遂與居士相將往到竹林精舍禮拜世尊作禮畢訖却坐一面佛為說法王及臣民靡不歡喜各隨本緣悉得道迹於是阿難又告四衆今佛世尊說是灌頂召龍神呪不但為今維耶離也標心乃在像法之中千歲之末佛法欲滅魔道興盛當有惡王斷滅三寶使法言不通壞塔滅僧

五濁亂時爲是當來諸衆生輩演説此法示於未聞普使宣傳流布世間人民受者不遭患難衆病除愈死得昇天阿難又言諸四輩弟子若有國土有疾厄者横爲邪神諸惡龍輩及諸山精衛火燒人又吐惡毒侵陵萬姓有此災變不吉祥時當澡口清淨受行齋戒不食五辛不得飲酒噉肉當禮十方佛懸繒旛蓋請召衆僧一日七遍轉是召龍大神呪經邪氣雲除衆善集身解釋病者熱毒消除疾苦得愈獲吉祥福賢者阿難又復告言諸四輩弟子若疾厄之日當以香泥泥地然十方燈散雜色華燒衆名香兜婁婆畢力伽沉水膠香婆香安息香等燒是香時亦能使魔隱藏不現不復害人即得吉祥萬病除愈佛説經竟四衆人民無不歡喜釋梵諸天以好香華供散佛上以爲供養阿難問佛言説是語已當何名之云何奉行佛言阿難此經名爲灌頂召龍大神呪經又名行經之人因緣本事大衆人民天龍鬼神聞經歡喜作禮奉行

佛説大灌頂神呪經卷第九

佛說大灌頂神呪經卷第十

東晉西域三藏帛尸梨蜜多羅譯

灌頂梵天神策經第十

聞如是一時佛在因沙崛山中與千二百五十比丘俱菩薩三萬人佛爲天龍八部說法人民鬼神各隨業緣得道不同說法既竟於是梵王從座而起長跪合掌而白佛言世尊我於衆生有微因緣多歸依者又見人民悉受苦惱心中疑惑不能決了今欲承佛威神之力出梵結願一百偈頌以爲神策唯願世尊許可此事復作是言我常見諸異道輩九十五種各有雜術爲人決疑而今世尊正覺最上更無此法是故啓問唯願聽許佛言梵王善哉善哉汝能爲未來五濁惡世像法衆生多諸疑惑信邪倒見不識眞正汝既慈悲欲爲說者佳也梵王我助汝喜善也梵王隨意演說梵王聞佛讚歎策經歡喜踊躍即於衆中語四輩言今我梵王承佛威神演說上經一百偈頌以示萬姓決了狐疑知人吉凶

今以此偈而說卦曰

若聞佛呪法　百魅皆消形　舍宅得安隱
縣官不橫生　迴向無上道　梵天常相營
仕宦得高遷　世世獲佳名　既能有好志
不能卒其本　供養不專一　功德日減損
前行已不善　改更亦不悛　今悉令吉利
祿位自然反　先身無福慶　是故墮罪中
不信於三寶　輕笑慢世雄　現世獲苦惱
從此致命終　積罪如山丘　業報眞無窮
若欲覓福祐　懺謝燒衆香　帝釋常扶助
所向皆吉祥　疫毒自消除　至終無遺殃

世世享其福　生得昇天堂　恐此事不成
終爲人所發　喪死非一人　哭泣彌年月
魔邪之所作　遂便從此没　若能念三寶
更得無遺織　汝常好情性　何故生怨惡
輕笑於沙門　謂之如寄託　世世得其報
終爲邪所掠　出道逢官家　恒爲吏所縛
念汝少孤苦　竛竮在貴門　正心相和順
勿令他生怨　報心無虧盈　禄位加子孫
安隱無疾病　當知梵天恩　既已墮罪中
又以罪悞人　殃注相連結　皆是宿世因
可共修正行　專意習精勤　保此得解脱
遠離地獄身　不欲行仁義　欺詐常爲先
若入江海中　逢風不得前　縱逸隨流浪
風波覆其船　沉溺在水中　性命豈得全
既有佳善心　又有好名禄　修於諸正行
世世蒙其福　安隱而無爲　親友亦歡穆
發願無不果　所求皆應速　若欲遠治生
求覓諸財寶　莫行不善心　中路見不好
專心念於佛　疾得無上道　世世獲果報
安隱壽得老　貢高作魔師　教人殺衆生
苦報既無窮　一到入幽冥　邪鬼不能祐
禍横百端生　可歸於三寶　能拔罪苦名
一子行五逆　爲汝作禍殃　劫奪人財物
離散失骨骸　當在空野中　枯露不得埋
世世不見好　地獄中徘徊　已能有好心
便宜盡其功　何爲寂寞住　徒勞守於空
若必成其願　受報亦無窮　世世所生處
常在天人中　所遇皆不好　每每不從意
此是心不淨　故與如斯事　不肯悔其過
將欲求何冀　若能盡心持　禄宦自然至

每見不良人　事事皆悉好　恐是罪未至
此榮非長保　一報墮地獄　出入生憂惱
世間愚劣人　意謂當至老　一身既獲好
親友亦欣欣　常見梵釋衆　與之爲等隣
意業亦滋茂　道心亦日新　萬物皆有報
豈不習精勤　遂爲賊所得　剥奪失珍寶
奉法莫進退　如是致不好　從令可更改
崇敬於三寶　魔邪皆馳散　衆魅不能惱
汝昔有慈悲　割口飯賤人　羸老得救命
色力具足鮮　慇念衆生故　濟物常在貧
尋得歡樂報　當在明年春　奉法不堅意
迷惑信魔邪　邪見殺衆生　百魅皆得祠
隨罪入地獄　億劫無出時　悔過於三寶
解脫無狐疑　汝欲居此宅　大凶不可止
子孫多零落　災害四面起　每每見不好
牛犢悉疫死　梵天語汝實　移可安隱耳
其福何憧憧　乃致於鳳凰　麒麟爲汝感
聖王亦來翔　難有世無雙　諸天散華香
得報獲其功　百事皆吉祥　造心既不清
梵天所不護　出門逢毒狼　坐自生禍故
大小互相向　晝夜懷荒怖　何不奉正眞
自獲安隱度　等心施於人　獲報無窮已
相與種福田　減割於身已　慳悋懷貪惜
坐守財物死　布施持淨戒　世世從緣起
汝有往福田　後便致富貴　令現人所敬
德行亦鬱鬱　高顯而無比　衆中之大師
壽命亦延長　衆聖爲等類　汝雖有廣慮
不知念無常　作善得其福　作惡得其殃
禮拜向三寶　供養散華香　釋梵相擁護
萬事皆吉祥　是人福力多　每每蒙神護

所求自如意　無不安隱度　必無他險難
名聞亦流布　釋梵口所說　吉祥不相誤
汝有諸兒子　一子五逆惡　爲汝作禍災
恒爲人所薄　嬈亂生罪過　魔鬼互來作
疾病不呪治　一以香湯藥　師有所言說
憶在不失亡　修作諸福德　魔邪自消藏
但當禮三寶　正念魔敢當　令汝得財寶
然後亦吉祥　種惡得其殃　合家悉疾病
困者非一人　乃得慮滅性　皆是先世因
所以致危命　若能悔今身　災邪悉流迸
汝是不吉人　故使居此間　中有魔魅鬼
恒來相留連　三魂及七魄　繫縛在空山
恍惚既不定　終當墮深淵　產乳悉通利
男女皆聰明　梵天說神策　魔邪不得生
專心向正覺　禮拜無虧盈　漸漸增其福
禄位自來榮　前所寄財物　本不令生長
何忽說欺詐　過失非一兩　可還此財寶
造經及形像　輙生輕慢心　必當墮羅網
五逆欺君父　謂之是長保　恐此有業報
世世生煩惱　意業所纏綿　是以不見好
子可自改心　歸依無上道　我念汝一身
飄泊在軍中　君主相護念　保令結始終
入陣常獲勝　意勇必有功　此是梵天助
勢力長無窮　爲人懷弊惡　坐此危身命
五逆誣君父　恒與財利競　諸天所不護
兒孫悉流迸　善當學忍辱　莫恣於情性
莫信於邪師　欺詐多誤人　但當一心念
保離罪咎身　今雖見不好　後當生福因
子可悔衆穢　正覺度苦人　汝欲貨雜物
所向皆吉利　但當勤精進　財物自如意

牛馬猪羊犬　長益而昌熾　疫鬼不得便
善神為汝記　雖言奉三寶　不行恭敬心
破齋毀經戒　言輙生醜音　輕慢於神明
罪報不可任　每行不善意　死入地獄深
汝家有十人　五逆無反復　口舌相鬪亂
言音難盡究　治生不獲利　畜養不滋茂
懷惡終不滅　梵天所不祐　大義有此人
何為江湖間　可還入親里　自然得高遷
今日雖未獲　必當在來年　家室歡且樂
然後信梵天　汝常信罪福　反作不善事
空言畏無常　無修攺更意　今者意不專
便不獲吉利　梵釋語汝實　慎勿生疑思
人能奉最勝　正覺第一道　但當念經戒
魔邪不能惱　衆魅不能干　善神常相保
愛法如珠玉　入惡無不好　人欲奉三寶

歸正却衆邪　意中不理盡　魔邪悉來加
嬈觸作諸怪　禍至必不賒　災耗連日生
負罪如恒沙　財物不可保　分散理無常
慳貪懷嫉妬　世世受其殃　悋惜不布施
坐守財物亡　欲避路無從　是名不吉祥
自言信道德　精進常自守　內心懷不吉
後身墮餓鬼　罵詈無本末　謂師是老叟
傳語後世人　師恩不可負　勤修於人務
福祿及子孫　如是之報應　皆由宿世恩
出入常見好　流布於宗門　世世所生處
梵釋相諠譁　神道有大小　勿生不信心
人亦有貴賤　宿命所延促　何故助小魔
貢高發疑音　但當平等觀　子息如甡林
所求多罣礙　疾病不得愈　晝夜生憂惱
泣淚如雲雨　神策度世難　梵天之所許

齋戒修法會　心求自得叙　父母行不善
子孫多死亡　最後生一兒　復爲人所傷
孤獨無依怙　泣涕痛心腸　漸漸生不吉
尋復遇禍殃　子有好心行　奉法悉具足
君主相護念　視之如珠玉　正念皆如此
梵釋相營逐　是語皆謂可　順從心所欲
此人勤精進　持戒又具足　三歸五戒神
乃有三十六　常隨共擁護　所願無毀辱
但當修善行　死不入地獄　迴邪奉正法
無不獲善報　壽命亦延長　財物不虛耗
世世蒙其福　吉利自然到　色力常鮮潔
吐氣亦清妙　雖欲信正覺　無有堅固本
奄忽遭禍橫　心中生退轉　邪師之所欺
殺生求增損　既不專一心　必不獲利反
夫人懷憂惱　必有不好想　財物從此散
棄滅日增長　梵天說神策　悉好無疑象
三界度苦人　解脫八羅網　殺生多夭命
惡心亦如斯　剥奪人財物　唯得以爲佳
此人億劫來　今身不自知　竊盜非好名
眞是不足爲　事師當如法　勿有解怠辭
背叛設輕慢　罵詈生狐疑　災厄從中至
卜易問良醫　禍害自然生　未有欣樂時
何不奉正覺　歸命自發露　悔過洗惡心
無不獲濟度　心行既不定　不爲神所護
宗室多死亡　夜見惡夢寤　所作輒不善
還自中其身　若能歸正覺　解脫罪苦身
魔邪之所作　鬼魅之所親　僻錯好罵詈
動起驚四隣　墮落於水中　魂魄隨浪流
作鬼屬河神　長有萍泊憂　苦謫不能堪
復還從家求　災耗四面起　生見無盡休

前行作五逆　常不信正眞　邪心逐異道
無事懷餘因　宗室相嫌恨　小語呼天神
怨對相牽引　衆墮地獄身　汝家多財物
呪詛更相欺　今日得重病　皆是宿生疑
湯藥不得行　此病不可治　大小亂相向
諸神不護之　六畜疫所害　非是人所治
皆從業緣報　綺語多所欺　不孝違師父
常自懷狐疑　一到入地獄　億刧無出期
精進莫殺生　殺者心不仁　後罪短命死
不得復人身　拘羅諸罪過　苦惱不生欣
正命不放逸　專心畏於神　軍中何足貪
刀兵若在頭　四面無所見　唯有諸髑髏
但當念道德　何能爲他憂　保還得安隱
不使空勞軀　汝前取婦時　相視如鴛鴦
和合共爲家　必令保久長　不悟忽中道

便欲相夭傷　鬪諍不脫時　財物亦消亡
正覺久滅度　沙門承遺教　苦行修功德
受訓金顏貌　濁世罪衆生　輕賤爲未效
百事不吉祥　坐生諸殃考　夫欲修仁義
皆應淨心行　常念於正覺　世世不遭橫
三界拔苦惱　宗族蒙福慶　自歸無上道
所生值衆聖　常念受罪人　獲報得命夭
不見好可論　禍害相纏繞　衆魔共嬈試
邪心增其表　殺生祠諸鬼　業報眞不少
改更歸魔道　必當破汝家　子孫多疾病
恒與官相羅　治生不得利　無事生罪瑕
緣汝業行惡　誤計信於邪　所作不如法
恒與惡相連　所求垂應得　忽更致流遷
往往非一事　悉是罪所延　禍至亦不賒
必當在來年　專心旣不定　夜卧生夢寤

唯見罪自纏　不見受福路　財物悉流散
傾家無歸訴　若能奉正覺　終身不遭遇
一母生十子　房室各各立　長大計業異
毫利不相及　恩愛起鬬亂　財色致憂悒
兩舌相誹謗　縣官相連冒　常見愚劣人
不信於三寶　縱逸無所畏　殺生而無道
怨對自在近　不得終耆老　若能不爲此
每事無不好　今此無知人　飲毒求自活
殺生禱祠神　意恬爲恃賴　反逆不恭敬
適意以爲快　天神不營護　衆魔作禍害
車牛出入行　前後皆吉利　神母與汝願
所作悉如意　但當弘自心　勿思衆魔事
所向無罣礙　仕宦自然至　善行多恩福
祿位自顯昌　常無疾病憂　所作皆吉祥
遊處他方土　善神自扶將　親友蒙其祐
樂報眞未央　疾病常除愈　魔鬼不能加
善心向三寶　福祿自無遐　功德漸漸勝
流布宗室家　正眞定可修　莫信於衆邪
但當念修善　愼勿行五逆　雖爲吏所呼
縣官不能責　慈心念清淨　能拔諸憂厄
如水洗塵滓　惡氣無遺跡　何忽壞道心
邪行以自立　輕慢於三寶　謂言是不急
世世受其殃　相見輙號泣　念子獲其報
地獄實難入　五逆無所知　至老無兒息
禱祠天下神　十方皆周極　遂不果其願
魔魅所隱匿　乃至世世生　不得所求力
忽與惡人好　致令生鬬諍　呪詛汝兒子
禍熾如火盛　遂爲災所害　危厄兒身命
三寶可歸心　梵天懷欽詠　念此孤遺子
一身在軍中　遠離舊鄉土　逍遥逐異風

雖在他封境　梵釋所與降　言歸保安隱
親友亦歡顒　愼莫懷憂愁　福德至無窮
官祿自到前　更生昇天宮　咸同識宿命
皆習衆聖風　庠序而無爲　積福致興隆
莫作不善行　信義當溫厚　積財不欲施
諫言不肯受　奴婢作口舌　無事生怨咎
慳貪所結縛　竊盜言無有　汝欲結婣媾
才技不具足　既無好行迹　夫壻不拘錄
常懷輕賤心　每言輒毀辱　進退無宜禮
怨恨聲相續　何意相鬪諍　口舌紛紜生
縣官更互起　憂苦輒身嬰　悔過滅罪垢
梵釋常相營　終命昇天堂　善神悉來迎
華色不久停　會當有萎落　人生如電過
恒恐奄忽著　憂畏長時有　歡樂暫纏縛
婚娶當及時　必好莫前却　汝昔有恩福
神明所祐佐　令汝有男女　强健無轗軻
不能重修善　還奉正道化　必當獲福利
跡行無穢汙　汝昔歸三寶　至心皆清淨
中爲人所誤　迴心向邪影　意業起煩惱
邪心自然秉　還反向正眞　梵天乃總領
前世無福田　令身不獲好　所作不吉祥
終日懷憂惱　罪報既無窮　可歸於三寶
持戒不毀犯　自致無上道　愚癡不信法
縱逸無所畏　百苦纏身形　出輒遇禍祟
誹謗說人惡　善事則隱諱　五逆無慈心
後墮畜生類　精勤奉正眞　晝夜修六度
齋戒消魔魅　功德亦流布　行善無惡緣
戒神常擁護　梵天說神策　吉祥不相誤
汝欲入山林　求取諸果藥　直心行四等
豺狼爲退却　伏藏及珍寶　悉令汝經略

善神相營衛　不令有遺落　汝欲案禮法
惡子嚴教呵　朝夕禮三寶　情性令柔和
譬如有大樹　覆陰甚衆多　汝莫自促促
保令事無他　人生於世間　各有宿身緣
負債作奴婢　罪根相牽連　以償其宿罪
世世有對怨　斯由宿身來　積行相纏綿
若能專精進　便當安一心　世世得福報
終不入魔林　現在無罪垢　功德日滋深
子孫樂相向　祿位自來任　子欲遠治生
慎莫信他語　但正一心念　釋梵爲等侶
所求自如意　大利天當與　存情向三寶
衆聖之所許　慎莫作偷盜　偷盜非好名
貪心取他物　後報作畜生　以償其宿罪
輪轉靡不經　出入不自由　鎖械其身形

佛語梵天汝今以爲一切人民說此神策竟利益一切功德不少令諸疑惑各得開解我今當演善神灌頂章句以爲勸助若有人民開策之者或信不信令得正念使一切魔不得破壞生嫉惡心設有惡意自然消滅說是語竟梵王請佛唯願說之於是世尊即說灌頂無上偈頌神名如是

地神畢栗絺毗　水神阿婆提婆哆　火神帝沙陀提婆哆　風神婆由馱提婆多　山神阿迦畬提婆哆　三頭神抵梨尸棄提婆哆　六眼神毗摩提婆哆　五頭神般蛇尸棄

佛告阿難梵天王等若四輩弟子欲爲策法當以竹帛書此上偈以五色綵作囊盛之若欲卜時探取三策至于七策審之無疑澡漱口齒莫食狗肉及噉五辛出策之法不得過

七人後說探者衆事不中不語人也梵王說已佛於衆中印可善哉四衆聞說梵王神策淨心歡喜作禮奉行

佛說大灌頂神咒經卷第十

音釋

麈音主麋也　痿烏規切溼病　肫音屯　惷陟降切愚也　憧憧並昌中切不絕貌　甡疏臻切衆生竝立貌　叛薄半切跋扈也　滓側氏切澱也

顒魚容切仰也　轗苦感切車行不利也　祟須銳切神禍也

佛說大灌頂神呪經卷第十一 第十二同卷

東晉西域三藏帛尸梨蜜多羅譯

灌頂隨願往生十方淨土經第十一 亦名普廣所問品

聞如是一時佛在鳩尸那竭國娑羅雙樹間

爾時世尊般涅槃時十方國土無央數衆天龍八部悉皆悲號歎息禽獸雜類悉皆如是來到佛所稽首作禮畢訖却坐世尊告曰若有疑者今皆當問正覺滅度多所矜愍設有問者爲究竟説

爾時他方國土有一菩薩名曰普廣從座而起稽首作禮而白佛言四輩弟子臨終之日若已終者願欲往生十方國土修何功德而得往生

佛告普廣菩薩摩訶薩汝能愍念四輩弟子及未來世諸衆生等問此願生因緣之福汝今諦聽吾當爲汝而演説之

佛告普廣菩薩摩訶薩若四輩弟子若臨終時若未終者願生東方香林刹者其佛號曰入精進菩薩無央數國土莊嚴若人願生彼者隨願往生

佛告普廣菩薩摩訶薩若有善男子善女人等臨終之日願生東南方金林刹者其佛號曰盡精進菩薩無央數國土莊嚴願生彼者隨願往生

佛告普廣菩薩摩訶薩若有善男子善女人等臨終之日願生南方樂林刹者其佛號曰不捨樂菩薩無央數國土莊嚴若人命終願生彼者隨願往生

佛告普廣菩薩摩訶薩若有善男子善女人等臨終之日願生西南方寶林刹者其佛號

曰上精進菩薩無央數國土莊嚴若人臨終時願生彼者隨願往生

佛告普廣菩薩摩訶薩若有善男子善女人等臨終之日願生西方華林剎者其佛號曰習精進菩薩無央數國土莊嚴若人臨終願生彼者隨願往生

佛告普廣菩薩摩訶薩若有善男子善女人等臨終之日願生西北方金剛剎者其佛號曰一乘度菩薩無央數國土莊嚴若人臨終願生彼者隨願往生

佛告普廣菩薩摩訶薩若有善男子善女人等臨終之日願生北方道林剎者其佛號曰行精進菩薩無央數國土莊嚴若人臨終願生彼者隨願往生

佛告普廣菩薩摩訶薩若有善男子善女人等臨終之日願生東北方青蓮華剎者其佛號曰悲精進菩薩無央數國土莊嚴若人臨終願生彼者隨願往生

佛告普廣菩薩摩訶薩若有善男子善女人等臨終之日願生下方水精剎者其佛號曰淨命精進菩薩無央數國土莊嚴若人臨終願生彼者隨願往生

佛告普廣菩薩摩訶薩若有善男子善女人等臨終之日願生上方欲林剎者其佛號曰至誠精進菩薩無央數國土莊嚴若人臨終願生彼者隨願往生

佛告普廣菩薩摩訶薩若四衆男女臨終之日願生十方佛剎土者當洗浴身體著鮮潔之衣燒衆名香懸繒旛蓋歌詠三寶讀誦尊經廣爲病者說諸因緣譬喻言辭微妙經義

苦空非身四大假合形如芭蕉中無有實又如電光不得久停故云色不久鮮當歸敗壞精誠行道可得度苦隨心所願無不獲果

佛復告普廣菩薩摩訶薩言十方妙土通洞無窮不可度量諸佛如來所居淨土亦復無量不可稱數今我於此大衆之中為諸四輩未來之世像法衆生説是十方諸佛國土及佛名號不可稱説略演少耳普廣菩薩摩訶薩又白佛言世尊十方佛刹淨妙國土有差別不佛言普廣無差別也普廣又白佛言世尊何故經中讚歎阿彌陀刹七寶諸樹宮殿樓閣諸願生者皆悉隨彼心中所願應念而至佛言普廣汝不解我意娑婆世界人多貪濁信向者少習邪者多不信正法不能專一心亂無志實無差別令諸衆生專心有在是故讚歎彼國土耳諸往生者悉隨彼願無不獲果普廣菩薩復白佛言若四衆男女若命未終若已終者我今當勸修諸福業得生十方諸佛刹也佛言善哉普廣隨意教導十方人也普廣菩薩語四輩言若人臨終未終之日當為燒香然燈續明於塔寺中表刹之上懸命過旛轉讀尊經竟三七日所以然者命終之人在中陰中身如小兒罪福未定應為修福願亡者神使生十方無量刹土承此功德必得往生亡者在世若有罪愆應墮八難旛燈功德必得解脱若善願應生父母在異方不得疾生以旛燈功德皆得疾生無復留難若得生已當為人作福德之子不為邪鬼所得便也種族豪强是故應修旛燈功德諸命過者修行福業至心懇惻應代亡者悔過

衆罪罪垢即滅爲亡者修福如餉遠人無不獲果譬如世間犯罪之人心中思惟望諸親屬求諸大力救其危厄今日燒香望得解脱爲亡者稱其名號修諸功德以福德之力緣是解脱亦復如是經生十方無願不得

普廣菩薩又白佛言若人在世不歸三寶不行法戒若其命終應墮三塗受諸苦痛其人臨終方欲精誠歸命三寶受行法戒悔過罪釁發露懺謝改更修善臨壽終時聞説經法善師化導得聞法音欲終之日生是善心得解脱不佛言普廣若有善男子善女人等臨終之時得生此心無不解脱衆苦者也所以者何如人負債依附王者債主更畏不從求財此譬亦然天帝放赦閻羅除遣及諸五官伺候之神反更恭敬不生惡心緣此福故不墮惡道解脱厄難隨心所願皆得往生

普廣菩薩復白佛言又有衆生不信三寶不行法戒或時生信或時誹謗或是父母兄弟親族卒得病苦緣此命終或墮在三塗八難之中受諸苦惱無有休息父母兄弟及諸親族爲其修福爲得福不佛言普廣爲此人修福者七分之中爲獲一也何故爾乎緣其前世不信道德故使福德七分獲一若以亡者嚴身之具堂宇室宅園林浴池以施三寶此福最多功德力强可得拔彼地獄之殃以是因緣便得解脱憂苦之患長得度脱往生十方諸佛淨土

普廣菩薩復白佛言若四輩男女善解法戒知身如幻精勤修習行菩提道未終之時逆修三七然燈續明懸雜旛蓋請召衆僧轉誦

尊經修諸福業得福多不佛言普廣其福無量不可度量隨心所願獲其果實普廣菩薩白佛言世尊若四輩男女若臨終時若已過命是其亡日我今亦勸造作黄旛懸著刹上使獲福德離八難苦得生十方諸清淨土旛蓋供養隨心所願至成菩提旛隨風轉破碎都盡至成微塵風吹旛塵其福無量旛一轉時轉輪王位乃至吹塵小王之位其報無量然四十九燈照諸幽冥苦痛衆生蒙此光明皆得相見緣此福德拔彼衆苦悉得休息佛告普廣若四輩男女若行齋戒心當存想請十方僧不擇善惡持戒毀戒高下之行到諸塔寺請僧之時次第供養無别異想其福最多無量無邊若值羅漢四道果人及大心者緣此功德受福無窮一聞説法可得至道無上涅槃

佛告普廣及大衆人民天龍八部諸鬼神等各各諦聽思惟吾言我今欲於此大衆之中説那舍長者本昔因緣罪福之事此大長者居羅閲祇國恒修仁義飢窮乏者沙門婆羅門諸求索者悉欲供養無所遺惜父母大慳無供養心長者有緣行至他方晨朝澡洗著衣結束已畢跪拜父母叉手白言今有緣事往至他方有少財物分爲三分一分供養供給父母一分珍寶施諸沙門及貧乏者餘有一分自欲持行父母言受於兒行後修諸福德若有人來從求索者悉當施與於是長者便辭父母遠至他方如是去後父母邪見無念子心婆羅門沙門及貧乏者往從乞匃慳貪邪見無施與心子行去後若干日數應還

到舍父母計其應還歸家住到市所取猪羊骨頭蹄膏血果蓏雜穀持散家中那舍長者從遠方還見其父母歡喜無量接足禮拜問訊起居父母亦復歡喜踊躍語那舍言我於汝行後爲汝設福沙門婆羅門國中孤老貧窮乞者以汝財物悉施與之兒聞設福布施貧乏之心大歡喜又語兒言我亦復請諸沙門設福始竟今日家中草穢狼藉猶未掃除兒見狼藉相貌如是信其父母爲設福德倍復歡喜踊躍無量久後之間父母衰老得諸病苦便即命終那舍即便殯斂屍骸安厝粗畢從父母命終轉讀尊經燒香禮拜歌詠讚歎無一時廢竟于三七經聲不絕作是思惟我父母在世極憂念我多修福德今我又復請諸聖衆想我父母緣此功德故應往生十方刹土供養恭敬面見諸佛於是那舍忽得重病奄便欲死唯心上暖家中大小未便殯斂至七日後乃得甦解家中問言那舍長者病苦如是本死今甦從何而來長者那舍語其家言我數日中善神將我示以福堂無極之樂又到地獄靡不經歷眼中所覩唯苦痛耳今我又見餓鬼住處所生父母在中受苦見我來看悲號懊惱欲求免脫不能得出我思父母在世之時大修福德意謂生天而反更墮餓鬼獄中受諸苦惱那舍長者說此語已向其家中懊惱流淚我今家中當作何方功德之力拔我父母使得解脫那舍長者又自思惟我父母昔病苦之時大修福德欲終未終及命終已然燈續明轉經行道齋戒一心乃至三七未曾懈廢今我父母而更生此罪

苦地獄必當有意便問親族及諸耆宿耆宿答言我不了此深妙之事可往諮問佛世尊也於是長者便往佛所頭面作禮胡跪合掌而白佛言欲有啓請唯願世尊慈愍不怪佛言便説長者那舍説向因緣父母在世常修福德及命終後爲供三七至安厝畢謂言生天而更墮在地獄之中已問耆宿耆宿不了今故問佛爲我決疑緣我重病奄便欲死七日乃甦善神將我經歷地獄靡不周遍以是因緣得見父母在苦劇地獄修福如此而更墮罪不解所以今故問佛唯願世尊釋我疑網修何福業令我父母解脱厄難不遭患苦悉得生天封受自然快樂無極得涅槃道佛語長者汝一心諦聽我之所説汝前欲行往至他方留財寶物與汝父母令汝父母修諸福德父母邪見欺誑於汝實不修福妄言爲作修諸福緣以慳貪故墮彼地獄長者聞佛神口所説疑惑永除作如是言是我之過非父母咎即於佛前代其父母悔過此罪慳貪之殃長者父母於彼地獄少得休息佛語長者今我借汝天眼使汝得見父母休息長者於是承佛威神見其父母皆得休息那舍長者又白佛言今者又當作何福業使我父母解脱彼苦佛語長者今諸聖衆安居三月行道欲竟可還家中作百味飲食之具種種甘美以好淨器盛持供養及好衣服種種華香金銀珍寶雜碎供具以施於僧令汝得福使汝父母解脱此難不復受苦餓鬼形也長者那舍即如佛言還家供辦不違尊教作供養已緣此生天封受自然無爲快樂汝今欲見

汝父母所生宮殿處不令更以我威神令汝得見不復生苦長者承佛威神之力見其父母生在天上諸天娛樂自在隨意無復障礙佛告長者罪福如是不可不慎如長者眼所見心所開故言自作自得非天與人如長者父母雖在餓鬼其罪小輕一切餓鬼受罪甚重不可具説長者父母其罪輕者有小福德扶接使爾長者修福竟于三七於諸餓鬼受罪輕也所以然者前章中言若人在世不識三寶不修齋戒無善師教過命已後兄弟父母親屬知識爲其修福七分之中爲獲一也是故長者父母有罪雖在地獄餓鬼之中受罪輕者緣修福故七分獲一令修福德供養衆僧以是因緣解脱衆難故得生天

佛告普廣菩薩摩訶薩言若人未終臨終之日若已終竟又是終日父母親族知識朋友爲命終者修諸福德齋戒一心洗浴身體著鮮潔之衣一心敬禮十方諸佛又當稱揚十方佛名別以華香供養諸佛可得解脱憂苦之患得昇天上入泥洹道佛告普廣菩薩摩訶薩言若未終時禮拜十方諸佛命終之人所生之處常得值佛千劫萬劫億萬劫數重罪之殃無不得脱亦復當爲説是灌頂無上章句三世諸佛天中之天各皆順奉三世如來説是無上總持章句普廣汝當諦聽我令爲汝及一切衆生諸病苦者若其臨終若已終竟復是終日聞此章句所生之處當得見佛不墮八難遠於惡道於是世尊在大衆中宣説諸佛無上章句即作偈頌而説之曰

波利富樓那　遮利三曼陀　達舍尼羅佉

摩訶毘羅訶　伽帝三曼陀　毘陀摩伽帝
摩訶伽利波　波利婆彌伽　娑婆婁伽提
修鉢利富那　阿利那達摩　摩訶毘波提
帝利毘波伽　修勒波僧祇　醯帝三博叉
摩訶三曼陀　阿陀摩羅尼　阿利摩羅多
毘鼓三曼陀　達尼佉羅陀

佛語普廣菩薩摩訶薩言是爲灌頂無上章句畢定不二解除亡者無量罪厄令過命者得生天上隨心所願往生十方此大章句眞實之言在所生處常見十方微妙淨土若在世時應當受持如是章句齋戒一心爲過命者七日七夜受行八禁長齋菜食禮敬十方諸佛世尊當發大誓願我獲得僧那僧涅諸衆生輩使證無上正眞大道爾時世尊說是語已告諸大衆善男子善女人等及天龍八部一切鬼神汝等衆輩聞說十方淨佛國土復聞說是那舍長者因緣罪福生信心不普廣菩薩復從座起白佛言世尊說是十方諸佛淨土無量功德莊嚴快樂復得聞是那舍因緣世尊又說衆事因緣甚善大善踊躍無量世尊說是多所利益後世衆生緣此解脫以爲軌則不復貪悋貲生之物聞此經言但生施心無所愛惜隨意施與貧乏使足國土豐饒施心平等如是漸漸積功累德悉成佛道普廣菩薩又白佛言若四輩男女欲修學是願生淨土灌頂經典有幾事行得此經法佛言普廣有十二事可得修學是經典也一者不信九十五種邪見之道二者堅持禁戒至終不犯三者勤學禪定教未學者四者忍辱不瞋見惡不惱五者常樂布施愍念孤老

六者常勤精進晝夜不懈七者若行來出入朝拜塔像及諸尊長然後捨去八者合集衆人爲作唱導普得信心九者不貪世業衣服伎樂資生之物常好苦行依四依法十者行此法時無所悕望但欲利益諸衆生輩不於其中希人利養十一者至終不諂邪命自活十二者行此法時不擇富貴豪樂之人貧苦求者等心看之無有異想是爲十二正化之事時普廣聞此心大歡喜我當奉行至終不犯佛說經竟是諸大衆無不歡喜阿難因從座起演說法竟當何名之佛語阿難此經名爲普廣所問十方淨土隨願往生亦名那舍罪福因緣又名灌頂無上章句佛說是經已四衆人民天龍八部聞佛所說作禮奉行

佛說大灌頂神咒經卷第十一

佛說大灌頂神呪經卷第十二

東晉西域三藏帛尸梨蜜多羅譯

灌頂章句拔除過罪生死得度經第十二

聞如是一時佛遊維耶離音樂樹下與八千比丘衆菩薩三萬六千人俱國王長者大臣人民及諸天龍八部鬼神共會說法於是文殊師利法王子菩薩摩訶薩承佛威神從座而起長跪叉手前白佛言世尊願爲未來像法衆生宣揚顯說往昔過去諸佛名字及清淨國土莊嚴之事願爲解說得聞法要佛告文殊師利善哉善哉汝大慈無量愍念罪苦一切衆生問此往昔諸佛名字及國土清淨莊嚴之事利益一切無量衆生度諸危厄令得安隱汝今諦聽諦受善思念之吾當爲汝分別說之衆座諸菩薩摩訶薩無央數衆及諸應眞國王長者大臣人民天龍鬼神四輩弟子皆各默然聽佛所說莫不歡喜一心樂聞佛告文殊師利東方去此佛刹十恒河沙世界有佛名曰藥師瑠璃光如來無所著至眞等正覺明行足善逝世間解無上士調御丈夫天人師佛世尊度脱生老病死苦患此藥師瑠璃光佛本所修行菩薩道時發心自誓行十二上願令一切衆生所求皆得

第一願者使我來世得作佛時自身光明普照十方三十二相八十種好而自莊嚴令一切衆生如我無異

第二願者使我自身猶如瑠璃內外明徹淨無瑕穢妙色廣大功德巍巍安住十方如日照世幽冥衆生悉蒙開曉

第三願者使我來世智慧廣大如海無窮潤

澤枯涸無量衆生普使蒙益悉令飽滿無飢渴想甘食美饍悉持施與
第四願者使我來世佛道成就巍巍堂堂如星中之月消除生死之雲令無有翳明照世界行者見道熱得清涼解除垢穢
第五願者使我來世發大精進淨持戒地令無濁穢愼護所受令無缺犯亦令一切戒行具足堅持不犯至無爲道
第六願者使我來世若有衆生諸根毀敗盲者使視聾者能聽瘂者得語僂者能伸跛者能行如是不完具者悉令具足
第七願者使我來世十方世界若有苦惱無救護者我爲此等設大法藥令諸疾病皆得除愈無復苦患至得佛道
第八願者使我來世以善業因緣爲諸愚冥無量衆生講宣妙法令得度脫入智慧門普使明了無諸疑惑
第九願者使我來世摧伏惡魔及諸外道顯揚清淨無上道法使入正眞無諸邪僻迴向菩提八正覺路
第十願者使我來世若有衆生王法所加臨當刑戮無量怖畏愁憂苦惱若復鞭撻枷鎖其體種種恐懼逼切其身如是無邊諸苦惱等悉令解脫無有衆難
第十一願者使我來世若有衆生飢火所惱令得種種甘美飲食天諸餚饍種種無數悉以施與令身充足
第十二願者使我來世若有貧凍裸露衆生即得衣服窮乏之者施以珍寶倉庫盈溢無所乏少一切皆受無量快樂乃至無有一人

受苦使諸衆生和顔悦色形貌端嚴人所喜見琴瑟鼓吹如是無量最上音聲施與一切無量衆生是爲十二微妙上願

佛告文殊師利此藥師瑠璃光佛本願功德如是我今爲汝略説其國莊嚴之事此藥師瑠璃光如來國土清淨無五濁無愛欲無意垢以白銀瑠璃爲地宫殿樓閣悉用七寶亦如西方無量壽國無有異也

有二菩薩一名日曜二名月淨是二菩薩次補佛處諸善男子及善女人亦當願生彼佛國土也文殊師利白佛言世尊唯願演説藥師瑠璃光如來無量功德饒益衆生令得佛道佛言若有善男子善女人新破衆魔來入正道得聞我説是藥師瑠璃光如來名字者魔家眷屬退散馳走如是無量拔衆生苦我今説之佛告文殊師利世間有人不解罪福慳貪不知布施今世後世當得其福世人愚癡但知貪惜寧自割身肉而噉食之不肯持錢財布施求後世之福世又有人身不衣食此大慳貪命終之後當墮地獄餓鬼及畜生中聞我説是藥師瑠璃光如來名字之時無不解脱憂苦者也皆作信心貪福畏罪人從索頭與頭索眼與眼乞妻與妻匃子與子求金銀珍寶皆大布施一時歡喜即發無上正眞道意佛言若復有人受佛淨戒遵奉明法不解罪福唯知明經不及中義不能分別曉了中事以自貢高恒常嫉憤乃與世間衆魔從事更作縛著不解行之戀著婦女恩愛之情口爲説空行在有中不能發覺復不自知但能論説他人是非如此人輩皆當墮於三

惡道中聞我說是藥師瑠璃光佛本願功德無不歡喜念欲捨家行作沙門者也

佛言世間有人好自稱譽皆自貢高當墮三惡道中後還爲人牛馬奴婢生下賤中人當乘其力負重而行困苦疲極亡失人身聞我說是藥師瑠璃光如來本願功德者皆當一心歡喜踊躍更作謙敬即得解脫衆苦之患長得歡樂聰明智慧遠離惡道得生善處與善知識共相值遇無復憂惱離諸魔縛佛言世間愚癡人輩兩舌鬬諍惡口駡詈更相嫌恨或就山神樹下鬼神日月之神南斗北辰諸鬼神等所作諸呪誓或作人名字或作人形像或作符書以相厭禱呪詛言說聞我說是藥師瑠璃光佛本願功德無不兩作和解俱生慈心惡意悉滅各各歡喜無復惡念佛言若四輩弟子比丘比丘尼清信士清信女常修月六齋年三長齋或晝夜精勤一心苦行願欲往生西方阿彌陀佛國者憶念晝夜若一日二日三日四日五日六日七日或復中悔聞我說是藥師瑠璃光佛本願功德盡其壽命欲終之日有八菩薩其名曰文殊師利菩薩觀世音菩薩得大勢至菩薩無盡意菩薩寶檀華菩薩藥王菩薩藥上菩薩彌勒菩薩如是八菩薩摩訶薩等皆當飛往迎其精神不經八難生蓮華中自然音樂而相娛樂佛言假使壽命自欲盡時臨終之日得聞我說是藥師瑠璃光佛本願功德者命終之後皆得上生天上不復經歷三惡道中天上福盡若下生人間當爲帝王家作子或生豪姓長者居士富貴家生皆當端正聰明智慧

高才勇猛若是女人化成男子無復憂苦患難者也佛語文殊師利我稱譽顯説藥師瑠璃光佛至眞等正覺本所修習無量行願功德如是文殊師利從座而起長跪叉手白佛言世尊佛去世後當以此法開化十方一切衆生使其受持是經典也若有善男子善女人愛樂是經受持讀誦宣通之者復能專念若一日二日三日四日五日乃至七日憶念不忘能以好素帛書取是經五色雜綵作囊盛之者是時當有諸天善神四天大王龍神八部常來營衛愛敬此經日日作禮持是經者不墮横死所在安隱惡氣消滅諸魔鬼神亦不中害佛言如是如是如汝所説文殊師利言天尊所説言無不善也佛言文殊師利若有善男子善女人等發心造立藥師瑠璃光如來形像供養禮拜懸雜色旛蓋燒香散華歌詠讚歎圍繞百帀還坐本處端坐思惟念藥師瑠璃光佛無量功德若有善男子善女人七日七夜菜食長齋供養禮拜藥師瑠璃光佛求心中所願者無不獲得求長壽得長壽求富饒得富饒求安隱得安隱求男女得男女求官位得官位若命過已後欲生妙樂天上者亦當禮敬藥師瑠璃光佛至眞等正覺若欲上生三十三天者亦當禮敬藥師瑠璃光佛必得往生若欲與明師世世相值者亦當禮敬藥師瑠璃光佛佛告文殊師利若欲生十方妙樂國土者亦當禮敬藥師瑠璃光佛若欲得生兜率天上見彌勒者亦當禮敬藥師瑠璃光佛若欲遠諸邪道者亦當禮敬藥師瑠璃光佛若夜惡夢鳥鳴百怪蜚

尸邪忤魍魎鬼神之所嬈者亦當禮敬藥師瑠璃光佛若爲水火之所焚漂者亦當禮敬藥師瑠璃光佛若入山谷爲虎狼熊羆蠆螫諸獸象龍蚖蛇蝮蝎種種雜類若有惡心來相向者心當存念藥師瑠璃光佛山中諸難不能爲害若他方怨賊偷竊惡人怨家債主欲來侵陵心當存念藥師瑠璃光佛則不爲害以善男子善女人禮敬藥師瑠璃光如來功德所致華報如是況果報也是故吾今勸請四輩禮事藥師瑠璃光佛至眞等正覺佛告文殊師利我但爲汝略說藥師瑠璃光佛禮敬功德若使我廣說是藥師瑠璃光佛無量功德爲一切人求心中所願者從一刦至一刦故不周遍其世間人若有著牀痿黄困篤惡病連年累月不得瘥者聞我說是藥師瑠璃光佛名字之時横病之厄無不除愈唯除宿殃不請耳佛告文殊師利若善男子善女人受三自歸若五戒若十戒若善信菩薩二十四戒若沙門二百五十戒若比丘尼五百戒若菩薩戒若破是諸戒等若能至心一懺悔者復聞我說是藥師瑠璃光佛終不墮三惡道中必得解脱若人愚癡不受父母師友教誨不信佛不信經戒不信聖僧應墮三惡道中者亡失人種受畜生身聞我說是藥師瑠璃光佛善願功德者即得解脱佛告文殊師利世有惡人雖受佛禁戒觸事違犯或殺無道偷竊他人財寶欺詐妄語婬他婦女飲酒鬪亂兩舌惡口罵詈毀人犯戒爲惡更復祠祀鬼神有如是過罪當墮地獄中若當屠割若抱銅柱若卧鐵牀若鐵鉤出舌若洋

銅灌口者聞我說是藥師瑠璃光佛無不即得解脫者也佛告文殊師利其世間人豪貴下賤不信佛不信經法不信沙門不信有須陁洹不信有斯陁含不信有阿那含不信有阿羅漢不信有辟支佛不信有十住菩薩不信有三世之事不信有十方諸佛不信有本師釋迦牟尼佛不信人死神明更生善者受福惡者受殃有如是之罪應墮三惡道中聞我說是藥師瑠璃光佛名字之者一切罪過自然消滅佛告文殊師利若有善男子善女人聞我說是藥師瑠璃光佛至眞等正覺其誰不發無上正眞道意後皆當得作佛人居世間仕宦不遷治生不得飢寒困厄亡失財産無復方計聞我說是藥師瑠璃光佛各各得心中所願者仕宦皆得高遷財物自然長益飲食充饒皆得富貴若爲縣官之所拘録惡人侵枉若爲怨家所得便者心當存念藥師瑠璃光佛若他婦女産生難者皆當存念藥師瑠璃光佛兒即易生身體端正無諸疾痛六情完具聰明智慧壽命得長不遭枉横善神擁護不爲惡鬼舐其頭也佛說是語時阿難在右邊佛顧語阿難言汝信我爲文殊師利說往昔東方過十恒河沙有佛名曰藥師瑠璃光本願功德者不阿難白佛言唯唯天中天佛之所言何敢不信耶佛復語阿難言如世間人雖有眼耳鼻舌身意人常用是六事以自迷惑但信世俗魔邪之言不信至眞至誠度世苦切之語如是人輩難可開化也阿難白佛言世尊世人多有惡逆下賤之者若聞佛說是經開人耳目破治人病除人

闇冥使覩光明解人疑結去人重罪千刧萬刧無復憂患皆因佛説是藥師瑠璃光佛本願功德悉令安隱得其福也佛告阿難汝口爲言善而汝内心狐疑不信我言阿難汝莫作是念以自毀敗佛語阿難我見汝心我知汝意汝知之不阿難即以頭面著地長跪白佛言審如天中天所説我造次聞佛説是藥師瑠璃光佛極大尊貴智慧巍巍難可度量我心有小疑耳敢不首伏佛言汝智慧狹劣少見少聞汝聞我説深妙之法無上空義應生信敬貴重之心必當得至無上正眞之道也文殊師利問佛言世尊佛説是藥師瑠璃光如來本願無量功德如是不審誰肯信此言者佛答文殊師利言唯有百億諸菩薩摩訶薩當信是言耳唯有十方三世諸佛當信是言佛言我説是藥師瑠璃光如來本願功德難可得聞何況得見亦難得説亦難得書寫亦難得讀文殊師利若有善男子善女人能信是經受持讀誦書著竹帛復能爲他人解説中義此皆先世已發道意今復得聞比微妙之法開化十方無量衆生當知此人必當得至無上正眞道也佛告阿難我作佛已來從生死復至生死勤苦累刧無所不經無所不歷無所不作無所不爲如是不可思議況復藥師瑠璃光佛本願功德者乎汝所以有疑者亦復如是阿難汝聞佛所説汝諦信之莫作疑惑佛語至誠無有虚僞亦無二言佛爲信者施不爲疑者説也阿難汝莫作小疑以毀大乘之業汝却後亦當發摩訶衍心莫以小道毀汝功德也阿難白世尊言唯唯

天中天我從今日以去無復爾心唯佛自當知我心耳佛語阿難此經能照諸天宫宅若三災起時中有天人發心念此藥師瑠璃光佛本願功德經者皆得離於彼處之難是經能除水涸不調是經能除他方逆賊悉令斷滅四方夷狄各還正治不相嬈惱國土交通人民歡樂是經能除穀貴飢凍是經能滅惡星變怪是經能除疫毒之病是經能救三惡道苦地獄餓鬼畜生等苦若人得聞此經典者無不解脱厄難者也爾時衆中有一菩薩名曰救脱從座而起整理衣服叉手合掌而白佛言我等今日聞佛世尊演説過此東方十恒河沙世界有佛號藥師瑠璃光一切衆會靡不歡喜救脱菩薩叉手白佛言若族姓男女其有尫羸著牀痛惱無救護者我今當勸請諸衆僧七日七夜齋戒一心受持八禁六時行道四十九遍讀是經典勸然七層之燈亦勸懸五色續命神旛阿難問救脱菩薩言續命旛燈法則云何救脱菩薩語阿難言神旛五色四十九尺燈亦復爾七層之燈一層七燈燈如車輪若遭厄難閉在牢獄枷鎖著身亦應造立五色神旛然四十九燈應放雜類衆生至四十九可得過度危厄之難不爲諸横惡鬼所持救脱菩薩語阿難言若國王大臣及諸輔相王子妃主中宫婇女若爲病苦所惱亦應造立五色繒旛然燈續明救諸生命散雜色華燒衆名香王當放赦屈厄之人徒鎖解脱王得其福天下太平雨澤以時人民歡樂惡龍攝毒無病苦者四方夷狄不生逆害國土通同慈心相向無諸怨害四

海歌詠稱王之德乘此福禄在意所生見佛
聞法信受教誨從是福報至無上道阿難又
問救脱菩薩言命可續也救脱菩薩答阿難
言我聞世尊説有諸横勸造旛蓋令其修福
又言阿難昔沙彌救蟻以修福故盡其壽命
不更苦患身體安寧福德力强使之然也阿
難因復問救脱菩薩言横有幾種世尊説言
横乃無數略而説之大横有九一者横病二
者横有口舌三者横遭縣官四者身羸無福
又持戒不完横爲鬼神之所得便五者横爲
刦賊之所剥脱六者横爲水火之所焚漂七
者横爲雜類禽獸所噉八者横爲怨讎符書
厭禱邪神牽引未得其福但受其殃先亡牽
引亦名横死九者有病不治又不修福湯藥
不順針灸失度不值良醫爲病所困於是滅

亡又信世間妖孽之師爲作恐動寒熱言語
妄發禍福所犯者多心不自正不能自定十
問覓禍殺猪狗牛羊種種衆生解奏神明呼
諸邪妖魍魎鬼神請乞福祚欲望長生終不
能得愚癡迷惑信邪倒見死入地獄展轉其
中無解脱時是名九横救脱菩薩語阿難言
其世間人瘘黄之病困篤著牀求生不得求
死不得拷楚萬端此病人者或其前世造作
惡業罪過所招殃咎所引故使然也救脱菩
薩語阿難言閻羅王者主領世間名籍之記
若人爲惡作諸非法無孝順心造作五逆破
滅三寶無君臣法又有衆生不持五戒不信
正法設有受者多所毁犯於是地下鬼神及
伺候者奏上五官五官料簡除死定生或註
録精神未判是非若已定者奏上閻羅閻羅

監察隨罪輕重拷而治之世間痿黄之病困
篤不死一絶一生由其罪福未得料簡録其
精神在彼王所或一七日二七日三七日乃
至七七日名籍定者放其精神還其身中如
從夢中見其善惡其人若明了者信驗罪福
是故我今勸諸四輩造續命神旛然四十九
燈放諸生命以此旛燈放生功德拔彼精神
令得度苦今世後世不遭厄難救脱菩薩語
阿難言如來世尊說是經典威神功德利益
不少座中諸鬼神有十二神王從座而起往
到佛所胡跪合掌而白佛言我等十二鬼神
在所作護若城邑聚落空閑林中若四輩弟
子誦持此經令所結願無求不得阿難問言
其名云何爲我說之救脱菩薩言灌頂章句
其名如是

神名金毘羅　神名和耆羅　神名彌佉羅
神名安陀羅　神名摩尼羅　神名宋林羅
神名因持羅　神名波耶羅　神名摩休羅
神名真陀羅　神名照頭羅　神名毘伽羅
救脱菩薩語阿難言此諸鬼神別有七千以
爲眷屬皆悉叉手低頭聽佛世尊說是藥師
瑠璃光如來本願功德莫不一時捨鬼神形
得受人身長得度脱無衆惱患若人疾急厄
難之日當以五色縷結其名字得如願已然
後解結令人得福灌頂章句法應如是即說
呪曰
南謨鼻煞（所界切下同）遮　俱嚧吠瑠璃耶　鉢
波喝邏社耶　哆姪他　鼻煞遮　鼻煞遮
娑婆揭帝　薩婆訶
佛說是經時有比丘僧八千人諸菩薩三萬

六十人俱諸天龍鬼神八部大王無不歡喜
阿難即從座起前白佛言世尊演說此經當
何名之佛言此經凡有三名一名藥師瑠璃
光如來本願功德二名灌頂章句十二神王
結願神呪三名拔除過罪生死得度經佛說
經竟大衆人民作禮奉行

佛說大灌頂神呪經卷第十二

音釋

匄居大切乞也　蓏魯果切草實也　懊烏皓切恨痛也　癠蟸齊音疾蟸力脂切　尫羸尫烏光切弱也羸倫爲切瘦也　孽魚列切妖孽變怪也

佛說文殊師利現寶藏經

西晉三藏法師竺法護譯

清刻龍藏佛說法變相圖

佛說文殊師利現寶藏經卷上

西晉三藏法師竺法護譯

聞如是一時佛遊舍衛祇樹給孤獨精舍與大比丘衆俱比丘千二百五十菩薩萬人爾時佛於迦利羅講堂上坐與無央數百千之衆周帀圍遶而爲說經於是文殊師利與五百菩薩及諸天釋梵四天王眷屬俱詣佛所稽首佛足遶佛三帀却坐一面文殊師利白佛言向者世尊爲說何法願天中天遵崇所講賢者須菩提承佛威神白文殊師利向者世尊說弟子事願令上人說菩薩行文殊師利答須菩提一切弟子緣覺所行非菩薩器焉用問爲曰願解說審是器者當聽受之文殊師利答曰尊者須菩提爲知何者是器云何非器須菩提曰其諸弟子每以聲音而得

解脱我等豈知是器非器今請問之願樂欲聞文殊師利答曰唯須菩提其有出於冥者皆非佛法器假使於冥爲現照明亦不墮冥救護衆生不與冥合一切所有造佛法器又須菩提得限而學學法已成視一切人見不與取其意恐懼心猒穢之畏諸三界不以喜樂則爲非是諸佛法器設御當來未行數千刧周旋三界而無恐畏於三垢而無心欲樂於生死譬如遊觀園囿講堂歡悦一切所有往來無有六事是謂爲佛法器又須菩提菩薩現在愛欲而無欲樂示現瞋怒而無恚害示現愚癡而無暗冥示現兇弊剛强麤魁而無塵垢現在三界諸無御者爲之正導於憒亂中順而不慌於貢高者謙卑爲禮爲諸羣生除其重擔教授一切令三寶不絶得三達

智而普示現此謂爲是諸佛法器於是須菩提問文殊師利諸法等耳俱共同輩本際一也是器非器何得知乎文殊師利答曰譬若陶家泥土一等作種種器皆共一處合而燒之或受醍醐或受麻油或受甘露蜜或受於不淨其泥一等無若干也如是須菩提諸法同等俱共一輩其本際一從緣起行則有差特彼醍醐油器喻弟子緣覺甘露蜜器謂諸菩薩不淨器者方如下賤凡夫之士也又問文殊師利可令諸有器爲非器不答曰可使非器耳須菩提曰以何因緣答曰唯須菩提其受一切欲塵之器住在有中若復有能斷諸欲塵是悉非爲佛法之器又問文殊師利器者有何高下答曰唯須菩提器者無高無下又問云何文殊師利器無高下答曰實無

高無下用法所住無高下故則爲牢堅之器假使有高下行則知是爲破壞之器唯須菩提譬如虛空非是一切藥草樹木萬物之器如是須菩提菩薩爲一切佛法器亦無有餘器譬如地上生樹虛空能受令長大器如是須菩提菩薩發清淨等意承智慧度無極而得長育又問文殊師利云何菩薩而得長育答曰譬如虛空之所長育菩薩亦然虛空及菩薩終無增益亦無損耗又問文殊師利是語何謂答曰不增塵垢不損佛法又問文殊師利塵與佛法有何異乎答曰譬如近須彌山者光明同照令現一貌皆如金色菩薩如是以智慧光明消諸塵垢使同其貌爲佛法色唯須菩提是故諸塵皆是佛法智慧明者當作是觀等無有異一切諸法是謂佛法又

問曷云一切諸法皆爲佛法答曰所作如諸佛所爲又問云何文殊師利如佛所爲答曰如本末亦然其如不增不減是謂爲如又問文殊師利何謂爲本云何爲末答曰本者空末者寂是謂本末又問文殊師利空之與寂有何異乎答曰譬如金之與寶寧有異無須菩提曰其物一等但名異耳答曰如是空亦寂寞但名異耳智者不著於字數也又問文殊師利何謂癡相云何黠相答曰如佛之教因緣爲癡相法義爲黠相又問文殊師利何所爲因緣相答曰十二因緣相則須菩提爲因緣相也彼若有念造便有想知假使無念造無想則不現知彼癡者有念起是等即有言說知黠者無念造則無言說知彼若無所住便普徧至是賢聖行於行有行無行者非

是賢聖行須菩提又問文殊師利何謂爲賢聖答曰賢聖者謂御空而無跡又問文殊師利一切法寧復是無垢空等御不答曰然須菩提又問何緣爾乎文殊師利曰譬如衆水歸十大海合爲一味如是須菩提無垢空等以御諸法皆作一味用脫衆生又問文殊師利何謂解脫曰云何須菩提何緣有礙曰用無智故而有礙答曰如是須菩提用度無智故說解脫又問文殊師利一切諸法而無有異何從得是有智無智之說答曰譬如夏月熱時說水冬日寒冷亦復說水其水無異如是須菩提用想不清白而有塵垢以有塵垢便有無智說作淨想者便無有著以故有智說彼諸正士而無中間有智無智之說須菩提又問文殊師利其義遠行答曰用有二行

故須菩提曰文殊師利義者難見答曰爲離智慧眼須菩提曰義者難受持文殊師利答曰不可得取須菩提曰其義難知答曰用不解故須菩提曰義者難了答曰已離諸覺意故須菩提曰義者難說答曰爲空等故須菩提曰義者無思答曰用無想行須菩提曰義者無念答曰是故無言說須菩提曰義者無賢聖答口是故離想願須菩提曰黠者現智義答曰是故不自見須菩提又問文殊師利若如來曰求利義而不得義不求利義而得義爲誰說是章句文殊師利答曰唯須菩提其利義無有得彼若有求欲得義於義則無利義其義者爲寂義彼若身意念欲求得利義是爲於義不得利義如佛言曰不求義而得義求義者反不得義須菩提又問文殊師

利奚爲佛言一切法悉非法文殊師利答曰唯然須菩提世尊說譬喻經言當除斷所欲法況於非法耶假使斷者其法即爲不非法之謂也須菩提又問云何文殊師利佛法寧復是非法耶答曰不也佛法者無興盛其不興盛是謂爲法如佛言曰一切諸法皆爲非法須菩提曰未曾有也甚難及文殊師利新學菩薩聞是說而不恐畏文殊師利曰唯須菩提有四事師子之子聞師子吼而不怖懼衣毛不豎何等爲四一者其種姓眞二者爲師子所生三者蒙尊者所育四者不著諸有是爲四如是行者爲如來種誠諦菩薩也如來所生爲法所進過於弟子緣覺之上則非其類彼聞說一切法終不恐懼在所講說一切所說而無畏懼衣毛不豎心不懈怠亦無疑怯又須菩提鳥子飛行在於虛空寧有恐耶答曰無也文殊師利曰如是須菩提菩薩住於空界彼聞諸說而不恐懼於一切法亦無畏懼無所疑難用了諸法故聞諸所說不恐不懼而無畏怖文殊師利謂須菩提從何致畏答曰用貪見身故而有恐畏文殊師利曰菩薩以知貪身於一切法所說不畏亦無怖懼須菩提問文殊師利假使菩薩了寂不貪身云何得道文殊師利答曰唯須菩提菩薩不見得道知貪身設使菩薩見得道知貪身者是故不得道須菩提曰唯文殊師利菩薩爲行大善權用菩薩見貪身不得道文殊師利曰唯須菩提菩薩蒙智慧善權爲是菩薩聖性以故菩薩知貪身不得道譬如取大利斧斷截大樹段段解之還著故處續傷如

故終不𨅊地如是菩薩有智慧善權爲聖性以故菩薩知貪身不得道或時天大雨樹生茂盛故有莖節枝葉華實有益一切如是菩薩行大悲慈知貪身者現生三界種種形類隨其色貌以益衆生又須菩提或作暴雨疾風吹墮其樹菩薩以大智慧放柔輭大雨在佛樹下便復現墮爾時世尊讚文殊師利曰善哉善哉文殊師利快說諸菩薩智慧善權而爲聖性乃如是乎爲說大慈大悲決行令文殊師利且復聽我所言譬如有國旣强且大雲霧四起放大熱石欲焚其國所有草木皆當被燒復雨洪水滴如車軸令諸草木普得生長如是文殊師利菩薩雨於智慧善權方便示現入一切愚癡凡夫之士教授諸冥現賢聖行爲生死奉律人示義令悅譬如有

香樹其根香莖香枝香葉香華香實香各各別異如是菩薩以智慧事自然之性隨一切人之所欲從其本行而爲說法各令歡喜其心開解不捨大悲之本譬如大摩尼珍寶名曰釋迦惟羅迦天帝釋著此寶時照其被服采女舍宅講堂宮殿一切皆見清淨光明大明月寶亦無念也如是菩薩明慧之果清淨解脫如明月寶普現諸義求無想念佛言文殊師利譬如有大明月寶名曰施一切願隨衆所欲皆令具足而得所饒施諸願寶亦無念也如是菩薩清淨如寶具足衆生諸所欲願其菩薩者亦無想念譬如虛空之中有大火起復放大雨其於虛空不寒不熱如是菩薩處三界火中若在寂寞無爲之界無寒無熱譬如彼虛空中令生毒樹復生藥樹其毒

樹者不害虛空其藥樹者無所除淨如是菩薩以善權方便入諸毒樹令得成就以藥樹莖節護諸根本衆垢塵勞不著菩薩除淨諸根亦無所淨俱入二事無所霑汙譬如穿漏之器但補一處令不得漏捨餘不補而皆穿漏如是菩薩所住常定具大神通無有異漏有所住者便現別異之漏示現出生隨一切本而爲説法譬如騏驥高足强而有勢守護馬畜不貪衛已如是菩薩立大慈悲强而有勢超越諸力救護衆人不自念身譬如猛師子者百獸之王無所懼也惟畏大火如是菩薩亦無所畏畏墮弟子緣覺之地譬如伊羅漫龍王雖爲畜獸所能示現清淨變化悉是帝釋本德所致如是菩薩假使墮於畜獸之中則能現説諸清淨法隨其本行而開導之譬如鑽木出火明珠放光其於二者俱有所益如是文殊師利其有初發意及坐佛樹下後當發意此二菩薩俱除一切衆垢之塵燒諸勤苦譬如諸樹種種各各有名其色不同枝葉各異華實不相類此諸樹者因四大而得滋茂如是菩薩奉若干行積衆德本皆用成道意悉勸助一切智而得成就譬如轉輪聖王在所至湊七寶四種兵皆悉從之如是菩薩得善權方便智慧度無極無所不入一切諸道品之法皆悉隨從譬如鶡隨之鳥王假使墮於羅網之中續出哀音如是文殊師利設使菩薩而墮巢窟未了佛法不壞貪身不出三界續作師子覺吼説空無相不願之法講無造起滅之事譬如鶡隨鳥王在山頂住而不肯鳴得其輩類乃闡鸞音如是文殊

師利若有菩薩入諸弟子中不講不可思議佛音在諸菩薩中乃說菩薩事講佛不可思議之音譬如隨藍之風不能持地固閻浮利及樹木講堂舍宅如是文殊師利一切弟子縁覺不能堪忍無思議佛法名號及佛神通清淨變化有信而無疑者非自功德所致皆佛威神而令得信譬如日之光明照淨不淨亦無喜悅亦無憎惡日月殿舍無冥沒時如是菩薩放智慧善權光明與弟子縁覺諸凡夫士共周旋從事不用在弟子中而歡喜不以在凡夫之士而為愁悒亦不失菩薩權慧之場也譬如忉利天上晝度樹初生葉時諸天見之皆悉歡喜心念言晝度樹不久當有華實而得成就如是文殊師利假使菩薩一切所有施而不惜諸佛世尊歎是菩薩不久當得佛法華實施諸羣生譬如其樹柔輭根株深固雖現曲捩終不恐擗如是文殊師利若有菩薩恭敬禮事於一切人終不恐墮弟子縁覺之地譬如水隨地流菩薩如是無有憍慢從一切智稽首自歸譬如大海立於地中最為始成皆舍受一切江河諸流如是菩薩用無慢故得立一切佛法之頂譬如大明月珠名曰照明諸所欲得皆從中出衆明月珠無與等者悉皆照諸明月珠寶其明不減如是菩薩教授諸弟子縁覺令得入律不墮彼行譬如曼陀勒華柔輭妙好其香周帀聞四十里菩薩如是以聖賢智發大慈悲普徧衆生令得安隱譬如曼陀勒華若有疾者聞此華香其病即愈菩薩如是以大慈大悲香行徧至除解一切塵勞之病譬如無有佛時

優曇鉢樹無華有實未有菩薩不出佛法之華譬如阿耨達龍王假令雨時徧閻浮利如是菩薩若施法雨皆徧一切人民蠕動譬如阿耨達大淵流出四江悉歸于海常時得滿如是菩薩流四恩行以具足滿大智慧海譬如未有大海時閻浮利人得自然小摩尼珠如是文殊師利未發菩薩意時皆承用弟子緣覺法寶譬如其有色像者皆有四大菩薩如是諸所說法皆欲度脱一切令入法門故譬如樹木生於山澤之中無益衆人弟子如是畏生死難無益一切譬如大城中央而生藥樹多所療治於一切人菩薩如是入大慈悲發一切智其以寶意多所饒益一切羣生譬如天雨之水不能久在弟子如是教授説法而不久立譬如春月大流水無減盡時菩薩如是教授説法而得久立譬如冬生山中樹若有斷截者應時疾生如是文殊師利佛之所現作如來雖般涅槃三寶之教猶不斷絶於是賢者須菩提白佛言未曾有也世尊是諸菩薩名德之行巍巍無量莫能稱焉向者如來講説誠諦功德是亦難及假使菩薩聞如是德義而不歡喜亦不愁悒是爲甚善佛言菩薩本清淨所致是故聞説一切德義不喜不愁須菩提問佛言何謂爲本淨世尊曰無我之本無壽命本無貪身本而無愚癡恩愛之本是我所非我所本如是菩薩於此諸本而得清淨須菩提又問世尊何謂爲淨佛言無取無捨是謂爲淨不起不滅是謂爲淨無思無想無識無潔是謂爲淨無高無下是謂爲淨不作非不作不冥亦不明無塵垢

亦無諍亂不脱亦不縛是謂爲淨須菩提白佛言無生死亦無泥洹彼何謂爲淨佛告須菩提如是爲淨不念泥洹不遠生死爾乃爲淨譬如虚空爲淨無有淨虚空者如是行者爲清淨彼無有爲作清淨者若聞此不恐畏是謂爲淨佛言於須菩提意云何有淨汝者耶須菩提白佛言從本已淨佛言聞諸所説不著言説是謂爲淨著於無審者豈可謂淨乎須菩提白佛言法界爲自然淨而有等知佛言云何須菩提可知法界耶須菩提言可知佛言假令法有知便生即爲異法彼爲求法界其法界亦不了知法佛言設使須菩提無有知餘法界解脱其知法界者不得解脱如是云何了知法界爾時賢者須菩提默然不答於是文殊師利謂須菩提云何賢者世尊有教默而不答須菩提曰所以默者用本不發無上正眞道意故所以者何弟子之辯有限有礙菩薩辯才無限無礙文殊師利又問云何須菩提法界寧有限礙不乎答曰法界無限無礙文殊師利曰假使法界無限無礙賢者曷爲言默而礙須菩提答曰其欲知盡法界者便以言説而爲罣礙若有了知法界無量不可盡者聞其所言則不爲礙又問於須菩提意云何至於法界爲有盡不答曰不可盡法者普門何以故法不可盡文殊師利曰設使法不可盡云何賢者説法而礙答曰我限弟子所講説法而有盡礙觀於佛界而無有量講説法界而無盡時文殊師利又問云何須菩提法寧復有境界説乎其有於法作境界者説法則有分數答曰吾不説法

有境界法無境界文殊師利曰曷爲賢者説若干境界須菩提答曰向者本説弟子之辯有限有礙菩薩辯才無限無礙文殊師利曰云何賢者得明慧耶須菩提答曰如是得明慧文殊師利又問賢者云何言默而礙答曰用弟子不能了知一切人根故用言説而作礙耳菩薩辯慧曉衆生本是故不以言説而爲罣礙文殊師利曰世尊辯才之慧無有往來其智慧相寧有限乎答曰不也其智慧者無罣礙相無所住相文殊師利曰假使智慧無罣礙相無所住相何故賢者而默作礙須菩提曰尊者舍利弗佛所稱歎智慧爲最常問此賢爲仁解説舍利弗謂須菩提欲聞我説文殊師利所講法乎今欲宣之所以者何吾曾聞即昔者文殊師利於無央數百千佛前説法令諸大弟子默而無言又憶往時吾與文殊師利共出東遊諸佛國度無央數百千佛土有世界名喜信淨其佛號光英如來無所著等正覺今現在説法有大弟子名曰聖智燈明智慧最尊適見如來閑居宴坐其聖智燈明弟子即涌身往第七梵天其聲徧告三千大千世界爲一切説法吾與文殊師利俱至彼國及諸無數百千菩薩十萬天皆俱侍從文殊師利欲聞法故爾時文殊師利便往光音天上聲揚大聲其音普徧三千大千世界動魔宮殿滅諸惡道令得悦信於是聖智燈明大弟子聞彼洪音即大恐怖尋便躃地不能自制譬如隨藍大風起時有所崩墮莫能自固聖智燈明於時恐怖衣毛爲豎得未曾有往詣光英如來所白世尊言唯天

中天誰爲比丘色像出大音聲我聞其音怖不自制即便躃地如隨藍風起靡不摧落其佛告言有菩薩名文殊師利得不退轉以神通聖樂明慧之力來至此國欲見如來稽首作禮講問諸義向者曜形於光音天舉大洪音普聞三千大千世界震動魔宮滅除惡道皆令喜悅其弟子白佛言願欲見文殊師利唯天中天得覩正士如是之等則爲幸甚時光英佛即作感應請文殊師利於是文殊師利與諸菩薩及諸天從虛空中忽然來下徃詣光英如來佛所稽首佛足遶佛三帀各以神力化作法座而坐爾時光英佛問文殊師利仁者何與到此世界欲何觀乎文殊師利白佛欲見世尊稽首致敬啓問法事故來至此又問文殊師利云何觀如來而爲淨見云何禮如來云何問訊如來云何講問云何聽受如來所說文殊師利曰觀諸法寂爲清淨見如來爲清淨觀亦無身無意無心無禮無敬無卒無暴無壞無住不常得從空生無心行常寂寞如是爲觀如來而無我不作等色亦不以等爲等不以邪爲邪而一平等諸佛世尊法身俱等已身亦見入法身所見亦無見無所見亦無遠無所近如是爲禮如來而作寂寞問無有想念亦無見有法亦不見無寂寞法我者已寂於一切法便默作平等問不迷惑問其有欲問及問者彼無有二求度無極所問淨三道場如是爲問訊如來如無去問無沉浮所言柔順可如來意悅諸衆會不著他心以是所問令無數人立於道義不捨德鎧至坐佛樹如是聽講爲問如來於是

先英如來正覺讚文殊師利童子曰善哉善哉仁者如是爲見如來稽首作禮講問法義於是文殊師利問聖智燈明大弟子尊者云何見如來稽首作禮云何問法義答曰唯文殊師利我不及此亦非其類弟子以音而得解脫不了是事又問云何賢者意而證時言是信證而解脫耶答曰文殊師利我麤說耳未講深義又問何謂講暢深義之平等乎答曰不御平等不導深義又曰何說起滅空義無深而得空義無平等想如是爲一審諦則是深入誠實之義曰新學菩薩聞此言者得無恐懼文殊師利答曰仁者今已恐懼況於新學聖智曰無能恐我者答曰向者何爲恐懼賢者未猒解脫乎曰非不恐非無猒而得解脫也文殊師利曰用賢者本恐懼俱合以故說仁今已恐懼況新學耶問文殊師利曰菩薩何因而得解脫曰致無恐懼而不穢猒又問文殊師利此言何謂答曰不畏億百千魔及官屬爲一切說法而無疲猒不畏積功累無量德植無數慧所行不倦時彼會中有諸天各持種種奇異之華用散文殊師利上悉俱言曰文殊師利所止頓處則當等觀是則如來爲正威神文殊師利所在擁護以一切德救濟衆人爲講說法於是文殊師利謂聖智燈明弟子世尊歎詠耆年智慧云何智慧有爲無爲乎假使有爲則爲起分設使無爲彼亦造相答文殊師利曰諸聖賢所念但講無爲又問無爲寧有念說耶答曰無也文殊師利又問諸聖賢何爲講說無爲之行乎爾時聖智燈明弟子默然無以加報於是光

英如來無所著等正覺告文殊師利爲是衆會講説法門令諸天聞受其法衆菩薩聞立不退轉逮無上正眞道文殊師利曰其正法門者行寂寞於寂門無言説以恬然爲清淨時彼衆中有菩薩號曰法意在於會坐問文殊師利設使如來説婬怒癡事時豈是寂寞法乎其恬然門寧爲静怕清淨法耶文殊師利答曰仁意云何婬怒癡焉在從何起乎曰從念起想而有又問想念從何起答曰從集起又問集者從何有答曰從我所非我所而有又問是我所非我所從何起答曰從貪身有又問貪身復從何起答曰用住吾我故又問吾我從何起答曰文殊師利吾我者不見所住亦無有處亦非無處所以者何普至十方求於吾我不可得也文殊師利曰如是族姓子其有詣十方欲索法處亦不可得亦不可見所以者何彼法寧有門不答曰有無門之門文殊師利曰我以是故言諸法門悉寂寞一切所説而憺怕門静然而致清淨説是語時八千菩薩得不起法忍爾時文殊師利廣爲衆會説法便從座起而去用是故須菩提當了知此無有弟子及菩薩者吾等莫能當其辯才豈敢堪任與文殊師利講談法乎爾時賢者須菩提問舍利弗仁者復見文殊師利有何異神通變化往來遊諸佛上舍利弗答須菩提曰我憶念昔者曾與文殊師利共遊諸國有佛土火起而燒刹便有自然蓮華徧布具足文殊師利蹈上而行或有滿火其火柔輭譬如細靡之衣好食美味香如栴檀塗身及衣卧具從其佛國於虚空中自然

化作梵之宮殿立之嚴飾時諸菩薩入坐其中定意正受或有佛國而現興盛發一切信得致佛道行無蔽匿之慈普救衆生何謂爲佛道行無蔽匿之慈以一切人有婬怒癡塵勞之火若得無上正眞道最正覺者三垢已斷爲衆說法以慈哀心定意正受是謂佛道行無蔽匿慈唯須菩提吾時獨處心自念言我爲住是三千大千世界以神足力與文殊師利等矣於是文殊師利知吾所念來謂我言當用賢者舍利弗神足共過此世界吾盡現神力越度大火晝夜精進行積七日與文殊師利越彼佛國然後到第二三千大千世界其刹亦燒火焰甚廣周徧佛土文殊師利便住於彼謂我言唯舍利弗當承誰神足度彼世界吾答當以仁者文殊師利神足度是佛土於是文殊師利發意之頃令其世界滿布蓮華便即度去謂我言唯舍利弗神力孰愈吾答曰雀以蠹蟲比金翅鳥鳳凰王至於二者不可相方金翅鳥王一舉無數我身譬如蠹蟲雀耳神力相超其猶如是文殊師利謂我言曷云仁者舍利弗獨處心念文殊師利神足及我神足等焉文殊師利曰劾之於令何者爲智吾答曰弟子止處其限未斷無所比自見止處限斷而逮平等文殊師利讚曰善哉善哉唯舍利弗如若所言昔者往世有兩仙人止頓海邊一人名曰好妙法一人名曰施信安其好妙法得仙五通以用自娛施信安以言說神呪飛行虛空時兩仙人俱從海邊欲共飛度巨海周旋彼岸彼施信安心念言其好妙法神足與我等矣然後復共

飛度大海到女鬼界爾時羅刹鼓人妓樂施信安仙人聞其樂音及見女鬼即便恐怖從虛空墮地不能復識海邊居處於是好妙法時愍傷之右手舉之還故所止文殊師利謂舍利弗爾時好妙法仙人者則吾身是施信安仙人者舍利弗是也彼時耆年誠非其類自謂爲等今亦如之舍利弗謂須菩提我復憶念曾與文殊師利南遊諸佛國超無央數百千佛土有世界名諸好莊飾佛號德寶尊如來詣彼佛土欲見世尊稽首作禮文殊師利謂我言唯舍利弗寧見此諸所共度佛國不乎我答曰已見矣文殊師利問吾舍利弗如何見此諸佛土我答曰或見滿火者或不具足者或自然如虛空者或以神足而立又問我言唯舍利弗當何以觀是佛國吾答曰其滿火者當觀滿火其不具足者視之爲不具足其如虛空者當觀如虛空其以神足立者當瞻以神足立文殊師利曰如舍利弗境界所講說亦然我即問文殊師利仁者如何觀諸佛國文殊師利曰唯舍利弗一切佛界皆爲虛空之土所以者何悉如幻化所現滿火而不具足如虛空自然以神足立耳曷云來起此之因緣起分之行虛空無緣常自然住如是諸塵勞汙著意心不立淨譬如恒沙佛國悉皆被火不燒虛空如是舍利弗一一人犯恒沙諸不善本積累殃惡其意終已不立清淨若男子女人能入淨法界者無有所住及諸覆蓋亦不作想無能令其意有所受住是謂無所受住法門以一門了御諸法皆受諸法不生衆蓋而蔽法意亦無善惡如是

仁者須菩提文殊師利神足變化所在說法吾目所覩矣爾時賢者阿難謂舍利弗唯仁者我亦更見文殊師利於祇樹國所現變化吾憶念昔佛遊舍衛給飯孤獨精舍與大比丘衆千二百五十菩薩萬二千俱時大霖雨雲霧黤黮至于七日七夜其有比丘得大神通普行一心解脫之門定意正受雖不得食以三昧三摩越而以自立其未定意及正受者晝夜五日斷不得供身體羸劣而無氣力不任見佛吾心念言是諸比丘或不存命我時詣佛所而白言諸比丘衆斷不得食餓來五日羸頓虛劣不能自起佛告我言阿難汝往語文殊師利爲說是事用比丘僧故我時受教往詣文殊師利之室時文殊師利爲釋梵四天王說法吾持是事告文殊師利佛遣我來令仁立壇文殊師利謂我言阿難並設坐具時至撾揵椎我即受其教出數牀座訖還至其室欲知文殊師利出精舍不文殊師利故在室住便作化爲釋梵四天王說法有三昧名行入諸身定意正受出其精舍入舍衛城分衛時魔波旬即心念言今文殊師利爲師子吼入城分衛我寧可亂文殊師利所立功德魔即化令舍衛城中長者衆人無迎逆文殊師利者亦不與分衛於是文殊師利所之家居皆見門閉無出迎者時文殊師利即知魔嬈固化梵志諸長者即作誠信之願假使我一一之毛所有功德智慧所現具足恒沙世界滿其中魔不及吾身一毛之德審諦如是而不虛者魔之所化即當消滅使魔自往告諸街里及四徼道令長者梵志施文

殊師利分衛之具惠此人者其福最大若有供養三千大千世界諸有著人百千歲不如施文殊師利福第一多文殊師利適發是願尋如所念一切門戶皆爲之開人悉自往迎文殊師利弊魔入諸街里家家唱令及四徼道使諸凡民長者梵志施與文殊師利供具者其福最大若供三千大千世界諸著之人百千歲中施以諸安隨其所欲不及施與文殊師利分衛其福德最厚於是文殊師利化所得食盈滿應器種種甘美其味各異味味殊别不相錯入過踰足請千二百五十比丘萬二千菩薩鉢中所變其如是也爾時文殊師利分衛周已出舍衛大城魔即隨侍是時文殊師利中於道住持鉢著地謂魔波旬汝且舉鉢在於前行於是波旬從地舉鉢而不能勝白文殊師利我實不能舉搖此鉢文殊師利告波旬曰卿有力勢神通無極以大神足能舉此鉢於是波旬盡現神力了不能勝變化舉鉢不能令鉢離地如髮彼時波旬得未曾有謂文殊師利有山名曰伊沙陀發意之頃我能以掌挑置虛空今此小鉢而不能勝文殊師利謂魔波旬所以不能舉勝鉢者卿每自以比諸菩薩大人力著此鉢故不能舉文殊師利於是從地舉鉢授魔曰波旬汝執此鉢且於前行爾時波旬甚自猒苦舉鉢纔勝魔爲自在諸天中尊與萬二千天俱眷屬圍遶在前持鉢稽首文殊師利足諸天謂魔波旬仁者曷爲持鉢在文殊師利前譬如侍者波旬答諸天曰不當與强者共爭又問波旬仁者亦有大神通無極之力何故不堪

於是波旬承文殊師利聖旨雖爲尊天由無所堪波旬答諸天曰魔力者爲癡菩薩力者爲智慧魔力者受諸見而住立菩薩力者曉解大空魔力者欺詐菩薩力者誠實魔力者是我所非我所菩薩力者大慈大悲魔力者婬怒癡門菩薩力者三解脱門魔力者終始往來生死菩薩力者不生不滅不起法忍天魔波旬説是語時諸天衆中五百天發無上正眞道意三百菩薩得不起法忍爾時文殊師利及魔波旬持鉢置講堂上賢者阿難亦不察之飯時已到亦不見文殊師利從室出時心念言文殊師利得無欺諸比丘僧我宜往乎白世尊言時今已到文殊師利不出其室阿難即往白佛不見文殊師利出其室時佛告阿難汝寧察講堂上不乎阿難白佛唯然世尊已見滿鉢之食在講堂上佛告阿難汝揵搥椎聚比丘衆我白佛言唯然世尊大比丘衆其數甚多一鉢飯食何所足乎佛言阿難且止默然而行假使滿三千大千世界中人百千歲共食此飯終不耗減所以者何文殊師利聖旨神化令此鉢食無有盡時文殊師利智慧具足神通所立興造布施以度無極阿難受教即揵搥椎會衆比丘一鉢飯出種種滋味飲膳甚美甘醲無量譬如衆器各盛殊異若干之味皆以供養諸比丘衆及諸菩薩悉得充滿其鉢之饌如故不盡

佛説文殊師利現寶藏經卷上

音釋

慌呼朗切昏也　轝雲俱切車也　黠胡八切慧也　掖夷益切　擗匹亦切擘開也　謦棄挺切謦欬也　鎧可亥切甲也　恬徒兼切靖也　蠱都故切蛀蠱也　黤黮黤烏感切黮他感切黤黮黑也　撾陟瓜切擊也　徼古弔切境也

佛說文殊師利現寶藏經卷下

西晉三藏法師竺法護譯

於是天魔波旬念欲嬈固文殊師利所饌供膳化作四萬比丘著弊裂衣垢穢臭處持破鉢住肩背悉露面貌醜惡跛蹇委僂心懷惶懼而坐衆中亦復持鉢受種種供其鉢飯食亦不減盡波旬所化比丘而極大食鉢無缺減文殊師利現威神之變令諸化比丘鉢食常滿摶食在口噎不得咽手食向口手齊口止而皆躃地不能自安於是文殊師利問魔波旬此諸比丘何故不食波旬答曰令諸比丘將欲死矣得無以雜毒食與之乎文殊師利曰無毒之人豈復行毒耶身無垢穢寧以垢毒用與人耶有婬怒癡是則爲毒於菩薩懷來法品律儀者無此衆毒所謂之毒用者無黠恩愛之著是我所非我所見因緣罪福名色所行不等而造所緣有我見人諸蓋受住貪身著念有諸種受諸入住在三界有取有受有卒有暴有往有來貪身爲礙有壽命近著想念清淨瞋恚弊立不了十二因緣之本諍訟諸見無斷自見有念有知輕慢有淨想不淨想分數衆事謂足觀有無及諸業諸因恩愛是我所無所行畏於空謂有二欲度二想於無想有墮想無有願起無想無有得作有想於無御行起種說想起二欲作度想於菩薩法品爲非法想爲邪見行有正法觀想於惡知識爲善友想亂佛行誹謗正法自貢高無所救護鬬諍罵詈至誠爲妄語想虛欺爲誠諦想犯諸婬欲爲住想於諸有爲安隱想於生死爲教授起見想壞泥洹之所現

文殊師利曰波旬如是像法行爲是毒於佛法教而無有也甘露教爲佛教安隱教爲佛教無放逸教爲佛教無怨恨教爲佛教無受住教爲佛教正法藏教爲佛教無諍訟教爲佛教無所起教爲佛教彼我無熱教爲佛教無誹謗教爲佛教救念擁護教爲佛教寂寞恬然無所生教爲佛教以淨復淨憺怕無所然教爲佛教以正懷來平等明教爲佛教無怒善立教爲佛教尊復尊積諸善本教爲佛教已脱復脱教爲佛教化諸異道教爲佛教一切衆欲慧者無有也比教者則爲佛教無終始生死教爲佛教定意教爲佛教意止教爲佛教平等斷教爲佛教一切諸惡無所造神足教爲佛教身意寂無有二根教爲佛教爲衆信最力教爲佛教一切塵勞無現不現覺意教爲佛教普了覺體解道教爲佛教所行無御寂寞教爲佛教恬然無爭教爲佛教來詣解脱審諦教爲佛教無怒辯慧教爲佛教法義無分離非常苦空愁悒教爲佛教有讃歎罵詈者而無我教爲佛教降伏諸道令得靜然教爲佛教至無爲心度無極教爲佛教度彼諸岸發善權教爲佛教以慈悲護羣生教爲佛教無害意愍哀之教爲佛教脱諸所有被德鎧教爲佛教無所樂無所造無所語愍教爲佛教所作已辦興智慧教爲佛教無貢高諸念不斷三寳教爲佛教發菩薩意安一切令清淨教爲佛教用不起諸有故説是語時其諸天從魔波旬來者五百天發無上正眞道意俱而説曰唯世尊我等亦當如是奉佛法教時佛便笑賢者阿難問佛言何

因緣笑既笑當有意佛告阿難汝爲見此諸化比丘不乎阿難答佛已見佛言後五濁弊惡世臨法欲盡時當有是輩比丘不知猒足所行不善衣服不能自正其性卒暴而不安詳所以者何如是阿難彼時比丘食飲無恭敬作種種誹謗欲得奉事捨律犯禁沙門以袈裟掛腋現在不敬諸尊長比丘所從往來所爲迷亂爲人多病便爲沙門求安名聞但索恭敬不念志法彼時之世於我法中當有此輩無所見人行不清淨諸天皆當愁憂弊魔悉當歡喜阿難問佛魔何故喜佛言是諸正士自起魔事非魔波旬所嬈得便也所以者何弊魔不求懈怠者便其有比丘精進修行如救頭然波旬求此精勤者便以故阿難當勤力精進莫有懈怠當得未得當成未成當得明諦除諸不審降魔官屬與如來教奉受正法供養經義是我所教也說是語時五百比丘皆放身命而般泥洹我等不欲見法亂壞時坐於虛空身中放火還自闍維數千天共供養其骨二百比丘遠塵離垢諸法法眼生二百比丘得無起餘漏盡意解三萬二千諸天得柔順法忍釋梵四天王及諸眷屬皆叉手住白佛言唯世尊願佛久住而廣教授莫令我等見法亂壞滅盡時若有逮聞說是經法者終不懈怠亦無衆垢不著諸受意行無所住亦不起諸魔事亦無有我無所求如是賢者舍利弗文殊師利童子所現神通變化講說經法其乃如是我爾時目所覩見爾時賢者大迦葉謂舍利弗言我亦見文殊師利神通變化仁者且聽佛得正覺未久我

初下鬚髮時文殊師利來詣此世界從寶英如來佛國而來欲見世尊稽首作禮時佛在舍衛祇樹之園給飯孤獨精舍文殊師利盡夏三月初不現佛邊亦不見在衆僧亦不見在請會亦不在說戒中於是文殊師利竟夏三月已說戒常新時來在衆中現我即問文殊師利仁者三月爲所在耶周旋所湊乎文殊師利曰唯迦葉吾在此舍衛城於和悅王宮采女中及諸婬女小兒之中三月我心念言何緣如此等人與吾清淨衆僧共爲臘吾即從講堂而出撾揵椎欲逐出文殊師利時佛告文殊師利仁寧見摩訶迦葉撾揵椎乎文殊師利白佛已見世尊欲逐出我故耳佛言文殊師利仁自現境界神通變化無令迦葉起亂意向仁於是文殊師利有三昧名曰現一切佛及國土應時以是定意正受文殊師利適三昧已尋現十方恒沙世界各各悉有摩訶迦葉年老手執揵椎而撾之欲逐出文殊師利佛告迦葉汝何緣撾揵椎乎迦葉白佛言唯世尊文殊師利盡夏三月而靜不現潛去止宿藏匿之室故撾揵椎欲逐出之時佛從身皆放大光徧照十方謂我言迦葉汝且觀十方應時視十方無央數不可計世界自見其身年老住十方佛邊而撾揵椎欲逐出文殊師利復覩諸佛邊各有文殊師利住佛告我言大迦葉汝欲逐出何文殊師利欲出十方無央數不可計佛邊文殊師利耶欲逐此文殊師利乎我即慚愧便欲持揵椎置地而不能也盡現神力揵椎不肯墮地正住不動如此祇樹十方佛國亦然無異審諦

自在世尊告我言自歸文殊師利乃得脫耳我即遥禮文殊師利揵椎乃墮地便前稽首佛足白佛言願世尊赦我所犯殃咎唯天中天吾已見文殊師利所現假使我欲講說文殊師利智慧具足無有盡時菩薩境界之行而無限量我以無智故撾揵椎佛告我言如卿屬者所見十方佛國中文殊師利在於佛邊者文殊師利普於諸佛國三月不現教授衆人佛言迦葉文殊師利於此舍衞城中開解五百女人教化和悦王宫中婇女令得不退轉於無上正眞道使五百童子及五百童女立不退轉當逮無上正眞道令無數人得聲聞及生天上者我即問佛言文殊師利爲說何法所度人民乃如是佛告我言汝自問文殊師利爲說何法能度爾所人我即問文殊師利文殊師利答我言唯迦葉隨一切人本而爲說法令得入律又以戲樂而教授衆人或以共行或以遊觀供養或以錢財交通或入貧窮慳貪中而誘立之或現大清淨行或以神通現變化或以釋梵色像或以四天王色像或以轉輪聖王色像或現如世尊色像或以恐懼色像或以麤獷或以柔軟或以虛或以實或以諸天色像所以者何人之本行若干不同亦爲說若干種法而得入道唯迦葉如是之比丘說五種法而得入審諦律我問言仁者爲度幾何人答我言如法界吾又問法界爲幾何乎答曰如虛空界諸法及虛空界人種亦如是也此人種法界虛空界而無有二亦無二造我又問文殊師利我雖見有佛將爲得無所益乎亦不能有所教授

度脫人也佛法爲空無人何者有教度脫乎文殊師利曰唯迦葉譬如有人得熱病其人作種種讇言寱語或有人見謂言此人得鬼神病便有良醫來飲病人湯藥其病即愈不復讇言寱語於迦葉意云何寧有鬼神及天從其人身中出不乎答曰不也以飲湯藥故其病得愈文殊師利曰如是迦葉其醫於彼而多有所益耶答曰唯然文殊師利曰如是迦葉世間人喜欺詐者則爲熱病起貪著心無有我謂有我想流墮生死是故諸佛世尊有大慈悲具足之行現出世間爲斷二事及諸想行以善權法令入法門爲除我想無他想及斷欺詐爲衆人說法爲除一切想令不復樂入吾我及他人想得度無極而致無爲於迦葉意云何彼寧有吾我人壽命般泥洹者不乎答曰無也文殊師利曰唯迦葉當知是義所以佛者何其覺常現正義不以起故亦不用律故欲覺度著無審塵勞者也迦葉曰甚難及菩薩勤行如此擁護衆生救濟一切不捨德鎧亦無所著亦不諍亂清淨自然度於無爲用羣萌故而被德鎧文殊師利曰唯然迦葉以故菩薩被大德鎧迦葉又曰願文殊師利說諸菩薩德鎧文殊師利曰菩薩有三十二德鎧行菩薩被是德鎧往來周旋何等爲三十二文殊師利言唯迦葉一者菩薩入無量生死德鎧擁護終始所爲自然相二者度無數人德鎧無有吾我相三者供養無量佛德鎧皆爲法身相四者諸逆德鎧如呼聲之響相五者護一切諸佛德鎧法界平等相六者降一切魔德鎧於諸塵勞爲清淨

相七者以正法化諸異道德鎧若有若無了入十二緣無根本相八者一切所有施而不惜德鎧願入一切句跡共相習樂相九者爲一切衆生積累戒忍功德德鎧而無所造相十者普弘有所至德鎧爲無所到相十一者大精進力德鎧身意空寂相十二者一切而爲一切法身定意正受德鎧除一切諸著相十三者無所罣礙智慧度無極德鎧諸無黠所有恩愛爲清淨相十四者大善權方便德鎧普現一切行相十五者大慈德鎧無所傷害相十六者行大悲德鎧視五道得如虛空相十七者大喜悅德鎧無有猒足相十八者大護德鎧於苦樂不動轉相十九者具足諸願德鎧觀脫如掌無所疑相二十者不思一切蓋德鎧諸冥無有跡相二十一者四大五陰所起德鎧如幻法化現好妙相二十二者四種如供現毒蛇德鎧法界爲平等相二十三者諸入如空聚德鎧諸身無復罣礙相二十四者三界所有德鎧不起有念相二十五者當諦受諸有德鎧無所起相二十六者大勇猛德鎧爲不退轉相二十七者大通達德鎧隨一切人行而施藥相二十八者大導師德鎧示現三道相二十九者不斷三寶教德鎧皆現諸佛慧化普示義相三十者一切諸法無所受無所生德鎧得不起法忍相三十一者得住無動轉地德鎧皆降伏過弟子緣覺相三十二者莊嚴道場德鎧爲一心行平等智慧於一切諸法如審正覺相唯迦葉是爲菩薩行三十二大德鎧若有信受是三十二德鎧者可使四大有異其菩薩終不可動

轉於無上正真道迦葉又問文殊師利諸弟子於是德鎧而無有一文殊師利曰以是故唯迦葉諸弟子不得被大德鎧於迦葉意云何其勇猛大力之人所被鎧下劣不肖之子亦被是鎧耶迦葉曰不也文殊師利曰唯迦葉菩薩所被大德之鎧一切弟子縁覺不能得被彼德鎧也說是諸菩薩德鎧時三萬二千諸天人皆發無上正真道意迦葉告舍利弗唯賢者文殊師利童子神通變化說法所現乃如是矣我目所覩也爾時賢者邠耨文陀尼子謂舍利弗唯仁者我亦見文殊師利所現變化憶念昔者佛遊維耶離時與六萬比丘衆圍遶供侍於佛爾時我定意正受觀諸異道見無數百千人當得度脱者我便詣諸異道所而爲說法聞吾所講而不受行不念著意誹謗形笑罵詈恚怒在彼三月不能教授開解一人也猒而捨退時文殊師利化作五百異道人自以爲師與五百眷屬俱詣薩遮尼揵弗所前稽首禮而立一面白言我聞大師功名遠稱吾故從他方大國來詣維耶離今者大師是我世尊當爲和尚願見勑教當頂受其命覩如瞿曇吾未曾聞大沙門說柔順妙法彼時審裸形子曰善哉善哉仁者不久即當了我法律之行所以者何用至心故於是審裸形子自告其衆汝等當與此五百學志俱悦和合通同爲行轉相受法化等共學經義假使此五百人有所說卿等便當諦受善思念之爾時文殊師利與五百學志俱等輩聚會稍現其行審諦功德戒遂踰於本而普自現於其中間讚說三寶亦復歎

誄審裸形子正德之行捨是因緣所講便默而止時外道人異日更會文殊師利言如我等仁者經書所説諷誦講義以是觀之沙門瞿曇有審諦德所以者何生大豪家種姓具足父母苗裔清淨帝王轉輪聖種一相有百福功德我聞初始生時釋梵奉敬皆動天地三千世界而無受取墮地而行至于七步舉手而言我為天上天下最尊當為衆庶斷生老病死龍王吐水釋梵共浴諸天人民絃鼓妓樂放大光明休息衆惡道一切諸根皆而具足及於其本不具足者皆令羣生去塵勞恚悉使安隱相師梵志豫説瑞應若在家者作轉輪聖王假使出家便當得佛則為法王而轉法輪然後棄國捐王在佛樹下降伏億百千魔及官屬致得正覺便轉法輪無能當者為諸沙門梵志天龍鬼神梵天及世間人説經講義上中亦善其竟亦善所謂上亦善者身行善口言善心念善中亦善者其意甚諦戒禁具足超踰衆智竟亦善者以得脱空無相無願之門又上亦善者信寂無放逸中亦善者意得定而等一竟亦善者以見正智而了慧又上亦善者於佛得無壞信中亦善者於法得無亂淨竟亦善者於衆僧得無敗信又上亦善者不從他音聲中亦善者而念寂靜竟亦善者為聖賢平等見又上亦善者為斷苦除集中亦善者奉行八道竟亦善者而盡滅取證是為諸弟子上亦善中亦善竟亦善也文殊師利曰諸菩薩上亦善者為導大道意中亦善者不樂小道意竟亦善者勸助一切智又上亦善者於諸衆生而發等意

之慈中亦善者用一切人故不猒大悲竟亦善者喜悅護等意之行又上亦善者為攝諸犯戒令諸貢高無行之人進奉正義其亂性者令得平等行為除邪惡之智中亦善者謂施戒忍精進一心智慧竟亦善者以承六度無極勸一切智又上亦善者行四恩教攝於衆人中亦善者不惜身命而救護法竟亦善者不墮諸冥滅盡又上亦善者持心如地奉菩薩行而無合會中亦善者於慧則不動揺立不退轉竟亦善者心無所著得一生補處是為諸菩薩上亦善中亦善竟亦善也於是文殊師利為諸異道而應說法令五百人遠塵離垢得法眼淨八千人發無上正真道意爾時五百化人便於地五心自歸舉聲言南無佛歸命覺諸異道人亦復効諸化人於地五心自歸言南無佛歸命覺天帝釋尋時雨心華曰汝等持此華供養世尊於是文殊師利與大衆俱眷屬圍遶往詣迦黎羅講堂上到佛所稽首佛足却住一面諸外異道及衆弟子以此衆華用上正覺遶佛三帀却住一面五百化人承文殊師利之德前白佛言唯世尊我等不欲見佛如來者法身我等不欲聞法法者不可得我等亦不用衆僧功德世尊賢聖之衆無合會行我亦不用佛功德其法界者無有德御我等不用世尊妙御一切諸法永寂無御我等不用如來土地之義其解脫者已離華實我等不欲知苦義其願無二我等不欲斷集一切諸法真無有集我等不欲行道其道以離行非行我等不用盡證諸法皆為永寂亦不用意止一切諸法住無

所住不用平等斷德非德爲非常生死而致衆行我等亦不用神足無猶豫行亦無狐疑無往來起生我等不用諸根信得諸根爲失義我等不用力一切諸有萬物無力悉羸劣我等亦不用覺意諸有永空無所覺我等亦不用道無數無世亦無求非利我等亦不用寂滅亦不憺怕我等亦不有度世智慧之見我等亦不求識義如是爲常有解脫義法界而無縛我等亦不用沙門義寂志者以超諸六所礙我等亦不斷梵志色像如是爲梵志亦不斷誹謗我等亦不用比丘其自然者無所壞我等亦不用諸度無極如是六入爲滅盡我等不用止足何爲行無止足吾亦無所欲我亦無所猒足如也於法無所受於言亦無言如也無有身無意無說我等亦非無住如是三界皆平等吾等亦非無所習如也無樂亦不等見我等亦無閑居一切三界而無有行閑居吾等亦不行空亦無所行如也所譬爲者亦空吾等亦不乞丐如也以除諸想我等亦無生死畏如也審諦平等見吾等亦不婬怒癡亦無誹謗如也亦不想念亦不無想吾等亦不斷塵勞之行悉無所著爲應自然我等亦無有身亦無所出如也是身非身吾等亦不觀諸往見亦無如也尊發相我等亦不除諸瑕穢平等非常苦樂清淨吾我自然解脫吾等亦不度使水如是我輩不見此際彼岸我等亦不斷他亦不求等度如也空言解脫無念我等不受處無所起無所求欲其本際無所起住亦不除猶豫亦不疑於寂志我等亦不無正心嫉妒以脫於信亦不欲

斷言説如也以脱過去亦無想念唯世尊吾等亦不欲度無爲一切諸法皆寂而無爲説是語時二百比丘得無起餘漏盡意解二百比丘從座起皆得四禪辟易亡去最後得諸未得説是言一切世間悉亂用説此法故吾等本聞柔輭而應所講今者所説法不入律行亦不是世尊所教化於是邠耨文陀尼子白文殊師利唯文殊師利此二百比丘從座起辟易亡去説是言乃講是法爲亂一切世間文殊師利曰唯邠耨有是緣講説此法爲亂一切世間所以者何唯邠耨世間之本者謂身五陰四大六入著畏生死願求無爲不知以爲生死所受取亦不得柔順無爲如愁憂於生死中無所樂亦無泥洹其不畏忍無所亂四諦無住若有所著便爲迷亂亦無空諦四事無住於道無諍亂著於經欲得道則爲二以有二則爲亂於是平等者一切法則正假使無二以無二則無亂有行求是我所則爲憍慢貢高已有貢高則爲亂設使不有所著非有所作亦無等造亦無邪作亦不作亦非不作亦不樂度亦非不樂度是爲無亂以無亂則無二而世尊言曰我不與世間諍世間與吾諍所以者何如來已斷諍亂之本何謂諍亂之本是誠信此欺詐故世尊曰誠諦之語有何言欺詐語者爲何説其有無平等無偏邪彼有何言説謂有清淨

爾時文殊師利於亡去二百比丘前中道化作大火皆徧滿彼佛土諸比丘所欲越度皆見滿火亦不能超火欲以神足飛行過虚空見空中有普鐵網亦復見大水徧十方恐懼

衣毛爲豎遥見祇樹道徑徧布青蓮華白蓮華黄蓮華紅蓮華及覩衆人大會即自迴還至佛所欲聽受法入祇樹到迦棃羅講堂詣佛所稽首佛足却住一面邠耨問此諸比丘衆賢者去至何所從何所來諸比丘答曰唯仁者吾等以得阿羅漢諸漏爲盡所作已辦而得一心逮神足度無極從此文殊師利間説亂正法故從座起而捨去吾等適行見佛國中皆滿火亦不能得度大火我等故還問世尊何謂羅漢盡漏之地爾時佛告邠耨曰若不自在供事於火欲得度火者此則不得過墮在見網欲度鐵網立在愛欲没溺之行欲得度大水此不可得超過也所以者何邠耨此諸比丘未脱婬怒癡火故豈能度大火乎墮在見網豈能度鐵網耶在恩愛没溺之中寧能度大水耶佛告邠耨其水火鐵網無所從來亦無所至則是文殊師利所現變化也如是邠耨其婬怒癡及諸見恩愛無所從來亦無所至悉從想念無念及邪之行爲本用起吾我及他人等色像無吾無我無所受彼獨行等行却亂意發一心寂定積功德行專志亦無所得亦無所念亦無所著入於一心起念經法何等爲法事何謂爲法緣如審諦觀已有癡因緣便起行已有行因緣便起識已有識因緣便起名色已有名色因緣便起六入已有六入因緣便起習已有習因緣便起痛癢已有痛癢因緣便起恩愛已有恩愛因緣便起受已有受因緣便起有已有有因緣便起生已有生因緣便有老病死號泣愁憂其苦惱不可意日生焉如是爲與大惱

俱會是謂從癡得長養身愚癡已盡其行便滅其行已盡諸識便滅諸識已盡名色便滅名色已盡六入便滅六入已盡其習便滅所習已盡痛癢便滅痛癢已盡恩愛便滅恩愛已盡所受便滅其受已盡所有便滅其有已盡起生便滅老病死愁悒不可意悉盡如是其大苦惱即除爲得平等逮無爲無合會得寂寞彼過去亦不滅過去無黠亦不滅當來無黠亦不盡現在無黠爲用念無淨靜寂即立無黠所念靜黠無黠則不立已無有立則爲永寂是謂無黠盡彼以念靜黠觀四大之身是爲愚癡之身譬如草木假使有意有心有識無色亦不可見無有聲亦無言說譬若如幻亦無內亦無外亦無二中間亦無得比丘作是靜寂念者於一切法爲無所起已無有起彼則爲眞空義說是語時其二百比丘得無起餘漏盡意解爾時薩遮尼揵子共其衆弟子與五百眷屬俱往到祇樹迦利羅講堂上詣佛所與世尊揖讓談語白佛言我數數聞沙門瞿曇以幻蠱道迷亂轉他弟子令者乃自覩見文殊師利壞我衆會增益沙門瞿曇弟子如是世尊爲用邪行受取不復來詣我受教勑亦不諷誦不用吾語言亦不受命著心彼時有道人名闍耶末在衆會中坐是薩遮尼乾親厚於中道中謂尼乾子言且止無得於佛起無淨意亦無得於佛諸弟子及文殊師利心懷亂意用是故得無利之義長夜不得安隱當趣勤苦惡道尼揵子且聽今欲說譬喻譬如愚癡之人欲得醍醐行求酥持水著鉼中摇動其鉼終竟疲勞猒極

亦不能得醍醐如是尼揵子諸異外道所行亦爾雖行學道不能斷邪行譬如大鉼中水不能出醍醐不奉如來上妙法律之行死墮地獄譬如尼揵有智者人黠慧明哲欲得醍醐而行求酥彼以乳酪持著鉼中而動揺之便成醍醐用乳酪故則成醍醐如是尼揵其有於如來法中若白衣及出家學道至心信佛法喜行精進即疾得賢聖解脱如從乳酪而致醍醐譬如尼揵有人從他家借百千瓦器而破壞之便以寶器還償其主主寧恚罵耶答曰不也曰如是尼揵諸外異道弟子譬如瓦器以故破之於如來所更造法寶器不當瞋恨罵詈譬如尼揵衆人有導師而無善權方便將大衆賈人詣邪惡道若有導師爲善權方便悉將衆賈人出邪惡道詣著正道如是尼揵卿等諸師以於邪徑不了道義將無數人墮於惡道如來無所著等正覺知道解義將無量人出於惡道而著正路於是尼揵自將卿衆而去彼時萬二千人與尼揵子俱去其餘者皆得神通世尊悉下鬚髮爲比丘也爾時佛告闍耶末汝爲見此萬二千人與薩遮俱去者乎闍耶末曰唯然世尊已見佛言是萬二千人皆當於彌勒如來下鬚髮作沙門在於第一大會所以者何用聞是深法故薩遮尼揵子當於彌勒如來作弟子智慧最尊譬如我第一弟子舍利弗所以者何用於佛起貢高輕慢意然後棄捐諸往見故於是闍耶末道士白文殊師利後五濁惡世多有貢高者文殊師利答曰唯然族姓子後五濁惡世衆生下劣卑賤之子等喜貢高所

以者何不能具得四禪用自大故而墮落五濁惡世時不復供養比丘衆是諸比丘意不得定立何況致第四禪用彼後世有諸瑕穢爲五濁惡世多喜自大憍慢於是族姓子諸善男子爲有二事而造憍慢何等爲二一者自見以智慧而貢高二者以用衣食供養現巳持戒智慧功德便自墮落其有而貢高誹謗如來法當墮地獄餓鬼畜生又問文殊師利何緣而知他人有貢高意乎答曰凡夫之士意亂不定不謂阿羅漢者假使聞是說而恐畏者則知爲貢高凡夫之士得見如來羅漢不見設使聞此語而恐畏者則知爲貢高凡夫之士爲衆祐當施與之不當惠羅漢假使聞是恐畏者則知爲貢高如來讚歎凡夫之士不舉阿羅漢設使聞此言而恐畏者則知爲貢高其有不出於諸塵勞是爲無所著此謂於世間爲最厚假使有出於塵勞是則爲著非是世間衆祐若有於此作行者則爲貢高一切諸法但以言説而爲受是謂貢高不知一切亦無所斷亦無所行亦不作證是爲入不審諦又問文殊師利以智慧貢高者有何言説乎答曰不諍亦非不諍不稱憍慢譬如師子百獸之王吼時一切皆畏其音如是善男子比丘不樂貢高者不畏一切音所以者何諸音譬如呼聲之響報應其響亦無心意識用因緣合故其音響出如是族姓子其心意識審如慧彼不分別諸因緣音聲皆御諸響應而無所起彼佛音響亦無來外異道聲亦無憂佛音聲亦不覺衆音響於諸瑕穢音亦不憂衆塵勞響一切音聲無去來本

末意是印無所樂印諸所語無高無下印其
印爲立平等印其相自然印以一印入爲法
界平等御印無所壞印審如本無住印眞空
義印三世平等印無起無滅印自然現印以
是印印諸法所樂無樂亦無貢高比丘聞是
不狐疑無猶豫不得吾我也爾時闍耶末道
士白佛唯天中天我從鬱闍異道人親友聞
說是大乘功德今者亦復從文殊師利聞所
講辯才發無上正眞道意是故願世尊爲我
如應說法令吾具足道法品疾得無上正眞
道最正覺教授開度不可計無央數人佛言
闍耶末今當爲汝說菩薩行有二法疾得智
慧而逮大乘何等爲二一者精進二者無放
逸何謂精進謂求法財一切所有而施不惜
不望其報勸助道意所謂攝精進用斷諸不
善法故皆具足衆賢善法意平等行而無放
逸於戒清淨不願諸所生精進者謂不貪身
意忍辱之行無有放逸無害心救護衆生精
進者謂積累諸功德法無有放逸不知猒足
諸所修善積德賢良之法以勸道意精進者
謂一心具足無猒無放逸禪無所欲不退轉
精進者謂多求博聞於彼施無放逸常寂靜
然奉聖賢智慧精進者謂集四恩之行以善
權慧教授放逸精進者謂身意行其身意不
亂心爲空寂精進者謂爲一切故於諸行等
慈意於法義精進而無放逸慈於諸法無所
著精進者謂爲他人及逮衆生皆發道意無
放逸觀諸世間譬若如幻不捨道心精進者
謂所造行如救頭然入於誠諦無放逸滅於
盡證惠無起施精進者謂具足諸相好積累

善本入無放逸觀於法身無所起精進者謂嚴其佛國而無放逸淨於衆生之土精進者謂嚴淨具足三十七道品之法已脫諸滅冥善樂如來菩薩善權方便是皆從精進而致之是謂善權智慧菩薩受是則致善權獲不退轉立無上正真道説是語時闍耶末菩薩得不起法忍欣然而踊住於虛空去地四丈九尺三千大千世界地則爲六反震動其大光明普徧佛國於虛空中而雨天華箜篌樂器不鼓自鳴爾時佛便笑諸佛世尊笑法無央數不可計百千光色從佛口出青黃赤白黑徧諸無量佛國還遶佛三帀於頂上忽然不現於是賢者阿難整衣服從座起右膝著地長跪叉手以偈嗟歎而問佛

智慧力吉祥明　導師光七尺華

微妙相三十二　諸種好爲具足

如師子在衆中　行步威猛勢至

今佛者何緣笑　願尊將爲解説

所説法駛如電　音殊妙師子吼

羯隨鳴振寶響　其聲勝於梵天

所語普徧衆人　其聲皆暢三千

於一切常如應　聞柔輭無不了

諸弟子以緣覺　彼智慧無善明

終不與普惠等　衆菩薩亦難及

今誰當得慧力　願導師説開度

若天龍世間人　阿須倫皆發意

以脫於一切受　心中闇無所著

無量行無罣礙　喻不等無數億

不可限無計數　以平等爲度世

今願聞空正慧　以何故而喜笑

青赤黃白之色　種種光甚焜耀
其妙輝從口出　照無數恒沙土
徧無量百佛國　諸種大等無身
一切寂無所見　佛善利無恐懼
其光明欲出時　諸弟子莫能及
得未曾晃而照　佛亦說緣覺事
今願解大乘行　一切智慧最上
其光焰從頂入　今所至無垢穢
善哉快過諸天　及世人所奉事
願審諦而說義　佛一言無有異
斷六會諸狐疑　今正覺何緣笑
聞佛語歡喜悅　無數人悉踊躍

佛告賢者阿難汝爲見闍耶末族姓子踊在虛空去地四丈九尺住於空中已得法忍叉手如立稽首禮我百千諸天來共供養阿難言唯然已見世尊佛告阿難是闍耶末族姓子已奉事七十二億佛修善積德常作轉輪聖王悉奉事諸佛世尊佛般泥曰已後皆於七十二億佛所建清淨梵行皆護佛正法佛言阿難是闍耶末族姓子後當見奉事五恒沙等如來供養教述清淨行當教授無央數菩薩然後積累覺意之法無數劫已當得作佛號曰慧王如來無所著等正覺在世教授具足慧行天人師無上士道法御天上天下尊佛天中天其世界名曰喜見劫號一寶嚴淨佛告阿難其喜見世界譬如他化自在第六天上所有喜見佛國人民所居處供養亦如是是諸人民無有六境界之法來至其前一切人民相見皆歡喜悉喜樂見慧王如來皆欣悅以是故彼世界名曰喜見彼時如來

教授一劫爲作佛事其正覺壽亦一劫是故其劫號曰一寶嚴淨彼世尊但以純菩薩爲衆九十二億菩薩皆不退轉諸菩薩逮無所罣礙慧超光德本其慧王如來欲般泥曰有菩薩名曰師子過而行當授彼決我般泥曰已後是師子過而行菩薩當得佛亦號師子過而行如來在世間教授彼如來般泥曰已後其法住十小劫其如來舍利并合俱起一塔廣長二千四百里高三千二百里皆以七寶作塔衆人悉各各共供養塔於是闍耶末族姓子從虛空來下前稽首佛足住世尊前說法界無所壞以偈而讚佛曰

我種及法界　人土亦俱等　是界爲慧壇
以此授吾決　法界及塵勞　空種亦平等
一切法如是　我爲以至法　法壇婬欲種
瞋怒亦如此　虛空界爲同　以此授吾決
生死無爲土　法界爲無異　水種爲如是
及火土亦然　陰壇與法界　眼識諸有分
意部法境界　諸分數悉定　其諸有爲種
亦幷無爲界　不見法有二　則爲授吾決
世尊無五陰　四大及諸入　無名亦無色
亦不有內外　佛以音聲說　而授於我決
於此悉寂寞　以是定受決　佛者無有意
如此授吾決　我者無有識　佛爲授我決
此決爲誠諦　如是則平等　法界無所壞
即如本無住　等覺諸天人　正立於正法
寂然如虛空　權慧善具足

爾時闍耶末族姓子以此偈讚佛已遶三帀却坐一面於是佛告賢者阿難受是經諷誦讀廣爲他人說之阿難白佛唯然受已是經

名曰何等云何奉行佛言是經名曰文殊師利所現變化降伏衆魔化諸異學奉受正法講說經義名曰寶藏當奉持之佛說如是文殊師利童子闍耶末菩薩賢者阿難諸天人阿須倫世間人民聞經歡喜皆前爲佛稽首作禮而退

佛說文殊師利現寶藏經卷下

音釋

跛蹇（跛補火切蹇九輦切跛蹇足偏廢也）腋（夷益切肘脇之間也）獷（古猛切）讇（音諂）寱（倪制切寱寐言也）邠耨（邠卑民切耨乃豆切）駛（師止切疾也）焜（胡本切煥炳也）

大方廣寶篋經

劉宋天竺三藏法師求那跋陀羅譯

清刻龍藏佛說法變相圖

大方廣寶篋經卷上

劉宋天竺三藏法師求那跋陀羅譯

如是我聞一時佛在舍衛祇陀林給孤窮精舍與大比丘僧千二百五十人俱菩薩五千爾時世尊住迦利羅華園場上菩薩聲聞大衆圍遶而演說法爾時文殊師利童子與五百菩薩釋梵護世恭敬圍遶往世尊所到已頂禮佛足遶七帀已却坐一面及菩薩眷屬亦坐一面爾時文殊師利童子白世尊言今日如來爲說何法隨次續說勿令斷絕時大德須菩提語文殊師利世尊先爲聲聞說法文殊師利我今請汝說菩薩法於時文殊師利童子語須菩提大德今用菩薩法爲大德須菩提一切聲聞及與緣覺非菩薩法器須菩提言文殊師利唯願演說諸器衆生自當

聽受文殊師利童子報言大德須菩提汝今能知是佛法器及非器耶須菩提言文殊師利我等聲聞因他聲解豈能得知是佛法器及非器乎文殊師利我請汝說是佛法器非佛法器文殊師利言大德須菩提諸入正位皆是非器已爲法界所繫持故若觀法界而不捨於一切衆生不墮正位不共結住如是等人是佛法器復次大德須菩提若到學法無學法界爲所縛者捨一切衆生燋然結縛心生疲倦怖畏三界乃至一念不樂住結是等名爲非佛法器大德須菩提若有能盡未來際劫發大莊嚴不怖不畏行三界行不爲三垢之所染汙於生死中起園觀想欲樂諸有不集有行如是等人名佛法器復次大德須菩提若無欲染示現染欲非爲瞋惱示現有瞋不爲癡覆示現有癡除斷結使現住三界導引衆生無有自高荷擔重任一切衆生能令無上三寶種性具足不斷住三明門如是等人名佛法器大德須菩提語文殊師利法性是一如一實際云何分別說器非器文殊師利言大德須菩提譬如陶家以一種泥造種種器一火所熟或作油器酥器蜜器或盛不淨然是泥性無有差別火然亦爾無有差別如是大德須菩提於一法性一如一實際隨其業行器有差別酥油器者喻聲聞緣覺彼蜜器者喻諸菩薩盛不淨器喻小凡夫須菩提言文殊師利頗有是器說名非器非器爲器文殊師利言有須菩提言何者是也文殊師利言大德須菩提一切結使名爲非器一切結習名爲非器是名非器是亦說名

爲佛法器若斷一切諸煩惱者如是之器非佛法器須菩提言所言器者何爲所盛文殊師利言無盛爲盛若所盛不漏知是完器若所盛漏失知是破器大德須菩提猶如虛空是諸藥木叢林之器然非是器如是大德須菩提菩薩亦爾是佛法器然非是器須菩提猶如從地出生諸樹以空器故得有增長如是大德須菩提菩薩從諸善心出生爲般若波羅蜜器之所增長須菩提言而是菩薩何所增長文殊師利言如虛空增長菩薩增長亦復如是而是菩薩無有增長亦無退減何以故不增結使不退佛法須菩提言文殊師利佛法結使有何差別文殊師利言大德須菩提如須彌山王光所照處悉同一色所謂金色如是須菩提般若光照一切結使悉同一色謂佛法色是故須菩提佛法結使以般若慧觀等無差別是故大德須菩提一切諸法皆是佛法須菩提言文殊師利以何緣故一切諸法皆是佛法文殊答言如佛智所覺又問云何如佛智所覺文殊答言如汝初始後亦如是不離如故是以說言如佛智所覺又問所言初後云何初後文殊答言初空後寂故名初後須菩提言空之與寂有何差別文殊師利言大德須菩提於意云何如生金與熟金有何差別答言以言說故而有差別文殊師利言如是大德須菩提以言說故言空言寂若有智者不著文字不執文字須菩提言文殊師利凡夫智者有何別相文殊師利言大德須菩提如佛所說以業相故名爲凡夫以業相故名爲智者須菩提言文殊師

利業有何相文殊師利言因緣爲相隨其所行有差別名若無所行則無別名凡夫有行有差別名慧者無行無差別名有無中間名爲聖行然此聖行於諸凡夫名爲非行又問文殊師利所言聖者爲何謂也文殊答言同入無著無諍句故又問文殊師利頗有諸法亦入無著無諍句不文殊言有大德須菩提須菩提言何者是也答言須菩提一切衆流入大海已爲一鹹味如是須菩提一切諸法皆悉入於無著無諍同爲一味謂解脫味須菩提言解脫何事說名解脫文殊師利言大德須菩提以何緣故或有縛者或有無縛須菩提言無智故縛文殊師利言如是斷無智故名爲解脫須菩提言諸法平等云何說智及與無智文殊師利言如夏熱時名爲熱水如冬隆寒名爲冷水然其水性無有差別如是須菩提不正思惟煩惱所熱名爲無智若正思惟名曰爲智然其此中無有士夫名智無智須菩提言文殊師利此義難覺文殊師利言大德須菩提行二行故須菩提言是義難見文殊師利言無慧眼故須菩提言此義難入文殊師利言不得底故須菩提言此義難知文殊師利言增上慢故須菩提言此義難覺文殊師利言捨離覺故須菩提言此義難脫文殊師利言樂巢窟故須菩提言此義難思文殊師利言是中無相行故須菩提言此義難覺難觀文殊師利言是中無言說故須菩提言此義叵得文殊師利言是中乃至無少義故須菩提言此義乃是智者所解文殊師利言解自心如故文殊師利如來所說

謂利非利何故世尊說如是句文殊師利言大德須菩提所言利者名不可得於是事中欲有所得是利名非利大德須菩提又復利者名爲寂靜是中若起身心之行是利名非利是故如來說利非利須菩提言如佛所說一切法非法此何謂也文殊師利言大德須菩提如佛所說能知我法如筏喻者法尚應捨況復非法若法應捨則不名法不名非法須菩提言文殊師利如來佛法可非法耶文殊師利言大德須菩提如來佛法無有決定若無決定則不應說是法非法是故佛說一切法非法須菩提言希有文殊師利新行菩薩聞如是說而不驚怖文殊師利言汝意云何師子王子聞師子吼有驚怖不如鴈王子行虛空中畏墮空不須菩提言不也文殊師利文殊師利言如是須菩提若有如來種性菩薩去至如中從如出生聞一切法一切音聲一切所說而不驚畏大德須菩提凡有畏者於何而畏須菩提言若以我見爲實有者是則有畏文殊師利言菩薩解知了我見故於一切法一切音聲一切所說不生驚畏須菩提言文殊師利若其菩薩知解我見何不得果文殊師利言無有菩薩得證果者菩薩之人雖觀察知爲趣佛智不取果證菩薩常於一切衆生修行大悲雖知我見不墮證果須菩提言而是菩薩善巧方便雖知我見而不取果文殊師利言如是大德若有菩薩爲智方便界所攝者而是菩薩雖知我見而不取果大德須菩提如大力士執持利刀斬娑羅樹雖斷猶住不即墮落如是須菩提菩薩

若於一切衆生有大慈悲大方便智雖知我見而不證果大德須菩提或時天降大潤澤雨是娑羅樹即使還生莖葉華果利益衆生如是須菩提菩薩若爲大慈大悲之所潤洽菩薩智界還生三界示現受於種姓生死爲諸衆生作大利益大德須菩提設有大風吹是娑羅樹觚枝莖果便墮于地如是大德須菩提是諸菩薩爲大智慧猛風吹墮道場上畢竟永滅爾時世尊讚文殊師利言善哉善哉善說菩薩智方便界大慈大悲相應說法文殊師利聽吾說喻如大龍王生於是心與起大雲遍是雲中雨熱霹靂至處皆燒復雨大雨爲生長故如是文殊師利方便菩薩起大智慧及方便雲現行一切諸凡夫事教化凡夫現行聖行調伏衆生文殊師利如大香樹根香有異莖香葉香華香果香各各別異如是文殊師利菩薩所有智慧香身亦復如是隨諸衆生所聞應解出相應法香然大悲根而不移動文殊師利如毗楞伽摩尼寶珠在帝釋頸悉遍普照三十三天以珠力故一切所有皆悉照現然此寶珠無有憶想如是文殊師利淨寶珠者喻菩薩智性現一切事而是菩薩無一切想文殊師利如如意珠能滿一切衆生所願然是寶珠無有憶想如是文殊師利菩薩所有淨憶寶珠能滿一切衆生所願於一切處無有憶想文殊師利如因虛空火得熾然因空下雨而是虛空無有寒熱如是文殊師利方便菩薩住在三界行寂涅槃不爲結熱在佛法中無所染著二俱利益文殊師利如因虛空出生毒樹亦生藥樹

然是虛空不爲毒害非藥除淨如是文殊師利若有智慧方便菩薩五陰之身猶如毒樹信等五根如彼藥樹非陰結染非根淨結二俱有利文殊師利如漉水篅若暫一塞水則不漏若復暫放其水便漏如是文殊師利若有智慧方便菩薩住於三昧成就大通不著諸界若暫起定現漏諸界隨其所應而演說法文殊師利如極好鳥善護子者不自惜身如是文殊師利住大悲菩薩善調衆生不自惜身文殊師利如師子獸王無所畏懼唯除猛火如是文殊師利方便菩薩不畏一切唯除聲聞緣覺解脱文殊師利如伊羅寧龍象是畜生道能現一切諸莊嚴事由是帝釋福德力故如是文殊師利菩薩乃能作於畜生現法莊嚴隨所應度而化度之文殊師利如火燧出火寶珠出火二俱能燒如是文殊師利若有菩薩始初發心乃至道場最後之心二俱能燒一切衆生一切結使文殊師利猶如諸樹有種種色種種香種種果皆因四大而得生長如是文殊師利菩薩以種種門集諸善根一切皆攝在菩提心迴向菩提以爲增長文殊師利如轉輪王輪寶若去四兵皆從如是文殊師利菩薩方便智波羅蜜隨所至處所有一切助菩提法皆悉隨從文殊師利猶如迦陵頻伽鳥王卵中鳥子其觜未現便出迦陵頻伽妙聲如是文殊師利佛法卵中諸菩薩等未壞我見未出三界然能演出佛法妙音謂空無相無作行音文殊師利如迦陵頻伽至孔雀羣終不鳴呼還至迦陵頻伽鳥中乃復鳴呼如是文殊師利菩薩若至

一切聲聞緣覺衆中終不演說不可思議諸佛之法至菩薩衆爾乃演說文殊師利如旋嵐大風閻浮界内樹木諸山無能當者如是文殊師利菩薩演說不可思議諸佛法時學及無學聲聞緣覺除佛護持不能信解若信解者是佛護持文殊師利猶如日宫所出光明淨識等照無有增減無能訶者如是文殊師利方便菩薩放智光明雖與一切凡夫共俱不爲所壞與聲聞緣覺俱不爲所染無有能訶菩薩方便智慧光者文殊師利如波利質多拘毗陀羅樹若葉落時三十三天歡喜踊躍作如是言是樹不久當生華果如是文殊師利若有菩薩能一切捨是時諸佛皆大歡喜而是菩薩不久當與一切衆生生法華法果文殊師利如調弱樹隨風動轉不畏摧折如是文殊師利菩薩善能隨順衆生則不畏墮一切聲聞緣覺地中文殊師利猶如水流順下而去如是文殊師利無慢菩薩亦復如是流趣順向於一切智文殊師利猶如大海始初安時其處最卑然後衆流悉皆歸之如是文殊師利菩薩除滅憍慢貢高然後佛法悉流歸之文殊師利如金剛珠能破一切諸餘衆寶而此寶珠無能壞者如是文殊師利方便菩薩調伏一切聲聞緣覺而不隨中文殊師利如曼陀羅華無風之時香氣普遍滿一由旬如是文殊師利方便菩薩無聖慧根慈香普遍一切衆生文殊師利如曼陀羅華有韻香者一切病愈無諸苦患如是文殊師利大慈大悲諸菩薩等若有隨喜一切結病悉皆除滅無有遍惱文殊師利如佛出世

優曇鉢華則便出現如是文殊師利有菩薩出世諸佛法華皆悉出現文殊師利如阿那婆達多大龍王雨遍閻浮提如是文殊師利菩薩如是以大法雨等心普潤一切衆生文殊師利如彼阿那婆達多池流出四河滿於大海如是文殊師利諸菩薩等以四攝法流注充滿一切智海文殊師利由有大海閻浮提人有諸珍寶如是文殊師利由菩薩故令諸聲聞緣覺充足解脱法寶文殊師利一切諸色皆依四大如是文殊師利菩薩所有一切諸法爲諸衆生住解脱依文殊師利如山險處生大藥樹不能利益諸多人衆如是文殊師利若從聲聞法調伏者不能利益一切衆生文殊師利如大城中生大藥樹利益多人如是文殊師利菩薩從於大慈大悲中出生已不捨一切智寶之心能多利益一切衆生文殊師利如暴雨水勢不久流如是文殊師利聲聞說法勢不久住文殊師利如春水流便得經久如是文殊師利菩薩說法得久住世文殊師利如雪山樹雖復斫截不久還生如是文殊師利如來施作諸佛事已便入涅槃三寶之種而不斷絶爾時大德須菩提白佛言希有世尊今乃演說菩薩所有無量無邊諸法功德真實功德世尊倍復希有菩薩聞是真實功德無喜無高佛言須菩提諸菩薩根本自淨故聞諸功德不喜不高須菩提言世尊云何菩薩根本自淨佛言須菩提無我根淨無衆生根淨無命根淨無丈夫根淨無人根淨無身見根淨無明有愛根淨無我我所根淨須菩提言世尊何謂爲淨佛言

須菩提無縛無解是名為淨無生無滅無去無來是名為淨無妄想無分別無高無下無作無不作無暗無明無惱無不惱無縛無解無生死無涅槃是名為淨須菩提言世尊若無生死無涅槃者云何名淨佛言須菩提是淨無憶想生死及與涅槃亦無染著須菩提猶如有言淨於虛空實無所除令虛空淨如是須菩提所言淨者實無有法名之為淨若有聞是而不驚怖名之為淨須菩提汝今淨不須菩提言世尊我淨以無垢故佛言須菩提若無有垢為何所淨須菩提言世尊法性清淨我已知之佛言須菩提汝今能知法界性耶須菩提言世尊若離法界有餘法者可知法界無有法界能知法界佛語須菩提無有一法離於法界誰知法界時須菩提默然不答爾時文殊師利語須菩提大德汝今何故不答如來須菩提言以我本不發阿耨多羅三藐三菩提心故何以故以我本不修習無盡無礙辯故如是無盡無礙辯者是菩薩有有礙有盡是聲聞有文殊師利語須菩提是法界中有障有礙耶須菩提言是法界中無障無礙無障無礙是法界相文殊師利言大德若其法界無障無礙汝今何故說時有礙須菩提言文殊師利我已證斷故辯有礙若知法界而不證者則辯無礙文殊師利言大德須菩提法界之中有可斷耶須菩提言文殊師利而是法界無能斷者一切法門悉法界故文殊師利言若一切法悉是法界汝何故說我證於斷須菩提言聲聞境界有限齊故說時有斷佛之境界無限量故說無礙

無滯文殊師利言法界有生耶須菩提言是法界者無有境界滅諸境界是名法界文殊師利言大德須菩提若無境界滅諸境界汝今何故無境界中說境界也何故說有種種境界須菩提言我先不言有礙有滯是聲聞辯無礙無滯是菩薩辯也文殊師利言大德須菩提汝今不得無礙辯耶如是文殊師利我得是辯文殊師利言得無礙辯何故默然須菩提言不知一切衆生根故辯有滯礙知入一切諸衆生根是菩薩辯是故菩薩說時無礙文殊師利言大德須菩提汝知法界得證辯時是知境界有礙相耶不也文殊師利是智境界是無礙相非是礙相文殊師利言若智境界無有礙相汝何不說而默然乎是時須菩提語大德舍利弗言佛當稱爲智慧第一汝今可問彼當答汝舍利弗言汝今可說我欲從汝及文殊師利聽聞於法須菩提言我今不說何以故我曾見是文殊師利遊諸佛土百千萬億佛前說法令諸聲聞悉皆默然我今何能於文殊師利前敢有所說大德舍利弗東方有國名曰端嚴彼中有佛號曰光相如來應正徧覺今現說法有大聲聞名曰智燈智慧第一時彼如來入於寂定是智燈大聲聞即至梵世以大音聲而演說法聲遍三千大千世界我隨文殊至彼世界及無量菩薩百千天子侍從文殊爲聽法故時文殊師利住光音天發大音聲遍聞三千大千世界時彼智燈大聲聞聞如是大聲不能堪忍從上墜落其心驚怖身毛皆竪即便往詣光相佛所到已頂禮佛足遶三帀已合掌

向佛問於是事世尊誰作如是可畏音聲我聞是音不能堪忍從上墜下如旋嵐風吹於小鳥時彼佛告智燈比丘有不退菩薩名文殊師利現大神通來至此土爲欲見我供養恭敬尊重讚歎住光音天發大音聲是聲遍三千大千佛之世界一切魔宫皆悉隱蔽時智燈聲聞白光相佛願欲見是文殊師利大善丈夫于時彼佛光相如來即爲文殊師利現相令文殊師利與菩薩衆諸天眷屬來詣佛所到已頂禮佛足右遶三帀化作蓮華師子座已却坐一面時智燈大聲聞問文殊師利汝爲何利來至此土爾時文殊師利童子語大德智燈我今爲見光相如來禮敬親近問訊請法故來至此智燈問言文殊師利云何名爲清淨見佛云何禮佛云何親近云何問訊云何請問文殊師利言大德智燈若見法淨名見佛淨若身若心不低不仰若不低仰正直而住不動不摇其心寂靜行寂靜行大德智燈是名禮佛若不自觀亦不觀他不觀佛不觀法不觀僧不觀難不觀易不觀作不觀不作一體一身一切佛身等入法身見於自身同入法性見如不見無近無遠大德智燈是則名爲親近於佛若如來所爲修行問非不修行不見有法不修行者見自及法入於修行所問心定無有散亂問者問處及問訊法俱不可得無所貪著於三世中求不可得如是三場清淨問訊大德智燈是則名爲問訊於佛若往來問答不求覔過隨順所問如來印可大衆歡喜不嫉他問有所問時令無數衆生起莊嚴道乃至道場大德智燈

是則名爲請問於佛時光相如來讚文殊師利善哉善哉文殊師利應當如是見於如來應如是禮如是親近如是問訊如是請問爾時文殊師利童子問智燈比丘大德智燈云何見佛云何禮佛云何親近云何問訊云何請問智燈答言文殊師利如汝所問非我境界我隨音聲從他而聞如是而說文殊師利言大德智燈若不解是汝云何得心解脫耶智燈答言因聖諦故心得解脫文殊師利言云何名聖諦智燈答言獨修無侶名爲聖諦又復問言若獨修無侶名爲聖諦云何見平等心得聖解脫答言文殊師利我依世諦說非第一義又問是世諦者入第一義不答言文殊若不入中非第一義又問智燈汝云何言依世諦說非第一義若其世諦入第一義即是一諦謂第一義時智燈言文殊師利初行菩薩聞汝所說則生驚畏文殊師利言大德智燈汝亦驚畏況復初行智燈答言都無有能驚畏我者文殊師利言大德豈不怖畏生死心得解脫也智燈言文殊師利怖畏猒患心得解脫文殊師利言是故我說大德智燈本亦怖畏況復初行智燈問言文殊師利菩薩云何而得解脫文殊答言不畏不猒菩薩解脫問言文殊不畏不猒言得解脫此義云何文殊答言菩薩不畏百千萬億魔諸軍衆菩薩不猒爲於一切生死衆生菩薩不畏集諸善根菩薩不猒集智莊嚴以是義故我作是說不畏不猒心得解脫爾時會中有諸天子以種種華散供文殊師利童子如是歎言若有住處見文殊師利則爲見佛佛答言

若見所說法處應起塔想若有衆生聞是法者當知是人攝諸德已時文殊師利語智燈比丘佛說大德智慧第一是智慧者爲是有爲爲是無爲若是有爲是生滅三相若是無爲則無三相智燈答言修無爲故佛說名聖文殊問言大德智燈是無爲者可修習不不也文殊文殊又言云何大德說修無爲名之爲聖時智燈大聲聞即便默然爾時光相如來告文殊師利可說法門令諸會衆不退無上正眞之道文殊師利白佛言世尊一切諸法是寂靜門一切言說是寂靜門示寂靜故時有菩薩名曰法勇在會而坐問文殊師利如來所說及貪瞋癡是寂靜門示寂靜耶文殊答言善男子是貪瞋癡從何所起答言文殊從妄想起文殊又問是妄想者爲住何處

答言文殊住在顚倒文殊問言是顚倒者復住何處答言文殊住不正思念文殊又問不正思念爲住何處答言文殊住我我所文殊又問我我所者爲住何處答言文殊住於身見文殊又問是身見者爲住何處答言文殊住於我見文殊又問是我見者爲住何處答言文殊是我見者則無住處無處是我見處何以故而是我者十方推求了不可得況復有處文殊又問善男子若法十方求不得者爲是何門答言文殊都無有門文殊又問善男子而是寂靜頗有門不答言文殊是亦無門善男子以是義故我說諸法是寂靜門一切言說是寂靜門顯示寂靜說是法時八百菩薩逮得於忍文殊師利廣說法已從座而起禮敬光相世尊足已出衆而去是故舍利

弗當知無有聲聞菩薩能盡文殊師利辯者我今何敢與文殊師利有所論説爾時大德須菩提語舍利弗大德復見文殊師利何等神變遊諸佛國舍利弗言大德須菩提我昔曾與文殊師利在於西方遊諸佛土見有佛土大火災起於彼火中作蓮華網文殊師利從中而過復見佛土火災充滿文殊師利從中而過是火觸人如以堅硬栴檀塗身卧迦尸衣柔輭和適甚爲快樂復有佛土空無所有文殊師利化作梵宫入於禪定從中而過復有佛土極爲窄狹其中衆生造諸惡業文殊師利從中而過皆令休止而不爲惡成覺慧慈我當得成無上正道爲斷衆生貪瞋癡故而演説法令諸衆生得慈三昧是名菩薩成覺慧慈大德須菩提我於爾時曾見是事

我又獨處曾作是念文殊師利所有神通與我神通等無有異文殊師利知我心已即便將我遊諸佛國至火災土而語我言汝以神力從是中過我時盡以神通之力滅是火已經七日夜我及文殊乃過此界過已復至第二三千大千火災世界倍復廣大在中住已文殊師利而語我言用誰神力過此世界我時答言文殊師利用汝神力過是世界爾時文殊師利童子繫心在前以菩薩神力於一念頃作蓮華網遍覆火上從中過已便語我言大德舍利弗於意云何汝神力勝爲我勝也我即答言文殊師利金翅鳥王飛速疾耶爲小鳥疾耶文殊師利還問我言汝意云何而是二鳥何者爲疾我即時答我之神力如彼小鳥汝之神力勝疾殊特過金翅鳥文殊

師利即語我言大德舍利弗汝獨處念文殊神力我之神力等無有異我復答言不可爲比文殊問言汝云何知我即答言聲聞之人不斷習氣是故我本以不等爲等文殊師利言善哉善哉如汝所言舍利弗乃往過世於大海邊有二仙住一名欲法二名梵與時是欲法獲得五通是梵與仙以呪術力能遊空行時彼二人各以自力度過大海還至住處時梵與仙作如是言欲法神力我之神力等無有異復更異時從海此岸至於彼岸到羅叉渚時有羅叉出簫笛音時梵與仙聞是聲已從空而墮失呪術力時欲法仙愍梵與故捉其右臂將至住處大德舍利弗於意云何是梵與仙豈異人乎勿作異觀即汝身是我即是彼欲法仙人舍利弗汝於爾時亦以不等爲等今亦復以不等爲等何以故以偏見故爾時舍利弗復語須菩提我又復念與文殊師利南方界分遊過百千諸佛土已有國名曰一切莊嚴佛號寶文我與文殊師利俱到彼國文殊師利既至彼已而語我言汝今見此佛土不也所經諸國皆悉見不我言見已復問我言是諸國中悉見何事我時答言或見滿水或見滿火或見空界或見豐樂文殊復言汝云何見我時答言若見滿水便言見水若見滿火便言見火若見空界言見空界若見豐樂言見豐樂文殊師利言汝之所見境界如是我時問言文殊師利汝復云何見諸佛土文殊答言虛空世界是諸佛世界何以故汝幻惑故見滿水滿火空界豐樂舍利弗汝之所見皆各不實生滅相應虛空世

界不因緣有其性安住如是舍利弗客塵煩惱汙染於心然其心性終不可汙大德舍利弗如恒沙劫火災熾然終不燒空如是舍利弗一一衆生恒河沙劫造作逆罪不善之業然其心性終不可汙舍利弗若善男子善女人能解知是法界性淨無覆蓋纏無結垢行能惱心者是名無有蓋纏法門若依此門一切諸法無能覆蓋解一切法體性清淨終無有法能覆心者大德須菩提文殊師利神通變化說法如是我見其爲諸神通事菩薩不達況復聲聞爾時大德阿難復語舍利弗我亦曾見文殊師利神通變化大德舍利弗昔於一時世尊在此舍衛國祇陀林中給孤窮精舍與大比丘僧八百人俱諸菩薩衆萬二千人是時與大悲雲時雨經七日七夜而不休止諸大德聲聞若得禪定及解脫者若入禪定七日不食餘凡夫人及諸學人五日絕食飢困羸瘦不能往覲見佛世尊禮敬供養我時念言是諸比丘甚爲大苦當往白佛我時便往佛世尊所頂禮佛足白言世尊諸比丘僧絕食五日極爲羸瘦不能從牀而自起止世尊告我阿難汝今可以是事往語文殊師利彼當充足比丘僧食我承佛勑往詣彼文殊師利所住室中到已具說如是之事時文殊師利爲釋梵護世而演說法即答我言阿難汝往敷座若時已至便擊揵椎我從文殊師利聞是語已即便敷座住在一處看文殊師利何時出房是文殊師利普爲釋梵護世天王廣演說法名曰分別一切身三昧不出於房我作是念文殊師利將不令諸比丘

失食時文殊師利化作已身爲諸釋梵護世說是分別一切身三昧文殊師利亦即入此分別一切身三昧已從房而出入舍衛大城次第乞食我時不見魔王波旬作是念言文殊師利師子吼已入舍衛大城而行乞食我今當蔽舍衛城中諸婆羅門長者居士無入出者不令施食爾時文殊師利童子隨所至處門戶悉閉無往來者文殊師利即時觀知是魔波旬隱蔽諸人我今當作誠實言誓爾時即作是志誠言我之所集一毛孔中所有福慧設恒河沙等諸佛世界滿中諸魔之所無有我此語實魔蔽當去令魔自身作居士像於四衢道諸巷陌中唱如是言當施文殊當施文殊若施是者獲大果報若施三千大千世界其中所有一切衆生給諸樂具百千億歲不如施此文殊師利一指端許所生福勝文殊師利須臾之間立此誓已爾時諸天遍開城中一切門戶令諸人衆皆趣文殊師利童子時魔波旬作居士像於諸四衢街巷陌中唱如是言當施文殊當施文殊若施是者獲大果報若施三千大千世界一切衆生諸樂供具經百千歲不如施此文殊師利一指端許所生福勝時文殊師利以神通力令所持鉢受諸種種美妙飲食及餅果等不相和雜如別器盛八百比丘萬二千菩薩所食之食在一鉢中不見此鉢若滿若減爾時文殊師利童子於舍衛大城乞食已足出舍衛城以鉢置地語魔波旬以爲淨人可持此鉢在前而去時魔波旬不能舉鉢生慚恥心語文殊師利我今不能舉此地鉢文殊師利語

波旬言汝今成就大威神力云何不能舉地小鉢時魔波旬盡其神力不能舉鉢如毛分許怪未曾有語文殊師利我之神力舉伊沙陀山置之手掌擲虛空中今不能舉如此小鉢一毛分許文殊師利語波旬言若大衆生大人大力彼所持鉢非汝波旬所能擎舉是時文殊師利童子即以一指持舉地鉢著波旬手語波旬言汝爲淨人持鉢前行時魔波旬盡力持鉢在前而去爾時自在天子與萬二千天子侍從圍繞來向文殊師利童子頂禮其足右遶已畢語波旬言汝非使人何故持鉢在他前行魔言天子我今不堪與有力者諍天子語言波旬汝亦成就大威神力

大方廣寶篋經卷上

音釋

篋 乞協切　觚 攻乎切 稜也　燧 徐醉切 火鑑也　齅 許救切救 鼻[illegible]氣也　擎 渠京切 拓也

大方廣寶篋經卷下

劉宋天竺三藏法師求那跋陀羅譯

爾時波旬爲文殊師利力所持故答言天子愚癡之力是爲魔力慧明之力是菩薩力憍慢之力是爲魔力大智慧力是菩薩力諸邪見力是爲魔力空無相無作力是菩薩力諸顛倒力是爲魔力正眞諦力是菩薩力我我所力是爲魔力大慈悲力是菩薩力貪瞋癡力是爲魔力三解脫力是菩薩力生死之力是爲魔力無生無滅無有諸行無生忍力是菩薩力魔王波旬說是法時於大衆中五百天子發阿耨多羅三藐三菩提心千二百菩薩得無生法忍時文殊師利共魔波旬持此鉢食置迦利羅華園中已俱出外去我時不見文殊師利乃至食時猶不出房我作是念文殊師利將不令諸比丘僧衆失於日時當往佛所具白是事即至佛所頂禮佛足白言世尊日時已至文殊師利猶不出房佛告我言阿難汝不到此迦利羅園中而看之耶我白佛言大德世尊見一小鉢其食滿中佛告我言速打揵椎集比丘僧我言世尊比丘僧多是一鉢食當與誰耶佛語我言汝勿慮是設使三千大千世界所有一切諸衆生等於百千歲食此鉢食猶不能盡何以故是文殊師利力所持鉢文殊師利有檀波羅蜜無量功德我聞佛語便打揵椎集比丘僧時此鉢食不相和雜香美衆味取不可盡充飽大衆鉢食不減時魔波旬欲惱文殊師利童子即便化作四千比丘衣服弊壞威儀麤惡執持破鉢鼻眼角睞手拳脚跛其形醜惡在下行

坐以此鉢食復充足之時魔波旬令化比丘人人各食摩伽陀國十種之食然此鉢食猶滿不減令諸守園作使之人傳食疲頓時文殊師利以神力持令魔波旬所化比丘鉢食不減手口俱滿而不能咽氣閉眼張悉皆躃地文殊師利語波旬言汝諸比丘何不更食惡魔答言文殊師利是諸比丘在地垂死汝將不以毒食與耶文殊師利語波旬言巳盡毒人當有何毒內有毒者則施人毒內無毒者不施人毒波旬所謂毒者名貪瞋癡善讃法中所調伏者若與人毒無有是處又魔波旬所謂毒者無明有愛見我我所見無因緣見於名色見愛恚瞋見我見衆生見諸蓋纒計著諸陰起種性慢執著諸入常住三界繫著所依守護取捨若來若去愛著於身堅著壽命不淨思念愛樂染心多起諸過違逆因緣斷見常見諂曲憍慢妄想分別示現詐僞執著巢窟出没卷舒驚畏於空於無想中生墮落想於無作中生死畏想於無著處生起畏想於出生死生起縛想於駛流中不生度想助菩提法生非法想於邪見中生正見想於惡知識生善知識想違佛謗法輕慢衆僧不捨憍慢增長諍訟實不實想不實實想於欲樂中生功德想於有爲中心生狂惑於生死行不見其過於涅槃中生驚怖想波旬如是諸法於妙法中名之爲毒佛正法中無如是事波旬甘露法者是名佛法安隱法者是名佛法無戲論法是名佛法無過惡法是名佛法無結使法是名佛法出要之法是名佛法無怖畏法是名佛法無分別法是名佛法

不執自他法是名佛法無譏訶法是名佛法作舍作歸依作洲渚作守護法是名佛法調伏寂法是名佛法自淨無垢照明之法是名佛法正向正趣法是名佛法無諸妄想善調伏法是名佛法善教善導隨宜之法是名佛法自說說他法是名佛法如法調伏諸外道法是名佛法降諸魔法是名佛法斷生死流法是名佛法正念之法是名佛法住念處故正斷法是名佛法斷諸惡故神足法是名佛法觀身心輕故諸根法是名佛法信爲首故諸力法是名佛法無能降伏故諸覺法是名佛法次第覺故正道法是名佛法正流入故三昧法是名佛法究竟寂靜故智慧法是名佛法貫穿諸聖解脫法故眞諦法是名佛法無忿恚故諸辯法是名佛法法辭及義樂說無滯故明了無常苦無我法是名佛法訶毀一切諸有爲故空法是名佛法降伏一切諸外道故寂靜法是名佛法趣涅槃故波羅蜜法是名佛法至彼岸故方便法是名佛法善攝取故慈法是名佛法無過智故悲法是名佛法無逼切故喜法是名佛法滅不喜故捨法是名佛法所作辦故禪法是名佛法滅憍慢故不斷三寶法是名佛法發菩提心故一切安樂無苦惱法是名佛法不求諸有故說是法時魔王所將五百天子發阿耨多羅三藐三菩提心而作是言世尊是所歎法願令我等住是法中爾時世尊即便微笑大德阿難前白佛言大德世尊今何緣笑佛告阿難汝見波旬化比丘不阿難白言見已世尊佛言阿難後五百歲法欲滅時當有如是惡形

比丘如是惡衣著不齊整故如是下賤如是無智何以故後世比丘重於給使貪著利養多營衆事捨諸毗尼越解脫戒離白淨法其所去來重現法利不重後世盲聾跛蹇老謬無智著種種病是等皆來於我法中出家受戒以重眷屬給使人故不爲重法阿難我所說法如是正真如是可愛當于爾時不見不聞諸天憂慼魔王波旬當大歡喜無復憂慮我時問佛何故魔王波旬歡喜而無憂慮佛告阿難以彼惡人作魔業故魔王波旬無所營作何以故由彼比丘無正行故若有比丘勤加精進如救頭然如是等人魔則求短是故阿難應勤方便未得令得未解令解未證令證降伏魔黨熾然佛法護持正法作法供養莫作放逸是我教法說是法時五百比丘

放捨身命白言世尊我等不欲見是惡世涌處虛空以火焚身百千諸天而供養之三百比丘遠塵離垢得法眼淨二百比丘永盡諸漏心得解脫三萬二千菩薩逮得法忍釋梵護世及諸眷屬禮佛足已作如是言唯願世尊久壽住世勿使我等見是惡世世尊若有衆生得聞此經終不更作懈怠非法亦更不作魔諸惡業我時聞已悶絕躃地大德舍利弗我見文殊師利童子成就如是不可思議神通之力及所說法我自視見時大德迦葉語舍利弗我亦曾見文殊師利希有神通舍利弗爾時世尊成佛未久我久出家是時文殊師利童子始初至此娑婆世界從寶王世界寶相佛所來欲見佛釋迦牟尼供養恭敬爾時世尊在舍衛國祇陀林中給孤窮精舍

夏坐三月我時不見文殊師利若如來前若衆僧中若於食時若說戒日若僧行次都不見之過三月已臨自恣時乃見其面我即問言文殊師利何處夏坐即答我言大德迦葉我住在是舍衛大城波斯匿王后宮一月復一月住童子學堂復一月住諸婬女舍我聞是已心甚不悅即作是念云何當共是不淨人而作自恣我即出堂便擊揵椎欲擯文殊師利童子爾時世尊即告文殊師利童子汝往看是摩訶迦葉今者何故打揵椎也白言世尊我已見之欲擯於我佛語文殊師利童子今可現汝自在神力神通境界令彼聲聞心得清淨勿於汝所生不淨心於是文殊師利童子即入三昧其三昧名現一切佛土文殊師利入三昧已十方各如恒河沙等諸佛

世界其中皆有摩訶迦葉頭陀第一悉打揵椎于時世尊即問我言摩訶迦葉汝今何故打於揵椎我言世尊文殊師利自說是言夏三月中住王后宮及婬女舍爲擯是故打於揵椎爾時世尊身放光明徧照十方而告我言汝今徧觀十方世界爲見何事我時徧觀無量無邊恒河沙等十方世界其中皆有摩訶迦葉而打揵椎欲擯文殊是一切處亦有文殊在佛前坐佛告我言汝今欲擯何處文殊爲此世界爲十方界我時即禮佛世尊足作如是言聽我悔過世尊是文殊師利法王之子成就菩薩如是不可思議功德我從佛所成有量智而欲度量無量智慧以不知故而打揵椎佛告我言摩訶迦葉汝之所見十方世界文殊師利亦復夏三月住王后宮及

婬女舍此間文殊師利童子今是波斯匿王宮中五百女人不退阿耨多羅三藐三菩提亦令五百婬女五百童子得不退轉無上正道復有百千衆生以聲聞法而調伏之無量衆生得生天上我時白言大德世尊文殊師利爲說何法乃能如是教化衆生佛言迦葉汝今可問文殊師利自當答汝我時即問文殊師利汝說何法教化調伏如是衆生彼答我言非唯說法教導衆生大德迦葉或有衆生以娯樂樂而調伏之或以護持或以威伏或以財攝或以貧劣或現大莊嚴或現神通或現釋身或現梵身或現護世身或現轉輪王身或隨各各所事諸天而爲現身或以輭語或以麤語或二俱用或以謫罰或以容盜或現作子何以故大德迦葉衆生有於雜種之行以雜種法而調伏之大德迦葉我以方便化衆生界然後說法令其究竟畢定調伏我時問言文殊師利汝所調伏有幾衆生即答我言大德迦葉我所調伏等如法界我又問言法界幾許文殊答言如衆生界我又問言衆生界者復有幾許即答我言如虛空界如是迦葉衆生界法界虛空界等無有二無有別異我又問言文殊師利佛空出世無所調伏文殊師利言大德迦葉如人熱病是人種種妄有所說是中寧有天鬼持耶有大明醫飲彼人酥熱病即愈止不妄說於意云何是中頗有天鬼去不我言不也文殊師利由飲酥故熱病除差大德迦葉是良醫者多利彼不我言如是文殊師利文殊師利言大德迦葉世間如是顛倒熱病無我我想住我想

已流轉生死是故如來出現于世隨彼形色應解法門知解我想斷於顛倒爲彼衆生而演說法既聞法已除一切想無所執著知解想已越度諸流到於彼岸名爲涅槃大德迦葉於意云何是中頗有我及衆生壽命養育人及丈夫可涅槃者不我時答言無也文殊師利文殊師利言大德迦葉爲是利故如來出世但爲顯示平等相故不爲生不爲滅但爲解知煩惱不實我時語言文殊師利菩薩所作甚爲難有所謂觀知衆生之性畢竟寂靜爲欲利益一切衆生不捨莊嚴不没不出衆生之性畢竟涅槃猶復能發大誓莊嚴文殊師利言大德迦葉菩薩莊嚴等同如如我又問文殊師利願說菩薩發大莊嚴文殊師利言菩薩摩訶薩發大莊嚴有三十二何等

三十二菩薩攝取無量生死發大莊嚴如夢空性故菩薩滅度無量衆生發大莊嚴無我想故菩薩供養給事無量諸佛世尊發大莊嚴同法身相故菩薩聽受一切佛法發大莊嚴如響聲相故菩薩守護一切佛法發大莊嚴解達諸法平等相故菩薩降伏一切諸魔發大莊嚴一切結使性相淨故菩薩降伏一切外道發大莊嚴令有無見者解因緣相故菩薩所有一切悉捨發大莊嚴一切悉捨無餘相故菩薩集戒頭陀功德發大莊嚴無行相故菩薩忍力發大莊嚴無傷相故菩薩精進發大莊嚴解知身心寂靜相故菩薩一切禪定解脫發大莊嚴捨離一切所依相故菩薩無礙般若波羅蜜發大莊嚴淨除無明癡見相故菩薩方便發大莊嚴示現一切所作

相故菩薩大慈發大莊嚴如空相故菩薩大悲發大莊嚴解知五道虛空相故菩薩大喜發大莊嚴無憂惱相故菩薩大捨發大莊嚴離苦樂相故菩薩脩滿大神通智發大莊嚴猶如掌中觀見解脫無疑相故菩薩不念諸法無我發大莊嚴不畏墮彼聲聞緣覺地之相故菩薩觀陰猶如怨賊發大莊嚴知幻相故菩薩觀大猶如毒蛇發大莊嚴同法界相故菩薩觀入猶如空聚發大莊嚴如怨賊相故菩薩不著三界發大莊嚴無巢窟相故菩薩決定攝取諸有發大莊嚴有非有相故菩薩大悲發大莊嚴不退相故菩薩爲大醫王發大莊嚴隨諸衆生所有病患施法藥相故菩薩爲大商主發大莊嚴示道三乘出道相故菩薩不斷於三寶種發大莊嚴知報一切佛恩相故菩薩知諸法性無生發大莊嚴得於無生法忍相故菩薩爲得不退轉地發大莊嚴捨於三界一切結使及捨聲聞緣覺地相故菩薩莊嚴道場發大莊嚴以一念相應慧如實了知諸法相故如是迦葉是名菩薩三十二種發大莊嚴菩薩摩訶薩以是莊嚴自莊嚴者是四大體可易其性而是菩薩於無上道終不退轉我即答言發大莊嚴猶尚不退況三十二又文殊師利聲聞法中無有莊嚴文殊師利言大德迦葉是故聲聞無大莊嚴如諸菩薩乃至名字大德迦葉於意云何如大健夫以諸鎧仗善自莊嚴執持利刀有怯弱人粗自莊嚴是二莊嚴可相比不我言不也文殊師利言以是義故大德迦葉菩薩莊嚴一切聲聞及諸緣覺之所無有說是

菩薩大莊嚴時萬二千天子發於無上正眞道心是故舍利弗我見文殊師利童子不可思議神通智慧如是無量爾時大德富樓那彌多羅尼子語舍利弗我亦曾見文殊師利童子所爲昔於一時佛在毗舍離菴羅樹林與大比丘五百人俱是時薩遮尼乾子住毗舍離大城之中與六萬眷屬俱供養恭敬我入三昧觀是尼乾我時見有百千尼乾應當受化我時即往而爲說法無有專聽無善好心反見輕笑出麤惡言我時唐苦於三月中無一受化過三月已我心不悅便捨而去時文殊師利即便化作五百異道自爲師範將五百弟子往詣薩遮尼乾子所頂禮其足白薩遮言我遥承聞大師名德故遠而來至毗舍離汝是我師我爲弟子願見納受垂愍教

誨令我不見沙門瞿曇令我不聞彼相違法薩遮答言善哉善哉汝意純淨不久當解我調伏法爾時薩遮即便宜令已之徒衆此五百摩納自今已去和合同住互相諮問彼若所說汝專心受爾時文殊師利童子及五百化弟子聽次第坐受用尼乾戒法威儀殊勝於彼時時讃說三寶功德亦復讃歎薩遮功德令彼諸人心相親附復於異時知衆已集文殊師利便作是言我等所行呪術經書毗提遮經若讀誦時沙門瞿曇所有功德有入我等經中來者是沙門瞿曇有實法功德何以故是沙門瞿曇所生成就父母清淨轉輪王種以百福相莊嚴其身又聞生時大地震動釋梵扶侍自行七步口出是言我於一切世中最勝世中最大我今當爲滅諸生死空

中自然出生二水釋梵洗浴人天妓樂不鼓自鳴放大光明徧照世界滅諸惡道聾盲視聽當于是時一切衆生不爲結惱安樂無爲婆羅門相若不出家作轉輪王若其出家作佛法王而彼瞿曇捨轉輪王位出家修道於道場上降伏百億魔成菩提道轉妙法輪沙門婆羅門魔梵及世若天若人一切世間無能轉者所說眞正初中後善云何初善謂身善行口意善行云何中善學行勝戒學勝定勝慧云何後善謂空三昧解脫法門無相三昧解脫法門無願三昧解脫法門復次初善者信欲不放逸中善者定念一處後善者善妙智慧復次初善者信佛不壞中善者信法不壞後善者信於聖僧得果不壞復次初善者從他聞法中善者正念修行後善者得聖正見復次初善者知苦斷集中善者修行正道後善者證於盡滅是名聲聞初中後善云何菩薩初中後善若不捨於菩提之心是名初善不念下乘是名中善迴向一切智是名後善復次初善者於諸衆生慈心平等中善者於諸衆生起大悲心設何方便後善者喜捨同等復次初善者降伏慳貪捨離破戒遠離瞋恚斷除懈怠不住亂心殺害無知中善者施戒忍進禪定智慧後善者以諸波羅蜜迴向一切智復次初善者謂四攝法教化衆生中善者不惜身命守護正法後善者善巧方便不墮正位復次初善者如地等持不捨一切菩薩行心中善者以善方便知進知退住不退地後善者於一生灌頂正位是名菩薩初中後善爾時文殊師利童子於外道衆

中漸次開示如是正法令五百外道遠塵離垢得法眼淨八千外道發於無上正眞道心爾時文殊師利童子所可化作五百徒衆於文殊師利前五體投地作如是言南無佛陀南無佛陀餘諸外道未信解者見五百摩納作如是語亦皆効彼五體投地而作是言南無佛陀南無佛陀爾時釋提桓因以曼陀羅華各與諸人而作是言汝可以此供養於佛爾時文殊師利童子與諸大衆恭敬圍繞詣世尊所到已頂禮佛足却住一面時諸大衆亦皆禮佛却住一面爾時尼乾外道弟子以曼陀羅華散供佛已右遶三帀於一面住文殊師利所化摩納以文殊師利力所持故白言世尊我等今來不爲見佛何以故如來者名爲法身世尊我等不爲聽法何以故不可聽者名之爲法世尊我等不爲僧德何以故如來聖僧修無爲故世尊我等不爲功德何以故是法界中無有功德滅稱讚故世尊我等不爲修道何以故一切諸法究竟道故世尊我等不爲得果何以故無業華果名爲解脱世尊我等不爲知苦何以故離於二行名爲解脱世尊我等不爲斷集何以故諸法究竟無和合故世尊我等不爲證滅何以故一切諸法畢竟滅故世尊我等不爲修道何以故離有無故世尊我等不修念處何以故一切諸法離處非處故世尊我等不爲正斷何以故一切諸法離善不善無記行故世尊我等不爲神足何以故一切諸法無去來故世尊我等不爲於根何以故一切諸根是離義故世尊我等不爲於力何以故一切諸法無

力非力故世尊我等不爲於覺何以故第一義中無有覺故世尊我等不爲正道何以故無有去盡世間邊故世尊我等不爲修定何以故常寂定中無嬈動故世尊我等不爲修慧何以故出世間慧無餘雜故世尊我等不爲三明何以故彼所明處畢竟無故世尊我等不爲解脫法何以故法性無繫故世尊我等不爲沙門何以故離結聚故名爲沙門世尊我等不爲婆羅門何以故斷諸形色名婆羅門世尊我等不爲比丘何以故法性無壞故世尊我等不爲彼岸何以故六入常滅故世尊我等不爲少欲何以故乃至無有少許欲故世尊我等不爲知足何以故法無取故世尊我等不爲寂靜何以故身心無失故世尊我等不爲知識何以故不與三界共住止故世尊我等不近親友何以故不見有二故世尊我等不爲阿練兒何以故三界諸行皆阿練兒故世尊我等不修無諍何以故獨一無侶名爲無諍世尊我等不爲乞食何以故我等永斷於食想故世尊我等不畏一切生死諸行何以故不見實故世尊我等不怖畏避貪瞋愚癡何以故無有妄想諸分別故世尊我等不勤斷結何以故一切煩惱其性如如無染無汙故世尊我等不出我見何以故自身非身故世尊我等不淨諸見何以故諸煩惱性如如相故世尊我等不斷顛倒何以故常樂我淨性解脫故世尊我等不度諸流何以故不見此岸及彼岸故世尊我等不斷五蓋何以故是蓋解脫所貫穿故世尊我等不出諸纏何以故是眞實際無纏相故世尊

我等不爲斷悔何以故不悔眞諦名爲沙門世尊我等不捨離疑何以故常信清淨解脱法故世尊我等不拔憂箭何以故爲解脱信所貫穿故世尊我等不爲涅槃何以故一切諸法究竟涅槃故説是法時二百比丘不起諸漏心得解脱是時衆中二百比丘先得四禪住增上慢謂最後身輕慢他人從座起去作如是言是所説法與諸一切世間相違我等本聞説隨順法而今聞説非法非毗尼非導師説富樓那言我時即語文殊師利是二百比丘從座起去作如是言是所説法與諸世間共相違反文殊師利言大德富樓那有因緣故是所説法與世相違何以故富樓那世間住著陰界諸入是諸人等欲捨生死趣向涅槃而不能知生死實性永不可得即是涅槃不知是中無生死行無至涅槃忍是不知言與生死世間相違計有四諦者與是相違第一義中無有是世間無道無德言相違者以住二故若已住二便有相違道平等故一切法等名爲無二若解無二則不相違若計我者有增上慢有增上慢者則有相違若不作上亦不作下是平等中不作上下無作無不作若如是者名無增上慢若無增上慢則無相違如佛所説我不與世諍世間與我諍何以故諍訟等事佛悉斷故何等是名爲諍訟本所謂是實是不實是正是邪如佛説言婆羅門所言實者於汝意云何爲是虚妄非是實耶正也邪也若是俱無汝以何事而得知也爾時文殊師利於二百比丘所去道前化滿大火令不能過隨所趣方皆見滿火

而不能過即以神力欲乘空去上見鐵網而籠遮之時是比丘上見鐵網下見大水不知方所驚怖毛竪唯見趣向祇陀林道以雜蓮華而莊嚴之及見多衆趣向佛所欲聽受法即便迴還至祇陀林迦利羅華園向世尊所到已頂禮佛足却住一面富樓那言我時即問彼諸比丘汝至何處從何所來諸比丘言大德富樓那我是羅漢諸漏已盡成就四禪具諸神通我從文殊師利童子聞相違法棄捨而去見此佛土滿中大火而不能過即以神力上昇虛空復見鐵網籠遮於上下見大水我等今欲問佛漏盡阿羅漢地時佛告我富樓那若有大火能避大火無有是處富樓那若墮見網能出鐵網無有是處富樓那若墮愛水能過水界無有是處何以故富樓那是諸比丘有貪瞋癡火未斷滅以是事故不能出火富樓那是諸比丘墮在見網是故不能出於鐵網富樓那是諸比丘墮在愛水能過大水無有是處富樓那而是火界鐵網水界無有來處去無所至文殊師利力所持故見如是事富樓那貪欲瞋癡諸見有愛如是諸法無有來處去無所至從於顛倒妄想分別欲貪自他由是故生死無主無我無有所屬若無亂心起正修行於一靜處莊嚴修禪若得禪已不起憍慢不住不著定心所作觀察諸法何法是因何法是緣如是觀察如實而見所謂無明緣行乃至憂悲大苦聚集是名墮邪如是無明滅則行滅乃至憂悲大苦聚滅是名正見是無爲正位無有過去無明可滅無未來現在無明可滅但不正思念便

起無明若無明滅不正思惟更不復起若是不正思惟滅者無明亦滅無明若滅名畢竟滅是故無明滅則諸行滅若正思惟如實觀知是四大身癡無所知如草木瓦礫如影如焰如我所說是身如是是心如是是意如是是識如是是心無形色不可捉持猶亦如幻不可言說非内非外非兩中間而可得之若有比丘如是成就正思惟者知一切法本來不生若法不生即第一義說是法時三百比丘不受諸法諸漏永盡心得解脱爾時薩遮尼乾陀子失諸徒衆愁憂不悅來趣舍衛至祇陀林給孤窮精舍迦利羅園佛世尊所共相問訊却住一面白言瞿曇我數數聞沙門瞿曇以幻術力奪他徒衆今乃親見令文殊師利破我徒衆將至佛所受行邪法不來我所不受我教聽用在意是時有一出家外道名曰勝志在會而坐是勝志外道以親厚意語薩遮言止止尼乾勿於世尊及比丘僧文殊師利所生不敬心莫長夜失利受苦不樂墮在惡道薩遮尼乾聽我說喻以明斯義譬如有人愚癡無智欲求索酥持瓶往趣恒河取水至於異處以鑽鑽之甚大疲苦了不見酥如是尼乾汝諸外道欲修斷結受戒灸身威儀法用悉皆是邪無所能斷猶如彼取恒河水人復於世尊調伏法中而起瞋恚當墮地獄畜生餓鬼又言尼乾復有一人生便聰慧欲求酥時取純好乳盛著器中以鑽鑽之用功甚少大得生酥從於生酥轉得熟酥復因熟酥得於醍醐如是尼乾佛正法中在家出家具足淨信多有解向勤修勝進速得

解脫如彼智人爲得酥故以乳置器又復尼乾如有二人其一人者破彼一人百千瓦器以好寶器而用償之尼乾於意云何是人爲損彼人不也尼乾答言不也勝志如是尼乾外道弟子如彼瓦器破已便入如來法中如得寶器增而無損又復尼乾如有商主愚無方便將諸人衆至於非道復有商主有大智慧慜是諸人安置正路如是尼乾汝等如彼自稱爲師是不知道者不善道者不見道者不能說道是故汝等引導衆生趣於非道今者世尊爲大商主知道善道見道說道導諸外道安置正路尼乾汝之徒衆悉在於此汝可將去是時餘有萬二千人還從薩遮復道而去其餘住者已逮得明佛即告言善來比丘皆成沙門爾時佛告勝志外道汝今見此萬二千人隨從薩遮去者不也見已世尊佛言勝志是等諸人悉當至彼彌勒佛所初會數中何以故是等由聞如是深法及供養我而是薩遮亦彌勒佛所智慧第一如今我所舍利弗也何以故我知是人於我信解以我慢故不捨是見爾時勝志語文殊師利後末世中多有比丘起增上慢文殊師利言善男子後末世中法欲滅時增上慢者甚爲難得何以故不能修行得四禪故得四禪已起增上慢後末世中法欲滅時諸比丘等不能住心況得四禪是故善男子後末世時增上慢者甚爲難得又善男子增上慢者凡有二種何等二一者信見二者禪慢起禪慢者爲於利養及名稱故起增上慢是信見者起增上慢謗佛正法是增上慢者當墮地獄畜生餓

畏勝志問言文殊師利欲知他心是增上慢當云何知文殊師利言凡夫人者欲得涅槃實非羅漢若聞是說驚畏恐怖當知此是凡夫之人增上慢也非是如來實阿羅漢若從他聞驚畏恐怖當知是人即是梵天是增上慢非是羅漢是猶能淨報所施恩然非羅漢若無一切結使煩惱彼無所依是世福田若有一切結使煩惱則有所依非世福田若在是中當知是人爲增上慢一切諸法攝入涅槃若於是中分別觀察當知是人爲增上慢一切諸法不應知不應斷不應證不應修不知此實當知是人名增上慢勝志問言文殊師利無增上慢者有何印相文殊師利言不違無滅是無增上慢之印相何以故無有音聲能令其人生驚怖畏如師子王一切音聲不能令其驚畏恐怖無增上慢比丘亦爾聞諸音聲不生恐怖何以故彼知音聲猶如響故如彼響聲無心意識而有音聲如是如實知心意識一切音聲皆從緣起無有眞實如是知已不知何法定名爲聲若聞佛聲而不貪愛聞外道聲復不訶毀聞善淨法心不貪愛聞垢汙法而不訶毀善知一切所有音聲前後際故如是印相無增上慢無高下印如實印正見道印入一道印入法界平等印如不壞印不違如印住實際印第一義空印三世等印初無生印觀正法性印如是等印印一切法如是比丘名爲無諍聞已無疑不驚不畏不恐不怖不得於我不得於法一切平等爾時勝志外道白言世尊我今從是善知識所聞是眞道大乘功德世尊我今從是文

殊師利聞說是法發阿耨多羅三藐三菩提心善哉世尊唯願如來如應說法令我聞已速疾修習助菩提法逮得無上正真之道廣爲一切無量阿僧祇諸衆生故佛告勝志菩薩有二法速得明達具足大乘何等二所謂精進及不放逸是中精進謂如法得財一切悉捨不放逸者施不望報皆以迴向於一切智又精進者正斷一切惡不善法成滿具足一切善法不放逸者謂堅持淨戒不爲後生悉以迴向於無上道又精進者不惜身命修行忍辱不放逸者於諸衆生無侵害心又精進者集諸善法無有猒倦不放逸者集諸善根向無上道又精進者於諸禪支心無疲倦不放逸者於諸禪支不貪味著又精進者集諸多聞無有猒足不放逸者正念修行聖智聖慧又精進者不捨四攝不放逸者起化衆生又精進者身心堅住不放逸者不得身心捨離著法又精進者慈心等緣一切衆生不放逸者不得所緣衆生慈法又精進者教化衆生發一切智心不放逸者觀一切法皆悉如幻而不捨離一切智心又精進者發起三明不放逸者將護不令墮於漏盡又精進者如救頭然修習聖諦不放逸者不隨證滅又精進者爲滿諸相集善無倦不放逸者觀於法身又精進者修淨佛土不放逸者淨衆生界又精進者集三十七助菩提法不放逸者安住寂靜解脫之法勝志當知菩薩所有善方便業皆由精進而得成辦菩薩所有一切智業因不放逸而得成就是故說言菩薩成就智慧方便不畏退轉無上正道說是法時

勝志外道得無生法忍心淨喜悅上昇虛空高七多羅樹三千大千世界六種震動大光普照諸天妓樂不鼓自鳴天雨衆華爾時世尊知勝志心而便微笑諸佛常法若微笑時若干百千雜色光焰從面門出普照無量無邊世界上過梵世障日月光隱蔽魔宮還右繞身百千帀已從頂上入爾時大德阿難承佛神力從座而起整於衣服偏袒右肩右膝著地向佛合掌而說偈言

智慧福力華　圓光導世間　三十二相華
雜好以自嚴　行如象師子　精進力勇出
世尊何故笑　願導師演說　其言如雷聲
佛音師子吼　迦陵頻伽音　柔輭梵音聲
三千世界聲　諸天及與人　欲比佛音聲
算數不能及　聲聞及緣覺　并及諸菩薩
智無與佛等　不知一切智　牟尼智力說
爲於何事笑　人天龍修羅　聞疾得菩提
心得離二邊　亦不執於中　一切無執著
等同如虛空　一切無能數　過一切世上
我問等空智　以何因緣笑　青緑金色光
紅紫赤白色　從面門出焰　如恒河沙等
普照無量界　廣遠如虛空　滅惡道得樂
導師光觸故　若放膝光明　是授聲聞記
若手放光明　是說辟支佛　佛定記大乘
一切智慧道　光利衆生已　還入無垢頂
善哉人中天　三界所供仙　願如實敷演
導師一向說　斷疑悅大衆　以何因緣笑
千萬億衆生　聞已心歡悅

如是請已佛告阿難汝今見是勝志善男子不上昇虛空高七多羅樹得無生忍合掌禮

我百千諸天而供養之阿難白言見已世尊佛言阿難是勝志善男子曾於七十二億佛所種諸善根行菩薩道修習無上正眞之道爾時常作大轉輪王恭敬供養是諸如來尊重讚歎常修梵行悉皆護持是諸佛法阿難是勝志善男子從今已往當值無量無數諸佛恭敬供養尊重讚歎常修梵行令無量阿僧祇衆生住菩提道過是無量阿僧祇劫集菩提道已當得無上正眞之道成最正覺號智光王如來應供正徧覺乃至佛世尊出現於世國名喜見劫名一寶嚴阿難是喜見土所受用物猶如他化自在天中彼國衆生不滿色聲香味觸法無諸惡色彼諸衆生互相恭敬歡喜悅樂是諸衆生皆悉往見智光王佛乃至夢中亦常見佛不離念佛是故彼土名曰喜見於是劫中唯一如來施作佛事佛及衆生壽等一劫是故彼劫名一寶嚴阿難是智光王佛純菩薩僧九十二億皆是初會得不退轉是智光王如來欲涅槃時先當授彼師子進去菩薩記當得作佛號師子相如來應供正徧覺乃至佛世尊壽十中劫然後涅槃當有無量無邊菩薩僧佛涅槃時以全身舍利起一寶塔縱廣六十由旬高八十由旬衆寶嚴飾無量衆生而供養之爾時勝志菩薩從空來下頂禮佛足右遶七帀向佛歎說不壞法界偈

色界及法界　衆生界同等　是界等智界
今授我記已　受界煩惱界　與空界同等
諸法同是界　今我同此來　法界及欲界
及與於三界　等同如虛空　我記同於是

生死界涅槃　等住如法界　是界及水界
地界風火界　陰入及與界　眼界眼識界
意界及法界　是境界同等　不授我陰記
不受界入記　不授名色記　不授内外記
以音聲故知　導師授我記　音聲是寂靜
授記亦寂靜　佛無有心意　作心而授記
我亦無有識　得受於道記　如我佛亦然
如佛我亦然　諸衆生亦爾　授記受記爾
受記是眞實　如如悉捨離　不壞於法界
安住眞實際　我禮等正覺　同入一切法
如虚空無作　覺智方便故

爾時勝志菩薩偈讚佛已頂禮佛足右遶七帀却坐一面爾時佛告阿難汝受持是經讀誦書寫於大衆中廣爲人說阿難白言我已受持世尊此經何名當云何奉持之佛告阿難是經名爲文殊師利神通所持亦名滅除一切諸魔外道音聲亦名採寶亦名寶篋如是受持說是經已文殊師利童子勝志菩薩等及大聲聞大德阿難及諸大衆天龍夜叉諸天及人乾闥婆等聞佛所說皆大歡喜

大方廣寶篋經卷下

音釋

睞 郎代切旁視也
擯 必刃切逐也
鑽鑽 上子算切錐也下子官切穿也